KB146367

필립 K.딕 단편집

진흙발의 오르페우스
Orpheus with Clay Feet

필립 K. 딕 단편집

진흙발의 오르페우스
Orpheus with Clay Feet

조호근 옮김

폴라북스

◑ 차례

〈일러두기〉
· 본문의 주석은 모두 옮긴이 주이다.
· 출처는 작품이 처음 게재된 곳을 기준으로 삼았다.

무한자
The Infinites

"**마**음에 안 들어." 크리스핀 엘러 소령은 관측용 창문 밖을 바라보며 얼굴을 찌푸렸다. "물도 잔뜩 있고, 적절한 기온에, 테라의 산소-질소 혼합물과 유사한 대기를 가지고 있는 행성인데—."

"그런데 생명이 존재하지 않는다는 거지." 부선장인 해리슨 블레이크가 엘러 옆으로 나오며 말했다. 둘은 함께 밖을 내다보았다. "이상적인 환경인데 생명체가 없다니. 대기에 물에 적절한 기온까지 갖추었는데. 대체 왜일까?"

그들은 서로 마주 보았다. 우주선 선체 너머로 X-43y 소행성의 평탄하고 황막한 표면이 펼쳐져 있었다. X-43y는 고향별에서 아주 멀리 떨어진, 은하계를 절반이나 가로질러 온 곳에 있었다. 화성-금성-목성이 동맹한 삼두정과 경쟁하려면, 테라는 은하계의 성계 지도를 철저하게 확인하고 존재하는 모든 바윗덩어리를 탐지해야 했다. 훗날 광물 채굴권을 얻기 위해서 말이다. X-43y에 청색과 백색의 깃발이 꽂힌 지도 거의 일 년이 되어가고 있었다. 승무원 세 명은 이번 탐사만 끝나면 휴가를 얻어서 테라로 돌아가 그때까지 모은 봉급을 써버릴 계획이었다. 작은 탐사선의 일상은 위험으로 가득했다. 항성계 외곽에 가득한 잔해를 헤치고 들어가야 할 뿐만 아니라 유성우와 선체를 먹어치우는 박테리아 구름, 우주 해적, 고립된 인공 왜행성에 사는 눈곱만 한 제국의 위협 따위를 피해야 했으니까.

"저걸 보라고!" 엘러는 분통을 터트리며 창문 쪽을 손짓했다. "생명이 살기에 완벽한 환경 아닌가. 그런데 아무것도 없어. 바위투성이 소행성이란 말이야."

"우연일 수도 있지." 블레이크는 어깨를 으쓱하며 이렇게 대꾸했다.

"박테리아는 어디라도 흘러들어갈 수 있다는 사실을 자네도 알지 않나. 이 소행성에 생명이 존재하지 않는 데는 분명 이유가 있을 거야. 어딘가 잘못되었다는 느낌이 들어."

"그런가? 그럼 어떻게 할까?" 블레이크는 메마른 웃음을 지었다. "선장은 소령님 아니신가. 지령에 따르면 D급 이상의 지름을 가지는 소행성이라면 어디든 착륙해서 측량해야 하는데. 이건 C급이라고. 나가서 측량할까, 아니면 관둘까?"

엘러는 머뭇거렸다. "마음에 안 들어. 이런 먼 우주에 어떤 위험한 요소가 존재할지는 아무도 모르는 것 아닌가. 어쩌면—"

"그냥 바로 테라로 돌아가고 싶은 건 아니신가?" 블레이크가 말했다. "생각해보라고. 하나 남은 작은 바위 조각 정도야 그냥 지나친다고 해도 아무도 모르지 않겠나. 윗선에 일러바치지는 않겠네, 엘러."

"그래서 그런 게 아니야! 우리 안전을 우선시하고 싶을 뿐이라고. 테라 구역으로 돌아가고 싶어서 안달이 나 있는 사람은 자네 아닌가." 엘러는 관측창 밖을 살펴보았다. "확인할 방법이 없으려나."

"실험동물을 풀어놓고 한번 살펴보자고. 녀석들이 한동안 돌아다니고 오면 뭔가 알 수 있지 않겠나."

"착륙한 것 자체가 후회되는데."

블레이크의 얼굴이 경멸로 일그러졌다. "집으로 돌아갈 때가 다가오니 정말로 조심성이 많아졌구먼."

엘러는 회색의 황막한 바위 벌판을, 가볍게 일렁이는 수면을 바라보았다. 물과 바위, 구름 몇 점, 적절한 기온. 생명이 존재하기에 완벽한 환경이었다. 그러나 생명체는 탐지되지 않았다. 바위 표면은 매끄럽고 깨끗했다. 자라거나 뒤덮은 생물 하나 없는, 완벽하게 깨끗한 모습이었다. 분광기에도 아무것도 잡히지 않았다. 단세포 수생 생물조차도, 은하계 곳곳에서 마주칠 수 있는 친숙한 갈색 지의류조차도 보이지 않았다.

"좋아." 엘러가 말했다. "에어록 하나를 열어보지. 실브에게 말해서 실험동물을 내보내자고."

그는 통신기를 들고 연구실의 번호로 다이얼을 돌렸다. 실비아 시먼스는 탐사선 안쪽 깊숙한 곳에서 온갖 실험과 검사 도구에 둘러싸인 채로 작업하고 있었다. 엘러가 스위치를 눌렀다. "실브?" 그가 말했다.

실비아의 얼굴이 화면에 떠올랐다. "응?"

"햄스터들을 함선 바깥으로 내보내서 한 바퀴 산책시켜봐. 30분 정도만. 물론 목줄도 달아서. 이 소행성은 조금 걱정이 돼. 주변에 독성 물질이나 방사선 웅덩이가 있을 수도 있어. 실험동물이 돌아오면 정밀 검사해주고. 최고 수준으로."

"알았어, 크리스." 실비아가 웃었다. "밖으로 나가서 오랜만에 다리를 좀 펼 수 있을지도 모르겠네."

"검사 결과는 최대한 빨리 보내줘." 엘러는 통신을 끊은 후 블레이크를 돌아보았다. "이 정도면 자네도 만족하겠지. 실험동물은 금방 외출 준비가 끝날 거야."

블레이크는 희미한 웃음을 머금었다. "테라로 돌아간 다음에야 만족하게 될 것 같군. 당신을 선장으로 모시고 하는 여행은 한 번이면 충분해."

엘러는 고개를 끄덕였다. "참 묘한 일이로군. 13년 동안이나 군에 있었으면서 자제력은 조금도 생기지 않은 것 같으니 말이야. 자네 계급장에 줄을 추가해주지 않은 일을 잊을 수가 없는 모양이지."

"똑똑히 들어, 엘러." 블레이크가 말했다. "이쪽은 너보다 열 살이나 많다고. 네가 꼬맹이였을 때부터 군에 복무하고 있었단 말이야. 내 눈에 네놈은 아직도 핼쑥한 얼굴의 애송이일 뿐이야. 다음에도 또 이렇게—."

"크리스!"

엘러는 휙 고개를 돌렸다. 화면이 다시 켜져 있었다. 화면에는 공포에 질린 실비아의 얼굴이 떠올라 있었다.

"그래. 무슨 일인가?" 그는 통신기를 움켜쥐고 말했다.

"크리스, 방금 우리를 확인했는데, 햄스터들이…… 햄스터들이 전부 그대로 늘어져서 딱딱하게 굳었어. 완벽한 강직 상태야. 한 마리도 움직이지 못한다고. 뭔가 문제가—."

"블레이크, 당장 이륙해." 엘러가 말했다.

"뭐라고?" 블레이크는 당황해서 중얼거렸다. "우리가 여길—."

"당장 이륙하라고! 서둘러!" 엘러는 계기판 쪽으로 달려갔다. "여기서 떠나야 해!"

블레이크가 그에게 다가왔다. "대체 무슨 문제가—." 그는 이렇게 입을 열었지만, 이내 목이 메어 말을 멈추었다. 블레이크의 얼굴이 딱딱하게 굳으며 입이 힘없이 벌어졌다. 그는 천천히 쓰러지더니 매끈한 금속 바닥에 축 처진 자루처럼 늘어졌다. 엘러는 어안이 벙벙해서 그 모습을 바라보았다. 마침내 그는 정신을 차리고 계기판에 가 닿았다. 즉시 불길이 일렁이며 그의 두개골을 태워 먹먹하게 만들기 시작했다. 머릿속이 폭발하는 것 같았다. 눈 뒤편에서 수천 개의 빛줄기가 폭발해 시야를 가렸다. 그는 비틀거리며 스위치를 찾아 더듬거렸다. 어둠이 내리는 것과 동시에, 그의 손가락이 자동 이륙 레버를 움켜쥐었다.

그는 넘어지며 레버를 힘껏 당겼다. 다음 순간 어둠이 그를 완벽하게 감쌌다. 자신을 향해 다가오는 바닥과 충돌하는 순간의 충격조차 느끼지 못했다.

우주선은 자동 중계기를 열심히 달각이며 그대로 우주로 날아올랐다. 그러나 그 안에 움직이는 생물은 단 하나도 없었다.

엘러는 눈을 떴다. 심장 박동에 맞춰 지독한 두통이 느껴졌다. 그는 난간을 붙들고 간신히 몸을 일으켰다. 해리슨 블레이크 또한 정신이 들었는지, 신음을 흘리며 자리에서 일어나려 하고 있었다. 가무잡잡한 얼굴은 누렇게 뜨고, 눈에는 핏발이 선 데다, 입가에는 거품을 문 흔적이 있었다. 그는 떨리는 손으로 이마를 문지르며 크리스 엘러를 바라보았다.

"얼른 정신 차려." 엘러는 그가 일어나는 것을 도우며 말했다. 블레이크는 조종실 의자에 주저앉았다.

"고맙네." 그는 고개를 저으며 말했다. "대체…… 무슨 일이 일어난 건가?"

"나도 모르지. 연구실로 가서 실브가 무사한지 살펴야겠어."

"나도 함께 갈까?" 블레이크가 우물거리며 말했다.

"아니, 앉아서 좀 쉬어. 심장에 무리가 가지 않도록 말이야. 무슨 말인지 알겠지? 최대한 움직임을 자제하라고."

블레이크는 고개를 끄덕였다. 엘러는 비틀거리며 조종실을 가로질러 복도로 나섰고, 곧 승강기를 타고 아래로 내려갔다. 잠시 후 그는 연구실로 들어섰다.

실비아는 뻣뻣하게 굳은 채 작업대 하나에 엎어져 있었다.

"실브!" 엘러는 그녀에게 달려가서 붙들고 흔들었다. 몸이 차갑게 굳어 있었다. "실브!"

그녀의 몸이 약간 꿈틀댔다.

"정신 차려!" 엘러는 장비함에서 자극제 튜브를 하나 가져온 다음, 튜브를 깨서 그녀의 얼굴 앞에 들이댔다. 실비아가 신음했다. 그는 그녀를 다시 흔들었다.

"크리스?" 실비아가 들릴락 말락한 소리로 중얼거렸다. "당신이야? 왜…… 무슨 일이 일어난 거지? 무슨 문제가 생긴 거야?" 그녀는 고개를 들고 머뭇거리며 눈을 깜빡였다. "당신하고 통신 화면으로 이야기를 하고 있었는데. 이쪽 작업대로 왔는데 갑자기—."

"다 괜찮아." 엘러는 그녀의 어깨에 손을 올린 채, 생각에 잠겨 얼굴을 찌푸렸다. "대체 무슨 일이었지? 소행성에서 방사선 폭발이라도 일어난 건가?" 그는 문득 손목시계를 확인했다. "이런 세상에!"

"왜 그래?" 실비아는 머리를 쓸어 넘기며 일어나 앉았다. "무슨 일이야, 크리스?"

"우리 모두 이틀 동안이나 의식을 잃었어." 엘러는 손목시계에서 눈을 떼지 않고 천천히 중얼거리고는, 손으로 턱을 쓸어보았다. "그럼 이것도 이해가 되는군." 그는 짧게 자란 수염을 문지르며 말했다.

"하지만 일단 괜찮은 거잖아, 다들?" 실비아는 벽에 붙은 햄스터 우리를 가리키며 말했다. "저기 봐. 전부 일어나서 열심히 뛰어다니고 있는데."

"같이 가자." 엘러는 그녀의 손을 잡았다. "올라가서 우리 셋이서 회의를 해야겠어. 이 배에 달린 모든 계측기를 검토해보자고. 무슨 일이 벌어진 건지 알고 싶으니까."

블레이크는 코웃음을 쳤다. "동의할 수밖에 없군. 내가 틀렸어. 애초에 착륙해서는 안 되는 소행성이었어."

"일단 방사선은 소행성의 중심부에서 온 것 같은데." 엘러는 차트의 선을 손가락으로 훑으며 말했다. "여기 수치를 보면 충격파가 빠르게 생성되었다가 사라졌다는 사실을 확인할 수 있어. 소행성의 핵에서 일정한 간격을 두고 일종의 펄스파가 전달되는 거지."

"우주로 나오지 못했다면 그대로 다음 펄스파에 직격당했을 수도 있겠네." 실비아가 말했다.

"계측 장비에 따르면 약 열네 시간 후에 다음 충격파가 온 모양이야. 이 소행성에 존재하는 광물이 일정한 주기를 두고 방사선을 방출하는 것 같은데. 파장이 얼마나 짧은지 보라고. 이 정도면 우주 공간의 일반적인 방사선 파장과 거의 비슷한 수준이야."

"하지만 우리 차폐막을 통과할 정도로 달랐다는 건가."

"그렇지. 우리를 정통으로 후려친 셈이니까." 엘러는 의자에 몸을 묻으며 말했다. "그렇다면 저곳에 생명이 존재하지 않은 이유도 알 것 같군. 박테리아가 흘러들어가도 첫 번째 충격파를 견디지 못할 테니까. 애초에 시작할 수조차 없었던 거지."

"크리스?" 실비아가 말했다.

"음?"

"크리스, 방사선이 우리에게 영향을 끼치지는 않았을까? 위험에서 완전히 벗어난 거 맞아? 아니면―."

"나도 모르겠군. 이걸 좀 봐." 엘러는 그녀에게 붉은 선이 그려진 그래프가 가득한 포일을 건넸다. "우리 순환계는 완벽하게 복구가 됐지만, 신경 전달 속도는 예전 수준으로 돌아오지 않았어. 뭔가 달라진 곳이 있다고."

"어떤 식으로?"

"모르지. 난 신경생물학자가 아니니까. 원래 그래프, 그러니까 한두 달 전에 측정한 결과와 비교하면 명확하게 달라졌다는 것은 알 수 있지만, 정확하게 뭐가 어떻게 달라진 건지는 알 방도가 없어."

"심각한 걸까?"

"시간이 지나봐야 알겠지. 우리 신경계가 정체불명의 강한 방사선을 꼬박 열 시간 동안 쐬고 있었던 셈이잖아. 영구적으로 어떤 영향이 있었을지는 짐작도 할 수 없어. 우선 당장은 괜찮은 느낌인데. 당신은 어때?"

"나쁘진 않아." 실비아가 말했다. 그녀는 관측창을 통해 깊은 우주의 텅 빈 어둠을, 움직이지 않는 무수한 점처럼 늘어선 끝없는 빛의 조각들을 바라보았다. "어쨌든 마침내 테라 영역으로 돌아갈 수 있겠네. 집으로 돌아가는 것만으로도 기쁜걸. 얼른 가서 검사를 받아보자."

"적어도 심장에는 별 문제가 없었던 것 같군. 혈전이나 세포 파괴 현상은 일어나지 않았고. 사실 걱정한 건 그쪽이었어. 일반적으로 저런 부류의 강한 방사선을 쬘 경우—."

"태양계에 도착하려면 얼마나 걸리나?" 블레이크가 말했다.

"일주일은 걸리지."

블레이크는 입술을 깨물었다. "꽤나 긴 시간이로군. 살아서 도착할 수 있으면 좋겠는데."

"몸을 너무 많이 움직이지 않기를 권할게." 엘러가 말했다. "남은 기간 동안 최대한 안정을 취하면서, 테라에 돌아갔을 때 우리 몸에 일어난 문제를 되돌릴 수 있기만을 기원해야겠어."

"이 정도면 꽤나 손쉽게 벗어난 것 같은데." 실비아는 이렇게 말하며 하품을 했다. "세상에, 벌써 졸립네." 그녀는 의자를 밀고 천천히 자리에서 일어섰다. "아무래도 난 들어가봐야겠어. 반대하는 사람?"

"들어가." 엘러가 말했다. "블레이크, 카드 한 판 어때? 긴장을 좀 풀고 싶거든. 블랙잭 한 판?"

"좋지. 안 될 건 또 뭐야?" 블레이크는 이렇게 말하며 외투 주머니에서 카드 한 벌을 꺼냈다. "시간 죽이기에는 딱이지 않은가. 한 장 뽑아보게."

"좋아." 엘러는 카드를 받아들고 클로버 7을 뽑았다. 하트 잭을 뽑은 블레이크가 딜러가 되었다.

두 사람 다 별로 열중하지 못하는 상태로 게임이 계속되었다. 블레이크는 여전히 부루퉁한 채로 입을 열지 않았다. 엘러의 말이 옳았다는 사실에 아직도 화가 나 있는 모양이었다. 엘러 또한 지치고 불편한 기분이었다. 진통제를 먹었는데도 여전히 머리가 묵직하게 울리고 있었다. 그는 헬멧을 벗고 이마를 문질렀다.

"계속." 블레이크가 중얼거렸다. 발밑에서 울려대는 제트 엔진이 그들을 테라로 데려가고 있었다. 일주일이면 태양계에 들어갈 수 있을 것이다. 테라를 보지 못한 지 벌써 1년이 넘었다. 어떤 풍경이 눈앞에 펼쳐질까? 여전히 같은 모습일까? 드넓은 대양 위에 점점이 작은 섬들이 있는, 거대한 녹색 구체가 보일 것이다. 그리고 뉴욕 우주공항에 착륙할 것이다. 그는 샌프란시스코로 갈 것이다. 모두 괜찮을 것이다. 북적이는 사람들, 테라인들, 예전과 똑같이 세상에 신경 쓰지 않는 경솔하고 무심한 테라인이 가득할 것이다. 엘러는 블레이크를 향해 웃음을 지었지만, 그 웃음은 곧 찌푸린 표정으로 바뀌었다.

블레이크는 고개를 숙이고 있었다. 눈이 절로 감기는 모양이었다. 이내 졸기 시작했다.

"정신 차려." 엘러가 말했다. "왜 그러나?"

블레이크는 끙 소리를 내며 자세를 바로하고 앉은 다음 다시 패를 돌렸다. 그러나 이내 그의 머리는 다시 조금씩 내려가기 시작했다.

"미안하네." 그가 중얼거렸다. 그는 이기는 패를 뽑았다. 엘러는 주머니를 뒤적여 크레디트를 더 꺼냈다. 그는 고개를 들고 입을 열었지만, 다음 순간 블레이크가 완전히 곯아떨어졌다는 사실을 깨달았다.

"이런 빌어먹을! 이건 분명 뭔가 이상하잖아." 엘러는 자리에서 일어섰다. 블레이크의 가슴이 일정한 간격으로 오르내리고 있었다. 약간 코를 골면서, 육중한 몸을 축 늘어트린 채였다. 엘러는 오른쪽으로 몸을 돌려 문으로 나갔다. 블레이크는 어떻게 된 걸까? 카드를 하는 도중

곯아떨어지다니 그답지 않은 행동이었다.

엘러는 복도로 나가 자기 방으로 향했다. 그 역시 지쳐서 눈을 붙이고 싶은 상황이었다. 그는 세면실로 들어가서 옷깃을 푼 다음, 외투를 벗고 뜨거운 물을 틀었다. 잠자리에 들어 모든 것을 잊는 편이 좋을 것이다. 갑작스런 방사선 폭발도, 고통스럽게 깨어난 순간도, 정신을 좀먹는 공포도. 엘러는 세수하기 시작했다. 세상에, 정말로 머리가 아팠다. 그는 기계적으로 팔을 물에 적셨다.

세면을 거의 끝내고 나서야 그는 뭔가 잘못되었다는 사실을 깨달았다. 그는 한참을 서서 손을 타고 흘러내리는 물을 느끼며, 말문을 열지 못한 채 자기 손을 내려다보고 있었다.

손톱이 사라진 것이다.

그는 숨을 몰아쉬며 거울을 들여다보았다. 그리고 문득 머리카락을 손에 쥐었다. 머리카락이 한 움큼 떨어져 나왔다. 옅은 갈색의 털 한 뭉치가. 머리카락에 이어 손톱이라니…….

그는 떨리는 몸을 진정시키려 애썼다. 머리카락과 손톱. 방사선. 당연한 일이다. 방사선이 머리카락과 손톱을 빠지게 만든 것이다. 그는 자신의 손을 살펴보았다.

손톱은 깨끗이 사라져 있었다. 흔적조차 남지 않았다. 그는 손을 계속 뒤집으며 손가락을 살펴보았다. 손가락 끝은 매끈하고 점차 가늘어지는 모양이었다. 그는 끓어오르는 공포를 가라앉히려 애쓰며, 비틀거리며 거울에서 물러섰다.

문득 다른 생각이 들었다. 자신만 이런 것은 아니지 않을까? 실비아는!

그는 다시 재킷을 걸쳤다. 손톱이 없어진 손가락은 기묘할 정도로 날래고 섬세했다. 계속 변화가 이어질까? 대비해야 했다. 그는 다시 거울을 들여다보았다.

그리고 순간 속이 메스꺼워졌다.

 머리가…… 머리에 무슨 일이 벌어지는 것일까? 그는 손으로 관자놀이를 짚어보았다. 자신의 머리에, 뭔가 아주 좋지 못한 일이 벌어지고 있었다. 그는 눈을 크게 뜨고 자신의 모습을 살폈다. 이제 머리털이 거의 다 빠진 상태였다. 빠진 갈색 머리카락이 어깨와 재킷 위에 가득했다. 두피는 충격적일 정도로 선명한 반짝이는 분홍색이었다. 그러나 그 이상의 뭔가가 있었다.

 머리가 부풀어 오른 것이다. 거의 온전한 구체가 되어 있었다. 그리고 귀가, 귀와 코가 쪼그라들고 있었다. 그가 지켜보는 동안에도 콧구멍이 가늘어지다 마침내 사라지는 것이 보였다. 지켜보는 동안에도 변화는 갈수록 빠르게 일어나고 있었다.

 그는 떨리는 손을 입안으로 넣었다. 이빨이 잇몸에 간신히 달린 채 헐겁게 흔들렸다. 그대로 당기자 이빨 몇 개가 손쉽게 빠졌다. 무슨 일이 벌어지는 것일까? 죽어가는 걸까? 자신만 이런 걸까? 다른 사람은 어떻게 된 걸까?

 엘러는 몸을 돌려 서둘러 방에서 나왔다. 거칠게 숨을 몰아쉬자 고통이 밀려들었다. 가슴이 조여드는 감각이, 갈빗대가 허파를 눌러 공기를 밀어내는 느낌이 엄습했다. 심장은 발작을 일으킨 것처럼 쿵쿵댔다. 다리에 힘이 빠졌다. 그는 문을 붙들고 걸음을 멈추었다. 승강기를 움직인 순간, 황소가 울부짖는 소리가 들렸다. 블레이크가 고통과 공포로 비명을 지르는 소리였다.

 "이걸로 확실해졌군." 엘러는 승강기를 타고 올라가며 생각했다. "적어도 나만 이런 건 아닌 모양이지!"

 해리슨 블레이크는 공포에 사로잡힌 표정으로 그를 보고 입을 떡 벌렸다. 엘러는 웃을 수밖에 없었다. 머리카락이 다 빠져서 번들거리는 분홍색 두피를 드러낸 블레이크는 그리 보기 좋은 모습은 아니었다.

그 또한 두개골 용적이 확장되고 손톱이 사라진 모양이었다. 그는 계기판 앞에 서서, 엘러를 바라본 다음 자신의 몸을 내려다보았다. 졸아들어가는 몸에 그의 제복은 너무 커 보였다. 옷은 헐렁하게 포개져 그의 몸을 덮고 있었다.

"어떤가?" 엘러가 말했다. "살아남을 수 있다면 지독하게 운이 좋은 셈이겠군. 우주 방사선은 인간의 몸에 기묘한 영향을 끼칠 수 있다네. 그 소행성에 착륙했을 때 우리는 이미 지독하게 불운했던―."

"엘러." 블레이크는 나직하게 중얼거렸다. "이제 어쩌나? 이런 모습으로 살아갈 수는 없어! 우리 꼴을 좀 보라고."

"나도 알아." 엘러는 입을 다물었다. 이빨이 거의 사라진 상태라 말하기도 힘들었다. 갑자기 갓난아기가 된 기분이었다. 이빨도 없고, 머리카락도 없고, 몸은 시시각각 무력해지고 있었다. 언제쯤 이 변화가 끝날까?

"이런 모습으로 돌아갈 수는 없어." 블레이크가 말했다. "이런 꼴로 테라에 돌아갈 수는 없다고. 세상에, 엘러! 우린 괴물이야. 돌연변이라고. 사람들이― 사람들이 우리를 짐승처럼 우리에 가둘 거야. 사람들이―."

"좀 닥쳐." 엘러가 그에게 다가갔다. "살아 있는 것만으로도 운이 좋은 거니까. 자리에 좀 앉아." 그는 의자를 빼며 말했다. "아무래도 곧 두 다리로 서기도 힘들어질 모양이니까."

두 사람 다 자리에 앉았다. 블레이크는 몸을 떨면서 깊이 숨을 몰아쉬었다. 그는 매끄러운 자기 이마를 문지르고 또 문질렀다.

"내가 걱정하는 건 우리가 아니야." 잠시 후 엘러가 말했다. "실비아지. 그녀가 방사선의 영향을 가장 많이 받았으니까. 내려가봐야 할지조차 결단을 못 내리겠어. 하지만 우리가 내려가보지 않으면―."

신호음이 들렸다. 화면이 켜지며 실험실의 하얀 벽과 증류기와 벽

앞에 나란히 늘어선 실험도구들이 보였다.

"크리스?" 공포로 날이 선, 실비아의 가녀린 목소리가 들렸다. 화면에 모습이 보이지는 않았다. 한쪽으로 비켜나 있는 모양이었다.

"그래." 엘러가 화면 쪽으로 다가갔다. "그쪽은 좀 어때?"

"내가 어떠냐고?" 실비아의 목소리에는 히스테리가 묻어났다. "크리스, 당신도 똑같이 당한 거지? 보기가 겁이 날 지경이네." 잠시 침묵이 흘렀다. "그런 모양이네. 당신 모습이 보여. 하지만 나를 보려고는 하지 말아줘. 나도 내 모습을 다시 보고 싶지 않으니까. 이건…… 이건 너무 끔찍해. 이제 어떻게 해야 하지?"

"나도 모르겠어. 블레이크는 이런 꼴로는 테라로 돌아가지 않을 거라고 하는데."

"안 돼! 돌아갈 수 없어! 돌아가면 안 돼!"

침묵이 흘렀다. "그건 나중에 결정하지." 마침내 엘러가 말했다. "당장 눈앞으로 닥친 일은 아니니까. 우리 몸에 일어난 변화는 방사선에 의한 것이니까, 어쩌면 일시적인 증상으로 끝날지도 몰라. 시간이 지나면 나아질지도 모르지. 아니면 수술로 처리할 수 있을지도 모르고. 어쨌든 당장은 걱정하지 말자고."

"걱정하지 말라고? 그래, 당연히 걱정 안 하지. 그런 사소한 일에 어떻게 걱정을 할 수가 있어! 크리스, 이해가 안 돼? 우린 괴물이 된 거야. 털 없는 괴물이 된 거라고. 머리카락도, 이빨도, 손톱도 없고, 우리 머리는—."

"나도 알아." 엘러는 입을 악물었다. "당신은 실험실에 있어. 블레이크와 나는 영상 화면으로 당신하고 대화할 테니까. 우리 앞에 당신 모습을 보일 필요는 없어."

실비아는 숨을 몰아쉬었다. "말하는 대로 할게. 어쨌든 아직 당신이 선장이니까."

엘러는 화면에서 몸을 돌렸다. "그래, 블레이크, 이야기할 수 있을 만큼 기분이 나아졌나?"

구석에 쭈그리고 있는 거대한 반구형 머리를 가진 존재가 고개를 끄덕였다. 털 없는 커다란 머리가 슬쩍 움직였다. 건장했던 블레이크의 육체는 쪼그라들었다. 팔은 가느다란 파이프 같고, 가슴은 병자처럼 움푹 들어가 있었다. 부드러운 손가락이 초조하게 탁자를 두드려댔다. 엘러는 그를 찬찬히 살펴보았다.

"왜 그러는데?" 블레이크가 말했다.

"아무것도 아니야. 그냥 살펴보고 있었어."

"그쪽도 별로 보기 좋은 꼬락서니는 아닌데."

"나도 알아." 엘러는 그의 맞은편에 자리를 잡고 앉았다. 심장이 힘겨울 정도로 쿵쿵대며 뛰고, 계속해서 얕은 숨을 몰아쉬어야 했다. "불쌍한 실브! 우리보다 그녀 쪽이 훨씬 고통스러울 거야."

블레이크는 고개를 끄덕였다. "불쌍한 실브. 불쌍한 우리. 그녀 말이 맞네, 엘러. 우린 괴물이야." 그의 얇은 입술이 뒤틀렸다. "테라로 돌아가면 사람들이 우릴 죽일 거야. 아니면 감금하거나. 어쩌면 빠른 죽음이 더 나을지도 모르지. 괴물, 돌연변이, 털 없는 뇌수종 환자가 아닌가."

"뇌수종은 아니야." 엘러가 말했다. "뇌에 문제가 생긴 건 아니니까. 그거 하나는 감사할 일이지. 아직 생각할 수가 있으니까. 적어도 정신은 온전하다고."

"어쨌든 그 소행성에 생명이 존재하지 않는 이유는 확실히 알아낸 셈이로군." 블레이크가 비꼬듯 말했다. "정찰대로서의 임무는 성공적으로 완수한 셈이야. 정보를 얻어낸 것 아닌가. 방사선이, 유기체의 조직에 치명적인 방사선이 존재한다는 거지. 세포의 성장 방식을 변화시키고 돌연변이를 일으킬 뿐만 아니라, 신체 장기의 구조와 역할에도 변화를 일으키는 거야."

엘러는 그를 찬찬히 살펴보았다. "자네치고는 꽤나 유식한 발언인데, 블레이크."

"정확한 표현을 사용한 것뿐이지." 블레이크는 고개를 들었다. "솔직해지자고. 우리는 강렬한 방사선에 직격당한 괴물 같은 암세포들이야. 인정하자고. 우리는 인간이 아니야. 더는 인류에 속하지 않는다고. 우리는—."

"우리는 뭔데?"

"나도 모르겠어." 블레이크는 침묵 속으로 침잠했다.

"묘한 일이로군." 엘러가 말했다. 그는 울적한 눈으로 자신의 손가락을 살펴보았다. 그는 손가락을 이리저리 움직이며 실험을 해보았다. 길고 가는 손가락. 그는 손가락으로 탁자 표면을 훑었다. 손가락 피부는 예상 외로 민감했다. 탁자에 남은 세세한 자국을, 선이나 무늬를 모두 느낄 수 있었다.

"지금 뭘 하는 건가?" 블레이크가 물었다.

"흥미가 좀 생겨서." 엘러는 손가락을 들고는 찬찬히 살펴보았다. 그리고 문득 시야가 흐려지기 시작했다는 사실을 깨달았다. 모든 것이 형체만 흐릿하게 보였다. 건너편의 블레이크는 아래를 내려다보고 있었다. 블레이크의 눈이 천천히 거대한 털 없는 머리 안으로 가라앉는 모습이 보였다. 순간 엘러는 자신들이 시각을 잃고 있다는 사실을 깨달았다. 천천히 눈이 멀어가는 것이다. 순간 공포와 혼란이 그를 사로잡았다.

"블레이크!" 그가 소리쳤다. "우리 눈이 멀고 있어. 우리 눈이, 시각과 관계된 근육이 천천히 퇴화되고 있다고."

"나도 알아." 블레이크가 말했다.

"하지만 왜지? 눈 자체가 실제로 없어지고 있는 것 아닌가! 그대로 말라붙어 사라질 모양이야. 왜지?"

"방사능 때문에 위축되는 거겠지." 블레이크가 중얼거렸다.

"그럴지도." 엘러는 탁자에서 항해 일지와 기록용 광선을 꺼냈다. 그는 포일에 새겨진 기록을 손가락으로 더듬어보았다. 눈앞이 계속 흐려지며 시각이 빠른 속도로 쇠퇴하고 있었다. 그러나 손가락은 훨씬 민감해졌다. 피부가 평소와 다르게 반응했다. 보상 같은 것일까?

"이걸 어떻게 생각하나?" 그가 말했다. "일부 기능을 잃는 대신에 다른 기능을 획득하는 모양인데."

"손 말이지?" 블레이크는 자신의 손을 살펴보았다. "손톱을 잃은 덕분에 손가락을 다른 방식으로 사용할 수 있게 된 모양이로군." 그는 자기 제복 천을 손가락으로 문질러보았다. "예전에는 이렇게 섬유 하나하나까지 느낄 수는 없었던 것 같은데."

"그렇다면 손톱을 잃은 것에도 목적이 있었던 셈이로군!"

"그래서?"

"우리는 이 모든 변화에 목적이 없다고 생각하고 있었어. 사고로 방사선에 노출되어 세포가 파괴되고 변형이 일어났다고만 생각했지. 하지만……." 엘러는 기록용 광선으로 천천히 항해 일지를 써 내려갔다. 손가락: 새로운 감각 기관. 향상된 촉각, 촉각 정보량의 증대. 하지만 시각은 퇴화…….

"크리스!" 겁에 질린 실비아의 목소리가 날카롭게 울렸다.

"왜 그래?" 그는 통신 화면을 돌아보았다.

"시각이 퇴화하고 있어. 앞이 안 보여."

"괜찮아. 걱정하지 마."

"너, 너무 무서워."

엘러는 통신 화면 쪽으로 갔다. "실브, 내 생각에 우리는 일부 감각을 잃는 대신 새로운 감각을 얻고 있는 것 같아. 당신 손가락을 좀 살펴봐.

24

뭔가 느껴지는 거 없어? 뭔가를 만져봐."

고통스러운 침묵이 흘렀다. "사물을 상당히 다른 방식으로 느낄 수 있게 된 것 같네. 예전하고는 다른 느낌이야."

"그래서 손톱이 사라진 거야."

"하지만 대체 이런 일이 왜 일어나는 건데?"

엘러는 부풀어 오른 자신의 두개골을 만지며 매끈한 피부를 차분하게 느껴보았다. 순간 그는 주먹을 쥐며 입을 떡 벌렸다. "실브! 아직 엑스레이 장비 사용할 수 있어? 실험실을 가로지를 수 있겠어?"

"응, 할 수 있을 것 같아."

"그러면 엑스레이 건판을 하나 만들어줘. 지금 당장. 준비가 끝나면 나한테 알려주고."

"엑스레이 건판? 뭘 찍으라는 거야?"

"당신 두개골. 우리 뇌에 무슨 변화가 일어났는지를 확인하고 싶어. 특히 대뇌에. 이제 슬슬 이해가 되는 것 같아."

"무슨 생각을 하는 건데?"

"건판을 확인하고 알려줄게." 엘러의 얇은 입술 위에 희미한 미소가 어렸다. "만약 내 생각이 옳다면, 우리는 지금 겪고 있는 일에 대해 완전히 잘못 생각한 거야!"

엘러는 통신 화면에 비친 엑스레이 건판을 한참 동안 들여다보았다. 흐릿한 눈으로 두개골의 윤곽을 훑으며, 소멸되는 시각으로 뭔가를 확인하려 애쓰고 있었다. 실비아의 손에 들린 건판이 떨렸다.

"뭐가 보여?" 그녀는 나지막하게 속삭였다.

"내 생각이 맞았어. 블레이크, 아직 가능하다면 이걸 좀 보라고."

블레이크는 의자 하나에 몸을 기댄 채 천천히 다가왔다. "그게 뭔데?" 그는 눈을 깜빡이며 건판을 보려 했다. "이제 제대로 볼 수가 없네."

"뇌에 상당한 변화가 일어난 모양이야. 이쪽 부근이 얼마나 부풀어 올랐는지 좀 보라고." 엘러는 전두엽의 윤곽을 손으로 훑었다. "여기, 그리고 여기도. 놀라울 정도로 증식했잖아. 게다가 상당히 난해한 형태가 됐어. 여기 전두엽에 묘하게 튀어나온 부분 보이지. 돌기 같은 모습이야. 이게 뭘 하는 기관 같아?"

"짐작도 안 가는군." 블레이크가 말했다. "그 영역은 보통 고등 사고 능력과 연관 있는 부분 아니던가?"

"고등 인지 능력을 다루는 부분이지. 그리고 대부분의 조직 발달은 이 근처에서 일어났어." 엘러는 천천히 화면에서 떨어졌다.

"그게 무슨 뜻인데?" 실비아의 목소리가 들렸다.

"이론을 하나 세울 수 있지. 틀릴지도 모르지만 일단 아직까지는 완벽하게 들어맞아. 처음에 내 손톱이 빠지는 것을 보자마자 든 생각이기는 한데."

"그래서, 자네 이론이 뭔가?"

엘러는 계기판 앞의 의자에 앉았다. "서 있지 않는 게 좋겠어, 블레이크. 이제 우리 심장으로는 버티기 힘들 테니까. 체적이 갈수록 줄어들고 있으니 나중에는 괜찮을지도 모르지만—"

"자네 이론 말이야! 그게 뭔가?" 블레이크는 가느다란 새가슴을 힘겹게 움직이며 엘러에게 다가가서는, 그를 정면으로 쏘아보며 말했다. "대체 뭔데?"

"우리는 진화한 거야." 엘러가 말했다. "소행성의 방사선이 마치 암세포처럼 우리 세포의 성장을 활성화시킨 건 사실이지. 하지만 거기에 목적이 존재했던 거야. 변화에는 목적과 방향성이 존재한다고, 블레이크. 우리는 수 세기에 걸친 변화를 몇 초 만에 경험하면서 변화하고 있는 거야."

블레이크가 그를 물끄러미 바라보았다.

"진심이야." 엘러가 말했다. "사실 확신하고 있어. 대뇌 용적의 증가, 시각의 퇴화, 모발과 치아의 손실. 손을 섬세하게 움직일 수 있고, 촉각의 정보량이 증대했지. 육체의 측면으로 보면 많은 것을 잃었지만, 정신 쪽으로는 이득을 얻었어. 우리는 보다 뛰어난 인지력을, 보다 뛰어난 개념 구상 능력을 얻은 거라네. 우리 정신은 미래를 향해 나아가고 있는 거야. 정신이 진화하는 거지."

"진화한다고!" 블레이크는 천천히 자리에 주저앉았다. "설마 그런 게 가능하단 말인가?"

"나는 확신하고 있어. 물론 엑스레이 사진을 더 찍어봐야겠지. 우리 내장에, 신장이나 위장에 일어난 변화를 확인하고 싶어서 몸이 달 지경이군. 내장의 일부를 손실한 것이 분명하니—."

"진화라고! 하지만 그 말은, 진화가 외부의 자극에 의한 우연한 결과가 아니라는 뜻이 되지 않는가. 경쟁과 적응이 아닌 거야. 목적 없는 자연선택이 아닌 거라고. 자네 말은 모든 생명체가 자신이 진화해나갈 방향을 내재하고 있다는 뜻이 아닌가. 그렇다면 진화란 우연히 일어나는 게 아니라, 명확한 목적을 가진 신이 주재하는 영역의 현상이라고."

엘러는 고개를 끄덕였다. "우리 진화는 내면의 성장 쪽에 가까운, 명확한 방향성을 가진 변화인 모양이로군. 분명 무작위적인 변화는 아니야. 이런 변화를 주재하는 힘의 정체를 파악하는 일도 꽤나 흥미롭겠어."

"그렇다면 모든 사물을 새로운 방식으로 볼 수 있겠는데." 블레이크가 중얼거렸다. "그렇다면 우리는 괴물이 아닌 셈이야. 괴물이 아니라고. 우리는…… 미래의 인류인 거지."

엘러는 그를 물끄러미 바라보았다. 블레이크의 목소리에는 묘한 기색이 깃들어 있었다. "그렇게 말할 수도 있겠군." 그도 인정했다. "물론 테라로 돌아가면 괴물 취급을 받을 거라는 사실은 변하지 않겠지만."

"하지만 그건 잘못된 생각이지." 블레이크가 말했다. "그래, 물론 놈들은 우리를 보고 괴물이라고 말하겠지. 하지만 우린 괴물이 아니야. 앞으로 수백만 년만 있으면 다른 사람들이 우리를 따라잡을 거라고. 우리는 시대를 앞지른 것뿐일세, 엘러."

엘러는 블레이크의 거대한 머리를 물끄러미 바라보았다. 이제 형체만을 흐릿하게 알아볼 수 있을 정도였다. 조명이 환할 터인 조종실이 이미 거의 어둠 속에 잠겨 있었다. 시각은 이제 사라진 것이나 다름없었다. 그가 알아볼 수 있는 것은 흐릿한 그림자가 전부였다.

"미래의 인류라고." 블레이크가 말했다. "괴물이 아니라 미래 세계에서 온 인간이란 말이야. 그래, 그렇게 보면 확실히 다른 방식으로 생각할 여지가 생기는데." 그는 초조한 기색을 담아 크게 웃었다. "몇 분 전만 해도 내 외모가 부끄러웠는데! 하지만 지금은—."

"하지만 지금은 어떻다는 거지?"

"지금은 확신할 수가 없어."

"무슨 뜻이지?"

블레이크는 대답하지 않았다. 그는 탁자를 짚은 채로 천천히 자리에서 일어섰다.

"어딜 가는 건가?" 엘러가 말했다.

블레이크는 힘겹게 더듬거리며 조종실을 가로질러 문으로 향하기 시작했다. "조금 생각을 가다듬어봐야겠어. 고려해야 할 놀랍고 새로운 요소가 너무 많아. 자네 의견에 동의하네, 엘러. 자네 말이 맞아. 우리는 진화한 거야. 우리 인지능력은 극적으로 향상됐지. 물론 신체능력은 상당히 퇴화되기는 했어. 하지만 그 정도야 예상할 수 있는 일이지. 모든 요소를 고려해보면, 우리는 이득을 본 쪽에 속한다고 생각한다네." 블레이크는 조심스레 자신의 거대한 두개골을 쓰다듬었다. "그래, 장기적으로 보면 이득을 본 셈이야. 엘러, 훗날 돌이켜보면 이 날을 영광스런 날로 추억하게 될 거야. 우리 인생 최고의 순간으로. 자네 이론이 옳은 것이 분명해. 이런 과정이 계속되면 내 인지능력의 변화도 감지할 수 있게 되겠지. 게슈탈트 능력이 놀라울 정도로 향상됐으니까. 일부 관계를 직관을 통해 재고할 수 있다면—."

"멈춰!" 엘러가 말했다. "어딜 가는 건가? 대답해. 아직 이 배의 선장은 나야."

"어디긴? 내 방이지. 좀 쉬어야겠어. 이 육체로 움직이는 일은 정말 힘들거든. 전동 탈것을 만들거나, 기계 폐나 심장 같은 인공장기를 개발해야 할지도 모르겠어. 호흡계와 순환계가 별로 오래 버티지 못할 것 같거든. 기대수명 또한 심각할 정도로 줄어들어 있을 테지. 나중에 보세, 엘러 소령. 아니, '보다'라는 단어는 적절치 못할지도 모르겠군." 그는 희미한 웃음을 지었다. "이제 서로를 보기는 힘들 테니 말이지." 그는 손을 들어 올리며 말을 이었다. "하지만 이게 시각의 역할을 대신하지 않겠나." 이번에는 손이 머리로 향했다. "그리고 이게 상당히 많은, 온갖 기관들의 역할을 대신해주겠지."

그가 시야에서 사라지며 문을 닫는 소리가 들렸다. 엘러의 귀에 그가 천천히, 하지만 확고하게 복도를 걸어가는 소리가 들렸다. 손으로 앞을 더듬고, 후들거리는 다리를 한 발짝씩 옮기면서.

엘러는 조종실을 가로질러 통신 화면 앞으로 왔다. "실브! 내 말 들려? 우리가 무슨 이야기 했는지 들었어?"

"응."

"그럼 우리한테 무슨 일이 일어났는지도 알겠지."

"응, 알아, 크리스. 이제 거의 눈이 멀었어. 거의 아무것도 볼 수가 없어."

엘러는 실비아의 반짝이는 지적인 눈빛을 기억하고 쓴웃음을 지었다. "유감이야, 실브. 이런 일이 일어나지 않았더라면 좋았을 텐데. 옛날 모습으로 돌아갔으면 좋겠어. 이런 건 우리에게 도움이 안 돼."

"블레이크는 잘된 일이라고 생각하는 모양이던데."

"나도 알아. 잘 들어, 실브. 가능하다면 여기 조종실로 와줬으면 좋겠어. 블레이크 때문에 걱정이 돼서 그래. 당신이 여기 함께 있어줬으면 해."

"걱정이 돼? 무슨 걱정?"

"뭔가 꿍꿍이가 있는 게 분명해. 단순히 쉬려고 자기 방으로 돌아간 게 아닐 거야. 나하고 같이 있으면서 앞으로 어떻게 할지 결정을 내리자고. 몇 분 전까지만 해도 난 테라로 돌아가자는 쪽이었는데. 이제 생각이 달라지는 것 같아."

"왜? 블레이크 때문에? 당신 혹시 블레이크가 일을 벌일 거라고—."

"오면 그때 얘기하자고. 손으로 더듬으면서 길을 찾아봐. 블레이크도 했으니까 아마 당신도 할 수 있을 거야. 아무래도 테라로 돌아가지 않게 될 거라는 생각이 들어. 하지만 당신에게 그래야 할 이유 정도는 설명해주고 싶어."

"최대한 빨리 갈게." 실비아가 말했다. "하지만 인내심을 갖고 기다려. 그리고 크리스, 나를 보려고 하지 마. 당신이 이런 모습을 보는 건 견딜 수가 없어."

"안 볼 거야." 엘러는 우울하게 대꾸했다. "어차피 당신이 여기 올 때쯤에는 아무것도 볼 수 없게 될 테니까."

실비아는 계기판 탁자에 앉았다. 연구실 사물함에서 꺼낸 우주복을 착용해서, 플라스틱과 금속으로 자신의 몸을 가린 채였다. 엘러는 그녀가 호흡을 가다듬을 때까지 기다렸다.

"말해봐." 실비아가 말했다.

"우선 우주선 안에 있는 무기를 전부 회수해야 해. 블레이크가 돌아오면 난 테라로 돌아가지 않겠다고 선언할 거야. 내 생각이 맞다면 그 친구는 화를 잔뜩 내겠지. 문제를 일으키려 할 정도로 화를 낼지도 몰라. 분명 테라 쪽으로 가고 싶었을 테니까. 우리 변화가 무슨 의미를 지니는지를 깨닫게 되면서 말이야."

"당신은 돌아가고 싶지 않다는 거지."

"맞아." 엘러는 고개를 끄덕였다. "우린 테라로 돌아가면 안 돼. 엄청난 위험을 수반하는 일이니까. 벌써 어떤 종류의 위험이 기다리는지 확인할 수 있었잖아."

"블레이크는 새로운 가능성에 매료되어버린 거야." 실비아는 신중하게 입을 열었다. "우리는 다른 인류를 수백만 년 정도 앞서 있고, 지금도 매 순간 발전하고 있어. 우리 두뇌와 사고능력은 다른 테라인에 비하면 훨씬 진보되어 있다고."

"블레이크는 평범한 인간이 아니라 미래인으로서 테라로 돌아가고 싶은 거야. 우리는 다른 테라인에 비하면 바보 무리 속의 천재일지도 몰라. 이런 속도로 변화가 계속 일어난다면, 다른 사람들이 기껏해야 고등 유인원 정도로 보이게 될 수도 있겠지. 우리에 비하면 짐승 같은 존재로 말이야."

두 사람 사이에 정적이 흘렀다.

"이대로 테라로 돌아가면 우리는 다른 테라인들을 짐승으로 여기게 될 거야." 엘러는 말을 이었다. "그런 상황에 처한다면 자연스레 그들을 도우려 하겠지? 우리는 어쨌든 수백만 년은 앞선 존재니까 말이야. 우리가 그들을 이끌고, 명령을 내리고, 계획을 세우도록 허락해준다면 그들을 위해 많은 일을 해낼 수 있을 거라고 생각하면서."

"그리고 그들이 저항한다면 조종할 수 있는 방법을 찾겠지." 실비아가 말했다. "물론 모든 것이 그들을 위한 일이라고 말하면서. 두말할 나

위도 없는 소리네. 당신 말이 맞아, 크리스. 테라로 돌아가면 우린 결국 인류를 멸시하게 될 거야. 그들을 이끌고, 어떻게 살아야 할지 가르치기를 원하게 될 거라고. 그들이 우리를 원하는지의 여부와는 관계없이. 맞아, 분명 저항하기 힘든 유혹이 될 거야."

엘러는 자리에서 일어섰다. 그리고 무기고로 가서 문을 열어젖혔다. 그는 조심스레 묵직한 보리스 건을 꺼내 하나씩 탁자로 가져왔다.

"우선 이것들을 전부 파괴해야겠어. 그런 다음에는 블레이크가 조종실로 들어오지 못하도록 최선을 다해 막자고. 조종실 안에서 바리케이드를 치고 저항하게 되더라도 반드시 해야 하는 일이야. 내가 지금 궤도를 재설정하지. 태양계를 피해서 먼 변방으로 나가는 거야. 이게 유일한 해결책이라고."

그는 보리스 건을 열고 화기제어장치를 제거한 다음, 제어장치를 하나씩 발로 밟아 부숴버렸다.

소리가 들렸다. 두 사람 모두 그쪽을 향하며 상황을 보려고 눈을 찌푸렸다.

"블레이크!" 엘러가 말했다. "어차피 자네겠지. 잘 보이지는 않지만—."

"훌륭한 추측일세." 블레이크의 목소리가 들렸다. "그래, 엘러, 어차피 우리 모두 눈이 멀었거나 거의 먼 상황 아닌가. 보리스 건을 파괴한 모양이로군! 유감스럽지만 그런다고 해서 우리가 테라로 돌아가는 걸 막을 수는 없어."

"자네 방으로 돌아가게." 엘러가 말했다. "선장은 나고, 내가 내리는 명령이니—."

블레이크는 웃음을 터트렸다. "자네가 나한테 명령을 한다고? 엘러, 자네가 눈이 거의 먼 것은 분명하지만, 아무래도 이건 볼 수 있을 것 같은데!"

블레이크 주변을 감싸듯, 부드러운 푸른색 구름 같은 무언가가 일어났다. 구름에 휘감긴 엘러는 고통에 얼굴을 찌푸리며 숨을 헐떡였다. 수많은 조각으로 잘게 찢겨 녹아내리는 기분이었다. 구름에 휘말려 어딘가로 흘러가버릴 것만 같았다.

블레이크는 구름을 자기 손에 들고 있는 작은 원반으로 불러들였다. "기억할지 모르겠지만" 그는 차분하게 입을 열었다. "맨 처음 방사선을 받은 사람은 바로 나였다네. 덕분에 아주 조금일지는 모르지만 자네들보다 더 진화할 수 있었지. 아주 짧은 시간이지만 그 정도면 충분해. 내가 가진 무기와 비교하면 보리스 건은 어차피 쓸모없는 물건일 뿐일세. 이 배의 모든 물건은 적어도 수백만 년은 뒤떨어진 골동품이라는 사실을 기억하게. 내 무기는―."

"그 원반은 대체 어디서 얻은 건가?"

"얻은 게 아니야. 자네가 우주선을 테라로 몰고 가지 않을 것이라는 사실을 깨닫자마자 만들기 시작한 거지. 꽤나 간단하더군. 조금만 있으면 자네들도 새로운 능력에 눈뜨게 될 거야. 하지만 유감스럽게도 지금은 살짝 뒤떨어져 있는 모양이로군."

엘러와 실비아는 숨을 쉬려고 애썼다. 엘러는 난간에 몸을 기대고 그대로 주저앉았다. 몸은 노곤하고 심장은 격렬하게 뛰었다. 그는 블레이크가 들고 있는 원반을 바라보았다.

"계속 테라로 가게나." 블레이크가 말을 이었다. "자네들이 경로를 바꾸도록 놔두지는 않겠어. 뉴욕 우주공항에 도착하면 자네들도 세상을 다른 눈으로 바라보게 될 거야. 나를 따라잡으면 나와 같은 식으로 세상을 보게 될 테지. 우리는 돌아가야 해, 엘러. 이게 우리가 인류에 대해 가져야 하는 의무라고."

"의무라니?"

블레이크의 목소리에 살짝 조롱하는 기색이 실렸다. "물론 우리의 의무이지! 인류는 우리를 필요로 해. 정말로 간절하게. 우리는 테라를 위해 아주 많은 일을 해줄 수 있으니까. 이제 자네 생각을 제법 많이 읽을 수 있다네. 전부는 아니지만, 자네가 무슨 계획을 꾸미는지 짐작할 정도는 되지. 이제 머지않아 우리는 대화를 통한 의사소통을 그만두게 될 거야. 머지않아 생각만으로—."

"내 마음속을 들여다볼 수 있다면 우리가 테라로 돌아가면 안 되는 이유도 알고 있을 텐데."

"자네 생각이야 알지만, 그건 틀린 생각이야. 우리는 인류를 위해 돌아가야만 한다네." 블레이크는 부드럽게 웃었다. "우리는 그들에게 크나큰 은혜를 베풀 수 있어. 우리 손으로 그들의 과학을 바꿔놓아야지. 인류의 모습도 우리 손에 의해 바뀔 거야. 우리는 테라를 강한 국가로 새롭게 벼려낼 걸세. 행성 삼두정은 새로운 테라 앞에서, 우리가 건설할 테라 앞에서 무력하기만 할 테지. 우리 세 사람이 종족 전체를 개조해서, 은하계 전역을 다스리는 강대한 종족으로 일어나게 만드는 걸세. 인류는 우리가 마음대로 빚어낼 수 있는 질료일 뿐이니까. 청색과 백색의 깃발이 모든 곳에서 펄럭이게 될 테지. 하찮은 바윗덩이 몇 개가 아니라, 은하계의 모든 행성에서 말이야. 우리는 테라를 강성하게 만들 걸세, 엘러. 테라가 모두를 지배하게 될 거야."

"자네 그런 생각을 품고 있던 거로군." 엘러가 말했다. "만일 테라가 우리를 따르기를 원치 않는다면? 그러면 어떻게 하지?"

"그들이 이해하지 못할 가능성도 존재하지." 블레이크도 인정했다. "어쨌든 우리가 그들보다 수백만 년은 앞서 있다는 사실을 감안해야 하니까. 우리의 상태에 도달하려면 긴 세월이 필요하고, 우리 명령의 목적을 이해하지 못하는 일도 자주 생길 거야. 하지만 명령이란 그 속뜻을 이해하지 못하더라도 따라야 하는 것이 아니겠나. 자네는 선장 일을 해봤으니 이해하겠지. 테라를 위해서 반드시 필요한 일이라면—."

엘러는 그를 향해 몸을 날렸다. 그러나 연약하고 부드러워진 몸은 그의 말을 듣지 않았다. 그는 미처 닿지도 못한 채, 블레이크를 향해 막무가내로 손을 휘저으며 붙들려 했다. 블레이크는 욕설을 내뱉으며 뒤로 물러섰다.

"바보 같은 놈! 어디서 감히―."

원반이 번득이더니 푸른 구름이 엘러의 얼굴로 몰려들었다. 그는 손을 들어 얼굴을 가리며 한쪽으로 비틀거렸다. 그리고 그대로 금속 바닥으로 넘어져버렸다. 실비아가 비틀대며 자리에서 일어나서, 무거운 우주복 속에서 뒤뚱거리며 천천히 블레이크에게 다가갔다. 블레이크는 원반을 높이 들고 그녀를 돌아보았다. 두 번째 구름이 일어났다. 실비아는 비명을 질렀다. 구름이 그녀를 집어삼켰다.

"블레이크!" 엘러는 비틀거리며 몸을 일으켜 무릎을 꿇었다. 한때 실비아였던 형체가 비틀거리며 우주복에서 나와 그대로 무너져버렸다. 엘러는 블레이크의 팔을 붙들었다. 두 사람은 서로 엉킨 채로 엎치락뒤치락했다. 블레이크는 벗어나려 했다. 갑자기 엘러의 몸에서 힘이 빠져나갔다. 그대로 미끄러져 넘어진 엘러의 머리가 금속 바닥에 부딪쳤다. 근처에는 이제 아무 소리도 내지 못하는, 움직일 수 없는 실비아가 누워 있었다.

"가까이 오지 마." 블레이크는 원반을 흔들며 위협했다. "저 여자처럼 자네도 박살 내버릴 수 있어. 이해가 안 되나?"

"네가 그녀를 죽였어." 엘러가 소리쳤다.

"자네 잘못이야. 나한테 반항하면 무슨 일이 벌어지는지 똑똑히 봤겠지? 가까이 오지 마! 가까이 오면 구름을 다시 일으키겠어. 그러면 자네도 끝장이야."

엘러는 움직이지 않았다. 그저 이제 말할 수 없게 된 형체를 지켜볼 뿐이었다.

"좋아." 멀리서 울리는 것처럼 블레이크의 목소리가 들려왔다. "지금부터 내 말 잘 들어. 우린 계속 테라를 향해 갈 거야. 내가 실험실에서 작업하는 동안 자네가 배를 몰라고. 네 생각은 전부 읽을 수 있으니까, 경로를 변경하려 드는 즉시 들통날 거야. 저 여자는 잊어버려! 아직 둘이나 남아 있으니 우리 의무를 다하기에는 충분해. 며칠 안에 태양계에 도착할 거야. 할 일이 아주 많으니까. 우선……." 블레이크의 목소리는 사실을 선고하듯 차분하기만 했다. "일어날 수 있나?"

엘러는 선체에 붙은 난간을 붙들고 천천히 일어섰다.

"좋아." 블레이크가 말했다. "우선 아주 신중하게 계획을 세워야 해. 처음에는 테라인을 상대하는 일에 어려움이 있을지도 몰라. 그러니 대비를 해야지. 남은 시간 정도면 내가 필요한 장비를 제작할 수 있을 거야. 나중에 자네의 진화가 나를 따라잡으면 함께 필요로 하는 물건들을 생산할 수 있겠지."

엘러는 그를 바라보았다. "내가 네 생각에 동조하는 날이 올 거라 생각하나?" 그는 바닥에 꼼짝 않고 누워 있는 형체를 향해 시선을 옮겼다. "이런 일을 벌인 다음에도, 내가 네놈을 도우리라고—."

"자, 자, 엘러." 블레이크는 짜증 섞인 목소리로 말했다. "이거 참 놀랄 지경이군. 슬슬 자네도 새로운 관점에서 사물을 보기 시작할 때가 됐는데. 그런 하찮은 문제를 고려하기에는—."

"그래서 인류를 이런 식으로 다루겠다는 거지! 이런 식으로 인류를 구원하겠다고 말하는 거야!"

"자네도 결국 현실적인 관점을 가지게 될 걸세." 블레이크는 차분하게 말했다. "미래인의 일원으로서—."

"정말로 내가 그러리라고 생각하나?"

두 남자는 서로를 마주보았다.

천천히 블레이크의 얼굴에 의심의 기색이 어리기 시작했다. "당연한 소리 아닌가, 엘러! 새로운 관점으로 사물을 보는 것이 우리의 의무라고. 당연히 그렇게 되겠지." 그는 얼굴을 찌푸리며 원반을 슬쩍 들어 보였다. "그 사실을 어떻게 의심할 수 있겠나?"

엘러는 대답하지 않았다.

"어쩌면 내게 품은 원한은 사라지지 않을지도 모르지." 블레이크는 신중하게 말을 이어나갔다. "이 사건 때문에 자네의 시야가 좁아질지도 모르고. 가능한 일이긴 하지……." 원반이 움직이기 시작했다. "일이 그렇게 되어서 나 혼자서 작업을 진행하게 될 가능성에 최대한 빨리 적응하도록 해야겠군. 자네가 이 일에 동참하지 않는다면 자네 없이 해나갈 수밖에 없지." 그의 손가락이 원반을 쥐었다. "자네가 나와 함께하지 않는다면 홀로 해나가면 될 일이야, 엘러. 어쩌면 그쪽이 나을 수도 있지. 어차피 언젠가는 이런 상황이 발생할 테니까. 차라리 지금—."

블레이크가 갑자기 비명을 질렀다.

크고 투명한 형체가 느긋하다는 느낌이 들 정도로 천천히 벽에서 나와 조종실로 들어섰다. 그 뒤로 다른 형체가, 뒤이어 다른 형체가 차례로 들어와서, 최종적으로 다섯이 되었다. 형체들은 내부에 광원이 있는 것처럼 흐릿한 빛으로 맥동하고 있었다. 모두 명확한 형체를 가지고 있지 않았다.

그들은 조종실 가운데로 들어와서, 바닥에서 살짝 뜬 상태로 멈추었다. 그리고 아무 소리 없이 빛을 뿜으며, 기다리듯 그 자리에 서 있었다.

엘러는 그들을 멍하니 바라보았다. 블레이크는 놀라서 입을 뻐끔거리며, 원반을 든 손을 늘어뜨린 채 창백한 얼굴로 서 있었다. 문득 엘러는 한 가지 사실을 깨닫고 차가운 공포가 몸을 꿰뚫는 것을 느꼈다. 그는 형체를 보고 있는 것이 아니었다. 이제 거의 눈이 먼 상태였기 때문이다. 그는 새로운 방식으로, 완전히 새로운 감각을 통해 그들을 느끼고 있었다. 그는 정신없이 머리를 굴리며 상황을 이해하려 애썼다. 순간 깨달음이 찾아왔다. 그리고 그들에게 명확한 형체나 윤곽이 없는 이유를 이해하게 되었다.

그들은 순수한 에너지인 것이다.

블레이크는 간신히 마음을 다잡고 다시 움직이기 시작했다. "대체—." 그는 더듬거리며 원반을 흔들었다. "당신들은 누구—."

생각 하나가 마음속을 번득이며 블레이크의 말을 자르고 들어와, 엘러의 정신 속에 새겨졌다. 단단하고 날카로운, 차갑고 비인간적인 생각이었다. 무엇에도 속박되지 않는 이질적인 생각이었다.

"먼저, 여자부터."

형상 둘이 엘러 옆에 움직임을 멈춘 채 쓰러져 있는 실비아의 육체 쪽으로 향했다. 그들은 빛으로 맥동하면서 그녀에게서 약간 거리를 둔 채로 멈추어 섰다. 빛나는 형체의 일부가 뿜어져 나와 그녀의 몸에 도달해서는, 빛나는 불길을 일으켜 감쌌다.

"이 정도면 될 것이다." 잠시 후 두 번째 생각이 도달했다. 불길이 사그라들었다. "그럼 이제 무기를 가진 자의 차례다."

형체 하나가 블레이크 쪽으로 움직였다. 블레이크는 뒤편의 문 쪽으로 뒷걸음질쳤다. 비쩍 마른 몸이 공포로 떨고 있었다.

"너희들은 뭐냐?" 그는 이렇게 물으며 원반을 들어올렸다. "정체가 뭐지? 어디서 온 거냐?"

형체는 계속 다가갔다.

"저리 가!" 블레이크가 소리쳤다. "가까이 오지 마! 물러서지 않으면—."

그는 원반을 발사했다. 푸른 구름이 형체 안으로 파고들었다. 형체는 잠시 몸을 떨더니 그대로 구름을 흡수해버리고 다시 다가가기 시작했다. 블레이크의 입이 떡 벌어졌다. 그는 자리에 넘어져 비틀거리며 복도로 기어 나갔다. 형체는 문가에서 잠시 머뭇거리더니, 그 옆으로 다가온 두 번째 형체와 합류했다.

빛나는 구체가 첫 번째 형체의 몸에서 떨어져 나와 블레이크 쪽으로 움직였다. 그리고 그를 감싸버렸다. 빛이 사라졌다. 블레이크가 서 있던 자리에는 아무것도 없었다. 흔적조차 남지 않았다.

"유감스러운 일이다." 생각 하나가 들어왔다. "하지만 이렇게 할 수밖에 없었다. 여자는 살아나고 있는가?"

"그렇다."

"잘됐다."

"당신들은 누굽니까?" 엘러가 물었다. "정체가 뭡니까? 실브는 괜찮은 겁니까? 살아난 건가요?"

"여자는 회복될 것이다." 형체들이 엘러 쪽으로 다가와서는 그를 둘러쌌다. "그녀가 상처를 입기 전에 개입하는 편이 나았을지도 모르겠지만, 무기를 가진 자가 상황을 제압할 때까지 기다리고자 했다."

"그렇다면 무슨 일이 벌어질지를 알고 있었다는 겁니까?"

"모두 알고 있었다."

"당신들은 누굽니까? 어디서…… 어디서 온 겁니까?"

"여기 있었다." 생각이 들어왔다.

"여기요?"

"이 우주선에 있었다. 처음부터 이곳에 있었다. 블레이크의 생각과는 달리, 방사선을 맨 처음 쬔 것은 그가 아니라 우리였다. 따라서 우리의 변화는 그보다 먼저 시작되었다. 게다가 우리는 더 멀리까지 진화할 수 있다. 너희 종족의 진화 한도는 얼마 남지 않았다. 대뇌 용적이 약간 더 늘어나고, 털이 적어지는 정도겠지. 하지만 본질적인 변화는 일어날 수 없다. 반면 우리 종족의 진화는 막 시작했을 뿐이었다."

"당신 종족? 먼저 방사선을 쬐었다고?" 엘러는 그 말뜻을 깨닫고는 새삼 주변을 둘러보았다. "그렇다면 당신들은—."

"그렇다." 차분하고 견고한 생각이 흘러들어왔다. "네 생각이 옳다. 우리는 연구실의 햄스터였던 존재다. 너희들이 실험을 수행하기 위해 우주선에 싣고 온 실험동물이다." 그 생각에는 거의 유머라고 부를 만한 감정이 깃들어 있었다. "하지만 너희에게 적대감을 품고 있지 않다는 사실은 단언해두겠다. 사실 우리는 어느 쪽으로든 너희 종족에 대해 거의 관심이 없다. 우리의 길을 이끌어준 일, 우리의 운명에 도달하기까지 필요했던 5천만 년의 시간을 몇 분으로 단축해준 사실에는 아주 가벼운 빚을 졌다고 할 수도 있을 것이다.

그 사실에는 감사를 표한다. 그리고 이미 보답은 충분히 한 것 같다. 여자는 괜찮아질 것이다. 블레이크는 사라졌다. 너희는 안심하고 고향으로 돌아갈 수 있을 것이다."

"테라로 돌아가라는 겁니까?" 엘러는 머뭇거렸다. "하지만 우린—."

"떠나기 전에 너희에게 한 가지 더 베풀어줄 것이다." 차분한 생각이 머릿속에 도달했다. "이 문제를 놓고 논의해본 결과 만장일치로 결론을 내렸다. 너희 종족은 머지않아 자연적인 시간의 흐름 속에서 정당한 지위에 도달할 것이다. 미숙한 채로 서둘러보았자 좋을 일은 없다. 너희 종족과 너희 두 사람의 안녕을 위해서, 우리는 떠나기 전에 마지막으로 한 가지 일을 더 수행할 것이다. 이해해줄 것이라 믿는다."

첫 번째 형상 속에서 불타는 구체 하나가 둥실 떠올랐다. 구체는 엘러 위에 머물다가 그를 건드리고는 실비아에게 향했다. "이쪽이 더 낫군. 의심할 여지가 없다." 생각이 흘러들었다.

그들은 관측창 밖을 바라보며 소리 없이 서 있었다. 우주선 한쪽에서 빛의 구체 하나가 움직여 심연 속으로 나섰다.

"저것 좀 봐!" 실비아가 소리쳤다.

빛의 구체는 속력을 올리기 시작했다. 그대로 엄청난 속도로 우주선을 떠나 심연 속으로 사라졌다. 두 번째 구체가 우주선 동체로 스며들 듯 나가더니 첫 번째 구체를 따라 움직이기 시작했다.

그 뒤를 따라 세 번째, 네 번째, 다섯 번째가 나가버렸다. 빛의 구체는 하나씩 심연 속으로 날아가서는 깊은 우주로 사라져버렸다.

모두가 사라져버리자 실비아는 눈을 빛내며 엘러를 돌아보았다. "다 끝났네. 다들 어디로 간 걸까?"

"알 도리가 없지. 아마 먼 여행을 떠난 걸 거야. 어쩌면 이 은하가 아니라, 더 멀리 떨어진 다른 곳일지도 모르지." 엘러는 문득 손을 뻗어 실비아의 짙은 갈색 머리카락을 어루만졌다. 그의 얼굴에 웃음이 흘렀다. "저기, 당신 머리카락 정말 훌륭한데. 온 우주에서 가장 아름다운 머리카락이야."

실비아는 웃음을 터트렸다. "이젠 어떤 머리카락이라도 아주 훌륭해 보일걸." 그녀는 온기가 흐르는 붉은 입술로 웃어 보였다. "당신 머리카락마저도 그렇다니까, 크리스."

엘러는 한참 동안 그녀를 내려다보았다. "그들 말이 옳았어." 마침내 그는 말했다.

"뭐가?"

"이 편이 더 나아." 엘러는 눈앞의 여인을, 아름다운 머리카락과 검은 눈을, 이제 익숙해진 유연하고 부드러운 몸을 바라보았다. "그들 말이 맞아. 의심할 여지가 없어."

보존 기계
The Preserving Machine

PHILIP K. DICK

라비린스 박사는 정원용 의자에 몸을 기대고 우울한 표정으로 눈을 감으며, 담요를 무릎까지 올려 덮었다.

"그래서요?" 나는 바비큐 화덕 옆에 서서 손을 데우며 물었다. 맑고 싸늘한 날씨였다. 로스앤젤레스의 하늘에는 거의 구름 한 점 없었다. 라비린스의 수수한 집 옆으로 산맥 기슭까지 펼쳐진 짙은 녹색이 바람에 부드럽게 물결치고 있었다. 도시 근교인데도 미개척지의 환상을 제공해주는 작은 숲이었다. "그래서? 그 말은 기계가 당신 예측대로 작동했다는 뜻이겠죠?"

라비린스는 대답하지 않았다. 나는 시선을 돌려 그를 바라보았다. 노인은 우울한 얼굴로 담요 한쪽을 느릿느릿 기어오르는 커다란 회갈색 딱정벌레를 바라보고 있었다. 딱정벌레는 침착하게, 긍지로 가득한 무표정한 얼굴로 끈질기게 기어오르고 있었다. 높은 꼭대기를 지나 건너편으로 사라졌다. 우리는 다시 단둘이 되었다.

라비린스는 한숨을 쉬고는 나를 바라보았다. "아, 물론 훌륭하게 작동했지."

나는 딱정벌레를 찾아 시선을 돌렸지만, 어디에도 보이지 않았다. 부드러운 바람이 내 주변을 감돌았다. 황혼이 되어 사라지는 오후의 서늘하고 가벼운 바람이었다. 나는 바비큐 화덕에 더 가까이 붙었다.

"얘기 좀 해주시죠." 내가 말했다.

라비린스 박사는 시간이 너무 많은 독서가들이 보통 그렇듯이, 우리 문명이 로마제국의 선례를 따르고 있다고 확신하게 된 사람이었다. 내 생각에 그는 고대 세계, 즉 그리스와 로마를 갈라놓은 균열을 지금 이 시대에서도 보고 있는 것 같았다. 그리고 우리 세계, 우리의 사회 또한 그들과 마찬가지로 몰락을 맞이할 것이며, 암흑기가 그 뒤를 이을 것이라 확신하고 있었다.

이런 확신을 품게 된 라비린스 박사는 사회의 변동 과정에서 소실되어버릴 모든 훌륭하고 아름다운 존재들을 걱정하기 시작했다. 미술, 문학, 예절, 음악, 그 모든 것이 사라질 테니까. 그리고 그는 이 모든 위대하고 거룩한 존재들 중에서도 음악이야말로 가장 많이 손실될 것이며, 가장 빨리 잊힐 것이라는 결론을 내렸다.

음악은 가장 소멸되기 쉬운 연약하고 섬세한 존재로, 아주 쉽사리 파괴될 수 있다.

라비린스는 걱정에 휩싸였다. 음악을 사랑하는 그로서는 언젠가는 브람스와 모차르트가 사라질 것이라는 생각을 견딜 수 없었기 때문이다. 부드러운 실내악이, 분가루를 뿌린 가발이며 송진을 바른 현악기의 활이며 어스름 속에서 천천히 녹아내리는 길고 가느다란 양초를 연상시키는 그 음악이 사라진다니 도저히 참을 수가 없었다.

음악이 없는 세상은 얼마나 황량하고 불행할 것인가! 그런 무미건조한 세계는 견딜 수 없을 것이다.

바로 그 때문에 보존 기계라는 착상이 떠오른 것이다. 어느 날 저녁, 축음기를 틀어놓고 거실의 안락의자에 파묻혀 있던 그에게 계시가 하나 내려왔다. 마음속에 기묘한 영상이 떠올랐다. 슈베르트 3중주의 마지막 남은 악보가, 귀퉁이가 접히고 손때가 묻은 악보가 황량한 건물 바닥에 놓여 있었다. 아마도 박물관이었을 것이다.

머리 위로 폭격기가 지나갔다. 폭탄이 떨어지고, 박물관은 산산조각이 나고, 벽이 무너지며 회반죽과 돌부스러기가 쏟아져 내렸다. 최후의 악보는 잔해와 흙더미 속으로 모습을 감추고 말았다.

그러나 다음 순간, 라비린스 박사의 환영 속에서 묘한 일이 일어났다. 땅 속에 파묻힌 악보가 두더지처럼 폐허를 헤집고 나온 것이다. 악보는 두더지처럼 재빠를 뿐 아니라 발톱과 날카로운 이빨과 격렬한 활력을 가지고 있었다.

음악에 이런 특성이 존재한다면, 모든 벌레나 두더지가 가지고 있는 평범한 생존 본능을 가지고 있다면, 상황이 얼마나 달라지겠는가! 음악을 생물로 변환할 수 있다면, 발톱과 이빨을 지닌 동물로 만들 수 있다면, 음악은 생존할 수 있을 것이다. 기계가 필요했다. 악보를 생물로 바꿀 수 있는 기계만 있으면 되는 것이다.

그러나 라비린스 박사는 기술자가 아니었다. 그는 개요도를 그린 다음 여러 연구 시설로 전송해보았다. 당연하게도, 대부분의 연구소는 군수 계약 때문에 다른 데 신경 쓸 여력이 없었다. 그러다 마침내 그가 원하던 사람들이 나타났다. 중서부의 작은 대학교에서 그의 계획에 매료되었고, 그들은 즉시 기계의 제작에 착수했다.

몇 주가 흘러갔다. 마침내 대학에서 보낸 우편엽서가 라비린스 앞에 도착했다. 기계는 성공적으로 제작 중이었다. 아니, 사실 거의 완성된 상태였다. 그들은 시험 기동을 한 다음 팝송 두어 곡을 기계에 먹였다. 결과는? 생쥐 비슷한 작은 동물 두 마리가 기어 나와서 실험실 안을 빙빙 돌아다니다가, 결국 고양이에게 잡아먹히고 말았다. 어쨌든 기계는 성공이었다.

그로부터 얼마 지나지 않아, 배선까지 완벽하게 끝난 기계가 나무 상자에 세심하게 포장된 채로 도착했다. 보험까지 들어 있었다. 그는 흥분한 채로 널빤지를 뜯어내고 기계를 작동시켰다. 계기판을 조작하고 첫 시험 변환을 준비하는 그의 마음속에 온갖 착상이 소용돌이쳤다. 그가 선택한 첫 악보는 값을 매길 수 없는 위대한 작품, 모차르트의 G단조 5중주였다. 악보를 뒤적이는 그의 마음은 저 멀리 천상에서 노닐고 있었다. 마침내 그는 악보를 기계 앞으로 가져가서 투입구에 떨어뜨렸다.

시간이 흘러갔다. 라비린스는 기계 옆에 서서 초조하게 기다리고 있었다. 기계를 열면 어떤 존재가 그를 반길지 알 수 없다는 사실을 분명하게 깨닫고 있었기 때문이다. 그는 지금 대가의 음악을 영원히 보존하기 위해 훌륭하지만 서글픈 임무를 수행하는 중이었다. 어떤 보답을 받게 될까? 무엇을 발견하게 될까? 모든 것이 끝나기 전에 이 모든 작업이 어떤 결과를 낳을까?

대답할 수 없는 질문이 너무 많았다. 그가 생각에 잠긴 동안 기계의 붉은 표시등이 계속 깜빡이고 있었다. 작업이 끝났다. 변신은 이미 이루어진 것이다. 그는 문을 열었다.

"세상에! 이거 참 묘하군." 그가 말했다.

짐승이 아니라 새 한 마리가 기계에서 걸어 나왔다. 모차르트의 새는 작고 늘씬하고 아름다웠으며, 공작처럼 나부끼는 꽁지깃을 가지고 있었다. 새는 방 가운데로 살짝 달려 나가다가, 흥미가 생긴 듯 친근한 동작으로 그에게 돌아왔다. 라비린스 박사는 온몸을 떨면서 몸을 숙이고 손을 내밀었다. 모차르트 새는 가까이 다가왔다. 그러나 다음 순간 순식간에 공중으로 날아올랐다.

"대단하군." 그는 중얼거렸다. 그는 끈질기게, 차분한 동작으로 새를 가까이 불렀고, 마침내 새는 그의 옆으로 날아 내려왔다. 라비린스는 한참 동안 새를 쓰다듬으며 생각에 잠겼다. 다른 음악은 어떤 모습이 될까? 상상조차 할 수 없었다. 그는 조심스레 모차르트 새를 붙들어서 상자 속에 넣었다.

다음 날 베토벤 딱정벌레가 근엄하고 장중하게 기어 나오자 그는 더욱 놀라고 말았다. 나중에 내가 보게 되는 딱정벌레가, 뭔가에 집중하는 듯 자신만의 세계에 빠진 채 붉은색 담요를 오르던 곤충이 바로 그

놈이었다.

그다음에는 슈베르트의 짐승이 나왔다. 슈베르트 짐승은 청소년기에 접어든 새끼양과 비슷한 생김새의 묘한 생물로, 뛰놀고 싶은 듯 바보같이 사방으로 뛰어다녔다. 라비린스는 그 자리에 주저앉아 깊은 생각에 빠졌다.

이들에게 생존 전략이란 것이 존재하기는 할까? 물결치는 꽁지깃이 날카로운 이빨이나 발톱보다 낫다는 말인가? 라비린스는 좌절하고 말았다. 그가 원한 것은 발톱과 비늘로 무장하고, 땅을 파고 싸우고 깨물고 발로 찰 준비가 되어 있는 튼튼한 오소리 같은 생물들이었다. 그의 착상이 잘못된 것일까? 하지만 생존에 진정으로 도움이 되는 요소가 무엇인지 누가 알 수 있겠는가? 공룡들은 훌륭한 무장을 갖추고 있었지만 전부 멸종해버렸다. 어쨌든 이미 기계를 만든 상황이니 돌이킬 수는 없었다.

라비린스는 계속해서 수많은 작곡가들의 음악을 보존 기계에 넣었다. 하나씩 하나씩, 집 뒤편의 숲이 밤마다 비명을 지르고 굉음을 울리는 온갖 끔찍한 생명체로 가득하게 될 때까지. 기계에서 나온 생물들 중에는 괴상한 것이 많았다. 깜짝 놀랄 정도로 독창적이면서, 동시에 경탄을 불러일으키는 존재들이었다. 브람스의 벌레는 사방으로 다리를 뻗은, 접시처럼 둥근 모양의 커다란 지네였다. 납작하게 땅에 붙은 동체에는 사방으로 균일하게 털이 나 있었다. 브람스 벌레는 홀로 지내는 편을 선호하는지 즉시 그곳을 떠났으며, 바로 전에 등장한 바그너 짐승을 피하기 위해 혼신의 힘을 다하는 모습을 보였다.*

바그너 짐승은 덩치가 크고 곳곳에 원색의 점이 박혀 있었다. 꽤 성깔이 있는 것 같아서 라비린스 박사도 살짝 겁을 먹을 정도였다. 바흐

---

* 두 음악가는 사이가 좋지 않았던 것으로 알려져 있다.

벌레의 경우에도 마찬가지였는데, 둥그런 공 모양의 크고 작은 생명체 한 무리가 나왔다. 바흐의 48개 전주곡과 푸가를 넣어서 나온 놈들이었다. 괴상한 색의 작은 조각들을 한데 엮어 만든 것처럼 보이는 스트라빈스키 새도 있었다.

그래서 그는 자신의 피조물을 숲으로 몰아냈다. 음악 동물들은 최대한 열심히 뛰고 구르고 날아오르며 숲속으로 사라졌다. 그러나 라비린스는 이미 패배감을 느끼고 있었다. 생물이 하나 나올 때마다 그는 경탄에 사로잡혔다. 결과에 조금도 영향을 미칠 수 없는 것만 같았다. 기계는 이미 그의 손을 벗어나서, 조금씩 침투해 들어온, 눈에 보이지 않는 강력한 법칙의 대상이 되어버렸다. 이 사실은 그를 끔찍하게 괴롭혔다. 이 생물들은 라비린스가 볼 수도, 이해할 수도 없는 심원한 비인간적 힘에 의해 변형되고 있었던 것이다. 라비린스는 그 때문에 겁을 먹었다.

라비린스는 말을 멈추었다. 나는 잠시 기다렸지만, 그는 더 말할 것 같지 않았다. 나는 주변을 둘러보았고, 노인은 묘하고도 애처로운 표정으로 나를 지그시 바라보았다.

"그 이상은 별로 아는 것도 없다네." 그가 말했다. "한동안 저 숲에는 들어가보지도 않았거든. 겁이 나서 말이야. 뭔가 벌어지고 있다는 건 알고 있지만—."

"저하고 함께 가서 상황을 보는 건 어떻습니까?"

그는 안도의 감정이 섞인 웃음을 지었다. "그래줄 수 있겠나? 자네가 그렇게 제안해주기만을 기다리고 있었다네. 이 일 때문에 녹초가 되어 있어서." 그는 담요를 한쪽으로 밀치고 자리에서 일어서며 몸을 털었다. "그럼 가보지."

우리는 집 옆으로 난 오솔길을 따라 숲으로 들어갔다. 모든 것이 혼란스럽게 뒤엉켜서, 지나치게 자라 군데군데 덩어리져 뭉친, 제대로 다듬지 않은 거대한 녹색의 바다처럼 보였다. 라비린스 박사가 앞장서서 나뭇가지를 이리저리 밀친 다음 몸을 숙이고 안으로 비집고 들어갔다.

"대단한 곳이로군요." 나는 이렇게 말했다. 한참을 뚫고 들어온 후였다. 숲은 어둡고 축축했다. 해 질 무렵이 거의 다 되었고, 옅은 안개가 머리 위 잎사귀를 타고 흘러내려 우리를 감싸기 시작했다.

"아무도 안 오는군." 박사는 문득 걸음을 멈추더니, 사방을 둘러보았다. "아무래도 돌아가서 내 총을 가져와야겠네. 사고가 일어나면 곤란하니까."

"사태가 걷잡을 수 없게 되었다고 확신하시는 모양입니다." 나는 그의 옆으로 나와 나란히 섰다. "어쩌면 박사님 생각만큼 나쁜 상황은 아닐지도 몰라요."

라비린스는 주변을 둘러보았다. 그는 발로 관목 덤불을 한쪽으로 밀치며 말했다. "모두 우리 주변에 있다고. 우리를 지켜보고 있어. 느껴지지 않나?"

나는 멍하니 고개를 끄덕였다. "이게 뭐죠?" 나는 땅에 떨어져 있는 곰팡이가 핀 굵직한 나뭇가지를 건드려보았다. 곰팡이 부스러기가 떨어져 내렸다. 나뭇가지를 한쪽으로 밀치자 길게 뻗은 둔덕이 드러났다. 무언가 부드러운 흙 속에 반쯤 묻혀 있었다.

"이게 뭐죠?" 나는 같은 말을 반복했다. 라비린스는 얼굴을 찌푸린 채, 비참한 표정으로 그 모습을 내려다보았다. 그리고 둔덕을 발로 걷어차기 시작했다. 불안이 나를 사로잡았다. "이게 뭡니까, 대체? 알고 계신 거죠?"

라비린스는 천천히 나를 올려다보았다. "슈베르트 짐승일세." 그는 중얼거렸다. "아니, 한때는 그랬다고 해야겠지. 원래 형상이 별로 남아 있지 않군."

슈베르트 짐승, 즉 한때 강아지처럼 즐겁게 달리고 뛰어다니며 놀아 달라고 조르던 동물이었다. 나는 몸을 숙여 시체를 바라보고는, 그 몸을 뒤덮은 나뭇잎과 나뭇가지를 떨어냈다. 죽은 것이 확실했다. 입은 벌린 채였고, 몸은 날카로운 것에 찢긴 듯 상처가 크게 벌어져 있었다. 개미와 벌레들이 이미 작업을 시작해서 바쁘게 살점을 운반하고 있었다. 악취도 풍기기 시작했다.

"무슨 일이 생긴 거지?" 라비린스는 이렇게 말하며 고개를 저었다. "누가 이런 짓을 했단 말인가?"

소리가 들렸다. 우리는 재빨리 뒤를 돌아보았다.

한동안 아무것도 보이지 않았다. 잠시 후 풀숲이 움직이고 나서야 우리는 간신히 그곳에 도사린 형체를 알아볼 수 있었다. 분명 그곳에서 한참 동안 우리를 바라보며 서 있었을 것이다. 거대한 짐승이었다. 호리호리하고 길쭉한 몸과 밝게 타오르는 눈이 보였다. 내가 보기에는 코요테를 훨씬 크게 만든 것처럼 보였다. 길게 자란 털은 엉겨 붙어 있었고, 주둥이를 반쯤 벌린 얼굴은 조용히 우리를 지켜보고 있었다. 우리가 여기 모습을 드러냈다는 사실에 놀란 것만 같았다.

"바그너 짐승이야." 라비린스는 탁한 목소리로 중얼거렸다. "하지만 모습이 변했군. 달라졌어. 거의 알아보기도 힘들 지경이야."

짐승은 목을 세우고 공기 중의 냄새를 맡더니, 갑자기 몸을 돌려 그림자 속으로 들어갔다. 순식간에 짐승은 모습을 감추어버렸다.

우리는 한동안 아무 말도 못한 채 그 자리에 서 있었다. 마침내 라비린스가 몸을 움직였다. "그래, 저놈이 한 모양이군. 믿을 수가 없어. 하지만 왜? 무엇 때문에—"

"적응이죠." 내가 말했다. "집고양이를 밖으로 던져버리면 야생성을 되찾지 않습니까. 개도 그렇고요."

"그렇지." 그는 고개를 끄덕였다. "개는 살아남기 위해서 늑대로 돌아가게 될 거야. 숲의 법칙이지. 예측했어야 하는데. 모든 생물에게 일어나는 일이니까."

나는 몸을 숙여 땅에 놓인 시체를 살펴본 다음, 조용한 주변 수풀을 둘러보았다. 적응이라…… 어쩌면 그보다 더 끔찍한 일일지도 모른다. 머릿속에 끔찍한 착상 하나가 형체를 갖추어 가고 있었지만, 나는 그 생각을 입에 올리지 않았다. 적어도 지금 당장은.

"이 생물들을 조금 더 보고 싶군요. 다른 종류로요. 주변을 조금 더 돌아보지요." 내가 말했다.

박사도 동의했다. 우리는 천천히 수풀을 뒤적이고, 길을 막는 나뭇가지와 낙엽을 쓸어냈다. 나는 나뭇가지를 하나 손에 들었지만, 라비린스는 무릎을 꿇고 앉아서 얼굴을 붙이고 주변을 더듬어보기 시작했다.

"아이들도 짐승으로 변할 수 있지요." 내가 말했다. "인도의 늑대소년 이야기 기억하십니까? 그 아이들이 평범한 인간 아이였다고 믿는 사람은 아무도 없었지요."

라비린스는 고개를 끄덕였다. 슬픈 표정이었고, 그 이유를 짐작하기는 어렵지 않았다. 그의 착상은 처음부터 틀렸던 것이다. 자신의 행동이 낳은 결과가 점차 명확히 드러나기 시작했다. 음악은 생물의 형태로 살아남을 수 있겠지만, 라비린스는 에덴동산의 교훈을 잊어버리고 말았다. 일단 창조한 생물은 자립하기 때문에, 그 창조주가 마음대로 재단하고 지시할 수 없게 되어버린다는 것이다. 인간의 발전을 지켜보는 조물주 또한 같은 슬픔을 느꼈을 것이다. 그리고 라비린스와 같은 굴욕을 느꼈을 것이다. 자신의 창조물이 생존을 위해 변화와 변형을 거치는 모습을 보면서.

그의 음악 생물들이 살아남으리라는 사실은 이제 그에게 아무 의미도 없었다. 그가 그 생물들을 창조하여 방지하려 한 현상, 즉 아름다움의 타락이 자신의 눈앞에서 일어나고 있었기 때문이다. 라비린스 박사는 비참한 얼굴로 고개를 들고 나를 바라보았다. 분명 그는 음악 생물의 생존을 확보했지만, 그 과정에서 모든 의미와 가치를 상실해버린 것이다. 나는 그를 향해 웃어 보이려 했지만, 그는 즉시 고개를 돌렸다.

"너무 걱정하지 마세요." 내가 말했다. "바그너 짐승은 사실 별로 달라지지 않았으니까요. 애초에 저런 모습이지 않았습니까? 거칠고 성질이 사나웠지요. 원래 폭력적인 성향을 가지고 있었고―."

나는 말을 멈추었다. 라비린스 박사가 풀숲에서 손을 떼며 껑충 뛰어 일어섰기 때문이다. 그는 고통에 몸을 떨며 손목을 붙잡고 있었다.

"뭡니까?" 나는 서둘러 그쪽으로 달려갔다. 그는 주름살이 가득한 떨리는 손을 내 쪽으로 내밀었다. "왜 그러시죠? 무슨 일이 생긴 겁니까?"

나는 그의 손을 뒤집었다. 손등에는 붉은 상처가 가득했고, 내 눈앞에서 부어오르기 시작했다. 수풀 속의 뭔가에 쏘이거나 물린 것이 분명했다. 나는 아래를 내려다보며 발로 수풀을 헤집었다.

뭔가 움직였다. 작은 금빛 구체가 재빨리 굴러서 수풀 쪽으로 달아났다. 쐐기풀처럼 가시가 몸을 가득 뒤덮고 있었다.

"잡아!" 라비린스가 소리쳤다. "어서!"

나는 놈을 쫓아가서, 가시를 피하려고 손수건을 꺼내 앞으로 내밀었다. 구체는 정신없이 굴러다니며 도망치려 애썼지만, 나는 마침내 놈을 손수건으로 잡아 들었다.

내가 몸을 일으키자, 라비린스는 꿈틀거리는 손수건을 바라보며 입을 열었다. "믿을 수가 없군. 어서 돌아가는 게 좋겠네."

"왜 그러시죠?"

"바흐 벌레 한 마리야. 하지만 모습이 변했군……."

우리는 오솔길을 따라, 어둠 속을 더듬으며 집으로 향했다. 내가 앞서 나가며 나뭇가지를 밀쳤고, 라비린스는 우울하고 위축된 표정으로 내 뒤를 따르며 가끔씩 손을 문질렀다.

우리는 정원으로 돌아와서 뒤편 층계를 통해 현관으로 나왔다. 라비린스가 자물쇠를 열었고, 우리는 함께 부엌으로 들어갔다. 그는 불을 켠 다음 서둘러 싱크대로 가서 손에 물을 흘렸다.

나는 찬장에서 빈 과일 병을 하나 가져와서 그 안에 바흐 벌레를 넣었다. 뚜껑을 닫는 동안 금빛 공은 주변을 살피듯 그 안을 굴러다녔다. 싱크대에서 쏘인 손에 찬물을 흘리는 라비린스와 식탁 앞에 앉아 탈출구를 찾아 굴러다니는 금빛 공을 살펴보는 나, 양쪽 모두 전혀 입을 열지 않았다.

"이제 어쩌죠?" 내가 마침내 입을 열었다.

"의심할 여지가 없군." 라비린스가 식탁으로 와서 내 맞은편에 앉았다. "일종의 변태를 거친 것이 분명하네. 처음에는 독가시 따위는 가지고 있지 않았으니까. 있잖나, 내가 노아 역할을 주의 깊게 수행한 게 정말 다행이라 생각한다네."

"무슨 뜻입니까?"

"모두 불임으로 만들었거든. 번식은 할 수 없어. 다음 세대가 태어나는 일은 없을 걸세. 지금 있는 생물들이 죽으면 그걸로 다 끝나는 거야."

"미리 그 생각을 해주셔서 정말 다행이군요."

"사실 한 가지 더 생각한 게 있는데, 이게 어떻게 들릴지는 모르겠네만." 그가 중얼거렸다.

"뭡니까?"

"이 공 모양의 바흐 벌레 말일세. 이걸 다시 기계에 넣어서 거꾸로 돌리면 어떻게 될 것 같나? 이거야말로 진짜 실험이 아니겠나? 한번 확인해보자고. 자네도 알고 싶지 않나?"

"원하는 대로 하시죠, 박사님." 내가 말했다. "박사님 마음 아니겠습니까. 하지만 너무 기대하지는 마세요."

그는 과일 병을 조심스레 손에 들었고, 우리는 함께 아래층으로, 가파른 계단을 따라 지하 창고로 내려갔다. 거대한 금속 덩어리가 한쪽 구석의 세탁조 옆에 서 있었다. 묘한 감정이 가슴을 쓸고 내려갔다. 저게 바로 보존 기계인 것이다.

"그래서, 저게 그거로군요." 내가 말했다.

"그래, 이게 그거라네." 라비린스는 제어판의 전원을 넣은 다음 한동안 만지작거렸다. 그는 마침내 투입용 깔때기 위로 병을 가져왔다. 조심스레 뚜껑을 열자 바흐 벌레는 머뭇거리며 투입용 깔때기로, 기계 안으로 뛰어내렸다. 라비린스는 뚜껑을 닫았다.

"그럼 시작하지." 그가 제어판을 조작하자 기계가 작동을 시작했다. 라비린스는 팔짱을 낀 채로 기다렸다. 바깥에는 밤이 찾아와서 빛을 집어삼켜 그 존재를 제거해버렸다. 마침내 기계 전면의 표시등이 붉게 점멸하기 시작했다. 박사는 제어판을 정지 상태로 돌렸고, 우리는 한동안 정적 속에 서 있었다. 어느 쪽도 기계를 여는 역할을 맡고 싶지 않았다.

"그래서? 누가 가서 살펴볼까요?" 마침내 내가 말했다.

라비린스가 몸을 움직였다. 그는 가림판을 한쪽으로 밀치고 기계 안으로 손을 뻗었다. 그의 손가락과 함께 모습을 드러낸 얇은 종이는 어딜 봐도 악보가 분명했다. 그는 악보를 내게 건넸다. "이게 결과물인 모양이로군. 위층으로 올라가서 연주해보자고."

우리는 음악실로 돌아갔다. 라비린스는 그랜드피아노 앞에 자리를 잡았고, 나는 그에게 악보를 건넸다. 그는 악보를 펼치고 한동안 살펴보았다. 아무 표정도 없는 굳은 얼굴이었다. 이내 그는 연주를 시작했다.

나는 음악에 귀를 기울였다. 끔찍했다. 이런 음악은 들어본 적도 없었다. 왜곡되고, 악의가 넘치고, 그 어떤 의미나 감정도 파악할 수 없는 음률이었다. 아니, 어쩌면 존재하면 안 되는 외계의 의미가 숨어 있는지도 모른다. 온 힘을 다해서야 이 곡의 원래 형태가 바흐의 푸가, 즉 가장 규칙적인 것으로 알려진 명곡임을 깨달을 수 있었다.

"이걸로 확실해졌군." 라비린스가 말했다. 그는 자리에서 일어나 악보를 손에 들고는 갈기갈기 찢어버렸다.

진입로를 따라 내 차로 돌아가며, 나는 이렇게 입을 열었다. "아무래도 생존을 위한 투쟁은 인간의 정신보다 강한 힘인 모양입니다. 우리의 소중한 도덕과 관습도 그 앞에서는 하잘것없는 것이 되어버리는군요."

라비린스도 동의했다. "그렇다면 도덕과 관습을 구원할 방도는 존재하지 않을지도 모르겠군."

"시간이 답을 알려주겠지요. 이 방법은 실패했지만, 다른 방식으로는 가능할지도 모릅니다. 지금 당장 예측이나 예지를 할 수 없는 다른 방법이 언젠가 개발될지도 모르지 않습니까."

나는 작별인사를 하고 차에 올랐다. 칠흑같이 어두운 밤이 완전히 사방을 뒤덮었다. 나는 전조등을 켜고 길을 따라 어둠 속을 달리기 시작했다. 어느 쪽에도 다른 차는 보이지 않았다. 나는 혼자였고, 날씨는 매우 추웠다.

길모퉁이에서 변속하기 위해 속도를 줄이자, 보도 쪽에서 뭔가 움직이는 모습이 보였다. 어둠 속, 커다란 시커모어 나무 밑동 쪽이었다. 나는 그 정체를 확인하려고 눈을 찌푸리고 그쪽을 바라보았다.

시커모어 나무 밑둥에서, 커다란 회갈색의 딱정벌레 한 마리가 뭔가를 건설하고 있었다. 진흙 덩어리를 가져다 차곡차곡 쌓아서 기묘하고 어색한 건물을 만들어 가는 중이었다. 나는 한동안 혼란에 빠진 채, 호기심에 사로잡혀 딱정벌레를 바라보았다. 문득 놈은 나를 눈치채고 움직임을 멈추었다. 딱정벌레는 갑자기 몸을 돌려 자기가 만든 건물에 들어간 다음, 문을 단단히 닫아버렸다.

나는 계속 차를 몰았다.

희생양
Expendable

PHILIP K. DICK

남자는 현관으로 나와 날씨를 확인했다. 쾌청하고 싸늘한 날이었고, 정원 잔디에는 이슬이 맺혀 있었다. 그는 외투의 단추를 채우고 주머니에 손을 넣었다.

애벌레 두 마리가 우편함 옆 벽에 붙은 채 계단을 내려가는 남자를 흥미롭게 바라보고 있었다.

"이제 나가는군." 첫 번째 애벌레가 말했다. "보고 시작해."

다른 애벌레가 몸의 방향을 돌리기 시작하자, 남자는 문득 걸음을 멈추고 그쪽을 바라보았다.

"방금 그 말, 똑똑히 들었어." 남자는 이렇게 말하고 발로 벽에 붙은 애벌레를 긁어내 콘크리트 위로 떨군 다음, 그대로 짓밟아버렸다.

그리고 남자는 서둘러 보도로 걸음을 옮겼다. 그는 걸으면서도 계속 주변을 둘러보았다. 벚나무 위에는 반짝이는 눈을 가진 새 한 마리가 폴짝폴짝 뛰어다니며 체리를 쪼아 먹고 있었다. 남자는 새를 자세히 살펴보았다. 괜찮은 건가? 아니면— 새는 날아가버렸다. 새는 괜찮다. 새는 해를 끼치지 않는다.

남자는 계속 걸어갔다. 길모퉁이에서 거미줄이 그의 몸을 스쳤다. 덤불에서 전신주까지 연결되어 있었다. 남자의 심장이 고동쳤다. 그는 공중을 손으로 휘저어 거미줄을 걷어냈다. 그는 계속 걸음을 옮기며 뒤를 힐끔 돌아보았다. 거미가 천천히 덤불에서 기어 나와 자기 집의 피해를 점검하고 있었다.

거미에 대해서는 뭐라 말하기 힘들다. 판별이 쉽지 않다. 증거가 더 필요하다. 아직까지는 접촉이 없다.

그는 정류장에서 버스를 기다리며, 체온을 유지하기 위해 발을 굴렀다.

버스가 도착했고, 남자는 버스에 올라탔다. 따뜻한 체온을 가진, 아무 말도 하지 않고 무심하게 정면을 바라보고 있는 사람들 사이에 자리를 잡자 순간 기쁨이 밀려왔다. 막연한 안도감이 그의 몸을 가득 채웠다.

그는 웃음을 지은 다음 긴장을 풀었다. 며칠 만에 처음 있는 일이었다. 버스는 거리를 따라 달려갔다.

티르무스는 흥분해서 더듬이를 흔들었다.

"그러면 투표로 하지, 자네들이 원한다면." 그는 동료들을 지나쳐 둔덕 위로 올라갔다. "하지만 시작하기 전에 어제 내가 한 말을 다시 한 번 해줘야겠어."

"무슨 말할지 다들 알고 있는데." 랄라는 신경질적으로 대꾸했다. "당장 시작해. 계획을 수행해야 할 거 아냐. 대체 왜 시간을 끄는 건데?"

"내가 말해야 할 이유가 하나 더 생긴 셈이로군." 티르무스는 주변에 모인 신들을 죽 둘러보았다. "둔덕 전체가 예의 거인을 향해 진군할 준비를 마치고 있어. 그 이유가 뭐지? 우리는 그자가 동족과 소통할 수 없다는 사실을 알고 있어. 두말할 나위 없는 사실이지. 그들이 사용하는 일종의 진동으로 구성된 언어로는 그가 우리에 대해 품고 있는 생각을 전달하는 일이 불가능해. 우리의—."

"말도 안 돼." 랄라가 끼어들었다. "거인들끼리는 제대로 의사소통을 한다고."

"거인이 우리에 대한 정보를 파악했다는 기록은 존재하지 않아!"

군대의 모두는 초조하게 웅성거렸다.

"알아서 해봐." 티르무스가 말했다. "어차피 시간낭비일 뿐이니까. 그자는 무해한 존재야. 그걸로 끝이라고. 왜 그 정도로 시간과 노력을 들여서—."

"무해하다고?" 랄라는 그를 노려보았다. "이해가 안 되는 거야? 그놈은 알고 있다고!"

티르무스는 둔덕에서 내려왔다. "나는 불필요한 폭력에는 반대야. 힘을 비축해야 되니까. 언젠가는 힘이 필요할 거라고."

투표가 진행되었다. 예상대로 군대는 거인에 대한 작전을 진행하는 쪽을 택했다. 티르무스는 한숨을 쉬고 땅바닥에 작전 개요를 그려나가기 시작했다.

"이게 그 거인이 이동할 경로다. 기한이 끝날 때쯤에 이곳에 등장할 것이라고 예측할 수 있지. 그럼, 내가 파악한 상황에 입각해 설명하자면—."

그는 말을 이으며 부드러운 땅바닥을 이용해 작전을 설명했다.

신 하나가 다른 신에게 기대며 더듬이를 맞대었다. "이 거인은 제대로 대응할 수도 없을 거야. 확실히 끝장이라고. 왠지 그 작자에게 동정심이 들기도 하는데. 어쩌다 이 일에 말려든 걸까?"

"우연한 사고였어." 다른 신이 웃음을 지으며 대답했다. "알잖아, 그 종족이 얼마나 쓸데없는 일에 코를 들이밀곤 하는지."

"그래도 참 안된 일이야."

해 질 녘이 되었다. 어둠이 깔린 거리에는 인적 하나 없었다. 남자가 겨드랑이에 신문을 낀 채로 보도를 따라 걸어왔다. 주변을 계속 두리번거리며, 서둘러 발을 옮기고 있었다. 그는 포석 옆에 자라는 커다란 가로수를 멀리 빙 둘러 돌아서는 재빨리 거리로 뛰어내렸다. 그리고 도로를 건너 반대편에 도착했다. 길모퉁이를 도는 순간, 그는 덤불과 전신주 사이에 걸린 거미줄에 걸려들었다. 그는 즉시 손을 휘저으며 거미줄을 몸에서 털어냈다. 줄이 끊어지는 순간, 금속성의 가느다란 소리가 그에게 흘러 들어왔다.

"……기다려!"

그는 움직임을 멈추었다.

"조심해…… 안에는…… 기다려……."

남자는 이를 악물었다. 그의 손에서 마지막 거미줄이 끊어졌고, 그는 걸음을 옮기기 시작했다. 뒤에서 남은 거미줄 조각 위로 거미가 등장해서 그를 바라보며 움직이기 시작했다. 남자는 뒤를 돌아보았다.

"엿이나 먹어라. 거기서 꽁꽁 묶인 채로 운을 시험해볼 생각은 없다고." 남자는 말했다.

그는 보도를 따라 걸음을 옮겨 진입로로 들어섰다. 어둠이 드리운 덤불을 피하려는 듯이, 그는 진입로를 재빨리 뛰어서 가로질렀다. 그리고 현관에 도착해서 열쇠를 찾은 다음 자물쇠에 밀어 넣었다.

그는 문득 움직임을 멈추었다. 들어가는 게 나을까? 바깥보다는 나을 것이다. 특히 밤에는. 밤은 위험하다. 덤불 밑에서 온갖 것들이 꿈틀댄다. 별로 좋지 않다. 그는 문을 열고 안으로 걸음을 옮겼다. 깔개가 어둠이 고인 웅덩이처럼 바로 앞에 놓여 있었다. 그 건너편에 등불이 보였다.

등불까지 네 발짝. 그는 발을 들었다. 그리고 움직임을 멈추었다.

거미가 뭐라고 했더라? 기다리라고? 그는 귀를 세운 채 기다렸다. 정적이 흘렀다.

그는 라이터를 꺼내 불을 켰다.

개미로 된 양탄자가 홍수처럼 그를 향해 밀려들었다. 그는 한쪽으로 껑충 뛰어 물결을 피한 다음, 즉시 현관으로 달려 나왔다. 개미 무리가 어스름 속에서 바닥을 긁는 소리를 내며 그를 향해 움직였다.

남자는 정원으로 뛰어내린 다음 서둘러 건물 측면으로 돌아갔다. 개미들이 현관 밖으로 모습을 드러낼 때쯤, 그는 이미 한쪽 손에 호스를 잡은 채 수도꼭지를 바삐 돌리고 있었다.

물줄기가 개미들을 허공으로 날려 흩어버렸다. 남자는 수량을 조절한 다음 눈을 찌푸린 채 물안개 안쪽을 살펴보았다. 그는 물줄기를 이리저리 휘두르며 천천히 앞으로 나아갔다.

"이런 빌어먹을." 그는 이를 악문 채 중얼거렸다. "안에서 기다리다니—."

남자는 겁에 질려 있었다. 집 안에서 습격하다니, 처음 있는 일이었다! 밤의 냉기 속에서도 그의 얼굴은 땀으로 번들거렸다. 안이라니. 저들이 안에 들어온 적은 없었다. 물론 나방 한두 마리나 파리 정도는 있을 때도 있었다. 하지만 놈들은 약간 시끄럽고 귀찮을 뿐 무해한 존재였다.

하지만 개미가 양탄자처럼 깔려 있다니!

남자는 개미들이 대오를 흐트리고 정원 곳곳으로, 덤불 아래로, 집 아래로 들어갈 때까지 계속 물을 뿌려댔다.

그리고 한쪽 손에 호스를 든 채로, 머리에서 발끝까지 온몸을 덜덜 떨면서 진입로에 주저앉았다.

진심으로 나온 것이다. 분노나 짜증 때문에 발작적인 공격을 해온 것이 아니었다. 계획을 세우고 그에 따른 공격을 수행한 것이다. 그를 기다리고 있었다. 그가 한발 더 내디디기를.

거미 덕분에 목숨을 건진 것이다.

그는 즉시 물을 끄고 자리에서 일어났다. 아무 소리도 들리지 않았다. 사방에 정적이 깔려 있었다. 갑자기 덤불에서 부스럭거리는 소리가 들렸다. 딱정벌레인가? 뭔가 검은 것이 움직였다. 그는 바로 밟아버렸다. 아마 전령일 것이다. 발이 빠른 전령. 그는 라이터를 켜고 더듬거리며 어두운 집 안으로 조심스레 걸어 들어갔다.

잠시 후, 그는 책상 앞에 앉았다. 옆에는 휴대용 분사기가 놓여 있었다. 강철과 구리로 만든 묵직한 놈이었다. 그는 분사기의 축축한 표면을 손으로 더듬어보았다.

7시 정각이었다. 옆에서 라디오 소리가 부드럽게 흘러나왔다. 그는 손을 뻗어 독서등을 책상 옆 바닥을 환히 비출 수 있는 위치로 옮겼다.

남자는 담배에 불을 붙인 다음 종이와 만년필을 꺼내 들었다. 그리고 그대로 생각에 잠겼다.

놈들은 정말로 그를 없애고 싶은 것이다. 계획을 꾸밀 정도로 간절하게. 절망이 격류처럼 밀려왔다. 할 수 있는 일이 있을까? 누구에게 도움을 청해야 할까? 말할 사람이 있기나 할까? 그는 주먹을 꾹 쥐고 자세를 바로잡고 앉았다.

거미가 줄을 타고 그의 옆, 책상 위로 내려왔다. "미안하군, 애들 동요에 나오는 것처럼 겁을 먹은 게 아니었으면 좋겠어."

남자는 거미를 물끄러미 바라보았다. "아까 그 거미인가? 길모퉁이에 있던? 나한테 경고를 보낸 친구인가?"

"아니. 그건 다른 친구지. 실 잣는 거미야. 나는 물어뜯는 거미고. 내 턱을 보라고." 거미는 입을 여닫아 보였다. "이 턱으로 놈들을 잘라내 버리지."

남자는 웃음을 머금었다. "그거 훌륭하군."

"물론이지. 우리가 이를테면…… 1에이커*의 땅에 몇 마리나 있는지 알고 있나? 맞춰보게."

"1천 마리."

"아니. 250만 마리야. 물론 모든 종류를 합쳐서지만. 나 같은 물어뜯

* 약 4,047제곱미터

는 거미도 있고, 실 잣는 거미도 있고, 쏘는 거미도 있지."

"쏘는 거미?"

"그쪽이 최고라고. 이를테면." 거미는 잠시 생각에 잠겼다. "자네들이 검은과부거미라고 부르는 아가씨들이 있지. 매우 귀한 존재야." 거미는 잠시 말을 멈추었다. 다시 입을 열었다. "한 가지만 말해주지."

"뭔데 그러나?"

"우리 쪽에도 문제가 있거든. 신들이―."

"신들이라고!"

"자네들이 개미라고 부르는 이들이야. 지도자들이지. 그들은 우리를 뛰어넘은 존재야. 참으로 불운한 일이라네. 맛이 아주 끔찍해서, 먹으면 배가 아프지. 개미는 새들에게 양보할 수밖에 없어."

남자는 자리에서 일어섰다. "새들이라고? 설마―."

"뭐, 서로 협정을 맺은 사이. 아주 오랫동안 유지해온 협정이야. 시간이 좀 남아 있으니, 전부 이야기해주겠네."

남자의 심장이 쪼그라들었다. "남은 시간? 그게 무슨 소린가?"

"아무것도 아니야. 잠시 후에 사소한 문제가 발생할 거라서. 배경 지식을 가르쳐주기로 하지. 아마 자네는 모르는 일일 거야."

"계속해보게. 듣고 있으니." 그는 자리에서 일어나 이리저리 걸음을 옮기기 시작했다.

"한 10억 년 전까지만 해도 그들은 지구를 꽤나 잘 경영하고 있었어. 사실 인간은 다른 행성에서 온 존재라네. 어디냐고? 나도 모르지. 인간은 이곳에 착륙해서 그들이 훌륭하게 경작해놓은 지구를 발견했다네. 그리고 전쟁이 일어났지."

"그럼 우리는 침략자인 셈이군." 남자는 중얼거렸다.

"물론이지. 전쟁 덕분에 양측 모두 야만 상태로 돌아갔다네. 그들과 자네들 모두. 자네들은 공격 방법을 잊어버렸고, 그들은 분파에 따라 구성된 원시적인 공동체로 돌아갔지. 개미, 흰개미—."

"이해가 되는군."

"자네 쪽에서 모든 것을 알고 있는 자들이 우리를 만들었지. 우리는 개량을 통해 만들어진 종족이야." 거미는 나름의 방식으로 너털웃음을 터트렸다. "바로 이 목적을 위해 개량된 거지. 아주 훌륭하게 그들을 사냥해나갔다네. 그들이 우리를 뭐라고 부르는지 알고 있나? 포식자야. 기분 나쁜 명칭이지, 안 그런가?"

거미 두 마리가 추가로 줄을 타고 내려와서 책상 위에 자리를 잡았다. 세 마리의 거미는 머리를 한데 맞대고 모였다.

"내 생각보다 상황이 훨씬 심각하군." 무는 거미는 경쾌한 어조로 말했다. "전체 상황은 모르고 있어서. 여기 쏘는 거미 아가씨가—."

검은과부거미가 책상 끝으로 나왔다. "거인이여." 그녀는 금속성 목소리로 말을 걸었다. "당신에게 할 말이 있습니다."

"말해보게." 남자는 말했다.

"여기서 문제가 좀 발생할 겁니다. 놈들이 이쪽으로 몰려오고 있어요. 수가 아주 많습니다. 당분간 우리가 당신과 함께 머물러야겠습니다. 받아들여주세요."

"알았네." 남자는 고개를 끄덕였다. 그는 입술을 핥은 다음 떨리는 손으로 머리를 쓸어 넘겼다. "자네들 말이야, 혹시 여기서 살아남을 확률이—."

"확률요?" 쏘는 거미는 생각에 잠긴 채 몸을 떨었다. "글쎄요, 우리는 아주 오랫동안 이 일에 종사해왔습니다. 거의 백만 년쯤 되죠. 우리가 가진 한계에도 나름 우위를 점하고 있다고 생각합니다. 물론 새들이나 두꺼비들과 협약을 맺기도 했고—."

"물론 우리 힘으로 구할 수 있으리라 생각한다네." 무는 거미가 경쾌하게 대답했다. "사실을 말하자면 이런 사건이 일어나기를 고대하고 있었거든."

저 멀리 마루 아래에서 갉작이는 소리가 들려오기 시작했다. 수많은 작은 발톱과 날개가 진동하는 소리가 흐릿하게 울렸다. 남자는 귀를 기울였다. 갑자기 온몸이 나른해졌다.

"정말로 확신하는 건가? 할 수 있다는 거지?" 그는 입술에 맺힌 땀방울을 훔친 다음 계속 귀를 기울이며 분사기를 손에 들었다.

소리가 점차 커졌다. 아래가, 마루판 밑이, 발밑이 흔들리기 시작했다. 집 밖의 덤불은 부스럭대기 시작했고 나방 몇 마리가 창문으로 모여들었다. 저 너머에서, 발밑에서, 사방에서, 분노와 결의로 가득 찬 윙윙거리는 소리가 갈수록 커지고 있었다. 남자는 좌우를 둘러보았다.

"정말로 할 수 있다는 거지?" 그는 중얼거렸다. "나를 구할 수 있다는 거지?"

"아." 무는 거미는 당황한 말투로 이렇게 대답했다. "그런 뜻은 아니었는데. 그러니까…… 종 전체를 말한 거야. 자네 개인이 아니라."

남자는 거미를 보고 입을 떡 벌렸고, 포식자 세 마리는 불편한 듯 몸을 뒤척였다. 더 많은 나방들이 창문을 향해 몸을 날리기 시작했다. 발밑의 마루 널이 끼익 소리와 함께 솟아올랐다.

"알겠네." 남자가 말했다. "오해해서 미안하군."

포기를 모르는 개구리
The Indefatigable Frog

PHILIP K. DICK

"**최**초의 위대한 과학자는 제논이었다." 하디 교수는 엄격한 눈빛으로 교실을 둘러보며 말했다. "개구리와 우물에 관한 역설을 예로 들어보자. 제논이 증명했듯이, 개구리는 절대 우물 꼭대기에 도달할 수 없다. 매번 뛰어오를 때마다 이전번의 절반의 거리를 뛴다고 가정하면, 항상 작지만 실제로 이동해야 하는 거리가 남는 것이다."

오후의 물리 3-A반 학생들이 하디의 수수께끼 같은 발언을 곱씹는 동안, 침묵이 흘렀다. 그러다 교실 뒤편에서 천천히 손이 하나 올라왔다.

하디는 믿을 수 없다는 듯 그쪽을 바라보았다. "그래, 뭐냐, 피트너?"

"하지만 논리학에서는 개구리가 우물 꼭대기에 가 닿을 거라고 배웠는데요. 그로트 교수님 말씀에 따르면―."

"도달할 수 없어!"

"그로트 교수님은 될 거라고 하셨는데요."

하디는 팔짱을 꼈다. "이 수업에서는 개구리가 절대 우물 꼭대기에 도달하지 못할 거다. 내가 직접 확인했어. 항상 조금이라도 거리가 남아 있다고 확신할 수 있다. 예를 들어, 개구리가 뛰어오르면―."

종이 울렸다.

학생들이 일제히 자리에서 일어나 문으로 달려가기 시작했다. 하디 교수는 말을 반쯤 끝마친 채로 그들을 멍하니 바라보았다. 그리고 찜 찜한 기분으로 턱을 문지르며, 멍청한 얼굴로 환히 웃음 짓는 젊은 남녀의 무리를 향해 얼굴을 찌푸려 보였다.

학생들이 전부 몰려 나가자, 하디는 파이프를 들고 교실을 나가 홀로 향했다. 그는 사방을 둘러보았다. 당연하게도 그로트가 음료 코너 옆에 서서 턱을 문지르고 있는 모습이 눈에 들어왔다.

"그로트! 나 좀 보세!" 하디가 말했다.

그로트 교수는 고개를 들고 눈을 끔뻑였다. "왜 그러나?"

"잠깐 좀 와보게." 하디는 그에게 걸어가며 말했다. "어떻게 감히 제 논에 대해 가르칠 생각을 할 수 있나? 제논은 과학자였고, 따라서 내 가 가르쳐야 하는 내 소유일세. 자네 것이 아니야. 제논은 나한테 넘기 게!"

"제논은 철학자였어." 그로트는 분개한 표정으로 하디를 올려다보았 다. "자네가 무슨 생각을 하는지는 알고 있어. 개구리와 우물의 역설 얘 기겠지. 자네를 위해 특별히 말해주자면 말일세, 그 개구리는 손쉽게 도망칠 수 있다네, 하디. 자네는 학생들을 오도하고 있는 거야. 논리학 은 내 편일세."

"논리학이라니, 얼어 죽을!" 하디는 코웃음을 쳤다. 두 눈이 활활 타 오르고 있었다. "낡아빠진 헛소리일 뿐이야. 개구리가 영원히 우물에 붙들려 있을 것은 자명한 일일세. 영원히 빠져나갈 수 없는 감옥에 갇 힌 거라고!"

"도망친다니까."

"도망 못 쳐."

"거기 신사분들, 조용히 좀 해주겠나?" 차분한 목소리가 들렸다. 그 들은 재빨리 소리가 난 쪽을 바라보았다. 학장이 정중한 미소를 만면 에 띤 채로 그들 뒤에 서 있었다. "다 끝났으면 내 사무실에 잠시 들러 줬으면 하네. 얼마 걸리지 않을 걸세." 그는 문 쪽으로 고갯짓을 해 보 였다.

그로트와 하디는 서로 바라보았다. "자네가 저지른 짓이라고." 힘겹 게 학장실로 걸어가며, 하디는 속삭였다. "자네가 나를 다시 궁지에 빠트린 거야."

"자네가 시작했잖나. 그 망할 개구리 가지고!"

"자리에 앉아주겠나, 신사분들." 학장은 등받이가 딱딱한 의자 한 쌍을 가리키며 말했다. "편히 있어도 된다네. 그렇게 바쁜 상황에서 불러서 미안하지만, 잠시 대화를 나누고 싶어서 그러네." 그는 두 남자를 우울한 얼굴로 바라보았다. "이번에는 무슨 주제로 토론하고 있었는지 들려줄 수 있겠나?"

"제논 문제였습니다." 그로트가 중얼거렸다.

"제논?"

"개구리와 우물의 역설에 대해서 말입니다."

학장은 고개를 끄덕였다. "알겠네, 알겠어. 개구리와 우물이라. 2천 년도 더 된 문제 아닌가. 고대의 퍼즐이지. 그리고 자네들은 다 큰 어른이 홀 한복판에 서서 애들처럼 떠들고—"

"문제는 누구도 그 역설을 실험으로 옮긴 적이 없다는 겁니다." 잠시 후 하디가 말했다. "이 역설은 그저 추측에 지나지 않아요."

"그렇다면 자네들이 개구리를 우물에 넣고 무슨 일이 벌어지는지를 관찰하는 첫 번째 사람이 되겠군."

"하지만 개구리가 역설의 가정을 만족시키기 위해 뛰어오르지는 않을 텐데요."

"그러면 뛰어오르게 만들면 되는 거지. 자네들에게 제어 조건을 확보하고 그 한심한 수수께끼의 해답을 알아내도록 2주의 시간을 주겠네. 매달 자네들이 논쟁을 벌이는 꼴은 더 두고 볼 수가 없어. 이번에는 완벽한 해답을 내주기를 바라네."

하디와 그로트는 입을 열지 않았다.

"글쎄, 그로트. 그럼 시작해보자고." 마침내 하디가 말했다.

"잠자리채가 필요하겠군." 그로트가 말했다.

"잠자리채하고 유리 단지가 필요하겠지." 하디가 한숨을 쉬었다. "즉각 시작하는 게 좋겠어."

훗날 '개구리 통로'라고 불리게 된 프로젝트는 상당한 규모였다. 대학에서는 지하실 대부분을 그들에게 제공해주었고, 그로트와 하디는 즉각 작업에 착수해서 필요한 기자재와 물품을 가지고 지하로 내려왔다. 머지않아 모든 사람들이 그들의 연구 과제에 대해 알게 되었다. 대부분의 과학 전공자들은 하디의 편에 섰다. 그들은 '실패 클럽'을 만들고 개구리의 노력을 폄하하는 데 온 힘을 기울였다. 철학과 미학부 사람들 일부가 모여 '성공 클럽'을 만들고자 했지만, 딱히 제대로 된 결과물을 내지는 못했다.

그로트와 하디는 열정적으로 연구에 매진했다. 약속한 2주가 다 되어감에 따라 휴강을 하는 횟수도 잦아졌다. 개구리 통로 자체도 점차 커져서, 지하실의 긴 쪽 벽을 가득 채우는 길다란 하수도 도관에 가까운 모습이 되었다. 그 한쪽 끝은 전선과 튜브의 미로로 이어졌고, 반대쪽 끝에는 문이 달려 있었다.

어느 날 그로트가 지하실로 내려와보니, 하디가 이미 도착해서 튜브 속을 관찰하고 있었다.

"거기 잠깐." 그로트가 말했다. "둘이 함께 있는 동안이 아니면 손대지 않기로 했잖아."

"그냥 안쪽을 구경하고 있었을 뿐이네. 여긴 너무 어두워서." 하디는 웃었다. "개구리가 이 안에서도 앞이 보였으면 좋겠군."

"어차피 길은 하나뿐이잖나."

하디는 파이프에 불을 붙였다. "시험 삼아 개구리를 한번 넣어보는 건 어떤가? 무슨 일이 벌어질지 알고 싶어서 몸이 달아오를 지경인데."

"아직 너무 일러." 그로트는 초조한 얼굴로 단지를 찾아 주변을 둘러

보는 하디를 바라보았다. "조금 더 기다리면 안 되겠나?"

"현실을 받아들일 준비가 안 된 모양이지? 자, 여기 좀 도와주게."

문득 문 쪽에서 끼익 소리가 들렸다. 그들은 문 쪽을 올려다보았다. 피트너가 그곳에 서서 묘한 눈빛으로 방 안을, 그리고 길게 늘어진 개구리 통로를 바라보고 있었다.

"여긴 왜 온 거냐?" 하디가 말했다. "우린 아주 바쁘다고."

"지금 실험해보실 건가요?" 피트너가 지하실로 들어왔다. "저 코일하고 중계기는 전부 어디 쓰는 물건이에요?"

"아주 단순한 장치지." 그로트가 환히 웃으며 말했다. "내가 직접 고안한 물건이란다. 여기 이쪽 끝은—."

"내가 설명하지. 자네 설명을 들으면 혼란스럽기만 할 거야." 하디가 말했다. "그래, 지금 막 개구리를 투입하는 첫 기동을 할 생각이었다. 원한다면 너도 여기 있어도 돼." 그는 단지를 열고 축축하게 젖은 개구리 한 마리를 꺼냈다. "너도 짐작할 수 있겠지만 여기 큰 튜브에는 입구와 출구가 있다. 개구리는 입구로 들어가지. 그럼 이제 튜브 안을 보아라. 자, 어서."

피트너는 튜브의 열려 있는 쪽을 들여다보았다. 길고 검은 터널이 이어졌다. "선은 왜 그어놓은 거예요?"

"거리를 측정하기 위한 거지. 그로트, 전원을 올리게."

기계에 전원이 들어오며 부드럽게 웅웅거리기 시작했다. 하디는 개구리를 집어 튜브 안에 떨어트렸다. 그리고 금속 문을 닫은 다음 단단히 고정했다. "이렇게 하면 개구리는 이쪽 끝으로는 나올 수 없게 되는 거지."

"개구리가 얼마나 크다고 생각하신 거예요? 저 크기면 인간 어른도 들어갈 수 있겠는데요." 피트너가 말했다.

"이제 잘 보아라." 하디는 가스 잠금 장치를 열었다. "이제 튜브의 이쪽 끝을 가열하는 거다. 개구리를 튜브에서 몰아내는 거지. 이제 창문으로 지켜보면 되는 거야."

그들은 튜브 안을 들여다보았다. 개구리는 얌전히 쭈그리고 앉아서 우울한 표정으로 앞을 바라보고 있었다.

"어서 뛰라고, 멍청한 개구리 같으니." 하디는 이렇게 말하며 가스 밸브를 더 열었다.

"너무 높지 않나, 이 미친 작자가!" 그로트가 소리쳤다. "개구리탕이라도 만들 생각인가?"

"보세요! 움직여요." 피트너가 소리쳤다.

개구리가 폴짝 뛰었다. "튜브의 아랫부분으로 열이 전도되는 거야." 하디가 설명했다. "열을 피하려면 계속 뛰어야 하는 거지. 이제 어떻게 움직이는지 잘 보라고."

갑자기 피트너가 겁에 질려 소리쳤다. "세상에, 하디 교수님. 개구리가 작아졌어요. 아까에 비하면 절반 크기밖에 안 되겠는데요."

하디는 활짝 웃었다. "그게 대단한 점이지. 저기 튜브 끝에 역장이 존재하는 게 보이겠지. 개구리는 열기 때문에 역장 쪽으로 뛰어오를 수밖에 없는 거야. 그리고 역장의 효과 덕분에 근처로 다가오는 동물의 조직 크기가 절반으로 줄어든 거다. 개구리는 멀리 갈수록 더 작아지게 되는 거지."

"왜 그런 걸 만드셨어요?"

"개구리가 뛰어오르는 거리가 매번 절반이 되려면 그게 유일한 방법이기 때문이지. 개구리는 뛰어오를 때마다 크기가 줄어들기 때문에, 매번 뛰어오르는 거리도 그에 비례해서 작아지는 거다. 제논의 역설과 동일하게 거리가 줄어들게 하려면 이 방법밖에 없었어."

"하지만 저게 어디까지 계속되는데요?"

"그게 바로 우리가 확인하고자 하는 질문이지. 튜브 반대쪽 끝에는 개구리가 지나갈 수밖에 없도록 광자 방사기를 설치해놨어. 개구리가 거기까지 도착해서 나가면 역장이 끊기는 현상이 관측되겠지." 하디가 말했다.

"도착할 거야." 그로트가 퉁명스럽게 내뱉었다.

"아니. 갈수록 작아지면서 갈수록 짧은 거리만 뛰어가겠지. 저 녀석한테 있어서는 튜브가 끝없이 계속 길어질 테고. 절대 도착하지 못할걸."

둘은 서로를 노려보았다. "너무 확신하지 말게." 그로트가 말했다.

그들은 창문을 통해 튜브 안을 바라보았다. 개구리는 이미 꽤 많이 전진해 있었다. 이제는 파리보다 작아져서 눈에 보이지 않을 정도로 짧은 거리를 이동하는 중이었다. 개구리는 더 작아졌다. 점 하나가 되었다. 그리고 마침내 사라져버렸다.

"세상에." 피트너가 말했다.

"피트너, 얼른 가라." 하디는 이렇게 말하며 양손을 문질렀다. "그로트와 나는 토론할 거리가 있거든."

학생이 나가자 그는 문을 잠갔다.

"좋아." 그로트가 말했다. "튜브를 설계한 사람은 자네지. 개구리는 어떻게 된 건가?"

"뭐, 아직 뛰어가고 있겠지. 아원자의 세계 어딘가에서 말이야."

"이 사기꾼 같으니. 튜브 속에서 개구리가 최후를 맞이한 거 아닌가."

"뭐, 그렇게 생각한다면 자네가 직접 확인해보면 되지 않겠나." 하디가 말했다.

"아무래도 그래야겠군. 여기 어딘가…… 출입구가 있을 텐데."

"원하는 대로 하게나." 하디는 웃음을 머금으며 말했다. 그는 가스를 잠그고 커다란 금속 문을 열었다.

"손전등 좀 주게." 그로트가 말했다. 하디는 그에게 손전등을 건네주었고, 그로트는 신음소리를 내며 튜브 안으로 기어 들어갔다. 그의 목소리가 튜브 속에서 울렸다. "이제 속임수는 못 쓰겠지."

하디는 그가 들어가서 몸을 숙이고 튜브 끝을 살펴보는 모습을 지켜보았다. 그로트는 신음소리를 내며 안으로 반쯤 들어가 있었다. "뭐가 문젠가?" 하디가 물었다.

"너무 좁아……."

"그런가?" 하디의 미소가 더욱 짙어졌다. 그는 입에서 파이프를 떼어 탁자 위에 올려놓았다. "그게 문제라면 도움을 줄 수 있을지도 모르겠군."

그는 금속 문을 쾅 하고 닫은 다음, 서둘러 튜브 반대편으로 가서 스위치를 올렸다. 튜브에 전기가 들어왔고, 중계기가 달각이며 자기 자리를 찾아 들어갔다.

하디는 팔짱을 끼며 말했다. "그럼 뛰기 시작해보게, 우리 개구리 선생. 열심히 뛰어봐."

그는 밸브가 있는 쪽으로 가서 가스를 틀었다.

사방이 캄캄했다. 그로트는 꼼짝하지 않고 한참을 엎드려 있었다. 표류하는 온갖 생각이 그의 마음속을 가득 채웠다. 하디는 대체 뭐가 문제인 걸까? 왜 저런 행동을 하는 걸까? 그는 마침내 팔꿈치로 바닥을 짚으며 일어났다. 머리가 튜브 천장에 닿았다.

온도가 올라가기 시작했다. "하디!" 초조한 목소리가 튜브 안에 울렸다. "이 문 당장 열어. 지금 뭘 하는 건가?"

그는 문 쪽으로 몸을 돌리려 했지만, 너무 좁아서 방향을 바꿀 수가 없었다. 전진할 수밖에 없었다. 그는 이를 악문 채로 중얼대며 앞으로 기어가기 시작했다. "기다리라고, 하디. 이런 한심한 장난질이나 하고. 네놈이 뭘 원하는지는 모르겠지만—"

갑자기 바닥이 훌쩍 사라졌다. 그대로 낙하해 뺨을 부딪친 그로트는 눈을 깜빡이며 주변을 둘러보았다. 튜브가 커진 덕분에 이제 공간은 충분했다. 그리고 옷까지! 셔츠와 바지가 텐트처럼 헐렁하게 자신의 몸을 감싸고 있었다.

"이런 세상에." 그는 작은 소리로 중얼거리며 무릎을 짚고 일어섰다. 그리고 그는 힘겹게 몸을 돌려 자기가 온 방향으로, 금속 문이 있는 쪽으로 향했다. 그러나 온몸을 던져 밀어도 문은 꿈쩍도 하지 않았다. 억지로 열기에는 문이 너무 커져 있었다.

그는 한참을 앉아 있었다. 금속 바닥이 너무 뜨거워져서, 그는 마지못해 조금 더 서늘한 쪽으로 움직였다. 그리고 웅크려 앉은 채 우울한 표정으로 어둠 속을 노려보며 중얼거렸다. "이제 어쩐다."

잠시 후 약간 용기가 생긴 그로트는 이렇게 중얼거렸다. "논리적으로 생각해야 해. 벌써 역장에 한 번 들어가서 크기가 절반으로 줄어들었잖아. 지금은 키가 90센티미터 정도일 거야. 그러면 튜브는 두 배로 길어진 셈이지."

그는 커다란 옷 주머니에서 손전등과 종이를 꺼내 계산을 시작했다. 손전등 불빛이 견딜 수 없을 정도로 눈부셨다.

바닥이 뜨거워지기 시작했다. 그는 반사적으로 몸을 움직여 열기를 피해 튜브 안쪽으로 살짝 움직였다. "여기 오래 있으면 그대로 익어버리겠는데." 그는 중얼거렸다.

다시 튜브가 훌쩍 커지면서 사방으로 늘어났다. 그는 거친 옷감의 바다에 파묻혀 헐떡이다가 간신히 몸을 빼냈다.

"이제 45센티미터인가." 그로트는 주변을 둘러보며 말했다. "이제 단 한 발짝도 움직이면 안 되겠어."

그러나 바닥이 다시 달구어지기 시작하자 그는 조금 더 움직일 수밖에 없었다. "22.5센티미터라." 얼굴에 땀방울이 맺히기 시작했다. "22.5

센티미터야." 그는 튜브 안쪽을 바라보았다. 멀리 반대쪽 끝에 빛의 점하나가 보였다. 튜브를 가로지르는 광자의 빔이었다. 저기까지 갈 수만 있다면. 저기 닿을 수만 있다면. 저기까지만!

그는 한참 동안 자신의 생각을 곱씹어보다가, 마침내 입을 열었다. "좋아, 내 생각이 맞기를 빌 수밖에 없군. 내 계산에 따르면 9시간 30분이면 저쪽 광선까지 도달할 수 있을 거야. 쉬지 않고 걷는다면 말이지만." 그는 심호흡을 한 다음 손전등을 어깨에 짊어졌다.

"하지만 그때쯤이면 분명 꽤나 작아져 있겠지……." 그는 이렇게 중얼거리고는, 고개를 들고 걸음을 옮기기 시작했다.

하디 교수는 피트너 쪽으로 시선을 옮겼다. "다른 학생들에게 무엇을 봤는지 말해주도록."

모두의 시선을 받으며, 피트너는 초조한 듯 침을 꿀꺽 삼켰다. "그게, 계단 아래 지하실로 갔습니다. 개구리 통로를 보여주시더군요. 그로트 교수님이 실험을 시작하려던 참이었습니다."

"어떤 실험을 말하는 거지?"

"제논 실험입니다." 피트너는 불안한 얼굴로 답했다. "개구리 역설요. 하디 교수님이 개구리를 튜브에 넣은 다음 문을 닫았습니다. 그리고 그로트 교수님이 전원을 올리셨어요."

"무슨 일이 일어났지?"

"개구리가 뛰기 시작했습니다. 그리고 점차 작아졌죠."

"작아졌다 이거지. 그러고는 무슨 일이 일어났나?"

"개구리가 사라져버렸습니다."

하디 교수는 자기 자리로 돌아가 앉았다. "그렇다면 개구리는 튜브 끝에 도달하지 못한 거겠지?"

"그렇습니다."

"이걸로 확인된 셈이다." 학생들이 웅성거리기 시작했다. "제군도 이 실험의 의미를 알겠지. 개구리는 나의 동료, 그로트 교수가 예상한 것과는 달리 튜브 끝까지 도달하지 못했다. 절대 끝에 도착하지 못하겠지. 그 불쌍한 개구리는 아무래도 두 번 다시 보지 못할 것 같구나."

교실 안이 크게 술렁였다. 하디는 연필을 톡톡 두드린 다음, 차분하게 파이프를 빨며 의자에 몸을 기댔다. "불쌍한 그로트 교수에게는 상당히 충격적인 실험이었을 것 같다. 예상할 수 없을 정도의 타격을 입었겠지. 제군도 이미 알고 있겠지만, 그는 오후 수업에 얼굴을 보이지 않았다. 아무래도 산 속으로 들어가서 기나긴 휴가를 보낼 모양이다. 어쩌면 휴식을 취하고 즐거운 경험을 하면서, 다 잊어버릴 시간이 필요할지도 모르지―."

그로트는 잔뜩 찌푸린 얼굴로 계속 걸음을 옮겼다. "겁먹을 필요 없어. 계속 가면 되는 거야." 그는 이렇게 중얼거렸다.

튜브가 다시 한 번 훌쩍 커졌다. 그는 걸음을 멈추고 비틀거렸다. 손전등이 바닥에 떨어지더니 꺼져버렸다. 그는 거대한 동굴 속에, 아무리 가도 끝이 없는 것처럼 보이는 거대한 심연 속에 홀로 남고 말았다.

그는 계속 걸음을 옮겼다.

잠시 후 다시 피로가 찾아왔다. 이번이 처음은 아니었다. "잠시 쉰다고 해서 문제가 생기진 않겠지." 그는 자리에 앉았다. 바닥은 거칠고 울퉁불퉁했다. "내 계산에 따르면 앞으로 이틀 정도면 될 거야. 조금 더 걸릴 수도 있기는 하지만……."

그는 휴식을 취하며 잠시 졸았다. 그리고 이내 다시 걸음을 옮기기 시작했다. 튜브가 갑자기 커지는 현상에도 겁을 먹지는 않았다. 익숙해져버린 것이다. 언젠가는 광자 방사기 앞에 도달해 거길 지나가게 될 것이다. 그러면 역장이 꺼지면서 원래 크기로 돌아올 것이다. 그로트는 얼굴에 웃음을 띠었다. 하디가 그걸 보면 얼마나 놀랄지…….

그는 발가락을 부딪치고 그대로 넘어져서, 주변을 둘러싸고 있는 암흑 속으로 떨어졌다. 공포에 전신을 사로잡힌 그는 몸을 떨기 시작했다. 그는 자리에서 일어나 주변을 둘러보았다.

어느 쪽이지?

"세상에." 그가 말했다. 그는 몸을 숙이고 바닥을 만져보았다. 어느 쪽으로 가야 하나? 시간이 흘러갔다. 그는 천천히 걸음을 옮기기 시작했다. 한쪽으로, 이내 방향을 돌려 다른 쪽으로. 아무것도 전혀 알아볼 수가 없었다.

그리고 그는 어둠 속에서 사방으로, 계속해서 미끄러지고 넘어지면서 달리기 시작했다. 순간 그는 비틀거렸다. 익숙한 감각이었다. 그는 울음 섞인 안도의 한숨을 내쉬었다. 제대로 방향을 잡은 것이다! 그는 다시 달리기 시작했다. 입을 벌린 채로, 크게 숨을 들이쉬며, 감정을 다스리면서. 다시 한 번 움찔하는 감각이 찾아오며 몸이 또 줄어들었다. 하지만 방향은 이쪽이 확실했다. 그는 달리고 또 달렸다.

달릴수록 바닥은 거칠어져만 갔다. 이내 그는 바위와 돌멩이에 발이 걸려 멈출 수밖에 없었다. 파이프를 매끄럽게 다듬지 않은 건가? 사포나 철솜에 문제가 있었는지…….

"아니, 당연한 일이지." 그는 중얼거렸다. "면도날처럼 날카로워도, 충분히 작은 크기의 존재에게는……."

그는 더듬거리며 계속 걸음을 옮겼다. 이제 모든 것들에 희미한 빛이 깃들어 있었다. 주변의 거대한 바위들로부터, 심지어 자신의 몸에서도 빛이 올라오고 있었다. 이 정체가 뭘까? 그는 자신의 손을 바라보았다. 어둠 속에서 손이 희미하게 빛을 발하고 있었다.

"열기로군. 당연한 일이야. 하디, 고맙군." 그는 이렇게 말하고는, 어스름 속에서 바위에서 바위로 뛰어 옮겨갔다. 이제 그는 바위와 돌멩이로 가득 찬 평원을 산양처럼 껑충거리며 이동하고 있었다. "아니, 개구리처럼이라고 해야 하려나." 그는 중얼거렸다. 그는 계속 뛰다가 가끔씩 멈추고 숨을 가다듬었다. 얼마나 걸릴까? 그는 주변에 쌓인 거대한 광물 덩어리들을 둘러보았다. 순간 공포가 밀려들어왔다.

"어쩌면 내가 잘못 생각한 걸지도 몰라." 그는 이렇게 말하며 절벽 한쪽을 기어올라서 반대편으로 뛰어내렸다. 다음 골짜기는 폭이 더욱 커졌다. 헐떡이며 한쪽 모퉁이를 붙들고 간신히 올라올 수 있었다.

그는 계속해서 뛰고 또 뛰었다. 얼마나 뛰었는지도 잊어버렸다.

그는 바위 가장자리에 서서, 다시 훌쩍 몸을 날렸다.

그리고 이번에는 떨어지기 시작했다. 계속, 계속, 절벽 아래로, 흐릿한 불빛 속으로. 바닥이 없었다. 그는 계속 떨어지기만 했다.

그로트 교수는 눈을 감았다. 평화가 찾아오며, 그의 지친 육체에서 긴장이 사라졌다.

"이제 더 뛰지 않아도 돼." 계속 떨어지면서 그는 생각했다. "낙하하는 물체에 적용되는 법칙이 있지……. 물체의 크기가 작을수록 중력의 영향을 덜 받게 되니까……. 벌레가 추락해도 가뿐하게 일어나는 건 다 이유가 있다고……. 몇 가지 요소가 작용해서……."

그는 눈을 감고 마침내 자신을 뒤덮는 어둠을 기꺼이 맞아들였다.

"따라서 우리는 이 실험이 과학의 역사 속에서 다음과 같이 기록되리라고 확신할 수 있으며―" 하디 교수는 이렇게 말했다.

문득 그는 얼굴을 찌푸리며 말을 멈추었다. 학생들이 문 쪽을 바라보고 있었다. 일부는 미소를 짓고 있었고, 한 명은 크게 웃음을 터트렸다. 하디는 무슨 일인지 확인하려 고개를 돌렸다.

"이런 말도 안 되는 일이 있나." 그가 말했다.

개구리 한 마리가 강의실 안으로 폴짝 뛰어 들어왔다.

피트너가 흥분한 표정으로 자리에서 일어났다. "교수님, 이걸로 제가 생각한 가설이 증명된 것 같은데요. 개구리는 너무 작아져서 공간 속으로 빠져버렸고—."

"뭐라고? 이건 그 개구리가 아니야." 하디가 말했다.

"개구리 통로의 바닥을 구성하는 분자들 사이의 공간으로 빠진 거예요. 그런 다음에는 천천히 바닥을 향해 떨어졌겠죠. 크기가 작아서 가속 법칙의 영향을 덜 받았을 테니까요. 그리고 역장을 떠나게 되었으니 원래 크기로 돌아온 거고요."

피트너는 천천히 강의실 안을 가로지르고 있는 개구리를 활짝 웃는 얼굴로 내려다보았다.

"그 말은—." 하디 교수는 입을 열다가, 힘없이 의자에 주저앉았다. 그 순간 종이 울렸고, 학생들은 책과 자료를 한데 모으기 시작했다. 하디 교수는 홀로 남아서 개구리를 내려다보고 있었다. 그는 고개를 저으며 중얼거렸다. "말도 안 돼. 세상에 개구리가 얼마나 많은데. 그 개구리일 리가 없어."

학생 한 명이 책상 쪽으로 다가왔다. "교수님."

하디는 고개를 들었다.

"뭐지? 할 말이 있나?"

"복도에 어떤 남자가 와서 교수님을 만나고 싶다는데요. 잔뜩 흥분한 데다가 담요만 두르고 있어요."

"알겠네." 하디는 이렇게 말하고 한숨을 쉬며 자리에서 일어섰다. 문가에 이르러 그는 걸음을 멈추고 심호흡을 했다. 그리고 이를 악물며 복도로 나갔다.

붉은 양모 담요를 몸에 두른 그로트가, 흥분해서 붉어진 얼굴로 그곳에 서 있었다. 하디는 어색하게 사과하는 표정으로 그를 바라보았다.

"아직 모른다고!" 그로트가 소리쳤다.

"뭐라고? 저기, 어, 그로트―." 하디가 중얼거렸다.

"개구리가 튜브 끝에 도착할 수 있는지 아직도 모른단 말이야. 개구리도 나도 분자 사이로 떨어져버렸다고. 이 역설을 해결하려면 다른 수단을 강구해야 돼. 개구리 통로로는 부족하다고."

"그래, 그 말이 맞네." 하디가 말했다. "저기, 그로트―."

"나중에 의논하자고. 수업하러 가야 하니까. 오늘 저녁에 보세."

그로트는 이렇게 말하고, 담요를 꽉 쥔 채로 서둘러 복도를 따라 걸어갔다.

갈색 구두의 짧고 행복한 생애
The Short Happy Life of Brown Oxford

"**보**여줄 게 있네." 라비린스 박사가 말했다. 그는 외투 주머니에서 엄숙하게 성냥갑 하나를 꺼냈다. 그리고 시선을 고정시킨 채로 성냥갑을 단단히 손에 쥐었다. "이제 자네는 현대 과학에서 가장 중대한 발견을 목도하게 되는 걸세. 온 세상이 전율할 거야."

"어디 보여주시죠." 내가 말했다. 자정이 넘은 늦은 시각이었다. 우리 집 창밖의 인적 없는 거리에는 비가 내리고 있었다. 라비린스 박사는 엄지로 조심스레 성냥갑을 밀어 눈곱만큼 틈을 벌렸고, 나는 그쪽으로 몸을 숙여 안을 들여다보았다.

성냥갑 안에는 황동 단추가 있었다. 마른 풀 약간과 빵조각으로 보이는 부스러기를 제외하면 그 단추 하나뿐이었다.

"단추가 발명된 지는 좀 된 걸로 압니다만." 내가 말했다. "딱히 놀랍지는 않군요." 나는 손을 뻗어 단추를 만지려 했지만, 라비린스 박사는 얼굴을 잔뜩 찌푸리며 성냥갑을 한쪽으로 치웠다.

"이건 단순한 단추가 아닐세." 그는 이렇게 말하며 단추를 내려다보고 말했다. "이리 온, 이리! 착하지!" 그는 손가락으로 단추를 어르며 이렇게 말했다.

나는 흥미로운 눈길로 그를 바라보았다. "라비린스, 설명해주셨으면 합니다만. 한밤중에 이리 쳐들어와서 성냥갑 속의 단추를 보여주고는—"

라비린스는 패배감에 몸을 늘어뜨린 채 소파에 다시 몸을 묻었다. 그는 성냥갑을 닫고는 체념한 듯 주머니에 집어넣었다. "이래봤자 아무 소용없는 일이야. 난 실패했네. 단추는 죽었어. 이제 돌이킬 수가 없어."

"그게 그렇게 대단한 일입니까? 뭘 기대하신 건데요?"

"아무거나 좀 가져다주게." 라비린스는 힘없이 방안을 둘러보았다. "와인, 와인을 줘."

"알겠습니다, 박사님." 나는 자리에서 일어나며 말했다. "하지만 와인이 사람들 정신에 어떤 짓을 할 수 있는지는 염두에 두십시오." 나는 부엌으로 가서 셰리주 두 잔을 따랐다. 그리고 돌아와서 한 잔을 박사에게 건넸다. 우리는 잠시 아무 말 없이 잔을 홀짝였다. "제대로 설명해 주셨으면 하는데요."

박사는 자기 잔을 내려놓고는 멍하니 고개를 끄덕였다. 그리고 다리를 꼬면서 파이프를 꺼냈다. 파이프에 불을 붙인 다음, 그는 조심스레 다시 한 번 성냥갑 안을 살펴보고는, 한숨을 쉬면서 다시 주머니에 넣었다.

"이제 글렀어." 그가 말했다. "생명 활성기가 제대로 작동할 리가 없지. 법칙 자체가 틀렸으니까. 그러니까 내 말은 짜증 충분의 법칙 말일세. 당연한 소리지만."

"그게 뭔데요?"

"이 법칙의 착상은 이런 식으로 찾아왔다네. 어느 날 해변의 바위에 앉아 있는데, 내리쬐는 햇볕이 지독할 정도로 덥더군. 나는 꽤나 불편한 기분으로 땀을 뻘뻘 흘리고 있었지. 순간 내 옆에 있던 조약돌 하나가 자리에서 몸을 뒤척이더니, 그대로 꿈틀거리며 기어가지 않겠나. 태양열 때문에 짜증이 나버린 거지."

"정말로요? 조약돌이요?"

"그 즉시 짜증 충분의 법칙의 영감이 내게 찾아왔다네. 이게 바로 생명의 기원인 게야. 아주 먼 과거에, 무생물 한 조각이 뭔가에 제대로 짜증이 나서 분노를 가득 품은 채로 기어가기 시작한 거지. 이거야말로 내 인생을 걸 만한 연구주제가 아닌가. 완벽한 짜증 유발체를, 무생물을 생물로 만들 만큼 짜증나는 존재를 찾아서, 그걸 기계에 장착해 제대로 작동하게 하는 거지. 지금 그 기계가 내 차 뒷좌석에 있다네. 난 그걸 생명 활성기라고 부르지. 그런데 제대로 작동하질 않아."

우리는 한동안 아무 말 없이 앉아 있었다. 천천히 눈이 감기기 시작하는 것이 느껴졌다. "저기, 박사님. 우리 슬슬―."

라비린스 박사는 갑자기 자리에서 벌떡 일어섰다. "자네 말이 맞아. 갈 시간이지. 이만 떠나겠네."

그는 문가로 향했고, 나는 그를 따라잡았다. "그 기계 말인데, 희망을 버리지 마세요. 어쩌면 언젠가 완성할 수 있을지도 모르잖아요."

"기계?" 그는 얼굴을 찌푸렸다. "아, 생명 활성기 말인가. 음, 이렇게 하지. 5달러만 주면 자네한테 그걸 팔겠네."

나는 헉 하고 숨을 몰아쉬었다. 너무 쓸쓸한 표정이라 웃음을 터트릴 생각조차 들지 않았다. "얼마라고요?"

"이리 들여올 테니, 여기서 잠깐만 기다리게." 그는 밖으로 나가서 계단을 내려가 어두운 보도를 따라 걸어갔다. 그가 차 문을 여는 소리에 이어 신음과 중얼거리는 소리가 들려왔다.

"좀 기다려요." 나는 이렇게 말하고 그를 따라 뛰어갔다. 그는 제법 묵직한 정방형 상자와 씨름을 하면서 차에서 꺼내려는 중이었다. 나는 한쪽을 받쳤고, 우리는 함께 그 물건을 집 안으로 가지고 들어와서 식탁 위에 놓았다.

"그래서 이게 생명 활성기라고요. 제가 보기에는 압력솥처럼 생겼는데요."

"그 말이 맞네. 아니, 원래는 그랬지. 생명 활성기는 짜증 유발 요소로 열선을 방출한다네. 하지만 이젠 다 끝났어."

나는 지갑을 꺼냈다. "좋아요, 이걸 팔고 싶으시다면 제가 기꺼이 구매자가 되어드리겠습니다." 나는 그에게 돈을 건넸고, 그는 돈을 받았다. 그는 무생물을 어디로 넣어야 하는지, 다이얼과 미터기를 어떻게 조절하는지를 알려준 다음, 인사조차 하지 않고 모자를 쓰고 자리를 떴다.

나는 새로 산 생명 활성기와 단둘이 남게 되었다. 그 물건을 물끄러미 보고 있자니 아내가 목욕 가운을 입은 채로 아래층으로 내려왔다.

"무슨 일이에요? 저 꼴 좀 보라지. 신발이 흠뻑 젖었잖아요. 나갔다가 배수로에 빠지기라도 한 거예요?"

"그런 건 아니야. 이 압력솥 좀 보라고. 방금 5달러 주고 샀어. 물건을 넣으면 살아 움직이게 한다고."

조앤은 내 신발을 물끄러미 바라보았다. "지금 새벽 한 시거든요. 신발 벗어서 그 솥에 넣고 전원 켜놔요. 좀 마르게. 그리고 당장 침대로 돌아와요."

"당신 이해를 못하는 모양인데—."

"신발 넣어놓으라고요." 조앤은 다시 위로 올라가며 말했다. "똑똑히 들었죠?"

"알았어." 나는 말했다.

아침이 찾아와 우울한 기분으로 다 식은 계란과 베이컨을 내려다보며 앉아 있노라니, 그가 돌아왔다. 초인종이 격렬하게 울려댔다.

"대체 이 시간에 누구람?" 조앤이 말했다. 나는 자리에서 일어나 복도를 따라 거실로 나가서 문을 열었다.

"박사님!" 나는 말했다. 창백한 얼굴에 눈 아래에는 피곤한 기색이 가득했다.

"여기 자네가 준 5달러일세. 내 생명 활성기를 돌려주게."

나는 멍한 상태였다. "알겠습니다, 박사님. 들어와 계시면 제가 가져 오지요."

그는 안으로 들어와 발을 구르며 서 있었다. 나는 부엌으로 가서 생명 활성기를 가져왔다. 아직 따뜻한 기운이 남아 있었다. 그는 솥을 가져오는 나를 물끄러미 바라보았다. "내려놓게. 무사한지 확인 좀 해봐야겠어." 그가 말했다.

나는 솥을 탁자에 올려놓았고, 박사는 애처로운 눈빛으로 솥을 꼼꼼히 살펴보더니 작은 문을 열고 안을 들여다보았다. "안에 신발이 한 짝 있는데." 그가 말했다.

"양쪽 다 있어야 할 텐데요." 나는 이렇게 말하며 문득 지난밤의 일을 떠올렸다. "세상에, 내 신발을 여기 넣어놓았었군."

"양쪽 모두? 지금은 한 짝밖에 없는데."

조앤이 부엌에서 나왔다. "안녕하세요, 박사님. 이른 시간부터 무슨 일로 오셨나요?"

라비린스와 나는 서로를 마주보고 있었다. "한 짝뿐이라고요?" 내가 말했다. 나는 몸을 수그리고 안을 들여다보았다. 안에는 라비린스의 생명 활성기 안에서 하룻밤을 보내 제법 마른 진흙투성이 신발이 들어 있었다. 한 짝뿐이었다. 하지만 나는 양쪽을 모두 넣었는데. 다른 한 짝은 어디 있단 말인가?

나는 몸을 돌렸지만, 조앤의 얼굴에 떠오른 표정은 방금 전까지 하려던 말을 잊게 만들기에 충분했다. 그녀는 공포에 사로잡힌 얼굴로, 입을 떡 벌린 채 바닥을 내려다보고 있었다.

작은 갈색의 물체 하나가 소파를 향해 미끄러져 내려가고 있었다. 놈은 그대로 소파 아래로 들어가며 몸을 숨겼다. 아주 잠깐, 움직이는 모습을 슬쩍 보았을 뿐이었지만, 그것만으로도 정체를 알기에는 충분했다.

"세상에. 자, 여기 5달러 받게나." 라비린스는 지폐를 내 손에 쑤셔 넣으며 말했다. "이제 정말로 돌려받아야겠어!"

"진정 좀 하세요. 좀 도와줘요. 저놈이 밖으로 나가기 전에 잡아야 한다고요." 내가 말했다.

라비린스는 서둘러 거실로 통하는 문을 닫았다. "소파 아래로 들어간 것 같은데." 그는 쭈그려 앉으며 아래를 들여다보았다. "보이는 것 같은데. 막대나 뭐 그런 거 없나."

"난 나갈 거예요." 조앤이 말했다. "이런 일에 얽히고 싶지는 않다고요."

"지금 나가면 안 돼." 나는 이렇게 말하며 창문에서 커튼 막대를 빼서 커튼을 벗겨냈다. "이걸 써보죠." 나는 라비린스와 함께 바닥에 쪼그리고 앉았다. "내가 몰아낼 테니, 당신도 이걸 잡는 일을 도와줘. 재빨리 하지 않으면 영영 다시 못 보게 될지도 몰라."

나는 막대 끝으로 신발을 톡톡 건드렸다. 신발은 뒤로 물러나 벽에 바싹 붙으며 웅크렸다. 마치 우리에서 도망쳐 궁지에 몰린 야생동물처럼, 갈색의 덩어리가 아무 말 없이 웅크려 앉은 모습이 보였다. 묘한 기분이 들었다.

"저걸 어떻게 해야 하죠?" 내가 중얼거렸다. "어디다 가둬놓아야 하나?"

"책상 서랍에 넣어놓으면 안 돼요?" 조앤이 주변을 둘러보며 말했다. "편지지를 꺼내면 자리가 생길 텐데."

"저기 나간다!" 라비린스가 자리에서 일어났다. 신발이 빠르게 소파 아래에서 달려나오고 있었다. 녀석은 방을 가로질러 큰 의자 쪽으로 달려갔다. 신발이 의자 안으로 들어가기 전에, 라비린스가 한쪽 신발 끈을 잡아챘다. 신발은 끈을 당기며 벗어나려 애썼지만, 박사는 끈을 단단히 붙든 채 놓지 않았다.

우리는 함께 신발을 책상까지 끌고 간 다음 서랍에 넣고 닫았다. 그리고 안도의 한숨을 쉬었다.

"이거 대단하군." 라비린스는 이렇게 말하며, 우리를 향해 바보 같은 웃음을 지어 보였다. "이게 무슨 뜻인지 알겠나? 성공한 거야, 우리가 성공한 거라고! 생명 활성기가 작동했어. 그런데 단추에는 왜 작동하지 않은 건지 모르겠군."

"단추는 황동이지 않습니까." 내가 말했다. "그리고 신발은 가죽과 아교로 만들어져 있죠. 자연의 물질로요. 거기다 젖어 있었고요."

우리는 서랍 쪽을 바라보았다. "저 서랍 안에 현대 과학 최고의 발견이 들어 있는 거라고." 라비린스가 말했다.

"온 세상이 두려움에 떨 겁니다." 나도 거들었다. "저도 알아요. 뭐, 저건 박사님의 작품으로 생각하셔도 좋습니다." 나는 조앤의 손을 잡았다. "생명 활성기와 함께 제 신발도 드리죠."

"좋아." 라비린스는 고개를 끄덕였다. "여기서 잘 지켜보면서 못 도망치게 하게." 그는 문을 향했다. "적절한 사람들을 불러 모아야겠어. 이런 분야의 권위자들을—."

"저거 가져가시면 안 돼요?" 조앤이 겁먹은 목소리로 물었다.

라비린스는 문가에서 잠시 걸음을 멈추었다. "제대로 감시하고 있어야 하네. 저건 생명 활성기가 제대로 작동한다는 증거라고. 짜증 충분의 법칙이 옳다는 증거란 말이야." 그는 서둘러 보도를 따라 걸어갔다.

"그래서 이제 어쩔 거예요?" 조앤이 물었다. "당신 정말로 여기 버티고 서서 저걸 감시하고 있을 거예요?"

나는 시계를 보았다. "이제 출근해야 되는데."

"나는 절대 저걸 지키고 있지 않을 거예요. 당신이 집을 나가면 나도 같이 나갈 거라고요. 같은 자리에 있지도 않을 거예요."

"서랍 속에 얌전히 있을 텐데 뭐." 내가 말했다. "잠시 저기 놔둬도 별 문제 없을걸."

"친정에 갈래요. 저녁에 시내에서 만나서 함께 귀가해요."

"정말로 그 정도로 겁이 나는 거야?"

"마음에 안 들어요. 저건 뭔가 문제가 있는 물건이라고요."

"낡은 신발 한 짝일 뿐인데."

조앤은 애써 웃음을 지어 보였다. "헛수작 부리지 말아요. 세상에 저런 신발이 어디 있다고."

나는 그날 저녁 퇴근 후에 시내에서 아내와 만나 함께 저녁식사를 했다. 그리고 차를 몰고 집으로 돌아와서 진입로에 주차한 다음, 천천히 집을 향해 걸음을 옮겼다.

현관에서 조앤은 걸음을 멈추었다. "꼭 안에 들어가야 돼요? 그냥 영화나 보러 가면 안 되나요?"

"들어가봐야지. 그놈이 어떤 상태인지 보고 싶어서 몸이 달았든. 먹이를 뭘 줘야 할지 모르겠는데." 나는 자물쇠를 따고 문을 밀어 열었다.

뭔가 재빨리 내 옆을 스쳐 지나가며 길 쪽으로 날아갔다. 그리고 그대로 덤불 속으로 사라져버렸다.

"방금 그거 뭐예요?" 조앤은 놀라 속삭였다.

"짐작이 가긴 하는데." 나는 책상으로 달려갔다. 당연하게도 서랍은 열려 있었다. 신발이 말 그대로 서랍을 걷어차 열고 나온 것이다. "뭐, 이렇게 되었군. 박사님한테는 뭐라고 설명한다?"

"다시 잡을 수 있을지도 모르잖아요." 조앤이 말했다. 그녀는 우리가 집 안에 들어온 다음 문을 닫았다. "아니면 다른 걸 살리거나요. 남은 한쪽 신발로 열심히 어떻게든 해봐요."

나는 고개를 저었다. "그쪽은 반응이 없었어. 창조란 묘한 일이라서. 반응하지 않는 녀석들도 있게 마련이거든. 아니면 혹시—."

전화가 울렸다. 우리는 서로를 바라보았다. 전화벨 소리에 불길한 기운이 느껴졌다. "박사님이야." 나는 이렇게 말하며 수화기를 들었다.

"라비린스일세." 친숙한 목소리가 말했다. "내일 아침 일찍 그리 가겠네. 이쪽 사람들도 함께 갈 거야. 사진기자와 과학 분야 집필자들도 있네. 연구소에서 온 젠킨스라는 친구가—"

"저기요, 박사님." 나는 간신히 말문을 열었다.

"이야기는 나중에 하지. 할 일이 너무 많거든. 내일 아침에 보세." 그는 바로 전화를 끊었다.

"박사님이었어요?" 조앤이 물었다.

나는 텅 빈 서랍을 바라보았다. "그래, 박사님이었어." 나는 복도의 옷장으로 가서 내 외투를 벗어 걸었다. 문득 묘한 기분이 느껴졌다. 나는 걸음을 멈추고 주변을 둘러보았다. 이쪽을 바라보는 눈길이 느껴졌다. 하지만 보이는 곳에는 아무것도 없었다. 왠지 기분이 나빠졌다.

"젠장, 이거 뭐야." 나는 이렇게 말하며, 간신히 기분을 떨쳐내고 외투를 걸었다. 거실로 걸음을 옮기는 동안 뭔가 시야 구석에서 움직이는 것만 같았다.

"빌어먹을." 내가 말했다.

"왜 그래요?"

"아니, 아무것도 아니야." 주변을 둘러보아도 딱히 눈에 거슬리는 것은 없었다. 책꽂이, 깔개, 벽에 걸린 그림 모두가 예전과 같은 모습이었다. 그러나 뭔가 움직인 것은 분명했다.

나는 거실로 걸음을 옮겼다. 생명 활성기가 탁자에 놓여 있었다. 그 옆을 지나가다 보니 문득 온기가 느껴졌다. 생명 활성기가 아직도 켜져 있는 데다, 문까지 열려 있던 것이다! 얼른 스위치를 돌려 전원을 끄니 다이얼의 불빛도 꺼졌다. 설마 하루 종일 켜놓은 걸까? 기억을 되짚어 보아도 확신할 수가 없었다.

"해가 지기 전에 그 신발을 찾아야 해." 나는 말했다.

열심히 찾아보았지만 결국 발견할 수 없었다. 우리 둘은 정원을 한 뼘 단위로 수색했다. 덤불도 전부 살펴보고 울타리 관목 아래에 심지어 집 아래까지 뒤져보았지만, 아무것도 발견할 수 없었다.

너무 어두워져서 아무것도 볼 수 없게 되자 우리는 현관 불을 켜고 한동안 그 빛에 의지해 수색했다. 나는 마침내 포기하고, 현관 계단으로 가서 걸터앉았다. "아무 소용없는 짓이야. 울타리 안에만 해도 숨을 공간이 백만 개는 될 텐데. 그리고 한쪽을 뒤지고 있으면 다른 쪽으로 빠져나갈 수 있을 거라고. 이제 글렀어. 그만 인정해야 할 것 같아."

"아무래도 그런 모양이네요." 조앤이 말했다.

나는 자리에서 일어섰다. "오늘 밤은 앞문을 열어놓자고. 놈이 되돌아올 가능성도 있을 거 아냐."

우리는 문을 열어놓고 잠들었지만, 아침이 되어 내려와보니 집 안은 고요하기만 했다. 신발이 돌아오지 않았다는 사실은 확실히 알 수 있었다. 나는 사방을 뒤적거리며 돌아다녔다. 부엌에 가보니 쓰레기통 주변에 계란 껍데기가 흩어져 있는 모습이 보였다. 신발이 밤에 돌아온 것은 분명했지만, 식사를 하고는 다시 나가버린 모양이었다.

나는 앞문을 닫았고, 우리는 한동안 아무 말 없이 서로를 바라보며 서 있었다. "박사님이 언제 오실지 모르겠는데. 아무래도 사무실에 전화해서 오늘 좀 지각할 것 같다고 말해놔야겠어."

조앤은 생명 활성기를 만져보았다. "이 물건이 그런 짓을 벌였다 이거죠. 두 번 다시 그런 일이 벌어지지 않았으면 좋겠어요."

우리는 밖으로 나가서 약간 남은 희망을 가지고 주변을 둘러보았다. 수풀이 움찔거리는 기색조차 보이지 않았다. "이걸로 끝이군." 나는 이렇게 말하며 고개를 들었다. "차가 오고 있는데."

검은색 플리머스 한 대가 집 앞으로 바짝 들어와서 멈추었다. 나이든 남자 두 명이 차에서 내려서, 흥미로운 눈빛으로 우리를 훑어보며 길을 따라 다가왔다.

"루퍼트는 어디 있나?" 그중 한 쪽이 물었다.

"누구요? 라비린스 박사님요? 이제 금방 오실 것 같은데요."

"그건 안에 있나?" 남자가 물었다. "나는 포터일세. 대학에서 나왔지. 잠깐 살펴봐도 되겠나?"

"좀 기다리시죠." 나는 우울한 목소리로 대꾸했다. "박사님이 오실 때까지 기다려요."

차 두 대가 추가로 와서 섰다. 노인들이 차에서 내려 혼잣말을 중얼거리거나 대화를 나누며 우리 쪽으로 다가왔다. "생명 활성기는 어디 있나?" 숱이 무성한 구레나룻을 가진 노인 한 명이 물었다. "젊은이, 그 물건 쪽으로 안내하게."

"물건이야 안에 있습니다. 생명 활성기를 보고 싶으면 들어가시죠."

노인들이 집 안으로 몰려들었다. 조앤과 나는 그 뒤를 따랐다. 그들은 탁자 옆에 서서, 네모난 압력솥을 살펴보며 흥분해서 떠들고 있었다.

"바로 이거로군!" 포터가 말했다. "짜증 충분의 법칙이 바로 이 기계 안에 집약되어 있는—."

"말도 안 되는 소리." 다른 남자가 말했다. "헛수작일 뿐이야. 그 모자인지 신발인지 하는 물건을 내 눈으로 직접 봐야 믿겠어."

"보게 될 걸세." 포터가 말했다. "루퍼트는 분별 있는 친구라고. 그 점은 확신할 수 있네."

그들은 권위자의 말을 인용하고 일시와 지명을 들먹이며 토론에 들어갔다. 더 많은 차들이 도착하고 있었고, 그중 일부는 언론사 차량이었다.

"아, 젠장. 박사님 인생이 여기서 끝장나겠는데." 내가 말했다.

"그냥 무슨 일이 있었는지를 말하면 되는 거잖아요." 조앤이 말했다.

"신발이 도망쳤다고요."

"박사님이 아니라 우리가 해야겠지. 우리가 놓친 거니까."

"나하고는 상관없어요. 애초에 그 신발은 처음부터 마음에 들지 않았다고요. 기억 안 나요? 내가 추천한 신발은 짙은 붉은색 구두였다고요."

나는 아내의 말을 무시했다. 정원에는 계속해서 노인들이 몰려들어, 인사와 토론을 나누고 있었다. 라비린스의 작은 청색 포드가 주차하는 모습을 보는 순간 내 가슴은 내려앉았다. 박사님이 도착한 것이다. 그리고 머지않아 우리는 그에게 진실을 털어놓아야 한다.

"나는 못하겠어요." 조앤이 말했다. "뒷문으로 빠져나가요."

라비린스 박사가 모습을 드러내자 과학자들은 모두 집을 나가서 그를 둘러싸고 섰다. 조앤과 나는 서로를 마주보았다. 집 안에는 이제 우리 둘밖에 남지 않았다. 나는 앞문을 닫았다. 시끌벅적한 대화 소리가 닫힌 창문을 통해 웅웅거리며 들려왔다. 라비린스가 짜증 충분의 법칙을 설파하는 중이었다. 이제 얼마 지나지 않아 안으로 들어와서 신발을 요구할 것이 분명했다.

"애초에 그걸 여기 두고 간 건 저 사람 실수니까." 조앤이 말했다. 그녀는 잡지를 펼쳐 뒤적이기 시작했다.

라비린스 박사가 창문으로 나를 향해 손을 흔들어 보였다. 주름진 얼굴에 웃음이 가득했다. 나는 별로 열의 없이 손을 흔들어 답했다. 잠시 후 나는 조앤 옆자리에 주저앉았다.

시간이 흘러갔다. 나는 바닥을 내려다보고 있었다. 어떻게 해야 할까? 기다릴 수밖에 없었다. 박사가 증거를 요구하는 과학자와 지식인과 기자와 역사가 들에 둘러싸인 채 당당하게 집 안으로 들어오는 순간을 기다릴 수밖에 없었다. 내 낡은 신발에 라비린스의 인생 전부가, 그의 법칙이, 그의 생명 활성기가, 그의 모든 것이 달려 있었다.

그리고 그 빌어먹은 신발은 저 바깥 어딘가로 뛰쳐나가 숨어 있는 것이다!

"이제 얼마 안 남았군." 내가 말했다.

우리는 아무 말 없이 기다리기만 했다. 잠시 후, 나는 한 가지 묘한 사실을 깨달았다. 바깥의 말소리가 잦아든 것이다. 귀를 기울여도 아무 소리도 들리지 않았다.

"뭐지? 왜 안 들어오는 거야?" 내가 말했다.

정적이 이어졌다. 무슨 일이 벌어진 것일까? 나는 자리에서 일어나 현관 쪽으로 다가갔다. 그리고 문을 열고 밖을 내다보았다.

"무슨 일이에요? 뭐 좀 보여요?" 조앤이 물었다.

"아니, 안 보이는데. 영문을 모르겠어." 내가 말했다. 사람들은 모두 조용히 서서 뭔가를 바라보고 있었다. 입을 여는 사람은 아무도 없었다. 영문을 모를 일이었다. 전혀 짐작조차 가지 않았다. "무슨 일이 벌어진 거야?" 내가 말했다.

"나가서 직접 보죠." 조앤과 나는 천천히 계단을 따라 정원으로 내려갔다. 우리는 줄지어 선 노인들을 밀치고 앞으로 나갔다.

"세상에. 이런 세상에." 내가 말했다.

작은 행렬이 잔디밭 가운데에서 정원을 가로지르고 있었다. 내 낡은 갈색 구두 한 켤레 앞에서 다른 신발이, 작은 하얀색 하이힐 샌들이 길을 이끌고 있었다. 나는 멍하니 그 모습을 바라보았다. 어디선가 본 적이 있는 신발이었다.

"저건 내 신발인데!" 조앤이 소리쳤다. 모두가 그녀를 돌아보았다. "저건 내 신발이에요! 내 파티용 신발이―."

"이제는 아니지. 우리의 손길을 초월하는 곳으로 가버린 걸세." 라비린스의 핼쑥해진 얼굴에는 온갖 감정이 가득 들어차 있었다.

"놀랍군." 학자 한 명이 말했다. "저 모습을 보라고. 암컷 쪽을 봐. 지금 뭘 하는지 잘 보게."

작은 하얀 신발은 계속해서 내 낡은 신발을 몇 센티미터 정도 앞서 나가며 수줍은 듯이 길을 이끌고 있었다. 내 신발이 접근하자 아내의 신발은 반원을 그리며 슬쩍 뒤로 물러섰다. 두 켤레의 신발은 서로를 향한 채 잠시 걸음을 멈췄다. 그러다 문득, 내 낡은 신발이 위아래로 뛰어오르기 시작했다. 처음에는 굽으로, 다음에는 발끝으로. 진지하고 장중하게, 내 신발은 그녀 주변을 빙 돌더니 마침내 시작점으로 돌아왔다.

작은 하얀 신발은 한 번 뛰어오르고는 다시 물러나기 시작했다. 천천히, 머뭇거리듯이, 거의 따라잡힐 때까지 기다렸다가 다시 물러나는 동작을 반복했다.

"이건 관습이라는 개념이 발달해 있다는 뜻이 아닌가." 노인 한 명이 말했다. "어쩌면 종족 무의식일지도 모르겠군. 신발들은 몇 세기에 걸쳐 굳어진 의식을 따라 행동하고 있는 걸세……."

"라비린스, 이게 무슨 뜻인가? 우리한테 설명 좀 해보게." 포터가 말했다.

"이렇게 된 거였군." 나는 중얼거렸다. "우리가 나가 있는 동안, 저 신발이 당신 신발을 신발장에서 꺼내서 생명 활성기를 사용한 거야. 그날 밤 뭔가 나를 지켜본다는 느낌이 들었거든. 저 여성용 신발이 아직 집 안에 있었던 거야."

"저러려고 생명 활성기를 켠 거였군요." 조앤은 훌쩍이며 말했다. "이걸 어떻게 받아들여야 할지 모르겠어요."

두 쌍의 신발은 관목 울타리에 거의 도달했다. 하얀 샌들은 여전히 갈색 신발의 신발끈이 살짝 미치지 못하는 곳에 있었다. 라비린스는 신발 쪽으로 움직이기 시작했다.

"그래서 신사 여러분, 제 말이 과장이 아니었다는 걸 이제 아시겠지요. 이야말로 과학의 역사에서 가장 위대한 순간, 새로운 종족이 탄생한 순간입니다. 어쩌면 인간이 멸망하고 인간 사회가 파괴되더라도, 이 새로운 형태의 생명은—."

그는 신발 쪽으로 손을 뻗었지만, 바로 그 순간 여성 신발은 관목 울타리 속으로 들어가며 무성한 나뭇잎 뒤로 몸을 숨겼다. 갈색 신발도 껑충 뛰어 그녀를 따라갔다. 부스럭거리는 소리가 잠시 들린 후, 이내 정적이 이어졌다.

"나는 들어가겠어요." 조앤은 이렇게 말하며 서둘러 걸음을 옮겼다.

"신사 여러분." 라비린스는 살짝 붉어진 얼굴로 말을 이었다. "믿을 수 없는 순간 아닙니까. 우리는 방금 과학의 역사에서 가장 위대하고 원대한 순간을 목격한 것입니다."

"뭐, 거의 목격할 뻔하긴 했죠." 내가 말했다.

참견꾼
Meddler

PHILIP K. DICK

두 사람은 널찍한 작업 공간으로 들어섰다. 반대쪽 끝에서 기술자들이 반짝이는 거대한 보드를 둘러싸고 떠다니는 모습이 보였다. 계속해서 바뀌는 복잡한 빛의 패턴과 그에 따라 생겨나는 무한해 보이는 조합을 추적하는 중이었다. 긴 탁자 위에는 기계들이 철컥거리며 돌아가고 있었다. 컴퓨터도, 인간이 조작하는 기계도, 로봇도 있었다. 수직 공간이 있는 곳이면 어디나 차트가 가득 붙어 있었다. 헤이슨은 놀란 눈으로 사방을 둘러보았다.

우드는 웃음을 터트렸다. "이쪽으로 오면 진짜 끝내주는 걸 보여주지. 이거 혹시 알아보겠나?" 그는 하얀 실험실 가운을 입고 묵묵히 작업 중인 남성과 여성 들에 둘러싸여 있는 큼지막한 기계를 가리켜 보였다.

"알 것 같은데." 헤이슨은 느릿하게 말했다. "우리 쪽의 '국자'와 같은 물건인 듯한데, 아무래도 20배는 더 커 보이는군. 뭘 건져내는 건가? 그리고 언제 건져내는 거지?" 그는 '국자'의 표면 장갑판을 어루만지고는, 쭈그려 앉아서 국자의 '주둥이'를 들여다보았다. 주둥이는 굳게 닫혀 있었다. 이 '국자'는 작업 중이었던 것이다. "있잖나, 만약 이런 것이 존재했다는 생각이라도 했더라면, 역사 연구 쪽에서—."

"이제 알게 된 셈이지 않나." 우드는 그의 옆에 같이 쭈그려 앉았다. "잘 듣게, 헤이슨. 부서 소속이 아닌데도 이 방에 들어온 사람은 자네가 처음이야. 경비병들 봤지. 허가받지 않으면 여긴 절대 들어올 수 없어. 불법 침입자는 누구든 사살해도 된다는 명령이 내려와 있다네."

"이걸 숨기려고? 이 기계를? 고작 그런 일로 사람을 쏜다고—."

그들은 일어섰고, 우드는 이를 악물고는 헤이슨을 돌아보았다. "자네의 '국자'는 골동품이나 파헤치고 있지. 로마, 그리스, 먼지 쌓인 낡은 책들을 말이야." 우드는 옆에 있는 커다란 '국자'를 건드리며 말을 이었다. "이 '국자'는 다르다고. 우리는 우리 목숨, 그리고 필요하면 다른 모든 사람들의 목숨을 바쳐서라도 이걸 지켜야 하네. 이유가 짐작이 가나?"

헤이슨은 기계를 멍하니 바라보았다.

"이 '국자'의 목표는 골동품이 아니라 미래이기 때문이야." 우드는 헤이슨의 얼굴을 정면으로 바라보며 말했다. "이해가 되나? 미래에서 가져온다고."

"미래의 물건을 건져낸다는 말인가? 하지만 그럴 수는 없어! 법으로 금지된 일 아닌가. 자네도 잘 알 텐데!" 헤이슨은 한 걸음 뒤로 물러섰다. "집행부에서 이 사실을 알면 건물을 통째로 철거해버릴 걸세. 얼마나 위험한 일인지 자네도 알잖아. 버코우스키 본인이 처음에 이론을 수립할 당시 실증해 보인 일 아닌가."

헤이슨은 성난 얼굴로 이리저리 걸음을 옮겼다. "자네를 이해할 수가 없군. 미래에 초점을 맞추고 '국자'를 사용하다니. 자네가 미래에서 물건을 건져 올리면 자동적으로 현재에 새로운 요소를 추가하게 되는 셈이지 않은가. 그것 때문에 미래가 바뀌게 된다고. 영원히 끝나지 않는 변화의 순환을 시작하는 걸세. 더 많이 떠올수록 새로운 요소가 더 많이 생겨나는 셈이지 않은가. 앞으로 찾아올 시대를 불안정하게 만드는 거라고. 그래서 그 법안이 통과된 것 아닌가."

우드는 고개를 끄덕였다. "나도 알고 있네."

"그런데도 계속 국자질을 한다고?" 헤이슨은 기계와 기술자 쪽으로 손짓을 하며 말을 이었다. "제발, 당장 멈추게! 제거할 수 없는 치명적인 요소를 현재에 도입하기 전에 멈추란 말이야. 대체 왜 저런 짓을 계속—."

우드는 갑자기 힘이 쭉 빠진 얼굴로 말을 끊었다. "좋아, 헤이슨, 설교는 그만두게. 벌써 그런 일은 일어났고, 이제 너무 늦었으니까. 우리의 첫 실험에서 이미 치명적인 요소가 도입되었다네. 우리가 제어할 수 있는 상황이라 생각했는데……." 그는 고개를 들었다. "그래서 자네를 이리 데려온 거라네. 좀 앉지 그러나. 내 전부 설명해줄 테니."

두 사람은 책상을 가운데 놓고 마주 앉았다. 우드는 자기 손을 겹쳐 놓았다. "있는 그대로 직설적으로 설명해주겠네. 자네는 전문가, 그러니까 역사 탐색의 전문가 아닌가. 자네는 지금 살아 있는 사람 중에서 시간 국자에 대해 누구보다 많은 것을 알고 있는 사람이지. 그 때문에 우리 작업을, 우리의 불법인 창조물을 보여준 걸세."

"그리고 벌써 난관에 빠졌다고?"

"난관은 잔뜩 있고, 참견하려 시도할 때마다 상황은 훨씬 나빠져만 간다네. 뭔가 조치를 취하지 못하면, 우리는 역사상 가장 죄 많은 조직으로 남게 될 걸세."

"부디 처음부터 차근차근 설명해주겠나." 헤이슨이 말했다.

"이 '국자'의 허가를 내준 곳은 정치과학위원회였다네. 자기네가 내린 결정의 결과를 알고 싶어하더군. 우리도 처음에는 버코우스키의 이론을 제시하며 반대를 했다네. 하지만 그런 실험에 어떤 마력이 있는지는 자네도 알겠지. 결국 우리는 유혹에 굴복해서 이 '국자'를 만들었다네. 물론 전부 비밀로 하고.

그로부터 1년이 지나서 처음으로 견인을 시도했다네. 우리 자신을 버코우스키의 요소에서 지키기 위해서 속임수를 하나 썼지. 아무것도 가져오지 않은 거라네. 이 국자는 아무것도 가져오지 못하도록 만들어져 있다네. 어떤 물체도 떠올 수 없어. 그저 고고도에서 사진만 촬영할 뿐이지. 필름이 우리에게 전송되면, 우리는 그걸 현상해서 상황을 유추하려는 계획이었다네.

처음에는 결과가 나쁘지 않았어. 전쟁도 없고, 도시는 성장하고, 훨씬 나은 모습이었지. 거리 풍경을 확대해보니 만족스럽게 사는 사람들이 잔뜩 있더군. 발걸음도 조금이나마 느긋해졌고.

다음에 우리는 50년을 더 나아가봤다네. 상황은 더 나아졌지. 도시의 크기가 줄어들기 시작했고, 사람들은 이제 기계에 심각하게 의존하지 않게 되었다네. 녹지와 공원이 많아졌고. 전반적인 상황은 비슷하지만 평화와 행복과 여유가 늘어났다네. 광적인 낭비나 조급함은 줄어들었어.

우리는 계속 시간을 건너뛰며 미래로 나아갔다네. 물론 이런 간접적인 관측 방식을 사용하고 있으니 세부까지 확신할 수는 없었지만, 전부 괜찮아 보였다네. 우리는 정보를 위원회로 전송했고, 그쪽에서는 자기네 계획을 밀고 나갔지. 그러다 그 일이 벌어진 거라네."

"정확하게 무슨 일 말인가?" 헤이슨은 앞으로 몸을 빼며 물었다.

"이미 사진을 찍은 시대를 다시 방문해보려고 했다네. 약 100년 정도 후의 미래였지. '국자'를 보내서 사진을 찍고 모두 회수했어. 직원들이 현상을 했고, 우리는 그 결과물을 살펴보았다네." 우드는 잠시 말을 멈추었다.

"그래서?"

"그런데 같은 모습이 아니었어. 다른 사진이 나왔단 말일세. 전부 변해버렸어. 전쟁…… 전쟁과 파괴가 사방에 가득했지." 우드는 몸을 부르르 떨었다. "우리는 충격을 받았다네. 즉시 '국자'를 다시 보내서 확인해보려 했지."

"또 뭐가 보이던가?"

우드는 주먹을 꾹 쥐었다. "다시 바뀌긴 했는데, 더 나빠졌다네! 폐허가, 광대한 폐허가 펼쳐져 있었지. 사람들은 이리저리 헤매면서 먹을 것을 찾고 있었어. 폐허와 죽음밖에 없었다네. 낙진이 사방에 가득하고. 전쟁의 종말, 그 마지막 단계였다네."

"알겠네." 헤이슨은 고개를 끄덕이며 말했다.

"그런데 그게 최악이 아니었어! 우리는 그 소식을 위원회에 전달했다네. 위원회 측에서는 즉시 모든 활동을 멈추고 2주간 회의에 돌입했다네. 조례를 전부 취소하고 우리의 보고서를 기반으로 구축한 모든 계획을 파기해버렸지. 위원들은 우리가 다시 한 번 시도해보기를 원했다네. 같은 시기에 다시 한 번 국자질을 해보라고 말이야. 우리는 싫다고 했지만 그쪽에서는 계속 종용했지. 더 나빠질 수가 있겠느냐고 말했어.

그래서 우리는 다시 '국자'를 넣었다네. 그리고 가져온 필름을 돌려보았지. 헤이슨, 세상에는 전쟁보다 더 끔찍한 일이 존재한다네. 자네는 우리가 본 걸 믿지 못할 거야. 인간은 단 한 명도 살아남지 못했다네. 아무도 남지 않았어. 인류가 사라졌다고."

"모든 것이 파괴되었다는 소린가?"

"아냐! 아무것도 파괴되지 않았어. 대도시도, 도로도, 건물도, 호수도, 평원도 평화롭고 굳건하게 서 있었지만, 인간은 단 한 명도 보이지 않았다네. 도시는 텅 빈 채로 기계적으로 굴러가고 있었다네. 기계와 배선은 조금도 손상이 없었어. 하지만 살아 있는 인간은 없었다네."

"그게 대체 무슨 상황이야?"

"우리는 '국자'를 계속 미래로, 50년 간격으로 파견했다네. 아무것도 없었어. 매번 똑같았다네. 도시와 거리와 건물은 있었지만 살아 있는 인간은 한 명도 없었다네. 모두 죽은 거야. 질병인지 방사선인지 아니면 다른 무엇인지는 우리가 알 도리가 없지. 처음에는, 그러니까 우리가 처음 국자를 담갔을 때는 그런 일은 없었다고.

정확한 방법은 모르겠지만 우리가 그런 상황을 만든 거야. 치명적인 요소를 도입해버린 거라고. 우리가 참견을 해서 그런 사태가 일어난 거야. 처음 시작했을 때는 그런 일은 없었단 말일세. 우리가 저지른 거라네, 헤이슨." 우드는 하얀 가면처럼 창백해진 얼굴로 그를 바라보았다. "우리가 저지른 일이니, 우리가 그 실체를 알아내서 제거해야 하네."

"어떻게 할 생각인가?"

"시간 자동차를 만들었다네. 인간 관찰자 한 명을 미래로 보낼 수 있는 기구야. 사람을 하나 파견해서 무슨 일이 벌어졌는지 확인할 생각이라네. 사진만으로는 정보가 부족해. 더 많은 것을 알아야 한다고! 처음에 언제 등장했는지? 어떻게? 어떤 징조가 있었는지? 그 정체가 무엇인지? 일단 재앙에 대해 자세히 알고 나면 그 요소를 추적해서 제거할 수 있을지도 모른다네. 누군가 미래로 가서 우리가 뭘 발동시켰는지를 확인해야 해. 그게 유일한 길이야."

우드는 자리에서 일어섰고, 헤이슨도 그를 따랐다.

"자네가 적임자야." 우드가 말했다. "지금 가장 유능한 사람인 자네가 가야 해. 밖에 광장으로 가면 시간 자동차가 서 있다네. 철저하게 경비 중이지." 우드가 신호를 보냈다. 병사 두 명이 책상 쪽으로 다가왔다.

"부르셨습니까?"

"함께 가지. 지금 광장으로 나갈 생각이다. 아무도 우리를 미행하지 못하게 감시해라." 그는 헤이슨을 돌아봤다. "준비됐나?"

헤이슨은 머뭇거렸다. "잠깐 기다려보게. 일단 자네 결과물을 검토해서 무슨 일이 벌어졌는지를 연구해야 해. 시간 자동차라는 것도 살펴보고. 이대로는—."

병사 두 명이 우드를 보며 다가왔다. 우드는 헤이슨의 어깨에 손을 올렸다. "유감이네만 낭비할 시간이 없다네. 부디 함께 와주게."

사방을 둘러싼 어둠이 꿈틀대고 휘몰아치다 이내 물러나기 시작했다. 그는 제어 장치가 가득한 계기판 앞의 앉은뱅이 의자에 앉아서 뻘뻘 흐르는 땀을 훔쳐내고 있었다. 어찌됐든 그는 목적지로 향하는 중이었다. 우드는 시간 자동차의 조작 방법을 간략하게 설명해주었다. 약간의 설명과 설정을 끝낸 후, 그들은 그를 넣은 채로 금속 문을 닫아버렸다.

헤이슨은 주변을 둘러보았다. 내부는 추웠다. 공기가 서늘하고 숨이 가빠졌다. 그는 움직이는 다이얼을 한동안 지켜보았지만, 얼마 지나지 않아 추위 때문에 불쾌해지기 시작했다. 그는 장비 보관함으로 가서 문을 밀어 열었다. 재킷, 두터운 외투, 조명총이 보였다. 그는 총을 잠시 들고 살펴보았다. 그 외에도 온갖 종류의 도구와 장비들이 있었다. 총을 내려놓는 순간 발밑에서 느껴지던 진동이 갑자기 멈추었다. 끔찍한 감각이 느껴지는 잠시 동안, 그는 멍하니 허공에 떠 있었다. 이내 그 느낌도 사라졌다.

창문으로 햇빛이 흘러 들어와 바닥에 번졌다. 그는 전등을 끄고 창밖을 구경했다. 우드가 맞춘 설정에 따르면 지금은 100년 후의 미래였다. 그는 마음을 다잡고 창밖을 내다보았다.

풀밭이 지평선 끝까지 펼쳐져 있었다. 꽃과 잔디가 가득했다. 멀리 나무 그늘 아래 나란히 서서 풀을 뜯는 짐승들이 보였다. 그는 문가로 가서 잠금쇠를 풀고 밖으로 나섰다. 따스한 햇살을 받으니 즉시 기분이 나아졌다. 그는 짐승들이 소라는 사실을 알 수 있었다.

그는 허리춤에 손을 댄 채로 한참을 문가에 서 있었다. 박테리아성 질병은 아니었을까? 공기 전염이라면? 물론 질병이 원인이었을 경우의 이야기다. 그는 손을 뻗어 어깨 위로 이어지는 방호 헬멧을 만져보았다. 이걸 벗지 않는 편이 나을 것이다.

그는 차 안으로 돌아가 보관함에서 총을 꺼냈다. 그리고 구체의 입구로 돌아와서, 자신이 자리를 비운 동안 확실히 밀폐되어 있도록 잠 금장치를 확인했다. 그런 다음에야 풀밭으로 내려갈 용기를 낼 수 있 었다. 헤이슨은 문을 닫고 주변을 둘러본 다음, 즉시 구체에서 떨어져 걸음을 옮기기 시작했다. 목표는 약 800미터 떨어진 곳까지 뻗어 있는 긴 언덕의 꼭대기였다. 걸음을 옮기면서, 그는 스스로 길을 찾지 못할 경우 금속 구체, 즉 시간 자동차로 돌아오는 방향을 알려줄 탈착식 손 목밴드를 점검했다.

그는 나무 앞을 지나며 소들 쪽으로 다가갔다. 짐승들은 자리에서 일어나 거리를 벌렸다. 문득 서늘한 한기가 그의 뇌리를 스쳤다. 젖통 이 작게 쪼그라들어 있었다. 가축이 아니라는 뜻이었다.

언덕 꼭대기에 오른 그는 걸음을 멈추고 허리춤에서 쌍안경을 꺼내 들었다. 대지가 끝없이 계속되고 있었다. 녹색 초원이 그 어떤 패턴이 나 도형도 만들지 않은 채, 눈이 닿는 끝까지 파도처럼 물결치고 있었 다. 다른 건 아무것도 없나? 그는 지평선을 따라 시선을 이동하며 천천 히 몸을 돌렸다.

그리고 순간 멈칫하며 초점을 조절했다. 왼쪽 멀리, 시야가 끝나기 직전에, 도시의 수직선이 솟아오른 모습이 희미하게 보였다. 그는 쌍 안경을 내리고 묵직한 부츠의 끈을 조인 다음, 언덕의 한쪽 사면을 따 라 성큼성큼 걸어 내려가기 시작했다. 갈 길이 꽤나 멀었다.

30분 정도 걸음을 옮겼을 때, 나비 한 마리가 헤이슨의 눈에 띄었다. 나비는 갑자기 몇 미터 앞에서 날아오르더니 햇빛 가득한 날개를 팔락 이며 춤추기 시작했다. 그는 잠시 걸음을 멈추고 휴식을 취하며 나비 를 바라보았다. 붉은색과 푸른색 바탕에 노란색과 초록색의 무늬가 들 어가서, 자연의 모든 색채로 반짝이는 듯했다. 지금까지 그가 본 나비 들 가운데 가장 커 보였다. 어쩌면 인간이 무대에서 퇴장한 다음에 동물원에서 도망쳐 나와 야생에서 번식한 것일지도 모른다.

헤이슨은 다시 걸음을 옮기기 시작했다. 이런 상황에서 인류가 죽음을 맞이한다는 것은 상상하기 힘들었다. 나비에 초원에 나무 그늘에 노니는 소들이 있는데. 인류는 얼마나 고요하고 사랑스러운 세계를 남기고 떠난 것인가!

갑자기 나비 한 마리가 풀밭에서 펄럭이며 날아올라 거의 그의 얼굴 앞까지 날아들었다. 그는 반사적으로 팔을 들어 나비를 쫓았다. 나비가 그의 손으로 달려들었고, 그는 웃음을 터트렸다.

순간, 속이 메스꺼울 정도의 고통이 헤이슨을 덮쳤다. 그는 숨을 헐떡이고 구역질을 하며 자리에 주저앉았다. 그리고 간신히 상체를 들어 올리다 얼굴을 감싸며 고개를 떨어트렸다. 팔에서 전해지는 고통 때문에 정신을 차릴 수가 없었다. 머리가 빙빙 돌아서 눈을 감을 수밖에 없었다.

마침내 헤이슨이 몸을 돌려 누웠을 때, 나비는 이미 사라져 있었다. 다행히도 그 자리에 머물지 않은 모양이었다.

그는 한동안 풀밭에 누워 있다가 천천히 일어나 앉은 다음, 후들거리는 다리를 가누며 일어섰다. 그리고 셔츠를 벗고는 손과 팔목을 확인했다. 살갖이 이미 검고 단단하게 변한 채 부어오르고 있었다. 그는 그 모습을 한동안 내려다보다가 멀리 떨어진 도시로 시선을 돌렸다. 나비들은 그쪽으로 날아가고 있었다…….

그는 시간 자동차로 돌아가기 시작했다.

헤이슨은 태양이 저녁의 어둠 속으로 사라지기 시작할 즈음에야 시간 자동차까지 돌아올 수 있었다. 그가 손을 대자 문이 밀려 미끄러지듯 열렸고, 그는 안으로 들어섰다. 그리고 의료 도구함에서 연고를 꺼내 손과 팔에 바른 다음, 앉은뱅이 의자에 쭈그려 앉아 온갖 생각을 하며 팔을 바라보았다. 사고로 살짝 쏘였을 뿐이다. 나비는 자신이 공격했다는 것조차 알지 못했을 것이다. 하지만 이런 나비가 떼 지어 몰려다닌다면—.

그는 해가 져서 구체 밖이 완전히 깜깜해질 때까지 기다렸다. 밤이 되면 벌과 나비들은 모두 모습을 감춘다. 적어도 그가 아는 곤충들은 그랬다. 어쨌든 지금은 운에 걸어볼 수밖에 없다. 팔은 아직도 끊임없이 쑤셔왔다. 연고도 아무 소용이 없었다. 머리는 계속 어지럽고, 입안에는 열에 달떴을 때 같은 뒷맛이 감돌고 있었다.

그는 밖으로 나가기 전에 보관함을 열고 그 안에 있는 물건을 전부 꺼냈다. 조명총을 잠시 살펴보았지만 결국 내려놓았다. 잠시 후 원하는 물건이 눈에 띄었다. 용접용 토치와 손전등이었다. 그는 다른 물건은 전부 원래대로 넣은 다음 자리에서 일어섰다. 준비가 끝났다. 이걸 준비라고 할 수 있다면 말이지만. 적어도 지금 상황에서는 최대한 노력한 셈이었다.

그는 어둠 속으로 걸음을 옮기며, 손전등으로 앞길을 비추었다. 걸음이 빨라졌다. 어둡고 고요한 밤이었다. 머리 위에는 몇 개의 별이 반짝일 뿐이었고, 지상에는 그가 유일한 빛이었다. 그는 언덕을 올라가 반대편 사면을 타고 내려갔다. 드문드문 숲이 모습을 드러냈고, 곧 그는 평야로 내려와서 손전등 빛에 의지해 더듬더듬 도시로 걸음을 옮기기 시작했다.

도시에 도착했을 때는 상당히 지쳐 있었다. 꽤나 오래 걸은 덕분에 숨이 가빠지고 있었다. 거대한 유령 같은 형체들이 솟아올라 머리 위에서 어둠 속으로 모습을 감추고 있었다. 큰 도시는 아니었지만, 헤이슨이 보기에는 영 이상해 보였다. 그에게 익숙한 건물보다 훨씬 수직이고 늘씬한 형태였다.

그는 관문을 통과했다. 거리의 포석 틈새에는 잡초가 자라고 있었다. 그는 걸음을 멈추고 발밑을 내려다보았다. 사방에 잡초가 가득했고, 길모퉁이나 건물 옆에는 뼈가, 뼈와 먼지 더미가 쌓여 있었다. 그는 늘씬한 건물 측면을 손전등으로 비추며 걸음을 옮겼다. 발소리가 공허하게 울렸다. 자신 외에는 빛은 전혀 보이지 않았다.

건물의 밀도가 줄어들기 시작했다. 머지않아 그는 자신이 덤불과 덩굴이 무성하게 자란 공원에 들어서고 있다는 사실을 깨달았다. 건너편에 주변에 비해 큰 건물이 하나 솟아올라 있었다. 좌우를 손전등으로 비추어 보면서, 그는 황량한 공원을 지나 건물로 걸음을 옮겼다. 반쯤 파묻힌 계단을 올라가니 콘크리트 광장이 나타났다. 순간 그는 걸음을 멈추었다. 오른쪽으로 모습을 드러낸 다른 건물 하나가 그의 주의를 끌었다. 심장이 쿵쿵 소리를 냈다. 손전등의 불빛 아래, 문 위의 아치에 새겨진 단어 하나가 모습을 드러냈다.

도서관

도서관, 바로 그가 원하던 건물이었다. 그는 계단을 올라 어두운 출입구로 들어섰다. 발밑에서 목조 합판이 삐걱대는 소리를 냈다. 입구에는 금속 손잡이가 달린 육중한 나무 문이 서 있었다. 손잡이를 붙들자 문짝이 그대로 무너지며 그의 옆을 지나서 계단으로, 그리고 아래의 어둠 속으로 떨어져 내렸다. 먼지와 썩은 냄새에 숨이 막혔다.

그는 안으로 들어섰다. 조용한 복도를 걷고 있노라니 헬멧에 거미줄이 스쳤다. 그는 아무 방이나 하나 골라서 안으로 들어갔다. 먼지 더미와 회색으로 바랜 뼈들이 더 많이 보였다. 벽을 따라 낮은 탁자와 선반이 늘어선 모습이 보였다. 그는 선반 쪽으로 가서 책 몇 권을 집었다. 책은 그대로 가루가 되어 부서져서, 종이와 실밥 무더기가 되어 그를 향해 쏟아져 내렸다. 그의 시대로부터 1세기밖에 지나지 않은 것 아니었던가?

헤이슨은 탁자 하나에 앉아서 조금 상태가 나은 책 한 권을 펼쳐보았다. 그가 모르는 언어였는데, 분명 인위적으로 만든 로망스 계열 언어*인 듯했다. 계속 책장을 넘기던 그는 결국 대충 몇 권을 손에 들고는 문을 향해 걸음을 옮기기 시작했다. 순간 심장이 크게 뛰었다. 그는 손이 떨리는 것을 느끼며 벽 쪽으로 다가갔다. 신문이 있었다.

그는 손 안에서 부서지는 종이를 조심스럽게 벽에서 내려 불빛을 비추어 보았다. 당연하지만 같은 언어였다. 헤드라인이 검고 굵은 글씨로 박혀 있었다. 그는 신문 몇 장을 어떻게든 한데 말아서 책 더미에 덧붙였다. 그리고 문을 통해 복도로 나와서 왔던 길을 되짚어 돌아가기 시작했다.

계단으로 나오자 차갑고 신선한 공기가 그를 맞이하며 코를 간지럽혔다. 그는 광장 주변 건물들의 희미한 윤곽을 둘러본 다음, 조심스레 왔던 길을 더듬어서 공원을 가로질러 걸어갔다. 이윽고 도시 정문이 나타났고, 이내 그는 바깥의 평원으로 나와서 시간 자동차를 향해 돌아가기 시작했다.

그는 고개를 숙인 채 끝없이 걷고 또 걸었다. 마침내 피로 때문에 몸이 앞뒤로 흔들릴 지경이 되어서야 그는 걸음을 멈추고 심호흡을 했다. 그는 짐을 내려놓고 주변을 둘러보았다. 멀리 지평선 가장자리에, 그가 걸음을 옮기는 동안 조금씩 모습을 드러낸 회색의 선이 보였다. 새벽이다. 해가 뜨고 있는 것이다.

차가운 바람이 몰려들어 그를 휘감고 지나갔다. 회색의 빛 속에서

---

* 라틴어에서 분파된 언어. 이탈리아어, 프랑스어, 스페인어 등이 여기 속한다.

나무와 언덕이 형체를 갖추고, 움직이지 않는 확고한 윤곽선을 형성하기 시작했다. 그는 도시 쪽으로 몸을 돌렸다. 버려진 건물들의 황량한 형체가 높이 서 있었다. 그는 잠시 동안 첫 햇살이 도시의 기둥과 탑 위로 감돌기 시작하는 모습에 매료되어 서 있었다. 이내 색은 사라지고, 그와 도시 사이에 안개가 서리기 시작했다. 그는 즉시 몸을 숙여 짐을 들었다. 그리고 피어오르기 시작하는 서늘한 공포를 느끼며, 최대한 빨리 걸음을 옮기기 시작했다.

도시 쪽에서 검은 점 하나가 하늘로 날아올라 그를 향해 움직이기 시작한 것이다.

한참 후, 아주 오랜 시간이 흐른 다음, 헤이슨은 뒤를 돌아보았다. 그 점은 여전히 같은 자리에 있었지만, 조금 더 커져 있었다. 게다가 이제는 검은색도 아니었다. 해가 완전히 뜨자 그 점은 온갖 빛깔로 반짝이기 시작했다.

그는 속도를 올려서, 언덕 사면을 내려가 다음 언덕을 올랐다. 잠시 그는 걸음을 멈추고 손목밴드를 확인했다. 요란한 소리가 들렸다. 구체까지 얼마 남지 않은 것이다. 팔을 흔들자 손목밴드가 이리저리 움직였다. 오른쪽이다. 그는 손에 맺힌 땀을 씻으며 걸음을 재촉했다.

잠시 후 그는 언덕 꼭대기에 서서 풀밭 위에 얌전히 앉아 있는 빛나는 금속 구체를 내려다보게 되었다. 밤사이 맺힌 이슬이 반짝였다. 그는 시간 자동차를 향해 미끄러지면서 언덕을 달려 내려가기 시작했다.

어깨로 문을 밀치고 들어간 것과 동시에, 언덕 꼭대기에 구름처럼 보이는 나비 떼가 모습을 드러내더니 소리 없이 그를 향해 날아오기 시작했다.

그는 문을 잠그고 짐을 내려놓은 다음 어깨를 주물렀다. 격렬한 통증 때문에 손이 타는 것만 같았다. 이러고 있을 시간이 없다. 그는 창가로 가서 밖을 내다보았다. 나비 떼가 구체로 몰려들어서, 온갖 색으로 반짝이며 주변에서 날아다니고 춤추고 있었다. 이내 나비들이 금속 표면이나 창문에 내려앉기 시작했다. 부드럽고 말랑거리며 반짝이는 몸체와 끊임없는 날갯짓이 한데 뭉쳐 시야를 가려버렸다. 사방에서 숨죽인 날갯짓 소리가 울려왔다. 나비들이 창문을 완전히 감싸자 구체 내부는 어두워졌다. 그는 전등을 켰다.

시간이 흘러갔다. 그는 어찌할 바를 모른 채 신문을 살펴보았다. 돌아갈까? 아니면 더 나아갈까? 50년 정도 미래로 가보는 편이 나을지도 모른다. 나비는 위험하기는 해도 그가 찾고자 하는 치명적인 요소는 아닐지도 모른다. 그는 손을 내려다보았다. 피부는 검고 단단하게 변해 있었고, 괴사한 영역이 늘어나고 있었다. 잠시 걱정이 머릿속을 스치고 지나갔다. 상처가 호전되기는커녕 더 나빠지고 있었던 것이다.

사방에서 들려오는 갉작이는 소리가 신경에 거슬렸고, 이유 모를 초조함을 불러일으켰다. 그는 책을 내려놓고 이리저리 걸어 다니기 시작했다. 거대하기는 하지만 고작해야 곤충인데, 저런 것들이 인류를 멸종시킬 수 있단 말인가? 분명 인간이라면 싸울 방법을 찾아낼 것이다. 덫을 놓거나 살충제를 뿌릴 수 있을 것이다.

금속 부스러기 하나가 그의 소맷단에 떨어졌다. 그는 부스러기를 털어냈다. 두 번째 부스러기가 떨어졌고, 이어서 작은 조각이 떨어져 내렸다. 그는 벌떡 일어나며 고개를 들었다.

머리 위 천장에 동그라미가 생겨나고 있었다. 그 오른쪽으로 두 번째 동그라미가, 이어 세 번째 동그라미가 모습을 드러냈다. 사방에, 구체의 모든 벽과 천장에, 원이 만들어지고 있었다. 그는 계기판으로 달려가 안전장치를 올렸다. 웅 하는 소리와 함께 전원이 들어왔고, 그는 정신없이 계기판을 조작하기 시작했다. 이제 금속조각들이 마구 떨어져 바닥에 쌓이고 있었다. 부식성 물질이 흘러내렸다. 산성 물질일까?

그런 비슷한 것을 분비하는 것이 분명했다. 커다란 금속 덩어리가 떨어졌다. 그는 고개를 돌렸다.

구체 속으로 날아들어온 나비들이 사방에서 춤추며 퍼덕이기 시작했다. 떨어져 내린 덩어리는 깔끔하게 잘린 원형의 금속이었지만, 그것까지 눈치챌 정신이 없었다. 그는 즉시 용접용 토치를 들고 불을 붙였다. 불꽃이 격렬한 소리와 함께 뿜어져 나왔다. 나비가 다가오자 그는 손잡이를 누르고 용접구를 높이 들었다. 공기가 일렁이며 불타는 조각들이 사방으로 떨어져 내렸고, 끔찍한 냄새가 구체 밖으로 새어났다.

그는 마지막 스위치를 올렸다. 계기판의 불빛이 점멸하며 바닥이 진동하기 시작했다. 이어 주 레버를 올리는 순간, 구멍을 통해 나비들이 서로 부대끼며 격렬하게 안으로 쏟아져 들어왔다. 두 번째 금속 원판이 바닥으로 떨어져 내리며 새로운 무리가 들어왔다. 헤이슨은 얼굴을 찌푸리며 물러서서, 용접용 토치를 높이 들고 불꽃을 뿜어댔다. 나비들은 계속해서 안으로 밀려들어왔다.

문득 정적이 내려앉았다. 너무 갑작스러워서 눈을 깜빡일 수밖에 없었다. 끝없이 울리던 갉작이는 소리가 멈추었다. 그는 벽과 바닥에 가득한 재와 가루, 즉 구체에 들어온 나비들의 잔해를 제외하면 완벽하게 혼자였다. 헤이슨은 온몸을 떨면서 의자에 주저앉았다. 이제 안전하게 자신의 시대로 돌아갈 수 있는 것이다. 그가 치명적 요소를 찾았다는 사실에는 이제 의심의 여지가 없었다. 바닥에 쌓인 잿더미, 자동차 동체에 깔끔하게 뚫린 원형 구멍 덕분에 모든 것이 분명해졌다. 부식성 분비물 따위가 아니었다. 그는 쓸쓸한 웃음을 머금었다.

마지막에 목격한 엄청난 규모의 나비 떼 덕분에 필요한 모든 것을 알 수 있었다. 구멍을 통해 처음 들어온 나비들은 아주 작은 절단용 도구를 들고 있었다. 그걸로 구멍을 뚫고 들어온 것이다. 자신들의 장비를 이용해서.

그는 자리에 앉아서 시간 자동차가 목적지에 도달하기만을 기다렸다.

경비병들이 그를 붙들고 차에서 나오는 것을 도와주었다. 그는 비틀거리며 밖으로 나와서 그들에게 몸을 기대며 섰다. "고맙네." 그는 중얼거렸다.

우드가 서둘러 달려왔다. "헤이슨, 자네 괜찮은가?"

그는 고개를 끄덕였다. "그래. 손만 빼고."

"당장 안으로 들어가지." 그들은 문을 통해 내부의 거대한 홀로 들어갔다. "자리에 앉게나." 우드는 다급하게 손을 흔들었고, 병사 한 명이 서둘러 의자를 하나 가져왔다. "뜨거운 커피 좀 가져다주게나."

커피가 등장했다. 헤이슨은 자리에 앉아 커피를 홀짝였다. 그는 마침내 컵을 치우고 의자에 몸을 기댔다.

"이제 말해줄 수 있겠나?" 우드가 물었다.

"그래."

"좋아." 우드는 맞은편에 자리를 잡고 앉았다. 녹음기가 돌아가기 시작하고, 카메라가 말을 뱉는 헤이슨의 얼굴을 촬영하기 시작했다. "그럼 말해보게. 뭘 찾은 건가?"

그가 이야기를 끝내자 방 안에는 침묵이 드리웠다. 경비병과 기술자중 누구도 입을 열지 못했다.

우드는 몸을 떨면서 자리에서 일어섰다. "세상에. 그러니까 일종의 독성 생물체 때문에 전멸한 거로군. 그런 문제일 거라 생각했어. 그런데 그뿐 아니라 지능을 가진 나비라고? 공격을 계획할 줄도 안다고. 빠른 번식과 적응이 가능한 생물일 가능성도 있겠군."

"책하고 신문이 도움이 될지도 몰라."

"하지만 저런 놈들이 어디서 온 건가? 현재 존재하는 생물종이 돌연변이를 일으킨 건가? 아니면 다른 행성에서 온 걸까. 어쩌면 우주탐사에서 유입된 걸지도 모르겠군. 어떻게든 알아내야 해."

"인간만 공격하던데." 헤이슨이 말했다. "소는 건드리지 않았어. 인간만 노린다고."

"멈출 수 있을지도 몰라." 우드는 화상 전화를 켜면서 말했다. "위원회에 긴급회의를 소집하라고 요청해야겠어. 자네의 설명과 추천하는 대처 방식을 들려주자고. 계획을 수립하고 이 행성에 존재하는 모든 병력을 규합해야 해. 이제 정체를 아니까 대처할 기회가 생긴 거라고. 자네 덕분이야, 헤이슨. 자네 덕분에 제때 놈들을 막을 방법을 찾아낼 수 있을지도 모른다고!"

교환원이 등장했고, 우드는 위원회의 암호를 댔다. 헤이슨은 그 모습을 멍하니 지켜보다가, 결국 자리에서 일어나 방 밖으로 나갔다. 팔이 무자비하게 쑤셔오고 있었다. 그는 즉시 문을 통해 밖으로 나섰다. 병사 몇 명이 시간 자동차를 흥미로운 눈으로 살펴보고 있었다. 헤이슨은 아무 생각 없이, 무표정한 얼굴로 그 모습을 지켜봤다.

"이건 뭡니까, 선생님?" 병사 한 명이 물었다.

"이거?" 헤이슨은 문득 정신을 차리고 그쪽으로 천천히 걸어가며 말했다. "이건 시간 자동차라네."

"아뇨, 이거 말입니다." 병사는 구체에 붙은 뭔가를 가리키며 말했다. "자동차가 출발했을 때는 이런 게 없었던 것 같거든요."

순간 심장이 멎는 느낌이 들었다. 헤이슨은 병사들을 밀치고 나가 위를 올려다보았다. 처음에는 금속 동체 위에는 아무것도 보이지 않았다. 부식된 금속 표면뿐이었다. 그러나 다음 순간, 차가운 공포가 몸속으로 밀려들었다.

작고 갈색이고 털투성이인 물체가 그 표면에 붙어 있었다. 그는 손을 뻗어 그걸 만져보았다. 주머니, 뻣뻣한 작은 갈색 주머니였다. 말라붙어 있었다. 말라붙은 데다 텅 비어 있었다. 안에는 아무것도 들어 있

지 않았다. 한쪽이 열려 있었다. 그는 멍하니 시선을 들었다. 시간 자동
차의 차체 곳곳에 작은 갈색 주머니가 붙어 있었다. 일부에는 내용물
이 들어 있었지만, 대부분 이미 비어 있었다.

그것은 고치였다.

유모
Nanny

"새 삼 드는 생각인데, 우리는 어떻게 내니도 없이 자랐던 걸까." 메리 필즈가 말했다.

내니가 필즈 가족의 집에 들어와서 생활 전체를 바꾸어버렸다는 사실은 의심할 여지가 없었다. 아이들이 아침에 눈을 뜬 순간부터 밤에 졸음에 겨워 고개를 꾸벅거리는 순간까지, 내니는 아이들과 함께 지내면서 지켜보고 주변 공간을 떠다니면서, 아이들이 원하는 것이라면 뭐든지 들어주기 위해 최선을 다했다.

필즈 씨는 출근하는 동안에도 자기 아이들이 안전하다는 사실을, 완벽하게 안전하다는 사실을 확신할 수 있었다. 그리고 메리는 끝없이 이어지는 온갖 잡일과 근심으로부터 해방될 수 있었다. 아이들을 깨우거나, 옷을 입히거나, 세수를 시키거나, 식사하는 모습을 살필 필요가 없었다. 심지어 학교까지 데리고 갈 필요조차 없었다. 그리고 아이들이 방과 후에 집으로 바로 돌아오지 않더라도 혹시라도 무슨 일이 났을지 걱정에 사로잡혀 초조하게 오락가락할 필요도 없었다.

그렇다고 해서 내니가 아이들의 버릇을 잘못 들이는 것도 아니었다. 아이들이 말도 안 되거나 해로운 요구를 하면(가게의 사탕을 전부 달라고 한다거나, 경찰의 오토바이를 타고 싶어한다거나) 내니는 강철 같은 의지력을 드러내 보였다. 훌륭한 양치기처럼, 내니는 자신이 돌보는 양떼의 소원을 거절할 때를 잘 알고 있었다.

두 아이 모두 내니를 사랑했다. 한번은 내니를 수리점에 보낸 적이 있는데, 아이들은 멈추지 않고 끝없이 울부짖었다. 어머니도 아버지도 아이들을 달랠 수가 없었다. 그러나 내니가 돌아오자 상황은 즉시 해결됐다. 그것도 딱 시간을 맞춰서! 필즈 부인이 탈진하기 직전이었던 것이다.

"세상에, 그녀가 없었으면 우리가 대체 뭘 할 수 있었을까?" 그녀는 자리에 주저앉으며 말했다.

필즈 씨는 고개를 들었다. "누구?"

"내니 말이야."

"하느님만 아시겠지." 필즈 씨가 말했다.

아침이면 내니는 머리에서 살짝 떨어진 위치에서 음악 같은 기어 돌아가는 소리를 내서 부드럽게 아이들을 깨운다. 그리고 아이들이 세수를 마치고 옷을 입고 상쾌한 기분으로 정시에 아침 식탁에 앉도록 챙겨준다. 아이들이 시무룩해 보이면 자기 등에 태우고 아래층까지 날라주는 즐거움을 베풀기도 한다.

그게 얼마나 즐거운지! 거의 롤러코스터와 같은 느낌이었다. 꼭 붙들고 있는 바비와 진을 데리고, 내니는 기묘한 형태로 구르며 계단을 물 흐르듯 내려왔다.

물론 아침식사를 준비하는 일은 내니의 몫이 아니었다. 그런 일은 전부 자동 부엌이 해결했다. 그러나 내니 또한 아이들이 제대로 밥을 먹는지 확인하기 위해 그 자리에 동석했고, 식사가 끝난 다음에는 등교 준비를 관리했다. 아이들이 교과서를 챙기고 머리를 빗어 깔끔한 모습이 되고 나면, 그녀의 가장 중요한 임무가 시작되었다. 부산한 거리를 지나 아이들을 안전하게 데려다주는 일이었다.

도시에는 온갖 위험이 존재했고, 내니는 잠시도 한눈을 팔 수 없었다. 통근자를 태운 채 고속으로 거리를 휩쓸고 지나가는 로켓 크루저가 있다. 불량배가 바비를 때리려 든 적도 있었다. 내니가 오른쪽 집게로 재빨리 밀치자 그자는 끔찍한 비명을 지르며 그대로 날아가버렸다.

무슨 꿍꿍이가 있는지 모를 취객이 진에게 말을 걸려고 한 적도 있었다. 내니가 금속 동체로 슬쩍 밀치자, 취객은 그대로 배수로로 고꾸라져버렸다.

때로는 아이들이 상점 앞에서 미적거릴 때도 있었다. 그럴 때면 내니는 아이들을 부드럽게 밀어 걸음을 옮기도록 만들었다. 그리고 (가끔 있는 일이지만) 아이들이 지각할 것 같으면, 내니는 아이들을 등에 태우고 적당한 속도로 보도 위를 달려갔다. 웅웅거리는 소리와 함께, 빠른 속도로 디딤판을 옮기면서.

방과 후에도 내니는 계속 아이들과 붙어 있었다. 노는 모습을 감독하고, 위험에 빠지지 않도록 지켜보고 보호하다가, 마침내 날이 어두워지면 놀이를 그만두고 집으로 향하도록 만드는 일까지 했다.

내니는 언제나 저녁식사를 식탁에 올릴 때를 정확하게 맞춰 바비와 진을 현관으로 몰고 들어와서, 타이르듯 기어가 맞물려 돌아가는 소리를 냈다. 아이들이 욕실로 달려가서 얼굴과 손을 씻고 오면 정확하게 저녁 먹을 시간이 되었다.

그리고 밤이면…….

필즈 부인은 잠시 아무 말 없이 얼굴을 찌푸렸다. 밤이 되면…….

"톰?" 그녀가 입을 열었다.

그녀의 남편은 신문에서 고개를 들었다. "왜 그래?"

"한 가지 당신하고 의논하고 싶은 일이 있어. 정말 이상해서 이해가 안 되거든. 물론 나는 기계에 대해서는 아는 게 전혀 없긴 해. 하지만 톰, 밤에 우리가 전부 잠들어 집 안이 조용해지면, 내니가ㅡ."

소리가 들렸다.

"엄마!" 진과 바비가 기쁨에 얼굴이 달아오른 채로 거실로 뛰어 들어왔다. "엄마, 집까지 내니랑 달리기 경주를 했는데, 우리가 이겼어요!"

"우리가 이겼어요." 바비가 말했다. "내니를 제쳤다고요."

"내니보다 훨씬 빨리 달렸어요." 진이 말했다.

"내니는 어디 갔니, 얘들아?" 필즈 부인이 물었다.

"지금 오고 있어요. 안녕, 아빠."

"안녕, 얘들아." 톰 필즈가 말했다. 그는 귀를 기울이며 고개를 한쪽으로 젖혔다. 현관 쪽에서 묘한, 긁는 소리가 들렸다. 기어가 긁히는 소리였다. 그는 웃음을 머금었다.

"내니 왔네요." 바비가 말했다.

그리고 내니가 방 안으로 들어왔다.

필즈 씨는 내니를 바라보았다. 언제나 흥미를 유발하는 존재였다. 방 안의 유일한 소리는 그녀의 금속 디딤판이 단단한 목제 바닥과 마찰하는, 기묘하게 리듬이 담긴 소리뿐이었다. 내니는 그의 앞까지 와서 몇 미터 거리를 두고 멈추어 섰다. 절대 깜빡이지 않는 두 개의 광전지 눈이 그를 바라보았다. 탄력 있는 금속 자루 끝에 달린 눈이었다. 눈자루가 질문하듯 슬쩍 흔들리며 움직였다. 그러고는 뒤로 물러섰다.

내니는 커다란 구체에 바닥 쪽은 평평한 모습으로 만들어졌다. 표면에 스프레이로 칠한 짙은 녹색의 에나멜 도료는 세월의 흐름에 쓸려 갈라지고 조각나 떨어지고 있었다. 눈이 달린 자루 외에는 딱히 눈에 띄는 부속은 없었다. 금속 디딤판은 눈에 보이지 않았다. 동체 양쪽 측면에는 문 모양의 윤곽이 보였다. 필요할 때면 그 안에서 자력 집게가 나오는 것이다. 동체 앞쪽은 차츰 뾰족해졌고, 그 부근에 금속이 보강되어 있었다. 앞뒤로 붙인 추가 장갑판 덕분에 거의 전쟁 병기처럼 보일 지경이었다. 일종의 전차 같았다. 아니면 선박, 땅에 올라온 둥그런 금속 배 같았다. 아니면 곤충이거나. 내니의 별명인 쥐며느리하고도 비슷했다.

"가자!" 바비가 소리쳤다.

순간 내니가 움직이기 시작했다. 디딤판이 나와 바닥을 지탱한 채로, 내니는 몸을 돌렸다. 한쪽 문이 열리더니 긴 금속 막대가 뻗어나왔다. 내니는 장난치듯 바비의 팔을 집게로 잡고는 자기 쪽으로 끌어당겨서 등 위에 태웠다. 바비는 금속 동체 위에 걸터앉아서, 발꿈치로 동체를 신나게 차면서 위아래로 뛰어올랐다.

"동네 한 바퀴 경주하는 거야!" 진이 소리쳤다.

"이랴!" 바비가 소리쳤다. 내니는 바비를 태운 채로 방을 나섰다. 금속 부속과 중계기를 끊임없이 울려대며, 광전지 눈과 튜브를 딸각거리는 커다란 둥근 벌레였다. 진이 옆에서 나란히 달려갔다.

정적이 찾아왔다. 다시 부부만 남았다.

"정말 대단하지 않아?" 필즈 부인이 말했다. "물론 요즘은 어디든 로봇이 있긴 하지. 몇 년 전보다 훨씬 많아졌어. 어딜 가든 로봇이 있으니까. 상점 계산대에도 있고, 버스 운전도 하고, 땅을 파기도 하고—."

"하지만 내니는 다르지." 톰 필즈가 중얼거렸다.

"내니는…… 내니는 기계라는 생각이 안 들어. 마치 사람 같아. 살아 있는 사람. 하지만 그건 넘어가더라도, 내니는 다른 로봇들보다 훨씬 복잡하잖아. 그럴 수밖에 없겠지만. 자동 부엌보다 훨씬 복잡하다고 하던데."

"저 정도로 비싸면 그래야 하지 않겠어." 톰이 말했다.

"그렇겠지." 메리 필즈가 중얼거렸다. "마치 생물 같아." 그녀의 목소리에는 묘한 기색이 깃들어 있었다. "정말로."

"아이들만 제대로 돌봐주면 무슨 상관이야." 톰은 이렇게 말하며 다시 신문으로 눈을 돌렸다.

"하지만 걱정이 되는걸." 메리는 얼굴을 찌푸리며 커피 잔을 내려놓았다. 저녁을 먹는 중이었다. 시간은 이미 늦었다. 아이들도 이미 잠자리에 들었다. 메리는 냅킨으로 입가를 두드렸다. "톰, 걱정이 되는 일이 있어. 내 말 좀 들어줬으면 좋겠어."

톰 필즈는 눈을 껌뻑였다. "걱정? 뭐가 걱정인데?"

"그녀 때문에 그래. 내니 말이야."

"왜 걱정하는 건데?"

"나, 나도…… 모르겠어."

"다시 수리를 맡겨야 한다는 뜻이야? 정비를 끝낸 지 얼마 되지도 않았잖아. 이번에는 또 무슨 일인데? 저 아이들은 내니가 없으면—."

"그런 문제가 아니야."

"그럼 뭔데?"

아내는 한참 동안 대답을 하지 않았다. 그녀는 갑자기 식탁에서 일어나서 방을 가로질러 계단으로 향했다. 그녀는 어둠 속을 올려다보았다. 톰은 영문을 모른 채 아내를 바라보았다.

"왜 그러는 거야?"

"그녀가 우리 대화를 들으면 안 되니까."

"그녀? 내니 말이야?"

메리는 남편 곁으로 다가섰다. "톰, 나 어젯밤에 잠에서 깼어. 그 소리 때문에. 같은 소리가, 전에도 들었던 소리가, 계속 들린다고. 그런데도 당신은 그게 아무 의미도 없는 일이라는 말만 하잖아!"

톰은 손짓을 해 보였다. "사실이잖아. 무슨 소리이기에 그래?"

"나도 모르겠어. 그래서 걱정이 되는 거야. 하지만 우리가 전부 잠들면 저게 아래층으로 내려온다고. 애들 방을 나온다니까. 최대한 조용하게 계단을 내려와. 우리가 모두 잠들었다는 확신이 들자마자."

"왜 그런 일을 하는 거야?"

"나도 모르지! 어젯밤에 내니가 생쥐처럼 조용히 계단을 미끄러져 내려오는 소리를 들었다니까. 이 근처를 움직이는 소리가 들렸어. 그러다가—."

"그러다가 뭔데?"

"톰, 그러다가 내니가 뒷문으로 나가는 소리가 들렸어. 밖으로, 집 밖으로 말이야. 뒤뜰로 나갔다고. 한동안은 그것밖에 못 들었어."

톰은 턱을 문지르며 말했다. "계속해봐."

"귀를 쫑긋 세우고 있었어. 침대에 일어나 앉은 채로. 당신은 당연하지만 완전히 푹 잠들어 있었고, 깨우려 해도 아무 소용도 없었어. 그래서 일어나서 창가로 갔지. 덮개를 살짝 들고 밖을 내다봤어. 밖에, 뒤뜰에 내니가 있었어."

"뭘 하고 있었는데?"

"나도 모르겠어." 메리 필즈의 얼굴에는 근심이 주름으로 새겨져 있었다. "나도 모르겠다고! 대체 내니가 한밤중에 밖으로 나가서, 뒤뜰에 서서 뭘 하는 걸까?"

어두웠다. 끔찍하게 어두웠다. 그러나 적외선 필터를 장착하자 어둠은 사라졌다. 금속 형체는 아무 어려움 없이 전진하여 부엌을 가로질렀다. 디딤판은 최대한 소리를 죽이기 위해 반쯤 수납한 상태였다. 그는 뒷문 앞으로 와서 움직임을 멈추고 귀를 기울였다.

아무 소리도 들리지 않았다. 집 안에는 정적만이 가득했다. 모두 잠든 모양이다. 푹 잠들어 있을 것이다.

내니가 무게를 싣자 뒷문은 가볍게 열렸다. 로봇은 발코니로 나가며, 문이 부드럽게 저절로 닫히도록 놔두었다. 밤공기는 서늘했다. 그리고 온갖 종류의 냄새, 자극적인 밤의 냄새로 가득 차 있었다. 봄이 여름으로 변하기 시작하는 때의, 대지가 아직 축축하고 뜨거운 7월의 태양이 땅에서 자라나는 미물들을 죽여 없앨 기회를 얻지 못한 계절의 냄새였다.

내니는 계단을 내려가 시멘트 오솔길로 걸음을 옮겼다. 그리고 동체를 스치는 젖은 잔디를 느끼며 조심스레 정원으로 내려갔다. 이내 그 로봇은 걸음을 멈추고 뒤쪽 디딤판에 의지해서 몸을 곧추세웠다. 앞부분이 허공으로 높이 들려 올라갔다. 길게 뻗어 똑바로 세운 눈이 아주 약간씩 흔들렸다. 그러다 이내 다시 몸을 내리고 전진하기 시작했다.

복숭아나무 옆을 돌아서 집으로 돌아오기 시작했을 때, 소리가 들렸다.

내니는 순간 바짝 경계하며 움직임을 멈추었다. 동체 옆의 문이 열리며 늘씬한 집게가 경계심으로 가득한 채 최대한 뻗어 나왔다. 울타리 널판 너머 줄지어 늘어선 샤스타데이지 속에서 뭔가 움직이는 것이 보였다. 내니는 필터를 빠르게 달각거리며 그쪽을 내다보았다. 머리 위 하늘에는 몇 개의 희미한 별들만이 반짝이고 있었다. 그러나 상대의 모습은 명확하게 확인할 수 있었고, 그 정도면 충분했다.

다가오는 푸른색 형체는 더 큰 내니였다. 십 대 소년 두 명을 돌볼 용도로 만들어진 물건이었다. 동체 양 옆은 낡아서 우그러져 있었지만, 집게는 여전히 튼튼하고 강력했다. 일반적인 내니 로봇의 동체 앞부분에 달린 강화판 외에도, 비죽 튀어나온 강철 턱이 언제라도 물어뜯을 수 있도록 자리를 잡고 있었다.

제작사인 메코-프로덕트 사는 이 금속 턱에 엄청난 열정을 쏟아부었다. 회사의 트레이드마크이자 특색이라 할 수 있었다. 광고나 설명서는 모든 모델에 탑재되어 있는 앞부분의 거대한 강철 삽을 항상 강조하고 있었다. 거기에 추가 장비도 가능했다. 추가 비용을 지불하면 '고급형 모델'로서 절삭용 날을 달거나 동력계를 추가할 수 있었다.

이 푸른색 내니는 그 모든 것을 갖추고 있었다.

푸른색 내니는 신중하게 앞으로 나와서 울타리에 다가섰다. 그리고 움직임을 멈추고 널판을 세심하게 점검했다. 꽤 오래전에 세워진 울타리라 허술하고 썩어 있었다. 로봇은 널판에 단단한 머리를 대고 그대로 밀었다. 울타리는 우직 소리를 내며 간단하게 무너져 내렸다. 녹색 내니는 즉시 뒤쪽 디딤판에 몸무게를 싣고 일어서며 집게를 빼들었다. 희열이, 터질 듯한 흥분이 몸속을 가득 채웠다. 격렬한 전투가 찾아온 것이다.

두 대의 내니는 소리 없이 풀밭 위로 움직여 거리를 좁히고, 집게를 마주 잡았다. 푸른색의 메코-프로덕트 사의 내니와 연녹색의 보다 작고 가벼운 서비스 인더스트리 사의 내니, 양쪽 모두 아무 소리도 내지 않았다. 그들은 계속 전투를 벌였다. 서로를 꽉 끌어안은 채로, 부드러운 디딤판을 노리고 거대한 금속 턱을 박아 넣으려 노력하면서. 녹색 내니는 가끔씩 동체 옆면에서 번득이는 눈에 금속 모서리를 박아 넣으려 시도했다. 녹색 내니는 중저가형 모델이라는 약점이 있었다. 계급도 체중도 부족했다. 그러나 그 또한 사납고 격렬하게 응전했다.

그들은 계속 뒤엉키며 젖은 땅 위에서 굴렀다. 전혀 소리를 내지 않은 채로. 설계의 궁극적인 목적을 격렬하게 수행하고 있었다.

"상상조차 안 돼." 메리 필즈는 고개를 저으며 중얼거렸다. "무슨 일이 벌어진 건지 모르겠어."

"짐승이 저지른 일 아니겠어?" 톰이 추측했다. "근처에 큰 개를 가진 집이 있던가?"

"아니. 커다란 붉은색 아이리시 세터를 가진 집이 있었는데, 시골로 이사를 가버렸어. 페티 씨네 개였던가."

두 사람은 걱정에 어찌할 바를 모르는 채로 눈앞의 광경을 지켜보았다. 내니는 욕실 문 앞에 서서 바비가 이를 잘 닦는지를 확인하고 있었다. 녹색 동체에는 우그러지고 움푹 패인 자국이 있었다. 눈 한 쪽은 유리에 금이 간 채로 부서져 있었다. 한쪽 집게는 동체 안으로 온전히 들어가지 못한 채, 작은 문에 힘없이 걸린 채로 땅에 질질 끌리고 있었다.

"그저 이해가 안 돼서 그래." 메리는 같은 말을 반복했다. "수리점을 불러서 뭐라고 하는지 들어봐야겠어. 톰, 분명 밤중에 일어난 일이야. 우리가 자는 동안에. 내가 들은 묘한 소리는—."

"쉿." 톰이 경고하듯 중얼거렸다. 내니가 욕실을 떠나 그들을 향해 다가오고 있었다. 망가진 기계 특유의 삐걱거리는 소리를 흘리며, 그녀는 그들을 지나쳐 갔다. 리듬이 맞지 않는 끼긱거리는 소리를 내면서, 녹색 금속 덩어리는 절뚝이며 몸을 움직였다. 톰과 메리 필즈는 그녀가 힘겹게 거실로 들어가는 모습을 불안한 눈으로 지켜보았다.

"혹시 말야." 메리가 중얼거렸다.

"혹시 뭐?"

"혹시 이런 일이 또 일어나는 건 아니겠지." 그녀는 갑자기 근심으로 가득한 눈으로 남편을 올려다보았다. "애들이 내니를 얼마나 좋아하는지 알잖아…… 필요로 하기도 하고. 내니가 없으면 누가 애들을 지켜주겠어. 안 그래?"

"또 일어나지 않을 수도 있잖아." 톰은 아내를 위로하듯 이렇게 말했다. "사고였을 수도 있어." 그러나 그렇게 말하면서도, 그는 자신의 말을 믿지 않았다. 그 정도로 어리석은 사람이 아니었으니까. 분명 사고는 아니었을 것이다.

그는 차고에서 지상용 크루저를 꺼내 화물칸 입구가 집 뒷문과 나란히 되도록 댄 다음, 우그러진 채 힘겹게 움직이는 내니를 순식간에 차에 실었다. 10분 후 그는 마을 반대편에 있는 서비스 인더스트리 사의 수리 및 유지 부서에 도착했다.

윤활유 투성이의 하얀색 오버올 작업복을 입은 수리공이 정문으로 나와 그를 맞이했다. "문제가 있습니까?" 그는 초조하게 물었다. 뒤쪽의 길게 이어지는 건물 안에는 다양한 분해 상태에 있는 부서진 내니들이 늘어서 있었다. "이번에는 뭐가 문제인 것 같습니까?"

톰은 아무 말도 하지 않았다. 그는 내니에게 크루저에서 내리라는 명령을 내린 다음, 수리공이 직접 확인해보도록 놔두었다.

수리공은 고개를 저으며 자리에서 일어나 손에 묻은 윤활유를 문질러 닦았다. "이건 돈이 좀 들겠는데요. 신경 전달계가 통째로 나갔어요."

톰은 목구멍이 메말라가는 것을 느끼며 물었다. "이런 일을 예전에도 본 적이 있습니까? 저절로 부서진 게 아니에요. 딱 봐도 알지 않습니까. 이건 공격당한 겁니다."

"물론이죠." 수리공은 감정이 실리지 않은 목소리로 대답했다. "이건 뭔가를 걸어서 뽑아낸 겁니다. 여기 금속이 떨어져 나간 형태로 유추해보면—." 그는 전면의 움푹 패인 자국을 가리키며 말했다. "아무래도 메코 사의 신형 턱을 가진 모델인 것 같은데요."

톰 필즈는 핏줄을 흐르던 액체가 얼어붙는 느낌을 받았다. "이런 일이 벌어진 게 처음이 아닌 거로군요." 그는 가슴이 옥죄는 것을 느끼며 나직하게 중얼거렸다. "매번 일어나는 일이라는 거지요."

"메코 사에서 그 금속 턱 모델을 내놓은 지 얼마 안 지났으니까요. 그리 나쁜 제품은 아닙니다……. 가격이 이 모델의 두 배는 되지만요." 그리고 수리공은 신중하게 덧붙였다. "물론 우리 쪽에도 동등한 모델이 있습니다. 더 적은 돈으로 그쪽의 최신 모델과 경쟁할 수 있지요."

톰은 최대한 차분한 목소리를 유지하려 애쓰며 답했다. "이걸 고쳐주시죠. 다른 걸 살 생각은 없습니다."

"최대한 노력해보죠. 하지만 예전 모습으로 돌아가기는 힘들 겁니다. 피해가 꽤 심각해요. 저라면 중고품 교환 쪽을 택하겠습니다. 처음에 지불하신 금액에 상당히 근접한 가격으로 쳐드릴 수 있어요. 한 달 후에는 신형 모델이 나오거든요. 지금 판매원들은 죄다 팔아치우고 싶어서 안달이—."

"어디 탁 털어놓고 말해봐요." 톰 필즈는 떨리는 손으로 담배를 물었다. "솔직히 말해서, 당신네는 이걸 수리하고 싶지 않은 것 아닙니까? 부서지면 고치는 대신 신상품을 팔고 싶은 거죠." 그는 수리공을 노려보며 말을 이었다. "부서지거나, 아니면 파괴당하면 말입니다."

수리공은 어깨를 으쓱해 보였다. "그냥 고치는 게 시간낭비 같아서 하는 말입니다. 어차피 조만간 수명이 다 될 거예요." 그는 부츠 신은 발로 망가진 녹색 동체를 걸어찼다. "이 모델은 벌써 3년이나 됐습니다, 선생님. 시대에 뒤떨어진 물건이에요."

"고쳐놓으시죠." 톰은 이를 갈며 중얼거렸다. 이제 전체 그림이 확실히 보였다. 그리고 거의 이성을 잃어버리기 직전이었다. "새걸 사지는 않을 겁니다! 이걸 고쳐놓으라고요!"

"잘 알겠습니다." 수리공은 물러서며 이렇게 말하고, 수리 견적서의 항목을 기입하기 시작했다. "최선을 다해보죠. 하지만 기적을 기대하지는 마십쇼."

톰 필즈가 떨리는 손으로 목록 아래 서명을 하는 동안, 망가진 내니 두 대가 추가로 수리 건물로 들어왔다.

"언제쯤 찾을 수 있습니까?" 그가 물었다.

"이틀 정도 걸릴 겁니다." 수리공은 뒤쪽에 줄지어 늘어서 있는 반쯤 수리된 내니들을 바라보며 대답했다. "보시다시피 작업 스케줄이 꽉 차 있거든요."

"기다리죠." 톰은 뻣뻣하게 대꾸했다. "한 달이라도 기다릴 겁니다."

"공원에 가자!" 진이 소리쳤다.

그래서 그들은 공원으로 갔다.

날씨는 화창했다. 뜨거운 햇살이 내리쬐고 잔디와 꽃들이 바람에 흩날렸다. 두 아이는 자갈길을 따라 달려가며 향긋하고 따스한 공기를 마음껏 들이켰다. 숨을 깊게 들이쉬며 장미와 수국과 오렌지꽃의 향기를 최대한 오래 머금고 있으려 애썼다. 아이들은 삼나무 숲의 그늘 아래로 들어섰다. 이끼가 깔린 땅은 부드러웠고, 발을 통해 축축하고 벨벳처럼 폭신한 생명의 세계의 거죽이 느껴졌다. 삼나무 숲을 지나치자 다시 태양이 모습을 드러내며, 푸른 하늘이 가득 펼쳐졌다. 그 아래로 푸른 초원이 지평선 끝까지 이어져 있었다.

내니가 아이들을 따라 모습을 드러냈다. 디딤판을 삐걱거리며 천천히 걸음을 옮기고 있었다. 땅에 징징 끌리던 집게는 수리를 마쳤고, 새로운 시각 인식 장치도 갈아 끼웠다. 그러나 예전과 같은 부드럽고 능률적인 움직임은 사라져 있었다. 그리고 동체의 뚜렷하고 말쑥한 윤곽도 돌아오지 못했다. 가끔씩 내니가 걸음을 멈출 때마다 아이들도 걸음을 멈추고 그녀가 자신들을 따라잡기를 기다렸다.

"왜 그러는 거야, 내니?" 바비가 물었다.

"어디 안 좋은가 봐." 진이 투덜댔다. "지난 주 수요일부터 계속 이상했어. 엄청 느려지고 이상하게 움직이잖아. 거기다 한동안 어디 가 있었고."

"수리점에 가 있던 거야." 바비가 말했다. "좀 지쳤던 거 아닐까. 아빠 말로는 늙어서 그런 거래. 아빠랑 엄마가 말하는 거 들었어."

그들은 조금 시무룩해진 채로 걸음을 옮겼고, 내니는 힘겹게 그 뒤를 따랐다. 이제 그들은 풀밭 여기저기 놓인 긴 의자 앞에 도착했다. 나른하게 햇빛을 받으며 졸고 있는 사람들이 눈에 띄었다. 풀밭에는 젊은이 하나가 얼굴에 신문을 덮고 둘둘 만 외투를 베개 삼아 누워 있는 모습이 보였다. 그들은 그를 밟지 않도록 조심스레 주변을 빙 돌아갔다.

"호수까지 달리자!"

"꼴지는 화성 방귀벌레 시체다!"

그들은 숨을 헐떡이며 오솔길을 따라 달려가서, 호수의 물이 찰랑거리며 밀려드는 좁은 초록빛 강둑 앞으로 나섰다. 바비는 그대로 자리에 손과 무릎을 대고 엎드리며 물속을 살펴보았다. 진은 그 옆으로 앉으며 깔끔하게 치맛자락을 정리했다. 구름이 흘러가는 푸른 물속에는 올챙이와 송사리 모양의, 잡기에는 너무 작은 인조 물고기들이 헤엄치고 있었다.

호수 한쪽 끝에서는 아이들이 흰 돛을 단 작은 배를 띄우고 있었다. 벤치에는 뚱뚱한 남자가 힘겹게 앉아서 입에 파이프를 쑤셔 넣은 채로 책을 읽고 있었다. 젊은 남녀 한 쌍이 팔짱을 낀 채로 호숫가를 산책하는 모습도 보였다. 서로를 바라보느라 주변에는 아무 신경도 쓰지 않는 모습이었다.

"우리도 배가 있었으면 좋겠다." 바비가 아쉬운 듯 중얼거렸다.

삐걱거리고 철걱거리는 소리를 내며, 내니가 힘겹게 길을 따라 아이들 쪽으로 다가왔다. 그녀는 걸음을 멈추고 자리를 잡은 다음 디딤판을 수납했다. 그러고는 꿈쩍도 하지 않았다. 망가지지 않은 한쪽 눈이 햇빛을 받아 반짝였다. 다른 쪽 눈은 동기화가 되지 않은 채 그저 공허하게 뜨고 있기만 할 뿐이었다. 체중의 대부분을 피해가 덜한 쪽으로 싣고 있기는 했지만, 균형이 흐트러진 채 느릿하게 움직일 뿐이었다. 묘한 냄새가 났다. 기름 타는 냄새와 금속이 마찰하는 냄새였다.

진은 내니를 이리저리 살폈다. 그리고 측은히 여기는 것처럼 우그러진 녹색 동체를 살짝 쓰다듬어주었다. "우리 불쌍한 내니! 대체 뭘 한 거니? 무슨 일이 일어난 거야? 망가져버린 거니?"

"내니를 밀어 넣어보자." 바비가 느긋하게 말했다. "헤엄칠 수 있나 보자고. 내니는 헤엄칠 줄 알까?"

진은 안 된다고 말했다. 내니는 너무 무겁기 때문이었다. 바닥까지 가라앉아버리면 두 번 다시 만나지 못하게 될 테니까.

"그럼 밀어 넣지 말아야겠네." 바비가 말했다.

한동안 침묵이 흘렀다. 머리 위에서는 몇 마리 새들이 날개를 퍼덕이며, 토실토실한 점처럼 바쁘게 하늘을 가로질러 갔다. 소년 한 명이 자전거를 타고 비틀거리며 자갈길을 지나갔다. 앞바퀴가 심하게 떨리고 있었다.

"나도 자전거 갖고 싶다." 바비가 중얼거렸다.

자전거 탄 소년은 그대로 지나갔다. 호수 건너편에서는 뚱뚱한 남자가 일어서서 벤치 한쪽에 대고 파이프를 두드려 털었다. 그리고 책을 덮고는 산책로를 따라 걸음을 옮겨 사라져버렸다. 커다란 붉은 손수건으로 땀방울로 가득한 이마를 훔치면서.

"내니들은 늙으면 어떻게 되는 거야?" 바비가 물었다. "뭘 하게 되나? 어디로 갈까?"

"천국으로 갈 거야." 진은 사랑을 담은 손길로 우그러든 녹색 동체를 어루만지며 대답했다. "다른 사람들처럼."

"내니도 사람처럼 태어나는 걸까? 언제부터 있었던 걸까?" 바비는 궁극적인 우주의 수수께끼를 탐색하기 시작했다. "어쩌면 내니가 없던 때가 있었을지도 몰라. 내니가 없을 때는 세상이 어떤 모습이었을까."

"당연히 내니는 옛날부터 있던 거야." 진은 참지 못하고 대꾸했다. "없었다면 저 내니들이 전부 어디서 온 건데?"

바비는 그 질문에 대답할 수 없었다. 그는 사색을 시작했지만, 즉시 졸음이 덮쳐오기 시작했다…… 그런 문제를 생각하기에는 너무 어린 나이였던 것이다. 눈꺼풀이 무거워지며 하품이 나왔다. 바비와 진은 함께 호숫가의 따스한 풀밭에 누워서, 하늘과 구름을 바라보고 삼나무 숲을 지나치는 바람 소리에 귀를 기울였다. 그들 옆에는 망가진 녹색 내니가 앉아서 얼마 남지 않은 힘을 비축하고 있었다.

소녀 하나가 천천히 풀밭을 가로질러 다가왔다. 푸른 옷을 입고 검고 긴 머리를 밝은 색의 리본으로 묶은 귀여운 아이였다. 호수 쪽으로 다가오고 있었다.

"저기 좀 봐." 진이 말했다. "필리스 캐스워시야. 쟨 오렌지색 내니를 가지고 있어."

그들은 흥미를 가지고 그쪽을 바라보았다. "오렌지색 내니라니 완전 처음 보는데." 바비는 역겹다는 듯 대꾸했다. 소녀와 내니는 조금 떨어진 곳에서 자갈길을 나와 호숫가에 도착했다. 그녀와 오렌지색 내니는 걸음을 멈추고 물을, 장난감 배의 하얀 돛을, 기계 물고기들을 바라보았다.

"저쪽 내니가 우리 내니보다 크네." 진이 말했다.

"진짜잖아." 바비는 그 말을 인정하면서도, 충직하게 자기 내니를 두드려보았다. "하지만 우리 내니가 더 멋지다고. 안 그래?"

그들의 내니는 움직이지 않았다. 바비는 깜짝 놀라서 내니를 돌아보았다. 녹색 내니는 움직이지 않고 뻣뻣하게 서 있었다. 괜찮은 쪽의 눈자루를 길게 늘이고는, 눈도 깜빡이지 않고 오렌지색 내니를 응시하고 있었다.

"왜 그러는 거야?" 바비는 불안한 기색으로 물었다.

"내니, 왜 그러는 거야?" 진이 동생의 말을 따라 했다.

녹색 내니는 톱니바퀴 돌아가는 소리를 내며, 디딤판을 뻗어 철컥하는 금속성 소리와 함께 고정시켰다. 문이 천천히 밀려 올라가며 집게발이 뻗어 나왔다.

"내니, 지금 뭘 하는 거야?" 진이 다급하게 소리치며 자리에서 일어났다. 바비도 펄쩍 뛰어 일어섰다.

"내니, 왜 그래?"

"가자." 진은 겁을 먹은 채로 말했다. "집에 가자."

"자, 내니." 바비가 명령을 내렸다. "지금 당장 집에 가는 거야."

녹색 내니는 아이들을 두고 움직이기 시작했다. 아이들의 존재 자체도 인식하지 못하는 것만 같았다. 호숫가를 따라 내려간 곳에 있는 다른 내니, 커다란 오렌지색 내니 또한 소녀를 놔둔 채로 움직이기 시작했다.

"내니, 얼른 돌아와!" 무슨 일이 벌어지는지 알아챈 소녀의 목소리가 날카롭게 울렸다.

진과 바비는 호수에서 떨어져 잔디밭의 경사를 오르기 시작했다. "이러면 따라올 거야!" 바비가 말했다. "내니! 제발 이리 와!"

그러나 내니는 아이들을 따라가지 않았다.

오렌지색 내니가 가까이 다가섰다. 그날 밤 뒤뜰로 들어온 메코 사의 금속 턱 모델보다 훨씬 크고 거대했다. 그 푸른색 내니는 지금 울타리 건너편에, 동체가 뜯겨나가고 부속이 사방에 널린 채로 누워 있다.

이 오렌지색 내니는 녹색 내니가 지금껏 본 것 중에서 가장 큰 놈이었다. 녹색 내니는 머뭇거리며 앞으로 나가서 상대방을 맞이하며, 집게를 올려 내부 방어를 준비했다. 그러나 오렌지색 내니에는 긴 케이블 끝에 금속으로 된 네모난 기계팔이 달려 있었다. 금속 팔이 채찍처럼 허공으로 높이 올라갔다. 그리고 불길할 정도로 점차 속도를 올려 원을 그리며 회전했다.

녹색 내니는 머뭇거렸다. 회전하는 금속 철퇴를 어떻게 처리해야 할지 망설이며 물러서려 했다. 그리고 초조하고 불안하게 다음 행동을 결정하려 머뭇거리는 동안, 상대방이 허공으로 뛰어올랐다.

"내니!" 진이 비명을 질렀다.

"내니! 내니!"

두 금속 덩어리가 한데 뭉쳐 격렬하게 풀밭 위를 구르며, 온 힘을 다해 사투를 벌였다. 금속 철퇴가 계속해서 녹색 동체 위로 내리꽂혔다. 따스한 햇살이 그들 위로 내리쬐었다. 호수의 수면을 바람이 스치며 잔잔한 물결이 일어났다.

"내니!" 바비는 무력하게 제자리에서 뛰어오르며 계속해서 소리쳤다.

그러나 뒤엉켜 한 덩이가 된 오렌지색과 녹색 금속 덩어리는 어느 쪽도 아이의 외침에 응답하지 않았다.

"이제 어쩔 거야?" 메리 필즈는 입을 꾹 다문 채 창백한 얼굴로 물었다.

"당신은 여기 있어." 톰은 외투를 집어 걸치며 말했다. 그리고 옷장 선반에서 모자를 쥐고 현관 쪽으로 걸음을 옮기기 시작했다.

"어딜 가는 거야?"

"크루저는 정문에 나와 있지?" 톰은 문을 열고 현관으로 나섰다. 아직도 몸을 떨고 있는 아이들은 겁에 질린 눈으로 아빠를 바라보았다.

"응." 메리가 중얼거렸다. "앞에 나와 있어. 하지만 어딜—."

톰은 문득 몸을 돌려 아이들 쪽을 바라보았다. "내니가 죽었다고 확신하는 거지?"

바비가 고개를 끄덕였다. 얼굴에는 눈물 자국이 가득했다. "조각나서…… 풀밭에 널려 있었어요."

톰은 어두운 표정으로 고개를 끄덕였다. "금방 돌아오마. 그리고 아무 걱정 말아라. 당신하고 애들은 여기 있어."

그는 현관 계단을 내려가서 진입로를 따라 주차되어 있는 크루저로 다가갔다. 잠시 후 성난 듯 달려가는 크루저 소리가 들려왔다.

그는 원하는 물건을 찾으러 여러 군데 대리점을 들렀다. 서비스 인더스트리 사에는 쓸 만한 것이 하나도 없었다. 그쪽하고는 이제 완전히 끝장이었다. 얼라이드 도메스틱 사에서 그는 자신이 찾던 바로 그 물건을 찾아냈다. 조명이 가득한 화려한 진열장에 당당하게 서 있었다. 막 문을 닫으려는 참이었지만, 판매원은 그의 얼굴에 떠오른 표정을 보고 즉시 안으로 들어오게 해주었다.

"저걸 사겠습니다." 톰은 외투 품으로 손을 넣어 수표책을 꺼내며 이렇게 말했다.

"어느 상품 말씀이십니까, 손님?" 판매원이 머뭇거리며 물었다.

"큰 놈 말입니다. 진열장에 있는 크고 검은 놈이요. 팔이 네 개에 전면에는 충각까지 달린 놈 말입니다."

판매원은 환희로 가득 찬 얼굴로 활짝 웃어 보였다. "알겠습니다, 선생님!" 그는 이렇게 소리치며 주문 전표를 빼들었다. "광선 조준 장치가 달려 있는 임페라토르 딜럭스 모델 말씀이시군요. 추가 장비로 고속 집게고정장치와 원격 조작 피드백 시스템도 구입하신다고 하셨나요? 적절한 가격으로 결과 보고용 영상 화면도 장착해드릴 수 있습니다. 거실에 앉아서 상황을 편안하게 관람하실 수 있을 겁니다."

"상황요?" 톰은 목쉰 소리로 물었다.

"행동에 나서는 상황 말입니다." 판매원은 바쁘게 기록을 시작했다. "그리고 이 모델의 움직임은 정말 대단하지요. 즉시 예열을 시작해서, 발동하고 15초만 있으면 적의 근접 거리까지 도달할 수 있습니다. 우리만이 아니라 다른 어느 회사에 가셔도, 개체 수준에서는 이보다 반응이 더 빠른 제품은 찾아볼 수 없으실 겁니다. 6개월 전까지만 해도 15초는 허황된 꿈이라고 말했었지요." 판매원은 흥분한 듯 웃음을 터트렸다. "하지만 과학의 발전은 정말 대단하니까요."

서늘하고 먹먹한 느낌이 톰 필즈의 몸을 스치고 지나갔다. "이봐." 그는 거친 목소리로 말하며, 판매원의 옷깃을 붙들고 자기 쪽으로 끌어당겼다. 주문서가 팔랑거리며 바닥으로 떨어졌고, 판매원은 놀라고 겁에 질려 마른침을 꿀꺽 삼켰다. "내 말 잘 들어." 톰은 이를 악물고 말했다. "매번 더 큰 제품을 내놓잖아. 원하는 게 그거지? 매년 새로운 모델이, 새로운 무기를 장착하고 나오는 거야. 너희도, 다른 회사들도…… 서로를 파괴하기 위해 더 강력한 장비를 장착한 내니를 만드는 거라고."

"아." 판매원은 화가 난 듯 높은 소리로 대꾸했다. "얼라이드 도메스틱의 제품은 절대 파괴되지 않습니다. 가끔 여기저기 문제가 생기기는 하지만, 현역에서 은퇴한 모델은 절대 찾아보지 못하실 겁니다." 그는 자부심 넘치는 동작으로 새 주문서를 꺼내들고는 외투를 문질러 털었다. "확신하셔도 됩니다, 선생님. 우리 모델은 살아남습니다." 그는 이해한다는 듯 부드러운 목소리로 말을 이었다. "예전에 7년 된 얼라이드 제품이 살아 돌아다니는 모습을 본 적이 있습니다. 3-S 모델이었죠. 여기저기 이가 빠지기는 했지만, 아직 열정이 가득한 놈이었습니다. 싸구려 프로텍토 사 모델이 싸움을 걸면 무슨 일이 벌어질지 한번 보고 싶더군요."

분노를 억누르려 애쓰며, 톰은 물었다. "하지만 왜? 그게 다 무슨 소용이지? 내니들이 서로 경쟁하는 일에 대체 무슨 이득이 있는 건가?"

판매원은 머뭇거렸다. 그는 확신하지 못하는 표정으로 다시 주문서를 기입하기 시작했다. "그렇습니다, 선생님. 경쟁이지요. 정확하게 짚으셨습니다. 엄밀하게 말하자면 성공적인 경쟁이라고 해야겠지요. 얼라이드 도메스틱은 경쟁자를 마주하지 않습니다. 파괴해버리죠."

톰 필즈는 바로 반응하지 못했다. 다음 순간, 모든 것이 명확해졌다. "잘 알겠군. 다른 말로 하자면, 이 물건은 매년 쓸모가 없어지는 거야. 성능도 떨어지고, 크기도 부족하고. 충분히 강하지 못하고. 그래서 대체하지 않으면, 새로 사지 않으면, 보다 발전한 모델이—."

"아, 지금 가지고 계신 내니는 패배자인 모양이지요?" 판매원은 다 알겠다는 듯 미소를 지어 보였다. "지금 사용하시는 모델이 살짝 시대에 뒤떨어진 모양이지요? 현재의 경쟁 기준을 따라잡지 못하는 거지요? 말하자면, 결국 하루를 무사히 넘기지 못한 것 아닙니까?"

"집에 돌아오지 못했어." 톰은 울분을 참으며 대꾸했다.

"그래요, 파괴된 모양이로군요……. 저도 다 이해합니다. 아주 흔한 일이죠. 선생님, 솔직히 말하자면 다른 방도가 없습니다. 누구의 잘못도 아니에요. 우리를 매도하시면 곤란합니다. 얼라이드 도메스틱을 매도하지는 말아주십시오."

"하지만 내니 하나가 부서지면 당신네는 하나 더 팔아먹을 수 있는 거겠지." 톰은 성난 목소리로 말했다. "그러면 판매 실적이 올라가는 셈이지. 판매대에는 현금이 쌓이고."

"물론 사실입니다. 하지만 우리 모두 최신 기준에 맞춘 물건을 팔 수밖에 없지 않습니까. 뒤떨어지면 자멸할 뿐입니다⋯⋯. 선생님도 아시다시피, 제가 이런 말씀을 드리는 것이 거북할지도 모르겠지만, 뒤처진 자들이 어떤 불행한 운명을 맞이하는지는 직접 확인하셨지 않습니까."

"그래." 톰은 거의 들리지 않는 목소리로 중얼거리듯 동의했다. "수리하지 말라고 했어. 대체품을 사라고 말했지."

판매원의 자신감 넘치는 능글능글한 웃음이 더욱 활짝 피어올랐다. 작은 태양처럼 환희에 가득 차서 빛나고 있었다. "하지만 이제 준비가 전부 끝나신 겁니다, 선생님. 이 모델이 있으면 선두로 나설 수 있어요. 이제 걱정하실 필요가 없는 겁니다, 어⋯⋯." 그는 뭔가를 기대하는 듯 말을 멈추었다. "성함이 어떻게 되십니까, 선생님? 주문 확인서를 어느 분 앞으로 발송하면 될까요?"

바비와 진은 인부들이 거실에 거대한 상자를 내려놓는 모습을 홀린 듯 바라보고 있었다. 땀을 뻘뻘 흘리고 신음하며, 사람들은 상자를 자리에 놓고는 행복하게 허리를 폈다.

"다 됐군요. 고맙습니다." 톰은 싹싹하게 말했다.

"천만에요, 선생님." 배달부들은 쾅 소리가 나게 문을 닫으며 집을 나갔다.

"아빠, 저게 뭐예요?" 진이 속삭였다. 아이들은 놀란 듯 눈을 크게 뜨고 상자 주변을 조심스레 돌았다.

"금방 알게 될 거다."

"톰, 애들 잘 시간이 지났는데." 메리가 항의했다. "내일 보게 하면 안 될까?"

"지금 보여주고 싶거든." 톰은 지하실로 내려가서 스크루드라이버를 하나 가지고 돌아왔다. 그리고 상자 옆 바닥에 무릎을 꿇고 앉아서 재빨리 상자의 나사를 풀기 시작했다. "오늘만은 좀 늦게 자도 될 거야."

그는 숙련된 솜씨로, 차분하게, 널판을 하나씩 제거해나갔다. 마침내 마지막 널판까지 분해되어 벽에 기대섰다. 그는 설명서와 90일 품질 보증서를 꺼내서 메리에게 넘겼다. "이거 잘 간수해둬."

"내니잖아!" 바비가 소리쳤다.

"엄청 커! 커다란 내니야!"

상자 안에는 거대한 검은색 내니가, 마치 윤활유로 코팅한 거대한 금속 거북처럼 조용히 앉아 있었다. 점검과 유지 보수를 세심하게 끝마치고, 품질 보증까지 완료된 상태였다. 톰은 고개를 끄덕였다. "너희 말대로다. 내니야. 새로운 내니이지. 예전 내니의 일을 대신 해줄 거란다."

"우리 거예요?"

"그래." 톰은 가까운 의자에 앉아 담배에 불을 붙였다. "내일 아침에 전원을 넣고 시험 기동을 해보자. 어떻게 움직이는지 봐야지."

아이들의 눈이 접시처럼 커졌다. 둘 다 말을 하기는커녕 숨을 제대로 쉬지도 못하는 모양이었다.

"하지만 이번에는 절대 공원에는 가면 안 돼." 메리가 말했다. "공원 근처에도 데려가지 말도록 하렴. 알겠지?"

"아니, 공원에 데려가도 돼." 톰이 그녀의 말을 잘랐다.

메리는 영문을 모른 채 남편을 바라보았다. "하지만 그 오렌지색 내니가—."

톰은 메마른 미소를 지었다. "공원으로 가도 나는 아무 상관없단다."
그는 바비와 진 쪽으로 몸을 숙였다. "원하면 언제든 공원에 가거라. 그
리고 아무것도 두려워할 필요 없어. 무엇이든, 누구든 상관없어. 꼭 기
억해라."

그는 거대한 상자의 한쪽 끝을 걷어찼다.

"세상 그 무엇도 두려워할 필요 없단다. 더는."

바비와 진은 여전히 상자에서 눈을 떼지 못한 채로 고개를 끄덕였다.

"알았어요, 아빠." 진이 간신히 내뱉었다.

"세상에, 이 내니 좀 봐!" 바비가 속삭였다. "정말 대단하잖아! 내일
까지 도저히 기다릴 수가 없어!"

앤드루 캐스워시의 아내는 매력적인 3층집의 현관 계단으로 나와
서, 손을 초조하게 꾹 쥔 채로 남편을 맞이했다.

"무슨 일이오?" 캐스워시는 모자를 벗으며 투덜거렸다. 그는 손수건
을 꺼내 불그레한 얼굴에서 뚝뚝 떨어지는 땀을 훔쳤다. "세상에, 정말
더운 날이로군. 뭐가 문제요? 왜 그러는 거요?"

"앤드루, 유감이지만—."

"무슨 일이 일어났길래?"

"필리스가 오늘 내니 없이 공원에서 돌아왔어요. 어제 필리스가 데
려왔을 때는 패이고 긁힌 상처가 있었는데, 필리스가 너무 겁을 먹어
서 무슨 일인지도 알아낼 수가 없었고—."

"내니 없이 돌아왔다고?"

"혼자서 집에 왔더라고요. 아무 도움도 받지 않고, 혼자 걸어서요."

남자의 큼지막한 이목구비에 천천히 분노가 깃들었다. "무슨 일이
벌어진 거요?"

"어제처럼 공원에서 뭔가 일이 생긴 거겠죠. 누군가 그 애의 내니를 공격한 거예요. 부숴버린 거죠! 정확한 이야기를 들을 수는 없었지만, 검은 것이, 크고 검은 것이…… 분명 다른 내니였을 거예요."

캐스워시는 천천히 이를 악물었다. 투실투실한 얼굴이 검붉은 색으로 변하면서, 불길한 빛이 얼굴을 가득 메우고 그 자리에 머물렀다. 그는 즉시 발을 돌렸다.

"어딜 가는 거예요?" 아내가 몸을 떨면서 초조하게 물었다.

붉은 얼굴의 배불뚝이 남자는 진입로를 따라 늘씬한 지상용 크루저 앞으로 걸어가서, 이미 문 손잡이를 쥐고 있었다.

"다른 내니를 사오리다." 그가 중얼거렸다. "내가 살 수 있는 최고의 내니를. 대리점을 백 군데쯤 돌더라도 반드시 사올 테니까. 최고 성능에, 가장 큰 놈으로 사야겠어."

"하지만 여보, 우리 통장 잔고로 감당할 수 있겠어요?" 사태를 이해한 아내가 서둘러 남편을 따라오며 이렇게 물었다. 초조하게 양손을 맞잡은 채로, 그녀는 말을 이었다. "그러니까, 조금 더 기다리는 편이 낫지 않겠느냐는 거예요. 조금 더 생각을 정리하는 건 어때요. 나중에, 당신이 조금 더…… 진정한 다음에요."

그러나 앤드루 캐스워시의 귀에는 이미 그 어떤 소리도 들어갈 수 없었다. 지상용 크루저가 즉시 굉음과 함께 앞으로 달려 나갈 준비를 끝마쳤다. "아무도 나를 제치고 나갈 수는 없어." 그는 두툼한 입술을 뒤틀며 단호하게 말했다. "어떤 놈이든 상관없으니, 확실하게 보여주지. 지금까지 없던 크기를 새로 설계하더라도 말이야. 제작사 하나를 잡아서 나를 위한 새로운 모델을 설계하게 만들어서라도!"

이유는 알 수 없었지만, 그는 누군가는 그렇게 해줄 거라는 사실을 확신하고 있었다.

쿠키 할머니
The Cookie Lady

"어딜 가는 거야, 버버?" 어니 밀은 배달할 신문을 챙기면서 길 건너편에서 소리쳤다.

"아무 데도 안 가." 버버 설은 이렇게 대꾸했다.

"여자친구 보러 가는 거 아니야?" 어니는 큰 소리로 웃음을 터트렸다. "그 노파네 집에는 뭣 때문에 가는 거야? 나도 좀 끼워달라고!"

버버는 계속 걸음을 옮겼다. 그는 모퉁이를 돌아 엘름 가를 따라 내려갔다. 벌써 거리 끝에 있는, 공터 안쪽으로 약간 물러앉은 집이 보이기 시작했다. 집 앞에는 말라빠진 잡초가 무성하게 자라 바람에 흔들리며 조잘대고 있었다. 집 자체는 허름하고 페인트칠도 제대로 되어 있지 않은 작은 회색 상자 같은 건물이었다. 내려앉은 현관 계단이 보였다. 베란다에 놓인, 비바람에 시달려 낡아빠진 흔들의자에는 찢어진 천 조각이 하나 걸려 있었다.

버버는 진입로를 따라 걸음을 옮겼다. 소년은 삐걱대는 계단에 발을 올리며 숨을 깊이 들이쉬었다. 기분 좋은 냄새가 콧구멍으로 스며들었다. 따끈하고 훈훈한 냄새에 입안에 침이 고이기 시작했다. 기대로 두근대는 가슴을 억누르며, 버버는 초인종 손잡이를 돌렸다. 문 너머에서 녹슨 종소리가 울렸다. 잠시 정적이 흐른 후, 누군가 몸을 뒤척이는 소리가 들렸다.

드루 부인이 문을 열었다. 늙은, 아주 늙은, 마치 집 앞에 자라는 잡초처럼 말라비틀어진 작은 여인이었다. 노파는 버버를 내려다보며 웃은 다음 문을 활짝 열어 그를 맞아주었다.

"시간 딱 맞춰 왔구나. 들어오너라, 버나드. 정말 딱 맞춰 왔어. 방금 준비가 끝났단다."

버버는 부엌 문가로 가서 안을 들여다보았다. 그곳에 있었다. 스토브 위의 커다란 청색 판 위에 줄지어 놓여 있었다. 쿠키, 오븐에서 방금 나온, 갓 구운 따끈한 쿠키 한 판이었다. 견과와 건포도가 박힌 쿠키였다.

"어때 보이니?" 드루 부인이 말했다. 그녀는 소년을 지나쳐 부엌으로 들어갔다. "찬 우유하고 함께 먹는 건 어떻겠니. 차가운 우유를 곁들이는 걸 좋아했지." 노파는 뒤쪽 베란다에 놓인 화단에서 우유 주전자를 꺼냈다. 그리고 그녀는 소년을 위해 우유를 한 잔 따라준 다음 작은 접시에 쿠키를 약간 덜었다. "그럼 거실로 가자꾸나." 그녀가 말했다.

버버는 고개를 끄덕였다. 드루 부인은 우유와 쿠키를 가져가서 소파 팔걸이에 올려놓았다. 그리고 그녀는 자기 의자로 돌아가 앉아서 버버가 접시에 코를 박고 열심히 쿠키를 해치우는 모습을 바라보았다.

버버는 언제나 그렇듯이 게걸스럽게 쿠키에 정신을 팔고 있었다. 쿠키를 씹는 소리 말고는 아무것도 들리지 않았다. 드루 부인은 소년이 쿠키를 전부 먹을 때까지 참을성 있게 기다렸고, 그러는 동안 이미 통통한 소년의 옆구리는 부풀어 올랐다. 버버는 쿠키를 전부 먹은 다음 다시 부엌 쪽을, 스토브 위에 놓인 남은 쿠키를 힐끔거리기 시작했다.

"나머지는 나중에 먹는 편이 낫지 않겠니?" 드루 부인이 물었다.

"알았어요."

"그래, 어땠니?"

"괜찮았어요."

"다행이로구나." 그녀는 의자에 몸을 기댔다. "그래, 오늘 학교는 어땠니? 별일 없었고?"

"나쁘지 않았어요."

작은 노파는 소년이 불안한 눈으로 방 안을 둘러보는 모습을 지켜보왔다. "버나드." 그녀는 이내 입을 열었다. "잠깐 여기서 목소리나 들려주지 않으련?" 소년의 무릎에 교과서 몇 권이 있었다. "그 책 좀 읽어주는 건 어떻겠니? 너도 알겠지만, 이제 눈이 침침해서 책을 읽기가 영 힘들단다."

"나중에 남은 쿠키 다 먹어도 돼요?"

"물론이지."

버버는 노파 쪽의 소파 끝으로 자리를 옮겼다. 소년은 교과서를 꺼냈다. 세계 지리, 산수의 원리, 호이트 철자법. "어느 걸로 읽을까요?"

그녀는 잠시 망설였다. "지리로 하자꾸나."

버버는 커다란 푸른 책을 아무 데나 펼쳤다. 페루였다. "페루는 북쪽으로 에콰도르와 콜롬비아, 남쪽으로 칠레, 동쪽으로 브라질과 볼리비아와 맞닿아 있습니다. 페루는 크게 세 지역으로 나뉘는데, 첫 번째는—."

작은 노파는 소년이 책을 읽는 모습을 지켜보았다. 책을 읽는 리듬에 맞춰 흔들리는 통통한 볼을, 글자를 짚어나가는 손가락을. 그녀는 아무 말 없이 책을 읽는 소년을 뜨거운 눈길로 바라보면서, 집중해서 얼굴을 찌푸리는 매 순간을, 팔과 손의 모든 움직임 하나하나를 들이마셨다. 그녀는 긴장을 풀고 의자에 몸을 묻었다. 아주 가까운 곳에, 아주 조금 떨어진 곳에 소년이 있었다. 이렇게 와주다니 얼마나 고마운 일인지. 소년은 벌써 한 달 가까이 노파의 집을 드나들고 있었다. 베란다에 앉아서 소년이 지나가는 모습을 보고, 소리쳐 불러 흔들의자에 놓인 쿠키 쪽으로 손짓한 이후로, 소년은 매일 이곳을 찾아왔다.

왜 그런 일을 한 걸까? 노파 본인도 몰랐다. 너무 오래 홀로 살아서, 자기도 모르게 이상한 행동을 하고 이상한 말을 뱉곤 했다. 만나는 사람도 거의 없었다. 잡화점까지 내려갈 때를 빼면 연금 수표를 배달하러 오는 우체부 정도였다. 아니면 쓰레기 치우는 사람이나.

소년의 목소리가 나른하게 울려 퍼졌다. 그녀는 긴장을 풀고 평온하고 안락한 기분에 몸을 맡겼다. 작은 노파는 눈을 감고 무릎에 손을 올린 채 얌전히 앉아 있었다. 그렇게 졸음에 겨운 채 귀를 기울이는 작은 노파의 몸에 변화가 일어나기 시작했다. 잿빛 주름살과 굴곡이 흐릿해지며 사라졌다. 의자에 앉은 그녀의 몸이 시간을 거스르며, 연약하고 비쩍 마른 몸에 다시 젊음이 차올랐다. 회색 머리카락은 숱이 무성해지며, 성긴 백발 한 올 한 올마다 다시 색이 들어찼다. 팔에도 젊음이 돌아오며, 얼룩덜룩한 피부는 먼 옛날에 그러했듯이 다시 풍요로운 색채를 찾았다.

드루 부인은 눈을 뜨지 않은 채 깊은 숨을 들이쉬었다. 알 수 없는 일이 일어나고 있다는 사실은 알았지만, 정확하게 무엇인지는 짐작이 가지 않았다. 그래도 뭔가가 진행된다는 정도는 느낄 수 있었고, 정말로 기분이 좋았다. 느낌의 정체는 여전히 짚어낼 수 없었지만. 예전에도, 정확하게 말하자면 소년이 찾아와서 그녀 옆에 앉을 때마다 일어났던 일이었다. 특히 요즘 들어 자신이 앉는 의자를 소파에 가까운 쪽으로 옮겨 놓은 이후로는 더욱 강하게 느껴졌다. 그녀는 숨을 다시 깊이 들이쉬었다. 따스한 충만감, 차가운 육체 안에 오랜만에 따뜻한 숨결이 스며드는 느낌은 정말로 매혹적이었다!

노파가 앉았던 의자에는, 이제 삼십 대 정도로 보이는 검은 머리의 여인이 앉아 있었다. 도톰한 볼과 풍만한 팔다리가 시선을 사로잡았다. 입술은 다시 붉은 빛을 찾았고, 목에 붙은 군살이 부드러운 곡선을 그렸다. 오래전에 망각 속으로 사라진 먼 옛날의 모습이었다.

순간 책 읽는 소리가 그쳤다. 버버가 책을 내려놓고 자리에서 일어 났다. "이제 가야 돼요. 쿠키 남은 거 가져가도 되죠?"

그녀는 눈을 깜빡이며 졸음에서 깨어났다. 소년은 부엌으로 가서 주머니마다 쿠키를 채우고 있었다. 그녀는 아직 마법에서 벗어나지 못한 채 멍하니 고개를 끄덕였다. 소년이 마지막 남은 쿠키를 집고는, 거실을 가로질러 문으로 향했다. 드루 부인은 자리에서 일어섰다. 순간 모든 온기가 그녀의 몸을 떠났다. 극도의 피로가, 생기가 사라진 자리에 남은 탈진감이 그녀의 몸을 가득 메웠다. 노파는 헐떡이며 숨을 몰아쉬었다. 그리고 자신의 손을 내려다보았다. 주름지고 뼈만 남아 앙상한 손가락.

"아!" 입속으로 웅얼거리는 그녀의 눈가에 눈물이 고였다. 소년이 걸음을 옮기자마자 모든 것이 순식간에 사라져버렸다. 그녀는 벽난로 선반 위에 놓인 거울로 가서 자신의 모습을 바라보았다. 흐릿한 노인의 눈이, 비쩍 마른 얼굴에 움푹 들어간 눈이 그녀를 마주 보았다. 모두 사라졌다. 소년이 그녀의 곁을 떠나자마자, 전부 사라져버렸다.

"또 올게요." 버버가 말했다.

"그래주렴." 그녀가 나직하게 중얼거렸다. "제발 와주렴. 또 올 거지?"

"물론이죠." 버버는 나른한 목소리로 대답하고, 문을 열었다. "안녕히 계세요." 소년이 계단을 내려갔다. 잠시 후 보도를 따라 걸어가는 소년의 발소리가 들렸다. 가버린 것이다.

"버버, 얼른 들어오렴!" 메이 설은 화난 얼굴로 현관에 서 있었다. "당장 들어와서 식탁에 앉아."

"알았어요." 버버는 나른하게 현관 계단을 올라 문을 밀고 집 안으로 들어갔다.

"대체 무슨 일이야?" 그녀는 아들의 팔을 붙들었다. "어디 있던 거니? 아픈 거 아니야?"

"좀 지쳤어요." 버버는 자기 이마를 문질렀다.

소년의 아버지가 러닝셔츠 바람으로 신문을 들고 거실로 들어왔다.

"무슨 일이야?"

"쟤 좀 보세요." 메이 설이 말했다. "완전히 탈진해버렸어요. 버버, 너 대체 뭘 하고 있던 거니?"

"그 노파하고 함께 있었던 모양이군." 랄프 설이 말했다. "딱 보면 모르겠어? 그 노파를 방문한 다음에는 항상 저렇게 지쳐 있잖아. 거기는 왜 가는 거냐, 버버? 대체 뭘 하는 거야?"

"그 할머니가 쿠키를 준대요." 메이가 말했다. "쟤가 먹을 거라면 환장하는 건 당신도 알잖아요. 쿠키 한 쟁반만 주면 뭐든 할 걸요."

"버버. 내 말 들어라." 소년의 아버지가 말했다. "더는 그 미친 노파하고 어울리면 안 된다. 똑똑히 들었지? 쿠키를 아무리 많이 줘도 절대 안 돼. 항상 집에 올 때면 잔뜩 지쳐 있지 않니! 더는 안 돼. 알겠지?"

버버는 문에 기댄 채로 바닥을 내려다보았다. 심장이 힘겹게 쿵쿵 소리를 울렸다. "또 갈 거라고 하고 왔는데요." 소년이 중얼거렸다.

"그러면 마지막으로 한 번만 더 가렴." 메이는 부엌으로 들어가며 이렇게 말했다. "하지만 딱 한 번만이야. 가서 다음부턴 올 수 없다고 말하는 거야. 공손하게 말해야 돼. 그럼 이 층으로 가서 씻고 오너라."

"저녁 먹이고 좀 누워 있게 해야겠군." 랄프는 버버가 난간에 몸을 의지하여 천천히 올라가는 모습을 바라보며 말했다. 그는 고개를 저었다. "마음에 안 들어. 당장 못 가게 하면 좋겠는데. 그 노파는 어딘가 좀 이상하단 말이야."

"뭐, 다음번이 마지막일 테니까요." 메이가 말했다.

따사롭고 맑은 수요일이 찾아왔다. 버버는 주머니에 손을 찌른 채 걸음을 옮겼다. 그는 맥베인 씨의 잡화점 앞에서 잠시 걸음을 멈추고 호기심 넘치는 눈으로 만화책을 살펴보았다. 소다수 판매대 앞에서는 여자 한 명이 커다란 초콜릿 소다수를 마시고 있었다. 그 모습을 보자

버버의 입에 침이 고이기 시작했다. 이제 참을 수 없었다. 소년은 몸을 돌려 다시 목적지로 걸음을 옮기기 시작했다. 발걸음마저 살짝 빨라져 있었다.

잠시 후 소년은 잿빛의 허물어져가는 현관 앞에 서서 초인종을 울렸다. 현관 아래 자란 잡초가 바람을 타고 흔들렸다. 거의 네 시가 다 되었다. 오래 있을 수는 없었다. 하지만 생각해보면 어차피 마지막 방문이었다.

문이 열렸다. 드루 부인의 주름살 가득한 얼굴에 환한 미소가 피어올랐다. "들어오렴, 버나드. 다시 네 모습을 볼 수 있어서 정말로 좋구나. 네가 올 때마다 다시 젊어진 느낌이 들 정도야."

소년은 집 안으로 들어가며 주변을 둘러보았다.

"바로 쿠키를 굽기 시작하마. 네가 올 줄은 몰랐어." 그녀는 소리 없는 걸음으로 부엌으로 들어갔다. "당장 시작할 테니까, 거기 소파에 좀 앉아 있으렴."

버버는 소파로 가서 자리에 앉았다. 소년은 탁자와 등불이 사라졌다는 사실을 깨달았다. 의자는 소파에 딱 붙어 있었다. 소년이 당황한 얼굴로 의자를 보고 있으려니, 드루 부인이 서둘러 거실로 돌아왔다.

"막 오븐에 넣었단다. 미리 준비를 해둘걸 그랬지. 자." 그녀는 한숨을 쉬며 의자에 앉았다. "그래, 오늘은 어땠니? 학교에서는 별일 없었고?"

"별일 없었어요."

그녀는 고개를 끄덕였다. 바로 옆에 앉아 있는 소년은 정말로 토실토실했다. 저 발그스름하고 통통한 볼을 보면! 너무 가까워서 만질 수 있을 것만 같았다. 나이 든 심장이 쿵쿵거리며 달음박질쳤다. 아, 다시 젊어질 수만 있다면. 젊음의 가치는 헤아릴 수조차 없었다. 젊음이야말로 모든 것이다. 늙은이에게 이 세상이 무슨 의미가 있을까? 세상 모든 사람이 노인이 되어버린다면…….

"책을 읽어줄 수 있겠니, 버나드?" 그녀는 즉시 이렇게 물었다.

"책 하나도 안 가져 왔는데요."

"아, 내 책을 읽어주면 되잖니." 그녀는 고개를 끄덕이고는 재빨리 말했다. "지금 가져오마."

그녀는 자리에서 일어나 책꽂이 쪽으로 걸음을 옮겼다. 그녀가 책꽂이를 여는 순간, 버나드가 말했다. "드루 할머니, 아버지가 앞으로는 여기 가지 말래요. 이번이 마지막이랬어요. 미리 말씀드려야 할 것 같아서요."

그녀는 그대로 굳어지듯 움직임을 멈추었다. 사방 모든 것들이 자신을 덮쳐 오는 것만 같았다. 방이 격렬하게 뒤틀리기 시작했다. 그녀는 겁에 질린 채 힘겹게 숨을 몰아쉬었다. "버나드, 그, 그러니까, 앞으로는 오지 않을 거라는 말이지?"

"네. 아버지가 안 된댔어요."

침묵이 흘렀다. 노파는 손닿는 대로 책을 한 권 집어 들고는 천천히 의자로 돌아왔다. 잠시 후 그녀는 떨리는 손으로 소년에게 책을 건넸다. 소년은 무표정한 얼굴로 책을 받아들고는 표지를 살펴보았다.

"읽어주렴, 버나드. 제발."

"알았어요." 소년은 책을 펼쳤다. "어디부터 읽을까요?"

"아무 데나. 어디든 괜찮단다, 버나드."

소년은 책을 읽기 시작했다. 앤서니 트롤럽의 작품이었지만, 절반 정도밖에는 눈에 들어오지 않았다. 노파는 자기 이마에 손을 올렸다. 퍼석퍼석하고 얄팍한, 낡은 종이 같은 메마른 피부가 느껴졌다. 그녀는 비탄에 몸을 떨었다. 이번이 마지막이라고?

버버는 천천히, 단조롭게 책을 읽어나갔다. 창가에서 파리 한 마리가 붕붕거렸다. 해가 서쪽으로 넘어가며 서늘한 공기가 흘러들었다.

구름이 몇 조각 떠올랐고, 나무 사이로 세찬 바람이 불었다.

노파는 소년 가까이, 그 어느 때보다 가까이 앉은 채로 책 읽는 소리에 귀를 기울였다. 소년의 목소리를 통해 가까이 앉은 그의 존재를 느끼고 있었다. 이번이 정말로 마지막인 걸까? 가슴속 깊은 곳에서 공포가 밀려왔지만, 그녀는 애써 그 느낌을 뒷전으로 밀어놓았다. 마지막이라니! 그녀는 너무도 가까운 곳에 앉은 소년을 물끄러미 바라보았다. 잠시 후, 그녀는 앙상하고 메마른 손을 뻗었다. 숨을 깊게 들이쉬었다. 이 아이는 다시는 오지 않을 것이다. 이제 이런 시간은 존재하지 않을 것이다. 이 아이가 여기 앉아 있는 것도 이번이 마지막일 것이다.

그녀는 소년의 팔을 건드렸다.

버버는 고개를 들었다. "왜 그러세요?" 그는 중얼거렸다.

"팔을 만져도 괜찮겠니?"

"네, 상관없는데요." 소년은 다시 책을 읽기 시작했다. 노파는 소년 안의 젊음을, 손가락을 타고 자신의 팔로 흘러들어오는 젊음을 느낄 수 있었다. 힘차게 고동치는, 울려 퍼지는 젊음이 바로 옆에 있었다. 이 정도로, 만질 수 있을 정도로 가까운 곳에 있는 것은 처음이었다. 생명의 느낌이 그녀를 황홀하고 불안하게 만들었다.

그 즉시 똑같은 일이 일어나기 시작했다. 그녀는 눈을 감은 채 젊음이 육체를 가득 채우는 느낌을, 목소리와 팔의 감촉을 통해 자신에게 흘러들어오는 느낌을 만끽했다. 변화가, 광휘가, 온기가, 고조되는 흥분이 그녀를 뒤덮었다. 그녀는 생명으로 가득 차서 다시 피어났다. 먼 옛날 언젠가 그랬듯이, 그녀의 육체가 다시 풍요로 가득 차서 흔들렸다.

그녀는 자신의 팔을 내려다보았다. 우아한 곡선이 눈에 들어왔다. 손톱은 깨끗하고 아름다웠다. 머리카락도. 풍성한 검은 머리카락이 목선을 따라 드리워졌다. 그녀는 자신의 뺨으로 손을 옮겼다. 주름살은 사라지고, 탄력 있고 부드러운 피부가 손가락을 맞이했다.

행복이, 터질 듯한 환희가 그녀를 가득 채웠다. 그녀는 방 안을 둘러보고는 이내 미소를 지었다. 탄탄한 이빨과 잇몸과 붉은 입술과 건강하고 하얀 앞니가 느껴졌다. 그녀는 문득 건강한 몸을 가뿐하게 놀려 자리에서 일어섰다. 그리고 우아하고 날렵하게 자리에서 한 바퀴 돌아보았다.

버버의 책 읽는 소리가 멈추었다. "쿠키 다 됐어요?" 그가 물었다.

"가서 보고 오마." 그녀의 목소리에는 수 년 전에 메말라버린 깊은 생명력이 감돌고 있었다. 그녀의 진정한 목소리, 관능적이고 허스키한 목소리였다. 그녀는 빠른 걸음으로 부엌으로 들어가 오븐을 열었다. 그리고 쿠키를 꺼내 스토브 위에 올려놓았다.

"다 됐구나." 그녀는 활기찬 목소리로 소년을 불렀다. "와서 가지고 가렴."

버버는 쿠키에 눈을 고정한 채로, 그녀를 지나쳐 곧바로 스토브로 향했다. 문가에 서 있는 여인에는 눈길조차 주지 않은 채로.

드루 부인은 서둘러 부엌에서 나왔다. 그녀는 침실로 들어가서 문을 닫았다. 그리고 문에 붙은 전신 거울 앞에서 몸을 이리저리 돌려보았다. 젊은 여인이, 다시 젊어진 그녀의 모습이, 생명력 넘치는 젊음의 수액으로 가득한 모습이 그곳에 있었다. 숨을 깊게 들이쉬자 풍만한 가슴이 흔들렸다. 그녀는 눈을 반짝이며 미소를 지었다. 치마를 휘날리며 한 바퀴 제자리에서 돌았다. 젊고 사랑스런 모습이었다.

그리고 이번에는 사라지지 않았다.

그녀는 문을 열었다. 버버는 입과 주머니를 가득 채우고 있었다. 거실 가운데 서 있는 소년의 투실투실하고 우둔한 얼굴은 납빛에 가까울 정도로 창백했다.

"무슨 일이니?" 드루 부인이 물었다.

"가야 해요."

"알겠다, 버나드. 책 읽어주러 와주어서 정말로 고맙구나." 그녀는 소년의 어깨에 손을 올렸다. "나중에 또 볼 일이 있을지도 모르지."

"하지만 아버지가—."

"그래, 나도 안단다." 그녀는 경쾌하게 웃으며 소년을 위해 문을 열어주었다. "잘 가렴, 버나드. 몸조심하고."

그녀는 소년이 한 발짝씩 천천히 계단을 내려가는 모습을 지켜보았다. 그런 다음 문을 닫고 경쾌한 걸음으로 침실로 돌아왔다. 이제 마음에 들지 않게 된 낡아빠진 회색 옷의 단추를 풀고 벗어던진 다음, 허리에 손을 올린 채로 잠시 자신의 풍만한 육체를 바라보았다.

그녀는 들뜬 기분으로 눈을 반짝이며 한참을 웃으며 몸을 이리저리 돌려보았다. 생명으로 가득한 육체란 얼마나 훌륭한 것인지. 부풀어 오른 가슴에 손을 올려보았다. 탄력 있는 육체였다. 하고 싶은 일이, 할 일이 정말로 많았다! 그녀는 가쁜 숨을 쉬며 주변을 둘러보았다. 너무 많았다! 그녀는 욕조에 물을 받으며 머리카락을 위로 틀어 올렸다.

집으로 걸음을 옮기는 소년의 사방에서 바람이 불어 닥쳤다. 시간이 늦어 해는 저물었고, 머리 위 하늘은 먹구름으로 가득했다. 끔찍할 정도로 차가운 맞바람이 소년의 옷을 뚫고 스며들어 온기를 앗아갔다. 너무 지친 데다 두통이 끔찍해서, 소년은 계속해서 걸음을 멈추고 잠시 쉬며 이마를 문질렀다. 힘겹게 뛰는 심장 소리가 들렸다. 소년은 엘름 가를 벗어나 파인 가로 들어섰다. 날카로운 소리를 내는 바람이 그를 둘러싸고 계속 이리저리 밀어댔다. 소년은 고개를 흔들며 정신을 차리려 애썼다. 너무 지쳤다. 팔다리에 힘이 들어가지 않았다. 자신을 두드려대며 이리저리 밀고 당기는 바람밖에 느낄 수 없었다.

소년은 심호흡을 하고, 고개를 숙인 채 다시 걸음을 옮기기 시작했다. 길모퉁이에 도착한 소년은 가로등을 붙들고 걸음을 멈추었다. 하늘은 이미 어두워졌고, 가로등이 켜지기 시작했다. 마침내 소년은 다시 걸음을 옮기기 시작했다. 남은 온 힘을 다해서.

"애가 또 어딜 간 걸까?" 메이 설은 열 번째로 현관으로 나서며 이렇게 말했다. 랄프는 전등을 켠 다음 아내 곁으로 가서 섰다. "바람이 정말 끔찍하군."

바람이 날카로운 소리와 함께 현관으로 밀어닥쳤다. 두 사람은 어둠이 깔린 거리를 이리저리 눈으로 훑었지만, 바람에 날리는 신문지와 쓰레기 말고는 아무것도 보이지 않았다.

"일단 들어가지." 랄프가 말했다. "그 녀석, 돌아오면 제대로 혼쭐을 내줘야겠어."

그들은 함께 저녁 식탁에 앉았다. 그러나 다음 순간, 메이는 포크를 내려놓으며 말했다. "잠깐요! 방금 무슨 소리 들리지 않았어요?"

랄프는 귀를 기울였다.

밖에서 현관문을 두드리는 듯한 희미한 쿵쿵 소리가 들렸다. 랄프는 자리에서 일어섰다. 밖에서는 바람소리가, 위층에서는 창문 가리개가 펄럭이는 소리가 들렸다. "내가 나가보지." 그가 말했다.

그는 현관으로 가서 문을 열었다. 바람에 날려 온 회색의 물체가, 비쩍 마른 회색의 뭉치가 현관문에 부딪치고 있었다. 그는 회색 뭉치를 멍하니 바라보았지만 그 정체를 알 수가 없었다. 아마 바람에 날아온 잡초이거나 잡초와 넝마가 한데 뭉쳐진 덩어리일 것이다.

뭉치가 그의 다리에 와서 부딪쳤다. 랄프는 뭉치가 자신을 지나쳐 날아가 벽에 부딪치는 모습을 바라보았다. 그리고 그는 천천히 문을 닫았다.

"뭐였어요?" 메이가 소리쳤다.

"그냥 바람이야." 랄프 설이 대답했다.

존의 세계
Jon's World

〈일러두기〉
본 단편은 『마이너리티 리포트』에 수록된
「두 번째 변종」의 속편 격인 작품으로,
가급적「두 번째 변종」을 먼저 읽을 것을 추천한다.

카스트너는 아무 말 없이 배 주변을 한 바퀴 돈 다음, 조심스레 진입 계단을 올라 안으로 모습을 감추었다. 한동안 배 안에서 그림자 하나가 여기저기를 뒤적이며 돌아다녔다. 잠시 후 그는 널찍한 얼굴에 희미한 웃음을 띠고 다시 모습을 드러냈다.

"그래, 어떻게 생각하나?" 케일럽 라이언이 물었다.

카스트너는 계단을 내려오며 말했다. "출발 준비가 끝난 건가? 더 작업할 건 없어?"

"거의 끝난 셈이지. 인부들이 남은 구역의 마무리를 하고 있어. 중계기 연결이나 배선 따위 말이야. 하지만 일단 큰 문제는 없다네. 적어도 우리가 예측할 수 있는 건 없어."

두 남자는 함께 서서 문과 차폐막과 관측창이 달린 땅딸막한 금속 상자를 바라보았다. 그리 예쁘장한 배는 아니었다. 깔끔한 디자인도 아니었고, 배를 잘빠진 물방울 모양으로 만들어주는 크롬이나 렉세로이드* 골재도 달리지 않았다. 사각형에 울퉁불퉁하고, 사방으로 회전식 고정 공간이나 돌출부가 나와 있는 배였다.

"저기서 기어 나오는 꼴을 보면 그쪽 친구들이 뭐라고 생각하려나?" 카스트너가 중얼거렸다.

"예쁘장하게 다듬을 시간이 없었어. 물론 자네들 쪽에서 2개월만 더 준다면야—."

---

* rexeroid. 작가의 여러 작품에서 등장하는 가상의 금속으로 경도가 매우 높고, 작품에 따라 화성의 특산물로 묘사된다.

"돌출부를 몇 개 깎아낼 수는 없겠나? 저건 대체 다 뭔가? 뭐 하는 물 건들이야?"

"밸브지. 설계도를 직접 확인해보게. 동력에 과부화가 걸리면 배출 구 역할을 하는 걸세. 시간여행은 꽤나 위험한 일이라서, 저 여행선이 돌아올 때는 엄청난 부하가 걸리게 되어 있네. 그걸 천천히 배출해야 해. 아니면 수백만 볼트의 전력이 충전된 거대한 폭탄이 되어버리거 든."

"자네 말을 믿어야지 어쩌겠나." 카스트너는 서류 가방을 들며 말했 다. 그는 출입구 쪽으로 향했다. 연맹의 경비병들이 자리를 옮겨 길을 터주었다. "국장들에게 거의 준비가 끝났다고 일러두지. 그건 그렇고, 한 가지 알려줄 게 있다네."

"뭔가?"

"자네와 함께 갈 사람을 정했어."

"누군데?"

"나야. 전쟁 이전에는 세상이 어떤 모습이었는지를 늘 보고 싶었거 든. 녹화 테이프를 보는 것만으로는 부족하단 말이야. 직접 그곳에 가 고 싶어. 돌아다니고 싶다고. 사람들 말에 따르면 전쟁 전에는 낙진이 없었다고 하지. 지표에서 생명이 자랄 수 있었고, 몇 킬로미터를 걸어 도 폐허 따위는 나오지 않았다고 해. 나는 그런 모습이 보고 싶어."

"자네가 과거에 관심이 있는 줄은 몰랐는데."

"아, 잔뜩 있다네. 우리 가족은 예전 세계가 어떤 모습이었는지를 보 여주는 그림책을 가지고 있었거든. USIC에서 스코너먼의 논문을 손에 넣고 싶어하는 것도 당연한 일이야. 만약 재건을 시작할 수 있다면—."

"우리 모두가 원하는 일 아닌가."

"어쩌면 손에 넣을 수 있을지도 모르지. 나중에 보세."

라이언은 땅딸막한 사업가가 서류가방을 단단히 붙든 채 멀어지는 모습을 지켜보았다. 연맹 경비병들은 그가 지나가는 것에 맞춰 길을 터주었다가, 그가 지나가면 그대로 다시 자리를 메웠다. 이내 카스트너는 문 너머로 모습을 감추었다.

라이언은 다시 배 쪽으로 주의를 돌렸다. 그래서 카스트너가 동행한다는 소리지. USIC, 그러니까 전국 합성산업연합에서는 이번 여행에 대표자를 하나 보낼 예정이었다. 연맹에서 한 명, USIC에서 한 명으로 동등한 권리를 가지는 것이다. USIC에서는 이번 '클록Clock 프로젝트'에 재정과 상업적 양쪽으로 많은 지원을 해주었다. 그쪽의 도움이 없었더라면 이번 프로젝트는 구상 단계를 벗어나지 못했을 것이다. 라이언은 벤치에 앉아서 청사진을 스캐너 안으로 밀어 넣었다. 작업이 상당히 오래 걸렸다. 이제 얼마 남지 않았다. 마지막으로 이곳저곳을 한 번 손보기만 하면 끝이다,

통신 화면이 달각거렸다. 라이언은 스캐너를 일시정지 시키고 몸을 돌려 통신을 받았다.

"라이언."

연맹 교환원의 얼굴이 떠올랐다. 연맹 측 회선을 통해 들어온 통신이라는 뜻이었다. "긴급 호출입니다."

라이언은 그대로 움찔하며 얼어붙었다. "연결해주게."

화면이 사라졌다. 잠시 후 나이 든 남자의, 주름살 가득한 불그레한 얼굴 하나가 떠올랐다.

"라이언—."

"무슨 일입니까?"

"집에 오는 게 좋겠네. 최대한 빨리."

"왜 그러는데요?"

"존 때문이야."

라이언은 평정을 유지하려 애썼다. "또 발작입니까?" 목소리가 흐려

지고 있었다.

"그래."

"지난번과 같은 상황입니까?"

"완벽하게 동일하다네."

라이언의 손이 전원 버튼으로 향했다. "알겠습니다. 바로 집으로 가지요. 아무도 들여보내지 마십시오. 소리 못 지르게 하고. 방에서 나가게 해서도 안 됩니다. 필요하다면 경비병을 두 배로 늘리십시오."

라이언은 통신을 끊었다. 잠시 후 그는 지붕으로, 머리 위의 옥상 착륙장에 주차되어 있는 도시 간 비행선을 향해 올라가기 시작했다.

그의 도시 간 비행선은 자동유도장치를 따라 4번 도시로 끝없이 펼쳐진 회색 잿더미 위를 날아갔다. 라이언은 멍하니 창밖을 바라보고 있었지만, 아래 풍경에는 반쯤밖에 주의를 기울이고 있지 않았다.

지금 그의 비행선 아래 펼쳐져 있는 공간은 도시 사이의 황무지였다. 폐허가 된 지표, 낙진과 잿더미로 가득한 끝없는 평원이 지평선까지 펼쳐져 있었다. 그런 회색의 평원 군데군데 버섯처럼 도시들이 솟아 있었다. 이곳저곳의 버섯에서, 탑과 건물들에서, 사람들이 일하고 있었다. 천천히 지표를 수복해가는 중이었다. 달 기지에서 가져온 자재와 장비를 이용해서.

전쟁 동안 인류는 테라를 떠나 달로 자리를 옮겼다. 테라는 완전히 파괴되어버렸다. 폐허와 잿더미밖에 없는 행성이 되어버렸다. 전쟁이 끝나자 인간들은 천천히 돌아오기 시작했다.

사실 전쟁은 두 번 있었다. 첫 번째 전쟁은 인간 대 인간이었다. 두 번째 전쟁은 인간 대 발톱, 즉 전쟁병기로 개발한 고도의 로봇들이었다. 발톱들이 창조주에 반기를 들고 새로운 형식의 발톱과 전투 장비를 만들어내기 시작했던 것이다.

라이언의 배가 하강을 시작했다. 이제 4번 도시 상공이었다. 비행선은 도시 한가운데에 있는 그의 육중한 사저 지붕에 착륙했다. 라이언은 서둘러 뛰어내려 옥상을 가로질러 승강기로 향했다.

잠시 후, 그는 거주 공간으로 들어가 서둘러 존의 방으로 향했다.

노인이 한쪽 면을 가득 메운 유리벽을 통해 존을 지켜보는 모습이 보였다. 침중한 얼굴이었다. 존의 방은 반쯤 어둠 속에 파묻혀 있었다. 존은 손을 꽉 맞잡은 채 자기 침대 끄트머리에 앉아 있었다. 눈은 감고 있었다. 입은 살짝 열려 있고, 가끔씩 딱딱하게 굳은 혀가 슬쩍 나왔다 들어갔다.

"얼마나 저런 상태였습니까?" 라이언은 옆의 노인에게 물었다.

"한 시간쯤 됐네."

"다른 발작도 같은 패턴으로 일어났습니까?"

"이번은 더 격렬하지. 갈수록 격렬해지고 있다네."

"선생님 말고 본 사람은 없겠지요?"

"우리 둘밖에 없지. 확신이 들자마자 자네한테 연락한 거라네. 이제 거의 끝났어. 곧 호전될 걸세."

유리벽 반대편에서, 존은 자리에서 일어나 팔짱을 낀 채 침대에서 멀어졌다. 금발이 얼굴로 흘러내리고 있었다. 여전히 눈은 감은 채였다. 입술이 움찔거렸다.

"처음에는 완전히 의식을 잃은 상태였다네. 한동안 혼자 뒀거든. 이 건물의 다른 쪽에 있었다네. 돌아와보니 바닥에 누워 있더군. 독서를 하고 있었는지, 주변에 영상 테이프가 널려 있었어. 얼굴은 창백했고, 호흡은 불규칙했지. 예전과 마찬가지로 단속적인 근육 경련이 일어났다네."

"그래서 뭘 한 겁니까?"

"방에 들어가서 침대로 데려갔지. 처음에는 몸이 뻣뻣했는데, 조금 있으니까 긴장이 풀리더군. 몸이 축 늘어졌다네. 맥박을 짚어봤는데 아주 느리더군. 숨쉬기는 조금 편해진 모양이었고. 그러다 그 사태가 시작됐다네."

"그 사태?"

"말하기 시작한 걸세."

"아." 라이언은 고개를 끄덕였다.

"자네가 여기 있었어야 했는데. 이전보다 훨씬 많이 말했다네. 쉬지 않고, 계속해서 뭔가가 흘러나오더군. 멈추지도 않고. 멈출 수도 없는 것 같았어."

"이번에도…… 예전과 같은 내용이었습니까?"

"완벽하게 같은 내용이었다네. 게다가 예전처럼 웃는 얼굴이었어. 환하게 웃고 있더군."

라이언은 생각에 잠겼다. "지금 방에 들어가도 될 것 같습니까?"

"그래. 거의 끝났으니까."

라이언은 문 쪽으로 다가섰다. 그의 손가락이 암호 자물쇠를 누르자 문이 벽 안으로 밀려 들어가며 열렸다.

존은 조용히 방 안으로 들어선 그의 존재를 알아채지 못했다. 그대로 눈을 감은 채로, 팔을 자기 몸에 두른 채 이리저리 움직일 뿐이었다. 몸을 천천히 양 옆으로 흔들고 있었다. 라이언은 방 가운데까지 와서 걸음을 멈추었다.

"존!"

소년은 눈을 깜빡였다. 눈을 떴다. 그리고 고개를 부르르 떨었다. "아빠? 무…… 무슨 일이에요?"

"앉는 게 좋겠다."

존은 고개를 끄덕였다. "네, 고마워요." 그는 머뭇거리며 침대에 앉았다. 크게 뜬 눈은 푸른색이었다. 그는 얼굴로 내려온 머리카락을 쓸어 넘기며 라이언을 향해 어색하게 웃어 보였다.

"기분은 어떠니?"

"기분은 괜찮아요."

라이언은 의자를 하나 끌어다 아들의 맞은편에 앉았다. 그리고 다리를 꼬고 등받이에 체중을 실었다. 그는 한참 동안 소년을 살펴보았다. 두 사람 모두 입을 열지 않았다.

마침내 라이언이 입을 열었다. "그랜트 말로는 발작을 겪었다고 하더구나."

존은 고개를 끄덕였다.

"이제 다 끝난 거지?"

"아, 그럼요. 시간여행선은 어떻게 되어가나요?"

"나쁘지 않아."

"준비가 되면 저한테 보여준다고 하셨죠."

"물론 보여줄 수 있단다. 완성이 되면 말이야."

"언제 완성되는데요?"

"이제 금방이야. 며칠만 있으면 돼."

"정말로 보고 싶어요. 계속 그 생각이 머리에서 떠나지를 않거든요. 시간 속으로 여행을 떠난다고 생각해보세요. 그리스로 돌아갈 수도 있을 거예요. 과거로 돌아가서 페리클레스와 크세노폰과…… 에픽테토스도 볼 수 있을 거예요.* 이집트로 돌아가서 이크나톤**하고 대화를 나눌 수도 있을 거고요." 그는 미소를 지었다. "얼른 보고 싶어서 견딜 수가 없네요."

라이언은 불편한 듯 자세를 바꾸어 앉았다. "존, 정말로 그런 몸으로

---

* 페리클레스는 고대 그리스의 정치가이자 군인, 크세노폰은 역사가, 에픽테토스는 철학가이다.
** 유일신 아톤을 섬기는 신종교를 도입하려 한 신왕국 시대의 파라오.

밖에 나가도 괜찮을 것 같으냐? 어쩌면—."

"괜찮을 것 같으냐니요? 무슨 뜻이에요?"

"발작을 겪고 있으니까. 정말로 나가도 될 것 같으냐? 몸에 그 정도로 힘이 있어?"

존의 얼굴이 어두워졌다. "발작이 아니에요. 진짜 발작이 아니라고요. 발작이라고 부르지 않으셨으면 좋겠어요."

"발작이 아니라고? 그럼 대체 뭐지?"

존은 머뭇거렸다. "그, 그건 말씀드릴 수 없어요, 아빠. 이해 못하실 거예요."

라이언은 자리에서 일어났다. "알겠다, 존. 나한테 말할 수 없다고 생각한다면 그냥 연구실로 돌아가야겠구나." 그는 방을 가로질러 문으로 향했다. "네가 시간여행선을 볼 수 없는 게 유감이야. 너라면 좋아할 거라고 생각했는데."

존은 애처로운 표정으로 그를 따라갔다. "보면 안 돼요?"

"내가 네…… 그 '발작'에 대해 더 알게 되면, 네가 나가도 될지를 판단하는 데 도움이 될지도 모르지."

존의 얼굴이 움찔거렸다. 라이언은 날카로운 눈빛으로 소년을 바라보았다. 존의 마음에 온갖 생각이 지나가는 모습이 그대로 얼굴에 드러났다. 내면에서 갈등을 겪는 모양이었다.

"나한테는 말하기 싫은 거냐?"

존은 심호흡을 했다. "**계시**가 보여요."

"뭐라고?"

"계시요." 존의 얼굴에 빛나는 미소가 드리웠다. "옛날부터 알고 있었어요. 그랜트 선생님은 아니라고 하지만, 계시가 맞는 걸요. 직접 보면 알 수 있을 거예요. 다른 무엇과도 다르거든요. 그러니까, 이것보다도 더 진짜라고요." 그는 벽을 두드리며 말했다. "이것보다 더 사실 같아요."

라이언은 천천히 담배에 불을 붙였다. "계속해봐."

소년은 정신없이 지껄이기 시작했다. "다른 **무엇보다도** 진짜라고요! 마치 창문을 통해서, 창문 너머의 다른 세계를 보는 것 같아요. 진짜 세계요. 이 세계보다 훨씬 진짜 같아요. 여기 있는 모든 것이 그림자처럼 보이게 만들어요. 흐릿한 그림자요. 형체만, 흐릿한 인상만 남아 있는 것 같아요."

"진정한 현실의 허상으로 보인다는 말이지?"

"네! 바로 그거예요. 이 모든 것들 너머에 존재하는 진짜 세계예요." 존은 흥분해서 앞뒤로 바쁘게 움직였다. "지금 우리가 여기서 보는 것들, 이 모든 것들 너머에 있는 거예요. 건물도, 하늘도, 도시도, 끝없이 펼쳐진 재의 벌판도, 그 모든 것들은 진짜가 아닌 거죠. 흐릿하고 모호하기만 하잖아요! 다른 사람들처럼 느낄 수가 없어요. 게다가 갈수록 흐릿해지기만 하고. 다른 쪽은 점점 선명해져만 가요, 아빠. 갈수록 선명해진다고요! 그랜트 선생님은 그게 전부 내 상상이라고 하셨어요. 하지만 아니거든요. 진짜거든요. 여기 있는, 이 방 안에 있는 이런 물건들보다 훨씬 현실적이란 말이에요."

"그럼 왜 우리들은 그걸 보지 못하는 거지?"

"모르겠어요. 다들 볼 수 있으면 좋을 텐데. 아빠도 그걸 꼭 봐야 해요. 정말 아름다워요. 일단 익숙해지기만 하면 마음에 들 거예요. 적응하는 데는 조금 시간이 걸리지만요."

라이언은 생각에 잠겼다, 마침내 말했다. "네가 정확하게 뭘 보는지 알고 싶구나. 항상 같은 걸 보는 거지?"

"네, 항상 같아요. 하지만 갈수록 강렬해지죠."

"그 내용이 뭐냐? 뭘 보기에 그 정도로 현실 같다는 거지?"

존은 한동안 대답하지 않았다. 마음속을 더듬는 것만 같았다. 라이언은 아들을 바라보며 그대로 기다리고 있었다. 아들의 정신에 무슨 일이 벌어지는 것일까? 무슨 생각을 하고 있을까? 소년은 다시 눈을 감았다. 손마디가 하얗게 될 정도로 양손을 깍지 낀 채로. 다시 자신만의 세상으로 떠나버린 것이다.

"계속해보렴." 라이언이 큰 소리로 말했다.

그러니까 소년이 계시를 본다는 것이다. 궁극적인 현실의 환영을. 중세 사람들이 그랬던 것처럼. 자신의 아들이. 끔찍하게도 역설적인 일이었다. 마침내 인간의 그런 성향, 현실을 제대로 마주하지 못한다는 영원한 결점을 제거했다고 생각한 순간에. 그의 영원한 꿈이었는데. 과학은 영영 그 이상에 도달할 수 없는 것일까? 언제나 현실보다 환상을 선호하게 되는 것일까?

자신의 아들이. 퇴행해버리다니. 1천 년 전으로. 유령과 신과 악마와 내밀한 정신세계가 존재하던 때로. 궁극적인 현실의 시대로. 인간이 수 세기 동안 공포를, 세계에 대한 두려움을 대속하기 위해 이용해왔던 우화와 허구와 형이상학의 세계로 돌아가버리다니. 진실을 숨기기 위해서, 가혹한 현실 세계에서 도피하기 위해서 만들어왔던 꿈속으로. 전설과 종교와 동화 속으로. 하늘 위나 땅 밑에 있는 보다 나은 땅으로. 천국으로. 그 모든 것들이 자신의 아들 속에서 다시 등장하고 있는 것이다.

"계속해봐." 라이언은 초조하게 말했다. "뭐가 보이지?"

"평원이 보여요." 존이 말했다. "태양만큼 밝은 노란색 평원이에요. 평원하고 공원하고. 공원이 끝없이 이어져요. 녹색에 노란색이 섞인 공원이에요. 사람들이 걸어 다니는 오솔길도 있어요."

"또 뭐가 있지?"

"남자와 여자 들요. 헐렁한 옷을 입고 있어요. 오솔길을 따라 숲속을 걸어요. 공기는 신선하고 달콤하고요. 하늘은 밝은 푸른색이에요. 새.

짐승도. 짐승들이 공원 안을 거닐고 있어요. 나비도. 바다도 보여요. 깨끗한 물이 파도치는 바다예요."

"도시는 없니?"

"우리 도시하고는 달라요. 같은 모양이 아니에요. 사람들은 공원에 살고 있어요. 여기저기 작은 나무집들이 보여요. 나무 사이로요."

"도로는?"

"오솔길뿐이에요. 비행선 같은 건 없어요. 다들 걸어서 다녀요."

"또 뭐가 보이니?"

"그게 다예요." 존은 눈을 떴다. 볼이 발그레하게 달아올라 있었다. 반짝이는 눈이 사방으로 움직였다. "그게 다예요, 아빠. 공원하고 노란 들판, 헐렁한 옷을 입은 사람들요. 그리고 동물이 정말 많아요. 놀라운 동물들이에요."

"그 사람들은 어떻게 살지?"

"네?"

"사람들은 어떻게 살더냐? 어떤 식으로 생명을 유지하지?"

"뭔가를 길러요. 들판에서요."

"그게 전부니? 뭔가를 만들지는 않더냐? 공장은 없어?"

"없는 것 같던데요."

"농경 사회로구나. 원시적인." 라이언을 얼굴을 찌푸렸다. "통상이나 교역도 존재하지 않지."

"다들 들판에 나가서 일해요. 그리고 토의를 하고요."

"무슨 말을 하는지 들을 수 있니?"

"아주 흐릿하게만 들려요. 진짜 열심히 귀를 기울이면 아주 조금 들을 수 있어요. 무슨 말인지는 전혀 모르겠지만요."

"뭘 놓고 토의를 하는 거냐?"

"이것저것요."

"어떤 이것저것?"

존은 적당히 손짓하며 말했다. "대단한 것들요. 세계라든가, 우주라든가."

침묵이 흘렀다. 라이언은 끙 소리를 낼 뿐, 아무 말도 하지 않았다. 마침내 그는 담배를 끄며 말했다. "존—."

"네?"

"네가 보는 것들이 전부 **진짜**인 것 같니?"

존은 웃음을 지었다. "현실이라는 걸 알고 있는 걸요."

라이언은 날카로운 눈으로 바라보며 말했다. "현실이라니, 무슨 소리냐? 네 세계가 어떤 면에서 현실이라는 거지?"

"존재하니까요."

"어디에 존재하는 거냐?"

"저도 모르죠."

"여기에? 여기 존재하는 거니?"

"아뇨. 여기 없잖아요."

"다른 장소인가? 멀리 떨어진 곳? 우리의 경험이 닿지 않는 우주의 한 구석에 존재하는 걸까?"

"우주의 다른 구역은 아니에요. 우주하고는 아무 관계도 없다고요. 그 세계는 여기 있어요." 존은 사방을 향해 팔을 흔들며 말했다. "가까운 곳에요. 아주 가까워요. 주변에 보이는 걸요."

"지금도 보이니?"

"아뇨, 나타났다 사라졌다 하죠."

"존재를 멈춘다는 거냐? 가끔씩만 존재한다고?"

"아뇨, 항상 그곳에 있어요. 다만 제가 연결을 항상 유지하지 못할 뿐이에요."

"항상 존재한다는 것은 어떻게 아는 거냐?"

"그냥 아는 거예요."

"내가 그걸 볼 수 없는 이유는 뭐지? 왜 너밖에 그 세계를 볼 수 없는 거냐?"

"저도 모르죠." 존은 지친 듯 이마를 문질렀다. "왜 저밖에 볼 수 없는지는 모르겠어요. 아빠도 볼 수 있으면 좋을 텐데. 다른 모든 사람들이 볼 수 있으면 좋겠어요."

"그냥 환각이 아니라는 사실을 어떻게 증명할 수 있는 거냐? 객관적인 입증 방법이 없을 텐데. 그저 자신의 감각, 자신의 의식에 의존할 뿐이니. 실증적 분석의 대상이 될 방법이 없지 않니?"

"그럴지도 모르겠네요. 저도 몰라요. 신경도 안 쓰고요. 실증적 분석을 하라고 뭔가를 제공하고 싶은 생각도 없어요."

침묵이 흘렀다. 존은 입을 굳게 다문 채 시무룩한 얼굴로 앉아 있었다. 라이언은 한숨을 쉬었다. 교착 상태였다.

"알았다, 존." 그는 천천히 문을 향해 걸음을 옮겼다. "나중에 보자꾸나."

존은 아무 말도 하지 않았다.

라이언은 문가에서 문득 걸음을 멈추고 돌아보았다. "그래서 네 환영이 점차 강해진다는 거지? 갈수록 선명해진다고."

존은 단호하게 고개를 끄덕였다.

라이언은 한동안 생각에 잠겼다가, 결국 손을 올렸다. 문이 소리 없이 열렸고, 그는 방을 나가 복도로 걸음을 옮겼다.

그랜트가 그에게 다가오며 물었다. "창문으로 보고 있었다네. 꽤나 내성적인 아이 아닌가?"

"대화를 나누기가 힘들더군요. 그 발작이 일종의 계시라고 생각하고 있나 봅니다."

"나도 알고 있네. 내게도 말해줬거든."

"왜 저한테는 알리지 않은 겁니까?"

"자네를 더 걱정하게 만들고 싶지 않았어. 항상 아들 걱정을 하고 있지 않은가."

"발작이 갈수록 심각해지고 있어요. 갈수록 선명해진다고 합니다. 설득력이 강해진다고요."

그랜트는 고개를 끄덕였다.

라이언은 생각에 잠긴 채 복도를 따라 걸음을 옮겼다. 그랜트가 한 발 뒤에서 따라오고 있었다. "어떻게 하는 게 최선일지 모르겠군요. 갈수록 발작에 사로잡히는 모습입니다. 진지하게 받아들이고 있어요. 외부 세계의 자리를 대체하고 있단 말입니다. 게다가―."

"게다가 자네는 곧 떠나야 하는 몸이지."

"시간여행에 대해서 더 많은 것을 알고 싶습니다. 우리한테 무슨 일이 벌어질지 모르니까요." 라이언은 턱을 문지르며 말했다. "돌아오지 못할지도 모릅니다. 시간에는 강력한 힘이 깃들어 있으니까요. 제대로 된 탐사는 이번이 처음이니, 어떤 상황을 마주하게 될지 모릅니다."

그는 승강기 앞까지 와서 문득 걸음을 멈추었다.

"당장 결정을 내릴 필요는 없겠죠. 떠나기 전까지만 하면 되니까."

"결정이라니?"

라이언은 승강기에 오르며 말했다. "나중에 알게 될 겁니다. 지금부터는 존한테서 눈을 떼지 말아주세요. 단 한순간이라도 자리를 비우면 안 됩니다. 이해하시겠죠?"

그랜트는 고개를 끄덕였다. "잘 알겠네. 저 아이가 절대 방을 떠나지 못하도록 하라는 거지."

"오늘 밤이나 내일쯤 연락하겠습니다." 라이언은 옥상으로 올라가서 도시 간 비행선에 올랐다.

그는 이륙하자마자 통신 화면을 클릭한 다음 연맹정부 집무실의 번호를 눌렀다. 연맹 교환원의 얼굴이 떠올랐다. "집무실입니다."

"의료센터 번호를 알려주게."

교환원의 얼굴이 사라졌다. 의료국장인 월터 팀머의 얼굴이 즉시 그 자리를 채웠다. 그는 라이언을 알아보고 눈을 깜빡였다. "무슨 일인가, 케일럽?"

"의료용 차량 한 대하고 믿을 만한 직원 몇 명 데리고 4번 도시로 와 줬으면 하네."

"왜?"

"몇 달 전에 논의했던 그 문제야. 자네도 아마 기억할 텐데."

팀머의 표정이 바뀌었다. "자네 아들?"

"결단을 내렸어. 더는 기다릴 수가 없네. 상태가 갈수록 나빠지고 있는데, 나는 곧 시간여행을 떠나야 하니까. 내가 떠나기 전에 수술하는 걸 보고 싶어."

"잘 알겠네." 팀머는 뭔가를 끄적이며 말했다. "즉시 주선해주지. 그리고 당장 비행선을 보내서 그 아이를 데려오겠네."

라이언은 잠시 머뭇거렸다. "잘해줄 거지?"

"물론이지. 제임스 프라이어가 직접 집도할 거야." 팀머는 통신 화면 회로를 끄기 위해 손을 뻗으며 덧붙였다. "걱정 말게, 케일럽. 아주 잘할 테니까. 프라이어는 우리 센터에서 전두엽 절제술의 최고 전문가라네."

라이언은 지도를 꺼낸 다음 모서리를 당겨 탁자 위에 활짝 펼쳤다. "이건 공간 투사 방식으로 그린 시간 지도일세. 어디로 가는지 확인할 수 있도록 만든 거지."

카스트너는 그의 어깨 너머로 기웃거렸다. "우리 계획, 그러니까 스코너먼의 논문을 손에 넣는 일만 할 생각인가? 아니면 좀 돌아다니게 되나?"

"지금으로서는 계획만 실행에 옮길 생각일세. 하지만 성공할 거라고 확신하려면 스코너먼의 시간연속체에 도달하기 전에 몇 번 멈추어 확인해봐야겠지. 우리의 시간 지도가 불명확하거나, 시간여행선 자체가 편향되게 움직일 가능성도 있으니까."

작업은 끝났다. 마지막 남은 부분들이 전부 제자리에 맞아 들어갔다.

방 한구석에는 존이 표정 없는 얼굴로 앉아서 지켜보고 있었다. 라이언은 아들을 힐끔 돌아보며 물었다. "어때 보이니?"

"좋아요."

시간여행선은 사마귀와 돌기가 가득 자라난 통통한 곤충처럼 보이는 모습이었다. 창문과 회전탑이 잔뜩 달린 네모난 상자였다. 사실 배라고 부르기는 힘들어 보였다.

"와서 보고 싶어했다고 들었는데. 그렇지?" 카스트너가 존에게 말을 걸었다.

존은 보일락 말락하게 고개를 끄덕였다.

"기분은 어떠냐?" 라이언이 존에게 물었다.

"좋아요."

라이언은 아들의 모습을 살폈다. 혈색은 좋아져 있었다. 원래의 건강 상태로 거의 돌아온 모습이었다. 물론 이제 계시도 보지 않았다.

"다음에는 함께 갈 수 있을지도 모르겠구나." 카스트너가 말했다.

라이언은 지도로 돌아왔다. "스코너먼은 2030년과 2037년 사이에 대부분의 연구를 수행했네. 그 결과는 몇 년 후에야 실용화되기 시작했지만 말이지. 그가 쓴 논문의 결과물을 전쟁에 사용하기로 결정한 것은 심사숙고한 후의 일이었다네. 정부에서도 그 위험성을 파악하고 있었던 것 같아."

"충분히 제대로 파악하지는 못했지만."

"그렇지." 라이언은 잠시 머뭇거리다 말을 이었다. "게다가 우리도 같은 상황에 처하게 될지도 모르는 일 아닌가."

"그건 무슨 뜻이지?"

"스코너먼이 발견한 인공두뇌 기술은 최후의 발톱이 소멸되면서 함께 사라져버렸지. 누구도 그의 작품을 재현해내지 못했어. 만약 우리가 그의 논문을 가져오면 세계가 위기에 처하게 될지도 모르지 않나. 발톱들을 다시 불러오는 꼴이 될지도 모르니까."

카스트너는 고개를 저었다. "그건 아닐세. 스코너먼의 결과물은 발톱들과 직접적으로 연관되어 있지 않으니까. 인공두뇌를 만든다고 해서 그게 꼭 치명적인 결과물로 이어지는 건 아니야. 과학적인 발견은 모두 파괴를 위해 사용될 수 있다네. 바퀴조차도 아시리아인의 손에 들어가니 전차가 되지 않았나."

"그렇기는 하지." 라이언은 카스트너를 물끄러미 바라보았다. "USIC에서 스코너먼의 논문을 군사적 목적으로 사용하려는 생각을 조금도 품고 있지 않다고 확신할 수 있나?"

"USIC은 산업연합체야. 국가 정부가 아니라고."

"아주 오랫동안 경쟁에서 우위를 유지하게 해줄 텐데."

"USIC은 지금 상태로도 충분히 강해."

"그만두지." 라이언은 지도를 둘둘 말면서 말했다. "언제든 출발할 수 있네. 빨리 가고 싶어 몸이 달았다고. 정말 오랫동안 이걸 작업했으니까."

"나도 마찬가질세."

라이언은 방을 가로질러 아들에게 다가갔다. "이제 갈 거다, 존. 금방 돌아올 거야. 행운을 빌어주렴."

존은 고개를 끄덕였다. "행운을 빌어요."

"기분 괜찮은 거지?"

"네."

"존, 이제 기분이 훨씬 낫지? 예전보다 말이야."

"네."

"환각이 사라져서 기쁘지 않니? 괴롭히던 문제가 전부 해결되었으니까?"

"네."

라이언은 어색하게 소년의 어깨에 손을 올렸다. "나중에 또 보자꾸나."

라이언과 카스트너는 시간여행선의 출입구로 이어지는 계단을 올랐다. 존은 구석에서 아무 말 없이 그들을 지켜보고 있었다. 연맹 경비병 몇 명이 연구실 입구에 서서 나른한 호기심이 섞인 눈빛으로 그 광경을 바라보고 있었다.

라이언은 입구 앞에서 걸음을 멈추고, 경비병 한 명을 자기 쪽으로 불렀다. "팀머한테 좀 보자고 전해주게."

경비병은 그대로 문을 열고 떠났다.

"무슨 일인가?" 카스트너가 말했다.

"마지막으로 몇 마디 하고 싶은 말이 있어서."

카스트너는 날카로운 눈으로 그를 바라보았다. "마지막? 무슨 소린가? 우리한테 뭔가 일이 벌어질 거라 생각하는 건가?"

"아니, 혹시 모를 사태를 대비하려는 것뿐일세."

팀머가 빠른 걸음으로 들어왔다. "떠나는 건가, 라이언?"

"준비는 다 됐네. 더 미적거릴 이유가 없어."

팀머는 계단을 올라오며 물었다. "나를 보자고 한 이유가 뭔가?"

"사실 별 필요 없는 일일지도 모르지. 하지만 뭔가 잘못될 가능성은 항상 존재하는 거니까. 만약 우리 시간여행선이 연맹 간부들에게 말해준 예정대로 다시 나타나지 않을 경우—"

"존의 보호자를 지정해주기를 원하는 거로군."

"그렇네."

"그 문제라면 걱정할 필요 없어."

"나도 알아. 하지만 기분 문제라서. 누군가 저 아이를 지켜줘야 하니까."

두 남자는 방구석에 무표정한 얼굴로 조용히 앉아 있는 소년을 바라보았다. 존은 멍하니 허공을 응시하고 있었다. 공허한 얼굴이었다. 눈빛은 무기력하고 흐릿했다. 그 안에는 아무것도 깃들어 있지 않았다.

"행운을 비네." 팀머가 말했다. 두 사람은 악수를 나누었다. "모두 잘되었으면 좋겠는데."

카스트너는 배 안으로 들어가 서류 가방을 내려놓았다. 라이언은 그 뒤를 따라 들어가서는 출입구를 닫은 다음 나사를 조여 고정했다. 그리고 내부 에어록을 밀폐 상태로 만들었다. 조명이 자동으로 들어왔다. 쉿 소리와 함께 조절 장치를 통해 공기가 객실 안으로 들어오기 시작했다.

"공기, 조명, 기온." 카스트너는 이렇게 말하며 창을 통해 밖에 서 있는 연맹 경비병들을 바라보았다. "믿기 힘들 지경이로군. 몇 분 안에 이 모든 것이 사라질 예정이라니. 이 건물도. 저 경비병들도. 모든 것이."

라이언은 계기판 앞에 앉아서 시간 지도를 펼쳤다. 그는 시간 지도를 자리에 고정시킨 다음, 계기판 위의 케이블 하나를 가져다 지도 위에 놓았다. "돌아가는 도중에 몇 군데 멈춰서 관측할 예정이라네. 우리 작업과 관련된 과거의 사건들을 확인할 수 있도록."

"전쟁 말인가?"

"주로 그렇지. 나는 실제로 작동하는 발톱의 모습을 보고 싶다네. 전쟁국의 기록에 따르면 한때는 테라를 완전히 점령하고 있지 않았나."

"너무 가까이 다가가지는 말자고, 라이언."

라이언은 웃음을 터트렸다. "착륙하지는 않을 걸세. 공중에서 관측만 할 거야. 우리가 실제로 접촉할 대상은 스코너먼 뿐일세."

라이언은 동력 회로를 닫았다. 주변 선체를 따라 흘러들어온 에너지가 계기판의 온갖 계량과 측정 장치를 가득 채웠다. 바늘이 튀어오르며 에너지의 양을 일러주었다.

"우리의 가장 중요한 임무는 여기 에너지 상태를 확인하는 걸세." 라이언이 설명했다. "시간 에너지의 부하가 과도하게 걸리면 이 배는 시간의 흐름 속에서 빠져나가지 못하게 될 걸세. 계속해서 에너지를 모아들이며 과거로 흘러가겠지."

"커다란 폭탄이 되겠군."

"말하자면 그렇지." 라이언은 자기 앞의 스위치를 조작했다. 바늘의 위치가 바뀌었다. "그럼 출발해볼까. 꽉 붙들게."

라이언은 레버를 당겼다. 극성이 가해진 선체가 천천히 시간의 흐름 속으로 들어가며 부르르 진동했다. 날개와 돌기가 계속해서 설정을 바꾸며 선체에 걸리는 부하에 대응했다. 중계기가 닫히며 주변을 감싸고 도는 물결 속으로 배를 인도했다.

"대양에 나온 느낌이로군." 라이언이 중얼거렸다. "우주에서 가장 강력한 에너지로 가득한 바다인 셈이지. 모든 운동의 배후에 존재하는 힘. 모든 것의 원동력."

"어쩌면 이게 신이라고 불리던 존재의 정체일지도 모르겠어."

라이언은 고개를 끄덕였다. 그들을 둘러싼 선체가 계속 요동치고 있었다. 거대한 손에, 조용하게 조이는 거대한 주먹에 잡힌 느낌이었다. 계속 움직이고 있었다. 창문을 통해 보이는 사람들과 벽의 모습이 일렁이기 시작하더니, 배가 현대 시점에서 빠져나가 시간의 물결 속으로 흘러들어감에 따라 흐릿하게 사라져버렸다.

"얼마 걸리지 않을 걸세." 라이언이 중얼거렸다.

순간 창밖의 풍경이 깜빡이며 사라졌다. 아무것도 남지 않았다. 창문 밖에는 공허만이 존재했다.

"다른 어떤 시공간상의 물체와도 같은 준위에 있지 않기 때문에 벌어지는 현상일세." 라이언이 설명했다. "우주 자체와 초점이 틀어진 셈이거든. 지금 이 순간 우리는 시간 밖에 존재하고 있는 거지. 우리가 교류하는 시공간 연속체가 없는 셈일세."

"돌아갈 수 있었으면 좋겠군." 카스트너는 초조한 표정으로 자리에 앉아서 텅 빈 창밖을 바라보고 있었다. "이거 꼭 잠수함을 처음 타는 사람이 된 기분이야."

"그게 미국 독립혁명 때였던가. 조종사가 크랭크를 돌려서 앞으로 가게 했지. 크랭크 끝에 프로펠러가 달려 있었거든."

"그걸로 멀리까지 갈 수 있는 건가?"

"그럴 필요는 없었으니까. 크랭크를 돌려서 영국 범선 아래로 들어가 선체에 구멍을 뚫는 용도였지."

카스트너는 압력에 삐걱대며 진동하는 시간여행선의 선체를 올려다보았다. "이 배에 구멍이 뚫리면 무슨 일이 생기나?"

"원자 단위까지 분해되겠지. 그대로 시간의 흐름에 녹아들게 될 걸세." 라이언은 담배에 불을 붙였다. "시간 흐름의 일부가 되는 거야. 우주의 한쪽 끝에서 반대쪽 끝까지 끝없이 이리저리 유랑하는 신세가 될 걸세."

"우주의 끝이라고?"

"우주의 시간의 끝이지. 시간은 양쪽으로 흐르니까. 지금 우리는 과거로 움직이고 있다네. 하지만 에너지는 평형을 유지하려면 양쪽 방향으로 움직여야 하거든. 그러지 않으면 특정 연속체에 엄청난 양의 시간 에너지가 모일 테고, 괴멸적인 결과로 이어질 걸세."

"이 모든 현상에 목적이 있으리라 생각하나? 애초에 시간의 흐름 자체가 어떻게 시작된 것인지도 짐작할 수가 없는데."

"자네의 질문에는 아무 의미도 없다네. 목적에 대한 질문으로 객관성을 확보할 수 없지 않은가. 실증적인 분석의 대상이 될 수 없다는 말일세."

카스트너는 침묵에 빠져들었다. 그는 초조하게 자기 소매를 잡아당기며 창밖을 바라보았다.

케이블이 시간 지도 위를 움직이며 현재에서 과거로 이어지는 선을 그려 나갔다. 라이언은 케이블의 움직임을 살폈다. "전쟁 후반부에 다가가고 있다네. 최종 국면이지. 배의 준위를 재조정해서 시간 흐름을 빠져나가보겠네."

"그러면 우리 우주로 다시 돌아가는 셈인가?"

"물체들 사이로 돌아가는 거지. 특정한 시공간 연속체 속으로."

라이언은 전원 스위치를 손에 쥐고, 심호흡을 했다. 시간여행선의 시험비행 첫 단계는 무사히 지나갔다. 사고 없이 시간 흐름 속으로 들어왔으니까. 떠나는 일도 그만큼 간단할까? 그는 스위치를 열었다.

선체가 크게 흔들렸다. 카스트너는 비틀거리다 벽의 손잡이를 붙들었다. 창밖에서 회색 하늘이 일그러지더니 일렁이기 시작했다. 조절장치가 작동하기 시작하며 배는 하늘로 훌쩍 솟아올랐다. 평형 자세로 돌아가려 애쓰는 비행선 아래에서 테라가 기울어지며 빙글빙글 돌았다.

카스트너는 서둘러 창가로 가서 밖을 살펴보았다. 그들은 수십 미터 상공에서 지면과 평행으로 날고 있었다. 사방으로 펼쳐진 회색 잿더미 군데군데 폐허가 비쭉 고개를 내밀고 있었다. 마을, 건물, 벽의 잔해. 망가진 군사 장비들. 재의 구름이 하늘을 맴돌며 어둑하게 태양빛을 가렸다.

"아직 전쟁 중인 건가?" 카스트너가 물었다.

"지금까지는 발톱들이 테라를 점거하고 있지. 아마 곧 보일 걸세."

라이언은 시간여행선의 고도를 올려서 시야를 확장했다. 카스트너는 지표를 살폈다. "놈들이 우리 쪽으로 발포하면 어떻게 하나?"

"시간 속으로 언제든 도망칠 수 있으니까."

"우리 배를 나포해서 현재로 넘어오려 할 수도 있지 않나."

"그럴 가능성은 별로 없네. 전쟁의 지금 국면에서 발톱들은 서로 싸우느라 바빴거든."

오른쪽으로 구불구불 뻗은 도로 하나가 잿더미 속으로 나타났다 사라졌다 하며 이어지고 있었다. 여기저기 포탄 자국이 도로를 끊어놓고 있었다. 뭔가 천천히 그 위를 움직이는 모습이 보였다.

"저기." 카스트너가 말했다. "도로 위를 보게. 행군하는 부대 같은데."

라이언은 배를 조종했다. 그들은 도로 상공에 배를 멈추고 밖을 내다보았다. 짙은 갈색의 행렬이 천천히 도로 위를 행군하고 있었다. 사람들, 한 무리의 사람들이 아무 말 없이 잿더미 위로 전진하고 있었다.

문득 카스트너가 숨을 삼켰다. "전부 똑같잖아! 모두 같은 모습이라고!"

눈앞의 행렬은 발톱들의 무리였던 것이다. 장난감 병정처럼 회색 재를 밟고 행군하는 로봇들이었다. 라이언은 숨을 삼켰다. 물론 예상한 광경이었다. 발톱에는 네 가지 변종밖에 존재하지 않았다. 그가 지금보고 있는 발톱은 동일한 지하 공장에서, 동일한 염료와 주물을 사용해서 찍어낸 것들이었다. 젊은 남성처럼 생긴 50에서 60대의 로봇들이 침착하게 행군하고 있었다. 속도는 매우 느렸다. 모두가 외다리였기 때문이다.

"벌써 자기네들끼리 싸운 모양이군." 카스트너가 중얼거렸다.

"그건 아닐세. 처음부터 저런 모양으로 만들어진 거지. '부상병' 변종이야. 처음에는 인간 보초를 속여서 군 벙커 안으로 숨어들려는 목적으로 저렇게 설계한 거지."

모두 똑같이 생긴 인간들이 아무 말 없이 도로를 따라 걸어가는 모습은 정말 묘한 느낌이었다. 모두가 목발로 몸을 지탱하고 있었다. 심지어 목발조차 전부 똑같은 모양이었다. 카스트너는 혐오감에 입을 열었다가 꾹 다물었다.

"별로 기분 좋은 광경은 아니지?" 라이언이 말했다. "인류 종족이 달로 도망치게 되어서 정말 다행이야."

"이놈들이 따라오지는 못했나?"

"몇 마리는 따라왔지만, 그때쯤에는 이미 네 종류의 변종을 전부 파악해서 대비를 마치고 있었거든." 라이언은 전원 스위치를 잡으며 말했다. "계속 가보자고."

"잠깐만." 카스트너가 손을 들어올렸다. "지금 뭔가 벌어질 모양인데."

도로 오른쪽으로 한 무리의 형체들이 빠른 속도로 잿더미를 헤치고, 언덕 사면을 미끄러져 내려오고 있었다. 라이언은 전원 스위치에서 손을 떼고 그 모습을 지켜보았다. 모두 똑같은 모습이었다. 여자였다. 제복을 입고 부츠를 신은 여성들이 조용히 도로를 따라 전진하는 행렬의 측면으로 접근하고 있었다.

"또 다른 변종이로군." 카스트너가 말했다.

갑자기 병사의 행렬이 정지했다. 그리고 절뚝이며 사방으로 산개하기 시작했다. 일부는 비틀대다 목발을 놓치고 넘어지기도 했다. 여자들이 도로로 뛰어들었다. 늘씬하고 젊은, 검은 머리와 눈을 가진 여인들이었다. 부상병 형식 하나가 발포를 시작했다. 여성 하나가 자기 허리띠를 만지작거리더니, 던지는 동작을 취했다.

"저건 대체—." 카스트너가 중얼거렸다. 섬광이 일어났다. 도로 가운데에서 백색의 빛이 구름처럼 일어나 사방으로 퍼져나가며 덮어버렸다.

"일종의 충격 폭탄이겠지." 라이언이 말했다.

"아무래도 빠져나가는 게 좋겠어."

라이언은 스위치를 당겼다. 아래쪽의 풍경이 일렁이기 시작했다. 그리고 갑자기 깜빡이다가 사라져버렸다.

"다 끝나서 다행이로군." 카스트너가 말했다. "전쟁이 저런 모습이었단 말이지."

"후반부는 그랬지. 제일 중요한 부분 말이야. 발톱 대 발톱. 놈들이 서로 싸우기 시작해서 다행이었네. 그러니까, 우리에게 다행이었다는 말일세."

"이제 어디로 가나?"

"관측을 위해 한 번 더 정지할 걸세. 전쟁의 전반부에 말이야. 발톱을 사용하기 전의 시대에."

"그런 다음 스코너먼에게 가는 거지?"

라이언은 이를 악물었다. "그래. 한 번만 더 멈췄다가 스코너먼에게 갈 걸세."

라이언은 계기판을 조작했다. 눈금이 살짝 움직였다. 케이블 팔이 지도 위에 그들의 궤적을 그렸다. "얼마 걸리지 않을 걸세." 라이언은 중얼거렸다. 그는 스위치를 쥐고 중계기를 제 위치로 움직였다. "이번에는 더 조심해야 할 거야. 전쟁이 훨씬 격렬할 테니 말일세."

"그렇게 위험하면 굳이 멈추지 않아도—"

"직접 보고 싶네. 인간 대 인간의 전쟁이었어. 소비에트 지역 대 국제 연합이었지. 그게 어떤 모습이었는지를 보고 싶다네."

"발각되면 어쩌나?"

"재빨리 도망쳐 나올 수 있으니까."

카스트너는 더 입을 열지 않았다. 라이언은 계기판을 조작했다. 시간이 흘렀다. 계기판 구석에 놓인 라이언의 담배가 그대로 전부 타버렸다. 마침내 그는 허리를 펴며 말했다.

"그럼 가볼까. 준비하게." 그는 스위치를 열었다.

군데군데 포탄 구멍이 뚫린 녹색과 갈색의 평야가 아래에 펼쳐져 있었다. 도시의 일부가 빠르게 지나갔다. 불타고 있었다. 연기의 기둥이 솟아올라 하늘로 올라가고 있었다. 도로를 따라 검은 점들이 움직였다. 이동 중인 차량과 사람들이었다.

"폭격이 있었나 보군. 최근에." 카스트너가 말했다.

도시가 멀어져 갔다. 그들은 이제 교외에 나와 있었다. 군용 트럭이 달려갔다. 대지는 아직 거의 무사한 상태였다. 농장에서 일하는 농부 몇 명이 보였다. 시간비행선이 하늘을 가로지르자 그들은 즉시 그 자리에 엎드렸다.

라이언은 하늘을 살폈다. "주변을 잘 살피게."

"비행기를 걱정하는 건가?"

"우리가 어디 있는지를 모르겠군. 전쟁 전반부의 지형에 대해서는 아는 게 없다네. 여기가 UN 지역인지, 소비에트 지역인지조차 모르겠어." 라이언은 스위치를 꽉 붙들고 있었다.

푸른 하늘에서 두 개의 점이 등장했다. 그리고 점차 커졌다. 라이언은 점들을 뚫어져라 바라보았다. 옆에서 카스트너가 초조한 신음을 뱉었다. "라이언, 아무래도 여기서―."

두 점이 양쪽으로 갈라졌다. 라이언의 손이 동력 스위치를 꽉 쥐었다. 그리고 바로 당겨서 닫았다. 점들이 스쳐 지나가며 주변 풍경이 녹아들 듯 사라졌다. 이내 창밖에는 회색밖에 남지 않았다.

귓가에 전투기의 굉음이 아직도 울리고 있었다.

"아슬아슬했군." 카스트너가 말했다.

"정말로 그랬지. 조금도 시간을 낭비하지 않는군."

"더는 멈추지 말아줬으면 좋겠네."

"그래. 이제 관측을 위해 멈추지는 않을 걸세. 다음에는 본 계획을 수행해야 하니까. 스코너먼의 시간대에 꽤나 가까운 지점까지 와 있다네. 이제 배의 속도를 늦출 걸세. 자칫 잘못하면 아주 심각한 문제가 생길 수도 있어."

"심각한 문제?"

"스코너먼에게 접촉하려면 문제가 좀 있어. 일단 그의 시공간 연속체에 정확하게 진입해야 하지. 시간뿐만 아니라 공간 쪽으로도 말일세. 주변에 경비병이 있을지도 몰라. 누굴 만나든 우리가 누군지를 설명할 시간을 제대로 주지는 않을 걸세." 라이언은 시간 지도를 톡톡 두드리며 말을 이었다. "그리고 여기 적힌 정보가 정확하지 않을 가능성도 언제나 존재하지."

"시공간 연속체로 진입하기까지 얼마나 남았나? 스코너먼의 연속체로?"

라이언은 손목시계를 살폈다. "5분에서 10분 정도일세. 배를 떠날 준비를 하게. 아마 좀 걸어야 할 테니."

한밤중이었다. 아무 소리도 없이, 끝없는 적막만이 존재했다. 카스트너는 선체에 귀를 댄 채로 필사적으로 귀를 기울여보았다. "아무것도 안 들려."

"그래. 나도 아무것도 안 들리는군." 라이언은 조심스레 출입구의 잠금쇠를 풀고 에어록의 문을 밀어 열었다. 그리고 총을 단단히 쥔 채로 출입구를 밀어 열었다. 그의 눈이 어둠 속을 바라보았다.

상쾌하고 차가운 공기가 그를 맞이했다. 자라나는 생물들의 냄새가 가득했다. 나무와 꽃. 그는 크게 숨을 들이켰다. 아무것도 보이지 않았다. 칠흑처럼 컴컴했다. 저 멀리 어디선가 귀뚜라미 한 마리가 울고 있었다.

"저거 들리나?" 라이언이 말했다.

"저게 무슨 소린가?"

"벌레 소리일세." 라이언은 조심스레 땅으로 내려섰다. 발밑의 땅은 부드러웠다. 슬슬 눈이 어둠에 적응되었다. 머리 위에 별이 몇 개 빛나고 있었다. 나무를, 들판에 늘어선 나무들을 볼 수 있었다. 그리고 나무 뒤편으로 높직한 울타리가 보였다.

카스트너는 그의 옆으로 내려섰다. "이제 어쩌나?"

"목소리 좀 낮추게." 라이언은 울타리 쪽을 가리켰다. "저쪽으로 갈 걸세. 건물 같은 게 있을 테지."

그들은 들판을 가로질러 울타리로 향했다. 울타리 앞에 도착한 라이언은 총의 출력을 최저로 맞춘 상태로 들어 겨누었다. 울타리는 그대로 까맣게 타서 무너졌다. 철조망 부분은 빨갛게 달아올라 있었다.

라이언과 카스트너는 울타리를 넘어 걸음을 옮겼다. 콘크리트와 강철로 만든 건물의 측면이 눈에 들어왔다. 라이언은 카스트너를 향해 고갯짓을 했다. "빨리 움직여야 할 걸세. 몸을 낮추고."

그는 몸을 웅크리고 심호흡을 했다. 그리고 몸을 숙인 채로 달리기 시작했다. 카스트너도 그 옆에서 따라왔다. 그들은 빈 공간을 지나 건물로 진입했다. 눈앞에 창문 하나, 뒤이어 문 하나가 등장했다. 라이언은 몸무게를 실어 문으로 돌진했다.

문은 그대로 열렸다. 라이언은 비틀거리며 안으로 넘어졌다. 깜짝 놀란 사람들의 얼굴이, 자리에서 일어나는 모습들이 시야에 들어왔다.

라이언은 그대로 발포를 시작해 총구를 이리저리 돌려 방 안을 훑었다. 화염이 일어나며 주변 사방을 감쌌다. 어깨너머에서 카스트너도 총을 쏘고 있었다. 불길 속에서 넘어져 구르는 흐릿한 인영들이 보였다.

불길이 잦아들었다. 라이언은 바닥을 구르는 불탄 시체들을 넘어 전진하기 시작했다. 병영인 모양이었다. 군용 침대와 탁자의 잔해가 가득했다. 쓰러진 조명등과 라디오도 있었다.

라이언은 조명등의 빛으로 벽에 꽂혀 있는 전선 지도를 살폈다. 그는 생각에 잠긴 채 손가락으로 지도를 훑었다.

"많이 떨어져 있나?" 카스트너는 총을 들고 문가에 서서 물었다.

"아니. 몇 킬로미터 정도만 가면 될 걸세."

"거기까지는 어떻게 가지?"

"시간비행선을 움직이지. 그쪽이 안전할 걸세. 운이 좋았어. 지구 반대편일 수도 있었으니까."

"경비병이 많을까?"

"일단 거기 도착하면 필요한 사항을 알려주지." 라이언은 문 쪽으로 움직였다. "서두르게. 우릴 본 사람이 있을지도 모르니까."

카스트너는 탁자의 잔해 위에서 신문 한 뭉치를 집어 들었다. "이걸 가져가지. 뭔가 알아낼 수 있을지도 몰라."

"좋은 생각일세."

라이언은 언덕 두 개 사이의 공터에 배를 착륙시켰다. 그는 신문을 펼치고 내용을 자세히 살피기 시작했다. "내가 생각한 것보다 좀 이른 시대로 왔군. 몇 달 정도 차이이지만. 이 신문들이 새것이라는 가정하에 말일세." 그는 신문을 손가락으로 훑으며 말을 이었다. "아직 누렇게 변색되지는 않았으니, 아마 하루 이틀 정도 된 셈이겠지."

"날짜가 어떻게 되나?"

"2030년 가을일세. 9월 21일."

카스트너는 창밖을 살피며 말했다. "곧 해가 떠오를 모양인데. 하늘이 회색으로 변하고 있어."

"빨리 움직여야겠군."

"조금 불안한데. 나는 뭘 해야 하는 건가?"

"스코너먼은 언덕 너머의 작은 마을에 살고 있네. 우리는 지금 미국 캔자스 주에 있어. 이 지역에는 병력이 가득하고, 주변에는 사격 진지와 참호가 널렸을 걸세. 일단 경계망 안쪽으로 들어온 셈이지. 이 시공간 연속체에서는 아직 스코너먼의 이름이 거의 알려져 있지 않아. 그의 논문은 발표되지 못했지. 지금은 정부의 대형 연구 프로젝트의 일원으로 일하고 있을 걸세."

"그렇다면 딱히 보호 대상은 아닌 셈이로군."

"나중에 그렇게 됐지. 그의 논문이 정부 손에 넘어간 다음에는 밤낮으로 감시 대상이 되었다네. 지하의 연구 시설에 갇혀서 지상으로는 두 번 다시 나오지 못했지. 정부의 가장 소중한 연구원이 되었으니까. 하지만 지금은 아직—."

"어떻게 알아보나?"

라이언은 사진 한 뭉치를 카스트너에게 건넸다. "이게 스코너먼일세. 우리 시대까지 남은 사진은 그게 전부야."

카스트너는 사진을 살폈다. 스코너먼은 뿔테안경을 쓴 왜소한 체구의 남자였다. 마른 몸에 초조한 표정의 앞짱구 남자가 카메라를 향해 수줍게 웃고 있었다. 손은 늘씬했고, 손가락은 길고 가늘었다. 한 사진에는 책상 앞에 앉은 모습이 찍혀 있었다. 옆에는 파이프가 놓여 있고, 왜소한 상체를 소매 없는 모직 스웨터로 감싸고 있었다. 다른 사진에는 얼룩 고양이를 무릎에 올리고 맥주잔을 든 채로 다리를 꼬고 앉은 모습이 있었다. 사냥 풍경과 고딕체가 들어간 독일제 골동품 에나멜 맥주잔이었다.

"그래서 이 사람이 발톱을 발명했다는 건가. 아니면 발톱의 연구 작업을 했거나."

"최초로 제대로 작동하는 인공두뇌의 기본 원리를 밝혀낸 사람일세."

"자신의 논문이 발톱을 만드는 데 사용될 것이라는 사실을 알고 있었을까?"

"처음에는 아니었겠지. 보고서에 따르면, 스코너먼이 그걸 알게 된 건 처음 만들어진 발톱들을 풀어놓은 다음이었다네. 국제연합 쪽의 패색이 짙어지고 있었지. 소비에트 쪽에서는 개전시의 기습 공격 덕분에 원래 우위를 점하고 있었어. 발톱은 서반부의 기술 발전의 승리로 여겨지며 칭송받았지. 한동안은 전쟁의 흐름을 뒤집은 것으로 보였어."

"그러다가—."

"그러다가 발톱이 자기네 변종들을 직접 제작해서는 소비에트와 서반부를 함께 공격하기 시작한 거지. 살아남은 인간은 루나의 UN 기지에 있는 자들뿐이었어. 수천만 명 정도지."

"발톱들이 결국 자기네끼리 싸우기 시작한 게 정말 다행이로군."

"스코너먼은 자신의 논문이 어떤 결과를 불러왔는지를 마지막 순간까지 지켜보았다네. 보고에 따르면 정말로 원통해했다고 하더군."

카스트너는 사진을 돌려주며 말했다. "그리고 지금은 딱히 특별 보호를 받고 있지는 않다는 거지?"

"이 연속체상에서는 그렇다네. 다른 연구원들과 다를 바가 없어. 아직 젊은이이지. 이 연속체상에서는 25세밖에 되지 않았다네. 그걸 기억하게."

"어딜 가야 찾을 수 있겠나?"

"정부 프로젝트는 한때 학교였던 건물에서 진행되고 있다네. 대부분의 작업을 지표에서 수행하고 있지. 아직 대규모 지하 건설은 시작되지 않았거든. 연구원들은 연구소에서 400미터 정도 떨어진 병영을 숙소 삼아 묵고 있다네." 라이언은 손목시계를 살피며 말했다. "가장 좋은 작전은 그가 연구소의 자기 자리에서 작업을 시작하는 순간 붙잡는 거겠지."

"병영을 습격하는 게 아니라?"

"논문은 전부 연구소에 있지 않겠나. 정부에서 서류나 자료를 반출하도록 허가해주지 않을 테니까. 연구원이 연구소를 나설 때마다 몸수색을 한다네." 라이언은 자기 외투를 만지작거리며 말을 이었다. "조심해야 할 걸세. 스코너먼에게 피해를 입히면 안 돼. 우리가 원하는 건 논문뿐이니까."

"블래스터는 사용하지 않을 거란 말인가?"

"그렇지. 그를 상처 입힐 가능성을 감수할 수는 없네."

"논문은 확실히 그 사람 자리에 있겠지?"

"무슨 일이 있어도 논문을 다른 곳으로 옮기라는 허가가 나오지 않을 걸세. 우리가 원하는 물건이 정확히 어디 있는지는 알고 있어. 논문이 있을 수 있는 곳은 단 한 군데뿐이야."

"저 친구들의 보안 지령이 도리어 우리에게 도움이 되는 셈이로군."

"바로 그거지." 라이언이 중얼거렸다.

라이언과 카스트너는 언덕 사면을 타고 내려가 나무 사이로 달려 내려갔다. 발아래 단단하고 차가운 땅이 느껴졌다. 그들은 마을 가장자리로 나왔다. 이미 일어나서 천천히 거리를 걸어 다니는 사람들이 보였다. 이 마을에는 폭격이 떨어지지 않은 모양이었다. 아직까지는 피해가 없어 보였다. 상점의 진열장은 판자로 막혀 있고, 그 위에 박힌 큼지막한 화살표가 지하 방공호를 가리키고 있었다.

"저 사람들 뭘 쓰고 다니는 건가?" 카스트너가 말했다. "저쪽 몇 명은 얼굴에 뭔가 뒤집어쓰고 있는 것 같은데."

"박테리아를 막아주는 방독면일세. 이리 오게나." 라이언은 블래스트 피스톨을 손에 쥐고, 카스트너와 함께 마을을 가로질러 나갔다. 사람들은 누구도 그들에게 주의를 기울이지 않았다.

"제복 입은 사람이 두 명 늘어난 정도로밖에 보이지 않는가 보군." 카스트너가 말했다.

"우리의 희망은 기습이라는 점에 있다네. 이미 방어선 안쪽에 있으니까. 공중은 소비에트의 비행기를 막으려고 순찰하고 있을 걸세. 따라서 여기까지 소비에트 첩보원들이 들어올 수는 없겠지. 그리고 애초에 미국 한복판에 있는 소규모 연구소일 뿐이지 않은가. 소비에트 요원들이 굳이 여기까지 올 이유는 없겠지."

"하지만 경비병들은 있을 텐데."

"뭐든 일단은 지키기 마련이니까. 과학이라는 이름이 붙은 것은 모두. 연구 결과물은 모두."

눈앞에 학교 건물이 나타났다. 남자 몇 명이 문가에서 서성이고 있었다. 라이언은 심장이 죄어오는 기분을 느꼈다. 저 중에 스코너먼이 있을까?

남자들은 한 사람씩 실내로 들어가고 있었다. 헬멧을 쓰고 제복을 입은 경비병이 그들의 배지를 확인하고 있었다. 일부는 박테리아 방독면을 쓰고 있어서 눈밖에 알아볼 수가 없었다. 스코너먼을 알아볼 수 있을까? 방독면을 쓰고 있다면? 갑자기 공포가 라이언을 사로잡았다. 방독면을 쓰고 있으면 스코너먼을 판별할 방법은 없을 것이다.

라이언은 블래스트 피스톨을 집어넣으며 카스트너에게 따라 하라는 손짓을 보냈다. 그의 손가락이 외투 주머니의 안감을 더듬었다. 그 안에는 수면 가스 결정이 들어 있었다. 이 정도 과거라면 수면 가스에 면역을 가진 사람은 아직 없을 것이다. 한두 해는 더 있어야 개발되는 물건이니까. 이 가스를 터트리면 주변 수백 미터 영역의 사람들은 저마다 다른 시간 동안 잠들게 될 것이다. 미묘하고 효과를 예측하기 힘든 무기이지만, 이 상황에는 딱 맞는 물건이었다.

"나는 준비됐네." 카스트너가 나직하게 속삭였다.

"기다려. 그 사람을 기다려야 하네."

그들은 기다렸다. 태양이 떠올라 차가운 하늘을 데웠다. 연구소 직원들이 계속 나타나며, 길을 따라 내려와 건물 안으로 들어갔다. 습기가 얼어붙은 하얀 입김을 구름처럼 뿜으며, 서로 손을 마주치기도 했다. 라이언은 초조해지기 시작했다. 경비병 한 명이 그와 카스트너를 주시하고 있었다. 이런 상황에서 수상한 행동을 한다면…….

두툼한 외투를 입고 뿔테안경을 쓴 작은 체구의 남자가 서둘러 길을 따라서 건물 쪽으로 향하는 모습이 눈에 들어왔다.

라이언은 순간 긴장했다. 스코너먼이다! 스코너먼이 경비병에게 배지를 보여주고는, 발을 구르며 건물 안으로 들어가서 벙어리장갑을 벗었다. 순식간에 지나가버렸다. 젊은이 한 사람이 바쁘게 일터로 들어간 것뿐이었다. 자신의 논문이 있는 곳으로.

"움직이지." 라이언이 말했다.

그와 카스트너는 앞으로 나섰다. 라이언은 주머니 안감에서 가스 결정을 꺼냈다. 차갑고 단단한 결정이 손에 느껴졌다. 마치 다이아몬드 같았다. 경비병들은 총을 준비한 채로 그들이 다가오는 모습을 보고 있었다. 굳은 얼굴로 그들을 관찰하고 있었다. 처음 보는 사람들일 테니까. 라이언은 아주 수월하게 그 얼굴에서 생각을 읽을 수 있었다.

라이언과 카스트너는 문가에서 걸음을 멈추었다. "FBI에서 왔습니다." 라이언이 차분하게 말했다.

"신분증을 제시해주시죠." 경비병은 꿈쩍도 하지 않았다.

"신분증명서라면 여기 있습니다." 라이언은 이렇게 말하며 외투 주머니에서 손을 꺼냈다. 그리고 손에 쥔 가스 결정을 눌러 부쉈다.

경비병의 몸이 축 늘어졌다. 얼굴 근육이 이완되는 모습이 보였다.

그의 몸이 힘없이 바닥으로 미끄러졌다. 가스가 퍼져나갔다. 카스트너는 반짝이는 눈으로 주변을 돌아보며 안으로 들어섰다.

작은 건물이었다. 연구대와 장비들이 사방에 가득했다. 연구원들은 서 있던 자리에서 그대로 쓰러져서, 사지를 쭉 뻗고 입을 벌린 채 축 늘어져 있었다.

"서두르게." 라이언은 카스트너를 지나쳐 연구소를 가로지르며 말했다. 방 건너편에 자기 연구대 위에 엎어져 있는 스코너먼의 모습이 보였다. 금속 연구대에 얼굴을 파묻고 있었다. 안경은 한쪽으로 떨어지고, 눈은 멍하니 허공을 바라보고 있었다. 막 서랍에서 논문을 꺼낸 참이었다. 자물쇠와 열쇠는 여전히 연구대 위에 있었다. 논문은 그의 머리와 손 사이에 끼어 있었다.

카스트너는 스코너먼에게 달려가 논문을 잡아채서 자기 서류 가방에 쑤셔 넣었다.

"전부 가져가야 해!"

"그럴 거야." 카스트너는 서랍을 열고는, 그 안의 종이도 전부 움켜쥐었다. "한 장도 남기지 않고."

"어서 빠져나가지. 가스는 순식간에 흩어질 걸세."

그들은 서둘러 밖으로 달려 나갔다. 입구 근처에도 엎어져 있는 사람이 몇 명 보였다. 그사이 이 지역으로 걸어 들어온 연구원들이었다.

"서두르게."

그들은 마을을 가로지르는 대로를 따라 달려 나갔다. 사람들은 깜짝 놀라서 그들을 바라보았다. 카스트너는 서류가방을 끌어안은 채로 힘겹게 헐떡이며 달렸다. "숨이 차."

"아직 멈추면 안 되네."

그들은 마을 가장자리까지 나와서 언덕을 오르기 시작했다. 라이언은 몸을 앞으로 숙인 채, 뒤도 돌아보지 않고 나무 사이로 달렸다. 연구원 중 일부는 정신을 차리기 시작했을 것이다. 그리고 다른 경비병들이 그 지역으로 들어왔을 수도 있다. 머지않아 경보가 울려 퍼질 것이다.

뒤쪽에서 사이렌이 요란하게 울리기 시작했다.

"슬슬 오겠군." 라이언은 언덕 꼭대기에 올라서 카스트너를 기다렸다. 뒤쪽 거리에서는 지하 방공호에 있던 사람들이 황급히 거리로 쏟아져 나오는 모습이 보였다. 불길하게 울리는 사이렌 소리의 수가 늘어나며 메아리처럼 울려댔다.

"내려가!" 라이언은 마른 흙 위를 미끄러지면서 언덕 사면을 달려 내려가서 시간비행선으로 향했다. 카스트너가 고통스럽게 헐떡이며 그 뒤를 따랐다. 소리쳐 명령을 내리는 목소리가 들렸다. 군인들이 그들을 쫓아 언덕을 올라오고 있었다.

라이언은 배에 도착했다. 그는 카스트너를 붙들어 안으로 끌어당겼다. "출입구를 닫아. 확실히 밀폐되었는지 확인하고!"

라이언은 계기판으로 달려갔다. 카스트너는 서류가방을 떨어트리고 출입구 가장자리를 잡았다. 언덕 꼭대기에 병사들이 일렬로 모습을 드러냈다. 그리고 총을 쏘면서 언덕을 달려 내려왔다.

"엎드려." 라이언이 소리쳤다. 비행선의 동체에 총알이 튕기는 소리가 들렸다. "엎드리라고!"

카스트너는 블래스트 피스톨로 응사를 시작했다. 불길이 파도처럼 언덕 사면의 군인들을 향해 밀려갔다. 쾅 소리와 함께 출입구가 닫혔다. 카스트너는 잠금쇠를 조인 다음 안쪽 에어록을 제자리에 맞췄다. "됐어. 준비 끝났어."

라이언은 동력 스위치를 올렸다. 밖에는 남은 병사들이 불길을 뚫고 비행선 옆까지 도착해 있었다. 불길에 그을리고 화상을 입은 병사들의 얼굴이 창 너머로 보였다.

한 명이 힘겹게 총을 들어올렸다. 대부분은 쓰러진 채로 굴러다니거나 힘겹게 일어서려 애쓰는 중이었다. 일렁이다 사라지는 풍경 속에서, 라이언은 한 사람이 비틀거리며 몸을 일으키려 애쓰는 모습을 발견했다. 옷에 불이 붙어 있었다. 그의 몸에서, 팔과 어깨에서 연기가 피어오르고 있었다. 얼굴이 고통으로 일그러진 그는 배를 향해서, 라이언을 향해서, 팔을 들어 떨리는 손을 뻗고 있었다. 그의 몸이 활처럼 휘었다.

순간 라이언은 그대로 얼어붙었다.

주변 풍경이 깜빡이며 사라지고 아무것도 남지 않았는데도, 그는 못박힌 것처럼 창문 너머를 바라보고 있었다. 이제 아무것도 없는데도. 계기판의 바늘이 움직였다. 케이블 암은 차분하게 시간 지도 위로 움직이며 그들의 궤적을 표시했다.

마지막 순간, 라이언은 그 남자의 얼굴을 정면으로 들여다보게 되었다. 고통으로 일그러진 얼굴. 표정은 일그러지고, 화상 때문에 이미 원래의 모습은 찾아볼 수 없었다. 그리고 뿔테안경도 보이지 않았다. 하지만 의심할 여지가 없었다. 그 남자는 스코너먼이었다.

라이언은 자리에 몸을 묻었다. 그리고 떨리는 손으로 머리카락을 쓸어 넘겼다.

"확실한가?" 카스트너가 물었다.

"그래. 분명 아주 빨리 잠에서 깨어난 모양이야. 사람에 따라 지속 시간이 다르니까. 그리고 그 친구는 입구에서 가장 먼 위치에 있었지. 분명 바로 깨어나서 우리를 따라온 거야."

"부상이 심각하던가?"

"모르겠네."

카스트너는 서류 가방을 열었다. "어쨌든 논문은 가져오지 않았나."

라이언은 들은 듯 만 듯 고개를 끄덕였다. 스코너먼은 총에 맞아 부상당한 상태였다. 옷에 불이 붙었다. 이런 상황은 계획에 없었다.

계획이 문제가 아니었다. **이 상황이 역사의 일부가 된 것은 아닐까?**

처음으로 자신들이 저지른 일의 심각성이 그의 마음속을 파고들기 시작했다. 그들의 목표는 스코너먼의 논문을 손에 넣어서 USIC가 인공두뇌를 만들 수 있도록 하는 것이었다. 적절하게 이용하기만 하면, 스코너먼의 발견은 쑥대밭이 되어버린 테라를 재건하는 일에 큰 도움이 될 수 있을 것이다. 작업용 로봇이 떼 지어 몰려다니며 재생과 재건 작업을 수행할 것이다. 기계의 군대가 테라를 다시 생명이 넘치는 땅으로 만들 것이다. 로봇은 인간이 오랜 세월을 노력해야 하는 일을 순식간에 수행할 수 있다. 테라는 다시 태어날 것이다.

그러나 과거로 돌아가서 새로운 요소를 대입해버리면 어떻게 될까? 새로운 과거가 태어난 것일까? 균형이 무너진 것은 아닐까?

라이언은 자리에서 일어나 이리저리 서성이기 시작했다.

"왜 그러나?" 카스트너가 물었다. "논문을 손에 넣었지 않은가."

"나도 알아."

"USIC에서는 상당히 기뻐할 걸세. 앞으로 연맹에는 충분한 지원이 갈 거야. 원하는 것은 뭐든 줄 거라고. 이걸로 USIC에 감당할 수 없는 빚을 지운 셈일세. 어쨌든 USIC에서는 로봇을 만들기 시작하지 않겠나. 작업용 로봇을 말이야. 이제 인간은 노동할 필요가 없는 거라네. 인간 대신 로봇이 대지를 경작하게 될 거야."

라이언은 고개를 끄덕였다. "잘됐군."

"그럼 뭐가 문제인가?"

"우리 쪽 시공간 연속체가 걱정되는 걸세."

"무슨 걱정을 하는 건가?"

라이언은 선실을 가로질러 계기판으로 가서 시간 지도를 살폈다. 배는 현재를 향해 돌아가는 중이었고, 케이블 암은 귀환 경로를 그려 나갔다. "우리가 과거의 연속체 안에 새로운 요소를 집어넣은 것은 아닐지가 걱정되는 거네. 스코너먼이 부상을 당했다는 기록은 남아 있지 않으니까. 이런 사건이 벌어졌다는 기록이 없단 말일세. 어쩌면 이로 인해 새로운 인과관계가 수립되었을지도 몰라."

"예를 들자면?"

"모르겠네. 하지만 알아내야겠어. 바로 멈춰서 우리가 어떤 요소를 과거에 집어넣었는지 확인해보세."

라이언은 스코너먼 사건 직후의 시공간 연속체 안으로 시간여행선을 움직였다. 일주일이 조금 넘게 지난 10월 초였다. 그는 해 질 녘의 아이오와 주 디모인 근교 농장에 배를 착륙시켰다. 추운 가을밤이었고, 발밑의 땅은 딱딱하고 버석거렸다.

라이언과 카스트너는 도시로 들어섰다. 카스트너는 서류가방을 단단히 붙들고 있었다. 디모인은 러시아의 유도 미사일에 타격을 입은 모양이었다. 산업 구역은 대부분 날아가 있었다. 도시에 남은 사람은 군인과 건설 인부들뿐이었다. 민간인은 모두 분산된 후였다.

동물들이 텅 빈 거리를 따라 돌아다니며 먹을 것을 찾고 있었다. 유리 파편과 잔해가 사방에 널려 있었다. 도시는 싸늘하고 적막했다. 폭격에 이어 일어난 화재 때문에 거리는 처참하게 파괴되어 있었다. 가을날의 공기는 교차로나 공터마다 쌓인 거대한 잔해와 시체 더미가 부패하면서 내는 냄새로 가득했다.

판자를 대놓은 신문 가판대에서, 라이언은 뉴스 잡지 한 부를 훔쳐냈다. 《위크 리뷰》라는 이름이었다. 축축한 데다 곰팡이로 뒤덮여 있었다. 카스트너는 그 잡지를 서류 가방에 넣었고, 두 사람은 배로 돌아왔다. 가끔씩 무기와 장비를 도시에서 반출하는 병사들이 그들을 스쳐 지나갔다. 아무도 그들을 가로막지 않았다.

그들은 시간여행선에 도착해서 안으로 들어가 출입구를 닫았다. 주변 평원은 황량했다. 농장 건물은 불타 주저앉아버렸고, 작물은 메말라 죽어 있었다. 진입로에는 불탄 잔해만 남은 자동차 한 대가 주저앉아 있었다. 흉측하게 생긴 돼지 한 무리가 농장 건물의 폐허 주변을 뒤적이며 먹을 것을 찾는 모습이 보였다.

라이언은 자리에 앉아서 잡지를 펼쳤다. 그는 축축한 책장을 하나씩 넘기며 한참 동안 내용을 확인했다.

"뭐 쓸 만한 게 있나?" 카스트너가 물었다.

"전부 전쟁에 관한 거지. 아직 개전 단계인 모양이로군. 소비에트의 유도 미사일이 쏟아져 내리고, 미국의 원반 폭탄이 러시아 위로 포탄의 비를 내리는 상황이야."

"스코너먼에 대한 내용은 없나?"

"못 찾겠군. 온갖 일이 벌어지고 있는 모양이라." 라이언은 계속 잡지 내용을 살폈다. 후반부에 이르러서, 그는 마침내 원하던 내용을 찾아냈다. 문단 하나 정도의 짧은 기사였다.

소비에트 요원들의 기습 공격

한 무리의 소비에트 요원들이 캔자스 주 해리스타운의 정부 연구 시설에서 파괴 공작을 시도했으나, 방위군의 무력 대응에 신속하게 격퇴되었다. 요원들은 경비병을 지나쳐 시설의 연구소로 침입하려 시도하다가 그대로 도주해버렸다. 소비에트 요원들은 FBI 소속인 척하면서 오전 근무반이 작업을 시작하는 사이에 섞여 내부로 잠입을 시도했다. 경비병들은 즉각 그들을 제지하고 추격을 시작했다. 시설 건물이나 장비에는 전혀 피해가 없었다. 경비병 두 명과 연구원 한 명이 전투 결과 사망했다. 순직한 경비병의 성명은……

라이언은 잡지를 움켜쥐었다.

"왜 그러나?" 카스트너가 서둘러 다가왔다.

라이언은 기사를 마저 읽은 다음, 잡지를 내려놓고 카스트너 쪽으로 천천히 밀었다.

"무슨 일인데?" 카스트너는 잡지를 뒤적이며 그 기사가 있는 곳을 찾았다.

"스코너먼이 죽었네. 그 불길에 휘말려서. 우리가 죽인 거야. 우리가 과거를 바꾼 거라고."

라이언은 자리에서 일어나서 창가로 다가갔다. 담배를 피워 물자 약간이나마 마음이 가라앉는 것 같았다. "새로운 요소를 도입하고 새로운 일련의 사건을 일으킨 거지. 언제 어떻게 끝날지는 아무도 알 수 없다네."

"그게 무슨 소린가?"

"다른 사람이 인공두뇌를 개발할지도 모르지. 어쩌면 어긋난 부분이 저절로 바로잡힐지도 몰라. 시간의 흐름이 원래의 모습으로 돌아갈지도 모르지."

"그럴 이유가 있겠나?"

"나도 모르네. 지금 우리는 그를 죽이고 논문을 훔쳤어. 정부로서는 그의 결과물을 획득할 방법이 없네. 그런 것이 존재했는지조차 알지 못할 거야. 다른 사람이 같은 일을 수행하고, 같은 결과물을 내놓지 않는 한—."

"그걸 어떻게 알 수 있겠나?"

"조금 더 관찰해야지. 그 수밖에 없네."

라이언은 2051년을 선택했다.

2051년은 발톱이 처음으로 모습을 드러낸 시기였다. 소비에트의 승리가 임박해 있었다. UN은 마지막으로 전쟁의 대세를 뒤집기 위한 발악으로 발톱을 생산하기 시작했다.

라이언은 산등성이에 시간여행선을 착륙시켰다. 아래에는 폐허와 철조망과 버려진 무기가 여기저기 널려 있는 평원이 펼쳐져 있었다.

카스트너는 출입구의 잠금쇠를 풀고 조심스레 땅에 발을 디뎠다.

"조심하게." 라이언이 말했다. "발톱이 있을지도 몰라."

카스트너는 블래스트 건을 꺼냈다. "명심하지."

"이 단계에서 발톱은 매우 크기가 작았다네. 30센티미터 정도 길이였지. 금속이고. 잿더미 속에 숨어 있었네. 아직 인간형 발톱은 등장하지 않았어."

태양이 하늘 높이 떠 있었다. 정오 즈음이었다. 공기는 뜨겁고 숨이 막혔다. 재가 구름처럼 일어나 바람을 타고 대지 위를 휘날리고 있었다.

카스트너가 움찔하며 말했다. "저기 좀 보게. 저게 뭐지? 길을 따라 오고 있는데."

트럭 한 대가 천천히 그들을 향해 다가오고 있었다. 묵직한 갈색 트럭에, 병사들이 가득 타고 있었다. 트럭은 도로를 따라 산마루 아래쪽을 지나고 있었다. 라이언은 블래스트 건을 꺼냈다. 두 사람은 반격을 준비하며 서 있었다.

트럭이 정지했다. 병사 몇 명이 트럭에서 뛰어내려 잿더미 속을 헤치며 산등성이 사면을 오르기 시작했다.

"준비하게." 라이언이 중얼거렸다.

병사들은 그들 쪽으로 다가와서 몇 미터 앞에서 멈추었다. 라이언과 카스트너는 블래스트 건을 든 채로 조용히 서 있었다.

병사 한 명이 웃음을 터트렸다. "그것 치우라고. 전쟁이 끝난 줄 모르고 있나?"

"끝났다고?"

병사는 긴장을 풀었다. 지휘관으로 보이는 불그레한 얼굴의 덩치 큰 남자가 이마에 흐른 땀을 훔치며 라이언 쪽으로 걸어오기 시작했다. 군복은 누더기에 지저분해져 있었다. 군화도 여기저기 갈라지고 재가 묻어 떡이 져 있었다. "전쟁이 끝난 지 일주일은 됐는데. 얼른 따라오게! 할 일이 아주 많다고. 우리가 후방까지 데려다줄 테니까."

"후방?"

"초소를 순회하며 남은 병력을 긁어모으는 중이지. 고립되었던 거 아닌가? 통신도 두절된 채로?"

"그렇소." 라이언이 말했다.

"몇 달 전부터 다들 전쟁이 끝날 거라는 걸 알고 있었다고. 따라오게. 여기서 입 떡 벌리고 있을 시간은 없으니까."

라이언이 몸을 뒤척였다. "잠깐만. 그러니까 전쟁이 정말로 끝났다는 거요? 하지만—."

"잘된 일 아닌가. 어차피 별로 오래 버틸 수는 없었을 테니까." 장교는 자기 벨트를 툭툭 치면서 말을 이었다. "혹시나 아직까지 담배가 남아 있지는 않겠지?"

라이언은 천천히 자기 담뱃갑을 꺼냈다. 그는 담배를 몇 개비 꺼내서 장교에게 건넨 다음, 남은 갑을 조심스레 찌그러트려서 주머니에 다시 넣었다.

"고맙네." 장교는 담배를 자기 부하들에게 돌린 다음, 함께 불을 붙였다. "그래, 잘된 일이지. 거의 끝장나기 직전이었으니까."

카스트너의 입이 열렸다. "발톱은. 발톱은 어떻게 된 거요?"

장교는 얼굴을 찌푸렸다. "뭐라고?"

"전쟁이 어쩌다…… 어쩌다 이렇게 순식간에 끝난 거요?"

"소비에트 연방에서 반동 혁명이 일어났어. 몇 달 동안 그쪽에 우리 요원하고 물자를 투하하고 있었거든. 물론 딱히 결과를 낼 수 있으리라 기대하고 한 일은 아니었지만. 놈들은 우리 생각보다 훨씬 허약해져 있던 모양이야."

"그러면 전쟁이 정말로 끝났다는 거요?"

"당연하지." 장교는 라이언의 한쪽 팔을 잡으며 말했다. "얼른 가자고. 할 일이 많다니까. 이 빌어먹을 잿더미를 전부 치우고 뭔가 심어야 하지 않겠나."

"심는다고? 작물을?"

"당연하지. 달리 뭘 심겠나?"

라이언은 팔을 뿌리쳤다. "정리 좀 해봅시다. 전쟁은 끝났고. 이제 전투는 없다는 거 아니오. 그런데 발톱에 대해서는 아무것도 모른다는 거요? 발톱이라는 무기에 대해 들어본 적 없소?"

장교의 얼굴에 주름이 가득 새겨졌다. "무슨 뜻이야?"

"기계 살인자 말이오. 로봇들. 무기로 사용되는."

둘러선 병사들이 한 발짝씩 물러섰다. "이 친구 지금 무슨 소릴 하고 있는 거야?"

"설명해줬으면 하는데." 장교는 갑자기 굳은 얼굴이 되어 말했다. "그 발톱이라는 게 대체 뭐지?"

"그런 종류의 무기가 개발된 적이 없습니까?" 카스트너가 물었다.

침묵이 흘렀다. 마침내 병사 한 명이 신음소리를 흘리며 입을 열었다. "무슨 말을 하는지 알 것 같은데요. 아무래도 도울링의 지뢰를 말하는 것 같습니다."

라이언이 그쪽을 돌아보았다. "뭐라고?"

"영국의 물리학자이지요. 인공지능을 가진 지뢰를 시험하고 있었다더군요. 로봇 지뢰죠. 하지만 자기수복 기능이 없었어요. 결국 정부에서는 그 프로젝트를 포기하고 선전선동 부서의 지원을 늘렸죠."

"덕분에 전쟁이 끝난 거지." 장교는 이렇게 말하며 걸음을 옮기기 시작했다. "그럼 가자고."

병사들은 그를 따라 산등성이를 내려가기 시작했다.

"안 오나?" 장교는 문득 걸음을 멈추고 라이언과 카스트너를 돌아보며 물었다.

"금방 따라가겠소." 라이언이 말했다. "남은 장비를 수거해야 해서."

"알겠네. 도로를 따라 800미터 정도 가면 야영지가 있어. 거기 정착지도 있고. 달에서 사람들이 돌아오고 있거든."

"달에서?"

"루나로 병력을 이동시키기 시작했는데, 이제 그럴 필요가 없지 않나. 잘된 일일지도 모르지. 테라를 떠나고 싶은 사람이 누가 있겠어?"

"담배 고맙습니다." 병사 한 명이 그들을 보며 소리쳤다. 병사들은 이내 트럭 뒤편에 올라탔다. 장교는 운전석으로 들어갔다. 트럭에 시동이 걸리더니, 도로를 따라 덜컹거리며 나아가기 시작했다.

라이언과 카스트너는 멀어지는 트럭을 바라보았다.

"그렇다면 스코너먼의 죽음에 대해 균형을 맞출 사건은 일어나지 않은 거로군." 라이언이 중얼거렸다. "완전히 새로운 과거가ー."

"이 변화가 어디까지 이어질지 궁금한데. 우리 시대까지 이어질지 알아보고 싶군."

"그걸 알려면 방법은 하나뿐이지."

카스트너는 고개를 끄덕였다. "즉시 알아보고 싶네. 빠를수록 좋지. 어서 출발하자고."

라이언은 깊이 생각에 잠긴 채 고개를 끄덕였다. "빠를수록 좋지."

그들은 시간비행선에 올랐다. 카스트너는 서류가방을 든 채 자리에 앉았다. 라이언이 계기판을 조작했다. 관측창 밖의 풍경이 깜빡이며 사라져버렸다. 그들은 다시 시간의 흐름에 탑승한 채 현재를 향해 움직이기 시작했다.

라이언은 침중한 얼굴이었다. "믿을 수가 없군. 과거의 구조 전체가 바뀌어버렸어. 새로운 인과관계의 사슬이 움직이기 시작했다고. 모든 시공간 연속체를 통해 확장되고 있어. 우리 시간의 흐름을 갈수록 더 심각하게 변형하고 있다네."

"그럼 돌아가보면 우리가 알던 모습이 아닐 수도 있겠군. 얼마나 달라졌을지 예측할 방법이 없으니. 모두가 스코너먼의 죽음에서 시작된 일이야. 단 하나의 사건으로부터 새로운 역사가 통째로 등장하기 시작한 거지."

"스코너먼의 죽음이 아니야." 라이언이 지적했다.

"무슨 뜻인가?"

"그의 죽음 때문이 아니라, 그의 논문이 유실된 것 때문이라는 말이네. 스코너먼이 죽은 다음에 정부에서 제대로 된 인공두뇌를 만들 방법론을 확보하지 못했기 때문인 걸세. 덕분에 발톱이 등장할 수 없게 된 거지."

"같은 이야기 아닌가."

"그렇게 생각하나?"

카스트너는 휙 고개를 들며 말했다. "설명해보게."

"스코너먼이 죽은 건 중요하지 않아. 그의 논문이 정부에 넘어가지 않았다는 사실이 결정적인 요인이었던 걸세." 라이언은 카스트너의 서류 가방을 가리키며 말했다. "그 논문이 어디 있나? 거기 있지. 우리가 가지고 있어."

카스트너는 고개를 끄덕였다. "그건 사실이지."

"우리가 과거로 돌아가서 정부 기관에 그 논문을 전달하기만 하면 과거를 복구할 수 있다네. 스코너먼은 중요하지 않아. 중요한 건 그의 논문일세."

라이언의 손이 동력 스위치 쪽으로 움직였다.

"기다려!" 카스트너가 말했다. "현재를 보고 싶지 않은가? 어떤 변화가 우리 시대까지 전해졌는지를 확인할 수 있을 거라고."

라이언은 머뭇거렸다. "그건 그렇지."

"그런 다음에 어떻게 할지 결정해도 되지 않겠나. 논문을 돌려줘야 하는지를 말이야."

"알겠네. 일단 현재로 가본 다음에 결정을 내리도록 하지."

시간 지도 위를 오가던 팔은 거의 원래 위치로 돌아와 있었다. 라이언은 동력 스위치에 손을 올린 채로 그 모습을 한참 동안 살폈다. 카스트너는 서류 가방을 단단히 붙들고 있었다. 자기 무릎 위에 놓인 갈색 꾸러미를 거의 끌어안다시피 하고 있었다.

"거의 도착했네." 라이언이 말했다.

"우리 시간대에?"

"조금만 있으면 되네." 라이언은 스위치를 잡고 자리에서 일어섰다. "뭘 보게 될지 궁금하군."

"거의 알아보지 못할 모습일지도 몰라."

라이언은 손가락 아래의 차가운 금속을 느끼며 심호흡을 했다. 그들의 세상이 얼마나 달라져 있을까? 알아볼 수 있을 만한 게 있을까? 친숙한 모든 것들이 사라져버린 것은 아닐까?

장대한 사슬이 움직이고 있었다. 시간을 따라 거대한 해일이 움직이며 모든 시공간 연속체를 변화시키고, 이후 이어지는 모든 시대로 메아리를 전파하고 있었다. 전쟁의 후반부는 실제로 벌어지지 않았다. 발톱이 발명되기 전에 전쟁이 끝난 것이다. 인공두뇌라는 개념은 실생활에 응용 가능한 형태로 변환되지 못했다. 가장 뛰어난 전쟁 수행 도구가 존재하지 못한 것이다. 전쟁에 쏟았던 인간의 원동력이 행성을 재건하는 데 쓰인 것이다.

라이언 주변의 계측기와 다이얼이 진동하기 시작했다. 몇 초 후면 출발점으로 돌아가게 될 것이다. 테라는 어떤 모습일까? 같은 것이 하나라도 남아 있을까?

50개의 도시들. 아마 그들은 존재하지 않을 것이다. 방 안에 조용히 앉아서 책을 읽고 있는 그의 아들, 존 또한 존재하지 않을 것이다. USIC도, 정부도, 연맹과 그 연구실과 사무실들도, 건물과 옥상 주차장과 경비병들도, 복잡한 사회 구조 전체도. 모두 흔적도 없이 사라졌을까? 아마도 그럴 것이다.

그렇다면 그 대신 무엇이 존재하고 있을까?

"곧 알게 되겠지." 라이언은 중얼거렸다.

"빨리 확인하러 가자고." 카스트너는 일어나 관측창 쪽으로 다가갔다. "직접 보고 싶을 뿐이야. 분명 아주 낯선 세계일 테니까."

라이언은 파워 스위치를 내렸다. 배는 흔들리며 시간의 흐름을 빠져나왔다. 자세를 잡는 선체의 바깥으로 뭔가 흘러가다 방향을 바꾸는 모습이 보였다. 자동 중력 제어 시스템이 발동했다. 배는 빠른 속도로 지표 위를 비행하고 있었다.

카스트너는 헉 하고 숨을 들이켰다.

"뭐가 보이나?" 라이언은 배의 속도를 조절하며 물었다. "밖에 뭐가 있나?"

카스트너는 아무 말도 하지 않았다.

"뭐가 보이냐니까?"

카스트너는 한참이 흐른 후에야 관측창에서 물러섰다. "매우 흥미롭군. 직접 보게나."

"밖에 뭐가 있는데?"

카스트너는 천천히 자리에 앉아서 서류 가방을 손에 들었다. "이런 일이 벌어지다니, 생각의 방향을 완전히 바꿔봐야겠어."

라이언은 관측창으로 가서 밖을 내다보았다. 시간여행선 아래로 테라가 펼쳐져 있었다. 그러나 그들이 떠났을 때와 같은 테라는 아니었다.

평원이, 끝없는 노란색 평원이 펼쳐져 있었다. 공원. 공원과 노란 평원. 노란색 사이사이 보이는 사각형의 녹색 지대. 눈이 닿는 한계까지 펼쳐져 있었다. 그 외에는 아무것도 없었다.

"도시는 없군." 라이언이 신음하듯 말했다.

"그렇지. 기억 안 나나? 사람들은 모두 평원에 나가 살고 있다고 했지. 아니면 공원을 거닐거나. 우주의 성질에 대해 토론을 하면서."

"존이 본 것이 이 모습이었어."

"자네 아들의 계시는 완벽하게 정확했던 거야."

라이언은 공허한 얼굴로 계기판 쪽으로 돌아왔다. 가슴이 먹먹했다. 그는 자리에 앉아 착륙 장치를 조절하기 시작했다. 배는 계속 고도를 낮춰서 마침내 평원 근처까지 내려왔다. 남자와 여자들이 깜짝 놀라 배를 올려다보았다. 모두 느슨한 로브를 입고 있었다.

배는 공원 근처를 지나쳤다. 짐승 무리가 깜짝 놀라 도망쳤다. 사슴의 일종인 모양이었다.

이것이 아들이 본 세계였다. 그 아이의 계시였다. 들판과 공원, 하늘하늘한 긴 로브를 입은 남자와 여자들. 오솔길을 따라 걷는 모습. 우주의 문제를 놓고 토론하는 모습.

그리고 다른 세계, 그의 세계는 이제 존재하지 않았다. 연맹은 사라져버렸다. 그가 평생을 바친 업적도 소실되었다. 이 세계에서 그의 인생은 존재하지 않았다. 존도. 그의 아들도. 촛불처럼 꺼져버렸다. 두 번다시 아들을 볼 수 없을 것이다. 그의 연구 성과, 아들, 자신이 알던 모든 것이 순식간에 소멸되어버렸다.

"돌아가야 해." 문득 라이언이 말했다.

카스트너는 눈을 껌뻑였다. "뭐라고?"

"이 논문을 원래 있던 시공간 연속체에 돌려놓아야 하네. 정확하게 같은 상황을 만들어낼 수는 없겠지만, 논문을 정부 손에 들어가게 할 수는 있겠지. 그 정도면 모든 연관 요소들이 원래 모습으로 회복될 걸세."

"진심으로 하는 소린가?"

라이언은 비틀거리며 자리에서 일어나서 카스트너 쪽으로 움직이기 시작했다. "논문 이리 주게. 이건 극도로 심각한 상황이야. 빨리 움직여야 하네. 모든 것을 제자리로 돌려놓아야 해."

카스트너는 뒤로 물러서며 자기 블래스터를 빼들었다. 라이언이 달려들었다. 그의 어깨가 카스트너를 들이받았고, 키 작은 사업가는 그대로 바닥을 나뒹굴었다. 블래스터가 선체 바닥을 따라 미끄러져 가다가 뎅그렁 소리를 내며 벽에 부딪쳤다. 논문이 사방으로 흩어졌다.

"이 한심한 작자가!" 라이언은 무릎을 꿇고 앉아서 논문을 주워 모으려 애썼다.

카스트너는 블래스터를 쫓아갔다. 그는 둥근 얼굴에 진지한 결단을 가득 띤 채 블래스터를 쳐들었다. 라이언은 시야의 한쪽 끝으로 그의 모습을 보았다. 순간 웃음을 터트리고 싶은 유혹이 그를 거의 사로잡았다. 카스트너의 얼굴은 달아올라 양쪽 볼이 붉게 타오르는 것처럼 보였다. 그는 떨리는 손으로 블래스터를 만지작거리며 조준하려 애썼다.

"카스트너, 지금 대체 뭘―."

작은 사업가의 손가락이 방아쇠를 감쌌다. 라이언은 순간 공포에 머리가 싸늘해졌다. 그는 허겁지겁 자리에서 일어섰다. 블래스터가 울부짖으며 불길이 시간비행선 안을 휘감았다. 라이언은 몸을 날려 불길을 피했지만, 끄트머리에 살짝 그슬리고 말았다.

바닥 곳곳에 흩어진 스코너먼의 논문이 불덩어리가 되어 타올랐다. 아주 잠시 동안 그렇게 타다가, 불길이 사그라들며 검은 재만을 남겼다. 매캐한 연기가 라이언 쪽으로 흘러와서 코를 간질이고 눈물이 나게 만들었다.

"미안하네." 카스트너가 중얼거렸다. 그는 계기판 옆에 블래스터를 내려놓았다. "착륙하는 편이 나을 것 같지 않나? 이미 지표에 상당히 가까운 상태인데."

라이언은 아무 생각도 하지 못한 채 뻣뻣하게 계기판 쪽으로 향했다. 잠시 후 그는 자리에 앉아 계기판을 조작해서, 배의 속도를 떨어트리기 시작했다. 침묵을 지키면서.

"존의 행동을 이해할 수 있을 것 같네." 카스트너는 중얼거렸다. "그 아이는 일종의 평행 시간 감각을 갖고 있었던 거야. 다른 미래의 가능성을 감지할 수 있던 거지. 시간여행선의 연구가 진행될수록 그 아이의 계시 또한 증가하지 않았던가? 매일 더 또렷해지고 있었지. 매일 시간여행선의 모습이 명확해지는 것과 비례해서 말이야."

라이언은 고개를 끄덕였다.

"그렇다면 완전히 새로운 방식으로 생각해볼 수 있지 않겠나. 중세 성자들의 신비 체험 같은 것들도. 어쩌면 그 또한 다른 미래, 다른 시간의 흐름이었을지도 모르는 거지. 지옥의 환영은 더 끔찍한 시간 흐름의 모습이었을지도 몰라. 천상의 환영은 더 나은 시간 흐름이었던 거고. 우리의 시간 흐름은 그 사이 어딘가에 있는 거겠지. 그리고 영원히 변하지 않는 세계의 환영은 어떨까. 어쩌면 시간이 존재하지 않는 장소를 지각한 것일지도 모르지. 다른 세계가 아니라 이 세계를, 시간의 흐름 밖에서 관찰한 것일지도 몰라. 그쪽도 좀 더 고려해봐야 할 것 같네."

시간여행선은 공원 하나의 가장자리에 착륙해서 움직임을 멈췄다. 카스트너는 창가로 가서 선체 너머의 나무들을 관찰했다.

"우리 가족이 보관했던 책들에 나무의 그림이 있었다네." 그는 생각에 잠긴 채 말했다. "여기 우리 옆에 있는 이 나무들 말인데, 이건 후추

나무야. 저기 저쪽에 보이는 것들은 에버그린이라고 부른다네. 일 년 내내 저렇게 잎이 붙어 있지. 그래서 그런 이름을 가지는 걸세."

카스트너는 서류 가방을 단단히 붙들고 자리에서 일어섰다. 그리고 출입구 쪽을 향해 걸음을 옮겼다.

"사람들을 좀 만나보세나. 토론을 시작해봐야지. 형이상학적인 것들에 대해서." 그는 라이언을 보고 웃음 지었다. "솔직히 나는 항상 형이상학적인 주제를 좋아해왔거든."

화성인은 구름을 타고
Martians Come in Clouds

PHILIP K. DICK

테드 반스는 몸을 떨면서 어두운 얼굴로 들어와서, 외투와 신문을 의자 위에 걸쳤다. "구름이 또 나타났어." 그는 중얼거렸다. "구름이 전부 놈들이라고! 하나가 존슨네 지붕 위에 떠 있었어. 길쭉한 막대기나 그런 걸로 끌어내리려고 애쓰고 있더군."

리나가 다가와서 코트를 받아 옷장에 걸었다. "바로 집으로 돌아와 줘서 정말 기쁘네요."

"놈들을 보면 온몸에 소름이 돋아." 테드는 소파로 몸을 던지고는, 주머니를 뒤적이며 담배를 찾았다. "빌어먹을, 놈들은 정말 내 신경을 제대로 거스른단 말이야."

그는 불을 붙인 다음 연기를 뿜어 주변에 회색 안개를 만들었다. 손떨림이 잦아들기 시작했다. 그는 윗입술에 맺힌 땀방울을 훔친 다음 넥타이를 느슨하게 풀었다. "저녁은 뭐야?"

"햄이에요." 리나는 몸을 숙여 그에게 키스를 했다.

"웬일이야? 뭔가 좋은 일이라도 있나?"

"아뇨." 리나는 부엌 쪽으로 돌아가며 말했다. "당신 어머님이 주신 네덜란드산 통조림이에요. 열 때가 된 것 같아서."

테드는 아내가 부엌으로 사라지는 모습을 지켜봤다. 아내는 밝은 색 앞치마를 입은 늘씬하고 매력적인 여성이었다. 그는 한숨을 쉬고는 긴장을 풀고 의자에 몸을 기댔다. 고요한 거실, 부엌의 리나, 한쪽 구석에서 떠들어대는 텔레비전, 이 모든 것들 덕분에 기분이 조금 나아졌다.

그는 신발끈을 풀고는 신발을 그대로 차 던져버렸다. 몇 분 전에 벌어진 일이지만 벌써 한참이 지난 느낌이었다. 보도에 뿌리를 내린 듯 꼼짝도 못한 채 존슨네 지붕을 쳐다보는 동안은, 영겁의 시간이 흘러가는 것만 같았다. 소리 질러대는 사람들. 긴 장대. 그리고…….

그리고 그것, 지붕 꼭대기에 걸린, 장대 끄트머리를 계속해서 피해대는 형체 없는 회색 꾸러미. 이리저리 꿈틀대며 끌려 내려오지 않으려 안간힘을 쓰던 모습.

테드는 부르르 몸을 떨었다. 속이 뒤집어지는 것만 같았다. 그는 그대로 그 자리에 서서 그 모습을 올려다보고 있었다. 시선을 돌릴 수가 없었다. 결국 달려가던 사람 하나가 그의 발을 밟아서 주술을 깨고 그의 몸에 자유를 돌려주었다. 그는 안도하며 동시에 충격을 받은 채 최대한 빨리 걸음을 옮겨서 그 자리를 벗어났다. 신이시여……!

뒷문에서 쾅 소리가 들렸다. 지미가 주머니에 손을 찌른 채로 거실로 어정거리며 들어왔다. "안녕, 아빠." 아이는 욕실 문 앞에서 걸음을 멈추고는 아버지 쪽을 건너다보았다. "왜 그래요? 표정이 되게 이상한데."

"지미, 이리 좀 오너라. 할 말이 있단다." 테드는 담뱃불을 끄며 말했다.

"저녁 먹기 전에 씻어야 하는데요."

"이리 와서 앉아. 저녁은 좀 기다려도 되니까."

지미는 아버지에게 다가가 소파 위에 슬쩍 몸을 걸쳤다. "왜 그러시는데요? 무슨 일이에요?"

테드는 아들을 유심히 살펴보았다. 작고 둥근 얼굴, 눈 위로 내려와 있는 헝클어진 머리카락. 한쪽 뺨에는 흙이 묻은 자국이 보였다. 지미는 열한 살이었다. 이 정도면 말해줄 때가 된 것 아닐까? 테드는 굳은 얼굴로 이를 악물었다. 언제든 상관없다면 지금도 좋을 것이다. 결심을 굳힌 지금이 나을지도 모른다.

"지미, 존슨네 지붕 위에 화성인이 있었단다. 버스 정류장에서 집으로 오는 길에 봤지."

지미는 눈을 둥그렇게 떴다. "벌레 괴물요?"

"장대로 끌어내리려 하고 있었단다. 주변에 구름처럼 가득 몰려 있더구나. 몇 년마다 구름처럼 몰려들지." 손이 다시 떨리기 시작했다. 그는 새 담배에 불을 붙였다. "대충 이삼 년 정도야. 예전처럼 자주 오지는 않지. 수백 마리가 구름처럼 떼를 지어서 화성에서 흘러온단다. 전 세계로…… 마치 낙엽처럼." 그는 몸을 떨었다. "바람이 불면 무더기로 떨어지는 낙엽처럼 말이다."

"세상에!" 지미는 이렇게 소리치며 자리에서 벌떡 일어섰다. "아직 거기 있어요?"

"아니, 끌어내리고 있었어. 일단 내 말을 들어라." 테드는 아들 쪽으로 몸을 숙였다. "내 말 잘 들어. 놈들에게 다가가지 말라고 하는 말인 거다. 화성인이 보이면 몸을 돌려서 최대한 빨리 달아나. 알겠니? 가까이 가면 안 돼. 멀리 떨어져 있어라. 절대로……" 테드는 잠깐 머뭇거렸다. "절대로 놈들에게 주의를 기울여서는 안 돼. 그냥 몸을 돌려서 달아나란 말이다. 다른 사람을 찾아. 제일 먼저 만나는 사람한테 일러준 다음 집으로 돌아오너라. 알겠니?"

지미는 고개를 끄덕였다.

"놈들이 어떤 모양인지는 알겠지. 학교에서 사진을 보여줄 테니까. 반드시—"

리나가 부엌 문 앞으로 나왔다. "저녁 다 됐어요. 지미, 손은 씻었니?"

"내가 불러 세웠어." 테드는 이렇게 말하며 소파에서 일어섰다. "할 이야기가 있어서."

"아버지 말씀 잘 들어야 한다." 리나가 말했다. "그 벌레 괴물들 말이야. 아버지 말씀 듣지 않으면 지금까지 들어본 적도 없는 큰 소리가 나도록 엉덩이를 맞을 테니까."

지미는 욕실로 달려갔다. "씻고 올게요." 그는 욕실로 들어가며 큰 소리가 나게 문을 닫았다.

테드는 리나를 마주 보았다. "빨리 처리했으면 좋겠군. 이젠 밖으로 나가기도 싫으니."

"그래야 할 텐데요. 텔레비전에서 보니까 저번보다 더 조직적이라고 하더라고요." 리나는 마음속으로 세어보았다. "이번이 다섯 번째죠. 다섯 번째 구름이에요. 슬슬 줄어들고 있는 것 같아요. 이제 예전만큼 자주 오지는 않잖아요. 첫 번째는 1958년에 왔었죠. 그다음은 1959년이었고. 이게 언제 끝날지 모르겠어요."

지미가 욕실에서 달려나왔다. "밥 주세요!"

"좋아. 어서 먹자꾸나." 테드가 말했다.

온 세상에 햇빛이 가득한 화창한 오후였다. 지미 반스는 학교 운동장을 가로질러 달려서는 정문을 지나 보도 위로 나왔다. 흥분해서 심장이 쿵쿵대고 있었다. 그는 메이플 가를 지나 시더 가까지 쉬지 않고 달려갔다.

사람 몇 명이 아직도 존슨네 정원을 둘러보고 있었다. 경찰 하나와 호기심 강한 남자 몇 명이었다. 정원 가운데에는 크게 무너진 부분이 있었다. 풀이 전부 쓸려나가 마치 흉터처럼 보였다. 집 근처의 꽃들은 전부 무참하게 짓밟혀 있었다. 그러나 벌레 괴물의 흔적은 조금도 남아 있지 않았다.

그 모습을 지켜보고 있자니 마이크 에드워즈가 다가와서 그의 팔을 때렸다. "뭐 하냐, 반스."

"안녕. 저거 봤어?"

"벌레 괴물? 아니."

"우리 아빠는 봤대. 일터에서 돌아오시다가."

"거짓말!"

"아냐, 진짜야. 사람들이 장대로 끌어내리려고 하고 있었대."

랄프 드레이크가 자전거를 타고 등장했다. "그거 어딨어? 가버린 거야?"

"벌써 갈기갈기 찢어버렸어." 마이크가 말했다. "반스는 자기네 아빠가 어젯밤 집으로 돌아가다가 봤다고 하는데."

"장대로 찔러 떨어트리려는 중이라고만 하셨어. 지붕에 매달리려고 애쓰고 있었대."

"전부 시들시들하게 바싹 말라 있잖아. 차고에 한참 널어놨던 것처럼." 마이크가 말했다.

"어떻게 알아?" 랄프가 물었다.

"본 적이 있거든."

"혜. 그러시겠지."

소년들은 함께 보도를 따라 걸었다. 랄프는 자전거에서 내려 끌면서, 큰 소리로 그 주제에 대해 열심히 떠들면서. 그들은 버몬트 가를 지나 널찍한 공터를 건넜다.

"TV에서 아나운서가 그러는데, 벌써 거의 다 처리됐대. 이번에는 별로 많이 오지 않았다는 거야."

지미는 돌멩이를 하나 걷어찼다. "전부 죽이기 전에 하나 정도는 보고 싶은데."

"나는 하나 잡아보고 싶어." 마이크가 말했다.

랄프는 비웃음을 흘렸다. "일단 보게 되면 죽어라 꽁무니를 뺄 거면서. 해 질 때까지 쉬지도 않고 도망칠걸."

"아, 그래?"

"바보처럼 도망칠 거라고."

"헛소리하지 마. 돌멩이로 맞혀서 떨어트릴 거라고."

"그리고 깡통에 담아서 집으로 가져가려고?"

마이크는 랄프를 쫓아 달려가다가, 거리로 나가서 모퉁이를 돌았다. 말다툼 소리는 마을을 가로질러 철길 반대편에 이를 때까지 끊이지 않았다. 그들은 표지판을 지나 웨스턴 벌목회사의 적재 승강장에 도착했다. 해가 낮은 하늘에 걸렸다. 저녁이 찾아오고 있었다. 싸늘한 바람이 일어나서 하틀리 건설회사의 적재장 끄트머리의 야자수 사이로 불어왔다.

"나중에 봐." 랄프가 말했다. 그는 자전거를 타고 떠났다. 마이크와 지미는 함께 마을로 돌아가기 시작했다. 둘은 시더 가에 이르러 헤어졌다.

"벌레 괴물 보면 나 불러." 마이크가 말했다.

"당연하지." 지미는 주머니에 손을 찌른 채 시더 가를 따라 걸음을 옮겼다. 해는 이미 지고 서늘한 저녁 공기가 찾아왔다. 어둠이 깔리고 있었다.

그는 땅을 내려다보며 천천히 걸음을 옮겼다. 가로등이 켜졌다. 거리를 따라 달리는 자동차가 몇 대 보였다. 커튼을 친 창문 뒤에는 노란 불빛이, 따뜻한 부엌과 거실이 보였다. 흘러나온 텔레비전 소리가 어스름 속에서 웅웅거렸다. 그는 폼로이 저택의 벽돌 벽을 따라 걸음을 옮겼다. 벽은 이내 쇠창살 울타리로 모습을 바꾸었다. 창살 위로는 커다란 상록수가 저녁의 어스름 속에 고요하게 뻗어 있었다.

지미는 문득 걸음을 멈추고는 무릎을 꿇고 앉아 신발 끈을 다시 맸다. 주변을 감도는 차가운 바람에 상록수가 가볍게 흔들렸다. 멀리서 들리는 기차의 경적이 불길하게 어둠을 갈랐다. 그는 저녁식사를, 신발을 벗어던지고 신문을 읽는 아빠를 떠올렸다. 부엌에 서 있는 어머니를, 구석에서 혼자 웅얼거리는 텔레비전을, 따스하고 밝은 거실을.

지미는 자리에서 일어섰다. 머리 위 상록수 속에서 뭔가 움직였다. 소년은 순간 뻣뻣하게 굳은 채 위를 올려다보았다. 어둠 속 나뭇가지 사이에 뭔가 걸려서 바람에 흔들리고 있었다. 소년은 입을 떡 벌린 채 그 자리에 못박혀 섰다.

벌레 괴물이었다. 나무 위에서 소리를 죽이고 도사린 채로, 기다리며 아래를 지켜보고 있었다.

늙은 놈이었다. 즉시 알 수 있었다. 마른 느낌이, 오랜 세월과 먼지의 느낌이 들었다. 나이 든 회색의 형체가, 소리도 움직임도 없이, 상록수 가지를 감싸고 있었다. 거미줄 뭉치가, 먼지로 가득한 회색 거미집이 나무를 감싸듯 휘감고 있었다. 모호한 존재감에 뒷목의 잔털이 일어나는 것만 같았다.

형체가 천천히, 거의 알아차리지 못할 정도의 속도로 움직이기 시작했다. 나무줄기를 따라서 더듬거리며, 신중하게, 조금씩 내려오고 있었다. 마치 앞이 보이지 않는 것처럼. 한 번 움직일 때마다 앞을 더듬거리면서, 거미줄과 먼지가 뭉쳐 만들어진 눈먼 회색의 공이 움직여 다가왔다.

지미는 창살에서 떨어졌다. 이제 완전히 어두워졌다. 머리 위 하늘은 새까맸다. 멀리 떨어진 불의 조각이, 별들이 아득하게 반짝이고 있었다. 거리 저 멀리에는 버스가 모퉁이를 도는 버스의 소음이 들렸다.

그의 머리 위 나무에 벌레 괴물이 붙어 있었다. 지미는 힘겹게 몸을 빼려 애썼다. 고통스럽게 쿵쾅거리는 심장 소리에 숨이 막힐 것만 같았다. 제대로 숨을 쉴 수가 없었다. 시야가 흐릿해지며 주변 사방이 멀어지기 시작했다. 이제 벌레 괴물은 매우 가까운 곳까지 다가와 있었다. 머리 위 몇 미터밖에 떨어지지 않은 곳에 있었다.

도움을…… 도움을 청해야 한다. 장대를 가진 남자들을 불러서 벌레 괴물을 떨구어야 한다. 사람을. 즉시 불러야 한다. 그는 눈을 꾹 감고 창살을 밀쳐냈다. 강한 물결에 휘말린 느낌이 들었다. 대양이 자신을 끌어당기며, 그의 몸을 휘감아 그 자리에 붙들어두고 있는 것만 같았다. 떨쳐낼 수가 없었다. 사로잡혀버린 것이다. 그는 힘겹게 물결에 거스르려 시도했다. 한 발짝…… 다시 한 발짝…… 세 걸음째…….

그 순간 소리가 들렸다.

아니, 느꼈다고 해야 할 것이다. 소리는 아니었다. 바다가 웅얼거리는 것처럼, 무언가 그의 머릿속을 두드려대는 것이 느껴졌다. 두드리는 느낌이 그의 마음을 가볍게 자극하며, 그의 주변에 부드럽게 울리고 있었다. 그는 걸음을 멈추었다. 부드럽고 리드미컬한 중얼거림이었다. 하지만 끈질기고 다급하기도 했다. 두드리는 느낌은 차츰 여러 가지로 나누어지며, 형상과 실체를 갖추기 시작했다. 그대로 흘러가며 명확한 감각을, 영상을, 장면을 만들어 냈다.

다른 세계, 괴물이 온 세계의 풍경이었다. 벌레 괴물이 그에게 말을 걸고 있었다. 자신의 세계에 대해서, 초조하고 다급하게 여러 장면을 머릿속에 펼치고 있었다.

"저리 꺼져." 지미는 쉰 목소리로 중얼거렸다.

그러나 장면은 계속 찾아왔다. 다급하게, 끈질기게. 물결치듯 그의 마음속으로 밀려오고 있었다.

평야가, 경계도 끝도 없는 사막이 펼쳐져 있었다. 여기저기 협곡이 갈라놓은 검붉은 사막이었다. 멀리 모래로 뒤덮인 채 삭아가는 뭉툭한 언덕들이 보였다. 오른쪽으로 넓은 분지가, 하얀 암염 덩어리로 둘러싸인 채 끝없이 펼쳐진 텅 빈 프라이팬 모양의 지형이 보였다. 한때 물이 가득했던 곳의 비참한 흔적이었다.

"저리 꺼져!" 지미는 다시 중얼거리며 한 발짝 뒤로 물러섰다.

풍경이 가득 펼쳐졌다. 바람에 흩날리는 모래 입자들이 죽은 하늘을 배경으로 끝없이 휘날리고 있었다. 모래바람이, 모래와 흙이 뒤섞여 만들어진 거대한 구름이, 갈라진 행성의 표면을 끝없이 뒤덮고 있었다. 비쩍 마른 식물 몇 그루가 바위 옆에서 자라고 있었다. 산그늘에 걸린, 수 세기 전에 만들어져 이제는 먼지로 뒤덮인 거미줄 위에 커다란 거미들이 이미 시체가 되어 틈새에 박혀 있는 모습이 보였다.

장면 하나가 확대되었다. 인공적으로 만든 파이프 비슷한 물건이 붉게 달아오른 지표에 비죽 튀어나와 있었다. 지하 거주구로 통하는 환기구였다. 장면이 바뀌었다. 그는 아래를, 행성의 중심부를 내려다보고 있었다. 부서진 바위층이 계속 이어졌다. 불길도, 생명도, 단 한 조각의 습기도 남지 않은, 비쩍 마르고 주름진 행성이었다. 행성의 피부는 말라 갈라지고, 모든 습기는 말라붙어 모래바람이 되어 피어올랐다. 저 멀리 핵 안에는 용기 비슷한 것이 있었다. 행성의 심장부에 가라앉은 커다란 방이었다.

그는 이제 거주구 안에 있었다. 사방에 미끄러지듯 움직이는 벌레 괴물이 가득했다. 기계가, 온갖 종류의 건설 도구가, 건물이, 줄지어 늘어선 식물들이, 발전기가, 주택이, 복잡한 설비를 위한 공간이 있었다.

거주구 일부는 봉쇄되어 있었다. 단단히 조여 막아놓은 모습이었다. 녹슨 금속 문이었다. 기계들은 녹슬어 망가지고 있었다. 밸브는 닫히고, 파이프는 녹슬어 부스러졌다. 다이얼은 조각나서 망가져버렸다. 도관은 막히고, 기어에서 톱니가 빠지고, 더 많은 구획이 폐쇄되었다. 벌레 괴물은 줄어들었다. 갈수록 수가 줄어갔다…….

장면이 바뀌었다. 멀리서 바라본 지구의 모습이었다. 구름에 뒤덮인 녹색 행성이 천천히 자전하고 있었다. 널찍한 바다, 몇 킬로미터 깊이의 푸른 물, 습기가 존재하는 대기. 벌레 괴물들은 우주의 진공을 뚫고 매년 조금씩, 천천히 지구를 향해 흘러왔다. 고통스러울 정도로 느린 속도로, 끝없이 어둠 속을 흘러서.

이제 지구의 모습이 확장됐다. 대부분 익숙한 모습이었다. 포말을 뿌리며 물결치는, 끝없이 이어지는 대양의 표면. 몇 마리 갈매기와 멀리 보이는 해안선. 바다, 지구의 바다였다. 머리 위 하늘에는 구름이 떠다녔다.

바다 위에 납작한 구체가, 커다란 금속 원반들이 떠다니고 있었다. 인공적으로 물에 뜨게 만든, 둘레가 수백 미터는 될 법한 물건들이었다. 벌레 괴물들은 원반 위에서 조용히 휴식을 취하며 아래 바다에서 물과 광물질을 흡수하고 있었다.

벌레 괴물은 말하고 싶은 것이 있는 모양이었다. 자신에 대해 할 말이 있는 것이 분명했다. 물에 떠 있는 원반에 대해서도. 벌레 괴물들은 물을 이용하며 수면에, 바다 위에 살고 싶을 뿐이었다. 벌레 괴물로 가득한 커다란 원반을 이용해서. 그 사실을 알리고 싶은 모양이었다. 원반을 보라고, 물 위의 원반을 보라고.

벌레 괴물들은 땅이 아니라 물 위에만 살 것이다. 오직 물에서만. 그럴 허가를 얻고 싶었다. 물을 사용하고 싶다고 말하려는 것이다. 대륙 사이를 메운 바다의 표면을 쓰고 싶다고. 이제 벌레 괴물은 탄원하고, 허락을 구하기 시작했다. 알고 싶어했다. 대답을 해주기를, 허가를 내려주기를 바라고 있었다. 희망을 품고 답을 구하고 있었다. 부탁하고 애걸하면서…….

모든 장면이 그의 마음속에서 사라져버렸다. 지미는 뒤로 물러서다 포석에 부딪쳐 넘어졌다. 그는 다시 벌떡 일어나며 손에 묻은 축축한 풀잎을 털어냈다. 배수로에 서 있었다. 아직 상록수 가지 사이에 도사리고 있는 벌레 괴물이 보였다. 그조차도 거의 알아채기 힘들 지경이었다.

두드리는 느낌이 그의 마음속에서 사라졌다. 벌레 괴물이 물러난 모양이었다.

지미는 몸을 돌려 달아나기 시작했다. 그는 흐느끼고 헐떡이며 거리를 가로질러 반대편으로 달려갔다. 모퉁이에 도착한 소년은 더글러스 가로 들어섰다. 버스정류장에는 빈 도시락을 겨드랑이에 낀 덩치 큰 남자가 서 있었다.

지미는 남자에게 달려갔다. "벌레 괴물이 있어요. 나무 위에요." 그는 헐떡이며 말했다. "커다란 나무에 있어요."

남자는 투덜거렸다. "저리 가거라, 애야."

"벌레 괴물이에요!" 지미는 충격을 받아 비명에 가까워진 목소리로 소리쳤다. "나무에 벌레 괴물이 있다고요!"

남자 두 명이 어둠 속에서 모습을 드러냈다. "뭐라고? 벌레 괴물?"

"어디냐?"

사람들이 더 모여들었다. "어디서 봤지?"

지미는 한쪽 방향으로 정신없이 손짓을 했다. "폼로이 저택이에요. 나무에요. 철창 옆 나무에 있어요." 그는 헐떡이며 계속 손을 흔들었다.

경찰이 한 명 다가왔다. "무슨 일이지?"

"얘가 벌레 괴물을 찾았답니다. 누가 가서 장대 좀 가져와요."

"어딘지 말해라." 경찰은 지미의 팔을 붙들면서 말했다. "자, 가자."

지미는 사람들을 이끌고 거리로, 벽돌담 옆으로 데려왔다. 그러나 철창 쪽으로는 다가가지 않았다. "저 위에 있어요."

"어느 나무지?"

"저거 같아요."

손전등 불빛이 번득이며 상록수 사이를 훑었다. 폼로이 저택에 불이 들어오며 정문이 열렸다.

"무슨 일인가?" 폼로이 씨의 성난 목소리가 울렸다.

"벌레 괴물이 있습니다. 물러서 계십시오."

폼로이 씨는 재빨리 문을 닫았다.

"저기 있어요!" 지미가 위를 가리켰다. "저 나무예요." 거의 심장이 멎을 지경이었다. "저기요, 저 위예요!"

"어디지?"

"보이는군." 경찰은 뒤로 물러서며 권총을 빼들었다.

"총은 소용없어. 총알이 통과해버리니까."

"누구 가서 장대 좀 가져와."

"장대가 닿기에는 너무 높은데."

"횃불 가져와."

"누가 가서 횃불 좀 가져와!"

남자 두 명이 달려갔다. 지나가던 자동차들이 멈추고 있었다. 경찰차 한 대가 그대로 들어와 정차했고, 사이렌 소리가 정적 속으로 빨려가듯 사라졌다. 문이 열리며 남자들이 달려왔다. 탐조등이 번득이자 모두 눈을 찌푸렸다. 이내 조명은 벌레 괴물을 찾아내어 그대로 모습을 드러냈다.

"횃불 말이야, 젠장! 얼른 횃불 가져와!"

남자 하나가 울타리에서 떼어낸 널판에 불을 붙여서 가져왔다. 그들은 나무 둥치를 빙 둘러 신문을 깐 다음 가솔린을 부었다. 아래쪽 가지가 타오르기 시작했다. 불길은 처음에는 약했지만 조금씩 생명을 얻어 커졌다.

"가솔린 더 부어!"

제복을 입은 남자 하나가 가솔린 통을 들고 왔다. 그는 통 속의 가솔린을 전부 나무에 뿌렸다. 폭염이 일어나며 그대로 나무를 타고 올라갔다. 가지가 검게 타고 갈라지면서 격렬하게 타올랐다.

멀리 위에서 벌레 괴물이 꿈틀거리기 시작했다. 놈은 어찌할 바를 모르는 듯 힘겹게 높은 가지로 몸을 피했다. 불길이 다가왔다. 벌레 괴물은 속도를 올렸다. 몸을 접었다 폈다 하면서 위쪽 가지에 매달려 몸을 끌어올렸다. 갈수록 높이 올라갔다.

"도망치는 꼴 좀 보라지."

"빠져나갈 데가 없을걸. 이제 거의 꼭대기까지 왔는데."

누군가 가솔린을 더 가져왔다. 불길이 더 높이 치솟았다. 창살 주변으로 구경꾼들이 몰려들었다. 경찰이 가까이 오는 사람들을 밀쳐냈다.

"저기 간다." 조명이 계속 움직이며 괴물의 모습을 드러냈다.

"꼭대기까지 갔는데."

벌레 괴물은 나무 꼭대기에 도착한 모양이었다. 놈은 잠시 그곳에 멈추어 가지를 붙든 채 몸을 좌우로 흔들었다. 불길이 가지에서 가지로 번지며 놈에게 다가갔다. 벌레 괴물은 머뭇거리듯 주변을 더듬으며 발 디딜 곳을 찾았다. 계속해서 실 가닥을 뻗었다. 순간 일어난 불길이 괴물의 몸에 닿았다.

치직 소리와 함께 괴물의 몸에서 연기가 피어오르기 시작했다.

"불이 붙었군!" 흥분 가득한 술렁임이 구경꾼들 속으로 퍼져나갔다. "이제 끝장이야."

괴물은 불이 붙어 타오르고 있었다. 놈은 비척대며 도망치려는 듯 움직이고 있었다. 갑자기 놈의 움직임이 멎더니 아래쪽 가지로 떨어졌다. 그리고 잠시 타닥거리고 연기를 뿜으며 매달려 있었다. 다음 순간, 우직 하는 소리와 함께 가지가 그대로 부러져버렸다.

벌레 괴물은 땅으로, 신문과 가솔린 사이로 떨어져 내렸다.

군중이 함성을 울렸다. 모두가 물결치듯 나무를 향해 진군하기 시작했다.

"밟아버려!"

"죽여!"

"저 빌어먹을 괴물을 짓밟으라고!"

부츠가 내리꽂히고, 수많은 발이 들렸다가 내려찍기를 반복했다. 벌레 괴물은 그대로 짓눌려버렸다. 남자 한 명이 안경이 부서진 채로 간신히 빠져나왔다. 한 곳에 가득 뭉친 사람들이 서로를 밀치며 안으로 들어가려고, 나무에 가 닿으려고 애쓰고 있었다. 불탄 가지 하나가 떨어졌다. 군중 일부가 뒤로 물러섰다.

"잡았다!"

"얼른 물러서!"

가지가 더 떨어지며 무너졌다. 사람들은 크게 웃고 서로를 밀치면서 빠져나가기 시작했다.

지미는 한쪽 팔에 경찰의 손을, 살갗을 파고드는 커다란 손가락을 느꼈다. "이걸로 끝이다, 애야. 전부 끝났어."

"잡은 거예요?"

"확실히 잡았지. 네 이름이 뭐냐?"

"제 이름요?" 지미는 경찰에게 이름을 말하려 했지만, 순간 남자 둘이서 다툼을 벌이는 바람에 경찰은 서둘러 그쪽으로 가버렸다.

지미는 한동안 그 광경을 지켜보며 서 있었다. 추운 밤이었다. 얼어붙을 것 같은 바람이 옷 속까지 스며들어 체온을 앗아갔다. 문득 저녁 식사가, 소파에 발을 쭉 뻗고 앉아 신문을 읽는 아버지의 모습이 떠올랐다. 부엌에 서서 저녁 준비를 하는 어머니의 모습이 떠올랐다. 온기가, 친숙하고 편안한 노란 빛의 온기가.

그는 몸을 돌려 사람들을 뚫고 거리 가장자리까지 나왔다. 뒤쪽에서 불타버린 나무의 검은 형체가 밤하늘로 연기를 뿜어내고 있었다. 사람들은 나무 가장자리로 떨어진 남은 불똥을 밟아 끄는 중이었다. 벌레 괴물은 죽었고, 모두 끝났다. 더 구경할 거리는 없었다.

지미는 벌레 괴물에게 쫓기는 것처럼 서둘러 집으로 향했다.

"왜 그런 식으로 물어?" 테드 반스는 탁자에서 멀찍이 의자를 물린 채로, 다리를 꼬고 앉아 이렇게 되물었다. 카페테리아는 사람들의 소음과 음식 냄새로 가득했다. 사람들은 자기 쟁반을 눈앞에 놓인 선반에 밀어 넣어 자동판매기에서 음식을 받고 있었다.

"자네 아들이 진짜 그런 일을 했다는 거야?" 그의 맞은편에 앉은 밥 월터스가 호기심을 숨기지도 않고 이렇게 물었다.

"농담하는 거 아니지?" 프랭크 헨드릭스는 잠깐 신문을 내리며 이렇게 말했다.

"사실이라니까. 폼로이 저택에서 잡힌 괴물 말이야. 정말로 골칫거리인 놈이었지."

"저 친구 말이 맞아." 잭 그린이 인정했다. "신문 보니까 어떤 꼬맹이가 처음 발견해서 경찰을 불러왔다고 하더라고."

"그 아이가 우리 아들이라니까." 테드는 가슴을 내밀며 말했다. "자네들 어떤 생각이 드나?"

"겁을 먹지는 않았던가?" 밥 월터스가 대놓고 물었다.

"그럴 리가 있나!" 테드 반스는 강하게 반발했다.

"겁에 잔뜩 질려 있었다는 쪽에 걸겠어." 프랭크 헨드릭스는 미주리 출신이었다.

"전혀 안 그랬다니까. 경찰을 불러와서 바로 그 장소까지 안내했다고. 바로 어젯밤 일이야. 우리는 그 녀석이 대체 어디 갔는지 궁금해 하면서 저녁 식탁에 앉아 있었지. 나는 조금 걱정이 되기 시작하더군." 테드 반스의 부모로서의 자부심은 아직 조금도 꺾이지 않았다.

잭 그린은 손목시계를 확인하며 자리에서 일어섰다. "사무실로 돌아갈 시간이로군."

프랭크와 밥도 자리에서 일어섰다. "나중에 보자고, 테드."

그린은 테드의 등을 세게 때리며 말했다. "아들이 참 대단해, 반스. 아버지를 꼭 빼닮은 모양이지."

테드는 웃음을 머금었다. "조금도 겁먹지 않았더라니까." 그는 친구들이 카페테리아를 나가서 북적이는 한낮의 거리로 걸음을 옮기는 모습을 지켜보았다. 잠시 후, 그는 남은 커피를 마저 들이켜고 턱을 문지르며 천천히 자리에서 일어섰다. "조금도 겁먹지 않았어. 아주 조금도."

그는 점심값을 치른 다음, 여전히 가슴이 부푼 채로 거리로 나섰다. 그리고 영광으로 얼굴을 빛내며, 사방의 사람들을 향해 미소를 건네며, 사무실로 돌아가기 시작했다.

"조금도 겁먹지 않았다고." 그는 마음속 깊은 곳까지 자부심으로 가득 찬 채로, 만면을 빛내며 중얼거렸다. "아주 조금도!"

그녀가 원한 세상
The World She Wanted

PHILIP K. DICK

래리 브루스터는 반쯤 졸면서 담배꽁초와 빈 맥주병, 구겨진 성냥갑이 쌓인 눈앞의 탁자를 탐구하고 있었다. 그는 손을 뻗어 맥주병 하나의 위치를 조절해 정확하게 원하던 효과를 얻어냈다.

'와인드업'의 뒤편에서 작은 딕시랜드* 악단이 시끄럽게 연주하고 있었다. 거친 재즈 소리가 바의 어둑한 분위기, 술렁이는 목소리, 잔 부딪치는 소리와 뒤섞였다. 래리 브루스터는 나른한 만족감을 느끼며 한숨을 쉬었다. "이게 극락이지." 그는 이렇게 단언하고는, 천천히 고개를 끄덕여 자신의 말에 동의했다. "아니면 적어도 선불교 천계의 일곱 번째 층 정도는 될 거야."

"선불교의 천계에 일곱 번째 층은 없을 텐데요." 머리 위에서 들려온, 당당한 여성의 목소리가 그의 말을 바로잡았다.

"그건 사실이지만, 나는 은유적으로 말하고 있었던 겁니다. 말 그대로가 아니라." 래리는 잠시 생각한 후 이렇게 대꾸했다.

"조심해야 할 거예요. 정확하게 당신이 생각한 대로의 내용 외에는 입 밖에 내면 곤란하죠."

"그리고 생각한 그대로 말해야 하고?" 래리는 고개를 들었다. "혹시 당신과 인사를 나누는 즐거움을 내가 가진 적이 있던가요, 젊은 숙녀분?"

늘씬한 금발 여성은 래리 맞은편의 자리에 털썩 앉았다. 어둑한 바

---

* 19세기 말에서 20세기 초에 생겨난 초기의 재즈 형식. 뉴올리언스재즈New Orleans jazz, 딕시dixie라고도 한다.

안에서 그녀의 눈이 날카롭게 번득였다. 그녀는 하얗게 빛나는 이를 드러내며 그를 향해 미소 지었다. "아뇨. 만난 적 없어요. 우리의 때는 아직 찾아오지 않았거든요."

"우리…… 우리의 때?" 래리는 흐늘거리는 몸을 애써 가누며 천천히 자세를 가다듬었다. 여성의 밝고 자부심 넘치는 얼굴에는 뭔가 경계심을 불러일으키는 요소가, 알코올로 인해 흐릿한 정신을 헤집고 들어오는 감각이 있었다. 너무 차분하고, 너무 확신이 넘치는 웃음이었다. "정확하게 무슨 소립니까?" 래리가 중얼거렸다. "이게 대체 무슨 일이죠?"

여성은 외투를 벗으며 풍만하고 둥근 가슴과 늘씬한 몸매를 드러냈다. "저는 마티니로 하죠. 참고로 제 이름은 앨리슨 홈스예요."

"래리 브루스터입니다." 래리는 여성의 모습을 꼼꼼히 살폈다. "뭘 원한다고 하셨죠?"

"마티니. 드라이로." 앨리슨은 싱긋 웃으며 맞은편의 남자를 바라보았다. "당신도 같은 걸로 한잔하지그래요?"

래리는 낮게 신음하며 웨이터에게 신호를 보냈다. "드라이 마티니 한 잔 주게, 맥스."

"알겠습니다, 브루스터 씨."

몇 분 후 맥스가 돌아와서 마티니 잔을 탁자 위에 올려놓았다. 그가 사라지자, 래리는 금발 여성 쪽을 향해 몸을 숙였다. "자, 그럼, 홈스 양—"

"당신은 안 드시나요?"

"난 됐습니다." 래리는 그녀가 술잔을 홀짝이는 모습을 지켜보았다. 작고 앙증맞은 손이었다. 나쁜 외모는 아니었지만, 그녀의 눈에 깃든 자족감 넘치는 차분한 태도가 마음에 들지 않았다. "우리의 때가 곧 찾아올 거라는 건 무슨 소립니까? 나도 좀 알게 해주시죠."

"단순한 문제예요. 여기 앉은 모습을 보고 당신이 바로 그 사람이라는 사실을 파악할 수 있었거든요. 앞에 놓인 탁자가 엉망인데도 말이죠." 그녀는 쌓여 있는 맥주병과 성냥갑 들을 바라보며 콧잔등에 주름을 잡았다. "왜 이걸 치우게 하지 않은 거죠?"

"내가 이 모습을 즐기니까요. 내가 그 사람이라는 걸 알았다고요? 어떤 사람 말입니까?" 래리의 호기심에 시동이 걸리고 있었다. "계속해보시죠."

"래리, 지금은 제 인생에서 매우 중요한 순간이에요." 앨리슨은 주변을 둘러보았다. "이런 장소에서 당신을 발견하게 될 줄 누가 알았겠어요? 하지만 저한테는 항상 일이 이런 식으로 일어났죠. 이 또한 거대한 사슬의 고리 하나에 지나지 않으니까요. 제 기억에 있는 머나먼 과거까지 거슬러 올라가는."

"사슬은 또 뭡니까?"

앨리슨은 웃음을 터트렸다. "가엾은 래리. 이해를 못하는군요." 그녀는 매력적인 눈을 이리저리 굴리며, 그를 향해 몸을 기울였다. "래리, 저는 아무도 모르는 사실을 하나 알고 있어요. 이 세상의 다른 누구도 모르는 일이죠. 제가 어린아이였을 때 깨달은 일이에요. 그건―."

"잠깐만요. '이 세상'이란 무슨 뜻입니까? 이보다 더 나은 세상이 있다는 겁니까? 더 좋은 세상요? 플라톤이 말한 것처럼? 이 세상은 모두 허상에 지나지 않는다는―."

"당연히 아니죠!" 앨리슨은 얼굴을 찌푸렸다. "이 세상이야말로 최고의 세상이에요, 래리. 가능한 모든 세상 중에서 최고의 세상이죠."

"아, 허버트 스펜서로군요."

"제게 있어서, 가능한 모든 세상 중 최고라는 뜻이에요." 그녀는 그를 향해 미소를, 차갑고 비밀이 깃든 미소를 지어 보였다.

"당신에게 최고라는 건 또 무슨 소립니까?"

그의 질문에 대답하는 여성의 조각 같은 얼굴에 순간 거의 포식자에 가까운 분위기가 감돌았다. "그야 당연히, 이 세상이 제 세계이기 때문이죠." 그녀가 차분하게 대답했다.

래리는 한쪽 눈썹을 추켜올렸다. "당신의 세계?" 그리고 그는 예의 바른 미소를 머금었다. "물론 그렇겠지요, 아가씨. 이 세상은 우리 모두의 세상이니까요." 그는 방 안을 향해 팔을 활짝 벌려 보였다. "당신의 세상, 내 세상, 저기 밴조 연주자의 세상—."

"아뇨." 앨리슨은 단호하게 고개를 저었다. "아니에요, 래리. 제 세계예요. 저한테만 속한 세상이에요. 이 모든 사물과 사람은 전부 제 거죠." 그녀는 그에게서 가까운 자리에 올 때까지 계속해서 의자를 움직였다. 그녀의 향수 냄새가, 따스하고 달콤하고 애를 태우는 향기가 느껴졌다. "이해가 안 되나요? 이 세상은 내 거예요. 여기 모든 것이 나를 위해 존재하는 거예요. 내 행복을 위해서요."

래리는 살짝 거리를 벌렸다. "아? 글쎄요, 철학 교의로서는 조금 유지하기 힘들어 보입니다만. 물론 데카르트의 주장에 따르면 이 세계는 오직 우리의 감각을 통해서만 인지할 수 있으며, 그 때문에 이 세상을 인지할 때는—."

앨리슨은 그의 팔에 가녀린 손을 올려놓았다. "그런 말을 하는 게 아니에요. 래리, 수많은 세계가 존재해요. 모든 종류의 세계가요. 수백만, 수억 개가 있죠. 사람들의 수만큼이나 많은 세계가 있어요. 모든 사람에게는 자신만의 세계가 있는 거예요. 자신만을 위한 사적인 세계가요. 자신을 위해, 자신의 행복을 위해 존재하는 세계 하나가요." 그녀는 수줍게 시선을 내렸다. "그저 여기가 나를 위한 세계일 뿐이에요."

래리는 그 말을 곱씹어보았다. "매우 흥미롭군요. 하지만 그렇다면 다른 사람들은 어떻게 된 겁니까? 예를 들어 저는요?"

"당연히 당신도 제 행복을 위해 존재하는 거죠. 제가 말하는 게 그거예요." 그녀의 작은 손이 더 강하게 누르기 시작했다. "당신을 보자마자 당신이 바로 그 사람이라는 사실을 알게 됐어요. 벌써 며칠 동안이나 이걸 생각하고 있었거든요. 그가 올 시간이 되었다고요. 나를 위한 남자요. 내가 결혼하고 싶은 남자가. 그래서 내 행복이 온전해질 수 있도록 말이에요."

"잠깐!" 래리는 소리치며 뒤로 물러섰다.

"뭐가 문제죠?"

"내 입장은 어떻게 되는 겁니까?" 래리가 물었다. "공평하지 않은 소리잖습니까! 내 행복은 고려되지 않는 겁니까?"

"고려되겠죠……. 다만 여기, 이 세계가 아닌 다른 곳에서요." 그녀는 허공에 손짓해 보였다. "다른 어딘가에 당신만을 위한 당신의 세계가 존재하겠죠. 이 세계에서 당신은 내 삶의 일부일 뿐이에요. 온전한 실체가 아닌 거죠. 이 세계에서 온전한 실체를 가진 사람은 오직 저뿐이거든요. 나머지 당신들은 나를 위해 여기 있는 거죠. 당신은…… 그저 부분적으로만 진짜일 뿐이에요."

"알겠습니다." 래리는 턱을 문지르며 천천히 의자에 등을 기댔다. "그렇다면 나 또한 수많은 세계에 존재하고 있는 셈이로군요. 여기에 약간, 저기에 약간, 내가 필요한 위치에 따라서요. 이를테면 지금 이 세계에서 여기 존재하고 있는 것처럼 말입니다. 당신이 필요로 할 때 짠! 하고 등장하기 위해서 25년 동안 어슬렁거리며 돌아다니고 있었다는 거지요."

"바로 그거예요." 앨리슨의 눈이 즐겁게 반짝였다. "무슨 말인지 알아들었군요." 그녀는 갑자기 손목시계를 보며 말했다. "늦었네요. 같이 가요."

"가다니?"

앨리슨은 서둘러 자리에서 일어나며, 작은 지갑을 손에 들고 외투를 걸쳤다. "당신하고 하고 싶은 일이 정말 많거든요, 래리! 가고 싶은 곳도 많고! 할 일도 많아요!" 그녀는 그의 팔을 붙들었다. "자, 어서. 얼른 가요."

래리는 천천히 자리에서 일어섰다. "저기, 사실 말인데—."

"아주 즐거울 거예요." 앨리슨은 그를 문 쪽으로 이끌기 시작했다. "어디 보자…… 뭐가 좋을까……."

래리는 화가 난 얼굴로 걸음을 멈추었다. "계산해야죠! 그냥 걸어 나갈 수는 없지 않습니까." 그는 자기 주머니를 뒤적였다. "지불할 금액이—."

"계산서는 됐어요. 오늘 밤은 필요 없으니까. 나를 위한 특별한 밤인걸요." 앨리슨은 빈 탁자를 치우기 위해 다가오는 맥스 쪽으로 몸을 빙돌렸다. "내 말 맞죠?"

나이 든 웨이터는 천천히 고개를 들었다. "뭐라고 하셨습니까, 아가씨?"

"오늘 밤은 계산할 필요 없다고요."

맥스는 고개를 끄덕였다. "계산하실 필요 없습니다, 아가씨. 보스의 생일이거든요. 오늘 밤 술은 전부 가게에서 내는 겁니다."

래리가 입을 떡 벌렸다. "뭐라고?"

"얼른 가요." 앨리슨은 그를 당기며, 완충재가 붙은 육중한 문을 통해 끌고 나왔다. 춥고 어둑한 뉴욕의 보도블럭 위로. "어서요, 래리. 우리할 일이 너무 많다고요!"

래리는 중얼거렸다. "아직도 저 택시가 어디서 온 건지 짐작이 안 되는군."

택시는 그들을 내려주고 그대로 달려 사라져버렸다. 래리는 주변을 둘러보았다. 여기가 어딜까? 어두운 거리는 고요하고 인적이라곤 없었다.

앨리슨 홈스가 말했다. "우선 코르사주를 하나 갖고 싶어요. 래리, 당신 약혼자에게 코르사주를 선물해야겠다는 생각 안 들어요? 최대한 멋진 모습으로 들어가고 싶은데."

"코르사주? 이 한밤중에 말입니까?" 래리는 고요하고 어두운 거리를 손짓해 보이며 말했다. "농담하는 거지요?"

앨리슨은 잠시 생각에 잠겼다가, 갑자기 길을 건넜다. 래리는 그녀의 뒤를 따라갔다. 앨리슨은 문 닫은 꽃집 앞에 섰다. 간판에는 불이 꺼져 있고, 문은 잠겨 있었다. 그녀는 동전을 손에 들고 유리창을 똑똑 두드렸다.

"당신 미친 겁니까?" 래리가 소리쳤다. "안에는 아무도 없다고요. 이런 한밤중에!"

문득 안쪽에서 인기척이 들려왔다. 노인 한 명이 천천히 창문 앞으로 나와서 안경을 벗어 주머니에 넣었다. 그는 몸을 숙이고 문을 열어 주었다. "무슨 일이오, 아가씨?"

"코르사주가 필요해요. 최고의 물건으로요." 앨리슨은 가게 안으로 밀고 들어가며 경탄하는 눈으로 사방의 꽃들을 둘러보았다.

"신경 안 쓰셔도 됩니다, 주인장." 래리가 중얼거렸다. "저 아가씨는 신경 쓰지 마세요. 아무래도 조금―."

"괜찮네." 노인은 한숨을 쉬었다. "소득세를 확인하던 중이었거든. 잠깐 쉬어도 좋겠지. 만들어놓은 코르사주가 좀 있을 걸세. 냉장고 좀 열어보고 오겠네."

5분 후, 그들은 다시 거리로 나와 있었다. 앨리슨은 외투에 꽂은 커다란 난초 코르사주를 흥분한 눈으로 내려다보고 있었다. "정말 예뻐요, 래리!" 그녀는 속삭였다. 그리고 그의 팔을 꼭 붙들고 얼굴을 올려다보았다. "정말 고마워요. 자, 그럼 이제 가죠."

"어디로 간다는 겁니까? 물론 새벽 한 시에 세금을 환급받으려 애쓰는 노인을 발견하기는 했지만, 이 신조차 포기한 것 같은 무덤 같은 곳에서 다른 뭘 찾을 수 있을지 모르겠는데요."

앨리슨은 주변을 둘러보았다. "어디 보자……. 이쪽으로요. 저기 보이는 낡고 큰 집 어때요? 뭘 보게 되어도 놀랍지는 않겠지만―." 그녀는 래리를 끌고 인도를 따라 걷기 시작했다. 또각거리는 하이힐 소리가 밤의 정적을 뚫고 울렸다.

"좋습니다." 래리는 슬쩍 웃으며 중얼거렸다. "하자는 대로 하지요. 꽤 흥미로운 일이 벌어질 것 같군요."

커다란 정방형의 집에는 불빛 하나 보이지 않았다. 창문마다 전부 가리개를 내린 모양이었다. 앨리슨은 보도를 따라 빠르게 걸어가서, 어둠 속을 더듬으며 집의 현관 앞으로 올라섰다.

"잠깐!" 래리는 순간 깜짝 놀라 소리쳤다. 앨리슨이 문고리에 손을 올린 것이다. 그녀는 문을 열었다.

눈부신 빛이 그들에게 쏟아졌다. 웅성거리는 소리가 들렸다. 두꺼운 커튼 뒤에서 사람들이 움직이고 있었다. 커다란 방 안에 사람들이 가득했다. 이브닝드레스를 입은 남자와 여자들이 긴 탁자와 카운터 위에 몸을 숙이고 있었다.

"아, 이런." 래리가 중얼거렸다. "진짜로 곤란해졌잖습니까. 여긴 우리가 올 만한 장소가 아니에요."

고릴라처럼 생긴 거칠어 보이는 남자 셋이 주머니에 손을 찌른 채 이쪽으로 다가왔다. "멋져요, 여기. 들어가볼까요."

래리는 물러서기 시작했다. "사양하죠. 저는 이런 데 어울리는 사람이 아니라서."

"말도 안 돼요." 앨리슨은 흥분으로 눈을 반짝이며 그의 팔을 붙들었다. "전 항상 도박장을 방문해보고 싶었다고요. 저기 탁자들 좀 보세요! 뭘 하고 있는 걸까요? 저기 저건 대체 뭐죠?"

"제발 부탁입니다." 래리는 숨을 헐떡이며 사정했다. "여기서 나갑시다. 저 사람들은 우리를 알지도 못해요."

"당연히 모르지." 육중한 고릴라 하나가 혀 짧은 소리로 중얼거렸다. 그는 동료들에게 고갯짓을 했다. "그럼 꺼져주실까." 그들은 래리를 붙들고 문 쪽으로 끌고 가기 시작했다.

앨리슨은 눈을 깜빡였다. "지금 그 사람한테 뭘 하는 거예요? 당장 멈춰요!" 그녀는 입술을 움직이며 정신을 집중했다. "코니…… 코니하고 얘기하게 해줘요."

덩치 세 명은 그대로 움직임을 멈추었다. 그리고 천천히 그녀 쪽으로 고개를 돌렸다. "누구? 지금 누구라고 하셨습니까, 아가씨?"

앨리슨은 그들을 향해 웃음을 머금었다. "코니라고 한 것 같은데요. 그렇게 말하지 않았던가요? 코니요. 그 사람 어디 있어요?" 그녀는 주변을 둘러보았다. "저기 저 사람 아닌가요?"

탁자 하나에 앉아 있던 작고 말쑥한 남자가 자신의 이름을 들은 듯 찌푸린 얼굴로 고개를 돌렸다. 짜증 때문에 얼굴이 일그러졌다.

"그만하세요, 아가씨." 덩치 한 명이 재빨리 말했다. "코니 씨를 귀찮게 하면 안 됩니다. 방해받는 걸 정말로 싫어하신다고요." 그는 문을 닫고 래리와 앨리슨을 커튼 너머의 널찍한 방으로 밀어 넣었다. "가서 즐기십쇼. 원하는 대로 놀아요. 좋은 시간 되십쇼."

래리는 옆의 여자를 내려다보았다. 그리고 힘없이 고개를 저었다. "한잔해야 할 것 같군요. 독한 놈으로."

"좋아요." 앨리슨은 룰렛 테이블에 시선을 고정한 채로 행복하게 말했다. "가서 한잔하고 오세요. 나는 즐길 테니까!"

독한 스카치 앤드 워터를 한두 잔 들이킨 후, 래리는 의자에서 미끄러져 내려와 바를 떠나 방 가운데 있는 룰렛 탁자 쪽으로 걸음을 옮겼다.

탁자 주변으로 사람들이 잔뜩 모여 있었다. 래리는 눈을 감고 마음을 가다듬으려 애썼다. 무슨 일이 벌어졌을지는 뻔했다. 그는 애써 기력을 모은 다음 사람들을 뚫고 탁자 쪽으로 다가갔다.

"이 파란색은 얼마짜린가요?" 앨리슨이 푸른 칩 하나를 들고 룰렛 진행자에게 묻고 있었다. 그녀 앞에는 칩이, 온갖 색깔의 칩이 산더미처럼 쌓여 있었다. 모두 술렁거리고 작은 소리로 대화를 나누며 그녀를 바라보고 있었다.

래리는 사람들을 뚫고 그녀에게 다가갔다. "잘돼갑니까? 결혼자금을 전부 날린 건 아닌가요?"

"아직은 괜찮아요. 이 사람 말에 따르면 아직 앞서고 있는 모양인데요."

"저 사람이 그렇게 말했다면 괜찮겠지요." 래리는 지친 듯 한숨을 쉬었다. "이런 일을 하는 사람이니까요."

"당신도 하고 싶어요?" 앨리슨은 칩을 한아름 받아 챙기며 말했다. "이거 써도 돼요. 난 더 있거든요."

"딱 봐도 알겠습니다. 하지만…… 아뇨, 괜찮습니다. 이건 제 선을 넘었어요. 슬슬 갑시다." 래리는 그녀를 탁자에서 끌어냈다. "아무래도 우리 잠시 이야기를 나눌 때가 된 것 같습니다. 저쪽에 조용한 구석으로 좀 갑시다."

"이야기요?"

"생각을 좀 해봤습니다. 아무래도 이건 도를 넘은 것 같아요."

앨리슨은 그를 따라 걸음을 옮겼다. 래리는 방 한쪽으로 향했다. 커다란 벽난로에 불길이 타오르고 있었다. 래리는 안락의자 하나에 몸을 던지고 그 옆의 의자를 가리켰다. "앉으시죠." 래리가 말했다.

앨리슨은 다리를 꼬고 자리에 앉으며 치마 주름을 매만졌다. 그리고 한숨을 쉬면서 의자에 몸을 묻었다. "참 멋지지 않아요? 이 벽난로하고, 다른 모든 것들요. 항상 꿈꾸던 그대로예요." 그녀는 꿈을 꾸듯 눈을 감았다.

래리는 생각에 잠긴 채, 담배를 꺼내 천천히 불을 붙였다. "잠시 이야기 좀 합시다, 홈스 양—."

"앨리슨이에요. 우리 곧 결혼할 사인데."

"그럼 앨리슨이라고 부르죠. 잘 들어요, 앨리슨. 이건 전부 말도 안 되는 일입니다. 바에서 한잔하면서 곰곰이 생각해봤어요. 이건 말이 안 돼요. 당신의 허황된 이론 말입니다."

"왜 안 된다는 거죠?" 나른하고 느긋한 목소리였다.

래리는 성난 듯 손짓을 해 보였다. "왜 그런지 말씀드리죠. 당신은 내가 부분적으로만 현실이라 말하지 않았습니까. 온전하게 실재하는 존재는 오직 당신뿐이라고요."

앨리슨은 고개를 끄덕였다. "그렇죠."

"하지만 이거 보십시오! 여기 다른 사람들의 경우에는 나도 알 수가 없어요—." 래리는 경멸하는 것처럼 다른 사람들 쪽으로 손을 휘두르며 말을 이었다. "저들에 대해서는 당신 말이 옳을지도 모릅니다. 사실 모두 허상일지도 모르죠. 하지만 나는 아닙니다! 내가 허상이라고 말할 수는 없을 것 아닙니까." 그는 의자 팔걸이를 내리치며 말했다. "봤죠? 이 주먹이 부분적으로만 실재하는 것으로 보였습니까?"

"의자 또한 부분적으로만 실재하는 걸요."

래리는 신음을 흘렸다. "젠장, 나는 이 세상에 25년 동안 살았고, 당신을 만난 것은 겨우 몇 시간 전이란 말입니다. 그런데 내가 실제로 살아 있는 것이 아니라는 말을 믿으라고요? 진짜가 아니라고, 진짜 내가 아니라고? 내가 일종의…… 당신의 세상에 존재하는 배경의 일부일 뿐이라고? 부품이라고?"

"래리, 내 사랑. 당신에게도 당신의 세계가 있어요. 우리 모두 각자의 세계를 가지고 있는 거예요. 그저 이 세계가 내 것이고, 당신이 나를 위해 여기 존재하는 것뿐이에요." 앨리슨은 크고 푸른 눈을 떴다. "당신의 진짜 세계에도 내 일부가 당신을 위해 존재할지도 몰라요. 모든 세계는 서로 겹쳐 있으니까요, 내 사랑. 모르겠어요? 내 세계에서 당신은 나를 위해 존재하는 거예요. 어쩌면 당신 세계에서는 내가 당신을 위해 존재할지도 모르겠어요." 그녀는 웃음을 머금었다. "위대한 설계자는 분명 경제적 효율을 심각하게 따지는 모양이에요. 뛰어난 예술가들은 다들 그렇지만요. 세계 중 많은 수는 비슷한 모습, 거의 같은 모습을 하고 있어요. 그러나 그 수많은 세계들은 제각기 단 한 사람의 소유일 뿐이죠."

"그리고 이건 당신 세계라는 거지요." 래리는 한숨을 뱉으며 말했다. "알겠습니다, 아가씨. 마음을 단단히 먹은 모양이니, 장난질에 어울려 주기로 하지요. 적어도 당분간은. 당신의 행동에 동참하겠습니다." 그는 옆에서 안락의자에 몸을 묻고 있는 여자를 찬찬히 살폈다. "사실 당신은 외모도 그리 나쁘지 않아요. 전혀 나쁘지 않죠."

"고맙네요."

"그래, 받아들이겠습니다. 적어도 당분간은요. 어쩌면 정말로 우리가 서로의 짝일지도 모르지요. 하지만 당신도 조금 진정해줬으면 합니다. 행운을 너무 밀어붙이고 있어요. 내 주변에 계속 머물 거라면 조금 느슨하게 행동하는 편이 좋을 겁니다."

"무슨 뜻인가요, 래리?"

"이 모든 것들요. 이 장소라든가. 경찰이 들이닥치면 어쩔 겁니까? 도박에, 쫓기는 신세가 되면." 래리는 아련한 눈빛으로 허공을 바라보았다. "아니, 이건 옳지 못해요. 이건 내가 항상 그리던 삶이 아닙니다. 내 마음속의 눈에는 뭐가 보이는지 아십니까?" 래리의 눈에 동경하는 빛이 맺히며, 얼굴에 웃음이 떠올랐다. "작은 집이 보입니다. 시골에 멀리 떨어진 집요. 농장이. 널찍한 평원이. 캔자스나 콜로라도일 것 같군요. 작은 오두막집도 있고. 우물도 있고. 소도 있고."

앨리슨은 얼굴을 찌푸렸다. "그래요?"

"또 뭐가 보이는지 아십니까? 그 안에 내가 있어요. 밭을 갈고 있습니다. 아니면…… 닭에게 모이를 주고 있죠. 닭에게 모이를 줘본 적 있습니까?" 래리는 행복하게 고개를 저었다. "꽤나 재밌거든요. 다람쥐도 그렇죠. 공원을 거닐면서 다람쥐에게 먹이를 줘본 적 있습니까? 크고 긴 꼬리를 가진 회색다람쥐요. 꼬리가 자기 몸통만큼이나 길죠."

앨리슨은 하품을 했다. 그녀는 문득 자리에서 일어나며 지갑을 손에 들었다. "아무래도 떠날 때가 온 것 같네요."

래리도 천천히 자리에서 일어섰다. "그래요, 그런 모양입니다."

"내일은 상당히 바쁜 하루가 될 거예요. 아침 일찍부터 움직이고 싶네요." 앨리슨은 사람들을 헤치고 문 쪽으로 향했다. "우선 한 가지 찾고 싶은 것이 있는데―."

래리가 그녀를 제지했다. "칩."

"네?"

"당신 칩 말입니다. 그거 반납해야죠."

"뭐하려요?"

"그래야 돈을 받을 것 아닙니까. 슬슬 파장인 모양인데."

"아, 귀찮아라." 앨리슨은 블랙잭 탁자에 앉아 있는 덩치 큰 남자를 향해 돌아섰다. "여기요!" 그녀는 남자의 무릎에 칩을 쏟아부었다. "이거 받아요. 됐죠, 래리? 어서 가요!"

택시는 래리의 아파트 앞에 멈추었다. "당신 여기에서 사는 건가요?" 앨리슨은 건물을 올려다보며 물었다. "별로 현대적인 건물은 아니네요?"

"그렇지요." 래리는 문을 밀어 열면서 말했다. "그리고 배관 상태도 별로 좋지 못합니다. 하지만 무슨 상관인가요."

"래리?" 앨리슨은 택시를 내리려는 래리를 제지했다.

"네?"

"내일 일을 잊지는 않겠죠?"

"내일요?"

"우리 할 일이 정말 많잖아요. 당신이 일찍 일어나서 온갖 곳에 갈 채비를 마쳤으면 좋겠어요. 그래야 뭔가 할 수 있을 테니까."

"아침 여섯 시는 어떻습니까? 그 정도면 충분한가요?" 래리는 하품을 했다. 늦은 시간인 데다 날씨도 쌀쌀했다.

"아, 그 정도로 일찍은 아녜요. 아침 열 시에 당신을 맞이하러 올게요."

"열 시요! 하지만 나도 출근해야 합니다. 일은 해야죠!"

"내일은 안 돼요. 내일은 우리의 날이잖아요."

"일을 하지 않으면 대체 어떻게 먹고 살라는─."

앨리슨은 늘씬한 팔을 뻗어 그를 끌어안았다. "걱정하지 말아요, 다 잘될 테니까. 기억하죠? 이 세계는 내 것이라고요." 그녀는 그를 끌어당겨 입을 맞추었다. 달콤하고 서늘한 입술이었다. 그녀는 눈을 감은 채 그에게 꼭 매달렸다.

그는 그녀의 팔을 풀었다. "좋아요, 알겠습니다." 그는 넥타이를 바로 잡고는 보도 위로 내려섰다.

"그럼 내일이에요. 그리고 옛 일자리에 대해서는 걱정하지 말아요. 잘 자요, 래리, 내 사랑." 앨리슨은 문을 닫았다. 택시는 그대로 어둑한 거리를 따라 달려가버렸다. 래리는 아직도 어안이 벙벙한 채로 택시가 사라진 쪽을 바라보았다. 마침내 그는 어깨를 으쓱하고는 아파트 건물

254

쪽으로 몸을 돌렸다.

홀의 탁자에 그에게 온 편지가 한 통 놓여 있었다. 그는 편지를 집고는 계단을 올라가며 뜯어보았다. 그의 직장, 브레이 보험사에서 보낸 편지였다. 모든 직원에게 2주의 휴가를 배분하는 연간 휴가 일정표가 그 안에 들어 있었다. 자신의 휴가가 언제 시작할지는 구태여 이름을 찾아보지 않아도 짐작할 수 있었다.

"걱정하지 말아요." 앨리슨이 그렇게 말했으니까.

래리는 우수에 찬 미소를 지으며 편지를 외투 주머니에 쑤셔 넣었다. 아파트 문을 열면서 그는 생각했다. 오전 열 시라고 했던가? 적어도 푹 잘 시간은 충분할 모양이었다.

따스하고 화창한 날이었다. 래리 브루스터는 아파트 건물 앞 계단에 앉아서 담배를 피우며, 앨리슨을 기다리는 동안 생각을 정리했다.

그리 나쁘지는 않은 여자였다. 그거 하나는 분명했다. 온갖 것들이 잘 익은 자두처럼 그녀의 무릎 위로 떨어져 내리기는 했지만. 이곳이 자신의 세계라고 생각하는 것도 그리 이상한 일은 아니었다…… 운이 엄청나게 좋은 것은 사실이니까. 하지만 그런 사람들도 존재한다. 단순히 운이 좋은 사람들. 움직일 때마다 일확천금하는 사람들. 퀴즈 쇼에서 우승하고, 배수로에 빠진 돈을 줍고, 매번 이기는 말에 돈을 거는 사람들. 그런 일도 벌어지는 법이다.

하지만 그녀의 세계라니? 래리는 웃음을 머금었다. 아무래도 앨리슨은 정말로 그렇게 믿는 모양이었다. 흥미로운 일이었다. 뭐, 적어도 당분간은 그녀의 믿음에 어울려줄 생각이었다. 괜찮은 여자인 것 같으니까.

경적 소리가 들려 래리는 고개를 들었다. 투톤 컨버터블 한 대가 지붕을 내린 채 그의 앞에 서 있었다. 앨리슨이 손을 흔들었다. "안녕! 어서 타요!"

래리는 자리에서 일어서 그쪽으로 다가갔다. "이건 어디서 얻은 겁니까?" 그는 문을 열고 천천히 차에 올랐다.

"이거요?" 앨리슨은 차를 몰기 시작하며 말했다. 차는 순식간에 도로로 달려나갔다. "까먹었어요. 누군가 준 물건 같은데."

"잊어버렸다고요!" 그는 그녀를 멍하니 바라보다가, 결국 푹신한 좌석에 몸을 묻으며 긴장을 풀었다. "그래서? 첫 번째 할 일은 뭡니까?"

"새 집을 찾아갈 거예요."

"누구네 새 집요?"

"우리 집요. 당신하고 나의 집."

래리는 자리에 파묻힌 채 말했다. "뭐라고! 하지만 당신—."

앨리슨은 능숙하게 모퉁이를 돌면서 말했다. "마음에 들 거예요. 홀륭한 집이거든요. 당신 아파트는 얼마나 크죠?"

"방 세 개짜리죠."

앨리슨은 즐겁게 웃었다. "이 집은 방이 열한 개예요. 2층 건물이고. 크기가 2천 제곱미터 정도 되죠. 적어도 들은 바로는 그래요."

"직접 본 적은 없는 겁니까?"

"아직은요. 제 변호사가 오늘 아침에야 연락을 해왔거든요."

"당신 변호사가?"

"유산으로 넘어온 부동산의 일부라서요."

래리는 천천히 정신을 가다듬었다. 선홍색 투피스 정장을 입은 앨리슨은 행복한 표정으로 눈앞의 도로를 내다보고 있었다. 작은 얼굴에는 공허한 만족감이 가득했다. "내가 정리해보지요. 당신은 그 건물을 실제로 본 적이 없고, 변호사가 전화로 일러줬다는 거지요. 유산으로 받은 부동산의 일부고."

"맞아요. 나이 드신 숙부님이나 뭐 그런 사람이 남겨줬대요. 이름은 잊었지만요. 그 사람이 나한테 유산을 남길 거라고는 생각도 못했는데." 그녀는 래리를 바라보며 환히 웃음 지었다. "하지만 지금은 내게 특별한 순간이니까요. 모든 것이 제대로 진행되는 것이 중요해요. 내 세계 전체가……."

"그래요, 당신 세계 전체가. 그 집이 마음에 들면 좋겠군요."

앨리슨은 웃음을 터트렸다. "마음에 들 거예요. 어쨌든 나를 위해 존재하는 건물이잖아요. 나를 위해 그곳에 있는 거라고요."

"그거 참 과학적이고 엄밀한 논증이로군요." 래리가 중얼거렸다. "당신에게 일어나는 모든 일은 최선인 거지요. 당신은 모든 것에 행복을 느낍니다. 따라서 이곳은 당신의 세계일 수밖에 없는 거지요. 하지만 그 최선이란 당신이 만든 것일 뿐일지도 모릅니다. 자신에게 벌어지는 일을 정말로 즐기고 있다고 자기 합리화를 하면서요."

"그렇게 생각하나요?"

차가 쏜살같이 내달리는 동안, 그는 생각에 잠겨 얼굴을 찌푸렸다. "한 가지 물어보지요." 그가 마침내 입을 열었다. "복수複數의 세계에 대해서는 어떻게 알게 된 겁니까? 이 세계가 당신의 것이라고 확신하는 이유는 뭐지요?"

그녀는 그를 향해 웃어 보였다. "나 스스로 알아냈어요. 나는 논리학과 철학과 역사학을 배웠죠. 그러나 뭔가를 배울 때마다 항상 의문이 생겼어요. 가장 중요한 순간에, 인간이나 국가에 신이 간섭하는 것처럼 운의 방향이 바뀌는 이유가 뭘까? 내 세계가 바로 이런 형태를 가지기 위해서 필요한 것처럼, 특정한 방향으로 기묘한 일이 벌어지는 현상이 역사 전반에 걸쳐 일어나는 이유가 무엇인지 말이죠.

'이 세계가 가능한 모든 세계 중 최선이다'라는 이론에 대해서는 들어본 적이 있지만, 그걸 읽었을 때는 말이 안 되는 것만 같았어요. 나는 인간의 종교에 대해서, 창조주의 존재 가능성에 대한 과학적인 탐구 방법에 대해서 공부했지요. 하지만 항상 뭔가가 부족했어요. 고려하는 데에 넣을 수 없는, 또는 무시하고 있는 요소가 존재하는 것이 분명했죠."

래리는 고개를 끄덕였다. "물론 그렇지요. 사실 간단한 겁니다. 만약 이곳이 존재 가능한 세계 가운데 최선이라면, 이곳에 고통이, 불필요한 고통이 존재하는 이유가 뭐겠습니까. 지금까지 수백만의 사람들이 믿어왔고, 믿고 있으며, 미래에도 믿을 것이 분명한 자비롭고 전능한 조물주가 존재한다면, 악의 존재를 어떻게 생각해야 하겠습니까?" 그는 그녀를 보며 웃음 지었다. "그리고 당신은 이 모든 문제에 대한 답변을, 마티니처럼 가볍게 제공해줬단 말이죠."

앨리슨은 코를 훌쩍였다. "그런 식으로 말할 필요는 없잖아요……. 어쨌든 단순한 해결책이기는 하고, 그걸 깨달은 사람도 나뿐만이 아니란 말이죠. 물론 이 세계에서는 나 하나뿐인 것 같지만……."

"좋습니다." 래리가 끼어들었다. "우선 당신의 논리를 전부 듣기 전까지는 반박하지 않기로 하지요."

"고마워요, 내 사랑." 그녀가 말했다. "사실 당신도 이해하고 있을 거예요. 내 의견에 즉각 동의하지는 않더라도…… 물론 그렇게 되면 지루하겠죠. 당신을 설득하려 애쓰는 쪽이 훨씬 즐거울 거예요……. 아, 너무 초조해하지 말아요. 바로 본론으로 들어갈 테니까."

"고맙습니다." 그가 말했다.

"사실 콜럼버스의 달걀처럼, 관점을 깨우치면 간단한 일이에요. 자비로운 창조주와 '존재 가능한 최고의 세계' 이론이 수렁에 빠지는 이유는, 우리가 불완전한 가정에서 출발하기 때문이에요. 이 세계가 유일한 세계라는 가정 말이죠. 하지만 다른 관점을 도입한다고 생각해보세요. 창조주에게 무한한 권능이 있다면 분명 무한한 수의 세계를 창조해낼 수 있을 거예요……. 아니면 적어도 우리에게 무한하게 보이는 아주 많은 세계를요.

그런 가정을 한다면, 모든 것이 맞아떨어져요. 창조주는 작업을 시작해서, 모든 인간에게 자기만의 독자적인 세계를 창조해주는 거예요. 각각의 세계가 한 인간을 위해서만 존재하는 거죠. 창조주는 예술가이지만 효율적인 방식을 선호하기 때문에, 모든 세계에서 주제나 사건이나 모티프가 반복적으로 나타나는 거고요."

"아하." 래리는 부드럽게 대꾸했다. "이제야 당신 생각의 방향을 알 것 같군요. 일부 세계에서는 나폴레옹이 워털루 전투에서 승리했겠지요. 물론 모든 것이 그를 위해 완벽하게 맞아떨어진 세계는 그 자신의 세계 하나밖에 없었겠지만요. 이 세계에서 나폴레옹은 패배할 수밖에 없었고……."

"내 세계에 나폴레옹이 존재했는지도 확신하지 못하겠어요." 앨리슨이 말했다. "내 생각에 그 사람은 단순히 기록으로 존재하는 이름인 것 같아요. 물론 다른 세계들에서는 그런 사람이 존재했겠지만요. 내 세계에서 히틀러는 패배하고, 루스벨트는 죽음을 맞이했죠. 유감스러운 사실이기는 하지만 내가 아는 사람도 아니고, 애초에 별로 실재하는 정도가 크지도 않았을 테니까요. 그저 다른 사람들의 세계에서 가져온 이미지일 뿐이죠……."

"좋습니다." 그가 말했다. "그래서 당신 인생에서는 모든 일이 완벽하게 일어났다는 거지요? 당신은 크게 앓은 적도, 다친 적도, 배를 곯은 적도 없고……."

"대충 그런 셈이죠." 그녀는 동의했다. "물론 다치거나 당황스러운 경험을 한 적은 있지만, 정말로 심각한…… 뭐, 정말로 문제가 남을 만한 일을 겪은 적은 없어요. 그리고 그 모든 상황이 내가 정말로 원하는 것을 얻는 발판이 되어주거나, 정말로 중요한 사실을 이해하는 발판이 되어줬지요. 내 논리는 완벽해요, 래리. 모든 것을 하나의 실마리에서 시작해서 유추해낸 거라고요. 이런 검증을 견뎌내는 다른 해답은 존재할 수 없어요."

래리는 웃음을 지었다. "내가 어떻게 생각하든 무슨 상관입니까? 어차피 당신은 마음을 고쳐 먹지 않을 텐데."

래리는 역겨움을 느끼며 건물을 바라보았다. "저게 집이라고요?" 그는 마침내 이렇게 중얼거렸다.

대저택을 보는 앨리슨의 눈은 행복으로 가득했다. "왜 그래요, 내 사랑? 뭐라고 했죠?"

거대한 집이었다. 거기다 지독하게 초현대적이라 페이스트리 요리사의 악몽에나 나올 법한 모습이었다. 우뚝 솟은 거대한 기둥들을 기울어진 들보와 지지대가 연결하고 있었다. 방들은 신발 상자처럼 층층이 포개진 채 저마다 서로 다른 방향을 향하고 있었다. 건물 전체를 밝은 금속판 비슷한 물건으로 마감해서, 버터 같은 끔찍한 노란색을 띠고 있었다. 오전의 햇빛을 받은 건물은 반짝이며 타오르는 것처럼 보였다.

"저건…… 대체 뭡니까?" 래리는 불규칙적인 건물 한쪽을 휘감고 올라가는 몇 줄기 식물을 가리켰다. "저게 저기 있어야 하는 거 맞습니까?"

앨리슨은 살짝 얼굴을 찌푸리고 눈을 깜빡였다. "뭐라고 했죠, 내 사랑? 부겐빌레아 말인가요? 저건 아주 희귀한 식물이에요. 남태평양이 원산지죠."

"역할이 뭡니까? 건물을 제자리에 잡아두는 건가요?"

앨리슨의 미소가 사라졌다. 그녀는 한쪽 눈썹을 치켜올리며 말했다. "내 사랑, 기분은 괜찮은 거예요? 뭔가 문제라도 있나요?"

래리는 자동차로 돌아갔다. "중심가로 돌아갑시다. 배고파서 점심을 먹고 싶군요."

"좋아요." 앨리슨은 묘한 눈으로 그를 바라보며 말했다. "그래요, 돌아가죠."

그날 밤 저녁식사를 마칠 때까지, 래리는 무뚝뚝한 우울한 얼굴을 유지했다. "와인드업으로 갑시다." 그가 갑자기 말했다. "기분전환 삼아서 뭔가 익숙한 모습을 보고 싶군요."

"무슨 뜻이에요?"

래리는 방금 나온 고급 레스토랑을 향해 고갯짓을 했다. "조명은 휘황찬란하고, 키 작은 사람들이 제복을 입고 나와서 귓가에 속삭이지 않는 곳 말입니다. 그것도 프랑스어잖소."

"음식을 주문하려면 프랑스어를 할 줄 알아야 해요." 앨리슨이 단호하게 말했다. 그녀는 성난 얼굴로 입술을 비쭉 내밀었다. "래리, 점점 당신을 모르겠어요. 저택에서 당신이 한 행동이며, 계속 이상한 말을 지껄이는 이유도요."

래리는 어깨를 으쓱했다. "그 저택을 보니 잠시 혼이 나가버린 모양입니다."

"그렇다면 빨리 회복해줬으면 좋겠네요."

"매 순간 조금씩 회복하고 있지요."

그들은 와인드업에 도착했다. 앨리슨은 안으로 들어가기 시작했다. 래리는 잠시 그녀를 제지하고 담배를 피워 물었다. 예전과 같은 친숙한 와인드업이 바로 앞에 있었다. 문 앞에 서 있는 것만으로도 이미 기분이 나아지기 시작했다. 따스하고, 어두침침하고, 시끄럽고, 떠들썩한 딕시랜드 연주대의 음악이 배경에서 울리는······.

기분이 나아졌다. 오래된 바가 주는 평화와 만족감이 눈앞에 있었다. 그는 한숨을 쉬며 문을 열었다.

그리고 충격을 받고 자리에 못박혀 섰다.

와인드업은 바뀌어 있었다. 밝은 조명에 눈이 부셨다. 웨이터 맥스 대신 깔끔한 제복을 입은 웨이트리스들이 부산하게 돌아다니고 있었다. 잘 차려입은 여자들이 사방에 앉아 칵테일을 홀짝이며 수다를 떨고 있었다. 그리고 뒤편에는 가짜 집시 오케스트라가 자리를 잡고 앉아서, 가짜 민속복장을 걸친 긴 머리 남자의 바이올린 연주에 장단을 맞추고 있었다.

앨리슨이 몸을 돌리며 말했다. "얼른 들어와요!" 그녀는 초조한 듯 쏘아붙였다. "그렇게 문가에 서 있으면 사람들 시선이 쏠리잖아요."

래리는 가짜 집시 오케스트라를, 부산을 떨며 돌아다니는 웨이트리스들을, 수다 떠는 숙녀들을, 오목한 네온 조명을 한참 동안 바라보고 서 있었다. 온몸이 먹먹해졌다. 기운이 빠져나갔다.

"왜 그러는 거예요?" 앨리슨은 그의 팔짱을 끼며 말했다. "대체 뭐가 문제예요?"

"대체…… 무슨 일이 벌어진 겁니까?" 래리는 가게 안쪽을 향해 힘없이 손짓하며 말했다. "사고라도 난 겁니까?"

"아, 이거요. 말해주려 했는데 잊었어요. 오맬러리 씨한테 이야기를 좀 했거든요. 어젯밤 당신을 만나기 전에요."

"오맬러리가 누굽니까?"

"이 건물 소유주예요. 내 오랜 친구죠. 그 사람에게 이 작은 술집이 얼마나 지저분하고 매력이 없는지를 지적해줬어요. 상황을 개선할 수 있는 몇 가지 개선점을 일러줬죠."

래리는 가게 밖의 보도로 걸어 나왔다. 그는 구두 뒷굽으로 담배를 밟아 끈 다음 주머니에 손을 찔러 넣었다.

앨리슨이 서둘러 그를 따라 나왔다. 분노로 두 볼이 붉게 달아올라 있었다. "래리! 어딜 가는 거예요?"

"잘 가요."

"잘 가라고요?" 그녀는 깜짝 놀라서 그를 바라보았다. "무슨 소리예요?"

"갈 겁니다."

"어딜 가는데요?"

"밖으로요. 집으로. 공원으로. 어디든 상관없습니다." 래리는 구부정한 자세로, 주머니에 손을 찔러 넣고 보도를 따라 걸음을 옮기기 시작했다.

앨리슨은 그를 따라잡더니 성난 모습으로 그의 앞길을 막아섰다. "정신이 나간 거예요? 지금 무슨 소리를 하는 건지 알아요?"

"물론이죠. 당신과 헤어지는 겁니다. 이걸로 그만 끝내죠. 뭐, 즐거웠습니다. 나중에 또 봅시다."

앨리슨의 두 뺨이 불붙은 석탄처럼 타올랐다. "잠깐 기다려요, 브루스터 씨. 당신 뭔가 잊은 것 같은데." 딱딱하고 불안정한, 금방이라도 부러질 것 같은 목소리였다.

"뭘 잊었다는 겁니까? 무슨 뜻이죠?"

"당신은 떠날 수 없어요. 나를 버리고 갈 수 없다고요."

래리는 한쪽 눈썹을 추켜올렸다. "떠날 수 없다고요?"

"아직 시간이 있을 때 재고해보는 쪽을 권하겠어요."

"무슨 뜻인지 모르겠군요." 래리는 하품을 했다. "아무래도 방 세 개 달린 내 아파트로 돌아가서 잠자리에 들어야겠습니다. 지쳤거든요." 그는 그녀를 지나쳐 걸음을 옮기기 시작했다.

"잊은 거예요?" 앨리슨이 쏘아붙였다. "당신이 온전한 존재가 아니라는 것을요? 당신은 오직 내 세계의 일부로서만 존재하는 거라고요."

"세상에! 또 그 소립니까?"

"그대로 떠나기 전에 잘 생각해보는 게 좋을 거예요. 당신은 내 이익을 위해서 존재하는 거예요, 브루스터 씨. 기억하라고요, 여긴 내 세상이예요. 당신 세상에서는 상황이 다를지도 모르지만, 여긴 내 세상이라고요. 그리고 내 세상에서는 모두 내가 말하는 대로 행동하는 거예요."

"잘 가요." 래리 브루스터가 말했다.

"그래도…… 내가 이렇게 말해도 떠난다는 건가요?"

래리 브루스터는 천천히 고개를 저었다. "아뇨. 솔직히 말하자면, 저는 떠나지 않을 생각입니다. 마음을 바꿨거든요. 당신은 너무 골칫덩이예요. 당신이 떠날 겁니다."

그가 말하는 동안 밝은 빛의 구체가 천천히 앨리슨 홈스의 주변을 감싸더니 번득이는 후광처럼 그녀를 둘러쌌다. 그리고 구체는 홈스 양을 감싼 채로 허공으로 떠올라서, 사뿐하게 건물 너머로, 저녁 하늘 위로 날아올랐다.

래리 브루스터는 차분하게 홈스 양을 데려가는 빛나는 구체를 바라보았다. 그녀의 모습이 차츰 흐릿해지다가 마침내 사라지는 모습을 보고도, 그는 조금도 놀라지 않았다.

하늘에는 흐릿한 빛만 남아 일렁였다. 앨리슨 홈스는 사라져버렸다.

한동안 래리 브루스터는 생각에 잠긴 채 턱을 매만지며 그 자리에 서 있었다. 앨리슨이 그리울 것이다. 어떤 면에서는 마음에 드는 사람이었고, 한동안은 즐겁기도 했다. 뭐, 어쨌든 이제 그녀는 떠나간 사람이었다. 이 세계에서 앨리슨 홈스는 온전한 실재가 아니었다. 그가 알던 사람, 래리가 '앨리슨 홈스'라 불렀던 사람은 그저 그녀 존재 일부의 투영일 뿐이었다.

문득 그는 한 가지를 기억하고 걸음을 멈추었다. 빛의 구체가 그녀를 데려가는 순간, 문득 다른 풍경이 보였다. 그녀 너머로 다른 세계가 얼핏 모습을 비췄던 것이다. 분명 그녀의 세계, 그녀의 진짜 세계, 그녀가 원한 세상일 것이다. 건물들은 불편할 정도로 흡사해 보였다. 그 집의 모습도 기억에 있었다…….

그렇다면 앨리슨은 결국 진짜였던 것일까. 자기 세계로 이송되어 갈 순간이 찾아올 때까지만 래리의 세계에 존재했던 것일까. 그곳에서 다른 래리 브루스터를 찾아낼 수 있을까? 그녀를 진정으로 마주해줄 사람을? 그는 그런 생각을 하며 몸을 떨었다.

사실 이 모든 경험이 조금 오싹하게 느껴졌다.

"왜 그런지 모르겠군." 그는 부드럽게 중얼거렸다. 그는 한때 불쾌했던 사건들을 떠올리며, 그 사건들이 어떤 식으로 훗날 더 큰 만족을 가져다주었는지를 떠올려보았다. 그런 사건이 벌어지지 않았더라면 훗날의 풍요로운 경험은 할 수 없었을 것이다. "아, 그래. 결국 전부 그게 최선이었어." 그는 한숨을 쉬었다.

그는 주머니에 손을 찌른 채, 천천히 집을 향해 걸음을 옮기기 시작했다. 확신을 얻으려는 듯 가끔씩 하늘을 올려다보면서…….

머리띠 제작자
The Hood Maker

PHILIP K. DICK

"**머**리띠다!"

"머리띠 쓴 사람이다!"

일꾼들과 가게 손님들이 서둘러 보도를 따라 내려가서 모여드는 군중에 합류했다. 안색이 누르께한 젊은이 하나가 자전거를 내팽개치고 그대로 달려갔다. 군중은 점차 불어났다. 회색 외투를 걸친 사업가, 지친 얼굴의 비서, 점원과 노동자 들이 가득했다.

"저놈 잡아!" 군중이 물밀듯이 몰려왔다. "저 늙은이 잡아!"

누르께한 얼굴의 젊은이가 배수로에서 돌멩이 하나를 집어 던졌다. 돌멩이는 노인에게 맞지 않고 상점 현관문을 박살 내버렸다.

"좋아, 꽤 좋은 머리띠를 쓰는 모양이군!"

"벗겨버려!"

돌멩이가 더 날아들었다. 노인은 겁에 질려 헉 하고 숨을 멈추며, 길을 막고 있는 군인 두 명을 밀치고 지나가려 했다. 돌멩이 하나가 그의 등에 맞았다.

"뭘 숨기고 싶은 거냐?" 안색이 나쁜 젊은이가 그의 앞을 막아섰다. "탐색을 두려워하는 이유가 뭐지?"

"뭔가 숨기고 싶은 게 있는 거야!" 노동자 한 명이 노인의 모자를 붙들었다. 노인이 머리에 두르고 있는 얇은 금속 띠를 노린 수많은 손이 날아들었다.

"누구도 숨길 권리는 없어!"

노인은 그 자리에 넘어지며 손과 무릎으로 땅을 짚었고, 우산은 그대로 바닥을 굴렀다. 군중은 앞으로 몰려들어 금속 띠를 벗기려 애썼다. 갑자기 젊은이가 환호성을 올렸다. 그는 머리띠를 높이 든 채로 물러섰다. "잡았어! 내가 잡았어." 그는 휘어진 머리띠를 꼭 붙든 채로 자전거로 달려가서 재빨리 페달을 밟아 사라져버렸다.

로봇 경찰차가 사이렌을 울리며 달려와 포석 옆에 섰다. 로봇 경찰들이 뛰쳐나와 군중을 흩어버렸다.

"다치셨습니까?" 로봇들은 노인을 일으켜주며 이렇게 물었다.

노인은 정신을 차리지 못하고 고개를 흔들었다. 안경이 한쪽 귀에 걸려 달랑거렸다. 피와 침이 얼굴에 흘러내리고 있었다.

"좋습니다." 경찰의 금속 손가락이 그를 놓아주었다. "거리에서 떠나는 편이 낫겠습니다. 어딘가 들어가시죠. 당신을 위해서입니다."

제거국 국장 로스는 메모판을 밀어놓으며 말했다. "또 한 건 걸렸군. 무효화 금지 법안이 통과되면 정말 기쁠 것 같아."

피터스가 고개를 들었다. "또 한 건이라니요?"

"머리띠를 쓴 사람이 나왔어. 탐색 방어용이야. 이걸로 지난 48시간 동안 열 건이나 된다고. 계속해서 발송하는 수를 늘리는 모양이지."

"발송하거나, 문 아래로 밀어 넣거나, 주머니에 넣어주거나, 책상에 남기고 가거나…… 배포할 방법이야 많겠죠."

"사람들이 우리에게 신고만 제대로 해준다면—."

피터스는 뒤틀린 미소를 지었다. "신고하는 사람이 있다는 것 자체가 신기한 걸요. 그 사람들에게 머리띠가 찾아가는 이유가 있습니다. 무작위로 고른 게 아니에요."

"무슨 기준으로 선별하는 거지?"

"뭔가 숨길 것이 있는 사람들입니다. 그렇지 않으면 왜 머리띠를 보내겠어요?"

"그럼 우리에게 신고하는 사람들은 뭔가?"

"착용하기가 두려운 거죠. 의심을 피하기 위해 우리에게 머리띠를 보내는 겁니다."

로스는 우울하게 그 생각을 곱씹어보았다. "그런 모양이로군."

"죄 없는 사람이라면 생각을 숨길 이유가 없을 겁니다. 전체 인구의 99퍼센트가 기꺼이 정신 스캔을 받아들이고 있어요. 자신의 충성심을 증명해 보이고 싶은 겁니다. 그러나 남은 1퍼센트는 뭔가 죄를 숨기고 있는 거지요."

로스는 마닐라 폴더를 열어서 휘어진 금속 띠를 꺼냈다. 그는 그 모양을 꼼꼼하게 살폈다. "이걸 좀 보게. 묘한 합금 조각일 뿐이야. 하지만 이걸로 모든 탐색을 막아낼 수 있단 말이지. 정신감응자들이 맛이 가버린다고. 이걸 뚫고 가려고 하면 고통을 주거든. 전기 충격처럼 말이야."

"물론 연구실로 샘플을 보내셨겠죠."

"아니. 우리 연구소 직원들이 머리띠를 만들기 시작하는 꼴을 볼 생각은 없거든. 지금 이 정도로도 문제는 충분하다고!"

"이건 누구한테서 뺏은 겁니까?"

로스는 책상의 버튼을 세게 눌렀다. "알아낼 걸세. 정신감응자를 불러서 보고서를 뱉어내게 해야지."

문이 녹아내리며 껑다리에 누르께한 얼굴의 젊은이가 방으로 들어왔다. 그는 로스가 들고 있는 금속 띠를 보고 웃음을, 흐릿하고 경계심 가득한 미소를 지었다. "저를 부르셨습니까?"

로스는 젊은이를 훑어보았다. 금발에 푸른 눈. 대학교 2학년 정도로 보이는 평범한 젊은이였다. 그러나 로스는 어설픈 외모 속에 숨겨진 진실을 알고 있었다. 에른스트 애버드는 정신감응 능력을 가진 돌연변이였다. 제거국에서 충성도 탐지를 위해 고용한 수백 명의 정신감응자

중 하나였다.

정신감응자들이 등장하기 전까지, 충성도 탐지는 계속 난항을 겪었다. 선서나 심문이나 도청 따위로는 충분하지 못했다. 모든 사람이 자신의 충성심을 증명해 보여야 한다는 이론은 이론으로서는 나쁘지 않았지만, 실행에 옮기는 일은 거의 불가능했다. 마치 무죄추정의 원칙을 내던져버리고 로마 시대의 율법을 다시 사용하게 된 것처럼 보이는 상황이 계속되었다.

해결할 수 없을 것처럼 보이던 이런 상황은 2004년 마다가스카르 폭발 사건 이후 해답을 찾았다. 강렬한 방사선의 물결이 그 지역에 주둔해 있던 수천 명의 병력을 휩쓸어버린 것이다. 사건의 생존자 중에서 이후 묘한 재능을 보이기 시작한 이는 거의 없었다. 그러나 생존자에게서 태어난 수백 명의 아이 중에서 극단적으로 새로운 부류의 신경-정신적 특성을 보이는 이들이 상당히 많았다. 수천 년 만에 처음으로, 인간의 돌연변이 종족이 등장하게 된 것이다.

정신감응자는 사고로 인해 생겨났으나, 그들은 자유연맹이 직면한 가장 다급한 문제를 해결해주었다. 충성스럽지 못한 자들을 색출하여 처벌하는 문제 말이다. 이제 정신감응자는 자유연맹 정부에게 더없이 소중한 존재였다. 그리고 정신감응자 쪽에서도 그 사실을 잘 알고 있었다.

"자네가 이걸 가져왔나?" 로스가 머리띠를 두드리며 말했다.

애버드는 고개를 끄덕였다. "그렇습니다."

젊은이는 그가 입 밖에 낸 말이 아니라 그의 생각을 듣고 대답하고 있었다. 로스의 얼굴이 분노로 달아올랐다. "그 남자는 어떤 모습이었나?" 그는 거친 목소리로 물었다. "메모판에는 자세한 사항은 전혀 적혀 있지 않던데."

"프랭클린 박사라는 이름이었습니다. 연방자원위원회의 위원장이

더군요. 67세입니다. 친척을 방문하는 중이었습니다."

"월터 프랭클린인가! 들어본 적이 있는 작자로군." 그는 애버드를 물끄러미 바라보았다. "그러면 자네는 이미—."

"머리띠를 벗기자마자 스캔했습니다."

"프랭클린은 습격 이후에 어디로 갔나?"

"실내로 들어갔습니다. 경찰의 지시에 따라서요."

"경찰이 왔다고?"

"물론 머리띠를 제거한 다음에 왔지요. 상황이 모두 완벽하게 흘러갔습니다. 프랭클린을 발견한 것은 제가 아니라 다른 정신감응자였습니다. 프랭클린이 제 쪽으로 향하고 있다는 보고를 받았죠. 제가 있는 장소에 도착했을 때, 저는 그가 머리띠를 쓰고 있다고 소리쳤지요. 군중이 모여들어서 함께 소리쳤습니다. 다른 정신감응자들이 도착했고, 우리는 군중을 조종해서 근처까지 다가갔습니다. 제가 직접 머리띠를 벗겼지요. 나머지는 알고 계실 테고요."

로스는 잠시 침묵을 지켰다. "어떻게 머리띠를 얻었는지는 알고 있나? 그것도 스캔해보았나?"

"우편이었습니다."

"그러면 혹시—."

"누가 보냈는지, 어디서 왔는지는 짐작도 못하고 있더군요."

로스는 얼굴을 찌푸렸다. "그렇다면 쓸모 있는 정보는 조금도 얻지 못하겠군. 누가 보냈는지 말이야."

"머리띠 제작자들 말입니까." 애버드는 차가운 목소리로 말했다.

로스는 깜짝 놀라 고개를 들었다. "뭐라고?"

"머리띠 제작자요. 만드는 사람이 있을 것 아닙니까." 애버드의 얼굴은 굳어 있었다. "누군가 우리를 몰아내기 위해서 탐색 방어 장치를 만드는 겁니다."

"그럼 자네는 확신을—."

"프랭클린은 아무것도 모릅니다! 그자는 어젯밤에 이 도시에 도착했어요. 아침에 우편 기계가 머리띠를 가져온 겁니다. 그는 잠시 고민하다가, 결국 모자를 사서 머리띠 위에 쓰고 길을 나섰습니다. 자기 조카딸의 집으로 걸어가는 중이었어요. 몇 분 후에, 그가 탐색 가능한 거리에 들어오자 우리가 알아챈 겁니다."

"갈수록 늘어가는 것만 같아. 배포되는 머리띠의 수가 늘어가고 있다고. 하지만 자네도 아는 일이겠지." 로스는 이를 악물었다. "이걸 보내는 놈들을 찾아내야 해."

"시간이 걸릴 겁니다. 그들 또한 항상 머리띠를 쓰고 다닐 테니까요." 애버드의 얼굴이 일그러졌다. "아주 가까이까지 가야 한단 말입니다! 우리의 스캔 범위는 극도로 제한적이니까요. 하지만 언젠가는 그들 중 하나를 찾아낼 겁니다. 머지않아 누군가의 머리띠를 벗기면, 그자의 정보가 드러날 겁니다……."

"작년에만 5천 명의 머리띠 사용자가 적발되었네." 로스는 단호하게 말했다. "5천 명이야. 그런데 뭔가를 아는 놈은 단 하나도 없었어. 머리띠가 어디서 오는지, 누가 만드는지를 말이지."

"우리 수가 많아지면 가능성도 높아집니다." 애버드는 침통한 얼굴로 대꾸했다. "지금은 우리 수가 너무 적습니다. 하지만 머지않아—."

"프랭클린을 탐색해볼 생각이겠죠?" 피터스가 로스에게 말했다. "당연한 일이지만요."

"아무래도 그래야겠지." 로스는 애버드에게 고개를 끄덕였다. "그 작자에게 작전을 수행해도 좋네. 자네 그룹 하나를 통째로 데려가서 통상적인 전체 탐색을 하고, 그의 무의식 신경 영역에 묻혀 있는 정보 중에서 흥미로운 것이 있는지 살펴보게나. 결과는 통상적인 방법으로 내게 제출하고."

애버드는 외투를 향해 손을 뻗었다. 그는 테이프 한 통을 꺼내 로스 앞의 책상에 내려놓았다. "여기 있습니다."

"이게 뭔가?"

"프랭클린의 전체 탐색 결과입니다. 모든 층위를 철저하게 탐색하고 기록했습니다."

로스는 젊은이를 올려다보았다. "자네—"

"미리 수행했을 뿐입니다." 애버드는 문으로 걸음을 옮겼다. "나쁘지 않은 솜씨였습니다. 커밍스가 했지요. 불충한 생각이 꽤나 많이 있더 군요. 대부분은 공공연하기보다는 사상적인 문제였습니다. 잡아들이 는 편이 좋을지도 모르겠군요. 24세 때 낡은 책과 음반을 좀 찾아냈던 모양입니다. 그것들에 깊은 감명을 받았더군요. 테이프의 뒷부분에서 그의 일탈에 대한 체계적인 평가를 내려놓았습니다."

문이 녹아내리며 애버드는 방을 떠났다.

로스와 피터스는 그가 떠난 자리를 멍하니 바라보고 있었다. 마침내 로스는 테이프 통을 들어서 휘어진 금속 머리띠와 함께 놓았다.

"이런 빌어먹을." 피터스가 말했다. "탐색을 미리 수행하다니요."

로스는 생각에 잠긴 채 고개를 끄덕였다. "그래. 이건 별로 마음에 들 지 않는 상황이군."

두 남자는 서로 바라보았다. 그리고 당연하게도, 에른스트 애버드가 사무실 밖에서 그들의 생각을 스캔했을 것이라는 사실을 깨달았다.

"빌어먹을!" 로스는 무력하게 중얼거렸다. "빌어먹을!"

월터 프랭클린은 숨을 헐떡이며 주변을 둘러보고 있었다. 그리고 떨 리는 손으로 주름살 가득한 얼굴에 맺힌 식은땀을 닦았다.

복도 안쪽에서는 제거국 요원들이 내는 금속성 소리가 점차 커졌다.

일단 폭도의 손아귀에서 벗어나 약간의 유예 기간을 얻기는 했다. 그게 네 시간 전의 일이었다. 이제는 해가 지고 뉴욕에 저녁이 내리덮이고 있었다. 그는 도시를 반쯤 건너 거의 외곽 지역까지 나온 상태였다. 그런데 이제 와서 그를 체포하라는 공공 경보가 울리고 있는 것이다.

대체 왜? 그는 평생 동안 자유연맹 정부를 위해 봉사해왔다. 불충한 짓은 조금도 저지르지 않았다. 아침에 도착한 우편물을 열어서 머리띠를 발견하고, 그에 대해 고민한 다음, 마침내 쓰고 나간 것이 전부였다. 그 안에 동봉되어 있던 작은 안내문이 기억났다.

환영합니다!
이 탐색 방어 장치는 제작자의 찬사를 담아, 당신에게 가치가 있기를 바라는 순수한 희망에서 배송된 것입니다.
감사합니다.

그게 다였다. 다른 정보는 하나도 없었다. 그는 오랜 시간 숙고했다. 이걸 착용해야 할 것인가? 그는 거리끼는 행동을 한 적이 없었다. 숨길 것도, 연맹에 불충한 행동을 한 적도 전혀 없었다. 그러나 생각을 하면 할수록 매료되는 느낌이 들었다. 이 머리띠를 착용하면 그의 정신은 오로지 자신만의 것이 될 것이다. 누구도 마음속을 들여다보지 못할 것이다. 그의 정신은 다시 사적이고 내밀한 소유물이 되어, 원하는 대로 생각할 수 있게 될 것이다. 다른 누구의 손아귀에도 들어가지 않는 자신만의 생각을 계속할 수 있을 것이다.

마침내 그는 마음을 다잡고 머리띠를 착용한 다음, 낡은 홈부르크 모자를 그 위에 썼다. 밖으로 나가자, 10분도 되지 않아서 군중이 그를 둘러싸고 고함을 질러댔다. 그리고 이제 그를 체포하기 위한 경보가 울려 퍼지고 있었다.

프랭클린은 다급하게 머리를 굴렸다. 뭘 할 수 있을까? 저들은 그를 체포해서 제거국 회의석상에 끌고 갈 것이다. 고발자는 필요 없었다. 스스로 자신의 충성을 증명해 보일 의무가 있으니까. 자신이 뭔가 잘못을 저지른 적이 있는가? 뭔가 저지르고 잊어버린 일이 있는가? 머리띠를 착용하기는 했다. 어쩌면 그게 다일지도 모른다. 의회에 탐색 방어 장치를 착용하는 일을 흉악범죄로 간주하는 무효화 금지 법안이 상정되어 있다는 말을 들었다. 하지만 그건 아직 통과되지 않았을 텐데.

제거국 요원들이 가까운 곳까지 다가와 있었다. 그는 호텔 복도 안쪽으로 퇴각하며 절망적으로 주변을 둘러보았다. 출구라고 적힌 붉은 표지판이 빛나고 있었다. 그는 서둘러 그쪽으로 나가 지하실로 이어지는 계단을 따라서 어둑한 거리로 나섰다. 군중이 있는 바깥으로 나가는 일은 위험했다. 그는 최대한 실내에 머무르려 애쓰고 있었다. 그러나 이제 다른 방도가 없었다.

뒤쪽에서 날카로운 목소리가 울렸다. 뭔가 그를 스치고 지나가서 포석 한 귀퉁이를 연기와 함께 날려버렸다. 슬렘 광선이었다. 프랭클린은 숨을 헐떡이며 그대로 달려서 모퉁이를 돌아 옆의 골목길로 들어섰다. 사람들이 자신들을 지나쳐 달려가는 그의 모습을 호기심을 담은 눈길로 바라보았다.

그는 북적이는 거리를 건너 영화관에서 쏟아져 나오는 인파와 함께 걸음을 옮기기 시작했다. 요원들의 눈에 띄었을까? 그는 초조하게 주변을 둘러보았다. 주변에는 아무도 보이지 않았다.

그는 모퉁이에 도착해서 신호에 맞춰 길을 건넜다. 그는 늘씬한 제거국 차량이 그를 향해 다가오는 모습을 지켜보며 가운데의 안전 구역에 도착했다. 안전 구역을 떠나는 모습이 보였을까? 그는 그곳을 떠나 건너편 인도를 향해 걸음을 옮겼다. 갑자기 제거국 차량이 그를 향해 속도를 내어 달려오기 시작했다. 반대편에서 다른 차가 나타나서 달려왔다.

프랭클린은 보도 위로 올라섰다.

첫 번째 차량이 정지했다. 제거국의 요원들이 쏟아져 나와서 보도 위를 가득 메웠다.

이제 도망칠 곳이 없었다. 숨을 곳도 없었다. 주변에는 지친 표정의 쇼핑객과 사무실 직원 들이 아무런 동정 없이 오직 호기심만을 보이며 그쪽을 바라보고 있었다. 일부는 공허한 즐거움을 느끼며 웃어 보였다. 프랭클린은 정신없이 사방을 둘러보았다. 어디로도 갈 수가 없었다. 도움을 주기 위해 열리는 문도, 사람도 없었다.

차 한 대가 그의 바로 앞에 멈추었다. 문이 열렸다. "들어와요." 젊은 여성이 그를 향해 몸을 숙이며, 예쁜 얼굴에 다급한 기색을 띠고 말했다. "젠장, 얼른 타라고요!"

그는 차에 올랐다. 여자는 문을 쾅 닫았고, 차는 속도를 올렸다. 제거국 차량이 늘씬한 동체로 앞길을 가로막으며 나섰다. 두 번째 제거국 차량이 뒤로 따라붙었다.

여자는 앞으로 몸을 숙이며 핸들을 움켜쥐었다. 갑자기 차가 떠올랐다. 차는 거리를 떠나서, 앞쪽 차량 위를 지나쳐서, 그대로 고도를 올리기 시작했다. 아래쪽에서 비춘 보라색 불빛이 하늘을 환히 밝혔다.

"몸 숙여요!" 여자가 쏘아붙였다. 프랭클린은 자리 안쪽으로 몸을 숙였다. 차는 크게 원호를 그리며 줄지어 늘어선 건물들 뒤쪽으로 몸을 숨겼다. 지상에서 제어국 차량이 포기하고 머리를 돌리는 모습이 보였다.

프랭클린은 좌석에 몸을 기대고 떨리는 손으로 이마를 훔쳤다. "고맙네." 그는 이렇게 중얼거렸다.

"천만에요." 여자는 속도를 올리기 시작했다. 그들은 도시의 상업구역을 떠나 주거지역이 있는 외곽으로 나가고 있었다. 그녀는 아무 말

없이, 눈앞의 하늘만 뚫어져라 바라보며 운전했다.

"자넨 누군가?" 프랭클린이 물었다.

여자는 뭔가를 그에게 건네주었다. "이걸 써요."

머리띠였다. 프랭클린은 띠를 풀어서 어색하게 머리에 머리띠를 착용했다. "딱 맞는군."

"그걸 안 쓰면 그들이 정신감응 스캔으로 우리를 찾아낼 수 있으니까요. 항상 조심해야 해요."

"지금 어딜 가는 건가?"

여자는 고개를 돌리고는, 운전대에 한쪽 손을 올린 채 차분한 회색 눈으로 그를 관찰했다. "머리띠 제작자에게 가는 거예요." 그녀가 말했다. "당신을 체포하라는 일급 지령이 내려왔어요. 이대로 내려주면 한 시간도 버티지 못할 걸요."

"하지만 이해가 안 되는데." 프랭클린은 영문을 모른 채 고개를 저었다. "나를 원하는 이유가 뭔가? 내가 뭘 했다고?"

"누명을 쓴 거예요." 여자는 큰 원호를 그리며 차를 몰았다. 차의 동체와 흙받이 사이로 차가운 바람이 쏟아져 들어왔다. "정신감응자들이 죄를 뒤집어씌운 거죠. 순식간에 온갖 사건이 일어나고 있어요. 더는 시간을 낭비하면 안 돼요."

대머리에 키 작은 남자가 안경을 벗고 프랭클린에게 손을 내밀면서, 근시답게 눈을 찌푸렸다. "이렇게 만나 뵙게 되어 영광입니다, 박사님. 위원회에서 박사님이 추진하고 계신 일을 상당히 흥미롭게 지켜봐왔습니다."

"자넨 누군가?" 프랭클린이 물었다.

키 작은 남자는 자조하듯 웃었다. "저는 제임스 커터입니다. 정신감응자들이 부르는 이름은 '머리띠 제작자'죠. 여기가 우리 공장입니다."

그는 방 안을 손으로 가리키며 말했다. "구경 좀 해보시죠."

프랭클린은 주변을 둘러보았다. 지금 그가 있는 곳은 작업장이었다. 아마도 지난 세기의 유산인 낡은 목조 건물인 듯했다. 말라서 갈라지는 데다 벌레 구멍이 숭숭한 거대한 들보가 머리 위에 보였다. 바닥은 콘크리트였다. 구식 형광등이 천장에 매달려 흐릿하게 껌뻑이고 있었다. 벽은 물 흐른 자국과 튀어나온 파이프로 가득했다.

프랭클린은 천천히 방 안으로 걸음을 옮겼고, 커터가 그의 옆에서 따라왔다. 그는 정신을 차리지 못하고 있었다. 모든 일이 너무 순식간에 일어났다. 아무래도 뉴욕 밖에 있는, 허물어져 가는 근교의 공업지대에 온 모양이었다. 사방에서 남자들이 압인기와 주형을 가지고 작업하고 있었다. 공기는 무더웠다. 골동품 환풍기가 삐걱대는 소리를 내며 돌아갔다. 작업장 전체에 소음이 진동하고 있었다.

"이건……." 프랭클린은 중얼거렸다. "여기가……."

"여기가 머리띠를 만드는 곳입니다. 별로 인상적인 장면은 아니지요? 때가 되면 새로운 장소로 옮길 생각입니다. 따라오세요. 나머지도 보여드리죠."

커터는 쪽문을 열었고, 그들은 함께 작은 실험실로 들어섰다. 유리병과 증류기가 사방에 어지럽게 쌓여 있었다. "여기가 연구를 하는 곳입니다. 순수와 응용 양쪽 다요. 몇 가지 새로운 사실을 알아냈지요. 일부는 사용할 수 있는 지식이고, 일부는 필요하지 않게 되기만을 바라는 지식입니다. 이 덕분에 피난자들도 할 일이 있는 셈이지요."

"피난자라니?"

커터는 실험장비를 뒤로 밀어놓고 실험대에 걸터앉았다. "여기 있는 다른 사람들은 대부분 박사님과 같은 이유로 왔습니다. 정신감응자들에 의해 누명을 쓴 거지요. 일탈 행동을 했다고요. 하지만 우리가 먼저 접촉할 수 있었습니다."

"하지만 왜—."

"왜 박사님이냐고요? 박사님의 지위 때문이지요. 정부 기관의 국장이시지 않습니까. 여기 남자들은 전부 저명한 요인들이고, 전부 정신감응자들의 탐색으로 누명을 썼습니다." 커터는 담배에 불을 붙이고, 물 흐른 자국이 가득한 벽에 등을 기댔다. "우리는 10년 전 한 정부 연구소에서 해낸 발견 덕분에 여기 있을 수 있는 겁니다." 그는 자기 머리띠를 톡톡 쳐 보였다. "이 합금은 탐색을 막아주지요. 여기 사람들 중한 명이 우연히 발견한 겁니다. 정신감응자들은 즉시 그를 추적하기 시작했지만, 그는 탈출에 성공했죠. 그리고 머리띠를 몇 개 만들어서 자기 분야의 다른 연구자들에게 나누어주었습니다. 그런 식으로 우리 일이 시작된 겁니다."

"여기 사람이 몇 명이나 있는 건가?"

커터는 웃음을 터트렸다. "그건 말씀드릴 수 없군요. 머리띠를 제작하고 유통하는 데 충분할 정도라고만 말해두지요. 정부의 저명한 요인들에게 말입니다. 권력을 가지고 있는 사람들. 과학자, 관료, 교육자."

"왜 그런 일을 하나?"

"우리가 정신감응자들보다 먼저 그들을 손에 넣고 싶으니까요. 박사님께는 너무 늦게 도착했습니다. 벌써 박사님에 대한 전체 탐색 보고서가 만들어졌어요. 우체통에 머리띠가 들어가기도 전에 말입니다.

정신감응자들이 천천히 정부의 유력한 지위를 점유하고 있어요. 가장 훌륭한 사람들만 골라서 고발한 다음 체포해버립니다. 정신감응자가 어떤 사람이 불충하다고 말하면, 제거국에서는 그를 잡아들일 수밖에 없습니다. 우리는 박사님께 제때 머리띠를 전달하려 애썼지요. 머리띠를 쓰고 계시면 제거국에 보고서가 올라갈 수 없을 테니 말입니다. 하지만 놈들이 우리를 앞질렀어요. 군중으로 박사님을 둘러싸고 머리띠를 빼앗아버렸죠. 놈들은 머리띠가 사라지자마자 제거국에 보고서를 올렸습니다."

"그래서 머리띠를 벗기려 들었던 거로군."

"탐색할 수 없는 정신을 가진 인간을 상대로는 누명을 씌우는 보고서를 작성할 수가 없습니다. 제거국도 그 정도로 멍청하지는 않아요. 정신감응자들은 일단 머리띠부터 벗겨야 합니다. 머리띠를 쓴 사람은 모두 그들의 손아귀를 벗어난 셈이죠. 지금까지 놈들은 군중을 조종해 성공해왔습니다만, 그건 아무래도 효력이 부족하지요. 이제는 의회에 법안을 통과시키려 하고 있더군요. 왈도 의원의 무효화 금지 법안 말입니다. 그게 통과되면 머리띠 착용이 불법이 될 겁니다." 커터는 비꼬는 듯한 웃음을 흘렸다. "숨길 게 없는 사람이라면 마음을 탐색한다고 해서 거리낄 게 있느냐는 거지요. 그 법안이 통과되면 탐색 방어 장치의 착용이 중죄가 됩니다. 머리띠를 받는 사람들은 제거국에 자수하고 머리띠를 제출해야 할 겁니다. 1만 명에게 뿌려도 단 한 명도 머리띠를 가지고 있지 않으려 하겠죠. 머리띠를 가지고 있으면 수감되고 재산을 압류당하는 신세가 될 테니까."

"왈도 의원은 만나본 적이 있다네. 그 친구가 자기 법안이 무슨 의미인지 이해하고 있다고는 믿을 수가 없어. 그 친구가 눈을 뜨게 해줄 수 있다면―."

"바로 그겁니다! 눈을 뜨게 할 수 있다면 말이죠. 그 법안의 통과를 막아야 합니다. 이대로라면 우리는 끝장이에요. 정신감응자들이 권력을 쥐게 될 겁니다. 누군가 왈도와 대화를 나누어 전체 상황을 보게 만들어야 합니다." 커터는 눈을 반짝였다. "박사님은 그 사람을 아시죠. 그쪽에서도 박사님을 기억할 겁니다."

"무슨 뜻인가?"

"프랭클린, 우리는 당신을 다시 들여보내 왈도를 만나게 할 겁니다. 법안을 막으려면 이게 유일한 방법이에요. 반드시 막아야 합니다."

*

크루저가 굉음을 내며 로키 산맥을 가로질렀다. 아래로 무성한 숲이 지나갔다. "오른쪽으로 평탄한 목초지가 있을 겁니다." 커터가 말했다. "거길 찾아서 착륙할 생각입니다."

그는 제트 엔진을 껐다. 굉음이 순식간에 잦아들었다. 그들은 천천히 언덕을 넘기 시작했다.

"오른쪽에 있군." 프랭클린이 말했다.

커터는 가볍게 활공하듯 크루저를 하강시켰다. "여기서 왈도의 사유지까지는 그리 멀지 않습니다. 남은 거리는 걸어가지요." 착륙용 날개가 땅으로 파고들면서 몸이 떨릴 정도의 낮게 긁히는 소리가 울렸다. 그리고 이내 자동차는 멈추었다.

주변에는 키 큰 나무들이 바람에 희미하게 흔들리고 있었다. 오전이 한창이었다. 공기는 서늘하고 희박했다. 그들은 로키 산맥 가운데, 콜로라도 주 쪽의 고지대에 있었다.

"우리가 그를 만날 확률이 얼마나 되는 건가?" 프랭클린이 물었다.

"별로 높지는 않아요."

프랭클린은 깜짝 놀랐다. "왜? 왜 높지 않다는 건가?"

커터는 크루저 문을 밀어 열고는 땅으로 뛰어내렸다. "자, 이쪽으로." 그는 프랭클린이 내리는 것을 도와준 다음 문을 닫았다. "왈도에게는 경호원이 붙어 있습니다. 로봇들에 둘러싸여 있지요. 그래서 지금껏 시도해보지 않은 겁니다. 반드시 필요한 일이 아니었다면 지금도 마찬가지이고요."

그들은 목초지를 떠나서 잡초로 뒤덮인 좁은 오솔길을 따라 언덕을 내려가기 시작했다. "왜 그런 짓을 하는 건가?" 프랭클린이 물었다. "정신감응자들 말일세. 왜 권력을 손에 넣고 싶어하는 건가?"

"뭐, 인간의 본성 아니겠습니까."

"인간의 본성?"

"정신감응자들은 자코뱅파나 원두당, 나치나 볼셰비키 들과 별로 다를 것이 없습니다. 인류를 이끌고자 하는 자들은 언제나 나타나게 마련이죠. 당연하지만 자신들의 이익에 부합하는 방향으로 말입니다."

"정신감응자들도 그렇게 생각하고 있나?"

"대부분의 정신감응자들은 자신들이 자연이 점지한 인류의 영도자라고 생각합니다. 그들에게 있어 정신감응 능력이 없는 인간은 열등한 종족인 거죠. 정신감응자들이 인류의 다음 단계라고, **호모 수페리오르**homo superior라고 생각합니다. 우월하기 때문에 지도자가 되는 것도 당연하다는 거지요. 우리를 위해 모든 결정을 내려주겠다는 겁니다."

"그리고 자네는 동의하지 않는 거지." 프랭클린이 말했다.

"정신감응자들은 우리와는 다른 존재입니다. 하지만 그렇다고 우월한 존재라는 뜻은 아니지요. 정신감응 능력이 전반적인 우월성을 입증해주는 것은 아닙니다. 그들은 우월한 종족이 아니에요. 그저 특수한 능력을 가진 인간일 뿐이죠. 그런 능력이 있다고 해서 우리에게 지시할 권리를 가지게 되는 것은 아니니까요. 딱히 새로운 사건도 아닙니다."

"그럼 누가 인류를 이끌어야 하는 건가?" 프랭클린이 물었다. "누가 지도자가 되어야 하나?"

"인류를 이끌어야 되는 사람이란 존재하지 않습니다. 인류가 스스로 이끌어야죠." 커터는 갑자기 긴장하여 몸을 숙였다.

"거의 다 왔습니다. 이 바로 앞이 왈도의 사유지입니다. 준비하시죠. 앞으로 몇 분의 행동에 모든 것이 달려 있습니다."

"로봇 경비원이 몇 대 있군요." 커터는 쌍안경을 내리며 말했다. "하지만 걱정되는 건 그게 아닙니다. 왈도가 근처에 정신감응자를 데리고 있다면, 그자가 우리 머리띠의 존재를 알아챌 테니까요."

"그리고 머리띠를 벗을 수는 없지."

"그렇지요. 우리가 아는 모든 것이 순식간에 모든 정신감응자들에게 퍼져나갈 겁니다." 커터는 조심스레 앞으로 나가기 시작했다. "로봇들이 우리를 제지하고 신분증을 요구할 겁니다. 박사님의 국장용 핀에 의지할 수밖에 없겠군요."

그들은 덤불을 떠나 탁 트인 풀밭을 가로질러 왈도 의원의 사유지에 있는 건물로 향했다. 흙길이 나타나자 그들은 길을 따라 움직였다. 두 사람 모두 아무 말도 꺼내지 않고 눈앞의 풍경만을 지켜보고 있었다.

"정지!" 로봇 경비원 한 대가 나타나서 풀밭을 건너 그들에게 굴러왔다. "신분을 밝히십시오!"

프랭클린은 자기 핀을 보여주었다. "나는 국장급 인사일세. 의원님을 만나러 왔어. 오래된 친구 사이일세."

신분 핀을 확인하는 자동 중계기가 찰칵거렸다. "국장님이십니까?"

"그렇다네." 프랭클린은 불안을 느끼며 대꾸했다.

"얼른 비켜." 커터는 초조하게 말했다. "낭비할 시간이 없다고."

로봇은 머뭇거리며 길을 비켰다. "발을 묶어서 죄송합니다, 선생님. 의원님은 주 건물 안에 계십니다. 바로 이 앞입니다."

"알겠네." 커터와 프랭클린은 로봇을 지나쳐 나아갔다. 커터의 둥그런 얼굴에 땀방울이 송송 맺혔다. "성공했습니다." 그는 중얼거렸다. "이제 안에 정신감응자가 없기만을 바랍시다."

프랭클린은 현관에 도착했다. 그는 천천히 계단을 올랐고, 커터는 뒤를 따랐다. 문에 이르러 그는 걸음을 멈추고, 키 작은 남자 쪽을 힐긋 바라보았다. "이거 혹시—."

"들어가죠." 커터는 굳은 목소리로 말했다. "바로 안으로 들어갑시다. 그 쪽이 안전해요."

프랭클린은 손을 들어올렸다. 문은 날카롭게 찰칵거리는 소리를 내며 렌즈로 그의 사진을 찍어 영상을 확인했다. 프랭클린은 마음속으로 기도를 올렸다. 만약 제거국의 경보가 여기까지 미쳤다면……

문이 녹아내렸다.

"들어갑시다." 커터가 재빨리 말했다.

프랭클린은 건물 안으로 들어가서, 흐릿한 어둠 속에서 주변을 둘러보았다. 갑자기 어둑한 곳으로 들어와서, 눈이 적응하는 데 시간이 필요했다. 누군가 그를 향해 다가오고 있었다. 형체, 작은 형체가, 그를 향해 유연하고 빠르게 다가오고 있었다. 혹시 왈도인가?

비쩍 마르고 누르께한 얼굴의 젊은이가 얼굴에 굳은 미소를 띤 채홀로 들어왔다. "좋은 아침입니다, 프랭클린 박사." 그는 손에 든 슬렘 건을 그대로 발사했다.

커터와 에른스트 애버드는 조금 전까지 프랭클린 박사였던 점액질을 내려다보았다. 양쪽 모두 아무 말도 하지 않았다. 마침내 커터가 창백한 얼굴로 양손을 들었다.

"이럴 필요가 있었나?"

애버드는 이제야 그의 존재를 눈치챈 듯 흠칫 자세를 바꿨다. "안될 건 뭐지?" 그는 어깨를 으쓱하고는 슬렘 건을 커터의 복부에 겨누었다. "어차피 늙은이였어. 감찰 수용소에서는 오래 견디지 못했을 거라고."

커터는 젊은이의 얼굴에서 시선을 떼지 않은 채로, 천천히 담뱃갑을 꺼내 불을 붙였다. 지금까지 에른스트 애버드를 본 적은 없지만, 그가 누구인지는 알고 있었다. 그는 누르께한 얼굴의 젊은이가 바닥에 남은 유해를 발로 가볍게 뒤적이는 모습을 지켜보았다.

"왈도도 정신감응자인 모양이군." 커터가 말했다.

"그렇지."

"프랭클린이 틀렸어. 그자는 자기 법안이 무슨 뜻인지 잘 알고 있던 거야."

"당연한 소리를! 무효화 금지 법안은 우리 활동에서 필수적인 요소라고." 애버드는 슬렘 건의 총구를 까딱했다. "머리띠 벗으시지. 네놈을 스캔할 수가 없잖아. 이런 상황이 되면 영 거북하다니까."

커터는 머뭇거렸다. 그는 담배를 천천히 바닥에 떨어트리고 발로 밟아서 껐다. "자넨 여기서 뭘 하고 있는 거지? 평소 자네 구역은 뉴욕 아니었나. 꽤나 멀리까지 온 셈인데."

애버드는 미소를 지었다. "그 여자의 차에 들어가는 순간 프랭클린 박사의 생각을 읽었지. 그 여자가 머리띠를 건네기 전에 말이야. 여자가 너무 꾸물대더군. 덕분에 그 여자에 대한 명확한 시각 자료를 확보할 수 있었어. 머리띠를 건네려고 뒤를 돌아보던걸. 물론 뒷좌석에서 본 모습이었지만. 두 시간 전에 제거국에서 그 여자를 잡아들였어. 꽤 많은 것을 알고 있던데. 처음으로 얻어낸 제대로 된 정보원이었어. 덕분에 공장의 위치도 알아내서 작업자들도 대부분 잡아들였지."

"그래?" 커터가 중얼거렸다.

"다들 보호 감호 상태에 있어. 머리띠는 전부 벗겼고, 물자는 나중에 분배하기 위해 보관한 상태야. 압인기는 전부 분해해버렸지. 내가 아는 한 당신네 무리는 전부 잡아들인 것 같은데. 당신이 마지막이야."

"그렇다면 내가 머리띠를 쓰고 있어도 별 상관없는 것 아닌가?"

애버드가 눈빛을 번득였다. "벗으라니까. 네놈을 스캔해보고 싶단 말이야. 머리띠 제작자 씨."

커터가 신음했다. "그게 무슨 소린가?"

"당신 부하 여러 명이 자네의 모습을 보여줬다고. 이곳에 찾아온 이유도 알아냈지. 나는 우리 중계 시스템을 통해 왈도에게 미리 경고한 다음 몸소 여기까지 날아왔어. 직접 처리하고 싶었거든."

"그건 왜지?"

"드문 기회 아닌가. 대단한 기회지."

"자네는 지위가 어떻게 되나?" 커터가 물었다.

애버드의 누르께한 얼굴이 험악하게 변했다. "얼른! 그 머리띠 벗으라고! 지금 당장이라도 날려버릴 수 있어. 하지만 우선 스캔하고 싶단 말이야."

"잘 알겠네. 지금 벗지. 원한다면 스캔해도 좋아. 가장 깊은 곳까지 탐색해보게나." 커터는 잠시 말을 멈추고 진지하게 생각에 잠겼다. "그게 자네 장례식이 될 테니."

"무슨 소리지?"

커터는 머리띠를 벗어서 문가에 있는 탁자 위로 던졌다. "어떤가? 뭐가 보이지? 내가 뭘 알고 있나? **다른 이들이 모르는 걸 알고 있나?**"

애버드는 잠시 침묵을 지켰다.

그러다 그의 얼굴이 뒤틀리며, 입이 벌어지기 시작했다. 슬렘 건이 흔들렸다. 애버드는 비틀거렸다. 비쩍 마른 몸 위로 격렬한 떨림이 물결치듯 흘러갔다. 그는 치솟는 공포를 억누르지 못하고 커터를 향해 입을 뻐끔거렸다.

"우리 연구실에서도 얼마 전에야 알아낸 사실이라네." 커터가 말했다. "이런 식으로 쓰고 싶지는 않았지만, 내 머리띠를 강제로 벗긴 건 자네 아닌가. 이걸 발견하기 전까지는 그 합금이 내 최고의 발견인 줄로만 알았는데. 어떻게 보면 이게 더 중요할 수도 있을 것 같아. 자네도 동의하지 않나?"

애버드는 아무 말도 하지 못했다. 그의 얼굴은 잿빛이 되었다. 입술을 움직여도 소리가 나오지 않았다.

"어떤 예감이 들어서, 시간을 들여 이리저리 만지작거려보았다네. 자네 정신감응자들은 사고로 인해, 그러니까 마다가스카르 수소 폭발로 발생한 단일 집단에 속해 있지. 그걸 떠올리니 한 가지 생각이 들더군. 우리가 아는 대부분의 돌연변이는 변이가 일어날 단계에 이른 종에서 보편적으로 발생하지, 특정 지역의 단일 집단에 국한되지 않는단 말이야. 그 종이 존재하는 곳이라면 세계 어디서나 발생해야 한다네.

자네들은 특정 인간 집단의 생식질에 발생한 피해 때문에 태어난 거야. 진화의 과정에서 자연적으로 발생한 돌연변이가 아니란 말씀이지. 어떻게 봐도 인간 종족이 변이가 필요한 단계에 도달했다고는 할 수 없거든. 그렇다면 자네들은 돌연변이가 아닐 수도 있지 않겠나.

나는 여러 방면으로 연구를 계속했지. 생물학 방면으로도, 단순 통계 쪽으로도. 사회학적인 연구도 했어. 그 결과, 자네들 사이에, 우리가 추적할 수 있는 모든 자네 집단의 개체 사이에 일정한 상관관계를 확인할 수 있었다네. 연령이라든가, 직업군이라든가. 몇 명이나 결혼을 했는지, 자식은 몇 명인지 같은 것들. 잠시 후 나는 자네가 지금 스캔하고 있는 바로 그 사실을 알게 되었다네."

커터는 몸을 숙이고 젊은이를 강렬하게 쏘아보았다.

"자네는 진짜 돌연변이가 아니야, 애버드. 자네 집단은 우연한 폭발 덕분에 발생한 거라고. 자네들이 우리와 다른 이유는, 자네 부모들의 생식 조직에 손상이 있었기 때문이라네. 자네들에게는 진정한 돌연변이가 가져야 할 성질이 한 가지 부족해." 희미한 미소가 커터의 얼굴을 가로질렀다. "자네들 중 결혼한 친구가 꽤 많더군. 하지만 아직까지 자식은 태어나지 않았더라고. 단 한 명도! 정신감응자 아이는 하나도 없어! 자네들은 번식할 수가 없다네, 애버드. 자네 집단에 속한 자들은 모두 불임이야. 자네들이 죽으면 정신감응자는 더는 존재하지 못할 거라네.

따라서 자네들은 돌연변이가 아니야. 그저 우연히 만들어진 괴물일 뿐이지!"

애버드는 온몸을 떨면서 목쉰 소리로 말했다. "당신 마음속에서 나도 읽었어." 그는 힘겹게 몸을 일으키며 말했다. "그리고 이걸 지금까지 비밀로 지켜왔다는 거지? 다른 사람은 아무도 모르는 거겠지?"

"아는 사람은 또 있는데." 커터가 말했다.

"누구야?"

"자네가 알지 않나. 나를 스캔했으니까. 그리고 자네가 정신감응자인 이상, 다른 친구들도—."

그때 애버드가 자신의 복부에 슬렘 건을 쏘았고, 그는 파편이 되어 그대로 무너져내렸다. 커터는 얼굴을 가린 채 뒤로 물러섰다. 눈을 감고 숨을 참으려 애썼다.

다시 눈을 뜨자, 그곳에는 아무것도 없었다.

커터는 고개를 저었다. "너무 늦었어, 애버드. 좀 더 빨랐어야지. 스캔은 순식간에 일어나는 작용 아닌가. 거리 안에 왈도가 있었겠지. 게다가 중계 시스템이 있으니……. 자네와 연결되지 않은 자들이라도, 내 마음을 읽는 일을 피할 수는 없을 거야."

소리가 들렸다. 커터는 몸을 돌렸다. 제거국의 요원들이 서둘러 홀안으로 들어와서, 바닥에 널린 잔해와 커터를 바라보고 있었다.

로스 국장이 머뭇거리며, 혼란에 빠진 상태로 커터에게 다가왔다. "무슨 일이 벌어진 거냐? 다른 사람들은 어디에—."

"스캔해봅시다!" 피터스가 소리쳤다. "당장 정신감응자를 하나 데려옵시다. 왈도를 불러와요. 무슨 일이 벌어진 건지 확인하지요."

커터는 슬쩍 비웃음을 흘렸다. "좋지요." 그는 떨리는 머리를 가누어 천천히 고개를 끄덕였다. 그리고 안도감을 느끼며 자리에 주저앉았다.

"스캔해보십시오. 숨길 일은 없으니까. 정신감응자를 데려와서 탐색해 보시죠. 정신감응자를 찾을 수 있다면 말이지만……."

기념품
Souvenir

PHILIP K. DICK

"**이**제 진입하겠습니다." 로봇 조종사가 말했다. 로저스는 그 말에 움찔하며 퍼뜩 고개를 들었다. 구체 우주선이 행성 표면을 향해 소리 없이 빠르게 하강을 시작하자, 그는 잔뜩 긴장한 상태로 외투 안의 트레이스 통신망을 가다듬었다.

그의 마음을 사로잡은 이곳은 바로 윌리엄슨의 행성이었다. 3세기가 흐른 다음에야 발견된 전설 속의 존재였다. 물론 우연이었다. 푸른색과 녹색이 섞인 은하계의 잃어버린 성배는, 통상의 해도 작성 업무 중에 거의 기적과도 같이 모습을 드러낸 것이다.

프랭크 윌리엄슨은 외우주 항해법을 고안한 최초의 지구인이었다. 태양계 바깥으로 뛰쳐나간 최초의 사람이었다. 그리고 그는 돌아오지 못했다. 그는, 그의 행성은, 그의 식민지는 결국 발견되지 않았다. 끝없는 소문, 거짓 실마리, 가짜 전설만이 가득할 뿐, 누구도 진실을 알지 못했다.

"통제소에서 신호가 들어왔습니다." 로봇 조종사는 제어판 스피커의 볼륨을 올린 후, 전체 알림으로 돌렸다.

"착륙장 준비는 끝났습니다." 아래쪽에서 유령처럼 울리는 목소리가 말했다. "우리가 그쪽 우주선의 추진체에 대해 아무것도 모른다는 사실을 염두에 두십시오. 활주로는 얼마나 필요합니까? 비상용 감속 벽을 올려놨습니다."

로저스는 웃음을 지었다. 조종사가 활주로는 필요하지 않다고 말하는 소리가 들렸다. 감속 벽을 내려도 완벽히 안전하게 착지할 수 있을 것이다.

300년이라니! 월리엄슨의 행성을 발견하는 데 정말 오래 걸린 셈이었다. 수많은 담당자들이 그 일을 포기해버렸다. 어떤 이들은 그가 착륙하지 못하고 우주에서 목숨을 잃었을 것이라 믿었다. 어쩌면 월리엄슨의 행성이 존재하지 않을지도 모른다고 했다. 제대로 된 단서, 매달릴 만한 실마리가 존재하지 않는 것은 분명했다. 프랭크 월리엄슨과 그와 동행한 세 가족은 자취를 남기지 않고 심연 속으로 사라져서, 두 번 다시 모습을 보이지 않은 것이다.

적어도 지금까지는.

착륙장에서는 젊은이 한 명이 기다리고 있었다. 마른 몸과 붉은 머리에, 화사한 색의 재료로 만든 눈에 띄는 양복을 입고 있었다. "은하계 중계 센터에서 오신 분입니까?" 그가 물었다.

"그렇습니다. 에드워드 로저스입니다." 로저스는 허스키한 목소리로 말했다.

젊은이는 손을 내밀었다. 로저스는 어색하게 악수를 받았다. "제 이름은 월리엄슨입니다. 진 월리엄슨이죠."

그 이름이 로저스의 귓가에 우레처럼 울렸다. "그렇다면 당신이—."

젊은이는 속을 읽을 수 없는 눈으로 그를 바라보며, 고개를 끄덕였다. "저는 그분의 10대손입니다. 여기 그분의 무덤이 있습니다. 원하신다면 보여드리죠."

"사실 그분을 직접 만날 수 있을 것 같은 기분이었습니다. 그분은…… 사실 저희에게는 거의 신과 같은 존재이니까요. 태양계를 떠난 최초의 인간 아닙니까."

"우리에게도 많은 의미가 있는 분입니다." 젊은이가 말했다. "우리를 이곳으로 이끄셨으니까요. 거주할 수 있는 행성을 찾기까지 꽤나 오래 걸렸다고 하더군요." 월리엄슨은 착륙장 너머로 뻗은 도시를 향해 손짓해 보였다. "이 행성은 제법 만족스러운 곳이었던 모양입니다. 이 항성계의 열 번째 행성이지요."

로저스는 눈을 반짝였다. 윌리엄슨의 세계. 자신이 그 위를 걷고 있었다. 착륙장을 떠나 함께 경사로를 따라 내려가면서, 그는 힘차게 발을 내디뎠다. 프랭크 윌리엄슨의 젊은 후손과 함께 착륙장의 경사로를 따라 걸어 내려가고 있다니, 이런 꿈을 꾼 사람이 이 은하계에 얼마나 많을까?

"다들 여길 오고 싶어하더군요." 윌리엄슨은 그의 생각을 읽은 것처럼 입을 열었다. "쓰레기를 버리고 꽃을 꺾어 가고 싶은 거지요. 흙도 한 줌 정도 가져갈 수 있으면 좋을 테고요." 젊은이는 살짝 초조한 기색을 내비치며 웃었다. "물론 중계 센터 쪽에서 알아서 중재를 해줄 테지만요."

"물론입니다." 로저스가 대답했다.

경사로의 끝에 이르자, 로저스는 잠시 걸음을 멈추었다. 처음으로 도시가 그의 눈에 들어왔다.

"문제라도 있습니까?" 진 윌리엄슨은 살짝 즐거운 기색을 띠며 물었다.

물론 그들은 연결되어 있지 않았다. 고립되어 있었으니, 그리 놀라운 일은 아닐지도 모른다. 동굴 속에서 날고기를 물어뜯고 있어도 별로 이상한 일은 아니었을 것이다. 그러나 윌리엄슨이란 이름은 항상 진보를, 발전을 상징했다. 다른 사람을 앞서 가는 인간이었으니까.

물론 그의 우주여행 기술은 현대의 기준에서 보면 원시적인 것, 골동품에 가까운 것이었다. 그러나 그의 개념 자체는 변하지 않았다. 윌리엄슨은 선각자이자 발명가였다. 미래를 만드는 사람.

그러나 그의 도시는 마을 수준에 지나지 않았다. 수십 채의 주택과 공공건물 약간, 그리고 주변부에 위치한 공업 시설이 전부였다. 도시 너머로는 푸른 들판과 언덕과 드넓은 평원이 펼쳐져 있었다. 지상용 차량이 비좁은 거리를 따라 느릿느릿 기어 다니고, 대부분의 사람들은 자기 다리로 직접 걷고 있었다. 과거의 한 조각을 끌어온 듯한, 시대착오적인 광경이 로저스를 경악하게 만들었다.

"제가 보편적인 은하계 문명에 익숙해져 있어서 그렇습니다." 로저스가 말했다. "중계소에서는 은하계 전체의 기술과 이념을 일정 수준으로 유지해주니까요. 이 정도로 극단적으로 다른 수준의 사회에 적응하는 일은 쉽지 않습니다. 하지만 지금까지 여러분은 연결되어 있지 않았으니까, 다른 도리가 없었겠지요."

"연결되어 있지 않았다고요?" 윌리엄슨이 물었다.

"중계 센터에 말입니다. 아무 도움 없이 발전해야 했을 테지요."

그들 앞에 지상 차량 한 대가 느릿느릿 다가와서 멈췄다. 운전사는 직접 손으로 문을 열고 나왔다.

"이제 은하계의 현실을 깨달으셨을 테니, 적응할 수 있을 겁니다." 로저스는 말했다.

"그게 그렇지는 않습니다." 윌리엄슨은 차에 올라타며 말했다. "사실 그쪽 중계 센터 좌표로부터 1세기가 넘게 수신을 해왔거든요." 그는 로저스에게 옆자리에 타라고 손짓했다.

로저스는 당황했다. "이해가 안 됩니다만. 그러니까 우리 통신망에 접속했으면서도 전혀 연락하려는 시도를—."

"그쪽의 전파는 수신했지만, 우리 시민들은 그 내용을 수행하는 일에는 전혀 관심이 없었거든요." 진 윌리엄슨이 말했다.

지상 차량은 고속도로를 따라 서둘러 달려서 거대한 붉은 언덕 기슭을 지나쳤다. 이내 도시는 뒤로 멀어져서, 태양 광선을 반사해 희미하게 반짝이는 모습으로 남았다. 도로 주변으로 덤불과 식물들이 나타나기 시작했다. 언덕이 가파른 낭떠러지로 솟아오르며 짙은 적색의 사암 벽을 만들었다. 인간의 손이 닿지 않은 거친 성벽이었다.

"멋진 저녁이로군요." 윌리엄슨이 말했다.

로저스는 마뜩잖은 표정으로 동의했다.

윌리엄슨은 손잡이를 돌려 창문을 열었다. 시원한 바람이 차 안으로 들어왔다. 각다귀처럼 생긴 곤충 몇 마리도 따라 들어왔다. 저 멀리에서 흐릿한 형체 둘이 밭을 갈고 있는 모습이 보였다. 사람 하나와 커다란 짐승 한 마리였다.

"얼마나 걸립니까?" 로저스가 물었다.

"곧 도착할 겁니다. 여기서 대부분의 사람들은 도시에서 떨어진 곳에 삽니다. 시골로 나가서, 자급자족이 가능한 고립된 농장 구역에서 살지요. 중세의 장원을 본 딴 형태를 가지고 있습니다."

"그렇다면 최저 수준의 생활을 영위한다는 뜻 아닙니까. 농장마다 인구가 얼마 정도씩 있습니까?"

"남녀 합해서 백여 명 정도씩일 겁니다."

"백 명으로는 바구니 제작이나 염색이나 종이 인쇄술보다 복잡한 기술은 전혀 사용할 수 없을 텐데요."

"특수한 공업 설비가 있습니다. 생산 시설이죠. 여기 이 차량은 우리가 만들어낼 수 있는 물건의 좋은 예입니다. 통신 시설도, 하수 처리 설비도, 의료 기관도 있어요. 지구와 동일한 수준의 기술적 진보를 이루고 있습니다."

"21세기의 지구 수준이겠지요." 로저스는 항의했다. "하지만 그건 이미 300년 전의 일입니다. 당신들은 중계 센터의 전파를 수신하면서도 일부러 고대 수준의 문명을 유지하고 있어요. 말이 안 되는 일입니다."

"우리가 이쪽을 선호하기 때문일지도 모르지요."

"하지만 미개한 문명 수준을 선호할 자유란 존재할 수 없습니다. 모든 문명은 보편적인 수준에 맞추어 발전해야 합니다. 중계 센터를 통하면 실제로 발전의 동일성을 유지할 수 있습니다. 필수적인 요소는 전체로 함입하고 나머지는 제거해버리는 겁니다."

그들은 이제 농장에, 진 윌리엄슨의 '장원'에 다가가고 있었다. 그의 장원은 도로 한쪽에서 이어지는 계곡에 다닥다닥 모여 있는 몇 채의 단순한 건물에, 그 주변을 둘러싼 농지와 목초지로 구성되어 있었다. 지표용 차량은 좁은 샛길을 따라 조심스레 빙빙 돌면서 계곡 바닥까지 내려갔다. 분위기가 음침해졌다. 차가운 바람이 차 안으로 들어왔고, 운전사는 전조등을 켰다.

"로봇은 없습니까?" 로저스가 물었다.

"없습니다." 윌리엄슨이 대답했다. "우리는 모두 자기 일은 스스로 하니까요."

"말씀하시는 내용의 경계가 어째 모호하지 않습니까." 로저스가 지적했다. "로봇 또한 기계입니다. 그런 논리로 기계를 거부하지는 않으실 텐데요. 이 자동차 또한 기계 아닙니까."

"맞는 말씀입니다." 윌리엄슨도 동의했다.

"기계는 도구가 발전한 형태입니다." 로저스는 말을 이었다. "도끼 또한 단순한 기계라고 할 수 있지요. 멀리 떨어진 물건에 접촉하려는 목적으로 손에 든 막대 또한 단순한 기계입니다. 기계란 그저 가할 수 있는 힘의 총량을 증가시키는 다목적 도구에 지나지 않습니다. 인간은 도구를 만드는 동물입니다. 인류의 역사는 도구를 기계로 만들어나가는 과정, 보다 강하고 효율적으로 작동하는 요소들을 모아나가는 과정의 역사입니다. 기계를 거부하는 일은 인류의 근본적인 요소를 거부하는 것과 같습니다."

"도착했군요." 윌리엄슨이 말했다. 차량이 멈추고, 운전사가 문을 열어주었다.

서너 채의 거대한 목조 건물이 어둠 속에 서 있었다. 흐릿한 형체 몇 개가 주변을 움직이고 있었다. 인간의 형체였다.

"저녁 준비가 끝난 모양이로군요." 윌리엄슨이 코를 벌름거리며 말했다. "냄새가 나요."

그들은 가장 큰 건물로 들어섰다. 남녀 여럿이 길고 거친 식탁에 둘러앉아 있었다. 쟁반과 접시가 자리마다 놓여 있었다. 모두가 윌리엄슨을 기다리고 있는 듯 보였다.

"이분은 에드워드 로저스다." 윌리엄슨이 큰 소리로 외쳤다. 사람들은 흥미로운 눈으로 로저스를 바라보다가, 이내 음식 쪽으로 시선을 돌렸다.

"제 옆자리에 앉으세요." 검은 눈의 소녀가 말했다.

사람들이 식탁 끝에 그의 자리를 마련해주었다. 로저스는 그쪽으로 걸음을 옮기기 시작했지만, 윌리엄슨이 그를 제지했다. "거기는 안 됩니다. 당신은 제 손님이니까요. 저와 함께 앉으셔야 합니다."

소녀와 그 동료들이 웃음을 터트렸다. 로저스는 멋쩍은 표정으로 윌리엄슨의 옆자리에 앉았다. 엉덩이 아래로 딱딱하고 거친 긴 의자가 느껴졌다. 그는 손으로 만든 목제 술잔을 살펴보았다. 거대한 나무 그릇에 음식이 쌓여 있었다. 스튜와 샐러드와 커다란 빵 덩어리가 있었다.

"이거 꼭 14세기로 돌아온 것 같군요." 로저스가 말했다.

"그렇지요." 윌리엄슨도 동의했다. "장원의 삶은 로마시대, 그리고 그 이전의 고전 시대까지 거슬러 올라갑니다. 갈리아인, 브리튼인도 마찬가지죠."

"여기 사람들 말입니다. 혹시 이 사람들이 모두—."

윌리엄슨은 고개를 끄덕였다. "제 가족입니다. 전통에 의한 부계 혈족을 기준으로 작은 집단으로 나뉘어 있지요. 제가 여기서 가장 나이 많은 남성이며 명목상 지도자입니다."

사람들은 음식에 열중하여 정신없이 먹어대고 있었다. 삶은 고기, 야채, 버터를 바른 빵 조각을 집어삼킨 다음 우유로 넘기고 있었다. 방 안에는 묘한 형광색의 조명이 일렁였다.

"놀랍군요. 아직 전기를 쓰고 있는 모양입니다." 로저스가 중얼거렸다.

"아, 그렇지요. 이 행성에는 폭포가 잔뜩 있으니까요. 차도 전기차입니다. 축전지로 움직이죠."

"당신보다 나이 많은 남자가 안 보이는 이유는 뭡니까?" 주름살이 가득한 노파는 몇 명 눈에 띄었지만, 가장 나이 많은 남성은 윌리엄슨이었다. 그리고 그는 30세를 넘어 보이지 않았다.

"전투 때문이죠." 윌리엄슨은 크게 몸짓을 하며 대답했다.

"전투라고요?"

"가문 사이에 벌어지는 전쟁은 우리 문화의 주요한 특성입니다." 윌리엄슨은 긴 탁자를 향해 고갯짓을 하며 말했다. "덕분에 그리 오래 살지 못하죠."

로저스는 어안이 벙벙해졌다. "가문 전쟁요? 하지만—."

"가문마다 깃발과 문장이 있습니다. 옛날의 스코틀랜드 부족들처럼요."

그는 소매에 매단 새 모양의 밝은 색 리본을 어루만졌다. "가문마다 그를 상징하는 문장과 색깔이 있고, 우리는 그걸 놓고 싸웁니다. 윌리엄슨 가문은 이제 이 행성을 지배하는 위치가 아닙니다. 이제는 중앙정부가 없어요. 중요한 문제가 발생하면 우리는 민회를 소집합니다. 모든 부족에서 투표권을 행사하는 거죠. 이 행성의 모든 가문마다 하나씩의 투표권이 주어집니다."

"꼭 미국 인디언 같군요."

윌리엄슨은 고개를 끄덕였다. "부족제 정치죠. 조금만 더 시간이 지나면 가문이 명확한 부족으로 변할 겁니다. 아직 같은 언어를 사용하고는 있지만 점차 분화가 진행되고 있어요. 탈중앙화 현상이죠. 그리고 가문마다 자기네 나름의 풍습과 습속, 예절 규범이 존재합니다."

"대체 뭘 위해서 싸우는 겁니까?"

윌리엄슨은 어깨를 으쓱해 보였다. "토지나 여자와 같은 실제 이득도 있고, 상상 속의 이득도 있습니다. 예를 들면 명예라든가. 명예가 걸린 문제가 생기면, 우리는 반 년 단위로 열리는 정규 결투에서 그걸 해결합니다. 가문마다 남자가 한 명씩 참가하죠. 최고의 전사가 손에 익은 무기를 들고 참가하는 겁니다."

"중세의 마상 시합 같군요."

"모두 과거의 전통에서 따온 겁니다. 인류의 전통 전체에서요."

"혹시 가문마다 다른 신을 섬기기도 하는 겁니까?"

윌리엄슨은 웃음을 터트렸다. "아뇨, 모든 가문은 신격이 명확하지 않은 정령 신앙을 공유합니다. 세상의 모든 요소에 깃든 긍정적인 생명력을 섬기는 거지요." 그는 빵 한 조각을 들어 보였다. "이 모든 것에 감사를 표하는 겁니다."

"당신들 스스로 가꾼 것들에 대해서 감사를 표하는 겁니까."

"우리를 위해 마련된 행성 위에서 가꾼 것들이죠." 윌리엄슨은 경건하게 빵조각을 먹었다. "옛 기록에 따르면 우주선은 거의 끝장날 지경이었다고 합니다. 연료가 다 떨어져 가는데, 착륙한 행성마다 모두 메말라 죽은 행성이었던 겁니다. 만약 이 행성이 등장하지 않았더라면, 탐사대 전원이 목숨을 잃었을 겁니다."

"시가 한 대 피우시겠습니까?" 텅 빈 그릇을 치운 다음, 윌리엄슨은 이렇게 물었다.

"감사합니다." 로저스는 애매한 태도로 시가를 받아 들었다. 윌리엄 슨은 자기 담배에 불을 붙이고 벽에 기대앉았다.

"얼마나 오래 계실 생각입니까?" 이내 그는 이렇게 물었다.

"오래 있진 않을 겁니다." 로저스가 대답했다.

"당신을 위해 침실을 준비해놓았습니다." 윌리엄슨이 말했다. "잠자리에는 일찍 드는 편이지만, 춤이나 노래나 연극 같은 것을 즐기기도 하지요. 우리는 연극을 연출하고 공연하는 일에 아주 오랜 시간을 들입니다."

"정신적인 해방을 강조하는 문명인 겁니까?"

"물건을 만들고 뭔가를 하는 것을 좋아할 뿐입니다. 그런 뜻으로 말씀하신 것이라면, 그렇다고 할 수 있지요."

로저스는 주변을 물끄러미 둘러보았다. 거친 나무판 위에 직접 그린 벽화가 사방에 가득했다. "그래서, 진흙과 나무열매를 이용해서 물감을 직접 만드는 모양이지요?"

"그런 건 아닙니다." 윌리엄슨이 대답했다. "사실 커다란 염료 공장이 있어요. 내일 우리가 물건을 직접 굽는 가마를 안내해드리죠. 우리 가문 최고의 물건은 직물과 실크 스크린 염색물입니다."

"흥미롭군요. 탈중앙 상태가 되어 천천히 고대의 부족주의 사회로 퇴보하는 문명이라니. 발달한 은하계 기술과 문명의 산물을 이용하기를 거부하면서, 일부러 다른 인간들과의 접촉을 회피하는 종족이라니 말입니다."

"중계 센터가 통제하는 일원화된 사회를 거부하는 것뿐입니다." 윌리엄슨이 주장했다.

"중계 센터가 왜 모든 행성에 보편적인 수준을 유지하려 하는지, 그 이유를 알고 있습니까?" 로저스가 물었다. "제가 알려드리죠. 이유는 두 가지입니다. 첫 번째로, 인간이 지금까지 모아들인 방대한 지식을 다시 얻어내기 위한 실험이 중복 발생하는 일을 방지하기 위해서입니다. 그런 시간낭비를 할 수는 없으니까요.

이미 발견이 되었는데도, 우주에 퍼져 있는 수많은 다른 행성들에서 그 발견을 제각기 따로 하려고 같은 과정을 반복하는 것은 말도 안 되는 일입니다. 수천 개의 행성 중 하나에서 습득한 정보는 그대로 중앙 중계 센터로 전달된 다음, 다시 전 은하계로 퍼져나갑니다. 중계 센터는 여러 경험을 연구하고 골라내어 서로 모순되지 않고 논리적으로 성립할 수 있는 체계를 만들어 전송합니다. 중계 센터는 인류 전체의 경험을 일관성 있는 구조로 변환하는 겁니다."

"그럼 두 번째 이유는 뭡니까?"

"중앙 통제를 통해 보편적인 문화를 유지하면, 전쟁이 벌어지지 않기 때문입니다."

"맞는 말입니다." 윌리엄슨도 인정했다.

"우리는 전쟁을 제거했습니다. 그 정도로 단순한 일이었지요. 우리는 고대 로마제국처럼 동질성 있는 문화를 가지고 있습니다. 은하계에 사는 모든 인류가 보편적으로 공유하는 하나의 문화입니다. 모든 행성이 같은 정도로 문화를 향유하고 있어요. 질투나 시기의 온상이 되는 문화의 변방은 존재하지 않습니다."

"이런 곳 말이로군요."

로저스는 천천히 숨을 몰아쉬었다. "그래요. 당신들은 우리를 기묘한 상황에 몰아넣었습니다. 우리는 3세기 동안 윌리엄슨의 행성을 찾아 헤맸습니다. 그 행성을 찾기를 간절히 소망하며 꿈꾸었지요. 마치 프레스터 존*의 나라 같은 겁니다. 다른 인류로부터 단절되어 있는 이야기 속 제국 말입니다. 어쩌면 실은 존재하지 않을지도 모르지만요.

---

* 중세 서양에서, 아시아와 아프리카에 강대한 기독교국을 건설했다는 전설 속 왕.

프랭크 윌리엄슨의 우주선이 사고를 당했을 수도 있으니까."

"하지만 살아남았죠."

"살아남았을 뿐 아니라, 윌리엄슨의 행성에서는 자기 고유의 문화가 융성하고 있던 겁니다. 일부러 외부와 단절된 상태를 유지하며, 자기 기준에 따른 삶을 계속 지켜 나가면서요. 그러다 접촉이 발생했고, 우리의 꿈은 현실이 되었습니다. 은하계의 사람들은 모두 이제 윌리엄슨의 행성이 발견되었다는 사실을 알게 될 겁니다. 드디어 태양계 밖의 최초의 식민 행성이 은하 문명 속에서 영광된 지위로 돌아오게 된 겁니다."

로저스는 외투 속으로 손을 뻗어 금속 꾸러미 하나를 꺼냈다. 그는 꾸러미를 풀고 깔끔하게 각 잡힌 문서를 꺼내 탁자 위에 놓았다.

"이게 뭡니까?" 윌리엄슨이 물었다.

"합병 조약입니다. 당신이 여기 서명을 하면 윌리엄슨의 행성은 은하 문명의 일부가 됩니다."

윌리엄슨과 방 안의 사람들 모두가 순간 입을 다물었다. 그들은 아무 말도 하지 않고 서류를 내려다보았다.

"자." 로저스는 긴장한 채로 이렇게 말하며 윌리엄슨 쪽으로 서류를 밀어놓았다. "여기 서명하시죠."

윌리엄슨은 고개를 저었다. "유감입니다." 그는 단호하게 서류를 다시 로저스 쪽으로 밀어 놓았다. "이미 민회에서 결정을 내렸습니다. 실망시켜드려 죄송하지만, 은하 문명에는 합류하지 않겠다고 결정했습니다. 이게 우리의 최종 결정입니다."

1등급 전함 한 척이 윌리엄슨 행성의 중력장 외부의 궤도를 돌고 있었다.

페리스 중령은 중계 센터와 연락하는 중이었다. "도착했소. 다음 지령은 뭐요?"

"통신병 1개조를 내려 보내게. 지상에 착륙하면 즉각 내게 보고하고."

10분 후, 피트 맷슨 상등병이 중력계 진입용 우주복을 입은 채 배 밖으로 뛰어내렸다. 그는 아래 보이는 청색과 녹색의 구체 쪽으로 천천히 흘러가며, 행성 지표에 가까워질수록 몸을 이리저리 움직이며 자세를 잡았다.

맷슨은 착륙하며 몇 번 지표에 튕긴 다음, 떨리는 다리를 가누며 자리에서 일어섰다. 숲 가장자리인 모양이었다. 거대한 나무들의 그림자 속에서, 그는 우주복의 완충용 헬멧을 벗었다. 블래스트 라이플을 단단히 쥔 채로, 그는 조심스레 나무 사이로 걸음을 옮기기 시작했다.

이어폰에서 달각거리는 소리가 들렸다. "인간 행동의 흔적은 없나?"

"없습니다, 중령님." 그는 이렇게 대답했다.

"오른쪽을 보면 마을로 보이는 장소가 있을 걸세. 누군가 접촉하게 될지도 몰라. 계속 움직이면서 경계 태세를 유지하게. 이제 나머지 팀원들이 강하할 걸세. 자네의 중계 센터 통신망으로 전달되는 지령에 따라 행동하도록."

"경계 태세를 유지합니다." 맷슨은 이렇게 말하며 블래스트 라이플을 단단히 붙들었다. 그는 시험 삼아 멀리 떨어진 언덕을 조준한 다음 방아쇠를 당겨보았다. 언덕이 순식간에 증발하며 낙진이 구름처럼 솟아올랐다.

맷슨은 산등성이를 따라 올라가며 손으로 눈 위를 가리고 주변을 둘러보았다.

마을이 보였다. 지구에 있는 시골 마을처럼 작아 보였다. 꽤나 흥미로운 모양새였다. 그는 잠시 머뭇거리다, 이윽고 서둘러 걸음을 옮겨 산등성이를 내려가 마을로 향하기 시작했다. 빠르게 움직이는 유연한 몸에는 경계심이 가득한 채로.

1등급 전함에서 강하한 그의 팀원 세 명이 머리 위로 떨어지고 있었다. 총을 단단히 쥔 채로, 부드럽게 몸을 굴려 행성 표면과 접촉할 순간을 기다리며……

로저스는 합병 문서를 접어서 천천히 외투 안으로 넣으며 물었다. "지금 무슨 일을 벌이는 건지 알고 계시겠지요?" 그가 물었다.

방 안에는 죽음처럼 정적이 가득했다. 윌리엄슨은 고개를 끄덕였다. "물론이지요. 당신네들의 중계 센터 시스템에 합류하기를 거부하고 있는 겁니다."

로저스의 손가락이 트레이스 통신망을 건드렸다. 통신망이 생명을 얻어 달아올랐다. "참으로 유감입니다." 그가 말했다.

"설마 놀라신 겁니까?"

"딱히 그렇지는 않습니다. 중계 센터에서 정찰병들의 보고 내용을 컴퓨터에 입력했으니까요. 당신들이 거부할 가능성은 항상 존재했습니다. 그런 일이 벌어질 경우를 대비한 지령도 받았지요."

"무슨 지령입니까?"

로저스는 자기 손목시계를 들여다보았다. "우리와 합류할지, 아니면 그대로 우주의 먼지가 되어버릴지의 여부를 여섯 시간 안에 결정해야 한다는 정보를 제공하라는 지령입니다." 그는 문득 자리에서 일어섰다. "일이 이렇게 흘러가서 유감입니다. 윌리엄슨의 행성은 우리 문화에서 가장 소중한 전설 중 하나이니까요. 그러나 은하계의 동질성을 파괴하는 요소는 절대로 용납할 수 없습니다."

윌리엄슨도 자리에서 일어섰다. 그의 얼굴은 잿빛처럼, 죽음의 색처럼 창백했다. 두 남자는 당당하게 서로를 마주하고 섰다.

"싸울 겁니다." 윌리엄슨이 나직하게 말했다. 그의 거친 손가락은 격렬하게 쥐었다 폈다 하는 동작을 반복하고 있었다.

"그건 중요하지 않습니다. 중계 센터의 통신을 통해 우리 병기가 어느 수준까지 발전했는지는 들으셨을 텐데요. 우리 함대가 어떤 무기를 가지고 있는지 알고 계실 겁니다."

다른 사람들은 조용히 자기 자리에 앉아서 텅 빈 접시를 내려다보고 있었다. 아무도 움직이지 않았다.

"이럴 필요가 있습니까?" 윌리엄슨이 거친 목소리로 물었다.

"은하의 평화를 유지하려면 문화 다양성의 성립을 막아야 합니다." 로저스는 단호하게 대답했다.

"전쟁을 피하기 위해 우리를 절멸시키겠다는 겁니까?"

"전쟁을 피하기 위해서라면 뭐든 파괴할 수 있습니다. 우리의 사회가 영원히 다툼과 전쟁을 벌이는 작은 소국들로 분열되어 당신네 가문들처럼 되는 일은 막아야 합니다. 우리 사회가 안정을 유지할 수 있는 것은 다양성이라는 개념 자체가 존재하지 않기 때문입니다. 보편성을 유지하고 분할을 막아야 합니다. 다양성이라는 개념 자체가 알려져서는 안 됩니다."

윌리엄슨은 생각에 잠겼다. "개념의 전파를 막는 일이 가능하다고 생각하십니까? 의미론적인 상관관계를 가지는 요소가, 힌트가, 구전되는 실마리가 가득 있습니다. 우리 행성을 날려버리더라도 다른 곳에서 다른 것이 생겨날 겁니다."

"그래도 이쪽 가능성에 걸어볼 수밖에 없습니다." 로저스는 문 쪽으로 걸음을 옮기며 말했다. "제 우주선으로 돌아가서 기다리겠습니다. 다시 한 번 표결해보시지요. 우리가 얼마나 철저하게 준비했는지를 알게 되면 결과가 바뀔지도 모르니까요."

"별로 그럴 것 같지는 않습니다만."

갑자기 로저스의 통신망에서 속삭이는 소리가 들렸다. "중계 센터의 노스로군요."

로저스는 통신망을 어루만져 통신을 받았다.

"1등급 전함 한 척이 그쪽 영역에 가 있네. 벌써 1개 팀이 강하했지. 퇴각 명령을 내릴 때까지는 우주선을 착륙 상태로 두게나. 팀에 핵분열 지뢰 단말을 설치하라는 명령을 내렸네."

로저스는 아무 말도 하지 않았다. 그의 손가락이 발작하듯 통신망을 단단히 움켜쥐었다.

"문제라도 있습니까?" 윌리엄슨이 물었다.

"아무것도 아닙니다." 로저스는 문을 밀어 열었다. "빨리 우주선으로 돌아가고 싶군요. 어서 갑시다."

페리스 중령은 우주선이 윌리엄슨의 행성을 떠나자마자 로저스와 연락을 취했다.

"노스 말로는 벌써 통보를 했다던데." 페리스가 말했다.

"그렇습니다. 게다가 그쪽 팀과도 직접 연락한 것 같더군요. 공격 준비를 끝낸 모양입니다."

"나도 그렇게 들었네. 시간을 얼마나 준 건가?"

"여섯 시간입니다."

"항복할 것 같나?"

"저도 모르겠습니다." 로저스가 말했다. "그래주기를 바라야지요. 개인적으로는 그럴 것 같지 않습니다만."

윌리엄슨의 행성이 화면 속에서 천천히 회전하고 있었다. 녹색과 푸른색의 숲과 강과 바다가 보였다. 한때는 지구도 저런 모습이었을 것이다. 거대한 은빛 구체가, 1등급 전함이, 행성 주변의 궤도를 따라 천천히 움직이는 모습이 보였다.

한때 전설이었던 행성을 발견하고, 접촉이 이루어졌다. 이제 그 행성은 파괴될 것이다. 그런 일이 벌어지는 것을 막으려 노력했지만, 실패하고 말았다. 어쩔 도리가 없는 사태를 방지할 수가 없었다.

윌리엄슨의 행성이 은하 문명에 편입되기를 거부한다면, 결국 파괴할 수밖에 없었다. 슬프지만 자명한 이치였다. 윌리엄슨의 행성과 은하계, 둘 중 하나를 선택해야 하는 상황이었다. 보다 큰 사회를 수호하기 위해 작은 사회는 희생되어야 하는 것이다.

그는 최대한 편안하게 화면을 관측할 수 있는 자세를 잡고, 그대로 기다렸다.

여섯 시간이 지나자 행성에서 검은 점들이 솟아올라 천천히 1등급 전함 쪽으로 흘러가기 시작했다. 그는 점들의 정체를 알아볼 수 있었다. 구식 제트엔진 로켓 우주선들이었다. 전투를 위해 골동품이 된 전쟁용 우주선들이 다가오고 있는 것이었다.

윌리엄슨의 행성은 결정을 바꾸지 않았다. 싸울 생각이었다. 삶의 방식을 포기하느니 파괴되는 쪽을 택한 것이다.

검은 점들이 순식간에 커지며, 굉음과 함께 화염을 내뿜으며 비틀비틀 비행하는 빛나는 금속 원반이 되었다. 한심한 광경이었다. 로저스는 근접 조우를 위해 편대를 풀고 날아가는 제트 엔진 우주선들을 보며 기묘한 감동을 느꼈다. 1등급 전함은 그대로 궤도를 따라 느리고 효율적인 반원을 그리며 움직이고 있었다. 일렬로 늘어선 에너지 튜브가 천천히 모습을 드러내며 공격을 맞이할 준비를 하고 있었다.

갑자기 낡은 로켓 우주선들이 하강을 시작했다. 비틀대며 총기를 발사하며 1등급 전함 위로 날아들었다. 전함의 에너지 관이 그들의 궤적을 따라 움직였다. 그들은 애써 자세를 잡으며 거리를 벌리고, 다시 편대 공격을 하기 위해 한데 모였다.

무색의 에너지가 혀를 날름거리듯 뻗어나갔다. 이내 공격자들은 사라져버렸다.

페리스 중령이 통신을 요청했다. "불쌍한 비극 속의 광대들 같으니."
우울한 잿빛의 얼굴이었다. "저런 걸로 우리를 공격할 생각을 한단 말
인가."

"피해가 있습니까?"

"전혀 없네." 페리스는 떨리는 손으로 이마를 훔쳤다. "우리 측에는
전혀 피해가 없어."

"다음에는 뭡니까?" 로저스는 굳은 얼굴로 물었다.

"지뢰 폭파 명령을 내리는 것을 거부하고 중계 센터 쪽으로 돌렸다
네. 그쪽에서 직접 해야 할 거야. 이미 충격을 가했을 테니—."

그들 아래쪽에 보이는 녹색과 청색의 구체가 갑자기 움찔 경련했다.
소리도 없이, 아주 간단하게, 행성은 산산조각이 나버렸다. 파편과 잔
해 약간을 날리며, 행성은 하얀 폭염의 구름 속에서 불타고 녹아 사라
져버렸다. 아주 잠시 동안 소형 항성처럼 빛나며 우주를 밝힌 다음, 재
의 구름만이 남았다.

잔해가 충돌하자 로저스의 우주선의 방호막이 올라갔다. 파편이 빗
발처럼 쏟아졌지만 그대로 분해되어 소멸해버렸다.

"자, 이걸로 끝이로군." 페리스가 말했다. "노스는 처음의 정찰 내용
이 실수였다고 보고할 걸세. 윌리엄슨의 행성은 발견되지 않은 거야.
전설은 앞으로도 전설로 남을 걸세."

로저스는 마지막 남은 잔해가 움직임을 멈추고, 색을 잃은 흐릿한
그림자만 남을 때까지 계속 그 모습을 지켜보았다. 자동으로 방호막이
꺼졌다. 오른쪽으로 1등급 전함이 속도를 올리며 리가 항성계 쪽으로
날아가는 모습이 보였다.

윌리엄슨의 행성은 사라졌다. 은하 중계소 시스템은 안전했다. 서로
다른 삶의 방식과 풍속을 가진 독자적인 문명이라는 개념은 가장 효율
적인 방식으로 제거되어버렸다.

"잘했네." 중계 센터 통신망이 속삭였다. 노스는 기분이 좋은 모양이었다. "핵분열 지뢰 설치가 완벽했어. 아무것도 남지 않았지."

"그렇군요." 로저스도 동의했다. "아무것도 남지 않았습니다."

피트 맷슨 상등병은 미소가 가득한 얼굴로 현관문을 열었다. "안녕, 자기! 놀랐지!"

"피트!" 글로리아 맷슨이 달려와서 남편을 끌어안았다. "집에는 왜 온 거야? 당신 설마—."

"포상 외박이야. 48시간." 피트는 당당하게 자기 가방을 내려놓았다. "우리 아들, 잘 있었니."

아들은 수줍은 듯 아버지를 맞이했다. "다녀오셨어요."

피트는 쭈그려 앉아 가방을 열었다. "그동안 별일 없었니? 학교는 어땠고?"

"또 감기에 걸렸지 뭐예요." 글로리아가 말했다. "이제 거의 나았어요. 하지만 대체 무슨 일이에요? 무슨 일로 포상을—."

"군사 기밀이야." 피트는 가방 안을 뒤적거렸다. "여기 있다." 그는 뭔가를 꺼내 아들에게 건네주었다. "선물을 하나 가져왔단다. 기념품이지."

그는 아들에게 나무로 만든 컵을 건넸다. 아이는 수줍게 그걸 받아 들고 호기심과 의문이 가득한 눈으로 이리저리 돌리며 살펴보았다. "저기…… 기념품이 뭐예요?"

맷슨은 어려운 개념을 설명할 방법을 찾으려 잠시 끙끙거렸다. "그러니까, 다른 장소를 떠올리게 해주는 물건이란다. 네가 있는 곳에는 없는 물건이지. 그러니까." 맷슨은 컵을 톡톡 두드리며 말했다. "이건 음료를 마시기 위한 물건이란다. 우리가 쓰는 플라스틱 컵하고는 다른 물건이지 않니?"

"그렇네요." 아이가 말했다.

"이것 좀 봐, 글로리아." 피트는 가방에서 잘 접어놓은 커다란 천을 꺼내 펼쳤다. 색색의 문양이 찍혀 있었다. "꽤 싸게 샀다고. 이걸로 치마 만들면 어떻겠어. 어떨 것 같아? 이런 물건 본 적 있어?"

"아뇨." 글로리아는 감탄한 듯 중얼거렸다. "본 적도 없어요." 그녀는 옷감을 들고는 경건해 보일 정도의 표정으로 어루만졌다.

아내와 아들이 기념품을 손에 꼭 쥔 채 선 모습을 보며, 피트 맷슨은 활짝 웃었다. 그가 다녀온 먼 땅을, 다른 장소를 떠올리게 하는 물건들.

"세상에." 계속 컵을 돌려 보면서 중얼거리는 아이의 눈 속에, 기묘한 빛이 서렸다. "정말 고마워요, 아빠. 이…… 기념품을 가져다주셔서요."

기묘한 빛은 차츰 달아오르기 시작했다.

참전 용사
War Veteran

PHILIP K. DICK

한 낮의 뜨거운 햇살을 받으며, 공원 벤치에 앉은 노인은 좌우로 지나가는 사람들을 멍하니 바라보고 있었다.

깨끗하고 깔끔한 공원이었다. 정원은 백여 개의 반짝이는 구리 튜브에서 뿜어져 나오는 물줄기에 젖어 촉촉하게 빛났다. 반짝이는 동체의 로봇 정원사가 이리저리 움직이며 잡초를 뽑고 쓰레기를 모아 처리 배출구에 넣었다. 아이들은 소리를 지르며 몰려다녔다. 젊은 연인들은 나른하게 손을 잡고 앉아 햇볕을 즐겼다. 잘생긴 병사 한 무리가 주머니에 손을 찌른 채 터덜터덜 걸어오면서 수영장에서 갈색 피부를 드러낸 채 일광욕하는 젊은 여성들을 눈으로 좇았다. 공원 밖에서는 자동차의 굉음이 울렸고, 반짝이는 뉴욕의 마천루가 하늘을 찌를 듯 높이 솟아 있었다.

노인은 목을 울려 가래를 모으고는 언짢은 표정으로 풀숲에 침을 뱉었다. 밝고 뜨거운 햇살 때문에 짜증이 솟았다. 너무 노란색이 강한 데다, 낡고 지저분한 외투 속으로 계속 땀이 흐르게 만들었다. 게다가 자신의 희끗희끗한 수염과 사라진 왼쪽 눈의 존재를 새삼 일깨워주기도 했다. 한쪽 뺨의 살점이 타버리며 생긴 깊고 흉측한 화상의 흉터도. 그는 비쩍 마른 목에 두른 H-루프를 짜증 섞인 몸짓으로 잡아당긴 다음, 외투의 단추를 풀고 반짝이는 긴 금속 의자에 기대어 몸을 꼿꼿이 세웠다. 지루하고 외롭고 짜증으로 가득한 노인은 나무와 잔디밭과 행복하게 놀고 있는 아이들로 가득한 목가적인 풍경 속에서 자신의 관심을 끌 만한 대상을 찾아내기 위해 주변을 두리번거렸다.

금발에 말쑥한 차림새의 젊은 병사 세 명이 노인의 반대편 벤치에 앉아서 도시락을 펼치기 시작했다.

　노인의 목구멍 안에서 시큼한 숨결이 움직임을 멈추었다. 낡아빠진 심장이 힘겹게 쿵쿵대면서, 노인의 얼굴에 몇 시간 만에 처음으로 제대로 된 생기가 돌아왔다. 그는 무기력한 몸을 가누며 일어나서 흐릿한 눈의 초점을 병사들 쪽으로 맞추었다. 그리고 손수건을 꺼내 진땀이 흐르는 얼굴을 문지른 다음 그들 쪽으로 말을 걸었다.

　"좋은 날씨일세."

　병사들은 아주 잠깐 고개를 들었다. "그렇군요." 한 명이 말했다.

　"꽤 훌륭한 솜씨 아닌가." 노인은 노란 태양과 도시의 첨탑들을 가리키며 말했다. "아주 완벽해 보이는데."

　병사들은 아무 말도 하지 않았다. 뜨거운 커피가 든 컵과 애플파이에서 시선을 떼지도 않았다.

　"거의 속아 넘어갈 지경이야." 노인은 아랑곳하지 않고 말을 이었다. "자네들은 참모부 소속인가?" 노인은 무턱대고 추측해보았다.

　"아뇨." 병사 하나가 말했다. "저희는 로켓 조종사입니다."

　노인은 알루미늄 지팡이를 굳게 쥐면서 말했다. "나는 폭파병이었다네. Ba-3 부대 소속이었지."

　병사들은 아무도 반응하지 않았다. 그저 자기들끼리 숙덕거리기만 할 뿐이었다. 멀리 다른 벤치에 앉은 젊은 여자들이 그들 쪽으로 주의를 돌리고 있었다.

　노인은 자기 외투 주머니로 손을 넣어 찢어진 회색 휴지로 꽁꽁 싼 물건을 하나 꺼냈다. 그는 떨리는 손가락으로 휴지를 벗긴 다음 자리에서 일어나, 비틀거리며 자갈이 깔린 길을 건너 병사들 쪽으로 다가갔다. "이거 보이나?" 그는 손에 든 물건을, 반짝이는 네모난 금속 조각을 들어 보였다. "87년에 얻은 물건이라네. 아마도 자네들이 태어나기도 전의 일이었겠지."

젊은 병사들의 얼굴에 아주 잠깐 흥미가 깃들었다. "저것 좀 봐." 한 명이 감탄한 듯 휘파람을 불었다. "저건 크리스털 디스크잖아. 1급 훈장이라고." 병사는 질문하는 눈으로 올려다보며 노인에게 물었다. "이걸 받으신 겁니까?"

노인은 자부심 넘치는 표정으로 힘겹게 웃고는, 훈장을 다시 잘 싸서 외투 주머니에 넣었다. "나는 '윈드 자이언트' 함의 네이선 웨스트 함장 휘하에서 복무했다네. 놈들이 우리를 향해 최후의 점프를 한 다음에야 내 훈장을 받을 수 있었지. 하지만 이게 나올 때 나는 폭파팀을 이끌고 임무를 수행 중이었어. 우리가 연결망을 전부 폭파시켜서, 놈들의 이동을 끊었을 때를 자네들도 기억할지도 모르지만—."

"죄송하군요." 병사 한 명이 입을 열었다. "그 정도로 오래 산 게 아니라서요. 아마 저희가 태어나기 전의 일일 겁니다."

"물론 그렇겠지." 노인은 활기차게 그의 말에 동의했다. "벌써 60년이 넘게 지났으니 말일세. 자네들도 페라티 소령 이야기는 들어본 적 있겠지? 호위 함대를 끌고 최후의 공격을 위해서 유성우 속으로 돌입한 그 사람 말이야. 그리고 Ba-3 부대가 최후의 일격을 어떤 식으로 몇 달 동안이나 지체시켰는지도?" 노인은 비통한 표정으로 욕설을 내뱉었다. "우리가 놈들을 저지한 거라네. 결국 한두 척밖에 남지 않을 때까지 말일세. 남은 우리를 향해 놈들이 시체를 노리는 독수리처럼 달려들었지. 그리고 우리를 발견하자마자—."

"죄송합니다, 할아버지." 병사들은 점심 도시락을 챙기고 가뿐하게 자리에서 일어나서, 여자들이 앉아 있는 벤치를 향해 걸음을 옮기기 시작했다. 여자들은 뭔가를 기대하는 듯 그들을 향해 수줍은 웃음을 터트렸다. "일이 좀 있어서요. 나중에 또 뵙지요."

노인은 몸을 돌리고는, 분노로 발을 절뚝거리며 자기 벤치로 돌아왔다. 실망해서 입안으로 욕설을 중얼거리고 촉촉한 풀숲으로 침을 뱉으며, 그는 편안한 자세를 잡으려 애썼다. 그러나 햇빛 때문에 짜증이 솟았다. 사람들과 자동차의 소음에 속이 울렁거렸다.

노인은 눈을 반쯤 감은 채 벤치에 앉아서, 메마른 입술을 일그러뜨려 고통과 패배감으로 가득한 비참한 미소를 지었다. 반쯤 눈이 먼 노인에게 관심을 가지는 사람은 아무도 없었다. 알아듣기 힘들 정도로 웅얼거리는, 자신이 참전했던 전투와 직접 목격한 전술에 대한 이야기를 듣고 싶어하는 사람은 아무도 없었다. 마모되어가는 노인의 두뇌 속에서 아직도 뒤틀린 불길처럼 세포를 침식하며 타오르는 지난 전쟁에 대해서는 아무도 기억하지 못하는 것만 같았다. 노인은 정말로 전쟁 이야기가 하고 싶었다. 들어줄 사람을 찾을 수만 있다면.

베이철 패터슨은 비상용 브레이크를 누르며 차를 급정지시켰다. "또 저거군." 그는 어깨너머로 말했다. "편히 있게. 잠시 기다려야 할 모양이야."

낯익은 광경이었다. 회색 모자와 손목밴드를 찬 수많은 지구인들이 거리를 가득 메우고 행진하며 구호를 외치고 있었다. 그들은 몇 블록 밖에서도 보일 정도로 커다란 깃발을 흔들고 있었다.

협상은 없다! 대화는 배신자들이나 하는 것!
인간은 행동해야 한다!
말로 하지 말고 직접 보여주자!
강력한 지구야말로 평화를 지키는 유일한 길이다!

자동차 뒷좌석에서는 에드윈 르마가 무슨 일이 일어났는지 알아차리지 못한 채 놀라 신음하며 자료 테이프를 내려놓았다. "왜 멈춘 건가? 무슨 일이야?"

"또 시위네." 이블린 커터는 관심 없는 목소리로 말하고는, 등받이에 몸을 기대고 역겹다는 듯한 표정으로 담배에 불을 붙였다. "항상 똑같지 뭐."

시위는 절정에 이르러 있었다. 남자와 여자, 오후 수업을 결석한 학생 들이 격렬하게 흥분한 얼굴로, 일부는 푯말을 들고, 일부는 투박한 무기를 들고 군복을 한두 조각 걸친 채로 행진하고 있었다. 보도로 구경하러 나온 사람들이 계속 합류해서 행렬은 갈수록 커져만 갔다. 푸른 옷을 입은 경관들이 육상 교통을 통제했다. 무심하게 시위 행렬을 지켜보며, 시위를 막아서는 사람이 등장하기만을 기다리고 있는 모습이었다. 물론 그런 사람은 없었다. 그 정도로 멍청한 사람이 있을 리가 없었다.

"정부에서 왜 저걸 막지 않는 거지?" 르마가 물었다. "무장병력 일개 분대만 투입해도 이런 일은 완벽하게 막아낼 수 있을 텐데."

그의 옆에서 존 V-스티븐스가 차갑게 웃음을 터트렸다. "그 정부에서 이 시위의 자금줄을 대고, 조직해주고, 영상 네트워크에 자유 발언할 시간을 주고, 심지어 불평하는 사람들을 두드려 패기까지 하는 거라네. 저기 서 있는 경찰들 좀 보게. 때릴 사람이 등장하기만을 기다리고 있지 않은가."

르마는 눈을 껌뻑였다. "패터슨, 저 친구 말이 사실인가?"

분노에 뒤틀린 얼굴들이 늘씬한 64년형 뷰익의 후드 너머에서 어른거렸다. 발소리에 맞춰 크롬제 계기판이 흔들렸다. 르마 박사는 초조하게 자료 테이프를 금속 케이스에 넣은 다음 겁에 질린 거북이처럼 주변을 둘러보았다.

"무슨 걱정을 하는 건가?" V-스티븐스가 거친 목소리로 말했다. "저 자들은 자네는 건드리지 않을 텐데. 자네는 지구인 아닌가. 식은땀을 흘려야 하는 사람은 바로 나라고."

"다들 미쳤어." 르마가 중얼거렸다. "얼간이들이 저렇게 모여서 고함을 치면서 행진하고 있는데―."

"얼간이가 아닐세." 패터슨이 가벼운 투로 대꾸했다. "너무 신뢰하는 자들일 뿐이지. 저들은 자기가 들은 그대로 믿을 뿐이라네. 우리들과 마찬가지이지. 단 한 가지 문제는 저들이 들은 게 사실이 아니라는 것뿐이야."

그는 거대한 깃발 하나를 가리켰다. 전진에 맞춰 펄럭이며 일그러지고 있는 커다란 3차원 사진이었다. "저자를 탓하게. 거짓말을 생각해낸 건 저 작자니까. 정부에 압력을 가하고, 증오와 폭력을 조장하는 자라네. 게다가 그게 먹히게 만들 만한 자금도 가지고 있지."

깃발의 사진은 백발에 엄격한 얼굴, 말끔하게 면도를 하고 장중한 표정을 짓고 있는 신사의 얼굴을 찍은 것이었다. 학구적인 분위기에 건장한 체구를 가진 오십 대 후반의 남성이었다. 친절한 푸른 눈과 든든한 턱선, 인상적이고 존경을 받는 고관이라는 느낌이 드는 얼굴이었다. 듬직한 얼굴 사진 아래에는 그가 감정이 고양되면 외치는 구호가 적혀 있었다.

협상은 배반자의 행동이다!

"저게 프랜시스 개닛이라네." V-스티븐스는 르마에게 일러주었다. "아주 잘빠진 사람 아닌가? 그러니까, 잘빠진 지구인이라는 의미로."

"정말 고상해 보이는 사람이잖아." 이블린 커터가 항의했다. "저렇게 지적으로 생긴 사람이 어떻게 이런 일과 관계가 있다는 거야?"

V-스티븐스는 경직된 웃음을 터트렸다. "저 인간의 말랑말랑하고 깨끗한 하얀 손은 지금 밖에서 행진하고 있는 배관공이나 목수들과는

비교도 할 수 없을 정도로 더럽다네."

"하지만 대체 왜—."

"개닛과 그 일파는 트랜스플랜 인더스트리를 소유하고 있지. 내행성계의 수출입 사업 대부분을 좌지우지하는 지주 회사야. 만약 우리 종족과 화성인들이 독립을 얻게 되면 자기 사업 분야로 끼어들기 시작하지 않겠나. 경쟁이 생기겠지. 하지만 지금 상태를 유지하면 부정으로 가득한 상업 시스템을 그대로 유지할 수 있거든."

시위대는 교차로에 도달했다. 한 무리가 깃발을 내리고 몽둥이와 돌을 꺼냈다. 그들은 명령을 내리며 다른 이들에게 손짓한 다음, 험악한 기세로 '컬러-애드'라는 네온사인이 깜빡이고 있는 작은 현대식 건물 쪽으로 진군하기 시작했다.

"이런, 세상에." 패터슨이 말했다. "저 작자들 컬러-애드 사무실을 노리고 있는 거잖아." 그는 문손잡이를 잡았지만, V-스티븐스가 그를 제지했다.

"자네가 할 수 있는 일은 없네." V-스티븐스가 말했다. "게다가 저 안에는 아무도 없을 거야. 보통 미리 경고를 받거든."

폭도들이 창문의 플라스틱판을 박살 내고 화려한 작은 사무실 안으로 쏟아져 들어갔다. 경찰은 팔짱을 낀 채 느긋하게 어슬렁거리며 그런 광경을 즐기고 있었다. 박살 난 전면 사무실에서 부서진 가구가 보도 위로 던져졌다. 파일, 책상, 의자, 영상화면, 재떨이, 심지어 내행성계의 행복한 생활을 선전하는 화려한 포스터도 예외가 되지 못했다. 열 광선에 불이 붙었는지, 창고 쪽에서 매캐한 연기가 한 줄기 흘러나오기 시작했다. 폭도들은 만족했는지 행복한 웃음을 지으며 거리로 돌아 나왔다.

보도 위의 사람들은 다양한 감정을 표출하며 그 광경을 바라보았다. 일부는 환희로 가득한 표정이었다. 일부는 애매한 호기심만을 보였다.

그러나 대부분의 사람들 얼굴에는 두려움과 낙담이 서려 있었다. 그들은 훔친 물건을 짊어지고 나오는, 광기로 가득한 얼굴의 폭도들을 피해 서둘러 걸음을 옮겼다.

"봤지?" 패터슨이 말했다. "이런 일을 저지르는 건 개닛의 재정 지원을 받는 수천 명으로 구성된 협의회라네. 저기 맨 앞에 있는 자들은 개닛의 공장 직원인데, 깡패짓으로 업무 외 수당을 받아 챙기지. 인류를 대변하는 것처럼 말하려 애쓰지만 그럴 리가 있나. 그저 열정적으로 일하는 광신도, 시끄럽게 구는 소수자일 뿐이야."

시위대는 천천히 흩어지기 시작했다. 컬러-애드 사무실은 불길에 쥐어뜯긴 비참한 폐허가 되어버렸다. 교통은 멈추었고, 뉴욕 다운타운에 있는 대부분의 사람들이 천박한 구호를 보고 행진의 발소리와 증오의 고함 소리를 들었다. 사람들은 제각기 일상을 계속하러 사무실과 상점으로 돌아가기 시작했다.

바로 그때 폭도들이 빗장이 채워진 잠긴 문 앞에 쪼그리고 앉은 금성인 소녀를 발견한 모습이 눈에 들어왔다.

패터슨은 즉시 차를 몰아 내달리기 시작했다. 날카롭게 끼익 소리를 내며 모퉁이를 돌아서, 거리를 따라 보도 위로, 잔인한 표정으로 달리기 시작한 후드 쓴 폭도를 향해 달려갔다. 차의 전면이 그들을 따라잡으며 낙엽처럼 퉁겨버렸다. 나머지는 자동차의 금속 동체와 충돌해 사지를 허우적거리며 옆으로 굴러떨어졌다.

금성인 소녀는 자신을 향해 달려오는 자동차를, 그리고 앞좌석에 앉은 지구인들을 발견했다. 그녀는 순간 공포에 사로잡혀 어찌할 줄 모르고 몸을 수그리더니, 이내 정신을 차린 듯 몸을 돌려 보도를 따라서, 거리를 가득 메우고 있는 군중 사이로 황급하게 달아나기 시작했다. 폭도는 다시 한데 모이더니 목청껏 소리를 지르며 그녀를 뒤쫓기 시작했다.

"물갈퀴 년을 잡아!"

"물갈퀴는 자기 행성으로 돌아가라!"

"지구는 지구인의 것이다!"

울려 퍼지는 구호 아래에 끔찍한 정욕과 증오가, 단어의 형태를 갖추지 못한 채 도사린 것이 느껴졌다.

패터슨은 자동차를 후진시켜 거리로 다시 나왔다. 주먹으로 세차게 경적을 울리면서, 그는 소녀를 따라 질주하기 시작했다. 차는 이내 달리는 폭도들과 나란히 달리다가 추월하기 시작했다. 돌멩이 하나가 백미러를 깨트리더니, 순식간에 온갖 쓰레기들이 차체에 부딪치기 시작했다. 앞길의 사람들은 어쩔 줄 모르고 사방으로 흩어지며 자동차와 폭도가 지나갈 길을 터주었다. 주차한 차들과 사람들 사이를 뚫고 흐느끼고 헐떡이며 달리는 소녀를 막으려고 손을 올리는 사람은 아무도 없었다. 마찬가지로 그녀를 도우려는 사람도 없었다. 모두가 멍하니 아무 신경 쓰지 않는 눈으로 지켜보기만 할 뿐이었다. 모두가 자신과는 관계없는 사건을 구경하는 관객일 뿐이었다.

"내가 태우지." V-스티븐스가 말했다. "차로 앞길을 막으면 내가 나가서 데려오겠네."

패터슨은 소녀를 앞질러서 브레이크를 밟았다. 소녀는 겁에 질린 토끼처럼 그대로 발길을 돌렸다. V-스티븐스는 즉시 문을 열고 밖으로 나왔다. 그리고 아무 생각 없이 폭도 쪽으로 되돌아 달려가는 그녀를 따라갔다. 그는 그대로 소녀를 낚아채 자동차 쪽으로 돌아왔다. 르마와 이블린 커터가 함께 두 사람을 차 안으로 끌어들였다. 그리고 패터슨은 바로 자동차를 출발시켰다.

잠시 후 차는 길모퉁이를 돌아 경찰 저지선을 끊고 위험 구역 밖으로 나왔다. 사람들의 고함과 포석 위에 울리는 발소리가 뒤편으로 잦아들었다.

"이제 괜찮아." V-스티븐스는 계속해서 소녀에게 부드럽게 말을 걸고 있었다. "우린 친구니까. 자, 보라고, 나도 물갈퀴야."

소녀는 차 문에 붙어 몸을 쪼그리고 있었다. 녹색 눈에는 공포가 가득하고, 마른 얼굴은 뒤틀려 있었으며, 무릎은 배까지 바싹 끌어다 붙인 채였다. 아마 열일곱 살 정도 되었을 것이다. 물갈퀴 달린 손가락이 뜯어진 블라우스 목깃을 힘없이 더듬거리고 있었다. 신발 한 짝은 보이지 않았다. 얼굴에는 긁힌 자국이 있고, 검은 머리카락은 엉망으로 흐트러져 있었다. 떨리는 입술 사이로는 알아듣기 힘든 신음만이 새어 나왔다.

르마가 소녀의 맥을 짚었다. "심장이 튀어나올 지경인데." 그는 이렇게 중얼거리고, 외투에서 구급 캡슐을 꺼내 소녀의 팔에 진정제를 주사했다. "이거면 긴장이 풀릴 거야. 다치지는 않은 모양이군. 폭도에게 붙들리지는 않았으니까."

"이제 다 괜찮아." V-스티븐스가 중얼거렸다. "우린 시티 병원의 의사들이란다. 파일하고 환자 기록을 정리하는 커터 양만 빼고. 르마 박사는 신경과 의사고, 패터슨 박사는 암 전문의고, 나는 외과의사지. 내 손 보이지?" 그는 자신의 섬세한 수술용 손으로 소녀의 이마를 쓸었다. "그리고 나도 너처럼 금성인이란다. 우리 병원으로 데려다줄 테니까, 잠시 거기 있는 게 좋겠어."

"그 사람들 봤나?" 르마가 거칠게 내뱉었다. "그 아이를 도우려고 손가락 하나 드는 사람 없더군. 멀거니 서 있기만 했다고."

"겁을 먹은 거지." 패터슨이 말했다. "말썽에 휘말리고 싶지 않았을 뿐이야."

"그건 말이 안 돼." 이블린 커터가 단호하게 말했다. "이런 말썽을 어떻게 피하려 할 수가 있어. 그렇게 멍하니 옆에 서서 구경만 하고 있으면 안 된다고. 이게 풋볼 시합도 아니고."

"이제 어떻게 될까요?" 소녀는 떨리는 목소리로 물었다.

"지구를 떠나는 편이 좋겠구나." V-스티븐스가 부드럽게 말했다. "여기서 금성인은 안전하게 지낼 수가 없어. 우리 행성으로 돌아가서 상황이 좀 진정될 때까지 기다려라."

"진정이 될까요?" 소녀는 헐떡이며 말했다.

"금방 끝날 거야." V-스티븐스는 몸을 숙여서 이블린의 담배를 소녀에게 건넸다. "이런 식으로 계속될 수는 없으니까. 우리는 자유를 얻게 될 거야."

"그런 소린 그만해." 이블린이 위태로울 정도로 불안한 목소리로 말했다. 그녀의 눈동자 안에 적대적인 불꽃이 일렁이기 시작했다. "당신은 그런 헛소리에 현혹되지 않는 줄 알았는데."

V-스티븐스의 어두운 녹색 얼굴이 불그레하게 달아올랐다. "내 동족이 죽거나 모욕을 당하는 모습을 구경만 하고 있을 거라 생각하나? 우리들의 이권이 마음대로 넘어가고, 개닛 같은 석회반죽 얼굴들이 우리의 피를 빨아서 배를 불리는데ㅡ."

"석회반죽 얼굴이라." 르마는 호기심을 보이며 물었다. "베이철, 그게 무슨 뜻인가?"

"저들이 지구인을 일컫는 호칭이지." 패터슨이 대답했다. "적당히 하게, V-스티븐스. 우리에게 있어서는 자네 종족과 우리 종족의 문제가 아니야. 우린 같은 종족이라고. 자네 조상은 20세기 후반에 금성에 정착한 지구인이 아닌가."

"자네들의 변화는 그저 국소적인 적응이었을 뿐이야." 르마는 V-스티븐스에게 단언했다. "우린 아직 혼혈이 가능하지 않은가. 그 말은 우리가 같은 종족이라는 뜻이지."

"물론 가능하지." 이블린 커터가 날카로운 목소리로 대꾸했다. "하지만 물갈퀴나 까마귀하고 결혼하고 싶은 사람이 있을까?"

한동안 아무도 입을 열지 않았다. 차 안에는 적대감이 팽팽했고, 패터슨은 아무 말 없이 속도를 내어 병원으로 차를 몰았다. 금성인 소녀는 담배를 피우며 조용히 쪼그려 앉아 있었다. 겁에 질린 눈은 진동하는 바닥에 고정되어 있었다.

패터슨은 검문소에서 속도를 줄이며 신분증을 보여주었다. 병원 경비원은 들어가라고 신호를 보냈고, 그는 속도를 올렸다. 신분증을 집어넣다가 문득 안주머니에 끼워놓은 물건에 손이 닿았다. 갑자기 기억이 돌아왔다.

"여기 잠시 자네 마음을 돌릴 만한 물건이 하나 있네." 그는 V-스티븐스에게 말한 다음, 봉인된 튜브를 물갈퀴 쪽으로 던졌다. "군대에서 오늘 아침에 되돌려 보냈더군. 기록에 문제가 있었던 모양이야. 자네도 한번 살펴보고 이블린에게 넘기게. 원래 이블린에게 보내야 했던 물건인데 흥미가 좀 생겨서."

V-스티븐스는 튜브를 뜯어 열고는 내용물을 쏟았다. 정부 병원의 입원 청원서로, 참전 용사의 등록번호가 찍혀 있었다. 땀에 전 낡은 테이프에, 세월이 흐르며 찢어지고 엉망이 된 서류가 있었다. 기름때가 묻은 금속박도 있었는데, 여러 번 접었다 펼쳤다를 반복하며 셔츠 주머니에 넣어놓았던 듯했다. 셔츠 주인은 지저분하고 털이 무성한 가슴을 가진 모양이었다. "이게 중요한 건가?" V-스티븐스는 제대로 살펴보지도 않고 물었다. "우리가 기록상 오류까지 책임져야 하는 건가?"

패터슨은 병원 주차장에 차를 세우고 시동을 껐다. "거기 등록번호를 좀 보게." 그는 차 문을 열면서 이렇게 말했다. "살펴볼 시간이 있다면 뭔가 흥미로운 사실을 발견할 수 있을 걸세. 그 신청자는 참전 용사의 신분 등록증을 가지고 돌아다니고 있었어. 그런데 거기에 아직 발행되지 않은 일련번호가 찍혀 있더군."

르마는 완전히 어안이 벙벙해져서 이블린 커터와 V-스티븐스를 번갈아 바라보았지만, 제대로 된 설명을 얻을 수 없었다.

H-루프가 노인의 선잠을 깨웠다. "데이비드 엉거." 가느다란 여성의 목소리가 같은 말을 반복했다. "병원에서 찾고 있습니다. 즉시 병원으로 돌아와달라는 요청이 들어왔습니다."

노인은 끙 소리를 내며 힘겹게 벤치에서 일어났다. 알루미늄 지팡이로 땅을 짚고는, 땀에 젖어 번들거리는 벤치를 떠나 비척거리며 공원의 출구 경사로 쪽으로 걸음을 옮겼다. 막 잠들기 직전이었는데. 너무 밝은 태양과 아이들의 찢어지는 웃음소리와 여자들과 젊은 병사들을 전부 잊어버릴 수 있었는데…….

공원 가장자리에서 두 개의 형체가 슬쩍 풀숲 속으로 몸을 숨기는 모습이 보였다. 데이비드 엉거는 걸음을 멈추고, 믿을 수 없다는 눈으로 길을 따라 자기 옆으로 지나가는 자들을 바라보았다.

목소리가 자신마저 놀라게 만들었다. 노인은 온 힘을 다해 목청껏 소리치고 있었다. 분노와 혐오가 뒤섞인 비명에 가까운 고함이 공원 전체에, 조용히 서 있는 나무와 잔디밭 사이로 울려 퍼졌다. "물갈퀴 놈들이다!" 그는 이렇게 외치며 힘겹게 그들을 쫓아 달리기 시작했다. "물갈퀴와 까마귀다! 도와줘! 누가 좀 도와줘!"

노인은 힘겹게 헐떡거리고 절름거리면서도, 알루미늄 지팡이를 휘두르며 화성인과 금성인을 추격하기 시작했다. 사람들이 바라보기 시작했지만 단순한 놀람 이상의 표정은 떠올라 있지 않았다. 노인이 겁에 질린 두 사람을 쫓아가는 주위로 군중이 몰려들었다. 이내 노인은 탈진해서 비틀거리다가, 식수대에 발이 걸려 넘어질 뻔했다. 지팡이가 손가락 사이로 미끄러져 떨어졌다. 쪼글쪼글한 얼굴은 퍼렇게 질리고, 오그라든 피부 위로 붉게 달아오른 화상 흉터가 흉측하게 대비되어 보였다. 아직 보이는 쪽 눈은 증오와 분노가 시뻘겋게 날이 서 있었다. 일그러진 입술 사이로 침이 흘렀다. 노인은 변형종 두 명이 공원 끝에 서 있는 삼나무 숲 사이로 사라지는 모습을 바라보며, 비쩍 말라 발톱처럼 보이는 손가락을 힘없이 휘저었다.

"놈들을 막아!" 데이비드 엉거는 침을 질질 흘리며 말했다. "도망치게 놔둘 생각이냐! 네놈들 전부 어떻게 된 거냐? 빌어먹을 새파란 애송이들 같으니. 네놈들이 그러고도 남자란 말이냐?"

"진정 좀 해요, 할아버지." 젊은 병사 한 명이 친절하게 말했다. "저 친구들이 해코지를 한 것도 아니잖아요."

엉거는 지팡이를 집어 들더니 병사의 머리 위로 휘둘렀다. "너, 입만 산 애송이 같으니. 네놈이 그러고도 군인이란 말이냐?" 노인은 이렇게 쏘아붙였지만, 격렬한 기침이 이어지며 그의 말을 막았다. 노인은 등을 굽히고 숨을 가다듬으려 애썼다. "내가 군대에 있을 적에는." 노인은 간신히 헐떡이며 말을 이었다. "놈들한테 로켓 연료를 부어버린 다음에 목매달아 죽였어. 사지를 난도질했다고. 지저분한 물갈퀴와 까마귀 놈들은 죄다 목을 쳐버렸어. 우리의 힘을 보여줬단 말이다."

어슬렁거리던 경찰 한 명이 변형종 두 명을 불러 세웠다. "썩 꺼져." 그는 험악한 투로 명령했다. "네놈들은 여기 들어오는 게 금지되어 있다고."

두 변형종은 조심스레 그의 옆을 스쳐 지나갔다. 경관은 장난치듯 곤봉을 높이 들어올려 화성인의 미간을 후려갈겼다. 얇고 연약한 두개골이 부서지는 소리가 울렸고, 눈이 먼 화성인은 고통에 울부짖으며 그대로 달려가버렸다.

"그래, 저렇게 해줘야지." 데이비드 엉거는 숨을 헐떡이면서도 힘겹게 만족감을 드러내 보였다.

"이 사악한 늙은이 같으니." 여자 한 명이 충격으로 창백해진 얼굴로 그를 보고 중얼거렸다. "당신들 같은 사람이 문제를 일으키는 거라고요."

"네년은 또 뭔데? 까마귀 놈의 정부라도 되냐?" 엉거가 쏘아붙였다.

군중은 그대로 흩어지기 시작했다. 엉거는 지팡이를 움켜쥔 채로 출구를 향해 절름거리며 걸음을 옮기기 시작했다. 욕설과 저주를 내뱉으며, 격렬하게 풀숲으로 침을 뱉으며 고개를 저으면서.

병원에 도착할 때까지도 노인의 몸은 분노와 혐오로 떨리고 있었다. "원하는 게 뭔가?" 그는 메인 로비 가운데 있는 커다란 접수처로 가서 물었다. "여기서는 대체 일을 어떻게 처리하는지 모르겠군. 여기 도착한 후에 처음으로 제대로 잠들기 직전에 깨우더니, 이제 물갈퀴 두 놈이 대낮에 걸어다니는 꼴을 보게 만들고, 그 건방진—."

"패터슨 박사님이 찾으십니다." 간호사는 차분하게 말했다. "301호실입니다." 그녀는 로봇을 향해 고개를 끄덕였다. "엉거 씨를 301호실로 데려가주세요."

노인은 부루퉁한 얼굴로 부드럽게 복도를 미끄러지는 로봇을 따라 걸음을 옮기기 시작했다. "너희 깡통들은 88년 에우로파 전투에서 전부 작살나버린 줄 알았는데." 그는 불평을 터트렸다. "말이 안 되는 일이야. 그 제복을 입은 새파란 애송이들 하며. 죄다 즐겁게 웃고 떠들면서, 발가벗고 풀밭에 엎드려 있는 것 말고는 아무것도 할 줄 모르는 계집애들한테 추파나 던지고 있단 말이야. 뭔가 문제가 있어. 뭔가 조치를 취해야—."

"이리 들어가십시오, 선생님." 로봇이 이렇게 말하자 301호실의 문이 미끄러지듯 열렸다.

베이철 패터슨은 자리에서 슬쩍 일어나서, 노인이 방으로 들어와 알루미늄 지팡이를 짚은 채 자기 책상 앞에서 분노를 내뿜으며 서 있는 모습을 바라보았다. 데이비드 엉거를 직접 마주한 것은 이번이 처음이었다. 두 사람은 서로를 날카롭게 평가했다. 비쩍 마른 날카로운 얼굴의 나이 든 퇴역 군인과 잘 차려입은 젊은 의사. 패터슨은 숱이 적어지는 검은 머리카락과 뿔테안경, 선량해 보이는 얼굴의 소유자였다. 그의 책상 옆에는 이블린 커터가 무심한 얼굴로 그들의 만남을 관찰하고 있었다. 붉은 입술에는 담배를 물고, 금발은 뒤로 넘긴 채로.

"제가 패터슨 박사입니다. 이쪽은 커터 양이죠." 패터슨은 책상 위에 가득한 여기저기 접힌 낡은 기록 테이프를 만지작거리며 말했다. "앉으시죠, 엉거 씨. 몇 가지 질문을 하고 싶습니다만. 선생님 서류 중 하나에서 미심쩍은 구석이 발견됐습니다. 아마 통상적인 실수일 것 같지만, 이게 저한테까지 들어와서 말이지요."

엉거는 경계하는 눈초리로 자리에 앉았다. "질문에 붉은 테이프라. 여기 온 지 일주일밖에 안 됐는데 하루도 거르지 않고 뭔가 사건이 벌어지더군. 그냥 거리에 드러누워 있다 죽을걸 그랬네."

"여기 자료에 따르면 오신 지 여드레시군요."

"그런 모양이지. 거기 그렇게 적혀 있다면 그런 것 아니겠나." 노인의 목소리에 섞인 비꼬는 기색이 순간 날카롭게 흘러 넘쳤다. "진실이 아니라면 거기 적으면 안 되는 거겠지."

"참전 용사로 등록되어 계십니다. 정부에서 모든 치료와 복지비용을 제공하도록 되어 있지요."

엉거는 발끈해서 대꾸했다. "그게 뭐 문제라도 있나? 조금의 보살핌을 받을 만큼은 충분히 일한 것 같은데." 노인은 패터슨 쪽으로 몸을 기울이고 뼈밖에 남지 않은 손가락으로 삿대질을 해댔다. "열여섯 살 때 군대에 들어가서, 평생 동안 지구를 위해 싸우고 일했단 말일세. 놈들의 지저분한 소탕 작전에 반죽음이 되지 않았더라면 아직도 거기 있을 텐데. 애초에 살아남은 게 운이 좋은 일이기는 했지만." 그는 보란 듯이 얼굴의 흉터를 문질러 보였다. "당신은 전쟁터에 나가보지도 않은 것 같은데. 무사한 곳이 하나라도 남아 있다는 게 웃기는 일이로군."

패터슨과 이블린 커터는 서로를 마주보았다. "연세가 어떻게 되시죠?" 문득 이블린이 물었다.

"거기 적혀 있지 않나?" 엉거는 분노를 숨기지도 않고 중얼거렸다. "여든아홉일세."

"그러면 몇 년에 태어나신 거요?"

"2154년이지. 계산도 할 줄 모르나?"

패터슨은 금속박의 기록지에 슬쩍 메모했다. "소속 부대는 어떻게 되십니까?"

그 말에 엉거의 태도는 순식간에 누그러졌다. "Ba-3일세. 들어본 적이 있을지도 모르겠군. 이 동네 돌아가는 상황을 보니 애초에 전쟁이 있었는지조차 모르는 것 같지만 말이야."

"Ba-3입니까." 패터슨은 노인의 말을 반복했다. "거기에 얼마 동안 배속되어 있으셨죠?"

"50년일세. 그러고 나서 퇴역했지. 첫 번째 퇴역 말일세. 다들 그렇듯이 65세의 나이로 정년을 맞았다네. 연금도 받고 땅뙈기도 조금 얻었지."

"그러다 재소집되신 겁니까?"

"당연히 그랬지! 나 같은 노인네들로만 구성된 Ba-3이 전선으로 다시 끌려가서는, 파멸이 찾아오기 직전에 놈들을 거의 막아낸 것이 기억나지 않나? 자네는 그때 아직 꼬맹이였겠지만, 우리가 한 일은 모두가 알고 있다고." 엉거는 주머니를 뒤적여 크리스털 디스크를 꺼내서는 책상 위에 쾅 소리를 내며 내려놓았다. "이걸 받았지. 생존자들은 모두 받았어. 3만 명 중에서 살아남은 우리 열 명 모두 말일세." 그는 떨리는 손가락으로 훈장을 다시 집었다. "부상이 심각했어. 내 얼굴 보이나. 네이선 웨스트의 전함이 폭발했을 때 이 화상을 입었다네. 2년 정도 군

병원에 있었지. 그러는 동안 지구의 방어망이 찢어발겨진 거야." 나이 든 손이 힘없이 주먹을 쥐었다. "거기 멀거니 앉아서 놈들이 지구를 연기 뿜는 폐허로 만드는 모습을 구경해야 했다네. 재와 낙진 말고는 아무것도 남지 않았지. 죽음이 끝없이 펼쳐져 있었어. 마을도 도시도 남아나지 못했다네. 우리는 놈들의 C-미사일이 휘파람 소리를 내며 날아가는 모습을 앉아서 구경하고 있었다네. 마침내 놈들은 작업을 끝낸 다음 루나에 있는 우리까지 박살 내버렸지."

이블린 커터는 입을 열었지만, 소리가 나오지 않았다. 책상에 앉은 패터슨의 얼굴은 백묵처럼 창백해져 있었다. "계속하시죠." 그는 간신히 중얼거렸다. "마저 말씀해주십시오."

"우리는 코페르니쿠스 크레이터 아래에 있는 지하 기지에서 버텼다네. 놈들은 C-미사일을 우리에게 쏟아부었고. 아마 5년쯤 버텼을 걸세. 그러자 놈들이 착륙하기 시작하더군. 나와 남은 사람들은 고속 공격용 어뢰를 타고 도망쳐서 외행성 궤도에 몰래 기지를 세우고 버텼다네." 엉거는 불안한 듯 몸을 뒤척였다. "이 부분은 이야기하고 싶지 않군. 패배가, 모든 것의 최후가 찾아왔지. 애초에 나한테 왜 묻는 건가? 나는 최고의 인공 기지인 3-4-9-5를 건설하는 것을 도왔다네. 천왕성과 해왕성 사이에 있지. 그다음에 다시 퇴역했다네. 그 지저분한 쥐새끼들이 숨어 들어와서 놀이를 하는 것처럼 그걸 박살 내버리기 전까지 말이야. 5만 명의 남녀와 어린아이들이 죽었지. 기지가 통째로 날아가 버렸어."

"거기서 도망친 건가요?" 이블린 커터가 작은 목소리로 중얼거렸다.

"당연히 도망쳤지! 순찰을 돌고 있었거든. 물갈퀴 우주선 하나를 박살 내기도 했지. 격추한 다음 죽어가는 모습을 지켜보았다네. 기분이 조금 나아지더군. 그 후로 몇 년은 3-6-7-7로 이주해서 보냈다네. 거기가 공격당할 때까지. 그게 이번 달 초에 있었던 일이지 아마. 이번에는 벽을 등지고 마지막까지 싸웠다네." 더러운 누런 이빨이 고통 속에서 빛났다. "이번에는 도망칠 곳이 없었으니까. 적어도 내가 아는 한은." 붉게 충혈된 눈이 호화로운 방 안을 훑었다. "이런 곳이 존재하는 줄은 모르고 있었지. 자네들 인공 기지는 꽤나 훌륭한 솜씨더군. 내가 기억하는 진짜 지구 모습과 정말로 비슷해. 너무 빠르고 눈부시기는 하지만. 진짜 지구처럼 평화롭지는 않아. 하지만 심지어 공기 냄새까지도 똑같더군."

침묵이 흘렀다.

"그렇다면 여기에는…… 그 기지가 파괴된 다음에 오신 겁니까?" 패터슨이 목쉰 소리로 물었다.

"그런 모양이더군." 엉거는 지친 듯 어깨를 으쓱했다. "내가 마지막으로 기억하는 건 거품이 박살 나고 공기와 열기와 중력이 새어나오는 모습이었다네. 까마귀와 물갈퀴 놈들의 우주선이 사방에 착륙하고 있었지. 주변 사람들이 죽어나갔다네. 나는 충격을 느끼며 의식을 잃었고. 다음 순간에는 이곳 거리에 나자빠진 채로 사람들이 나를 일으키려 하고 있었다네. 깡통인간 하나하고 자네들 같은 의사 한 명이 와서는 나를 이리로 데려왔지."

패터슨은 깊은 한숨을 내쉬었다. 한숨에서 떨리는 기색이 느껴졌다. "알겠습니다." 손가락이 무의식적으로 낡고 땀에 전 신분증명 서류를 훑었다. "그렇다면 여기서 확인되는 변칙성의 이유도 알 법하군요."

"서류는 전부 있지 않나? 뭐 빠진 거라도 있나?"

"서류는 전부 있습니다. 선생님의 서류 튜브는 처음 여기 오셨을 때 손목에 매달려 있었고요."

"당연한 일이지." 엉거는 자부심 넘치는 표정으로 비쩍 마르고 툭 튀어나온 가슴을 내밀었다. "열여섯 살 때 배운 일일세. 죽기 직전이라도 그 튜브를 가지고 다니라고. 기록을 정확하게 남기는 일이 중요하니까."

"기록은 전부 정확합니다." 패터슨은 거친 목소리로 인정했다. "이제 병실로 돌아가셔도 좋습니다. 공원에 가셔도 되고요. 어디든 원하는 곳으로 가십시오." 그는 손을 흔들었고, 로봇은 정중하게 비쩍 마른 노인을 사무실 밖의 홀로 데리고 나갔다.

문이 자동으로 닫히자 이블린 커터는 느리고 단조로운 투로 욕설을 내뱉기 시작했다. 그녀는 담배꽁초를 뾰족한 구두 뒷굽으로 밟아버리고는 방 안을 이리저리 오가기 시작했다. "원 세상에, 대체 우리가 무슨 일에 말려든 거야?"

패터슨은 내선 영상통화기를 집어 들고는 외부 회선을 연결한 다음, 전체 통제 교환원에게 말했다. "군 사령부를 연결해주십시오. 지금 당장."

"루나 말씀이십니까, 선생님?"

"그렇습니다." 패터슨이 말했다. "루나에 있는 중앙 사령부로 부탁드립니다."

뻣뻣하게 긴장된 채 걸음을 옮기고 있는 이블린 커터의 바로 옆 사무실 벽에 걸린 달력에는 2169년 8월 4일이라는 날짜가 박혀 있었다. 만약 데이비드 엉거가 2154년생이라면 지금 그는 열다섯 살의 소년일 터였다. 그가 2154년에 태어난 것은 사실이었다. 낡고 누렇게 뜨고 땀자국이 가득한 신분증명서에 그렇게 적혀 있었다. 아직 벌어지지 않은 전쟁통을 헤치고 나온 서류 위에.

"참전 용사라는 점은 확실하네." 패터슨은 V-스티븐스에게 이렇게 말했다. "다만 앞으로 한 달 후에 벌어질 전쟁의 참전 용사지. IBM 기계들이 그 사람의 신청서를 반려해 보낸 것도 당연한 일이야."

V-스티븐스는 어두운 녹색 입술을 초조하게 핥았다. "그러니까 지

구하고 두 식민 행성 사이에 벌어지는 전쟁이란 말이지. 그리고 지구가 패배할 거라고?"

"엉거는 전쟁을 전부, 처음부터 끝까지 참전해서 지켜봤다고 하네. 지구가 완전히 파괴되는 순간까지 말이야." 패터슨은 창가로 가서 밖을 내다보았다. "지구가 전쟁에서 패배했고, 지구인이라는 종족은 절멸을 맞이했다더군."

V-스티븐스의 사무실 아래로는 도시가 펼쳐진 풍경이 보였다. 수없이 많은 하얀 건물들이 늦은 오후의 햇살을 받아 반짝이며 끝없이 늘어서 있었다. 1천 1백만 명의 주민이 살고 있는, 통상과 산업의 거대한 통제 센터이자 태양계의 경제 중심지였다. 그리고 그 너머에는 30억 명의 사람들이 살고 있는, 도시와 농장과 고속도로로 가득한 행성이 존재했다. 활기차게 번영하는 행성, 야심찬 개척자였던 화성과 금성의 변형종의 조상이 뛰쳐나간, 단 하나뿐인 모성이었다. 지구와 식민 행성들 사이에는 화물선이 줄지어 끝없이 오가며 자원과 광물과 공산품을 부려놓고 있었다. 그리고 탐사 부대가 이미 외행성을 이리저리 찔러보며 정부의 이름하에 새로운 원자재의 공급처가 될 만한 곳들의 소유권을 확보하고 있었다.

"이 모든 것이 방사선 잿더미가 되어 사라지는 모습을 직접 봤단 말이지." 패터슨이 말했다. "우리 방어망을 파괴한, 지구에 대한 마지막 공격을 목격했다는 거지. 그다음에는 루나 기지가 쓸려버렸고."

"루나에서 이쪽으로 고급 장교를 몇 명 보낸다고 하지 않았나?"

"그 작자들을 움직이기에 충분할 만큼 이야기를 해주었으니까. 보통 그쪽 엉덩이를 일으키려면 몇 주는 걸리는데."

"그 엉거라는 사람을 만나보고 싶은데." V-스티븐스가 생각에 잠긴 채 말했다. "내가 그 사람을 만나볼 수 있는 방법이 있다면—."

"직접 봤을 텐데. 자네가 소생시키지 않았나, 기억 안 나나? 그 사람이 처음 발견돼서 이리 왔을 때 말이야."

"아." V-스티븐스는 나직하게 중얼거렸다. "그 지저분한 늙은이 말이지?" 그의 검은 눈이 반짝였다. "그래, 그 사람이 엉거란 말이지……. 우리가 싸우게 될 전쟁의 참전 용사라고."

"자네들이 승리하게 될 전쟁이지. 지구가 패배하는 전쟁이고." 패터슨은 갑자기 창가에서 몸을 뗐다. "엉거는 이곳이 천왕성과 해왕성 사이에 있는 인공위성이라고 생각하고 있다네. 뉴욕의 일부분을 재구성한 곳이고, 플라스틱 돔 아래에서 수천 명의 사람과 기계들이 살고 있는 거라고 믿고 있어. 실제로 자신에게 무슨 일이 벌어졌는지는 전혀 인지하지 못하고 있네. 이유는 모르겠지만 그는 자신의 시간 흐름에서 튕겨져 나온 거야."

"아마도 그 순간 방출된 막대한 양의 에너지…… 그리고 도망치고 싶은 강렬한 욕구 때문이었겠지. 그렇다고는 해도 정말로 환상적인 사건이로군. 이건 뭐랄까ㅡ." V-스티븐스는 적절한 단어를 찾아 머릿속을 더듬었다. "일종의 신비주의적인 분위기가 감도는 사건이야. 대체 이걸 뭐라고 불러야 하나? 강림? 천상에서 보낸 예언자?"

문이 열리며 V-라피아가 방으로 들어왔다. "아." 그녀는 패터슨을 보고는 말했다. "와 계신 줄 몰라서ㅡ."

"신경 쓸 필요 없어." V-스티븐스는 그녀에게 사무실로 들어오라고 고갯짓을 했다. "패터슨은 기억하겠지. 우리가 너를 태워줬을 때 차를 몰던 사람이야."

V-라피아는 몇 시간 전보다 훨씬 나아진 모습이었다. 얼굴에 긁힌 자국도 사라졌고, 머리카락도 차분하게 원래 자리로 돌아왔으며, 깔끔한 회색 스웨터와 치마로 갈아입었다. V-스티븐스 옆으로 걸어가는 그녀의 녹색 피부가 반짝였다. "여기 머물 생각이에요." 그녀는 방어적인 어조로 패터슨을 향해 말했다. "저 밖으로는 한동안 나갈 수 없을 것

같거든요."그녀는 지원을 원하는 듯 슬쩍 V-스티븐스를 바라보았다.

"지구에 가족이 없다는 군."V-스티븐스가 설명했다. "2등급 생화학자 자격으로 지구에 왔지. 시카고 외곽의 웨스팅하우스에서 근무하고 있었다네. 쇼핑하러 뉴욕에 왔는데, 실수였던 셈이지."

"덴버의 V-공동체에 합류하는 건 어떻겠나?"패터슨이 물었다.

V-스티븐스의 얼굴이 벌겋게 달아올랐다. "이 근처에 다른 물갈퀴가 돌아다니는 걸 용납할 수 없다는 건가?"

"저 아가씨가 여기서 뭘 할 수 있겠나? 여긴 무장 요새가 아니야. 고속 화물선 한 대만 수배하면 그대로 덴버로 보내줄 수 있지 않은가. 아무도 그걸 막으려 들진 않을 텐데."

"그 이야기는 나중에 하지."V-스티븐스가 짜증으로 달아오른 목소리로 말했다. "더 중요한 이야기가 남아 있지 않은가. 엉거의 서류는 확인해봤나? 위조 서류가 아니라는 사실은 확실한가? 그런 일이 벌어질 수 있다는 걸 부정하지는 않겠지만, 확실히 해야 하지 않겠나."

"이건 기밀 사항으로 다루어야 하는 일이야."패터슨은 황급히 말하며 V-라피아를 곁눈질로 살폈다. "외부인을 끌어들여서는 곤란하다고."

"저를 말씀하시는 건가요?"V-라피아가 머뭇거리며 말했다. "아무래도 나가는 편이 낫겠네요."

"나갈 필요 없어."V-스티븐스는 거칠게 그녀의 팔을 붙들며 말했다. "패터슨, 이건 기밀로 할 수 있는 일이 아니야. 엉거가 이미 50명쯤 붙들고 자기 이야기를 했을 거라고. 공원 벤치에 하루 종일 앉아서 지나가는 사람들을 귀찮게 했을 테니까."

"대체 무슨 일인데요?"V-라피아가 호기심을 숨기지 못한 채 물었다.

"중요한 일은 아니란다."패터슨은 경고하듯 말했다.

"중요한 일이 아니라고?"V-스티븐스가 그의 말을 따라하며 대꾸했다. "그래, 그냥 작은 전쟁 하나일 뿐이지. 전쟁 수행 계획의 선행 판매분이 등장한 것뿐이야." 그의 얼굴 위로 여러 감정이 경련하듯 스쳐 지나갔다. 흥분과 갈망이 그의 내면에서 쏟아져 나오는 것 같았다. "바로 지금 돈을 걸라고. 운에 맡기지 말고. 확실한 쪽에 판돈을 걸란 말이야. 어쨌든 역사로 기록된 내용 아닌가. 그렇지?" 그는 패터슨을 돌아보았다. 확인해주기를 요구하는 표정이었다. "어떻게 생각하나? 내가 멈출 수 있는 일은 아니야. 자네가 멈출 수 있는 일도 아니고. 그렇지?"

패터슨은 천천히 고개를 끄덕였다. "자네 말이 맞는 것 같군." 그는 불쾌한 투로 대꾸했다. 그리고 온 힘을 다해 주먹을 휘둘렀다.

그의 주먹이 V-스티븐스의 옆구리를 스치고 지나갔고, 금성인은 비틀거리며 물러섰다. V-스티븐스는 허리춤에서 냉동 광선총을 뽑아들고 떨리는 손으로 그를 겨누었다. 패터슨은 총을 발로 차서 떨구고는 그를 때려눕혔다. "내가 실수를 했군, 존." 그는 헐떡이며 말했다. "자네한테 엉거의 신분증 튜브를 보여주는 게 아니었어. 알리면 안 되는 거였어."

"그런 모양이야." V-스티븐스는 간신히 작은 소리로 중얼거렸다. 패터슨을 바라보는 그의 눈은 슬픔으로 가득 차 있었다. "이제 알겠네. 우리 둘 다 알게 됐어. **자네들은 전쟁에서 패배할 거야.** 엉거를 상자에 가두어서 지구의 중심부까지 내려 보내도 이미 너무 늦었어. 내가 여기서 나가게 되면 컬러-애드가 즉시 알게 될 테니까."

"뉴욕의 컬러-애드 사무소는 불타버렸을 텐데."

"그러면 시카고 사무소를 찾아가지. 아니면 볼티모어나. 필요하다면 금성까지 돌아가겠네. 이 기쁜 소식을 퍼트려야 하니까. 길고 힘든 전쟁이겠지만 우리가 승리할 거라고. 그리고 자네들은 아무것도 할 수 없을 거야."

"자넬 죽일 수도 있어." 패터슨이 말했다. 그의 머릿속은 바쁘게 돌아가고 있었다. 너무 늦은 것은 아니다. V-스티븐스를 감금하고 데이비드 엉거를 군에 넘기면……

"자네가 무슨 생각을 하는지는 알고 있어." V-스티븐스는 헐떡이며 말했다. "지구가 싸우지 않으면, 전쟁을 피할 수만 있으면, 아직 희망이 있을 거라는 거지." 그의 녹색 입술이 사납게 뒤틀렸다. "우리가 자네들이 전쟁을 회피하도록 놔둘 거라고 생각하나? 이젠 안 되지! 자네들 말에 따르면 협상하는 건 배신자들뿐일 텐데. 이제 너무 늦었어!"

"자네를 여기서 나가게 놔둔다면 그렇게 되겠지." 패터슨이 말했다. 그의 손이 책상 위에 놓인 묵직한 강철 문진을 쥐었다. 그는 문진을 높이 쳐들다가—갈빗대 사이를 찌르는 냉동 광선총의 매끈한 총구를 느꼈다.

"이게 어떻게 작동하는지는 모르지만, 아무래도 누를 버튼이 하나밖에 없는 것 같네요." V-라피아가 천천히 말했다.

"그렇지." V-스티븐스는 안도하며 말했다. "하지만 아직 누르지는 마. 조금 더 이야기를 나누고 싶거든. 이 친구의 이성을 되찾아줄 수 있을지도 모르니까." 그는 힘겹게 패터슨의 손아귀에서 빠져나온 다음 몇 발짝 물러서서, 터진 입술과 부러진 앞니를 더듬어보았다. "이건 자네가 자초한 일이야. 베이철."

"이건 미친 짓이야." 패터슨은 V-라피아의 망설이는 손 안에서 떨리는 냉동 광선총의 총구에서 눈을 떼지 않은 채 이렇게 쏘아붙였다. "우리가 질 거라는 걸 알면서도 전쟁을 시작할 거라고 생각하나?"

"다른 방도가 없을 텐데." V-스티븐스의 눈이 번득였다. "싸우도록 만들 테니까. 지구의 도시들을 공격하면 반격할 수밖에 없을걸. 그게…… 인간의 본성이니까."

냉동 광선 첫 발은 패터슨을 맞추지 못했다. 그는 한쪽으로 몸을 빼면서 소녀의 가녀린 손목을 움켜쥐려 했다. 그의 손가락은 허공을 헤집었고, 그대로 몸을 낮춘 패터슨의 머리 위로 다시 광선의 소리가 지나갔다. V-라피아는 공포와 좌절이 뒤섞인 눈을 크게 뜬 채로 뒤로 물러서며, 몸을 일으키는 패터슨을 겨누었다. 그는 겁에 질린 소녀를 향해 팔을 벌린 채 뛰어들었다. 소녀의 손가락이 움직이고, 총신 끄트머리가 어둑하게 변하며 달각거리는 소리가 들렸다. 그걸로 끝이었다.

문을 발로 차는 소리와 함께, 푸른 옷을 입은 병사들의 십자포화가 V-라피아를 휘감았다. 소녀의 얼어붙은 숨결이 패터슨의 얼굴을 향해 한숨처럼 피어올랐다. 그는 그대로 뒤로 물러서 넘어져서는, 자신을 스쳐 지나가는 얼어붙은 속삭임을 피하기 위해 황망하게 팔을 올리고 휘저었다.

V-라피아의 진동하는 몸이 주변을 감도는 절대영도의 구름 속에서 잠시 춤추듯 움찔거렸다. 그러다 그녀는 인생을 담은 테이프 기록지가 재생 장치 속에서 정지한 것처럼 모든 움직임을 멈추었다. 몸에서 모든 색이 빠져나갔다. 갑자기 움직임을 멈춘 인간을 조각한 듯한 기괴한 얼음 동상이, 한 팔을 올리고 헛된 방어를 시도하는 모습으로 서 있었다.

다음 순간 얼음기둥은 부서져 내렸다. 얼어붙은 세포가 팽창하며 수정처럼 작은 입자들이 끔찍한 눈보라를 이루며 퍼져나가 사무실 전체를 가득 채웠다.

프랜시스 개닛이 벌건 얼굴에 진땀을 흘리며 병사들 뒤에서 모습을 드러냈다. "자네가 패터슨인가?" 그가 물었다. 그는 살집이 투실투실한 손을 내밀었지만 패터슨은 악수를 받아주지 않았다. "당연한 일이지만, 군대 사람들이 나한테도 연락을 해주었다네. 그 노인은 어디 있나?"

"이 주변 어딘가 있겠죠. 감시를 붙여놨습니다." 패터슨은 이렇게 중얼거리고는 V-스티븐스를 돌아보았다. 두 남자의 눈이 잠시 마주쳤다. "이제 됐나?" 그가 거친 목소리로 물었다. "이런 일까지 벌어지게 만들었어. 이게 진짜로 자네가 원한 일인가?"

"어서 이리 오게, 패터슨." 프랜시스 개닛이 짜증 섞인 목소리로 말했다. "시간을 낭비할 수가 없어. 자네 설명을 들어보니 뭔가 중요한 일인 것 같던데."

"물론 그렇지요." V-스티븐스가 차분하게 말했다. 그는 손수건을 꺼내 입에서 흘러내리는 피 한 줄기를 닦아냈다. "루나에서 여기까지 올 만한 일이었습니다. 내 말 믿으시죠. 분명히 매우 중요한 일이니까."

개닛의 오른쪽에는 중위 한 명이 앉아 있었다. 그는 경악하여 입을 벌린 채 영상 화면을 쳐다보고 있었다. 젊고 잘생긴 금발의 중위는 흐릿한 회색 화면 속의 거대한 전함에서 눈을 떼지 못했다. 한쪽 동력로는 박살이 나고, 전방 기총은 종잇장처럼 구겨지고, 선체는 뒤틀려 열린 모습이었다.

"원 세상에." 네이선 웨스트 중위는 힘없이 말했다. "저건 '윈드 자이언트'입니다. 우리 군에서 가장 큰 전함이죠. 저 모습 좀 보세요. 퇴역해야 할 지경인데요. 전투력을 완전히 상실했을 겁니다."

"저게 당신 배가 될 겁니다." 패터슨이 말했다. "2187년 금성과 화성의 연합함대에 박살이 날 때 당신이 저 전함의 지휘관일 테니까요. 데이비드 엉거는 당신 휘하에 배속되어 있을 테지요. 당신은 목숨을 잃겠지만 엉거는 도주할 겁니다. 얼마 되지 않는 생존자들은 루나로 도망쳐서, 금성과 화성의 C-미사일이 지구를 철저히 파괴하는 모습을 지켜보게 되겠지요."

사람들이 진흙탕이 된 수조 바닥에서 몸부림치는 물고기들처럼 펄떡거리며 움찔대는 모습이 보였다. 중심부에서 강렬한 소용돌이가 일어났다. 에너지가 소용돌이치며 사방이 무너져 내리는 전함을 마지막으로 덮쳤다. 은빛의 지구 측 전투함들은 잠시 머뭇대다가 이윽고 사방으로 도주하기 시작했다. 날쌘 검은색 화성 전투함들이 전면을 가득 매우고 밀려들었다. 동시에 지구 함대의 후방에서 기다리던 금성 전투함들도 습격을 개시했다. 두 함대는 남은 지구의 전투함들을 강철 집게처럼 조여 함께 산산조각 내버렸다. 우주선들이 밝은 섬광과 함께 공중분해되는 모습이 보였다. 저 멀리 녹색과 청색으로 이루어진 구체, 지구가 장중하게 천천히 자전하고 있었다.

벌써 그 위에는 끔찍한 구멍이 몇 개 뚫려 있었다. 방어망을 뚫고 들어간 C-미사일이 남긴 폭탄의 흉터였다.

르마가 프로젝터를 껐고, 화면은 사라졌다. "이걸로 뇌내 스캔 내용은 끝입니다. 얻을 수 있는 것이라고는 이 정도의 영상 파편뿐이었습니다. 강렬하게 각인된 일부 내용뿐이지요. 연속적인 내용은 얻어낼 수 없습니다. 다음 영상은 수년 후에 인공위성 기지에서 일어난 일입니다."

조명이 켜지고, 영상을 지켜보던 사람들은 굳은 얼굴로 자리에서 일어섰다. 개닛의 얼굴은 찰흙처럼 생기 없는 회색으로 질려 있었다. "르마 박사, 방금 그 장면을 다시 보고 싶네. 지구가 나오는 장면 말일세." 그는 무력하게 손을 저어 보였다. "어느 장면을 말하는 건지 알겠지."

불빛이 잦아들며 다시 화면에 불이 들어왔다. 이번에는 지구가, 데이비드 엉거가 고속 어뢰를 타고 외우주로 나가면서 돌아본 지구가 화면을 가득 채웠다. 엉거는 죽음의 행성이 된 자신의 고향이 마지막 순간까지 보이도록 자리를 잡고 있었다.

지구는 폐허가 되어 있었다. 그 모습을 바라보는 장교들의 입에서 숨을 삼키는 소리가 들렸다. 생명은 단 하나도 남지 않았다. 움직이는 것은 없었다. 죽음의 방사선 구름만이 목적 없이 크레이터로 가득한 지표를 떠돌고 있었다. 한때 30억 명의 사람들이 살았던 생명의 행성에는 이제 불탄 잿더미만이 남아 있었다. 말라버린 바다 위를 끊임없이 불어대는 바람에, 잔해가 이리저리 흩날리는 모습만이 보였다.

"식물들이 행성을 차지하게 될 것 같은데." 화면이 사라지고 다시 머리 위의 조명이 들어오자, 이블린 커터는 거친 목소리로 이렇게 내뱉었다. 그녀는 격렬하게 몸을 떨고는 시선을 돌렸다.

"잡초 정도겠지." 르마가 말했다. "낙진을 뚫고 검은색의 마른 풀이 솟아날 거야. 나중에는 곤충도 등장할지도 모르지. 물론 박테리아도 있을 테고. 시간이 흐르면 박테리아의 작용으로 잿더미가 사용 가능한 토양으로 변할 거라고 생각해. 그리고 수십억 년 동안 비가 내리겠지."

"인정하자고." 개닛이 말했다. "물갈퀴와 까마귀 놈들이 그 위에 다시 정착할 걸세. 우리가 전부 죽으면 놈들이 지구에 살게 될 거야."

"우리 침대를 차지하게 된다는 거지요?" 르마가 부드러운 목소리로 물었다. "우리 욕실과 거실과 자동차를 쓰게 된다는 거지요?"

"자네를 이해할 수가 없군." 가넷은 짜증을 섞어 내뱉고는, 손짓으로 패터슨을 불렀다. "여기 방 안에 있는 사람들 말고는 아무도 모르는 거겠지?"

"V-스티븐스도 압니다." 패터슨이 말했다. "하지만 그 친구는 정신병동 구역에 감금되어 있습니다. V-라피아도 알지만, 목숨을 잃었지요."

웨스트 중위가 패터슨에게 다가왔다. "그를 심문해도 되겠습니까?"

"그렇지. 엉거는 어디 있나?" 개닛이 물었다. "우리 직원들은 그 친구를 직접 만나보고 싶어서 몸이 달아 있는데."

"필요한 사실은 전부 확보하셨을 텐데요." 패터슨이 대답했다. "전쟁이 어떻게 진행될지 확인하셨지 않습니까. 지구에 무슨 일이 벌어질지도 아셨을 테고요."

"지금 무슨 제안을 하려는 건가?" 개닛이 경계하는 목소리로 물었다.

"전쟁을 피해야지요."

개닛은 잘 먹어 토실토실한 몸을 으쓱해 보였다. "어쨌든 역사는 바꿀 수 없는 것 아닌가. 이건 미래의 역사고. 우리는 이대로 나가서 싸울 수밖에 없는 걸세."

"적어도 최대한 본때는 보여줘야죠." 이블린 커터가 차갑게 말했다.

"지금 무슨 소릴 하는 거야?" 르마는 흥분해서 더듬거리며 말했다. "병원에서 일하면서 그런 말을 해도 되는 거야?"

여자의 눈이 타올랐다. "지구에 무슨 일을 했는지 봤잖아. 우리를 찢어발기는 모습을 봤으면서."

"우리까지 같은 수준으로 떨어지면 안 돼." 르마가 항변했다. "이런 증오와 폭력 속으로 우리까지 끌려가버리면—." 그는 패터슨을 바라보며 도움을 청했다. "V-스티븐스는 왜 감금해놓은 거야? 그 친구도 이 여자하고 비슷한 수준 아닌가."

"그건 사실이네만." 패터슨도 동의했다. "하지만 그녀는 우리 쪽 광인이야. 우리 쪽 광인은 감금하지 않는 법이지."

르마는 패터슨과 거리를 벌렸다. "자네도 나가서 싸울 생각인가? 개닛과 그 졸개들하고 함께?"

"나는 전쟁을 피하고 싶다네." 패터슨은 우울하게 대꾸했다.

"그게 가능한 일인가?" 개닛이 물었다. 그의 옅은 푸른색 눈 속에서 격렬한 빛이 반짝이더니 그대로 사라져버렸다.

"가능할지도 모르지요. 안 될 건 뭡니까? 엉거가 여기 돌아온 것만으로도 몇 가지 요소가 추가된 셈이지 않습니까."

"미래를 바꿀 수 있다면 말일세." 개닛이 천천히 말하기 시작했다. "그러면 다양한 가능성이 존재할지도 모르네. 두 가지 미래가 존재할 수 있다면, 무한한 수의 미래가 존재하지 못할 이유는 또 뭐겠나. 모두 제각기 다른 지점에서 분지해나가는 거지." 그의 얼굴에 단호한 표정이 내려앉았다. "전투에 대한 엉거의 지식을 사용할 수도 있지 않겠나."

"제가 이야기해보겠습니다." 웨스트 중위가 흥분해서 끼어들었다. "어쩌면 물갈퀴들의 전술을 정확하게 파악할 수 있을지도 모릅니다. 분명 머릿속에서 여러 전투를 수천 번은 되풀이했을 테니까요."

"자네를 알아볼 수도 있다네." 개닛이 말했다. "자네 휘하에 있던 노병 아닌가."

패터슨은 잠시 생각을 해보았다. "그럴 것 같지는 않습니다만." 그는 웨스트를 돌아보며 말했다. "당신은 데이비드 엉거보다 훨씬 나이가 많으니까요."

웨스트는 눈을 깜빡였다. "무슨 소립니까? 그 사람은 고령의 노인이고 저는 아직 이십 대인데요."

"데이비드 엉거는 15세입니다." 패터슨이 대답했다. "이 시점에서 당신 나이는 그 사람의 두 배 가까이 되지 않습니까. 당신은 이미 루나 사령부의 정보장교이지요. 엉거는 아직 군대에 들어가지도 않았습니다. 전쟁이 터지면 자원입대를 해서, 경험도 없고 훈련도 받지 않은 이등병으로 근무하게 될 겁니다. 당신이 나이를 먹어서 '윈드 자이언트' 호를 지휘하고 있을 때쯤에는, 중년의 데이비드 엉거는 포대에서 근무하는 이름 없는 병사가 되어 있을 겁니다. 당신이 존재조차 모르는 사람이겠지요."

"그러면 엉거가 벌써 존재한단 말인가?" 개닛은 혼란을 느끼며 물었다.

"어딘가에서 무대에 등장할 때를 기다리고 있겠지요." 패터슨은 훗날의 연구를 위해 생각을 정리하며 말했다. 나중에 귀중한 가능성을 제공해줄지도 모르니까. "어쨌든 당신을 알아볼 리는 없을 거라 생각합니다, 웨스트. 당신을 본 적조차 없을지도 몰라요. 윈드 자이언트는 큰 배가 아닙니까."

웨스트는 즉시 동의했다. "도청장치를 달아주십시오, 개닛. 사령부에서도 엉거와 대화를 나누는 시청각 영상을 확보해야 할 겁니다."

밝은 오전의 태양 속에서, 데이비드 엉거는 공원 벤치에 우울하게 앉아 있었다. 앙상한 손가락으로는 알루미늄 지팡이를 붙들고, 흐린 눈으로 지나가는 사람들을 바라보면서.

노인의 오른편으로는 로봇 정원사가 같은 구역에서 열심히 작업을 반복하고 있었다. 그의 금속 시각렌즈는 쭈그린 채 앉아 있는 노인에게 그대로 고정되어 있었다. 자갈길을 따라 어슬렁거리는 남자들은 공원 곳곳에 산개되어 있는 다양한 감시 장치에 적당한 신호를 보내며 중계기를 활성화시켜놓고 있었다. 가슴을 드러낸 채 수영장에서 일광욕을 하는 여성은 데이비드 엉거를 시야에 둔 채 공원을 돌아다니고 있는 두어 명의 병사들을 향해 보일락 말락하게 고개를 끄덕였다.

오늘 오전에는 공원에 백여 명 정도의 사람들이 있었다. 모두가 반쯤 졸고 있는 까다로운 노인의 존재를 가리기 위한 위장의 일부였다.

"좋습니다." 패터슨이 말했다. 그의 차는 초록색 나무와 잔디밭이 존재하는 부지의 가장자리에 주차되어 있었다. "너무 흥분시키지 않도록 해주시죠. V-스티븐스의 실력을 빌어 간신히 소생시킨 노인입니다. 이번에는 심장에 무슨 일이 발생해도 V-스티븐스를 데려올 수 없다는 사실을 잊지 마십시오."

금발의 젊은 중위는 고개를 끄덕인 다음, 각 잡힌 푸른 제복을 바로 잡은 다음 보도로 걸어 나갔다. 그는 헬멧을 뒤로 넘기고 자갈길을 따라서 활기차게 공원 가운데로 걸음을 옮겼다. 그가 다가가자 주변의 사람들이 알아채기 힘들 정도로 조금씩 이동하기 시작했다. 한 사람씩 수영장 주변의 잔디밭이나 벤치 등 여기저기에 무리를 지어 자리를 잡왔다.

웨스트 중위는 식수대에서 걸음을 멈추고 인공지능 로봇이 자신의 입을 찾아서 차가운 물을 분사하기를 기다렸다. 그런 다음 그는 천천히 걸음을 옮기다 문득 발을 멈추고, 팔을 늘어뜨린 채 색색의 담요 위에서 옷을 벗으며 나른하게 기지개를 켜는 젊은 여인을 멍하니 바라보았다. 여인은 눈을 감고 붉은 입술을 느슨하게 벌린 채, 만족스러운 한숨을 내쉬며 긴장을 풀었다.

"저쪽에서 먼저 말을 걸게 만들어." 그녀는 몇 미터 떨어진 곳에, 검은 부츠 한쪽을 벤치 끝에 대고 선 중위를 향해 나직하게 중얼거렸다. "먼저 대화를 시작하지 말고."

웨스트 중위는 한동안 더 그녀를 바라보다가 계속 자갈길을 따라 걸음을 옮겼다. 곁을 지나가던 뚱뚱한 남자가 재빨리 그의 귓가에 대고 속삭였다. "너무 빨라. 천천히 걸으면서 서두르는 티를 내지 말라고."

"오늘은 할 일이 없다는 티를 내야 되는 거야." 날카로운 얼굴의 보모가 유모차를 끌고 지나가며 이렇게 말했다.

웨스트 중위는 거의 멈추는 것에 가까울 정도로 속도를 늦추었다. 그는 길에서 자갈 하나를 발로 걷어차 촉촉한 덤불 속으로 날렸다. 손을 주머니에 깊이 찌른 채로, 그는 중앙 수영장으로 다가가 그 안을 들여다보았다. 그리고 담배에 불을 붙인 다음 지나가는 로봇 상인으로부터 아이스크림 바 하나를 사 들었다.

"제복에 좀 흘리십시오, 손님." 로봇의 스피커가 작은 소리로 지시했다. "그리고 욕설을 뱉으면서 옷을 문지르세요."

웨스트 중위는 아이스크림이 따뜻한 여름의 햇살 아래 녹아내리도록 방치했다. 녹은 아이스크림이 손목을 타고 흘러내려 푸른 제복에 얼룩을 만들자, 그는 얼굴을 찌푸리고 손수건을 꺼낸 다음 수영장에 잠깐 담갔다가 어설픈 동작으로 아이스크림을 닦아내기 시작했다.

얼굴에 흉터가 있는 노인은 제대로 보이는 한쪽 눈으로 그 모습을 지켜보며 앉아 있다가, 알루미늄 지팡이를 쥐고는 즐겁게 높은 소리로 웃었다. "거기 조심하게!" 노인의 입에서 바람 빠진 소리가 흘러나왔다. "잘 보라고!"

웨스트 중위는 짜증 섞인 눈으로 고개를 들었다.

"더 흘리고 있지 않나." 노인은 계속 웃으면서 살짝 즐거운 모습으로 몸을 기댔다. 이빨이 없는 입이 즐거움에 느슨하게 늘어졌다.

웨스트 중위는 친절하게 웃음을 머금었다. "그런 모양이로군요." 그는 이렇게 인정하며, 반쯤 먹은 상태로 녹아 떨어지는 아이스크림을 휴지통에 넣은 다음 제복을 마저 닦았다. "날씨가 정말로 따뜻합니다." 그는 이렇게 말하며 천천히 노인 쪽으로 다가갔다.

"사람들 솜씨가 아주 좋아." 엉거는 가느다란 목 위의 머리를 끄덕이며 동의했다. 그는 목을 빼고 고개를 기울이며 젊은 군인의 견장에 있는 부대 표식을 확인하려 했다. "자네 로켓병 쪽인가?"

"폭파병입니다." 웨스트 중위가 말했다. 오늘 아침에는 견장을 바꿔 달고 온 참이었다. "Ba-3 소속이지요."

노인은 몸을 부르르 떨었다. 그는 몸을 굽히더니 격렬하게 근처 덤불에 침을 뱉었다. "정말인가?" 노인은 흥분과 두려움에 사로잡힌 얼굴로 반쯤 일어나며, 걸음을 옮겨 떠나기 시작하는 중위를 보고 말했다. "있잖나, 사실 나도 예전에 Ba-3에 있었다네." 노인은 최대한 차분하고 평온한 목소리를 유지하려 애썼다. "자네가 들어가기 한참 전에 말일세."

웨스트 중위의 젊고 잘생긴 얼굴에 놀라움과 불신의 표정이 스쳐 지나갔다. "농담이시겠죠. 옛날에 우리 부대 소속이던 사람은 한두 분밖에 살아 있지 않습니다. 지금 절 놀리시는 거 아닙니까."

"날세, 내가 바로 그 사람이야." 엉거는 바람 빠지는 소리를 내며, 서둘러 떨리는 손으로 자기 외투 주머니를 더듬었다. "있잖나, 이걸 좀 보게. 잠깐만 기다리면 보여줄 게 하나 있네." 노인은 경외감을 내비치며 정중하게 자신의 크리스털 디스크를 내밀었다. "이거 보이나? 이게 뭔지 알고 있나?"

웨스트 중위는 금속 조각을 한참 동안 내려다보았다. 그의 내면에서 진짜 감정이 치솟았다. 구태여 꾸며낼 필요조차 없었다. "확인 좀 해봐도 되겠습니까?" 마침내 그는 이렇게 물었다.

엉거는 머뭇거렸다. "물론이지, 여기 받게."

웨스트 중위는 훈장을 받아들고 한참 동안 손에 든 채로, 금속의 무게와 자신의 매끈한 피부에 느껴지는 차가운 감촉을 느꼈다. 마침내 그는 훈장을 돌려주었다. "설마 87년에 이걸 받으신 겁니까?"

"그렇다네." 엉거가 말했다. "자네는 기억하는 건가?" 그는 훈장을 다시 주머니에 넣었다. "아니지, 자네가 태어나기도 전의 일이니까. 하지만 들어보기는 했겠지. 그렇지 않은가?"

"물론입니다." 웨스트가 말했다. "여러 번 들었지요."

"그리고 자네는 잊지 않은 거지? 우리가 거기서 뭘 했는지 다들 잊어버렸어."

"그날 끔찍한 패배를 했지요." 웨스트는 이렇게 말하며, 벤치의 노인 옆자리에 천천히 자리를 잡고 앉았다. "지구에 있어 참으로 끔찍한 날이었습니다."

"끔찍한 패배였지." 엉거도 동의했다. "우리 몇 명만 벗어날 수 있었어. 나는 루나로 갔다네. 지구가 조금씩 박살이 나는 모습을, 아무것도 남지 않게 되는 모습을 내 눈으로 봤다네. 심장이 찢어지는 것 같았지. 나는 울고 또 울다가 결국 시체처럼 쓰러져버렸다네. 우리 모두가 울고 있었어. 병사도, 노동자도, 거기에 그렇게 무력하게 서서. 그런 다음 놈들은 미사일을 우리 쪽으로 돌렸지."

중위는 마른 입술을 핥았다. "그쪽 함장님은 도망치지 못하신 거지요?"

"네이선 웨스트는 배와 함께 목숨을 잃었다네." 엉거가 말했다. "일선 지휘관 중 최고인 사람이었지. 윈드 자이언트를 아무 생각 없이 준 게 아니었어." 노인이 회상을 시작하자 주름살 가득한 얼굴이 흐려지기 시작했다. "웨스트 같은 군인은 또 없을 거라네. 한 번 직접 본 적이 있지. 엄격한 얼굴에 널찍한 어깨를 가진 큰 체구의 사람이었어. 몸도 마음도 거인이었지. 위대한 노병이었다네. 그보다 나은 지휘관은 없었을 거야."

웨스트는 머뭇거렸다. "혹시라도 다른 사람이 지휘권을 쥐고 있었더라면—."

"**아니야!**" 엉거는 버럭 소리를 질렀다. "더 나은 지휘관은 없었을 거라고! 물론 그 작자들의 말은 들었지. 배가 나온 안락의자 전략가 놈들이 하는 말도 다 들었어. 하지만 그건 거짓말이야! 누가 왔더라도 그 전투에서 승리할 수는 없었을 거라네. 불가능했어. 애초에 5대 1로 열세였으니까. 두 개의 대함대가 하나는 우리 정면으로 파고들고 다른 하나는 뒤쪽에서 우리를 씹어 삼키려고 벼르고 있었는데."

"알겠습니다." 웨스트는 쉰 목소리로 대답했다. 그는 혼란과 고통을 느끼면서도 머뭇거리며 계속 물었다. "그 안락의자 전략가라는 자들은 대체 무슨 소리를 지껄이던 겁니까? 저는 고급 장교들이 하는 소리는 들어본 적이 없어서 말입니다." 그는 웃음을 지으려 했으나, 얼굴 근육이 말을 들어주지 않았다. "물론 우리가 전투에서 이기고 윈드 자이언트도 보존할 수 있었을 거라고 말하는 사람들이 있다는 사실은 알고 있지만, 저는—."

"이것 좀 보게." 엉거는 움푹 들어간 눈을 거칠게 빛내며 소리 높여 말했다. 그리고 알루미늄 지팡이를 들어서 발치의 자갈밭을 격렬하게 파헤치기 시작했다. "이 선이 우리 함대일세. 웨스트가 이걸 어떻게 배치했는지 기억하나? 그날 우리 함대 배치는 최고 전문가의 솜씨였어. 천재적이었단 말일세. 놈들이 돌파하기까지 열두 시간을 버텨냈지. 우리가 그 정도까지 해낼 수 있으리라 생각하는 사람은 아무도 없었다네." 엉거는 거칠게 땅을 파헤쳐 다른 선을 하나 그었다. "이게 까마귀 놈들의 함대일세."

"그렇군요." 웨스트가 중얼거렸다. 그는 몸을 수그려 가슴팍에 달린 렌즈로 자갈밭에 그려진 거친 선을 잡았다. 그 정보는 머리 위에서 느긋하게 선회하고 있는 이동 통신 유닛을 통해 감식부대로 전해졌고, 곧바로 루나에 있는 중앙 사령부로 전송되었다. "그럼 물갈퀴 함대는요?"

엉거는 갑자기 수줍은 얼굴이 되어 조심스레 젊은 병사를 바라보았다. "너무 지루한 이야기 아닌가? 아무래도 나이가 드니까 대화를 하고 싶어져서. 가끔은 사람들을 귀찮게 하고 시간을 빼앗는 모양이야."

"계속하시죠." 웨스트가 대답했다. 이 말은 진심이었다. "계속 그려주세요. 잘 보고 있습니다."

이블린 커터는 분노로 붉은 입술을 앙다물고 팔짱을 낀 채로, 은은한 조명이 켜진 자기 아파트 안을 쉬지 않고 돌아다녔다. "당신이 이해가 안 돼!" 그녀는 말을 멈추고 두꺼운 커튼을 내렸다. "조금 전까지만 해도 V-스티븐스를 죽이고 싶어했잖아. 그런데 이제는 르마를 막는 일조차 돕지 않겠다는 거야? 당신하고 르마는 지금 무슨 일이 벌어지고 있는지 이해를 못하는 거야. 그 작자는 개닛을 싫어하는 데다 행성간 과학자 교류 공동체나, 우리가 모든 인류에 대해 지니는 의무 따위의 소리나 해대고 있잖아. V-스티븐스가 그 작자를 포섭하면 무슨 일이 벌어질지—."

"르마가 옳을지도 몰라." 패터슨이 말했다. "나도 개닛은 좋아하지 않고."

이블린은 이 말에 폭발해버렸다. "놈들이 우리를 박살 낼 거라고! 놈들하고 전쟁을 벌일 수는 없어. 이길 가능성이 없으니까." 그녀는 불타는 눈으로 그의 앞에 걸음을 멈추고 섰다. "하지만 지금은 그걸 모르잖아. 르마를 무력화시켜야 해. 최소한 당분간은. 그 작자가 자유롭게 돌아다니는 동안은 우리 행성이 위기에 처한 셈이라고. 30억 명의 목숨이 이 일의 성공에 달려 있단 말이야."

패터슨은 고뇌에 빠져 있었다. "개닛이 오늘 웨스트가 시도한 첫 심문에 대해서 당신한테 설명을 해주었겠지."

"아직까지 결과가 나온 게 없다던데. 그 노인은 모든 전투에 대해서 아주 자세하게 알고 있는데, 우리 쪽이 죄다 패배했다더라고." 그녀는 지친 표정으로 이마를 문질렀다. "그러니까, 완벽하게 패배할 거라는 말이야." 그녀는 감각이 느껴지지 않는 손가락으로 빈 커피 잔을 모았다. "커피 더 줄까?"

자신의 생각에 사로잡혀 있던 패터슨은 그녀의 말을 듣지 못했다. 그는 창가로 가서 그녀가 새 커피를, 뜨겁고 진하고 김이 모락모락 오르는 커피를 가져올 때까지 밖을 내다보고 서 있었다.

"당신은 개닛이 그 소녀를 죽이는 모습을 보지 못했지." 패터슨이 말했다.

"무슨 소녀? 그 물갈퀴 말이야?" 이블린은 자기 커피에 설탕과 크림을 넣고 저으며 말을 이었다. "그 여자는 당신을 죽일 작정이었어. 성공했다면 V-스티븐스가 컬러-애드로 달려갔을 테고, 전쟁이 시작되었을 거라고." 그녀는 짜증 섞인 동작으로 그쪽으로 커피 잔을 밀었다. "게다가 어차피 우리가 목숨을 구해준 여자였잖아."

"나도 알아." 패터슨이 말했다. "그래서 마음에 걸리는 거야." 그는 반사적으로 커피를 받아 들고는 맛도 느끼지 못하는 채로 홀짝였다. "애초에 그 소녀를 폭도한테서 구한 일이 무슨 의미가 있어? 그것도 개닛의 작품인데. 우리는 개닛의 하수인이고."

"그래서?"

"그 작자가 무슨 장난질을 치고 있는지 당신도 알잖아!"

이블린은 어깨를 으쓱했다. "나는 현실적으로 생각할 뿐이야. 지구가 파괴되는 건 원하지 않거든. 개닛도 마찬가지고. 그 사람은 전쟁을 피하고 싶어하니까."

"며칠 전까지만 해도 전쟁을 갈망하고 있었지. 이길 거라고 생각했으니까."

이블린은 날카롭게 웃음을 터트렸다. "당연하지! 질 게 분명한 전쟁을 벌이고 싶은 사람이 있겠어? 비논리적인 일이잖아."

"이제 개닛은 전쟁을 막으려 하겠지." 패터슨은 천천히 입을 열어 인정했다. "식민 행성들이 독립하게 해줄 거야. 컬러-애드를 인정하겠지. 데이비드 엉거를 비롯해서 사실을 아는 모든 사람들을 제거할 거야. 자비로운 평화의 사도인 척하면서."

"당연하지. 벌써 드라마틱한 금성 여행을 준비하고 있던데. 마지막 순간에 컬러-애드의 간부들과 전쟁을 막기 위한 회담을 가지는 거지. 정부에 압력을 가해서 물러나게 만들고, 화성과 금성이 떨어져 나가도록 용인할 거야. 태양계 전체의 우상이 되겠지. 하지만 지구가 박살 나고 우리 종족이 멸종하는 것보다는 그 편이 낫지 않아?"

"이제 거대한 기계가 방향을 돌려서 전쟁을 반대하자고 으르렁대는 셈이로군." 패터슨의 입술이 비꼬듯 뒤틀렸다. "증오와 파괴적 폭력 대신에 평화와 협상이라는 거지."

이블린은 의자 팔걸이에 걸터앉아서 재빨리 계산을 했다. "데이비드 엉거가 입대할 당시 몇 살이었지?"

"15세나 16세였을걸."

"입대한 남자는 신원 번호를 받게 되지?"

"그렇지. 그건 왜?"

"내가 실수한 걸 수도 있지만, 내 계산에 따르면—." 그녀는 고개를 들었다. "조금만 있으면 엉거가 등장해서 자기 번호를 받게 될 거야. 입대 희망자의 수가 얼마나 증가하느냐에 따라 달라지겠지만, 그 번호는 이제 언제든 등장할 수 있거든."

패터슨의 얼굴에 묘한 표정이 스쳐 지나갔다. "엉거는 이미 존재하고 있지……. 15세 소년일 테고. 어린 엉거와 나이 든 참전용사 엉거가 동시에 존재하고 있는 거야. 같은 시대에 살아 있다고."

이블린은 몸을 떨었다. "묘한 소리네. 서로 마주치면 어떻게 될까? 분명 생김새가 상당히 다르기는 할 텐데."

패터슨의 머릿속에 눈을 반짝이는 15세 청소년의 모습이 그려졌다. 전투에 참가하고 싶어 몸이 달아 있는 모습. 전장으로 뛰어들어 이상에 따른 열정을 품고 물갈퀴와 까마귀 들을 죽일 준비를 마친 젊은이. 이 순간 엉거는 운명의 인도를 받아 징병 사무실로 향하고 있을지도 모른다……. 그리고 반쯤 눈이 먼, 89년의 끔찍한 생애를 살아온 다리를 저는 노인은 힘겹게 병실을 나와 공원 벤치로 나가서, 알루미늄 지팡이를 부여잡은 채로 귀를 기울여주는 사람이면 누구든 비참하게 대화를 걸고 있는 것이다.

"눈을 크게 뜨고 있어야겠어." 패터슨이 말했다. "당신은 군대 쪽 사람에게 그 숫자가 등장하면 즉시 알려달라고 말해봐. 그 번호를 받으려고 엉거가 등장하면 말이야."

이블린은 고개를 끄덕였다. "좋은 생각일지도 모르겠네. 어쩌면 인구 조사국에 연락해서 확인해달라고 하는 편이 나을지도 모르겠어. 소재를 파악할 수 있을지도 모르고—."

그녀는 말을 멈추었다. 아파트 문이 소리 없이 활짝 열렸던 것이다. 에드윈 르마가 문고리를 잡고, 어스름 속에서 충혈된 눈을 껌뻑이며 서 있었다. 그는 거칠게 숨을 몰아쉬며 방 안으로 들어왔다. "베이철, 얘기 좀 하지."

"무슨 일인가?" 패터슨이 물었다. "무슨 일이 난 거야?"

르마는 순수한 증오가 담긴 눈으로 이블린을 쏘아보았다. "그자가 찾아냈어. 그럴 줄 알았지. 그걸 분석하고 모든 내용을 테이프에 담자마자—."

"개닛 말인가?" 차가운 공포가 패터슨의 등골을 나이프처럼 후볐다. "개닛이 뭘 찾아냈는데?"

"결정적인 순간 말이야. 그 노인이 다섯 척으로 구성된 수송선단에 대해서 떠들어댔지. 까마귀 함대로 연료를 수송하는 선단이라더군. 호위함도 없이 전선을 향해 이동하고 있었고. 엉거는 우리 정찰부대가 그걸 놓칠 거라고 말했다네." 르마는 거칠고 격렬하게 숨을 내쉬고 있었다. "그 노인은 우리가 그걸 미리 알기만 했더라면—." 그는 힘겹게 애써 자신을 가다듬었다. "—파괴할 수 있었을 거라고 말했다네."

"알겠군." 패터슨이 말했다. "그러면 승세가 지구 쪽으로 기울었을 거라는 소리지."

"웨스트가 수송선단의 경로를 확인할 수만 있다면, 지구가 전쟁에서 이길 거라는 소릴세. 그건 곧 개닛이 전쟁을 벌일 거라는 소리지. 정확한 정보를 손에 넣기만 하면 말이야." 르마가 말을 맺었다.

V-스티븐스는 정신병자 병실에서 의자 겸 탁자 겸 침대로 사용하는 작은 벤치에 쭈그려 앉아 있었다. 그의 어두운 녹색 입술에는 담배 한 개비가 덜렁거렸다. 정육면체 형태의 방에는 황량할 정도로 아무것도 없었다. 흐릿하게 빛을 발하는 벽 자체가 조명이었다. V-스티븐스는

가끔씩 손목시계를 살피다가, 입구 자물쇠의 단단히 밀폐된 모서리를 따라 움직이는 물체 쪽으로 시선을 돌리곤 했다.

그 물체는 천천히, 신중하게 움직이고 있었다. 꼬박 29시간째 자물쇠를 확인하는 중이었다. 지금까지 육중한 철판을 고정시키는 역할을 하는 동력선을 추적해냈다. 그리고 자성을 띠는 문의 외피와 연결되는 전극의 위치도 확인했다. 지난 한 시간 동안은 렉세로이드 표면을 뚫고 들어가 전극과 2.5센티미터 거리까지 도달했다. 더듬거리며 탐색을 하는 그 물체는 V-스티븐스의 수술용 손이었다. 평소에는 오른손목에 부착해놓는, 정밀조작이 가능한 자율행동 로봇이었다.

지금 그 로봇은 손목에 붙어 있지 않았다. 탈출할 방법을 찾기 위해 직접 분리해서 문으로 올려보냈기 때문이다. 금속 손가락으로 매끄러운 표면을 단단히 붙든 채, 절삭용 엄지가 힘겹게 자물쇠 안으로 파고 들어가고 있었다. 수술용 손에게는 꽤나 거친 작업이었다. 이 작업을 끝내고 나면 수술대 위에서는 거의 쓸모 없게 될 것이다. 그러나 V-스티븐스라면 손쉽게 대체품을 구할 수 있을 것이다. 금성의 의료용구 판매처라면 어디서든 구입할 수 있는 물건이니까.

수술용 손의 검지가 양극 쪽 전극에 도달하더니 잠시 질문을 하듯 움직임을 멈추었다. 네 개의 손가락이 전부 꼿꼿이 서서 곤충의 더듬이처럼 흔들거렸다. 손가락은 하나씩 차례로 잘라낸 구멍으로 들어가서는 근처의 음극 쪽 전극을 찾아 더듬었다.

갑자기 눈부신 섬광이 일었다. 매캐한 하얀 연기가 일어나더니 뒤이어 날카롭게 픽 하는 소리가 들렸다. 입구의 자물쇠는 꼼짝도 않고 똑같은 모습으로 붙어 있고, 작업을 마친 손은 그대로 바닥으로 툭 떨어졌다. V-스티븐스는 담배를 끈 다음 가볍게 자리에서 일어나서 수술용 손을 회수하러 방을 가로질렀다.

손을 제자리에 장착하고 다시 신경계의 명령을 따르도록 만든 다음,

V-스티븐스는 자물쇠 가장자리를 단단히 붙들어 안으로 당겼다. 자물쇠는 아무런 저항 없이 따라 들어왔고, 그는 인적 없는 복도를 마주하게 되었다. 소리도, 움직임도 없었다. 경비도 없었다. 정신병 환자를 감시하는 확인 시스템도 없었다. V-스티븐스는 재빨리 걸음을 옮겨서, 모퉁이를 돈 다음, 줄줄이 연결되어 있는 복도를 따라 움직였다.

얼마 지나지 않아 그는 널찍한 전면 창문 앞에 도달했다. 밖으로 거리와 주변 건물과 병원 부지가 보였다.

그는 손목시계와 라이터, 만년필, 열쇠와 동전을 꺼내 조립하기 시작했다. 날렵한 진짜 손가락과 기계 손가락이 함께 움직여 기판과 전선이 복잡하게 얽힌 장치를 재빨리 만들어 냈다. 그는 절단용 엄지를 꺾은 다음 그 자리에 열 광선총을 붙였다. 눈에 보이지 않을 정도로 빠르게, 그는 자기가 만든 장치를 창문틀 아래쪽, 복도에서는 눈에 띄지 않는 자리에 부착했다. 아래 지상에서 보기에는 너무 높은 위치였다.

다시 복도를 따라 걸음을 옮기기 시작한 순간 소리가 들려와, 그는 그대로 긴장한 채 굳어버렸다. 목소리였다. 병원 내를 주기적으로 순찰하는 병원 경비원이 다른 사람을 대동하고 있었다. 귀에 익은 목소리였다.

그는 다시 정신병동으로 달려가 감금용 독방에 들어갔다. 자물쇠가 어정쩡하게 원래 자리로 돌아가 붙었다. 쇼트가 일어난 순간의 열 때문에 경첩이 느슨해진 모양이었다. 밖에서 들려오는 발소리에 귀를 기울이며, V-스티븐스는 문을 닫았다. 자물쇠의 자기장은 사라져 있었지만, 방문객이 그걸 알아챌 수는 없을 것이다. V-스티븐스는 방문객이 존재하지 않는 자기장을 조심스레 제거하고 자물쇠를 여는 소리에 흥미롭게 귀를 기울였다.

"들어오게." V-스티븐스가 말했다.

르마 박사가 등장했다. 한 손에는 서류가방을, 다른 손에는 냉동 광선총을 들고 있었다. "따라오게. 모두 준비해놨어. 현금, 위조 신분증, 여권, 우주선 표하고 허가증까지 있네. 자네는 물갈퀴 쪽 무역 사무관이 되는 거야. 개닛이 사실을 알아챌 즈음에는 군사 감시 구역과 지구의 행정권을 전부 벗어나 있을 걸세."

V-스티븐스는 어안이 벙벙해졌다. "하지만—."

"서두르라니까!" 르마는 냉동 광선총을 든 채 복도 쪽으로 손짓했다. "나는 병원 직원이라 정신병동의 환자들을 다룰 권한이 있다네. 일단 자네는 정신병 환자로 등록되어 있지. 내가 보기에 자네는 다른 사람들보다 딱히 더 미치지 않았어. 그래서 여기 온 거야."

V-스티븐스는 의심을 담은 눈초리로 그를 바라보았다. "지금 무슨 일을 하는지 알고는 있는 건가?" 그는 르마를 따라 복도를 걸어가서, 멍한 얼굴의 경비원을 지나 승강기에 올랐다. "놈들이 자네를 잡으면 배신자로 처형해버릴 거야. 저 경비원이 자네를 보았지 않은가. 조용히 넘어갈 방법이 있는 건가?"

"조용히 넘길 생각은 없다네. 자네도 알겠지만 개닛이 여기 있지 않은가. 그 작자와 부하들이 노인에 열렬히 매달려 있지."

"나한테 그런 걸 알려주는 이유가 뭔가?" 두 사람은 함께 경사 진입로를 따라 반지하 주차장으로 내려갔다. 수위 한 명이 르마의 차를 끌고 나왔고, 둘은 함께 차에 올랐다. 르마가 운전대를 잡았다. "자네는 애초에 내가 왜 거기 들어간 건지 잘 알고 있지 않은가."

"이걸 받게." 르마는 V-스티븐스에게 냉동 광선총을 던지고는 터널을 통해 지상으로 나와, 오후 햇살이 가득한 뉴욕의 도로로 차를 몰았다. "자네는 컬러-애드에 연락해서 지구가 반드시 전쟁에 패배할 거라고 알리려 했지." 그는 대로에서 차를 돌린 다음, 골목길을 통해 행성간 우주공항을 향해 차를 몰기 시작했다. "협상 따위는 그만두고 바로 공격하라고 말하려 한 거야. 전면전으로 끌고 가라고. 내 말이 맞지?"

"맞네." V-스티븐스가 말했다. "애초에 우리가 이길 게 확실한 상황이니—."

"확신할 수는 없을 텐데."

V-스티븐스는 녹색 눈썹을 치켜 올렸다. "그런가? 엉거가 완벽한 패전의 참전 용사인 줄로만 알았는데."

"개닛이 전쟁의 방향을 돌려놓을 거야. 결정적인 순간을 찾아냈거든. 정확한 정보를 알아내기만 하면, 그 작자는 정부에 압력을 가해서 금성과 화성에 전면 공격을 시작하게 만들 거야. 이제 어떻게 해도 전쟁을 피할 수가 없어." 르마는 행성 간 우주공항 근처에서 급정지를 했다. "전쟁이 벌어질 수밖에 없다면 어느 쪽도 기습당하지는 않게 해줘야지. 자네 쪽 식민지 관리국 쪽으로 가서, 우리 함대가 그리 가고 있다고 알려주게나. 준비하라고 일러—."

르마의 목소리가 힘없이 늘어졌다. 그는 태엽이 풀린 장난감처럼 힘없이 운전석 위로 늘어지더니, 그대로 쓰러져서 운전대에 머리를 박은 채 조용히 누웠다. 잠시 후 V-스티븐스가 바닥으로 떨어진 안경을 주워 다시 그의 얼굴에 씌워주었다. "미안하네." 그는 부드럽게 말했다. "자네의 호의는 기쁘네만, 덕분에 모든 것이 엉망이 되어버렸어."

그는 르마의 두개골 상태를 가볍게 살폈다. 냉동 광선의 충격은 뇌 조직까지는 파고들지 않았다. 몇 시간만 있으면 끔찍한 두통 정도만 겪으며 정신을 차릴 것이다. V-스티븐스는 총을 주머니에 넣고 서류 가방을 든 다음, 축 늘어진 르마의 몸을 운전석에서 밀어냈다. 잠시 후 그는 시동을 걸고 차를 돌리기 시작했다.

병원으로 돌아가면서 그는 시계를 확인했다. 너무 늦은 것은 아니었다. 그는 앞으로 몸을 숙이고 계기판 위에 달린 유료 영상전화에 25센트 동전 하나를 넣었다. 기계를 통해 몇 번 교환을 거치자 컬러-애드의 접수원이 화면에 등장했다.

"V-스티븐스다." 그가 말했다. "문제가 생겼다. 병원 건물에서 나오게 됐어. 지금 돌아가는 중이야. 시간 내에 돌아갈 수는 있을 것 같긴 한데."

"진동 팩은 조립을 마쳤나요?"

"조립은 했지만 지금 가지고 있지 않아. 벌써 자기장을 통해 극성을 띠도록 연결시켜놨지. 준비는 다 끝난 상태야. 돌아가서 그 자리에 있을 수만 있다면야."

"이쪽에서도 문제가 생겼어요." 녹색 피부의 여성이 말했다. "이 전화 기밀 회선인가요?"

"개방 회선이야." V-스티븐스가 인정했다. "하지만 공중전화인 데다 아마도 무작위 수신이겠지. 도청당할 가능성은 별로 없어." 그는 전화기에 붙은 품질보증 인장의 출력 표시를 살폈다. "출력 누수는 없군. 계속해봐."

"이쪽 우주선이 도시에서 당신을 빼내기는 힘들 거예요."

"빌어먹을." V-스티븐스가 말했다.

"뉴욕에서는 당신이 알아서 빠져나와야 해요. 그쪽에 있는 동안에는 도울 방도가 없어요. 폭도가 뉴욕 공항의 설비를 파괴했거든요. 육로로 덴버까지 와야 돼요. 우주선이 착륙할 수 있는 가장 가까운 장소가 거기예요. 지구에서 마지막으로 남은 보호 구역이거든요."

V-스티븐스가 신음을 흘렸다. "행운을 빌어줘. 놈들이 나를 잡으면 무슨 짓을 할지는 알고 있겠지?"

여자는 희미한 웃음을 흘렸다. "지구인들한테는 물갈퀴는 전부 똑같아 보일 걸요. 누구든 가리지 않고 목을 매달겠죠. 우린 운명공동체예요. 행운을 빌어요. 기다리고 있을게요."

V-스티븐스는 화가 잔뜩 난 채로 통신을 끊고는 자동차 속도를 늦추었다. 그는 인적이 드문 골목길의 주차장에 차를 댄 다음 재빨리 빠

져나왔다. 이제 공원의 녹지 근처까지 도착해 있었다. 그 너머로 병원 건물이 보였다. 그는 서류가방을 단단히 붙들고 공원 정문을 향해 달려 들어갔다.

데이비드 엉거는 소매로 입가를 훔치고는 힘겹게 다시 의자에 드러누웠다. "나도 모르겠네." 그는 단조로운 목소리로 힘겹게 같은 말을 반복했다. "더 이상은 기억나지 않는다고 말하지 않았나. 너무 오래전 일이야."

개닛이 신호를 보내자 장교들이 노인에게서 물러났다. "시간이 다되어 가는 모양이군." 그는 지친 목소리로 말하며 이마의 땀을 훔쳤다. "느리지만 확실하게 끝나고 있어. 앞으로 30분 안에 원하는 내용을 알아내도록."

군대의 전술지도가 치료실의 한쪽 옆 탁자를 차지하고 있었다. 물갈퀴와 까마귀 함대를 나타내는 말들이 지도 위 여기저기에 놓여 있었다. 지구의 함선을 나타내는 반짝이는 하얀 칩들이 태양계 세 번째 행성을 고리처럼 단단히 둘러싸고 늘어서 있었다.

"이 근처 어디일 겁니다." 웨스트 중위가 패터슨에게 말했다. 충혈된 눈에 수염이 거슬거슬한 웨스트 중위는 피로와 긴장으로 손을 떨면서 지도 위 한쪽 지역을 가리켰다. "엉거는 장교들이 이쪽 수송선단에 대해 말하는 것을 들었다고 합니다. 가니메데의 보급기지에서 온 수송선단이지요. 일부러 무작위적인 경로를 택해서 정찰망에서 사라졌다고 합니다." 그의 손이 주변 영역을 훑었다. "당시 지구에서는 아무도 그 함대에 신경을 쓰지 않았지요. 나중이 되어서야 뭘 놓쳤는지를 알게 된 겁니다. 군사 전문가 한 명이 나중에 전역을 되짚어보다가 그걸 기록했고, 그 내용이 테이프를 통해 이리저리 퍼져나간 겁니다. 장교들이 한데 모여서 그 사건을 분석해보았죠. 엉거는 그 수송선단이 에우로파 근처를 통과했다고 생각합니다. 하지만 칼리스토였을 가능성도 있죠."

"그걸로는 부족하네." 개닛이 쏘아붙였다. "지금까지 알아낸 정보는 당시 지구의 전술장교들보다 나을 것도 없지 않은가. 정확한 지식이, 그 사건이 일어난 다음에 확인된 자료가 필요하다고."

데이비드 엉거는 물이 든 컵을 힘겹게 받아 들었다. "고맙네." 그는 자신에게 컵을 건넨 젊은 장교를 향해 말했다. "내가 자네들을 조금 더 제대로 도울 수 있으면 좋을 텐데." 그는 구슬프게 중얼거렸다. "기억 해내려고 애쓰고 있다네. 하지만 옛날처럼 명확하게 생각을 떠올릴 수 가 없어." 집중하려 애쓰는 노인의 주름살 가득한 얼굴이 다시 한 번 뒤 틀렸다. "있잖나, 그 수송선단이 화성 근처에서 유성우를 만나서 잠시 멈췄던 것 같네만."

개닛이 앞으로 걸어왔다. "계속해보십시오."

엉거는 비참한 얼굴로 그에게 하소연을 했다. "나도 최대한 돕고 싶 다네, 젊은 양반. 대부분의 사람들은 전쟁에 대한 책을 쓸 때 다른 책에 서 내용을 베끼기만 하는데, 자네는 다르지 않은가." 노인의 마모된 얼 굴에 비참한 자부심이 깃들었다. "혹시 당신 책에 내 이름을 넣어줄 생 각은 없나?"

"물론입니다." 개닛은 대범하게 승낙했다. "첫 페이지에 선생님 이름 이 들어갈 겁니다. 어쩌면 사진도 넣는 편이 좋을지도 모르겠군요."

"나는 전쟁에 대해서라면 뭐든 다 안다네." 엉거가 중얼거렸다. "시 간만 주면 제대로 기억해 낼 수 있어. 시간만 좀 주게. 최대한 노력하는 중이라네."

노인의 건강은 빠른 속도로 나빠지고 있었다. 주름살 가득한 얼굴은 창백한 흙빛이 되어 있었다. 살점은 누렇게 변색된 연약한 골격 위에 말라붙은 찰흙처럼 매달려 있을 뿐이었다. 기도에서 가래 끓는 소리가 들렸다. 데이비드 엉거가 죽을 것이라는 사실은 이곳에 있는 모두의 눈에 명백해 보였다. 그것도 얼마 남지 않았을 것이다.

"기억해내기 전에 꼴까닥 해버리면, 나는—." 개닛은 웨스트 중위에게 작은 소리로 말했다.

"뭐라고 했나?" 엉거가 날카롭게 물었다. 그의 남은 눈에 갑자기 경계하는 빛이 떠올랐다.

"그냥 부족한 부분이나 맞춰주십시오." 개닛은 지친 목소리로 말하고는 고개를 한쪽으로 까닥거렸다. "우리가 지도 위에 정리해놓은 쪽으로 데려가게. 그러면 도움이 될지도 몰라."

병사들이 노인을 일으켜 세워서 탁자 쪽으로 이끌었다. 기술자와 고급장교들이 그 주변으로 모여들었고, 비틀거리는 노인의 형체는 곧 사람들 속에 파묻혀 사라져버렸다.

"얼마 못 버틸 겁니다." 패터슨이 사납게 항의했다. "휴식을 취하지 못하면 심장이 가버릴 거라고요."

"그 정보가 반드시 필요하네." 개닛은 이렇게 대꾸하며 패터슨을 슬쩍 살폈다. "다른 의사는 어디 있나? 르마라는 이름이었던 것 같은데."

패터슨은 주변을 한 번 둘러보았다. "안 보이는군요. 아무래도 이런 꼴을 눈 뜨고 보지 못했겠지요."

"르마는 애초에 여기 들어오지도 않았네." 개닛은 감정이 섞이지 않은 목소리로 대꾸했다. "사람을 보내서 그 친구를 데려오게 해야 할 것 같군." 그는 방금 도착한 이블린 커터를 손가락으로 가리켰다. 그녀는 검은 눈을 크게 뜨고 창백한 얼굴로 숨을 몰아쉬고 있었다. "저 여자 말에 따르면—."

"이제 상관없어요." 이블린이 차가운 목소리로 말했다. 그녀는 다급한 눈으로 패터슨을 바라보며 말을 이었다. "이제 당신이나 당신네 전쟁을 도울 생각은 조금도 없으니까."

개닛이 어깨를 으쓱했다. "어쨌든 혹시 모르는 일이니까, 수색대를 보내겠네." 그는 이블린과 패터슨만을 남기고 그대로 자리를 떴다.

"내 말 잘 들어." 뜨거운 그녀의 입술이 귓가로 다가왔다. "엉거의 번호가 나왔어."

"언제 알려줬어?" 패터슨이 물었다.

"이리 오는 도중에. 당신이 말한 대로 했어. 군대 쪽 담당관을 매수해 놨지."

"얼마쯤 전인데?"

"방금 전이야." 이블린의 얼굴이 떨렸다. "베이철, 지금 여기 와 있어."

패터슨이 이해하기까지는 약간 시간이 걸렸다. "설마 그쪽에서 그 사람을 여기로 보냈단 말이야? 이쪽 병원으로?"

"그러라고 일렀어. 그 사람이 자원입대를 하면, 그 번호가 맨 위에 올라오면―."

패터슨은 그녀를 붙들고 서둘러 치료실을 빠져나가 밝은 태양빛 아래로 나왔다. 그는 그녀를 근처의 층계로 밀어 넣은 다음 자기도 따라 들어갔다. "어디에 잡아두고 있는데?"

"접수처야. 의례적인 신체검사라고 말해놨나 봐. 가벼운 검사일 뿐이라고." 이블린은 겁에 질려 있었다. "이제 어떻게 하지? 우리가 뭔가 할 수 있을까?"

"개닛은 그렇게 생각하는 모양인데."

"우리가 그를 멈추면…… 어떻게 될까? 그 사람을 빼돌릴 수 있을까?" 그녀는 정신을 차리려는 듯 머리를 흔들었다. "무슨 일이 벌어질까? 우리가 그 사람을 여기서 막으면 미래는 어떻게 변할까? 군대에 들어가지 못하게 할 수도 있잖아. 당신은 의사니까. 건강 기록지에 붉은색으로 체크만 하면 되는 일 아냐." 그녀는 거칠게 웃음을 터트렸다.

"항상 그런 생각이 든다니까. 붉은 펜으로 체크만 하면 데이비드 엉거는 사라지는 거야. 개닛은 그를 만나지 못할 테고, 지구가 이길 수 없다는 것을 알아차리지 못하지만 승리해버릴 테고, V-스티븐스는 정신병동에 갇히지 않을 테고 그 물갈퀴 소녀도—."

패터슨은 손을 들어서 그녀의 뺨을 때렸다. "닥치고 정신 차려! 이러고 있을 시간이 없다고!"

이블린은 몸을 떨었다. 패터슨은 그녀를 붙들고 한동안 껴안아주었다. 이내 그녀는 고개를 들었다. 뺨에 붉은 기운이 천천히 퍼져나가고 있었다. "미안해." 그녀는 간신히 중얼거렸다. "고마워. 이제 괜찮을 거야."

승강기가 1층에 도착했다. 문이 자동으로 열리자, 패터슨은 그녀를 이끌고 중앙 홀로 나왔다. "당신도 본 적은 없지?"

"응. 나한테 번호를 알려주고 이리 보냈다고 듣자마자—." 그녀는 숨을 몰아쉬며 패터슨을 따라 빠르게 걸음을 옮겼다. "—최대한 빨리 당신을 보러 온 거야. 어쩌면 이미 너무 늦었을지도 몰라. 기다리다 지쳐서 떠났을지도 모른다고. 열다섯 살 먹은 소년일 뿐이잖아. 싸움판에 뛰어들고 싶은 거라고. 벌써 갔을지도 몰라!"

패터슨은 로봇 심부름꾼 하나를 붙들었다. "지금 바쁜가?"

"괜찮습니다, 선생님." 로봇이 대답했다.

패터슨은 로봇에게 데이비드 엉거의 신분증 번호를 일러주었다. "접수처로 가서 이 사람을 즉시 데려오게. 이리 들여보낸 다음에 복도를 폐쇄해. 양쪽을 모두 막아서 아무도 들어오거나 나가지 못하게 만들어."

로봇은 미심쩍은 듯 딸각 소리를 울렸다. "추가 지시를 내리실 예정이십니까? 지금까지의 지시만으로는 온전한 업무 지령이 구성되지 않으므로—."

"나중에 지시를 내리지. 아무도 따라 나오지 못하게 하게. 그 사람 혼자만 만나고 싶으니까."

로봇은 번호를 스캔하고는 접수처 쪽으로 사라졌다.

패터슨은 이블린의 팔을 붙들었다. "무서워?"

"겁이 나."

"내가 처리할게. 당신은 그냥 거기 서 있어." 패터슨은 그녀에게 담배를 건넸다. "불 좀 붙여봐. 같이 피우자고."

"세 대가 필요할지도 모르겠네. 엉거도 줘야지."

패터슨은 웃음을 머금었다. "잊은 거야? 그 친구는 너무 어리다고. 아직 담배 피울 나이가 안 됐을걸."

로봇이 돌아왔다. 그와 함께 토실토실하고 푸른 눈을 가진, 당황해서 얼굴을 찌푸리고 있는 금발 소년이 따라 들어왔다. "절 보자고 하셨다고요, 선생님?" 소년은 주저하며 패터슨에게 다가갔다. "저한테 문제가 있는 건가요? 이리 오라고만 하고 이유는 말해주질 않았어요." 지금까지 쌓였던 초조함이 해일처럼 풀려나는 모양이었다. "제가 입대하지 못할 이유가 있는 건 아니겠죠?"

패터슨은 새로 찍혀 나온 소년의 신분증을 잡아채서, 그 내용을 가볍게 훑어보고는 이블린에게 건넸다. 그녀는 뻣뻣한 손가락으로 신분증을 받아들었지만, 금발 소년에게서 눈을 떼지 못했다.

소년은 데이비드 엉거가 아니었다.

"이름이 뭐냐?" 패터슨이 물었다.

소년은 더듬거리며 자기 이름을 말했다. "버트 로빈슨이에요. 거기 신분증에 적혀 있지 않나요?"

패터슨은 이블린을 돌아보았다. "번호는 맞아. 하지만 엉거가 아니군. 뭔가 문제가 있어."

"저기요, 선생님." 로빈슨은 어쩔 줄 모르며 말했다. "제가 입대하면 안 되는 이유가 있는 게 맞아요? 제발 뭐라고 말 좀 해주세요."

패터슨은 로봇에게 신호를 보냈다. "복도 개방해. 다 끝났으니까. 하던 일로 돌아가도록."

"이해가 안 돼." 이블린이 중얼거렸다. "말이 안 되는 소리잖아."

"넌 괜찮다." 패터슨은 소년에게 말했다. "모병소로 돌아가서 보고해라."

소년은 안도한 표정으로 몸을 축 늘어뜨렸다. "정말 고맙습니다, 선생님." 그는 출구 계단 쪽으로 천천히 물러나기 시작했다. "정말 감사해요. 전 물갈퀴 놈들의 골통을 부수고 싶어서 몸이 달아 있거든요."

"이제 어쩌지?" 소년의 널찍한 등판이 시야에서 사라지자, 이블린은 긴장한 목소리로 물었다. "우선 어디부터 가야 하려나?"

패터슨은 정신을 차리려는 듯 몸을 부르르 떨었다. "인구 조사국에 연락해서 확인해보자고. 엉거를 찾아야지."

통신실은 온갖 시청각 보고 자료들이 흐릿해질 지경으로 뒤섞여 있었다. 패터슨은 사람들 사이를 뚫고 빈 회선으로 다가가 통신을 시도했다.

"자료를 찾으려면 시간이 조금 걸릴 겁니다, 선생님." 인구 조사국의 여성이 말했다. "기다리시겠습니까, 아니면 자료를 찾은 다음에 연락을 해드릴까요?"

패터슨은 H-루프 하나를 들어 자기 목에 끼웠다. "뭐든 엉거에 대한 자료가 나오면 즉시 연락해주십시오. 이쪽 루프로 바로 연락 부탁드립니다."

"알겠습니다, 선생님." 여성은 충직하게 말하고는 회선을 끊었다.

패터슨은 그대로 방을 나와 복도를 따라 걸어갔다. 이블린은 서둘러 그 뒤를 따랐다. "어딜 가는 거야?" 그녀가 물었다.

"치료실로. 그 노인하고 대화를 해봐야겠어. 묻고 싶은 게 있거든."

"개닛이 그 짓을 하고 있잖아." 1층으로 내려가면서, 깜짝 놀란 이블린은 이렇게 물었다. "당신까지 왜—."

"미래가 아니라 현재에 대해 묻고 싶은 거야." 그들은 눈부신 오후의 햇살 속으로 나섰다. "지금 당장 벌어지고 있는 일에 대해서 말이지."

이블린이 그를 멈춰 세웠다. "설명 좀 해주면 안 돼?"

"가설이 하나 있을 뿐이야." 패터슨은 그녀를 밀치고 서둘러 걸어가며 말했다. "어서 가자고. 너무 늦기 전에."

그들은 치료병동으로 들어섰다. 기술자와 장교들이 커다란 지도가 놓인 탁자 옆에 둘러서서 전술 표시용 말과 진격 표시선을 살펴보고 있었다. "엉거는 어디 있습니까?" 패터슨이 물었다.

"여길 떠났소." 장교 한 명이 대답했다. "개닛이 오늘은 포기한 모양이더군."

"어디로 간 겁니까?" 패터슨은 사납게 욕설을 내뱉기 시작했다. "뭔일이 났길래?"

"개닛과 웨스트가 병원 본관으로 데려갔소. 계속하기 힘들 정도로 탈진한 상태라서. 정보를 거의 다 빼냈는데 말이오. 개닛은 혈관이 터질 정도로 화를 냈지만, 결국 기다릴 수밖에 없는 일이지."

패터슨은 이블린 커터를 붙들었다. "당장 전체 경보를 울려. 건물을 봉쇄하라고. 어서!"

이블린은 입을 떡 벌리고 그를 바라보았다. "하지만—."

패터슨은 그녀를 무시하고 치료실을 달려 나가 본관 건물로 향하기 시작했다. 그 앞에서 천천히 움직이는 사람 세 명이 보였다. 웨스트 중위와 개닛이 노인의 양쪽에서 부축을 하면서 느릿느릿 걸어가고 있었다.

"거기서 떨어져!" 패터슨이 그들을 향해 소리쳤다.

개닛이 몸을 돌렸다. "무슨 일인가?"

"그 사람을 거기서 빼내라고!" 패터슨은 노인을 향해 뛰어들었지만,

너무 늦어버렸다.

열기의 충격이 그의 옆을 그슬리며 지나갔다. 눈부신 백색 화염이 원을 그리며 사방으로 퍼져나갔다. 구부정한 노인의 형체가 불길 속에서 일렁이더니 그대로 검게 타버렸다. 알루미늄 지팡이는 몸에 들러붙더니 그대로 녹아 흘러내렸다. 한때 노인이었던 물체가 연기를 뿜어냈다. 시체가 움찔거리면서 금이 가기 시작했다. 다음 순간 매우 천천히, 수분이 모두 빠져나간 시체가 그대로 재가 되어 무너져 내렸다. 열기는 천천히 잦아들었다.

개닛은 충격과 불신감에 멍해진 얼굴로 잿더미를 걸어찼다. "죽어버렸어. 정보를 알아내지 못했는데."

웨스트 중위는 아직도 연기를 뿜고 있는 잿더미를 바라보았다. 그의 입술이 일그러지며 힘겹게 말을 뱉어 냈다. "이제 영영 알아내지 못하겠죠. 역사를 바꿀 방법이 없는 겁니다. 이제 승리할 수 없어요." 갑자기 그는 자기 상의를 붙들고 계급장을 떼어냈다. 그리고 성난 표정으로 그 천조각을 멀리 던지면서 말했다. "태양계를 우려내 먹으려는 당신 계획 때문에 내 생명을 포기할 수는 없습니다. 그 따위 함정에 제 발로 들어갈 수는 없죠. 나는 빠질 겁니다!"

병원 건물에서 전체 경보 사이렌 소리가 울려 퍼졌다. 개닛을 향해 사람들이 달려오는 모습이 보였다. 혼란에 빠져버린 군인과 병원 경비병 들이었다. 패터슨은 그쪽은 쳐다도 보지 않았다. 그의 시선은 바로 위 창문에 고정되어 있었다.

한 사람이 그곳에 서 있었다. 남자 한 명이 능숙한 손놀림으로 오후의 햇살에 반짝이는 물체를 제거하는 중이었다. V-스티븐스였다. 그는 금속과 플라스틱 덩어리를 떼어내더니 그걸 가지고 창가에서 사라졌다.

이블린이 서둘러 패터슨 옆으로 다가왔다. "대체—." 그녀는 시체의 잔해를 보고 비명을 질렀다. "아, 세상에. 누가 한 짓이야? 대체 누가?"

"V-스티븐스야."

"르마가 빼낸 것이 분명해. 이런 일이 일어날 줄 알았어." 그녀의 눈가에 눈물이 차올랐고, 히스테리가 섞인 목소리가 날카롭게 울렸다. "이럴 거라고 말했잖아! 경고했다고!"

개닛은 어찌할 바를 모르는 아이처럼 패터슨에게 매달렸다. "이제 뭘 해야 하는 건가? 노인이 살해당했어." 갑자기 분노가 일어나 덩치 큰 남자의 공포를 밀어냈다. "이 행성에 있는 모든 물갈퀴 놈들을 죽이겠어. 놈들의 집을 불태우고 목을 매달아버리겠다고. 나는—." 그러다 그는 말을 멈췄다. "하지만 이미 너무 늦은 거겠지? 이제 우리가 할 수 있는 일은 아무것도 없으니까. 패배한 거야. 졌다고. 전쟁을 시작하기도 전에."

"그렇지요." 패터슨이 말했다. "너무 늦었습니다. 기회가 사라졌어요."

"이 작자가 기억해내기만 했어도—." 개닛은 무력하게 울부짖었다.

"무리였지요. 불가능한 일입니다."

개닛은 눈을 끔뻑였다. "왜 무리인가?" 그의 선천적인 동물적 교활함이 약간이나마 되돌아왔다. "무슨 뜻으로 하는 소린가?"

패터슨의 목에 두른 H-루프가 큰 소리를 내며 울렸다. "패터슨 박사님." 교환원의 목소리가 울렸다. "인구 조사국 쪽에서 긴급 호출이 들어왔습니다."

"연결해주게." 패터슨이 말했다.

조사국 쪽 직원의 작은 목소리가 그의 귀로 흘러들어왔다. "패터슨 박사님, 요청하신 자료를 찾아냈습니다."

"어떤 내용입니까?" 패터슨이 물었다. 그러나 그는 이미 답을 알고 있었다.

"결과를 확인하기 위해 교차 검증을 했습니다. 선생님이 말씀하신 그런 사람은 존재하지 않습니다. 지금 이 시점에서, 또는 과거 기록을 통해서도 선생님이 말씀하시는 식별 가능한 특색을 지닌 데이비드 L. 엉거라는 인물은 존재하지 않습니다. 보내주신 뇌파와 치아와 지문 패턴이 일치하는 인물은 우리 쪽 자료에는 존재하지 않습니다. 혹시라도 추가로—."

"아니." 패터슨이 말했다. "그 정도면 충분히 답이 된 것 같습니다. 그만두지요." 그는 H-루프의 스위치를 눌러 껐다.

개닛은 멍하니 귀를 기울이고 있었다. "대체 무슨 일이 벌어진 건지 조금도 이해를 못하겠네, 패터슨. 설명 좀 해보게."

패터슨은 그의 말을 무시하고는, 쭈그려 앉아서 한때 데이비드 엉거였던 잿더미를 찔러보았다. 잠시 후 그는 다시 H-루프를 켰다. "이걸 위층의 분석실로 좀 가져다주게." 그는 나직한 소리로 명령을 내렸다. "즉시 회수팀을 보내도록." 그는 천천히 자리에서 일어나며 더 작은 소리로 덧붙였다. "그럼 이제 V-스티븐스를 찾아봐야겠군. 가능하다면 말이지만."

"분명 지금쯤이면 금성으로 돌아가는 중일 텐데." 이블린 커터가 분노를 참으며 말했다. "이걸로 끝이네. 이제 할 수 있는 일은 아무것도 없어."

"전쟁이 일어나겠지." 개닛이 말했다. 그는 천천히 현실로 돌아오는 중이었다. 그는 온 힘을 다해 간신히 주변 사람들의 얼굴로 눈의 초점을 맞췄다. 그리고 길게 자란 백발을 쓸어넘겨 정리하고 외투를 고쳐 입었다. 한때 장중했던 모습에 다시 장엄함 비슷한 것이 깃들었다. "남자답게 이 사태를 맞이해야 하지 않겠나. 도망치려 해봤자 아무 소용도 없지."

병원 소속의 로봇들이 나타나 불탄 잔해에 다가오자, 패터슨은 자리를 비켜주었다. 로봇들은 열심히 잔해를 한 무더기로 모았다. "완벽하게 분석하도록." 그는 작업을 총괄하는 기술자에게 이렇게 말했다. "기초 세포 단위까지, 특히 신경계 쪽에 신경을 써주게. 결과는 최대한 빨리 내게 보고해주고."

한 시간 정도가 걸렸다.

"직접 보시죠." 실험실 연구원이 말했다. "여기, 이쪽 물질을 한번 들어보세요. 딱 뭔가 이상하다는 느낌이 올 겁니다."

패터슨은 말라비틀어진 유기물 시료를 받아 들었다. 마치 해양생물의 껍데기를 훈제한 것처럼 보였다. 손으로 힘을 가하자 쉽사리 부스러졌다. 실험도구들 사이에 내려놓으니 그대로 산산조각이 나서 가루만이 남았다. "그렇군." 그는 천천히 말했다.

"사실 괜찮은 솜씨기는 합니다. 하지만 지독하게 약해요. 앞으로 이틀 정도밖에 버티지 못했을 겁니다. 빠른 속도로 분해되고 있었어요. 태양, 공기, 다른 모든 것들이 분해를 촉진하게 되어 있습니다. 자가 수복 시스템은 전혀 존재하지 않았어요. 우리 세포는 계속해서 재활용되고, 정화와 보수 과정을 거치지요. 이 물건은 그냥 처음 만든 다음 버튼을 눌러 움직이게 한 겁니다. 이걸 만든 자들은 유기물 합성에서 우리보다 한참 앞서 있는 모양입니다. 이건 예술가의 작품이에요."

"그래, 훌륭한 솜씨가 분명하군." 패터슨도 인정했다. 그는 한때 데이비드 엉거의 육체였던 시료를 하나 더 손에 들고는 생각을 가다듬으며 작은 조각으로 부수었다. "이걸로 우릴 완벽하게 속였어."

"선생님은 알고 계셨던 것 아닙니까?"

"처음에는 아니었지."

"보시다시피 우리는 전체 시스템을 재조립하고 있습니다. 재를 모아서 다시 원래 형태로 만드는 거지요. 물론 손실된 부분도 있습니다만,

전체적인 윤곽은 잡을 수 있습니다. 이걸 만든 사람들을 만나보고 싶군요. 제대로 작동했던 것 아닙니까. 기계가 아니었어요."

패터슨은 안드로이드의 얼굴 모양으로 재조립된 불탄 재를 바라보았다. 말라붙고 검게 그을린, 종이처럼 얇은 육체였다. 생명을 잃은 눈이 멍하니 허공을 바라보고 있었다. 인구 조사국의 말이 옳았다. 데이비드 엉거라는 사람은 존재한 적이 없었다. 그런 사람은 지구에도, 다른 어디에도 산 적이 없었다. 그들이 '데이비드 엉거'라고 부른 사람은 잘 만들어진 인공 합성체였던 것이다.

"정말 제대로 속아 넘어갔어." 패터슨도 인정했다. "우리 둘 말고 또 아는 사람이 누가 있나?"

"아무도 없죠." 실험실 연구원은 자신의 휘하에 있는 작업 로봇들을 가리켜 보였다. "이쪽 부서에서 인간은 저 하나뿐이거든요."

"비밀로 해줄 수 있겠나?"

"물론이죠. 아시다시피 박사님이 제 상관이거든요."

"고맙네." 패터슨이 말했다. "하지만 자네가 원한다면 이 정보로 얼마든지 새로운 상관을 모집할 수 있을 텐데."

"개닛 말입니까?" 연구원은 웃음을 터트렸다. "그 작자를 위해 일하고 싶은 생각은 없는데요."

"몸값을 꽤나 잘 쳐줄 텐데."

"그거야 그렇지요." 연구원이 말했다. "하지만 그랬다간 언젠가는 전선으로 내몰리지 않겠습니까. 저는 여기 병원에 남는 쪽이 더 좋거든요."

패터슨은 문으로 걸음을 옮기기 시작했다. "누가 물어보면 분석할 만큼 잔해가 많이 남지 않았다고 말해주게나. 남은 건 처리해줄 수 있나?"

"그러긴 싫지만 가능이야 하지요." 연구원은 호기심이 담긴 눈으로 그를 바라보았다. "누가 이걸 만들었는지 짐작이라도 가는 사람 있습니까? 그 사람하고 악수라도 해보고 싶은데요."

"지금 내가 관심을 가진 문제는 단 하나뿐일세." 패터슨은 이렇게 말을 돌렸다. "V-스티븐스를 찾아내는 일이지."

르마는 뇌 속으로 스며들어오는 늦은 오후의 햇살을 느끼며 눈을 껌뻑였다. 그리고 몸을 바로 세우려다가 그대로 자동차 계기판에 머리를 세게 부딪쳤다. 고통이 다시 한 번 그를 감싸 어둠 속으로 끌어들였다. 천천히 다시 정신이 돌아왔다. 그는 일어나 주변을 둘러보았다.

그의 차는 작고 지저분한 공용 주차장 후미에 서 있었다. 5시 30분 정도였다. 자동차들이 주차장에서 이어지는 좁은 골목을 굉음을 울리며 지나가는 모습이 보였다. 르마는 손을 뻗어 자기 머리의 측면을 조심스레 살폈다. 1달러 은화만 한 먹먹한 부분이 느껴졌다. 완벽하게 아무런 감각도 느껴지지 않았다. 만지면 그 주변의 차가운 공기가, 열기의 완벽한 부재가 느껴졌다. 마치 외우주로 향하는 통로에 부딪친 것 같은 느낌이었다.

그렇게 정신을 차리고 의식을 잃기 직전까지 무슨 일이 벌어진 것인지를 정리하려 애쓰고 있는데, 갑자기 V-스티븐스가 모습을 드러내더니 서둘러 다가오기 시작했다.

그는 줄지어 늘어선 지상 차량들 사이를 가볍게 몸을 놀려 달려왔다. 한쪽 손은 외투 주머니에 넣은 채, 사방을 경계하는 눈초리였다. 어딘가 달라진 데가 있어 보였지만, 아직 정신이 혼미한 상태인 르마는 무엇이 달라졌는지를 즉시 파악하지 못했다. V-스티븐스가 차에 거의 도착했을 때에야 그는 위화감의 정체를 알아챘고, 동시에 지금까지 일어난 모든 사건의 기억이 머릿속으로 밀려들어왔다. 그는 그대로 몸을 숙이고 문에 몸을 기대어, 최대한 정신을 잃고 쓰러져 있는 것으로 보이려 했다. 그러나 V-스티븐스가 문을 열고 운전석에 앉는 순간에는 절로 움찔할 수밖에 없었다.

V-스티븐스는 더 이상 초록색이 아니었다.

금성인은 문을 세게 닫고 자동차 열쇠를 끼운 다음 시동을 걸었다. 그리고 담배를 빼물고 두꺼운 장갑을 다시 확인하더니, 르마를 슬쩍 보고는 주차장을 빠져나와 초저녁의 차량 행렬 속으로 끼어들었다. 잠시 동안 그는 한쪽 손으로만 운전대를 돌리며, 반대편 손은 외투 안에 넣고 있었다. 그러다 속도가 오르기 시작하자, 그는 냉동 광선총을 꺼내 잠시 쥐어본 다음 옆 좌석에 내려놓았다.

르마는 그대로 그쪽으로 손을 뻗었다. V-스티븐스의 시야 가장자리에서 축 늘어져 있던 몸이 번개처럼 움직이는 모습이 보였다. 그는 긴급 브레이크를 밟고 운전대를 놓았다. 두 사람은 격렬하지만 조용하게 몸싸움을 벌였다. 자동차는 날카로운 소리와 함께 멈추었고, 그 즉시 분노로 경적을 울려대는 자동차 무리의 중심이 되었다. 처절하고 격렬하게, 양쪽 모두 숨조차 쉬지 못한 채 싸움이 계속되다, 문득 모든 힘이 길항을 이루며 두 사람은 거의 꼼짝도 못하게 멈추었다. 다음 순간, 르마가 몸을 빼냈다. 냉동 광선총이 V-스티븐스의 색 없는 얼굴을 겨누고 있었다.

"무슨 일이 벌어진 건가?" 그는 목쉰 소리로 물었다. "다섯 시간 동안의 기억이 없어. 자네 대체 뭘 한 거지?"

V-스티븐스는 아무 말도 하지 않았다. 그는 브레이크를 푼 다음 천천히 차량의 물결 속으로 다시 차를 몰기 시작했다. 그의 입술 사이에서 회색 담배연기가 흘러나왔다. 반쯤 감은 눈은 아무것도 읽어내기 힘들 정도로 흐릿했다.

"자네 지구인이었군." 르마가 새삼 놀라며 말했다. "애초에 물갈퀴가 아니었어."

"나는 금성인일세." V-스티븐스는 무심하게 대꾸하며, 물갈퀴가 달린 손가락을 보여주고는 다시 두툼한 운전 장갑을 착용했다.

"하지만 어떻게—."

"우리가 절대로 자네들의 검문을 통과하지 못할 거라고 생각하고 있었나?" V-스티븐스는 어깨를 으쓱해 보였다. "염색약에 합성 호르몬에 간단한 수술 몇 번이면 충분하다네. 그다음에는 피하 주사기와 연고를 가지고 화장실에 30분만 틀어박히면…… 이 행성은 녹색 피부를 가지고 살 수 있는 곳이 아니야."

거리를 가로질러 급히 세운 차량용 장애물이 올라가 있었다. 무뚝뚝한 얼굴의 남자들이 총과 조잡한 곤봉을 들고 돌아다니고 있는 모습이 보였다. 일부는 회색의 민방위 모자를 쓰고 있었다. 그들은 차를 한 대씩 들여다보며 안에 탄 사람을 확인하고 있었다. 살집 좋은 얼굴의 남자 하나가 V-스티븐스에게 멈추라고 신호를 보냈다. 그리고 차로 다가와서 창문을 내리라고 손짓했다.

"무슨 일입니까?" 르마가 초조한 얼굴로 물었다.

"물갈퀴 놈들을 찾는 중이오." 남자는 험악한 투로 대꾸했다. 땀범벅이 된 두터운 캔버스 천 셔츠에서 마늘 냄새가 후끈하게 올라오고 있었다. 그는 기분 나쁜 눈초리로 차 안을 재빨리 훑었다. "이 주변에서 본 적 없소?"

"없습니다." V-스티븐스가 말했다.

남자는 트렁크를 휙 열고는 안을 살폈다. "조금 전에 한 놈 잡았지." 그는 두터운 엄지를 들고 한쪽을 가리켰다. "저기 저거 보이쇼?"

금성인 한 명이 가로등에 매달려 있었다. 초저녁의 바람 속에서 녹색 시체가 매달린 채 흔들렸다. 얼굴은 고통으로 끔찍하게 굳어 있었다. 험상궂은 표정의 군중이 그 주변에 모여 있었다. 기다리고 있는 것이다.

"더 잡을 거요." 남자는 이렇게 말하며 트렁크를 쾅 닫았다. "잔뜩 잡아야지."

"무슨 일이 난 겁니까?" 르마는 간신히 이렇게 물었다. 겁에 질리고 구역질이 올라오는 상태였다. 그의 목소리는 거의 들리지 않을 정도로 작았다. "왜 이런 일을?"

"물갈퀴 한 놈이 사람을 죽였소. 지구인을." 남자는 뒤로 물러서며 차체를 철썩 때렸다. "됐어, 가도 좋소."

V-스티븐스는 차를 출발시켰다. 주변에 모여든 사람 중 일부는 제복을 차려 입고 있었다. 민방위 제복과 테란군의 푸른색 제복을 섞어 입고, 군화에 묵직한 탄띠에 모자에 권총에 완장까지 착용한 상태였다. 붉은색 완장에는 검은색으로 D. C.라는 글자가 큼지막하게 박혀 있었다.

"저건 뭐지?" 르마가 떨리는 목소리로 물었다.

"방위 위원회Defense Committee일세." V-스티븐스가 대답했다. "개닛의 전위 부대야. 지구를 물갈퀴와 까마귀로부터 지키겠다는 거지."

"하지만―." 르마는 무력하게 손짓을 해 보였다. "지구가 지금 공격당하는 중인가?"

"내가 아는 한은 아닐세."

"차를 돌리게. 병원으로 돌아가야겠어."

V-스티븐스는 잠시 머뭇거렸지만, 결국 그 말을 따랐다. 즉시 차는 뉴욕 중심부로 속도를 내서 달리기 시작했다. "왜 그러는 건가?" V-스티븐스가 말했다. "왜 돌아가고 싶은 거지?"

르마는 그의 말을 듣지 못했다. 그는 공포에 질린 얼굴로 거리의 사람들을 뚫어져라 바라보고 있었다. 남자와 여자들이 짐승 같은 모습으로, 죽일 사람을 찾아 돌아다니고 있었다. "다들 미쳤어. 저자들은 짐승이야." 르마가 중얼거렸다.

"그건 아닐세." V-스티븐스가 말했다. "이 소란은 금방 잦아들 걸세. 위원회에서 재정 지원을 끊기만 하면 순식간에 사라질 거야. 아직까지 는 전속력으로 돌진하고 있지만, 조금만 있으면 기어가 바뀌고 거대한 엔진은 반대편을 향해 움직이기 시작할 걸세."

"왜?"

"이제 개닛은 전쟁을 원하지 않으니까. 새로운 노선이 아래까지 스며 들려면 시간이 걸리거든. 개닛은 아마 P. C. 그러니까 평화 위원회Peace Committee라 불릴 운동을 후원하기 시작할 걸세."

전차와 트럭과 자주포가 병원을 포위하고 있었다. V-스티븐스는 차 를 멈추고 담배를 눌러 껐다. 차는 한 대도 들여보내지 않는 모양이었 다. 병사들이 아직 윤활유가 묻어 번쩍이는 신품 중장비를 든 채로 전 차들 사이를 오가고 있었다.

"그래, 이제 어쩔 텐가?" V-스티븐스가 말했다. "총을 가진 쪽은 자 네야. 자네가 알아서 하게."

르마는 계기판에 장착되어 있는 영상 전화에 동전을 하나 넣었다. 그는 병원의 번호를 댔고, 교환원의 모습이 보이자 거친 목소리로 베 이철 패터슨을 요구했다.

"자네 지금 어딘가?" 패터슨이 물었다. 그의 시선이 르마의 손에 들 린 냉동 광선총을 따라 V-스티븐스에게 도달해서 그대로 못박혔다. "사로잡은 모양이군."

"그래." 르마가 말했다. "하지만 무슨 일이 벌어지고 있는 건지 이해 가 안 되는데." 그는 영상 화면에 작게 떠올라 있는 패터슨의 영상을 향 해 무력하게 호소했다. "내가 어떻게 해야겠나? 이게 다 무슨 일이야?"

"지금 위치를 알려주게." 패터슨이 딱딱한 얼굴로 말했다.

르마는 그 말에 따랐다. "병원 안으로 데리고 들어갈까? 어쩌면 내 가—"

"그냥 총이나 잘 겨누고 있게. 금방 그리 가겠네." 패터슨은 회선을 끊었고, 화면은 잦아들었다.

르마는 어안이 벙벙한 채 고개를 저었다. "나는 자네를 빼내주려고 했는데." 그는 V-스티븐스에게 말했다. "근데 자네는 나를 냉동 광선으로 쏴버렸지. 왜 그랬나?" 순간 르마는 격렬하게 몸을 떨었다. 모든 것이 이해가 된 것이다. "자네, 데이비드 엉거를 살해한 거로군!"

"자네 말대로일세." V-스티븐스가 대답했다.

르마의 손에 들린 광선총이 떨렸다. "자네를 이대로 죽이는 편이 나을지도 모르겠군. 아니면 창문을 내리고 저 밖의 광인들한테 이리 와서 자네를 데려가라고 소리쳐야 할지도 모르겠어. 정말로 모르겠군."

"최선이라고 생각하는 대로 행동하게나." V-스티븐스가 말했다.

르마가 결정을 내리지 못하고 있는 사이, 패터슨이 차 옆으로 다가 왔다. 그는 창문을 두드렸고, 르마는 문을 열어주었다. 패터슨은 재빨리 차에 올라서는 문을 쾅 닫았다.

"당장 출발하게." 그는 V-스티븐스에게 말했다. "계속 움직여. 시내를 빠져나가게."

V-스티븐스는 그를 힐긋 바라본 다음 그대로 시동을 걸었다. "여기서 끝장을 내도 좋을 텐데. 끼어드는 사람은 없을 테니." 그는 패터슨에게 이렇게 말했다.

"도시에서 빠져나가고 싶네." 패터슨은 이렇게 말하고, 설명을 하듯 덧붙였다. "우리 실험실 연구원이 데이비드 엉거의 잔해를 분석했네. 합성 물질을 대부분 재구축해낼 수 있었지."

순간 V-스티븐스의 얼굴이 격렬하게 뒤틀렸다. "하?"

패터슨은 손을 내밀며 침중한 얼굴로 말했다. "악수하지."

"무슨 소린가?" V-스티븐스는 당황한 목소리로 물었다.

"자네에게 악수를 청해달라는 사람이 하나 있었다네. 자네 금성인들이 만든 안드로이드가 정말로 끝내주는 물건이라는 점에 동의하는 사람이었지."

차는 저녁의 어스름을 뚫고 고속도로를 따라 달려 나갔다. "남은 곳은 덴버뿐이야." V-스티븐스는 두 명의 지구인에게 설명했다. "거긴 우리 종족이 너무 많아서 청소할 수가 없거든. 컬러-애드의 말에 의하면 방위 위원회 놈들이 사무실에 총격을 가하기 시작했는데, 정부에서 갑자기 나서서 제지를 했다는 걸세. 아마 개닛이 압력을 가한 거겠지."

"내가 듣고 싶은 것은 개닛에 대한 일이 아닐세. 그 작자가 처한 상황은 잘 알고 있으니까." 패터슨이 말했다. "나는 자네 종족이 무슨 계획을 꾸미고 있는지를 알고 싶어."

"합성 인간은 컬러-애드 쪽에서 만든 걸세." V-스티븐스는 이렇게 인정했다. "우리도 자네들과 마찬가지로 미래에 대해서는 아무것도 모른다네. 데이비드 엉거라는 사람은 존재하지 않아. 우리가 신분증명서를 위조하고, 거짓 인격 전체를 만들어내고, 존재하지 않는 전쟁의 경과를 창조해낸 거라네. 모두 가짜야."

"왜 그런 짓을 한 건가?" 르마가 물었다.

"개닛이 겁을 먹고 자기 개들에게 목줄을 채우기를 바란 걸세. 겁을 먹어서 금성과 화성의 독립을 방조하도록, 자신의 경제적 이권을 유지하기 위해 전쟁을 벌이는 일을 막으려 한 걸세. 우리가 엉거의 머릿속에 만들어 넣은 가짜 역사에 따르면, 개닛의 아홉 행성 제국은 산산조각으로 파괴될 운명이지. 개닛은 현실주의자야. 자기 쪽에 유리하다면 도박을 걸어보겠지만, 우리 쪽의 역사에 따르면 100퍼센트 확률로 그가 패배하는 셈이지 않은가."

"그래서 개닛은 발을 뺐지." 패터슨은 느릿하게 말했다. "그럼 자네들 쪽은?"

"우리는 전쟁을 벌일 생각은 조금도 없었다네." V-스티븐스가 나직하게 말했다. "처음부터 이 전쟁 놀음에는 끼어들 생각이 없었어. 우리가 원하는 것은 자유와 독립뿐이야. 전쟁이 실제로 어떤 모습일지는 겪어봐야 아는 일이지만, 추측은 할 수 있지 않은가. 그리 즐거운 사건은 아니겠지. 양쪽 모두 아무것도 얻을 게 없어. 그런데 이대로 진행되면 결국 전쟁이라는 패가 등장할 수밖에 없지."

"몇 가지 확실히 하고 싶은 일이 있는데." 패터슨이 말했다. "자네는 컬러-애드의 요원이지?"

"그렇네."

"그럼 V-라피아는?"

"그녀 또한 컬러-애드 소속이었다네. 사실을 말하자면 모든 금성인과 화성인은 지구에 도착하는 순간 컬러-애드의 요원이 된다네. 우리는 V-라피아를 병원으로 투입해서 나를 돕게 만들려고 했어. 내가 제때 합성 인간을 파괴하지 못하게 될 가능성도 있었으니까. 내가 그런 상황에 처하면 V-라피아가 파괴할 예정이었지. 그런데 개닛이 그녀를 죽여버렸어."

"그냥 엉거를 냉동 광선총으로 쏴버리지 않은 이유가 뭔가?"

"무엇보다 합성 육체가 완전히 소멸되기를 원했으니까. 물론 그건 불가능한 일이지. 차선책은 잿더미로 만드는 것이었지. 아주 잘게 분해해서 대충 살펴봐서는 아무것도 알아챌 수 없게 만드는 거야." 그는 패터슨을 흘깃 보았다. "왜 그렇게 극단적인 분석을 의뢰한 건가?"

"엉거의 등록 번호가 등장했는데, 그걸 받은 사람이 엉거가 아니었거든."

"아." V-스티븐스가 초조한 투로 말했다. "그건 애석한 일이로군. 그 번호가 언제 나올지 예측할 방도는 없었으니까. 몇 달 후에 등록될 번호를 고르려 했는데, 최근 한두 주 동안 자원입대자가 상당히 늘어서 말이야."

"자네가 엉거를 파괴하는 데 실패했다면 무슨 일이 벌어질 예정이었나?"

"합성 인간이 확실히 파괴되도록 파괴 장치를 맞춰놓았다네. 그의 육체에 맞춰져 있어서, 내가 할 일은 그가 있는 근처에서 장치를 활성화시키는 것뿐이었지. 내가 죽거나 장치를 제대로 설치하지 못했다면, 그 합성 인간은 개닛이 원하는 정보를 주기 전에 자연사했을 거라네. 하지만 가능하면 개닛과 그 부하들이 보는 앞에서 파괴하는 편이 바람직했지. 우리가 전쟁에 대해 알고 있다고 생각하게 만드는 게 중요했으니까. 그러면 엉거가 살해당하는 모습을 직접 목격할 경우의 정신적 충격이 나를 잡으려 위험을 무릅쓸 필요성을 능가하게 될 테니까."

"이제 무슨 일이 벌어지는 건가?" 패터슨은 즉시 이렇게 물었다.

"나는 컬러-애드와 합류하도록 되어 있다네. 처음에는 뉴욕 사무소에서 우주선에 탈 계획이었지만, 개닛의 폭도들이 그곳을 끝장내버렸지. 물론 자네들이 나를 막으려 들지 않을 경우의 이야기네만."

르마는 진땀을 흘리기 시작했다. "개닛이 자신이 속았다는 사실을 깨달으면 어떻게 하나? 만약 데이비드 엉거라는 인물이 존재하지 않는다는 사실을 발견하면—."

"그건 우리 쪽에서 처리 중일세." V-스티븐스가 말했다. "개닛이 그걸 확인할 때쯤에는 데이비드 엉거가 존재하고 있을 거야. 그 외에는 —." 그는 어깨를 으쓱하며 말을 이었다. "자네 두 사람에게 달린 일이지. 총을 가진 쪽은 자네들이니까."

"보내주자고." 르마가 강하게 중얼거렸다.

"그건 별로 애국적인 자세가 아닌데." 패터슨이 지적했다. "우리는 물갈퀴들의 음모를 돕고 있는 셈이야. 위원회 사람을 부르는 편이 나을 수도 있지 않겠나."

"그런 빌어먹을 놈들 따위." 르마는 이를 갈며 내뱉었다. "린치에 환호하는 광인들에게는 누구도 넘기지 않을 걸세. 설령—."

"설령 그 사람이 물갈퀴라 해도?" V-스티븐스가 중얼거렸다.

패터슨은 별이 점점이 박힌 검은 하늘을 올려다보고 있었다. "결국 무슨 일이 벌어질까?" 그는 V-스티븐스에게 물었다. "이 짓거리가 끝날 것 같은가?"

"물론이지." V-스티븐스는 즉각 대답했다. "결국 우리는 다른 별들로 이주하게 될 걸세. 다른 항성계로 나가게 되겠지. 다른 종족, 그러니까 진짜 다른 종족과 마주치게 될 걸세. 말뜻 그대로 인간이 아닌 종족을 말이야. 그렇게 되면 사람들은 우리가 모두 같은 뿌리에서 나온 종족이라는 사실을 받아들이게 될 걸세. 비교할 다른 대상이 생기면. 자명한 일이 아니겠나."

"알겠네." 패터슨은 이렇게 말하며 냉동 광선총을 받아서 V-스티븐스에게 내밀었다. "내가 걱정하던 문제는 그것뿐일세. 이런 짓거리가 계속될 거라고 생각하면 너무 끔찍했거든."

"그렇지는 않을 걸세." V-스티븐스는 나직하게 대답했다. "그런 비인간 종족 중에는 꽤나 끔찍하게 생긴 자들도 있지 않겠나. 그 모습을 한번 보고 나면, 지구인들도 자기 딸이 녹색 피부의 남자와 결혼하게 되어 차라리 다행이라 여기게 되겠지." 그는 슬쩍 웃음을 흘렸다. "그런 종족 중에는 아예 피부가 없는 친구들도 있을 테니까……."

재능의 행성
A World of Talent

〈일러두기〉
이 작품에서 '뮤트Mute' 계급이란 능력이 발현되지 않은 자들이라는 뜻과
'돌연변이Mutant' 라는 뜻 양쪽으로 사용된다.

I

아파트에 들어서자 수많은 사람들이 온갖 소음을 울리고 색채를 터트리는 모습이 보였다. 갑작스레 밀어닥친 불협화음에 소년은 혼란에 빠져버렸다. 밀려드는 형체와 소리, 냄새, 3차원의 기울어진 색색의 조각들을 느끼면서도, 그 너머를 뚫어 보고 싶은 생각에 그는 문간에서 발을 멈추었다. 의지력을 모으면 흐릿하게 떨리는 형체들을 어느 정도 가라앉힐 수 있었다. 의미 없는 발작처럼 보이던 인간의 행동에 천천히 규칙성 비슷한 것이 부여되기 시작했다.

"왜 그러는 거냐?" 소년의 아버지가 날카롭게 물었다.

"30분 전에 이런 일이 있을 거라는 예지를 봤잖아." 대답하지 못하는 여덟 살배기 소년 대신 소년의 어머니가 대꾸했다. "내 말대로 사단 사람을 불러서 이 아이를 감시하게 했어야 해."

"나는 사단 작자들을 믿을 수가 없어. 게다가 우리 손으로 해결할 수 있는 시간이 아직 12년은 남아 있잖아. 그때까지 확실하게 알아내지 못한다면―."

"나중에 얘기해." 그녀는 몸을 숙이며 단호한 투로 말했다. "들어가렴, 팀. 손님들한테 인사 똑바로 하고."

"객관적인 관점을 유지하려 애써라." 아버지는 부드럽게 덧붙였다. "적어도 오늘 저녁, 연회가 끝날 때까지는 말이다."

팀은 온갖 괴상한 형체들이 북적거리는 거실을 아무 말 없이 가로질렀다. 몸은 앞으로 숙이고, 고개는 한쪽으로 기울인 채로. 어머니도, 아버지도 그를 따라오지 않았다. 주최자에게 붙들린 다음 그대로 일반인 또는 초능력자 손님들에게 둘러싸였기 때문이다.

북적거리는 사람들 속에서 소년은 곧 잊혔다. 소년은 거실을 한 번 둘러보며 그곳에 존재가 없다는 사실을 확인하고 안도한 다음, 별실 쪽으로 걸음을 옮겼다. 기계 집사가 침실 문을 열어주었고, 그는 안으로 들어섰다.

침실은 비어 있었다. 연회는 방금 시작한 참이었으니까. 뒤쪽에서 수많은 목소리와 움직임이 뒤섞여 구별할 수 없는 흐릿한 모습으로 변하는 것이 느껴졌다. 여성용 향수의 희미한 향기가 도시의 중앙 배관 시스템에서 뿜어져 나오는, 테라와 흡사한 따뜻하고 인공적인 공기를 타고 호화로운 아파트 안으로 흘러들었다. 소년은 몸을 쭉 뻗고 싱그러운 꽃과 과일과 향신료, 그리고 그 안에 숨은 다른 무언가의 냄새를 들이마셨다.

그 냄새의 정체를 확인하기 위해서는 침실까지 가야만 했다. 이제 느껴졌다. 상한 우유처럼 시큼한 냄새, 명확하게 느낄 수 있는 미지근한 냄새였다. 분명 침실 안에 있었다.

소년은 조심스레 옷장을 열었다. 옷 선택 기계가 옷을 제안하려 했지만 무시했다. 옷장을 열자 냄새는 더욱 강해졌다. 다른 존재 하나가 옷장 안, 아니면 적어도 이 근처에 있는 것이 분명했다.

침대 아래일까?

소년은 쪼그려 앉아 안을 들여다보았다. 없었다. 이번에는 몸을 쭉 뻗고 페어차일드의 금속 책상 아래를 바라보았다. 식민지 고위 관료의 사저에서 흔히 볼 수 있는 부류의 가구였다. 이쪽으로 오자 냄새는 더욱 강해졌다. 공포와 흥분이 소년을 뒤덮었다. 그는 자리에서 벌떡 일어나서는, 책상을 밀어 매끄러운 플라스틱 벽면을 드러냈다.

다른 존재는 책상이 있던 곳의 어둑한 그늘에, 벽에 달라붙어 있었다. 물론 오른쪽의 다른 존재였다. 왼쪽의 다른 존재는 한 번밖에 본 적이 없었고, 그것도 아주 짧은 순간 스쳐 지나갔을 뿐이었다. 이 다른 존재는 완벽하게 이쪽 차원으로 넘어오지 못한 모양이었다. 그는 지친 듯 뒤로 물러섰다. 자신이 돕지 않았더라면 이 존재가 여기까지도 오지 못했으리라는 사실을 잘 알고 있었으니까. 다른 존재는 그의 부정적인 동작을 인지한 듯 차분히 소년을 바라보았지만, 어차피 별다른 일을 하지는 못할 것이다. 의사소통을 시도하지도 않았다. 시도한다 해도 언제나 실패하기는 하지만.

팀은 자신이 안전하다는 것을 깨달았다. 소년은 걸음을 멈추고 한참 동안 다른 존재를 뚫어져라 바라보았다. 다른 존재에 대해 더 많은 것을 배울 기회였다. 그들 사이에 존재하는 공간을 뚫고 다른 존재에게서 소년 쪽으로 전해질 수 있는 것은 눈에 보이는 모습과 냄새, 즉 기화된 작은 입자들뿐이었다.

지금까지 본 다른 존재들과 비교해볼 때, 이 존재만의 독특한 식별점은 찾아낼 수 없었다. 다른 존재들은 대부분 너무 비슷해서, 한 개체의 복제품처럼 보일 정도였다. 그러나 가끔씩 극단적으로 다른 모습의 다른 존재가 등장할 때도 있었다. 다양하게 세부 사항을 조절해가면서, 이쪽으로 건너오려고 여러 가지를 시도해보는 것은 아닐까?

다시 한 번 생각이 그를 강타했다. 거실에 있는 사람들, 일반 계급과 초능력 계급, 심지어 그가 속한 뮤트 계급까지도 제각기 자신의 다른 존재들과 적절한 교착 상태를 유지하는 모양이었다. 그들의 좌측 존재가 소년의 우측 존재보다 발달되어 있다는 점을 생각하면 묘한 일이었다……. 좌측 존재가 증가하면 우측 존재의 수가 감소하는 것이 아니라면 말이지만.

다른 존재의 수에 한도가 있기는 한 걸까?

소년은 다시 혼란스러운 거실로 돌아갔다. 사람들이 사방에서 중얼거리며 빙글빙글 돌았다. 사방에 널린 화려한 색상의 형체들과 가까운 곳에서 풍겨오는 달콤한 향기가 소년을 압도해버렸다. 정보를 얻으려면 어머니와 아버지에게 가야 한다는 것이 명백했다. 태양계 교육 방송과 연결된 연구용 색인은 포기한 지 오래였다. 회선이 작동하지 않는 상태라 아무 결과도 얻어낼 수 없기 때문이었다.

"어디로 사라졌던 거니?" 방 한쪽에서 일반 계급 관료 한 무리와 활기차게 대화를 나누던 어머니는, 문득 말을 멈추고 이렇게 물었다. 그녀는 아들의 얼굴에 떠오른 표정을 알아챘다.

"이런. 여기에도 있는 거야?" 그녀가 말했다.

소년은 어머니의 질문에 깜짝 놀랐다. 장소는 아무 관계도 없다. 어머니는 그 사실조차 모른단 말인가? 소년은 당황해서 다시 자신만의 생각에 빠졌다. 도움이 필요했다. 외부의 도움 없이는 이해할 수가 없었다. 그러나 언어를 사용하려면 엄청난 장애물을 극복해야 했다. 단순한 어휘의 문제일까, 아니면 그 이상의 뭔가가 있는 걸까?

거실을 돌아다니다 보니 퀴퀴한 냄새가 묵직한 인간 냄새의 커튼을 뚫고 흐릿하게 흘러왔다. 그 다른 존재는 여전히 그곳에 있는 것이다. 책상이 있었던 어둠 속에, 텅 빈 침실의 그림자 속에 웅크린 채로. 이쪽으로 넘어오기를 기다리고 있는 것이다. 그가 두 단계만 더 다가오기를 기다리고 있는 것이다.

줄리는 작고 예쁘장한 얼굴에 걱정하는 표정을 띤 채로 여덟 살배기 아들이 멀어지는 모습을 지켜보았다. "저 아이한테서 눈을 떼면 안 돼." 그녀는 남편에게 말했다. "저런 행동 때문에 상황이 갈수록 나빠지는 모습이 예지 속에서 보여."

커트 또한 그런 예지를 보았지만, 아내와는 달리 두 명의 예지능력자, 즉 자신과 아내 주변으로 모여든 일반 계급의 관료들과 나누던 대화를 멈추지 않았다. "만약 저들이 정말로 우리를 향해 전면 공격을 해오면 어쩌시겠습니까? 빅 누들도 로봇 미사일이 격렬하게 날아오기 시작하면 견딜 수 없다는 것을 알고 계실 텐데요. 지금 가끔씩 날아오는 미사일은 그저 시험용일 뿐입니다……. 게다가 저하고 줄리가 30분 전에 공격을 예지해주지 않습니까."

"그 말은 사실이지." 페어차일드는 회색 코를 긁고는 입술 아래 자라는 짧은 수염을 문질렀다. "하지만 저쪽에서 공공연하게 전쟁을 벌일 거라는 생각이 들지는 않는군. 우리 쪽의 주장에 일리가 있다고 인정하는 결과가 될 테니 말이지. 우리를 정당한 상대로 여긴다는 뜻이니 여러 가능성이 생겨나겠지. 당신네 초능력 계급의 사람들을 한데 모아서 태양계를 안드로마케 성운 너머로 날려버려도 되지 않겠나."

커트는 별 거리낌 없이 그의 말을 들었다. 그리 놀라운 말도 아니었기 때문이다. 그와 줄리는 차를 몰고 오면서 연회장에서 무슨 일이 벌어질지를 미리 예지해 확인해놓았다. 아무 소득 없는 토론도, 아들의 갈수록 기괴해지는 행동까지도. 아내의 예지 범위는 커트보다 조금 더 넓었다. 지금 이 순간 그녀는 커트의 예지력 너머의 내용을 보고 있었다. 그는 아내의 얼굴에 떠오른 우려 섞인 표정이 무슨 뜻인지 궁금해졌다.

"유감스럽게도, 오늘 밤 집에 가기 전에 약간 말다툼이 있을 것 같아." 줄리는 굳은 목소리로 이렇게 말했다.

그건 그도 본 내용이었다. "이런 상황이니까." 그는 아내의 말을 슬쩍 회피하며 이렇게 말했다. "다들 신경이 바짝 곤두서 있잖아. 싸움을 벌일 사람은 당신하고 나뿐만이 아니라고."

페어차일드는 동정하는 표정으로 귀를 기울이고 있었다. "예지능력자로 살아가려면 힘든 일이 많을 것 같군. 하지만 말다툼을 벌일 거라는 사실을 미리 알고 있다면, 그런 일이 벌어지기 전에 상황을 바꿀 수는 없는 건가?"

"물론 가능합니다." 커티스가 대답했다. "제가 예지한 정보에 기반한 행동으로 테라 측과의 상황을 바꿀 수 있지 않았습니까. 하지만 저도 줄리도 딱히 그럴 마음을 품지 않습니다. 이런 일을 비껴가려면 정신적으로 엄청나게 노력해야 하니까요……. 그리고 우리 둘 다 그 정도로 활력이 넘치는 사람이 아니라서요."

"나는 그냥 저 아이를 사단 쪽에 넘기게 해주기만 바랄 뿐이야." 줄리는 낮은 소리로 말했다. "저 아이가 저렇게 돌아다니는 꼴을 더는 참고 볼 수가 없어. 정체불명의 뭔가를 찾아서 가구 아래를 들여다보고, 옷장을 여는 꼴을 말이야!"

"다른 존재를 찾아서겠지." 커트가 말했다.

"뭐든 상관없어."

타고난 중재자인 페어차일드는 그들 사이에 끼어들려고 시도했다. "아직 12년이나 남아 있지 않은가. 팀이 지금 뮤트 계급에 있다고 해서 수치스럽게 생각할 필요는 없네. 자네들 모두 처음에는 그렇게 시작했을 테니까. 초능력이 있다면 곧 발현될 걸세."

"꼭 무한대의 미래를 볼 수 있는 예지능력자처럼 말씀하시네요." 줄리는 경쾌하게 입을 놀렸다. "어떻게 그 아이가 초능력을 발현할 걸 아시는 거죠?"

페어차일드의 선량한 얼굴이 힘겹게 뒤틀렸다. 커트는 그를 동정했다. 페어차일드는 너무 많은 직무를 짊어지고 있었다. 내릴 결정도 너무 많고, 그의 손에 달린 목숨도 너무 많았다. 테라에서 분리해 나오기 전까지만 해도 그는 명확하게 제시된 경로를 따르기만 하면 충분한 임명직 관료일 뿐이었다. 그러나 이제는 월요일 이른 아침마다 멀리 떨어진 행성에서 날아온 메모를 슬쩍 건네주는 사람은 존재하지 않았다. 페어차일드는 지령 없이 일해야 하는 신세가 된 것이다.

"가져오신 그 장치나 한번 보지요." 커트가 말했다. "그게 어떻게 작동하는 물건인지 궁금합니다."

페어차일드는 깜짝 놀란 모양이었다. "대체 어떻게ㅡ." 그러나 다음 순간, 그는 기억해냈다. "그렇지, 분명 예지능력으로 미리 본 거겠군." 그는 자기 외투 안을 뒤졌다. "연회에서 사람들을 깜짝 놀라게 해주려고 준비한 물건이었는데, 예지능력자가 두 명이나 돌아다니고 있는 상황에서는 아무도 놀라게 할 수가 없는 모양일세."

상사가 휴지로 싼 네모난 물건을 꺼내자 다른 일반 계급 관료들이 주변으로 몰려들었다. 페어차일드는 그 안에서 반짝이는 작은 돌을 하나 꺼냈다. 페어차일드가 귀한 보석을 살펴보는 보석상처럼 눈을 가까이 대고 돌을 이리저리 돌려 보는 동안, 방 안에는 호기심이 깃든 침묵이 내려앉았다.

"대단한 물건이로군요." 커트도 인정했다.

"고맙네." 페어차일드가 말했다. "이제 얼마 안 있어 도착하기 시작할 걸세. 반짝이게 만든 이유는 어린아이나 돈이 될지도 모르는 싸구려 보석을 원하는 하층 계급 시민들을 유혹하기 위해서라네. 여성은 물론이고. 눈앞에 떨어져 있는 것이 다이아몬드라고 생각하면 누구든 그걸 집게 되지 않겠나. 설령 기술자 계급이라도. 그럼 보여드리지."

그는 화려한 복장으로 숨죽인 채 자신을 지켜보고 있는 거실의 사람들을 둘러보았다. 한쪽 옆에 팀이 묘하게 고개를 꼰 채로 서 있었다. 페어차일드는 잠시 머뭇거리다, 돌을 소년 앞의 양탄자 위로, 거의 발치에 닿을 정도로 가깝게 던졌다. 소년은 눈 하나 깜짝하지 않았다. 소년의 시선은 멍하니 사람들을 향하고 있을 뿐, 발치의 반짝이는 물체 쪽으로는 움직이지 않았다.

커트는 앞으로 나서며 산만해진 분위기를 수습하려 했다. "이 아이의 관심을 끌려면 제트 수송선 크기의 물체를 던져야 할 겁니다." 그는 몸을 숙여 돌을 집어 들었다. "팀이 50캐럿짜리 다이아몬드처럼 하찮은 물건에 반응하지 않은 것은 총독님 잘못이 아니지요."

페어차일드는 자신의 시도가 실패로 돌아가서 의기소침해진 표정이었다. "내가 잊고 있었군." 그는 애써 활짝 웃으며 말했다. "하지만 테라에 뮤트 계급은 이제 남아 있지 않으니까. 저 물건이 뭐라고 떠벌리는지 잘 들어보시오. 내가 직접 거든 문장이지."

차가운 돌은 커트의 손 안에 얌전히 앉아 있었다. 그의 귓가에 벌레가 윙윙거리는 것 같은 작은 소리가, 운율 있고 절제된 목소리가 울리기 시작했다. 방 안의 사람들 속에 웅성거림이 일었다.

"친구들이여." 녹음된 목소리가 말했다. "테라와 센타우리 식민지 사이의 갈등은 언론에 의해 심각하게 왜곡되어 있습니다."

"이게 정말로 아이들을 겨냥하고 만든 거예요?" 줄리가 물었다.

"어쩌면 테라의 아이들이 우리 아이들보다 진보해 있다고 믿는 걸지도 모르지." 방 안으로 퍼져나가는 즐거운 웅성거리는 소리 속에서, 초능력 계급의 관료 한 명이 중얼거렸다.

작게 조잘거리는 소리는 계속 이어졌다. 장중한 논의와 이상주의와 거의 비참할 정도의 애걸이 뒤섞인 것처럼 들렸다. 그 애걸과 흡사한 어조가 특히 커트의 신경을 거슬렀다. 페어차일드는 왜 무릎을 꿇고 테라인들에게 하소연하려는 것일까? 그가 소리에 귀를 기울이고 있는 동안, 페어차일드는 파이프를 물고 연기를 뿜으며, 팔짱을 낀 채로, 투실투실한 얼굴에는 만족감을 가득 띠고 있었다. 분명 페어차일드는 자신의 문장이 뿜어내는 위태로운 얄팍함을 인지하지 못한 모양이었다.

문득 이 자리의 모든 사람이, 심지어는 커트 본인조차도 그들의 분리주의 운동이 얼마나 취약한지 깨닫지 못하고 있다는 생각이 들었다.

비난해야 하는 대상은 가짜 보석에서 흘러나오는 연약한 언사가 아니었다. 그들의 현 상황을 서술하려 시도하면 결국 식민지들을 지배하고 있는, 짜증의 형태로 표현되는 두려움이 드러나지 않을 수가 없는 것이다.

"인간의 자연적인 상태가 자유라는 것은 이미 오래전부터 확고하게 정립된 이론입니다." 돌이 말했다. "노예 상태, 즉 개인 또는 집단이 다른 개인 또는 집단에게 종속되어 있는 상태는, 과거의 유물이며 심각하게 시대착오적인 행위입니다. 인간은 스스로 운명을 결정해야 합니다."

"돌이 저런 말을 하니 정말 묘하게 들리네." 줄리는 즐거운 투로 말했다. "자기 힘으로 움직일 수도 없는 돌멩이 주제에 말이야."

"지금까지 식민지 분리주의 운동이 여러분의 생명과 삶의 질을 위협할 것이라는 말을 계속 들어오셨을 겁니다. 그 말은 사실이 아닙니다. 식민지 행성들이 스스로의 운명을 결정할 수 있게 되고 자신의 경제 시장을 형성한다면 온 인류의 삶의 질이 향상될 겁니다. 테라 정부가 태양계 밖의 테라인들에게 강요하고 있는 상업 시스템은—."

"아이들이 이걸 집으로 가져가면, 어른들도 이 말을 듣게 될 거요." 페어차일드가 말했다.

돌은 계속 말을 이었다. "식민지가 언제까지고 원자재와 값싼 노동력을 제공하는 테라의 보급 기지로만 머물러 있을 수는 없습니다. 식민지 주민들 또한 이등시민으로 머물러 있을 수는 없습니다. 식민지 주민들 또한 태양계의 사람들만큼이나 자신의 사회를 스스로 경영해 나갈 권리를 가집니다. 따라서 식민지 정부는 테라 정부를 향해 우리의 운명을 쟁취하는 것을 막는 제약들을 제거해줄 것을 요청했습니다."

커트와 줄리는 시선을 교환했다. 교과서풍의 학구적인 논문이 방 안을 묵직하게 짓누르고 있었다. 식민지 측에서 저항 운동을 조직해나가기 위해 선출한 사람이 고작 이 정도였단 말인가? 현학적이며, 봉급을 받는 관료일 뿐이고, 게다가—커트는 이 생각을 억누를 수가 없었다— 초능력을 가지지 못한 사람이지 않은가. 평범한 인간이었다.

페어차일드는 정기적으로 내려오는 지령에서 발생한 사소한 문제 때문에 테라 정부로부터 분리 운동을 벌이고 싶은 것일지도 모른다. 아마도 정신감응 사단의 사람들을 제외하면, 그의 명확한 동기나 현재 행동을 얼마나 계속할지 여부를 아는 사람은 아무도 없을 것이다.

"어떻게 생각하시오?" 돌이 독백을 끝마치고 원래 상태로 돌아가자 페어차일드는 이렇게 물었다. "이런 물건 수백만 개가 태양계로 쏟아져 내릴 거요. 테라의 언론이 우리에 대해 어떻게 말하는지는 다들 알고 있겠지. 우리가 태양계를 점령하려 한다고, 외계에서 찾아온 끔찍한 침략자라고, 괴물이라고, 돌연변이라고, 기형 변종이라고 끔찍한 거짓말을 늘어놓고 있지 않소. 우리 쪽에서도 그런 허황된 선전에 대처해야 하는 거요."

"글쎄요." 줄리가 말했다. "사실 여기서 3분의 1 정도는 기형 변종이 맞잖아요. 인정하는 게 낫지 않아요? 우리 아들이 쓸모없는 기형 변종이라는 것 정도는 이미 알고 있는데."

커트가 아내의 팔을 붙들었다. "팀을 기형아라 부르는 건 용납 못해. 당신도 마찬가지야!"

"하지만 사실이잖아!" 그녀는 팔을 빼며 말했다. "우리가 태양계에 남았다면—분리 독립하지 못했다면— 당신과 나는 수용소에 들어앉아서…… 그런 꼴을 당하기를 기다리고 있었을 거라고." 그녀는 자기 아들 쪽을 손가락질하며 말을 이었다. "그랬더라면 팀도 태어나지 못했겠지."

한쪽 구석에서 날카로운 얼굴의 남자가 목소리를 높여 말했다. "우리는 태양계로 돌아가지 않을 걸세. 누구의 도움도 받지 않고 떨어져 나오지 않았나. 페어차일드는 이 일과 아무런 관계도 없어. 우리가 세운 사람이라고. 그 사실을 잊지 말게!"

커트는 적대적인 눈빛으로 그를 바라보았다. 정신감응 사단의 사단장인 레이놀즈였다. 또 술에 취한 모양이었다. 술에 취해서 언제나 그렇듯이 일반 계급에 대한 증오에 찬 독설을 내뱉고 있었다.

"그럴 수도 있지." 커트도 대답했다. "하지만 페어차일드 씨가 없었더라면 모든 일이 아주 힘들었을 걸세."

"자네도 나도 이 식민지가 무사할 수 있는 이유는 잘 알고 있지 않나." 레이놀즈는 벌겋게 달아오른 얼굴에 거만한 미소를 띤 채 대꾸했다. "빅 누들과 샐리, 자네들 두 명의 예지능력자, 사단과 나머지 우리들이 없다면 여기 관료들이 이 식민지를 얼마나 오래 보전할 수 있을 것 같은가? 사실을 인정하라고. 우리는 이런 장중한 진열장 눈속임은 필요 없어. 자유와 평등을 달라고 공손히 애걸하는 걸로 승리할 수 있을 것 같은가? 우리가 이길 수 있는 이유는 테라 쪽에 초능력자들이 존재하지 않기 때문이야."

방 안의 온화한 분위기가 가시기 시작했다. 일반 계급 손님들 쪽에서 웅성거리며 항의하는 소리가 터져 나왔다.

"이것 좀 보게." 페어차일드가 레이놀즈에게 말했다. "자네가 마음을 읽을 수 있다고 해서 인간이 아닌 건 아니야. 재능이 있다고 해서—"

"어디다 대고 설교야." 레이놀즈가 말했다. "내가 멍청한 일반 계급한테 지시를 받고 있을 것 같나."

"자네 말이 너무 심하군." 커트는 레이놀즈에게 말했다. "언젠가 누군가 자네를 제대로 때려눕힐 걸세. 페어차일드가 손을 올리지 않는다면 내가 해주지."

"네놈도, 참견만 하고 다니는 네놈 졸개들도," 초능력 계급의 부활자

한 명이 레이놀즈의 멱살을 잡으며 말했다. "정신을 융합할 수 있다는 이유만으로 우리보다 우월하다고 생각하지. 주제에 감히—."

"당장 손 떼." 레이놀즈가 험악한 목소리로 말했다. 유리잔 하나가 바닥에 떨어져 깨졌다. 여자 한 명이 히스테리를 일으켰다. 두 명의 남자는 몸싸움을 시작했다. 세 번째 남자가 끼어들었고, 순식간에 방 가운데에서 분노와 적의가 거칠게 끓어오르기 시작했다.

페어차일드가 정숙해달라고 소리쳐 호소했다. "세상에, 제발, 우리끼리 싸우기 시작하면 모든 것이 끝나는 거요. 아직도 모르겠소? 우리는 서로 협력해야 한단 말이오!"

소요가 잦아들기까지는 잠시 시간이 걸렸다. 레이놀즈는 창백한 얼굴로 욕설을 중얼거리며 커트를 밀치고 나갔다. "내가 꺼져드리지." 다른 정신감응자들이 호전적인 태도로 줄지어 그 뒤를 따라 나갔다.

푸른빛이 감도는 어둠 속에서 천천히 차를 몰고 돌아오는 동안에도, 페어차일드의 선전 문구 중 일부가 계속해서 커트의 귓가에서 울리고 있었다.

"지금까지 여러분은 식민지 주민들의 승리는 곧 초능력자가 일반 인간에 대해 승리하는 것이나 다름없다는 말을 들어오셨을 겁니다. 그 말은 사실이 아닙니다! 우리의 분리주의 운동은 초능력자나 돌연변이들이 계획을 세우고 지휘한 것이 아닙니다. 모든 계급의 식민지 주민들이 동시에 반응한 결과인 것입니다."

"페어차일드의 말이 거짓일 수도 있지 않을까." 커트가 입을 열었다. "어쩌면 자기도 모르는 사이에 정신감응자들에게 조종당하고 있는지도 모르지. 멍청한 친구이긴 하지만 개인적으로는 마음에 드는데 말이야."

"그래, 멍청하다는 건 맞는 소리네." 줄리가 대꾸했다. 어둑한 자동차 안에서 그녀의 담배 불꽃은 밝게 타오르는 분노의 화염처럼 보였다. 팀은 뒷좌석에 누워서 엔진의 온기에 의지해 잠들어 있었다. 작은 지면용 차량 전방으로 프록시마 3번 행성의 황량한 바위투성이 풍경이 흐릿하게 펼쳐지다 어스름 속으로 사라져 갔다. 적대적이고 낯선 풍경이었다. 인간이 만든 도로와 건물 몇 개가 곡물 저장고와 농장들 사이로 드문드문 보였다.

"나는 레이놀즈를 신뢰할 수가 없어." 커트는 말을 이었다. 예지능력으로 본 광경으로 이어지는 말이라는 사실을 알면서도, 그걸 비껴갈 생각은 들지 않았다. "레이놀즈는 영리하지만 동시에 부도덕하고 야심이 있는 작자야. 명예와 지위를 갈구하지. 하지만 페어차일드는 식민지의 안녕에 신경을 쓰고 있어. 자기가 그 돌에 대고 구술한 내용을 전부 실제로 믿고 있다고."

"그 헛소리 말이지." 줄리는 멸시하는 투로 말했다. "테라인들은 배꼽이 빠져라 웃어대기만 할걸. 나도 웃음을 참고 진지한 얼굴을 유지하려고 온 힘을 다해야 했다고. 우리 목숨이 달려 있는 일인데 뭘 하는 거람."

"글쎄." 커트는 자신의 말이 어느 방향을 향하고 있는지를 잘 아는 상태로, 조심스레 말을 이었다. "당신이나 레이놀즈보다 정의감이 더 강한 테라인이 존재할지도 모르지." 그는 아내를 향해 고개를 돌렸다. "당신이 뭘 할지는 알고 있으니까, 그렇게 해도 돼. 어쩌면 당신 생각이 맞을지도 몰라. 여기서 다 끝내야 할지도 모르지. 서로에 대한 감정 없이 보내기에 10년은 꽤나 긴 시간이었으니까. 애초에 우리 생각도 아니었고."

"그 말대로야." 줄리도 동의했다. 그녀는 담배를 눌러 끄고 떨리는 손으로 다음 개비에 불을 붙였다. "당신 말고 다른 남성 예지능력자가 존재했더라면. 딱 한 사람만 더. 내가 레이놀즈를 용서할 수 없는 이유가 바로 그거야. 그 작자 생각이었잖아. 애초에 동의하면 안 되는 일이었어. 종족의 영광을 위해서! 초능력자의 기치를 높이 쳐들기 위해서! 전설로 남을 인류 역사상 최초의 진짜 예지능력자들 사이의 결혼이라니…… 그래서 그 결과가 어떤지 보라고!"

"좀 닥쳐." 커트가 말했다. "안 자고 있어. 당신 말을 들을 수 있다고."

줄리는 비참한 목소리로 말을 이었다. "듣기야 하겠지. 이해는 못하겠지만. 우리는 다음 세대가 어떤 능력을 가지고 있을지 알고 싶었지. 그래, 이제 아주 잘 알게 됐어. 예지능력자 더하기 예지능력자는 기형아가 된다고. 쓸모없는 돌연변이야. 괴물이라고. 솔직히 인정해. 저 아이 카드에 찍힌 M은 괴물이라는 뜻이라고."

커트의 손이 운전대를 세게 움켜쥐었다. "그건 당신도, 다른 누구도 사용해서는 안 되는 단어야."

"괴물이라니까!" 그녀는 남편 쪽으로 거칠게 몸을 기울였다. 하얗게 빛나는 치아와 분노가 타오르는 눈에 계기판의 불빛이 비쳤다. "어쩌면 테라인들이 옳았는지도 몰라. 우리 예지능력자들은 전부 불임시술을 한 다음 죽여버렸어야 하는 걸지도 모른다고. 제거해버렸어야 해. 내 생각에는……." 그녀는 차마 말을 맺고 싶지 않은 듯, 그대로 말을 멈추었다.

"계속해봐." 커트가 말했다. "당신이라면 반란이 성공하고 우리가 식민지를 지배하게 되면, 선택적 교배가 필요하다고 생각할지도 모르겠군. 당연하지만 사단 놈들을 최상에 놓는 형태로 말이야."

"겨에서 알곡을 분리하는 작업일 뿐이야." 줄리가 말했다. "처음에는 테라에서 식민지를 분리하고, 다음에는 그들에서 우리를 분리하는 거지. 그리고 저 아이의 차례가 다가오면, 저 아이가 내 아들이라 해도……."

"당신은 인간을 그 유용성에 따라 심판하려 하는 거야." 커트가 아내의 말을 끊으며 말했다. "팀은 쓸모가 없으니까 생명을 유지할 필요가 없다는 거겠지?" 혈압이 치솟고 있었지만, 이미 그런 문제에 신경 쓸 단계는 지난 지 오래였다. "가축처럼 인간을 번식시키는 거지. 인간이라는 이유만으로 살아갈 권리를 획득할 수 없다는 거지. 그 권리를 우리가 내키는 대로 나누어주는 특권으로 만들겠다는 거잖아."

커트의 차는 텅 빈 고속도로를 따라 질주했다. "페어차일드가 자유와 평등에 대해 지껄이는 건 당신도 들었겠지. 그는 자신의 헛소리를 믿고 있고, 나도 마찬가지야. 그리고 나는 팀이든 다른 누구든, 우리가 그 재능을 이용할 수 있는지, 애초에 그런 재능을 지니고 있는지와 관계없이 존재할 권리를 가지고 있다고 믿고 있어."

"살 권리야 있지." 줄리가 말했다. "하지만 쟤는 우리 쪽 사람이 아니야. 특수한 경우라고. 쟤한테는 우리 같은 능력이, 우리의—" 그녀는 자부심 넘치는 얼굴로 단어를 내뱉었다. "우리의 우월한 능력이 없어."

커트는 고속도로 갓길로 나가서는, 차를 멈추고 문을 벌컥 열었다. 건조하고 음울한 공기가 차 안으로 밀려들었다.

"당신이 집까지 차 몰고 가." 그는 뒷좌석으로 몸을 숙여서 팀을 찔러 깨웠다. "가자, 얘야. 밖으로 나갈 거다."

줄리는 몸을 뻗어 운전석으로 넘어갔다. "집에는 언제 올 거야? 아니면 준비가 다 끝난 걸까나? 제대로 확인해보는 게 좋을 거야. 당신 같은 사람을 동시에 여러 명 붙잡아서 가지고 노는 여자일 수도 있어."

커트는 차에서 내리며 문을 세게 닫았다. 그리고 아들의 손을 잡은 채로 도로를 따라 밤의 어스름 속에 흐릿하게 보이는 검은 경사로를 향해 걸음을 옮기기 시작했다. 계단에 발을 디뎠을 때, 차가 어둠을 뚫고 고속도로를 따라 집으로 달려가는 소리가 들리기 시작했다.

"여기 어디예요?" 팀이 물었다.

"너도 알 거다. 매주 데려오는 곳이니까. 우리 같은 사람들을 훈련시켜 주는 학교란다. 우리 초능력자들이 교육받는 곳이지."

II

사방에 조명이 들어왔다. 정문 출입구 층계로부터 복도들이 금속 덩굴처럼 사방으로 갈라져 뻗어나가는 모습이 보였다.

"여기 며칠 정도 있어야 할지도 모르겠구나." 커트는 아들에게 이렇게 말했다. "잠시 엄마랑 만나지 못해도 괜찮겠니?"

팀은 대답하지 않았다. 평소의 침묵 속으로 다시 빠져든 채로, 아버지의 옆에서 걸음을 옮길 뿐이었다. 커트는 다시 한 번 아들이 어떻게 내면에 침잠해 있는 상태에서도 저렇게 날카롭게 주변을 인식할 수 있는지 궁금해졌다. 그 해답은 사실 소년의 긴장한 몸에 빽빽하게 새겨진 것이나 다름없었다. 팀은 오직 인간과의 접촉에서만 물러나 있는 것일 뿐, 외부 세계에 대한 강박적인 접촉은 그대로 유지했다. 아니, 그 세계는 외부 세계 중 하나라고 해야 할지도 모른다. 그곳이 어떤 곳인지는 몰라도, 적어도 외부의 실제 물체들로 구성되어 있으며, 인간이 포함되지 않은 것은 분명했다.

"알았다." 커트는 포기한 듯 말했다. 그는 아들을 따라 걸어가서는 자신의 개인용 열쇠로 사물함을 열어 보였다. "봐라. 아무것도 없지?"

아이에게 예지능력이 없다는 사실은 얼굴을 휩쓸고 지나가는 안도의 표정만 봐도 명백했다. 그 모습에 커트는 가슴이 내려앉는 느낌이 들었다. 그와 줄리 두 사람이 소유하고 있는 소중한 재능은 아들에게 조금도 전달되지 않은 것이다. 이 아이가 어떤 능력을 가지고 있는지는 아직 알 수 없지만, 적어도 예지능력이 없다는 것만은 분명했다.

새벽 두 시가 지났지만, 학교 건물의 안쪽은 아직 불이 켜진 채 떠들썩했다. 커트는 바 근처에서 맥주병과 재떨이에 파묻힌 채 앉아 있는 재단 요원 두어 명에게 무뚝뚝한 표정으로 인사를 건넸다.

"샐리는 어디 있나?" 그가 물었다. "들어가서 빅 누들을 만나보고 싶은데."

정신감응자 한 명이 느릿하게 엄지를 세우고 뒤를 가리켰다. "저기 어딘가 있을 거요. 쭉 가면 아이들 구역이니 그쪽을 보시오. 아마 잠들어 있겠지. 늦은 시간이니까." 그는 커트를 힐긋 바라보았다. 지금 그는 줄리를 생각하고 있었다. "그딴 아내는 당장 차버리지 그러쇼. 애초에 너무 늙고 비쩍 말랐는데. 당신이 진짜 좋아하는 사람은 토실토실하고 젊은 아가ㅡ."

커트는 혐오의 감정을 폭발하듯 내뿜고는, 미소를 머금었던 젊은이의 얼굴이 적대감으로 굳어지는 모습을 만족스럽게 바라보았다. 다른 정신감응자가 몸을 세우고는 멀어지는 커트의 뒤통수에 대고 소리쳤다. "아내한테 질리면 우리 쪽으로 보내는 것 잊지 마십쇼."

"대충 스무 살쯤 되는 아가씨를 원하는 모양이군요." 다른 정신감응자가 커트를 어린이 구역의 수면실 쪽으로 안내하며 말했다. "검은 머리카락에. 아, 틀리면 말해주시죠. 검은 눈이고. 머릿속에 모습이 완벽하게 떠올라 있군요. 어쩌면 명확한 대상이 있는지도 모르겠는데요. 어디 보자, 작은 키에, 꽤 예쁘장한 편이고, 이름은ㅡ."

커트는 사단에 마음속을 내맡겨야 하는 상황에 저주를 내뱉었다. 정신감응자들은 식민지 전체에 빽빽이 깔려 있었고, 특히 학교와 식민지 정부 건물에 많았다. 그는 팀의 손을 더욱 단단히 쥐고는 아이를 문 쪽으로 끌고 갔다.

"당신 아이 말인데요, 정말 묘한 느낌이군요." 정신감응자는 자기 옆을 지나는 팀을 보며 말했다. "조금 안쪽을 살펴봐도 될까요?"

"이 아이 마음속에 들어가지 마." 커트는 날카롭게 명령하고는, 팀이 들어오자 문을 세게 닫았다. 그런다고 해서 달라질 것이 없다는 정도는 알고 있었지만, 육중한 금속 문을 밀어 제자리에 들어가게 하는 느낌은 기분이 좋았다. 팀은 옆의 문에서 시선을 떼지 못한 채 손을 빼려 했다. 커트는 거칠게 아들을 끌어당기며 꾸짖었다. "거긴 아무것도 없어! 화장실일 뿐이다."

팀은 계속 손을 빼려 애썼다. 샐리가 로브로 몸을 감싸고 잠에서 깨어 푸석한 얼굴로 등장했을 때까지도 아이는 계속 버둥대고 있었다. "안녕하세요, 퍼셀 씨." 그녀는 커트를 맞이하며 말했다. "안녕, 팀." 그녀는 하품을 하며 방의 불을 켜고 의자로 몸을 던졌다. "이런 한밤중에 대체 뭘 하려고 오신 걸까요?"

그녀는 열세 살이었다. 큰 키에 여윈 몸, 옥수수수염 같은 노란 머리카락과 주근깨 가득한 피부가 눈에 띄었다. 그녀는 나른한 표정으로 엄지손톱을 파며 맞은편에 앉는 소년을 향해 다시 한 번 하품을 했다. 아이를 즐겁게 하기 위해, 그녀는 의자 옆 탁자에 놓인 장갑 한 벌을 움직이기 시작했다. 장갑이 탁자 가장자리까지 와서 손가락을 더듬거려 길을 찾은 후, 조심스레 바닥으로 내려가기 시작하는 모습을 보며 팀은 웃음을 터트렸다.

"훌륭하군." 커트가 말했다. "갈수록 나아지고 있구나. 수업을 빼먹고 있지는 않은 모양이지."

샐리는 어깨를 으쓱했다. "퍼셀 씨, 학교에서 배울 거라곤 아무것도 없어요. 나보다 염력이 발달한 초능력자가 없다는 건 당신도 알고 계실 텐데요. 여기 사람들도 내가 혼자 작업하게 놔둘 뿐이죠. 사실 아직 뮤트지만 뭔가 재능이 있을 법한 꼬맹이들을 가르치고 있어요. 한두 명 정도는 연습을 하면 성과를 낼 수 있을지도 모르죠. 여기 사람들은 나를 격려하는 것 이상의 일은 해줄 수 없어요. 그러니까, 정신 쪽 문제를 돌봐주고 많은 양의 비타민과 신선한 공기를 제공해주는 정도죠.

하지만 배울 건 전혀 없다고요."

"네가 얼마나 중요한 사람인지는 가르쳐줄 수 있지." 커트가 말했다. 물론 이 대화 또한 예지로 본 내용이었다. 지난 30분 동안, 그는 가능한 접근 방법을 하나씩 검토하고 파기해나간 끝에 마침내 이 해답을 선택했다. "빅 누들을 보러 왔다. 그 때문에 너를 깨울 수밖에 없었지. 그 이유는 알고 있지?"

"물론이죠." 샐리가 대답했다. "당신은 그 사람이 두려운 거예요. 그리고 빅 누들은 나를 두려워하기 때문에, 내가 따라가줄 필요가 있는 거고요." 그녀는 장갑이 그대로 내려앉아 움직임을 멈추게 만든 다음 자리에서 일어났다. "자, 그럼 가볼까요."

지금까지 빅 누들을 여러 번 봐왔지만, 아무리 시간이 지나도 도저히 익숙해지지 않는 광경이었다. 이미 예지능력으로 보고 왔는데도 눈앞의 광경에 압도된 채로, 커트는 플랫폼 앞의 텅 빈 공간에 서서, 언제나 그렇듯이 아무 말 없이 경외감에 사로잡힌 채 위를 올려다보았다.

"살이 쪘죠." 샐리는 무덤덤하게 사실만을 말했다. "좀 빼지 않으면 그리 오래 살지 못할 텐데."

빅 누들은 기술부에서 만들어 준 거대한 특수 의자 위에 상해서 회색이 된 푸딩처럼 늘어져 있었다. 눈은 반쯤 감기고, 살이 출렁거리는 팔은 몸 양쪽에 힘없이 놓여 있었다. 비집고 나온 살이 팔과 의자 옆면 사이로 흘러내리고 있었다. 달걀 형태의 머리에는 땀에 젖은 가느다란 머리카락이 부패한 해초처럼 떡이 져 있었다. 손톱은 소시지 같은 손가락의 살에 파묻혀 보이지도 않았다. 이빨은 썩어 검은색이었다. 작고 둥근 푸른 눈동자가 커트와 샐리를 알아본 듯 흐릿하게 반짝였지만, 비대한 몸은 조금도 움직이지 않았다.

"쉬고 있는 거예요." 샐리가 설명했다. "방금 식사했거든요."

"잘 있었나." 커트가 말했다.

부풀어 올라 두툼한 선홍색 입술 사이로, 투덜대는 대답 소리가 새어나왔다.

"이렇게 늦은 시간에 방해받는 건 싫어하거든요." 샐리는 하품을 하며 덧붙였다. "저도 그걸 가지고 뭐라 하고 싶지는 않네요."

그녀는 방 안을 돌아다니며 심심풀이 삼아 벽에 달린 조명등을 염력으로 움직였다. 조명등이 플라스틱 주물 소켓에서 빠져나오려고 안간힘을 쓰기 시작했다.

"이런 말씀 드려도 될지 모르겠지만, 이건 전부 바보 같은 짓이에요, 퍼셀 씨. 정신감응자들은 이곳으로 잠입하려는 테라의 스파이들을 막는 일을 하잖아요. 그런데 당신 일은 그들에게 대항하는 거라고요. 그럼 결국 당신은 테라를 돕게 되는 것 아니에요? 사단 사람들이 우리를 지켜주지 않으면—"

"테라 놈들을 막아내는 건 나야." 빅 누들이 중얼거렸다. "내가 세운 벽이 전부 튕겨내는 거라고."

"네가 튕겨내는 건 미사일이지." 샐리가 말했다. "하지만 스파이를 막아낼 수는 없잖아. 테라의 스파이가 지금 이 순간 이리 들어와도 넌 알지도 못할걸. 넌 크고 멍청한 지방 덩어리일 뿐이니까."

그녀의 지적은 정확했다. 그러나 이 거대한 지방 덩어리야말로 세상에서 가장 재능 있는 초능력자로, 식민지 방위의 중핵이었다. 빅 누들이야말로 식민지 분리 운동의 핵심이었다……. 그리고 그 내부 문제의 살아 있는 상징이기도 했다.

빅 누들은 거의 무한한 원격 조작 능력과 어리석은 세 살 아이의 정신을 소유한 남자였다. 우수한 백치의 표본이라 부를 수 있는 사람이었다. 그의 방대한 능력은 그의 정신을 확장하기는커녕 비쩍 마를 때까지 빨아먹어 퇴화시켜 놓았다. 그의 육체적 욕구와 두려움에 교활함이라는 미덕이 덧붙어 있었더라면, 이 식민지는 수년 전에 폐허가 되었을 것이다. 그러나 빅 누들은 무력하고 둔중한 존재였다. 샐리에 대한 공포 때문에 뚱하게 소극적인 태도로 세상을 접하는 사람이었다.

"돼지 한 마리를 통째로 먹었어." 빅 누들은 몸을 조금 뒤튼 다음 트림을 하고 기운 없는 손으로 볼을 문질렀다. "사실 두 마리였지. 바로 이 방에서, 아주 조금 전에 말이야. 원한다면 더 먹을 수도 있어."

식민지 주민들의 식단은 주로 재배용기에서 생산한 인공 단백질로 구성되어 있었다. 빅 누들은 자신의 사치스러운 식사를 자랑하는 것을 좋아했다.

"테라에서 온 돼지라고." 빅 누들은 자랑스럽게 말을 이었다. "어젯밤에는 야생 오리 한 무리를 전부 먹어치웠지. 그 전에는 베텔기우스 4번 행성에서 뭔지 모를 동물을 가져왔어. 이름이 없더라고. 그냥 뛰어 돌아다니면서 먹기만 하던데."

"너하고 똑같네." 샐리가 말했다. "물론 너는 뛰어 돌아다니지는 않지만."

빅 누들은 낄낄거리며 웃었다. 순간 솟아오른 자부심이 소녀에 대한 공포를 뒤덮은 모양이었다. "과자 좀 먹어." 그가 이렇게 말하자, 초콜릿이 우박처럼 허공에서 쏟아져 내리기 시작했다. 커트와 샐리는 바닥이 초콜릿에 파묻혀버리기 전에 얼른 뒤로 물러섰다. 초콜릿과 함께 기계 부품, 골판지 상자, 진열장 조각, 떨어져 나온 콘크리트 바닥의 일부도 쏟아졌다. "테라의 과자 공장이야." 빅 누들은 행복한 얼굴로 설명했다. "꽤 정확하게 잡아냈거든."

팀은 자신만의 생각에서 깨어나서는, 서둘러 몸을 굽혀 초콜릿 한 움큼을 집어 들었다.

"먹어봐." 커트는 아들에게 말했다. "좀 가져가도 좋겠구나."

"과자 먹는 건 나뿐이야!" 빅 누들이 분노에 사로잡혀 소리쳤다. 초콜릿은 순식간에 사라졌다. "돌려보냈어. 전부 내 거라고." 그는 짜증 섞인 목소리로 설명했다.

빅 누들이 악의를 가진 것은 아니었다. 그저 어린아이의 이기심이 무한히 확장되어 있을 뿐이었다. 초능력 덕분에 우주에 존재하는 모든 물체는 그의 소유물이 되어버렸다. 그의 부푼 팔은 우주의 모든 존재에 닿을 수 있었다. 달로 손을 뻗어서 가져올 수도 있을 것이다. 다행스럽게도 대부분의 존재는 그의 이해 범위의 밖에 있었고, 따라서 주의를 끌지 못했다.

"이런 장난은 관두지." 커트가 말했다. "우리를 감시할 수 있는 위치에 정신감응자가 있는지 확인할 수 있나?"

빅 누들은 불만스러운 얼굴로 탐색을 시작했다. 그는 모든 물체를 위치와 관계없이 인식할 수 있었다. 자신의 재능을 통해 우주에 존재하는 모든 물리적 존재와 동시에 접하고 있는 것이었다.

"이 근처에는 없어." 잠시 후 그는 말했다. "30미터 떨어진 곳에 한 놈 있네……. 멀리 옮겨버려야지. 정신감응자 놈들이 내 사생활에 끼어드는 건 질색이야."

"누가 녀석들을 좋아하겠어." 샐리가 말했다. "지저분하고 고약한 재능이야. 다른 사람의 마음속을 훔쳐보는 건 목욕하거나 옷을 갈아입거나 식사하는 모습을 지켜보는 것하고 똑같. 자연스러운 일이 아니라고."

커트는 웃음을 머금었다. "예지능력하고 다를 게 있나? 그것도 자연스러운 거라고는 할 수 없는데."

"예지능력자는 인물이 아니라 사건을 다루잖아요." 샐리가 말했다. "앞으로 벌어질 일을 아는 건 이미 벌어진 일을 아는 것보다 딱히 더 나쁠 것도 없다고요."

"어쩌면 더 나을 수도 있지." 커트가 지적했다.

"그건 아니에요." 샐리의 목소리에는 동정하는 기색이 깃들어 있었다. "그 능력 덕분에 우리가 이런 수렁에 빠진 거니까요. 당신 덕분에 내가 뭘 생각하는지 항상 조심하면서 살게 됐어요. 정신감응자를 볼 때마다 소름이 돋아요. 그리고 아무리 노력하더라도 그녀에 대해 생각하는 것을 억제할 수가 없어요. 그래서는 안 된다는 것을 알기 때문에요."

"내 예지능력은 팻하고는 아무 관계도 없어." 커트가 말했다. "예지능력으로 본 사건이 필연적으로 일어나는 건 아니니까. 팻을 찾는 일은 꽤나 고도의 작업이었어. 내가 의도적으로 선택한 사건이지."

"유감이라고 생각하진 않아요?" 샐리가 물었다.

"전혀."

"내가 없었으면 너희는 팻하고 연락도 하지 못했을걸." 빅 누들이 끼어들었다.

"차라리 그랬더라면 좋았을 텐데." 샐리는 분노가 섞인 목소리로 말했다. "팻이 없었더라면 우리는 이런 일에 휘말리지 않았을 테니까." 그녀는 커트를 적대적인 눈초리로 쏘아 보았다. "게다가 나는 그 여자가 별로 예쁘다고 생각하지 않아요."

"그럼 어떻게 했으면 좋았을까?" 커트는 실제 가지고 있는 것 이상의 인내심을 담아 물었다. 그는 이미 어린아이와 백치에게 팻을 이해하게 만들려는 시도가 얼마나 부질없을지 예지능력을 통해 확인해놓았다. "그녀를 찾아내지 못한 척할 수는 없다는 걸 알고 있잖니."

"나도 알아요." 샐리도 인정했다. "게다가 정신감응자 놈들이 벌써 우리 마음에서 뭔가를 읽어냈다고요. 그래서 이 주변에 이렇게 잔뜩 몰려 있는 거예요. 그 여자가 어디 있는지 모른다는 게 정말 다행이죠."

"나는 어디 있는지 알아." 빅 누들이 말했다. "정확하게 어딘지 안다고."

"그건 아니지." 샐리가 대답했다. "너는 어떻게 하면 그 여자한테 닿을 수 있는지 아는 것뿐이고, 그건 아는 게 아니야. 설명할 수가 없잖아. 그냥 우리를 그리 보냈다가 다시 데려오기만 할 뿐이지."

"행성이라고." 빅 누들은 화를 내며 말했다. "이상한 식물들이랑 녹색 물건들이 아주 많은 곳이야. 공기는 서늘하고. 그 여자는 캠프에 살아. 사람들은 밖으로 나가서 하루 종일 일해. 그리 많지는 않지만. 멍청한 짐승들이 아주 많이 사는 추운 곳이야."

"그게 어디지?" 커트가 물었다.

빅 누들은 더듬거리기 시작했다. "그건……." 팔이 힘없이 흔들렸다. "그러니까 거기 근처인데……." 그는 결국 포기하고 씨근덕거리며 성난 표정으로 샐리를 쏘아보더니, 구정물이 가득 든 물탱크를 소녀의 머리 위로 가져왔다. 물이 그녀를 향해 흘러내리기 시작하자, 소녀는 손을 가볍게 살짝 움직여 보였다.

빅 누들은 공포에 사로잡혀 비명을 질렀고, 물은 사라져버렸다. 여전히 공포에서 벗어나지 못한 상태로, 그는 숨을 헐떡이고 몸을 떨면서 자리에 누워 있었다. 샐리는 옷에 물이 튄 자국을 문질렀다. 소녀는 빅 누들의 왼손 손가락을 움직인 것이다.

"그건 다시 안 하는 편이 좋겠구나." 커트가 말했다. "심장이 멎어버릴지도 모르겠어."

"게으른 뚱땡이 같으니." 샐리는 벽장을 뒤적이기 시작했다. "어쨌든 이미 결단을 내리셨다면 이런 건 관두기로 해요. 너무 오래 머물지만 말자고요. 당신은 팻하고 이야기한 다음에 둘이서 어디론가 사라져서 몇 시간 동안 돌아오지 않을 거잖아요. 밤에는 지독하게 추운 데다 난방 설비는 하나도 없는 곳인데." 그녀는 벽장에서 외투 한 벌을 꺼냈다. "난 이거 가져갈래요."

"가는 게 아니다." 커트가 말했다. "이번에는 다른 식으로 할 거야."

샐리는 눈을 깜빡였다. "다른 식? 어떻게요?"

412

심지어 빅 누들조차도 놀랐는지, 불만 섞인 투로 투덜댔다. "너희를 옮길 준비를 하고 있었는데."

"나도 알아." 커트는 단호하게 말했다. "하지만 이번에는 팻을 이리로 데려와줬으면 좋겠어. 그녀를 이 방으로 데려오라고. 무슨 말인지 알겠지? 우리가 의논하던 바로 그때가 온 거다. 바로 그 순간이 찾아온 거야."

커트는 단 한 사람만을 대동하고 페어차일드의 사무실로 들어갔다. 샐리는 학교에서 다시 잠자리에 들어 있었다. 빅 누들은 절대 자기 방을 떠나지 않았다. 팀은 아직 학교에서, 정신감응자가 아닌 초능력 분야 교육자들의 손에 맡겨져 있었다.

팻은 겁먹은 얼굴로 머뭇거리며 커트의 뒤를 따랐다. 사무실에 둘러앉은 사람들은 불쾌한 얼굴로 고개를 들고 힐끔거렸다.

열아홉 살 정도에, 늘씬한 몸매와 구릿빛 피부, 크고 검은 눈을 가진 아가씨였다. 캔버스 천 작업복 셔츠와 청바지를 입고, 진흙이 잔뜩 묻은 튼튼한 신발을 신고 있었다. 헝클어진 검은 곱슬머리는 뒤로 모아서 붉은 스카프로 묶어놓았다. 말아 올린 소매 아래로는 햇볕에 그을린 튼튼한 팔이 보였다. 가죽 벨트에는 나이프와 휴대용 전화, 비상용 식량과 식수 팩이 매달려 있었다.

"이 사람입니다." 커트가 말했다. "잘 살펴보시죠."

"어디서 왔나?" 페어차일드가 팻에게 물었다. 그는 지령서와 메모테이프 뭉치를 밀어놓고 파이프를 입에 물었다.

팻은 머뭇거렸다. "저는—." 그녀는 입을 열다가, 미심쩍은 표정으로 커트를 돌아보았다. "당신이 아무한테도 말하지 말라고 했잖아요. 당신한테도요."

"이제 괜찮아. 말해도 돼." 커트는 부드럽게 말한 다음, 페어차일드를 향해 설명했다. "그녀가 지금 무슨 말을 할지는 예지로 확인했지만, 그 전까지는 몰랐습니다. 사단 사람들이 제 마음속을 읽어서 끄집어내는 일은 원하지 않았으니까요."

"저는 프록시마 6번 행성에서 태어났어요." 팻은 나직한 소리로 말했다. "그곳에서 자랐죠. 고향 행성을 떠난 건 이번이 처음이에요."

페어차일드는 눈을 크게 떴다. "상당히 거친 곳에서 왔군. 사실 우리 영토에서 가장 원시적인 지역일 텐데."

사무실 안에 있던 일반 계급과 초능력 계급의 사무관들이 가까이 모여들어 구경하기 시작했다. 어깨가 널찍하고 돌덩이처럼 굳은 얼굴에, 영리하고 날카로운 눈을 가진 노인이 손을 들며 말했다. "그렇다면 빅 누들이 자네를 이리 데려왔다는 말인가?"

팻은 고개를 끄덕였다. "저도 몰랐어요. 그러니까, 저한테도 갑작스러운 일이었다는 뜻이에요." 그녀는 벨트를 두드려 보이며 말했다. "작업 중이었거든요. 덤불을 뽑아내는 중이었죠……. 개간을 하고 있었거든요. 쓸 수 있는 땅을 넓히려고요."

"자네 이름이 뭔가?" 페어차일드가 물었다.

"퍼트리샤 앤 콘리예요."

"계급은?"

"뮤트 계급이죠."

사무관들이 술렁거리기 시작했다. 노인이 물었다. "초능력이 없는 돌연변이란 말이지? 자네가 일반 계급과 다른 점이 정확하게 뭔가?"

팻은 커트를 흘깃거렸고, 그는 앞으로 나와서 대신 답변을 했다. "이 아가씨는 2년 후면 스물한 살이 될 겁니다. 그게 무슨 뜻인지는 다들 아시겠죠. 그대로 뮤트 계급에 남아 있으면, 이 아가씨는 불임 수술을 받고 수용소에 들어가게 됩니다. 우리 식민지 정책이 그러니까요. 그리고 테라가 우리를 무찌르게 되어도, 어차피 여기 있는 초능력자나 돌연변이들과 마찬가지로 불임 수술을 받게 되겠지요."

"지금 이 아가씨한테 재능이 있다고 말하고 싶은 건가?" 페어차일드가 물었다. "우리가 이 아가씨를 뮤트에서 초능력 계급으로 승급시켜주기를 원하는 것 아닌가?" 그의 손이 탁자에 가득한 서류를 힘없이 훑었다. "그런 청원은 하루에도 천 건 정도 들어온다네. 고작 이런 일로 새벽 네 시에 여길 찾아온 건가? 여기 신청서 양식이 있네. 규정에 따라서 이걸 작성해주게."

노인은 헛기침을 하고는 불쑥 물었다. "자네하고 가까운 사이인가?"

"그렇습니다. 개인적으로 관심을 가지고 있습니다." 커트가 말했다.

"애초에 어떻게 만난 건가? 이 아가씨가 프록시마 6번 행성을 떠난 적이 없다면……."

"빅 누들이 왕복 여행을 시켜줬습니다." 커트가 대답했다. "지금까지 스무 번 정도 여행을 다녀왔지요. 물론 저는 그곳이 프록시마 6번이라는 사실을 몰랐습니다. 식민 행성이고, 미개하고 거친 곳이라는 사실만 알았죠. 처음에는 우리 쪽 뮤트 계급 파일을 확인하다 그녀의 개인 정보와 신경계의 특성을 알게 되었습니다. 그게 무슨 의미인지를 알자마자 빅 누들에게 달려가서 뇌파 패턴의 주인을 확인해달라고 한 다음, 그곳으로 보내달라고 부탁했죠."

"대체 어떤 특성 때문에 그런 건가?" 페어차일드가 물었다. "뭐가 다른 거지?"

"팻의 재능은 지금까지 초능력으로 인정된 적이 없는 종류입니다." 커트가 말했다. "물론 관점에 따라 초능력이 아니라고 할 수도 있지만, 분명 우리가 지금까지 발견한 재능 중에서 가장 유용한 축에 속하게 될 겁니다. 이런 재능이 발생할 수 있다는 사실을 예측했어야 합니다. 특정 종류의 생물이 모습을 드러내면 그 생물의 포식자 또한 등장하기 마련이니까요."

"바로 요점으로 넘어가지." 페어차일드는 이렇게 말하며 턱에 자란 짧은 수염을 손으로 문질렀다. "나한테 연락했을 때 자네는 이렇게만 말했지 않나—."

"다양한 종류의 초능력 재능이 생존을 위한 무기라고 가정해보십시오." 커트가 말했다. "정신감응 능력이 생물의 자기방위를 위해 진화한 재능이라고 생각해보십시오. 정신감응자는 그의 적들보다 훨씬 유리한 위치를 점하게 됩니다. 이런 상황이 계속될까요? 이런 종류의 상황은 보통 균형점을 찾아 움직이게 되지 않습니까?"

노인이 그의 말뜻을 제일 먼저 이해했다. "알겠군." 그는 심술궂으면서 감탄하는 표정을 띠며 말을 이었다. "정신감응자도 이 아가씨의 마음은 읽지 못하는 거야."

"바로 그겁니다." 커트가 말했다. "첫 사례지만, 비슷한 사람들이 계속 등장할 겁니다. 정신감응에 대한 방어능력뿐이 아니겠지요. 원격 조작에, 저와 같은 예지능력에, 부활 능력에, 염동력에, 모든 종류의 초능력에 면역력을 가진 생물들이 등장할 겁니다. 우리 사회에 네 번째 계급이 등장한 겁니다. 반초능력 계급이죠. 결국 언젠가는 나타날 능력이었습니다."

III

커피는 인공 제품이었지만 뜨겁고 만족스러운 맛이었다. 계란이나 베이컨과 마찬가지로, 커피 또한 용기에서 재배한 탄수화물과 단백질의 합성물에 현지 식물의 섬유를 섬세하게 조합하여 만들어낸 물건이었다. 식사를 하는 동안 창밖으로 아침 해가 떠오르기 시작했다. 프록시마 3번 행성의 황량한 잿빛 풍경에 희미한 붉은 기운이 감돌았다.

"나쁘지 않아 보이는데요." 팻은 수줍게 말하며 부엌 창문 밖을 내다보았다. "이쪽 농업장비를 좀 살펴보고 싶어요. 여기엔 우리한테 없는 물건이 아주 많으니까요."

"우리 쪽에는 시간이 더 많았으니까." 커트가 그녀에게 일러주었다. "이 행성에는 그쪽 행성보다 1세기 전에 인간이 정착했거든. 그쪽도 곧 우리를 따라잡을 거야. 프록시마 6번은 여러 면에서 우리보다 풍요롭고 비옥한 행성이니까."

줄리는 식탁 앞에 앉아 있지 않았다. 그녀는 차갑게 굳은 얼굴로 팔짱을 끼고 냉장고에 기대 서 있었다. "정말 여기 머물게 할 거야?" 그녀는 딱딱하고 가라앉은 목소리로 물었다. "우리 집에 다함께?"

"맞아." 커트가 대답했다.

"얼마나 오래?"

"며칠 정도. 일주일쯤. 페어차일드가 움직이기 시작할 때까지."

집 밖에서 희미하게 인기척이 느껴지기 시작했다. 거주구 여기저기서 자리에서 일어난 사람들이 새로운 하루를 준비하고 있었다. 부엌은 따뜻하고 즐거운 분위기였다. 투명 플라스틱 창문이 수백 킬로미터에 걸쳐 펼쳐져 있는 뒤집힌 바위나 비쩍 마른 나무들로 가득한 풍경을 막아주고 있었다. 차가운 아침 바람이 거주구 가장자리의 버려진 항성 계간 착륙장에 널려 있는 쓰레기들을 휘감고 지나갔다.

"저 착륙장은 우리와 태양계 사이의 연결 고리였지." 커트가 말했다. "탯줄이나 다름없었어. 이제 적어도 한동안은 버려진 상태로 있게 될 테지만."

"아름다운데요." 팻이 말했다.

"착륙장이?"

그녀는 늘어선 주택들 너머로 보이는 복잡한 채굴 및 제련 시설의 높은 탑들을 향해 손짓했다. "저것들 말이에요. 풍경 자체는 우리하고 같아요. 황량하고 끔찍하죠. 진짜 의미가 있는 건 저런 시설들이에요……. 자연적인 풍경을 뒤로 밀어버리는 것들요." 그녀는 몸을 떨었다. "우린 평생 동안 나무나 바위와 싸워왔어요. 토양을 쓸 만하게 만들고, 살아갈 수 있는 장소를 만들려고 애썼죠. 프록시마 6번에는 중장비는 하나도 없어요. 손으로 쓸 수 있는 도구하고 우리 몸이 있을 뿐이죠. 당신은 우리 마을을 봤으니까 알겠죠."

커트는 커피를 홀짝였다. "프록시마 6번에도 초능력자가 많이 있나?"

"조금 있어요. 대부분 능력은 약하지만요. 부활자 몇 명, 염동력자 한 줌 정도. 샐리처럼 대단한 사람은 하나도 없어요." 그녀는 이빨을 보이며 환히 웃었다. "이런 거대 도시에 와버리면 우린 시골뜨기일 뿐인걸요. 우리가 어떻게 사는지 보셨잖아요. 드문드문 마을이 하나씩 있고, 그 주변에는 농장뿐이고, 외따로 떨어진 보급소 몇 군데에, 끔찍한 착륙장 하나밖에 없죠. 우리 가족도 만나보셨잖아요. 제 오빠와 동생들과 아버지에, 우리 집에서 어떻게 사는지도요. 그 통나무 움막을 집이라고 부를 수 있다면 말이지만. 테라에 비해 3세기는 뒤떨어져 있다던데요."

"테라에 대해서 가르쳐줬나 보지?"

"아, 그럼요. 분리 전까지는 태양계에서 테이프를 직접 보내왔어요. 분리 정책이 마음에 들지 않는 건 아니에요. 어차피 테이프를 보는 것보다 일하는 쪽이 나으니까요. 하지만 우리 모성에 있는 대도시와 수십억 명의 사람들의 모습은 꽤 흥미로웠어요. 금성과 화성에 있는 초기의 식민지도요. 정말 대단했어요." 그녀의 목소리에서 흥분이 묻어났다. "그 식민지도 우리 행성 같았던 때가 있었겠죠. 우리가 프록시마 6번을 정리하는 것과 마찬가지로 화성도 정리해야 했다고 하니까요. 우리가 프록시마 6번을 정리하고 나면 도시가 세워지고 공항도 만들어질 거예요. 우리는 그 안에 파묻혀 계속 우리 일을 해나갈 거고요."

줄리는 냉장고에서 떨어져서 팻 쪽을 바라보지 않은 채 식탁을 정리하기 시작했다. "내가 너무 순진하게 구는 걸지도 모르겠지만, 이 아이는 어디서 재울 거야?" 그녀는 커트에게 말했다.

"답을 알고 있을 텐데." 커트는 침착하게 대꾸했다. "예지능력으로 이 상황도 전부 봤을 거 아냐. 팀이 학교에 있으니까 그 방을 쓰면 돼."

"그럼 내가 뭘 해야 할까? 먹여주고, 시중 들고, 하녀 노릇이라도 할까? 사람들이 얘를 보면 내가 뭐라고 해야 돼?" 줄리의 목소리가 비명처럼 치솟았다. "내 동생이라고 하고 다녀야 하는 거야?"

팻은 자기 셔츠의 단추를 만지작거리며 커트를 향해 미소를 보냈다. 줄리의 거친 목소리에도 불구하고 전혀 영향을 받지 않은 모양이었다. 어쩌면 사단에서 그녀의 마음을 읽을 수 없는 이유가 바로 그것인지도 모른다. 거의 거만해 보일 정도로 무심하게, 그 어떤 적의나 폭력에도 영향을 받지 않는 태도 때문에.

"돌봐줄 필요는 없을 거야." 커트는 아내에게 말했다. "그냥 혼자 놔 둬."

줄리는 뻣뻣한 손가락을 빠르게 놀려 담배에 불을 붙였다. "혼자 놔 둘 수 있다면 정말 좋겠네. 하지만 저런 작업복을 입고 돌아다니면 식민지 유형수처럼 보일 거야."

"당신 옷 좀 주지그래." 커트가 말했다.

줄리의 얼굴이 일그러졌다. "내 옷은 못 입어. 쟨 너무 뚱뚱하다고." 그녀는 적의를 숨기지도 않고 팻을 향해 쏘아붙였다. "허리가 대충 30인치는 되는 거 아냐? 세상에, 뭘 하고 살고 있던 거야, 쟁기라도 끌고 다녔어? 저 목하고 어깨 좀 봐……. 거의 짐말 수준이네."

커트는 바로 의자를 뒤로 밀며 자리에서 일어났다. "나가지." 그는 팻을 향해 말했다. 팻에게는 부정적인 감정이나 혐오 말고 다른 것들을 보여주어야 했다. "주변을 안내해줄 테니까."

팻은 볼을 붉게 물들이며 자리에서 일어났다. "전부 보고 싶어요. 모든 것이 너무 새로운 걸요." 그녀는 외투를 쥐고 현관을 향해 걸어가는 그를 서둘러 따라갔다. "초능력자들을 훈련하는 학교를 볼 수 있나요? 당신들이 어떻게 능력을 개발하는지 보고 싶어요. 그리고 식민지 정부가 어떤 식으로 구성되어 있는지도 알려줄 수 있나요? 페어차일드가 초능력자들과 함께 일하는 방식을 알고 싶어요."

줄리는 그들을 따라 현관 앞까지 나왔다. 거주 지구에서 도시를 향해 움직이는 차량 행렬의 소음이 섞인 서늘한 바람이 그들 주변을 감싸고 불었다. "내 방에 보면 스커트하고 블라우스가 있을 거야." 그녀는 팻에게 말했다. "가볍게 차려 입어. 여기가 프록시마 6번보다는 따뜻할 테니까."

"고맙습니다." 팻은 이렇게 말하고 서둘러 집 안으로 들어갔다.

"예쁜 아이이네." 줄리는 커트에게 말했다. "좀 씻기고 옷을 입히면 괜찮아 보일 것 같아. 몸매도 나쁘지 않고. 건강한 쪽으로 말이야. 그래서 정신 쪽은 어때? 성격이나? 볼만한 게 있으려나?"

"물론이지." 커트가 대답했다.

줄리는 어깨를 으쓱했다. "뭐, 젊은 아이이니까. 나보다 훨씬 젊지." 그녀의 얼굴에 고통스러운 웃음이 떠올랐다. "우리가 처음 만났을 때 생각 나? 10년 전에…… 그땐 당신이 어떤 사람인지 정말 궁금했어. 대화를 나눠보고 싶었지. 나 말고 단 하나뿐인 예지능력자라니. 우리가 어떤 관계가 될지 온갖 꿈과 희망을 가졌었는데. 나도 저 아이 정도 나이였어. 조금 더 어렸을 수도 있고."

"관계가 성공할 수 있을지 미리 아는 건 쉬운 일이 아니야." 커트가 말했다. "우리 경우에도 마찬가지지. 이런 문제에는 30분짜리 예지능력은 별로 도움이 안 되니까."

"얼마나 됐어?" 줄리가 물었다.

"오래 되지는 않았어."

"다른 여자도 있었어?"

"아니. 팻 하나뿐이야."

"다른 여자가 있다는 걸 알아차린 다음에는 그 여자가 당신에게 잘 맞는 사람이기를 빌었어. 그 여자가 당신에게 도움이 될 수 있도록. 저 아이가 공허한 느낌을 풍기는 건 고립된 삶을 살았기 때문이겠지. 당신은 나보다 저 아이하고 더 공감하는 부분이 많을 테고. 스스로 느끼지 못하는 당신 내면의 공허감 때문일 수도 있을 거야. 아니면 저 아이의 재능, 그 불투명한 느낌 때문일 수도 있을 테고."

커트는 외투의 소매 단추를 채웠다. "내가 보기에는 일종의 순수함 같은데. 우리가 여기 도시의 산업 사회에서 겪는 여러 경험을 하지 못했으니까. 당신이 저 아이에 대해 하는 말을 제대로 이해하지 못하는 것 같았어."

줄리는 남편의 팔을 가볍게 건드렸다. "잘 돌봐줘. 이 동네에서는 당신의 힘이 필요할 거야. 레이놀즈가 어떤 반응을 보일지 궁금하네."

"뭐 보이는 거 없어?"

"저 아이에 대해서는 없어. 당신은 떠날 거고…… 예지에 따르면 나는 다음 주기를 혼자서 집안일을 하며 보내게 될 거야. 일단 지금은 도시로 가서 쇼핑을 해야겠어. 새 옷을 좀 사야지. 저 아이한테 줄 옷을 살 수 있을지도 모르겠네."

"옷은 우리가 사지." 커트가 말했다. "저 아이라면 옷을 직접 고르려 할 거야."

팻이 크림색 블라우스와 발목까지 덮는 노란색 스커트를 입고 등장했다. 푸른 눈은 반짝이고, 머리카락은 아침 안개에 촉촉하게 젖어 있었다. "준비 다 됐어요! 이제 가도 되나요?"

땅 위로 즐겁게 걸음을 옮기는 그들의 머리 위에서 햇살이 반짝였다. "우선 학교로 가서 우리 아들부터 데려와야 돼."

세 사람은 학교의 백색 콘크리트 건물에서 이어지는 자갈길을 따라 천천히 걸음을 옮겼다. 길가에는 행성의 적대적인 기후에 맞춰 세심하게 돌보고 있는 정원이 촉촉하게 젖어 희미하게 반짝이고 있었다. 팀은 팻과 커트를 앞서 나가며, 주변 사물을 주의 깊게 관찰하고 귀를 기울였다. 언제든 움직일 수 있도록 몸은 바짝 긴장한 채였다.

"말수가 적네요." 팻이 말했다.

"우리한테 주의를 기울이기에는 너무 바쁜 거지."

팀은 문득 걸음을 멈추고 풀숲 뒤편을 바라보았다. 팻은 궁금한 듯 그 뒤로 슬쩍 따라갔다. "뭘 찾고 있는 거예요? 정말 예쁜 아이예요…… 엄마의 머리카락을 그대로 물려받았어요. 줄리는 머리카락이 정말 예쁘잖아요."

"저기 좀 보렴." 커트는 아들에게 말했다. "저기 분류받으러 온 애들이 잔뜩 있구나. 가서 쟤들하고 놀다 오너라."

학교 본관 건물 앞에 부모와 아이들이 초조하게 무리지어 서 있었다. 제복을 입은 학교 임원들이 그 사이를 돌아다니며 아이들을 분류하고, 확인하고, 여러 개의 소집단으로 나누고 있었다. 가끔씩 그런 소집단 중 하나가 확인 시스템을 지나 학교 건물로 들어가는 모습이 보였다. 불안한 얼굴에 처절한 희망을 품은 어머니들이 밖에서 기다리며 서 있었다.

팻이 말했다. "프록시마 6번에서도 교육 파견대가 와서 검열과 사찰을 할 때면 비슷한 상황이 벌어져요. 다들 아직 계급을 받지 않은 아이들을 초능력 계급으로 올리고 싶어하죠. 우리 아버지는 나를 뮤트 계급에서 빼내기 위해 몇 년을 노력하셨어요. 그러다 마침내 포기하셨죠. 당신이 읽은 보고서도 아버지가 주기적으로 보내던 청원서 중 하나였을 거예요. 어딘가 처박혀 있었겠죠? 서랍에서 먼지만 쌓여가면서요."

"이게 성공한다면 수많은 아이들이 뮤트 계급에서 탈출할 수 있게 될 거야. 너만이 아니겠지. 네가 그 많은 아이들 중 첫 번째 사례가 되었으면 좋겠어."

팻은 돌멩이 하나를 걷어찼다. "딱히 새로운 기분은 안 드는데요. 별로 놀랍도록 달라진 것 같지도 않고요. 아무것도 느껴지지 않는 걸요. 당신은 내가 정신감응자의 침입에 면역이 있다고 하지만, 지금까지 스캔당한 것도 한두 번 뿐인걸요." 그녀는 구릿빛 손가락으로 자기 머리를 만지며 웃었다. "사단 사람이 나를 스캔하고 있지 않으면, 나는 다른 사람들과 조금도 다르지 않은 거잖아요."

"너는 초능력을 받아치는 반초능력을 가지고 있는 거야." 커트가 말했다. "그 능력이 드러나려면 다른 능력이 필요한 거지. 당연하지만 일반적인 생활 속에서는 그 능력을 자각할 수가 없지."

"반초능력이라니. 뭔가 너무…… 부정적으로 들려요. 당신들처럼 뭔가를 하는 능력이 아니잖아요……. 물체를 움직일 수도, 돌을 빵으로 바꿀 수도, 수태 없이 출산할 수도, 죽은 사람을 살릴 수도 없어요. 그저 다른 사람의 능력을 무효화시키는 것뿐이잖아요. 적대적이고 다른 사람을 바보로 만드는 종류의 능력 같아요……. 다른 사람의 정신감응 능력을 무효화시키다니."

"정신감응 능력 자체만큼이나 유용할 수 있는 능력이야. 특히 우리처럼 정신감응자가 아닌 사람들에게는."

"당신 능력에 대응하는 반초능력자가 나타난다고 생각해봐요, 커트." 그녀는 우울하고 불행한 목소리로, 진지하게 말하기 시작했다. "모든 초능력에 대응하는 반초능력자가 등장할지도 몰라요. 그럼 우리는 출발점으로 돌아가는 셈이라고요. 초능력이 존재하지 않는 것이나 마찬가지인 상황이 될 거예요."

"나는 그렇게 생각하지 않는데." 커트가 대답했다. "반초능력은 자연스러운 균형의 회복일 뿐이야. 한 종류의 벌레가 하늘을 나는 법을 익히면, 다른 벌레는 거미줄을 쳐서 그걸 잡아먹는 법을 익히지. 그걸 아예 하늘을 날 수 없는 상황과 같다고 할 수 있겠어? 조개는 몸을 보호하기 위해 단단한 껍데기를 개발했고, 그에 맞춰 새들은 조개를 하늘 높이 가지고 올라가 바위에 떨어트리는 법을 익혔지. 어떻게 보면 너는 초능력자를 잡아먹는 생물이고, 초능력자는 일반인을 잡아먹는 생물인 거야. 그렇다면 너는 일반인의 친구가 되는 거지. 포식자와 피식자의 굴레가 한 바퀴 돌면서 균형을 맞추는 거야. 영속적인 체계가 이루어지는 거지. 솔직히 말하면 여기서 어떻게 하면 더 나아질 수 있을지 모르겠는데."

"당신은 배신자 취급을 받을지도 몰라요."

"그렇지." 커트는 동의했다. "그럴 것 같군."

"마음이 괴롭지 않나요?"

"사람들이 적대적으로 나를 대할 것이라는 사실이 괴롭긴 하지. 하지만 애초에 오래 살다 보면 적대감을 일으킬 수밖에 없는 거야. 줄리는 당신을 향해 적개심을 가지고 있지. 레이놀즈는 이미 나를 향해 적개심을 가지고 있어. 사람들은 모두 서로 다른 것을 원하기 때문에, 모든 사람들의 마음에 들 수는 없는 거야. 살아가다 보면 어느 쪽을 기쁘게 할지를 결정해야 하지. 나는 페어차일드를 기쁘게 하는 쪽을 선호하고."

"그 사람은 기분 좋겠네요."

"무슨 일이 벌어지고 있는지를 이해한다면야 그렇겠지. 페어차일드는 과로에 시달리는 관료일 뿐이야. 내가 당신 아버지의 청원을 들어주려고 움직이는 것이 월권행위라는 판단을 내릴 수도 있어. 그 청원서를 원래 자리로 돌려놓고 당신을 프록시마 6번으로 돌려보내려 할 수도 있지. 심지어 나한테 벌금형을 내릴 수도 있을 테고."

그들은 학교를 떠나서 길게 뻗은 고속도로를 따라 해변으로 나왔다. 팀은 행복에 겨운 환호성을 울리며 양 팔을 흔들면서 인적 없이 길게 뻗은 해변을 따라 달려갔다. 아이의 함성은 이내 계속해서 밀려오는 파도 소리에 묻혀버렸다. 붉은 빛이 감도는 하늘이 따스하게 그들을 내려다보고 있었다. 세 사람은 바다와 하늘과 해변이 만드는 움푹 파인 공간 속에 완전히 고립되어 있었다. 사람은 한 명도 보이지 않았다. 모래 속에 사는 갑각류를 찾아 해변을 거닐고 있는 부지런한 새들 몇 마리가 보일 뿐이었다.

"정말 멋져요." 팻은 경외심에 차서 중얼거렸다. "테라의 바다도 이런 모습이겠죠. 크고 반짝이고 붉은 색이고."

"그쪽은 푸른색이겠지." 커트가 그녀의 말을 정정했다. 그는 따뜻한 모래 위에 몸을 쭉 펴고 누워서 파이프를 피우며 몇 미터 떨어진 곳까지 끈적한 발을 뻗으며 밀려오는 바닷물을 울적하게 바라보고 있었다. 파도는 김을 뿜는 해초 다발을 남기고는 물러갔다.

팀은 물이 뚝뚝 떨어지는 끈적거리는 해초 무더기를 가득 안고 달려 돌아왔다. 그는 아직 몸을 떨고 있는 식물 다발을 팻과 아버지 앞에 내려놓았다.

"얘는 바다를 좋아하나 보네요." 팻이 말했다.

"다른 존재들이 숨을 장소가 없으니까." 커트가 대답했다. "몇 미터 앞까지 훤히 트여 있으니까, 다른 존재들이 숨어서 다가올 수 없다는 걸 알고 있거든."

"다른 존재요?" 팻은 호기심을 보였다. "정말 이상한 아이예요. 항상 바쁘고 걱정투성이잖아요. 자기가 보는 다른 세계를 정말 진지하게 받

아들이는 것 같아요. 아마 별로 즐거운 세계는 아니겠죠. 저렇게 할 일
이 많은 걸 보니."

하늘이 달아오르기 시작했다. 팀은 물가에서 떠온 젖은 모래로 복잡
한 구조물을 건축하기 시작했다.

팻은 맨발로 뛰어가 팀과 어울렸다. 두 사람은 열심히 손을 놀려 수
많은 벽과 보조 건물과 탑들을 쌓아 올렸다. 뜨거운 기운이 바다에 내
리쬐는 속에서, 그녀의 드러난 어깨와 등에 땀방울이 송송이 맺혔다.
그녀는 마침내 지친 듯 숨을 몰아쉬며 허리를 펴고는, 눈가로 흘러내
린 머리카락을 뒤로 쓸어 넘긴 다음 힘겹게 자리에서 일어섰다.

"너무 더운데요." 그녀는 헐떡이며 커트 옆에 털썩 주저앉았다. "여
긴 기후가 너무 달라요. 졸립네요."

팀은 계속 구조물을 만들고 있었다. 두 사람은 나른하게 앉아서 손
가락으로 마른 모래 덩어리를 부수면서 그 모습을 지켜보았다.

잠시 후 팻이 입을 열었다. "당신 결혼 생활에는 별로 남은 것이 없는
것 같네요. 나 때문에 당신하고 줄리가 함께 살아가는 게 불가능해진
거겠죠."

"네 잘못이 아니야. 애초에 함께 있다고 느낀 적도 없었어. 우리 둘
사이의 공통점이란 재능뿐이고, 그건 인간의 전체적인 성격과는 아무
런 관계도 없지. 한 인간으로서 맞지 않는 거였어."

팻은 스커트를 벗은 다음 물가로 걸어 내려갔다. 그녀는 소용돌이치
는 분홍색 포말 속에 쭈그려 앉아서 머리를 헹구기 시작했다. 포말과
해초 더미 사이에 반쯤 묻힌 그녀의 햇볕에 탄 매끄러운 육체는 머리
위 태양빛을 받아 물에 젖은 채 건강하게 반짝였다.

"당신도 들어와요!" 그녀는 커트에게 소리쳤다. "정말 시원해요."

커트는 마른 모래 위에 파이프의 담뱃재를 털었다. "슬슬 돌아가야
돼. 이제 곧 페어차일드와 담판을 지어야 할 테니까. 결론을 내려야지."

팻은 유연한 몸을 일으키며 머리를 뒤로 젖혔다. 머리카락이 어깨 위로 흘러내렸다. 팀이 그녀의 주의를 끌었고, 그녀는 걸음을 멈추고 팀의 모래 건축물을 살펴보았다.

"당신 말이 맞아요." 그녀는 커트에게 말했다. "여기서 물놀이를 하거나 졸거나 모래성을 만들고 있을 때가 아니죠. 페어차일드는 분리 정책을 성공시키려 애쓰고 있고, 우리 변경 식민지에서는 진짜로 건축해야 할 것들이 산더미같이 남아 있는데."

그녀는 커트의 외투로 몸을 닦으면서 프록시마 6번에 대해 말했다.

"꼭 테라의 중세 시대로 돌아간 것 같아요. 우리 행성 사람들 대부분은 초능력이 기적이라고 생각하죠. 초능력자를 성인이라고 생각해요."

"사실 나는 성인이 초능력자였을 거라고 생각하는데." 커트는 대꾸했다. "죽은 자를 살리고, 무기물을 유기물로 바꾸고, 물체를 이리저리 움직였지. 아마 초능력은 인류 역사 내내 존재했을 거야. 초능력 계급의 인간 또한 새로운 부류가 아닌 셈이지. 항상 우리와 함께 있으면서 이런저런 일을 돕기도 하고, 때로는 인류를 착취하기 위해 재능을 사용해서 해를 끼치기도 했겠지."

팻은 샌들을 집어 들며 말했다. "우리 마을 근처에 노파 한 명이 살아요. 1급 부활자죠. 그 노파는 프록시마 6번을 떠나지 않을 거예요. 정부 파견팀과 함께 떠나거나, 학교로 오지도 않겠죠. 지금 있는 곳에서 마녀 겸 현자로 살아가고 싶어하거든요. 찾아오는 사람들의 병을 치료해 주면서요."

"치유 능력이 있는 노파 하나에, 예지능력이 있는 다른 사람이 추가되면, 그 자리에 마을이 생기는 건 당연하겠지. 우리 초능력자들은 생각보다 훨씬 오래전부터 인류를 돕고 있던 거야."

"가자, 팀!" 팻은 구릿빛 손을 입가로 올리며 소리쳤다. "갈 시간이야!"

소년은 마지막으로 자신이 만든 구조물의 안쪽을, 모래 건축물의 복잡한 내부 구조를 살펴보았다.

갑자기 팀은 비명을 지르며, 벌떡 일어나서는 정신없이 차 쪽으로 달려갔다.

팻이 팀을 붙들자 아이는 그대로 그녀에게 달라붙었다. 공포로 일그러진 표정이었다. "왜 그러니?" 팻 또한 겁먹은 표정이었다. "커트, 무슨 일이에요?"

커트가 다가와서 아들 앞에 쭈그려 앉았다. "안에 뭐가 있더냐?" 그는 부드럽게 물었다. "네가 지은 거잖니."

소년의 입술이 움찔거렸다. "왼쪽이었어요." 그는 거의 들리지 않을 정도로 작은 소리로 중얼거렸다. "왼쪽이 있었어요. 처음으로 진짜 왼쪽 존재를 봤어요. 게다가 계속 그 자리에 있었어요."

팻과 커트는 불안한 얼굴로 서로 마주보았다. "무슨 말을 하는 거예요?" 팻이 물었다.

커트는 운전석에 올라타서 두 사람을 위해 문을 열어주었다. "나도 모르겠어. 하지만 아무래도 시내로 돌아가는 게 좋을 것 같군. 페어차일드를 찾아가서 반초능력에 대한 이야기를 마무리 지어야지. 그게 끝나고 나면 남은 평생 동안 팀에게 시간을 쏟을 수 있을 테니까. 우리 둘이 함께."

사무실의 자기 책상 앞에 앉은 페어차일드는 지치고 창백한 얼굴로, 손을 앞으로 모은 채 이야기를 들었다. 다른 일반 계급 보좌관들도 여기저기 앉아서 귀를 기울이고 있었다. 눈 아래에 검은 그림자를 드리운 채로, 그는 커트의 이야기를 들으며 토마토 주스를 홀짝였다.

"다른 말로 하자면, 자네는 지금 우리가 당신네 초능력자들을 진짜로 믿으면 안 된다고 말하고 있는 거로군." 그는 절망을 담은 목소리로 중얼거렸다. "초능력자가 하나 와서 모든 초능력자들이 거짓말을 하고 있다고 말하는 상황 아닌가. 내가 대체 어떻게 해야겠나?"

"모든 초능력자는 아닙니다." 이 장면을 예지능력으로 미리 살펴본 커트는 놀라울 정도로 차분하게 답변을 이어나갔다. "어떻게 보자면 테라 쪽이 옳았다고 말하는 겁니다⋯⋯. 초자연적인 재능을 지닌 인간의 존재는 그런 재능이 없는 이들에게 골칫거리가 된다는 거지요. 그러나 테라 측에서 내놓은 해답은 잘못되었습니다. 불임시술이란 잔혹하고 무감각한 대처 방법이니까요. 그러나 협력이란 당신 생각만큼 쉬운 일이 아닙니다. 당신들은 생존을 위해 우리 능력이 필요하기 때문에, 결국 당신들의 지위를 우리가 지정해주는 상황이 벌어질 겁니다. 우리가 없으면 테라가 치고 들어와서 당신들을 전부 군 형무소에 집어넣어버릴 테니, 당신들은 우리의 지배를 용인할 수밖에 없을 테지요."

"그리고 당신네 초능력자들을 전부 학살해버리겠지." 노인이 자리에서 일어서며 말했다. "그걸 잊지 말게."

커트는 노인을 바라보았다. 어젯밤과 같은 널찍한 어깨에 잿빛 얼굴을 가진 사람이었다. 그러나 어딘가 친숙한 느낌이 들었다. 커트는 그를 조금 더 자세히 살펴보고는, 예지력을 가지고 있음에도 불구하고 헉 하고 숨 막히는 소리를 냈다.

"당신, 초능력자로군요." 그가 말했다.

노인은 살짝 목례를 했다. "보시다시피."

"이쪽 좀 보게." 페어차일드가 말했다. "좋아, 우리 모두 그 아이를 봤으니 자네의 반초능력자 이론은 받아들이겠네. 그래서 우리가 무얼 해주기를 원하는 건가?" 그는 비참한 표정으로 이마를 훔쳤다. "레이놀즈가 위험한 작자라는 건 나도 알고 있네. 하지만 젠장, 사단의 도움이 없으면 테라 쪽의 첩보원들이 이 동네를 휘젓고 돌아다니게 될 것 아닌가!"

"정식으로 네 번째 계급을 만들어주시기를 원하는 겁니다." 커트가 단호하게 말했다. "반초능력 계급이지요. 그 계급에 불임시술을 받지 않아도 되는 권리를 주시길 바랍니다. 그대로 공표해주시길 원합니다. 식민지 전역의 여자들이 아이를 안고 이곳으로 몰려와서, 자기 아이가 뮤트가 아니라 초능력을 가지고 있다고 인정받으려고 안달하고 있지 않습니까. 반초능력 재능을 인정해서 우리가 사용할 수 있게 해주셨으면 합니다."

페어차일드는 마른 입술을 혀로 훑었다. "이미 더 많은 수가 존재할 거라고 생각하나?"

"매우 가능성이 높지요. 제가 팻을 만난 건 우연이었습니다. 하지만 일단 흐름이 시작되기만 하면! 어머니들은 요람을 들여다보며 초조하게 반초능력의 징후를 찾기 시작할 겁니다. 필요한 만큼 수를 확보할 수 있게 될 겁니다."

침묵이 흘렀다.

"퍼셀 씨의 의도를 잘 생각해보십시오." 마침내 노인이 입을 열었다. "그 말대로라면 반 예지능력자가 언제 등장할지 모릅니다. 미래에 어떤 행동을 할지 예측할 수 없는 사람 말입니다. 마치 하이젠베르크의 불확정 입자처럼 행동하는 사람이겠지요……. 모든 예지 결과를 쓸모없게 만들어버리는 개인이 될 겁니다. 그런 가능성이 있는데도 퍼셀 씨는 여기까지 와서 그런 제안을 하고 있는 겁니다. 저 사람은 자기 개인이 아니라 분리 운동 전체를 위해 행동하고 있는 겁니다."

페어차일드의 손가락이 움찔거렸다. "레이놀즈가 미친 듯이 화를 낼 텐데."

"벌써 화가 잔뜩 나 있을 겁니다." 커트가 말했다. "지금쯤이면 분명이 상황을 알고 있을 테니까요."

"반발할 텐데!"

커트는 웃음을 터트렸고, 관료 몇 명은 미소를 머금었다. "물론 반발하겠지요. 이해가 안 되십니까? **당신들은 지금 체계적으로 절멸당하고 있는 겁니다.** 앞으로 일반 계급이 얼마나 더 버틸 수 있을 것 같습니까? 이 우주에서 자비란 끔찍할 정도로 희소한 자원입니다. 당신네 일반인들은 초능력자를 보며 축제에 나온 촌뜨기처럼 입을 벌리고 감탄하기만 하지요. 끝내준다고…… 마법 같다고. 당신들은 초능력을 장려하고, 학교를 세우고, 이곳 식민지에서 우리에게 기회를 주었습니다. 50년만 있으면 당신들은 우리를 위한 노예 노동력이 될 겁니다. 우리를 위해 육체노동을 하는 신세가 되겠지요. 당신네들이 네 번째 계급, 즉 반초능력 계급을 만들어낼 정도로 위기감을 느끼지 못한다면 말입니다. 레이놀즈에 맞서야 합니다."

"그 친구만 따돌리고 싶지는 않은데." 페어차일드가 중얼거렸다. "젠장, 왜 다함께 협력할 수는 없는 건가?" 그는 방 안의 다른 사람들을 둘러보며 소리쳤다. "모두가 형제가 되면 안 되는 건가?"

"안 되지요. 애초에 형제가 아니기 때문입니다." 커트가 대답했다. "현실을 인정하십시오. 형제애는 훌륭한 개념이지만, 우리가 사회 계급 사이의 균형을 이룩해야 훨씬 빨리 현실로 이루어질 겁니다."

노인이 입을 열었다. "반초능력이라는 개념이 테라에 도달하면 불임 정책에도 수정이 가해질 수 있지 않겠습니까? 돌연변이가 아닌 사람들이 가지는 비논리적인 공포도, 우리가 그들의 세계를 침략해서 정복할 것이라 생각하는 공포증도 사라지게 할 수 있을 겁니다. 극장에서 옆자리에 앉을 수도, 다른 인종 사람의 여동생과 결혼하려 할 수도 있겠지요."

"알겠네." 페어차일드가 말했다. "공식 명령서를 작성하도록 하지. 어휘를 잘 선택해야 할 테니 한 시간만 주게. 빠져나갈 구멍을 완전히 틀어막고 싶으니까."

커트는 자리에서 일어났다. 전부 끝났다. 그가 예지한 대로 페어차일드는 결국 동의했다. "순식간에 사방에서 보고서가 올라올 겁니다." 그가 말했다. "서류의 정기 확인이 끝나는 대로 말이지요."

페어차일드는 고개를 끄덕였다. "그래, 즉각 올라오겠지."

"새로운 소식이 들리면 바로 알려주십시오." 순간 커트의 머릿속에 불안감이 스치고 지나갔다. 분명 성공한 것 아니었나? 그는 다음 30분을 훑어보았다. 예지능력으로는 그 어떤 부정적인 요소도 찾아볼 수 없었다. 자신과 팻이 함께 있는 모습, 자신과 줄리와 팀이 함께 있는 모습이 스쳐 지나갔다. 그러나 불안감은 여전히 남아 있었다. 예지능력보다 훨씬 깊은 곳에 뿌리박고 있는 직감이었다.

모든 것이 괜찮아 보였지만, 그는 확신하고 있었다. 뭔가 가장 기본적인 부분이 끔찍하게 잘못되어버린 것이다.

IV

그는 도시 외곽의 대로에서 벗어난 곳에 있는 작은 술집에서 팻과 합류했다. 탁자 주변으로 어둠이 일렁이고 있었다. 사람들이 들어찬 술집은 후덥지근하고 땀내로 가득했다. 숨죽인 웃음소리가 주변 사람들의 계속되는 대화 속에 파묻혀 울렸다.

"어떻게 됐어요?" 그녀는 검고 큰 눈으로 맞은편에 앉는 커트를 바라보며 물었다. "페어차일드가 동의하던가요?"

커트는 팻에게 줄 톰 콜린스 칵테일과 자기가 마실 물 탄 버번을 주문했다. 그리고 그는 무슨 일이 벌어졌는지를 설명해주었다.

"그럼 다 잘된 거네요." 팻은 탁자 위로 손을 뻗어 그의 손을 어루만졌다. "그렇지 않나요?"

커트는 자기 잔을 홀짝이며 대답했다. "그런 것 같아. 반초능력 계급이 탄생할 거야. 하지만 너무 쉬웠어. 너무 단순했다고."

"당신은 앞일을 내다볼 수 있잖아요. 뭔가 문제가 생기는 건가요?"

어두운 방 안에서 음악 기계가 다양한 소리 패턴을 만들어 내서, 무작위적인 화음과 리듬을 창조해 계속해서 방 안으로 뿜어내고 있었다. 몇몇 남녀가 계속해서 변화하는 패턴에 맞추어 나른하게 함께 몸을 움직이고 있었다.

커트는 그녀에게 담배를 권했고, 두 사람은 함께 탁자 가운데 놓인 촛불로 불을 붙였다. "이제 당신에게도 계급이 생기는 거야."

팻의 검은 눈이 일렁였다. "그래요, 그런 모양이네요. 새로운 반초능력 계급요. 이제 걱정할 필요가 없어요. 전부 끝났으니까."

"이제 다른 사람들이 등장하기를 기다리기만 하면 되지. 다른 사람이 나오지 않으면 당신은 독특한 계급을 가진 유일한 사람이 되는 거고. 우주에 단 한 명뿐인 반초능력자."

팻은 잠시 침묵을 지켰다. 그리고 그녀는 물었다. "그다음에는 뭐가 보이나요?" 그녀는 자기 잔을 홀짝였다. "그러니까, 나는 여기 머물게 되는 거죠? 아니면 돌아가게 되나요?"

"여기 있게 될 거야."

"당신하고 함께?"

"나하고 함께. 팀하고 함께."

"줄리는 어떻게 해요?"

"우리 둘은 1년 전에 상호 해방 계약을 맺었어. 어딘가 서류함에 들어 있을 거야. 제출하지는 않았지만. 한쪽이 그걸 제출하려 하면 상대방이 막을 수 없다고 합의했고."

"팀은 나를 좋아하는 것 같아요. 이렇게 되는 걸 싫어하지는 않겠죠?"

"전혀 싫어하지 않을걸." 커트가 말했다.

"분명 멋질 거예요. 안 그래요? 우리 셋이 가족이 되는 거예요. 팀과 함께 연습하면서 그 아이가 무슨 재능을 가지고 있는지를 알아보고, 어떤 존재인지, 무슨 생각을 하는지를 살피는 거예요. 즐거울 것 같아요……. 그 아이는 나한테 반응하니까요. 게다가 시간이 아주 많이 있잖아요. 서두를 필요 없어요."

그녀의 손가락이 그의 손가락을 맞잡았다. 술집의 일렁이는 어둠 속에서 그녀의 그림자가 그를 향해 다가왔다. 커트는 몸을 앞으로 기울이고, 자신의 입술을 물들이는 그녀의 따스한 숨결에 잠시 멈칫한 다음 그대로 키스했다.

팻은 그를 보며 웃었다. "할 일이 너무 많네요. 여기에도, 그리고 아마 나중에는 프록시마 6번에서도요. 가끔 그리 돌아가보고 싶어요. 괜찮겠죠? 그냥 잠깐 들르는 거니까요. 거기 살 필요는 없어요. 그래서 지금까지 노력한 성과가 그대로 남아 있는지를 살펴보고 싶어요. 내 세계를 보는 거예요."

"물론이지. 그래, 돌아갈 수 있어." 커트가 말했다.

건너편에 앉은 초조한 표정의 왜소한 남자가 마늘빵과 와인을 전부 먹은 모양이었다. 남자는 입을 닦은 다음 손목시계를 확인하며 자리에서 일어섰다. 그리고 커트 옆으로 밀치고 나오면서 주머니에 손을 넣어, 잔돈을 짤랑거리다가 뭔가를 빼들었다. 그리고 몸을 돌려 팻 쪽으로 상체를 숙이고는, 손에 쥔 가는 튜브를 힘껏 눌렀다.

아주 작은 알갱이 하나가 튜브를 따라 흘러내려와서, 그녀의 반짝이는 머리카락 위에 아주 잠시 동안 머물다가 그대로 소멸해버렸다. 묵직한 진동이 주변 탁자들을 흔들었다. 왜소한 남자는 초조한 표정으로 그대로 걸음을 옮겼다.

커트는 충격으로 먹먹해진 채 자리에서 일어섰다. 레이놀즈가 옆에 나타나서 거칠게 그를 끌어낼 때까지도, 그는 여전히 꼼짝도 못하고 아래를 내려다보고만 있었다.

"그 여자는 죽었네." 레이놀즈가 말하고 있었다. "받아들이게. 즉사했어. 고통도 없었을 걸세. 그대로 중추신경계로 들어갔으니까. 알아차리지도 못했을 걸세."

술집 안의 사람들은 단 한 명도 움직이지 않았다. 모두가 무심한 얼굴로 자리에 앉아서 조명을 켜라고 명령하는 레이놀즈를 바라보고 있을 뿐이었다. 어둠이 사라지며 방 안의 모든 물건의 모습이 명확하게 드러났다.

"노래 꺼." 레이놀즈가 날카롭게 명령을 내렸다. 음악 기계가 힘겹게 소리를 멈추었다. "여기 사람들은 전부 사단 요원이야." 그는 커트에게 설명했다. "페어차일드의 집무실에 들어갈 때 자네 생각을 읽어서 이곳을 알아냈지."

"하지만 예지하지 못했는데." 커트는 중얼거렸다. "경고가 없었어. 예지가 안 됐다고."

"그 여자를 죽인 친구가 반초능력자이니까." 레이놀즈가 말했다. "우리는 그런 부류가 존재한다는 걸 몇 년 전부터 알고 있었지. 잊지 말게나. 퍼트리샤 콘리의 정신 방벽을 발견하려면 반드시 정신 탐색이 필요하다는 걸 말이야."

"그렇지." 커트는 고개를 끄덕였다. "몇 년 전에 정신 탐색을 당했을 거야. 자네들 중 한 사람한테."

"우리는 반초능력이라는 착상이 별로 마음에 들지 않아. 그래도 그런 계급이 생겨나는 것은 방지하고 싶지만, 능력 자체에는 흥미가 있거든. 지난 10년 동안 14명의 반초능력자를 색출해서 무력화시켰지. 이 문제에서는 초능력 계급의 전원이 내 편에 서 있어. 자네만 빼고 말이야. 물론 문제는 특정 반초능력자를 발견하기 위해서는 그에 상응하는 초능력자의 도움이 필요하다는 거지."

커트는 상황을 이해했다. "그 사람을 발견하기 위해서는 예지능력자와 대치시켜야 했겠지. 그리고 나를 빼면 예지능력자는 단 한 사람밖에 없고."

"줄리는 꽤나 협조적이었다네. 몇 달 전에 이 문제에 대해 알려줬지. 줄리가 자네의 정사에 대해 우려하고 있다는 명확한 증거를 확보하고 있었어. 애초에 정신감응자가 가득한데 이런 계획을 비밀로 지킬 수 있으리라 생각했다는 것 자체가 이해가 되지 않네만, 자네는 진지하게 그렇게 생각한 모양이니 별 수 있나. 어쨌든 그 여자는 죽었네. 반 초능력 계급은 존재할 수 없게 되겠지. 우리도 최대한 오래 참아준 거라네. 재능을 가진 사람을 죽이는 일은 좋아하지 않으니까. 하지만 페어차일드가 그 법령에 서명하기 직전까지 온 상황이라 더 미룰 수가 없더군."

커트는 쓸모없는 행동이라는 것을 알면서도 힘껏 주먹을 내질렀다. 레이놀즈는 뒤로 물러서다가 탁자에 발이 걸려 비틀거렸다. 커트는 그대로 덤벼들어 팻의 칵테일 잔을 깬 다음 날카로운 깨진 유리조각을 레이놀즈의 얼굴에 들이댔다.

사단 요원들이 그를 떼어냈다.

커트는 그들의 팔을 뿌리친 다음, 몸을 숙여 팻의 유해를 끌어안고 일어섰다. 아직 온기가 남아 있었지만 얼굴은 차분하고 무표정했다. 아무것도 비추지 못하는 텅 빈 껍데기일 뿐이었다. 그는 그녀를 안아든 채로 술집을 나가 춥고 어두운 밤거리로 걸음을 옮겼다. 잠시 후 그는 그녀를 차에 내려놓고 운전석에 올라탔다.

그는 학교로 차를 몰아서 주차해놓고는 그녀를 안은 채 본관 건물로 들어갔다. 깜짝 놀란 교원들을 지나쳐서, 그는 아동 구역으로 들어가 샐리의 방문을 어깨로 밀쳐 열었다.

샐리는 말짱하게 깨어 있는 데다 옷을 차려입고 있었다. 그녀는 등받이 달린 의자에 앉은 채 단호한 얼굴로 커트를 마주했다. "이제 알겠어?" 그녀는 높은 소리로 울부짖었다. "자기가 뭘 한 건지 알겠냐고!"

그는 어안이 벙벙해서 입을 열 수조차 없었다.

"전부 당신 잘못이야! 레이놀즈가 그런 짓을 하게 만들었어. 그녀를 죽일 수밖에 없었단 말이야." 그녀는 자리에서 벌떡 일어나서는 히스테릭하게 소리를 지르며 그를 향해 달려왔다. "당신은 적이야! 우리하고 맞서고 있다고! 우리 모두를 힘들게 만드는 거야. 내가 레이놀즈한테 당신이 뭘 하려는지 말했어. 그래서 그는—."

샐리가 말을 맺기도 전에, 커트는 유해를 안은 채로 방을 나섰다. 히스테리에 빠진 소녀가 복도를 걸어가는 그의 뒤를 따랐다.

"당신, 건너가고 싶은 거지. 빅 누들한테 가서 당신을 건너편으로 보내달라고 하려는 거야!" 그녀는 그의 앞으로 달려 나가서 흥분한 곤충처럼 이리저리 뛰어다녔다. 뺨을 타고 눈물이 흘러내렸다. 얼굴이 너무 일그러져 알아보지 못할 지경이었다. 그녀는 빅 누들의 방까지 계속 그렇게 그를 따라갔다. "당신을 돕지 않을 거야! 당신은 우리 모두를 적대하고 있는 거니까, 나는 절대 다시는 당신을 돕지 않을 거야! 그 여자가 죽어서 기뻐. 당신도 죽었으면 좋겠어. 그리고 레이놀즈가 당신을 잡으면 당신도 죽게 될 거야. 나한테 그렇게 말해줬거든. 당신 같은 자들은 다신 등장하지 않을 거고 모든 것이 당연히 그래야 할 방향으로 진행될 거라고, 그리고 누구도, 당신이나 그 머리 굳은 작자들 중 누구도 우리를 막지 못할 거야!"

그는 팻의 몸을 바닥에 내려놓고 방에서 나갔다. 샐리가 그를 따라 달려왔다.

"그 사람이 페어차일드한테 뭘 했는지 듣고 싶어? 단단히 교정해서 앞으로는 아무것도 못하게 만들어놨어."

커트는 문을 열고 아들의 방으로 들어갔다. 문이 뒤에서 닫히며 소녀의 분노한 비명 소리가 숨죽인 진동으로 잦아들었다. 팀은 놀란 채 잠이 덜 깨서 멍한 상태로 침대에 일어나 앉았다.

"가자." 커트가 말했다. 그는 아들을 침대에서 끌어내어 옷을 입힌 다음 서둘러 복도로 나왔다.

빅 누들의 방으로 다시 들어가는 그들을 샐리가 가로막았다. "안 해 줄 거야." 그녀는 소리쳤다. "그 돼지는 나를 무서워해. 내가 하지 말라고 할 거야. 무슨 말인지 알겠어?"

빅 누들은 커다란 의자 위에 나른하게 늘어져 있었다. 커트가 다가서자 그는 커다란 손을 들어 보였다. "뭘 원하는 거야?" 그가 중얼거리며 움직이지 않는 팻의 몸을 가리켰다. "그 여자는 왜 그러는 거고? 기절하거나 한 거야?"

"레이놀즈가 이 여자를 죽였어!" 샐리가 커트와 그의 아들 주변을 춤추듯 뛰어 돌아다니며 새된 소리로 외쳤다. "그리고 그 사람이 퍼셀 씨도 죽일 거야! 우리를 막으려는 사람은 전부 죽일 거라고!"

빅 누들의 부어 오른 얼굴이 어두워졌다. 겹겹이 늘어진 살덩이가 달아올라 얼룩덜룩한 선홍색을 띠었다. "무슨 일이 난 거야, 커트?" 그가 중얼거렸다.

"사단에서 정부를 장악했어." 커트가 대답했다.

"그자들이 당신 여자를 죽인 거야?"

"그래."

빅 누들은 힘겹게 몸을 일으켜 앉고는 몸을 앞으로 숙였다. "레이놀즈가 널 쫓고 있는 거지?"

"그래."

빅 누들은 머뭇거리며 두터운 입술을 핥았다. "어디로 가고 싶어?" 그는 목쉰 소리로 물었다. "여기서 빼내줄 수 있어. 테라도 좋고, 아니면—."

샐리가 다급하게 손을 내저었다. 빅 누들의 의자 일부가 뒤틀리더니 움직이기 시작했다. 팔걸이가 그의 몸을 휘감고는 푸딩 같은 뱃살 속으로 파고들었다. 빅 누들은 헛구역질을 하더니 그대로 눈을 감았다.

"후회하게 해줄 거야!" 샐리가 조잘거렸다. "너한테 끔찍한 일을 할 수 있다고!"

"테라로는 가고 싶지 않아." 커트가 말했다. 그는 팻의 몸을 안고는 팀에게 자기 옆으로 붙으라고 손짓했다. "프록시마 6번 행성으로 가고 싶어."

빅 누들은 결정을 내리려고 애쓰고 있었다. 방 밖에서 학교 직원과 사단 요원들이 조심스레 움직이는 기척이 느껴졌다. 복도를 따라 어찌할 바를 모르고 소란을 떠는 사람들의 소리도 들렸다.

샐리는 목소리를 높여 소음 너머로 빅 누들의 주의를 끌려고 시도했다. "내가 뭘 할지 알고 있잖아! 내가 너한테 뭘 할지 잘 알면서!"

빅 누들은 결단을 내렸다. 그는 샐리를 향해 재빨리 공격을 시도한 다음 커트 쪽으로 주의를 돌렸다. 테라의 공장에서 가져온 1톤 중량의 용해된 플라스틱이 치익거리는 소리를 내며 그녀를 향해 쏟아져 내렸다. 샐리의 몸은 그대로 녹아버렸다. 움찔거리는 한쪽 손을 그대로 든 채로, 아직 목소리를 허공에 울리는 채로.

빅 누들의 공격은 성공했지만, 죽어가는 소녀가 그를 겨냥하고 사용한 왜곡은 이미 영향을 발휘하고 있었다. 주변을 감싸는 공간 변환의 감각을 느끼기 시작하던 커트는 빅 누들이 마지막으로 고통을 겪는 모습을 지켜볼 수 있었다. 그는 샐리가 저 거대한 몸집의 백치에게 어떤 위협을 하는지 정확하게는 모르고 있었다. 이제 직접 보고 나니 빅 누들이 망설인 이유도 이해가 되었다. 빅 누들의 목구멍에서 새어나온 새된 비명이 일렁이기 시작하는 커트의 주변을 가득 메웠다. 샐리의 변환 능력에 휩싸인 빅 누들의 형상이 변형되며 그대로 출렁이기 시작했다.

커트는 그제야 거대한 지방 덩어리 안에 파묻혀 있는 용기가 어느 정도로 강한지를 깨달았다. 빅 누들은 위험을 알면서도 기꺼이 감수했고, 얼마나 이해했는지는 몰라도 그 결과를 받아들인 것이다.

빅 누들의 거대한 육체는 거미 떼로 바뀌어버리고 말았다. 한때 빅 누들이었던 존재는 이제 수많은 털투성이의 꿈틀거리는 존재, 수천 마리, 아니 셀 수도 없이 많은 거미들이 되어서, 떨어지다 다시 서로를 붙들었다, 한데 모였다 흩어졌다 다시 모이기를 반복하고 있었다.

다음 순간 방이 사라졌다. 넘어간 것이다.

이른 오후였다. 그는 덩굴에 뒤얽힌 채로 잠시 누워 있었다. 주변에서는 벌레들이 끔찍한 냄새가 나는 꽃의 줄기에서 수분을 얻어내려고 윙윙거리며 날아다니고 있었다. 붉은 기운이 도는 하늘에서 햇살이 내리쬐었다. 저 멀리서 종류를 짐작할 수 없는 짐승이 우울하게 우는 소리가 들렸다.

아들은 근처에서 몸을 뒤척이고 있었다. 아이는 자리에서 일어나서 멍하니 주변을 돌아다니다가, 마침내 아버지 쪽으로 다가왔다.

커트는 몸을 일으켰다. 옷은 찢어져버렸다. 볼을 타고 흘러내린 끈적거리는 피가 입으로 흘러들어와 있었다. 그는 고개를 저으며 몸을 떤 다음, 주변을 둘러보았다.

팻의 몸이 몇 미터 떨어진 곳에 누워 있었다. 구겨지고 망가진 육체에서는 생명이라고는 단 한 조각도 느껴지지 않았다. 아무것도 들어 있지 않은 버려진 껍데기일 뿐이었다.

그는 그녀 쪽으로 다가갔다. 그리고 한동안 쭈그려 앉아서 공허한 눈으로 그녀를 내려다보았다. 마침내 그는 몸을 숙여 그녀의 몸을 안

아들고는 비틀거리며 자리에서 일어섰다.

"가자." 그는 팀에게 말했다. "슬슬 움직여야지."

그들은 걷고 또 걸었다. 빅 누들은 그들을 마을 사이에 있는 숲에, 혼돈이 부풀어 오른 형태를 하고 있는 프록시마 6번 행성의 삼림 속에 떨어트려놓았다. 작은 공터가 등장하자 그는 걸음을 멈추고 휴식을 취했다. 축 늘어진 나무들 사이로 푸른 연기가 흘러가는 모습이 보였다. 가마가 있는 것일지도 모른다. 아니면 누군가 수풀을 제거하는 중일지도 모른다. 그는 다시 팻을 안아들고는 걸음을 재촉했다.

수풀을 헤치고 길가로 나온 그의 모습을 보자, 마을 사람들은 공포로 얼어붙어버렸다. 일부는 도망치고, 일부는 자리에 남아서 남자와 그 옆의 아이를 멍한 눈으로 바라보고 있었다.

"당신 누구요?" 한 사람이 단도를 찾아 뒤춤을 더듬거리며 물었다. "거기 들고 있는 건 뭐고?"

그들은 작업용 트럭을 몰고 와서, 팻을 벌목한 통나무들과 함께 신게 해준 다음 커트와 팀을 데리고 가장 가까운 마을로 돌아갔다. 그리먼 곳은 아니었다. 160킬로미터 정도 떨어져 있을 뿐이었다. 마을의 잡화점에서 두툼한 작업복과 먹을 것을 주었다. 사람들이 팀을 씻기고 돌봐주었고, 마을 집회가 열렸다.

그는 점심식사의 잔해가 가득한 거칠고 커다란 탁자에 앉았다. 그들의 결론은 이미 알고 있었다. 별 문제 없이 예지가 가능했기 때문이다.

"저 정도로 망가진 사람은 고치지 못할 거요." 촌장이 그에게 설명했다. "상체의 신경절과 뇌가 전부 날아가버렸잖소. 척수도 대부분 손상됐고."

그는 촌장의 말에 귀를 기울였지만 대꾸하지는 않았다. 잠시 후 그는 낡은 트럭 한 대를 얻어서 팻과 팀을 태운 다음 다시 길을 떠났다.

그녀의 마을에는 단파 라디오로 연락을 보내놓았다. 거친 손길이 그를 트럭에서 끌어내렸다. 사방에서 소음과 분노가 끓어올랐다. 절망과 공포로 일그러진 흥분한 얼굴들이 보였다. 고함과 거친 손길과 질문과 떼 지어 밀치고 몰려드는 남자와 여자들이 그를 덮쳤다. 마침내 그녀의 오빠들이 등장해 집으로 가는 길을 터주고 나서야 간신히 벗어날 수 있었다.

"소용없는 일일세." 그녀의 아버지가 말했다. "게다가 그 노파는 이미 가버렸을 거고. 한참 전의 일이니까." 남자는 산 쪽을 향해 손짓해 보였다. "저 위에 살았지. 가끔 내려오기도 했는데. 몇 년 동안 본 적이 없네." 그는 커트의 멱살을 쥐었다. "너무 늦었다고, 젠장! 내 딸은 죽었어! 자네가 살릴 수 있을 것 같나!"

커트는 그 말을 들으면서도 입을 열지 않았다. 이제 예지에는 아무 관심도 없었다. 그들이 말을 끝내자, 그는 팻의 유해를 모아들고 다시 트럭으로 가서, 팀을 부른 다음 다시 길을 떠났다.

트럭이 힘겹게 산길을 오르기 시작하자 날씨는 점차 싸늘해지고, 주변에는 정적만이 감돌았다. 얼어붙을 것 같은 공기가 그를 덮쳤다. 백악질의 땅에서 올라온 습기가 두터운 안개가 되어 앞길을 가렸다. 한 번은 커다란 짐승이 길을 막는 바람에 돌을 던져서 쫓아내야 했다. 마침내 연료가 떨어진 트럭이 멈추어 섰다. 그는 트럭에서 내려 잠시 머뭇거리다가, 이내 아들을 깨운 다음 걸어서 산을 오르기 시작했다.

톡 튀어나온 바위 위에 서 있는 움막을 발견한 것은 거의 해가 질 무렵이었다. 코를 찌르는 내장과 건조 중인 털가죽의 악취를 느끼며, 커트는 돌 더미와 깡통과 종이 상자, 썩어가는 옷감과 벌레 먹은 통나무가 쌓인 쓰레기 더미를 건너 올라갔다.

노파는 비쩍 마른 채소밭에 물을 주고 있었다. 그가 다가오자 그녀는 물뿌리개를 내리고 그를 돌아보았다. 주름살 가득한 얼굴에는 의심과 놀라움이 차 있었다.

"나는 못하네." 노파는 쭈그려 앉아서 팻의 움직이지 않는 육체를 내려다보며 단호하게 말했다. 그리고 헝클어진 검은 머리카락을 쓸어 넘기고는 힘센 손가락으로 두개골을 붙들었다. "아무것도 할 수가 없네." 주변으로 몰려드는 밤안개 속에서 거칠고 쉰 목소리가 울렸다. "다 타버렸어. 재건을 시도할 만큼의 조직이 남아 있지 않네."

커트는 갈라진 입술을 힘겹게 움직였다. "다른 사람은 없습니까?" 쥐어짜듯 목소리가 흘러나왔다. "주변에 다른 부활자는 없습니까?"

노파는 떨리는 다리를 가누며 자리에서 일어섰다. "누가 와도 소용없어. 무슨 말인지 모르겠나? 저 아이는 죽었다고!"

커트는 떠나지 않았다. 계속해서 노파에게 묻고 또 물었다. 마침내 못마땅한 투로 노파는 입을 열었다. 행성 반대편 어딘가에 경쟁자가 있는 것으로 보인다는 말이었다. 그는 노파에게 자기 담배와 라이터와 만년필을 건넨 다음, 차가운 유해를 들고 돌아가기 시작했다. 팀은 고개를 떨군 채, 지친 몸을 이끌고 아버지를 따라 걸음을 옮기기 시작했다.

"얼른 오너라." 커트는 거칠게 말했다. 노파는 프록시마 6번 행성의 두 개의 위성이 비추는 누렇게 뜬 음울한 빛 아래, 아버지와 아들이 산비탈을 내려가는 모습을 아무 말 없이 지켜보았다.

겨우 400미터 정도 갔을 때였다. 아무런 징조도 없이, 문득 정신을 차리고 보니 그녀의 유해가 사라져 있었다. 내려오다가 어딘가에 떨어트린 모양이었다. 쓰레기가 널린 돌무더기나 산길 옆으로 비좁게 이어지는 잡초밭에 떨어트린 것일지도 모른다. 그랬다면 산 옆으로 깊숙이패인 골짜기 아래로 떨어져버렸을 것이다.

그는 자리에 주저앉았다. 이제 아무것도 남지 않았다. 페어차일드는 사단의 꼭두각시가 되어버렸다. 빅 누들은 샐리의 손에 목숨을 잃었다. 샐리 또한 죽어버렸다. 식민지는 테라의 공격 앞에 활짝 열려버렸다. 미사일을 분해하는 장벽은 빅 누들의 죽음과 함께 사라졌다. 그리고 팻도 목숨을 잃었다.

옆에서 소리가 들렸다. 커트는 절망과 피로로 숨을 헐떡이며 아주 조금 그쪽으로 고개를 틀었다. 얼핏 보니 팀이 이제 막 그를 따라잡은 줄로만 알았다. 그러나 눈을 찌푸리고 자세히 보자, 어스름 속에서 등장한 사람은 덩치가 크고 발걸음도 확고했다. 눈에 익은 모습이었다.

"그 생각대로일세." 노인이, 페어차일드 곁에 서 있던 나이 든 초능력자가 말했다. 빛바랜 노란색 달빛을 받으며, 거대하고 장중한 형체가 커트 옆으로 다가왔다. "그녀를 살리려는 노력은 모두 헛수고일 뿐이네. 할 수는 있지만 너무 어렵지. 게다가 자네와 내가 숙고해봐야 할 다른 일들도 존재하니 말일세."

커트는 비틀대며 달아났다. 넘어지고 미끄러지며, 발밑의 돌에 피부가 찢겨 나가면서도, 그는 정신없이 산길을 따라 내려갔다. 흙먼지가 일어나 콜록거리는 속에서도, 그는 간신히 균형을 잡고 평지로 내려왔다.

다시 걸음을 멈추자 팀이 자신을 따라 내려오는 것이 보였다. 한순간 그는 방금 전의 장면이 환상이라고, 자신의 상상력의 편린이라고 생각했다. 노인은 보이지 않았다. 애초에 있지 않았던 것이다.

자신의 눈앞에서 변화가 일어나기 전까지, 그는 상황을 온전히 이해하지 못하고 있었다. 그리고 이번에는 정반대의 변화가 일어났다. 그는 이번 존재는 왼쪽이라는 사실을 깨달았다. 눈에 익은 모습이지만, 아까와는 방향이 달랐다. 과거에 기억하던 존재였던 것이다.

여덟 살의 소년이 서 있던 곳에는, 16개월이 된 아기가 울음을 터트리며 허공을 더듬고 있었다. 이내 변화의 방향은 다시 바뀌었고, 커트의 눈앞에서는 믿을 수 없는 일이 계속해서 벌어졌다.

"좋아." 아기가 사라지고 여덟 살의 팀이 다시 모습을 드러내자 그는 이렇게 말했다. 그러나 소년 팀은 아주 잠시 머물렀을 뿐이었다. 소년은 거의 즉시 모습을 감추고, 새로운 인물이 산길을 따라 내려오기 시작했다. 삼십 대 중반의, 커트가 지금까지 본 적이 없는 사람이었다.

그러나 눈에 익은 모습이었다.

"당신, 내 아들이로군." 커트가 말했다.

"그렇습니다." 남자는 흐릿한 달빛 속에서 커트를 살펴보았다. "그녀를 살려낼 수 없다는 사실은 알고 계시겠죠? 이야기를 이어나가려면 그 점을 확실히 해야 합니다."

커트는 지친 얼굴로 고개를 끄덕였다. "알고 있어."

"좋습니다." 팀은 손을 내밀며 앞으로 나섰다. "그럼 다시 내려가요. 할 일이 많습니다. 우리 중간과 오른쪽 극단은 한동안 이쪽으로 넘어오려고 애를 써왔습니다. 중앙 존재가 허락을 해주지 않으면 돌아오기가 힘들거든요. 그런데 이 경우에는 중앙 존재가 상황을 이해하기에는 너무 어렸지요."

"그게 그런 뜻이었군." 커트는 함께 길을 따라 마을로 내려가면서 이렇게 중얼거렸다. "다른 존재라는 건 그 아이 본인이었어. 자신의 시간 궤적 위에서 존재하는 다른 자신이었던 거야."

"왼쪽은 과거의 다른 자신입니다." 팀이 설명했다. "당연하지만 오른쪽은 미래이지요. 아버지는 예지능력과 예지능력이 결합하면 아무것도 나오지 않는다고 말씀하셨죠. 하지만 이젠 아실 겁니다. 그 사이에서는 궁극적인 예지능력이, 즉 시간선을 따라 이동하는 능력이 탄생하는 겁니다."

"네 다른 자신들이 이리 넘어오려고 하고 있었던 거야. 그래서 너를 보고 겁에 질렸던 거지."

"상당히 힘든 상황이었지만, 결국 나이를 먹으면 이해하게 될 것이라는 사실을 알고 있었죠. 그 아이는 꽤나 복잡한 신화를 만들어냈습니다. 그러니까, 우리가 그랬다는 거죠. 제가요." 팀은 웃음을 터뜨렸다. "아직 제대로 용어가 정립되어 있지 않습니다. 이런 능력을 가진 사람은 제가 유일하니까요."

"내가 미래를 바꿀 수 있는 것은 미래를 볼 수 있기 때문이지." 커트가 말했다. "하지만 나는 현재는 바꿀 수 없어. 너는 과거로 돌아갈 수 있으니 현재도 바꿀 수 있는 거고. 그래서 오른쪽 극단의 존재, 그러니까 그 노인이 페어차일드 곁에 머문 거겠지."

"그게 처음으로 성공적으로 건너간 거였습니다. 간신히 중앙 존재를 오른쪽으로 두 단계 움직이게 할 수 있었죠. 그렇게 해서 양쪽의 위치를 바꿨지만, 시간이 좀 걸렸습니다."

"이제 무슨 일이 일어나는 건가?" 커트가 물었다. "전쟁은? 분리 운동은? 레이놀즈는 어떻게 되는 거지?"

"방금 전에 깨달으신 대로, 과거로 돌아가면 미래를 바꿀 수 있습니다. 위험한 일이죠. 과거에 아주 단순한 변화만 가해도 미래는 완벽하게 바뀔 수 있습니다. 시간여행의 재능이야말로 가장 유효하고, 동시에 가장 위험한 능력입니다. 다른 모든 능력은 앞으로 벌어질 일에만 영향을 끼칠 수 있습니다. 저는 지금 존재하는 모든 것을 쓸어버릴 수 있어요. 저는 다른 모든 인간과 사물에 우선하는 존재입니다. 저를 향해서는 그 어떤 공격도 불가능합니다. 항상 가장 먼저 존재하니까요. 항상 그곳에 있었으니까요."

커트는 아무 말 없이 아까 버리고 간 낡은 트럭을 지나쳤다. 결국 그는 다시 입을 열었다. "반초능력이란 대체 뭐지? 네가 그쪽에도 영향을 끼친 거냐?"

"별로 그렇지는 않습니다." 아들이 말했다. "그 존재를 공표한 것은 아버지의 공적이라 생각하셔도 됩니다. 우리가 활동하기 시작한 건 고작해야 몇 시간 전부터였으니까요. 우리는 간신히 시간 맞춰 도착해서 도움을 드렸을 뿐이죠. 페어차일드와 함께 있는 모습을 보셨지요. 우리는 반초능력을 후원하고 있습니다. 반초능력이 전면에 드러나지 않은 일부 대체 시간 흐름을 보시면 놀라실 겁니다. 아버지의 예지능력이 옳았습니다. 별로 보기에 좋은 상황은 아니거든요."

"그렇다면 최근 들어 도움을 받기 시작한 셈이로군."

"그래요, 우리가 아버지를 뒷받침할 겁니다. 그리고 이제부터 도움은 점차 늘어갈 겁니다. 우리는 언제나 균형을 이룩하려 노력합니다. 반초능력자와 같은 존재를 통해 교착 상태를 유지하는 거지요. 지금 레이놀즈는 약간 균형에서 어긋나 있지만, 그 사람은 손쉽게 제어할 수 있습니다. 이미 행동을 취하고 있어요. 물론 우리 능력이 무한한 것은 아닙니다. 우리 능력은 약 70년에 달하는 우리 수명 안에서만 작동하니까요. 시간을 벗어난 존재가 되는 건 참 이상한 기분이에요. 그 어떤 변화도, 자연 법칙도 영향을 끼치지 못하니까요.

갑자기 체스판에서 허공으로 떠올라서 모든 사람을 체스말로 보게 되는 기분입니다. 우주 전체가 흰색과 검은색 사각형으로 구성된 놀이판으로 보이는 거지요. 모든 사람과 사물은 자신의 시공간상의 점에 고정되어 있습니다. 그러나 우리는 체스판을 떠난 존재지요. 위에서 바로 개입할 수 있습니다. 사람의 위치를 조절하거나 바꾸고, 체스말들이 알지 못하는 동안 게임의 상황을 바꾸는 겁니다. 게임 밖에서요."

"그러면 그녀를 살려줄 수 없겠니?" 커트는 애원했다.

"제가 저 여자를 그 정도로 동정할 거라고 생각하시는 건 아니겠죠." 그의 아들이 말했다. "어쨌든 제 어머니는 줄리입니다. 저는 이제 느리지만 멈출 수 없는 신들의 복수라는 표현이 어떤 의미인지를 알고 있습니다. 우리 행동에 희생당하는 사람의 수를 줄일 수 있으면 좋겠지요……. 톱니바퀴 사이에 끼어버리는 사람을 구할 수 있었으면 합니다. 하지만 우리와 같은 관점에서 볼 수 있다면 아버지도 이해하실 겁니다. 우리는 우주의 균형을 맞춰야 합니다. 끔찍할 정도로 거대한 게임판이거든요."

"너무 큰 게임판이라서 사람 하나 정도는 아무런 의미도 없단 말인가?" 커트는 고통스럽게 물었다.

그의 아들은 걱정하는 표정을 지었다. 커트는 아들에게 그 나이에 이해하기 힘든 것을 설명할 때 자신이 저런 표정을 지었다는 사실을 떠올렸다. 그리고 팀이 자신보다 설명을 더 잘하기를 빌었다.

"그런 게 아닙니다." 팀이 말했다. "우리에게 있어 그녀는 죽은 것이 아닙니다. 당신이 볼 수 없는 체스판의 다른 곳에 존재하고 있지요. 항상 거기 있었습니다. 항상 있을 겁니다. 체스말은 단 하나도 체스판을 떠나지 않습니다……. 아무리 작더라도요."

"너한테는 그렇겠지." 커트가 말했다.

"그렇습니다. 우리는 체스판 밖에 있으니까요. 언젠가는 우리 능력을 모든 사람이 가지게 될지도 모릅니다. 그런 날이 오면 비극적인 오해도, 죽음도 존재하지 않게 될 겁니다."

"그럼 그 전에는?" 팀을 자신에게 공감하고 싶어하도록 만들어야 한다는 긴장감이 그의 머릿속을 가득 채웠다. "나한테는 그런 재능이 없어. 나한테 그녀는 죽은 사람이야. 그녀가 체스판 위에 차지하고 있던 자리가 비어버렸다고. 줄리로는 채울 수 없어. 다른 누구로도 안 돼."

팀은 생각에 잠겼다. 깊이 숙고하는 것처럼 보였지만, 커트는 자신의 아들이 시간의 궤적을 계속해서 더듬으며 반박할 증거를 찾고 있다는 사실을 느낄 수 있었다. 팀의 눈에 초점이 돌아오며, 아버지의 얼굴을 바라보고는 슬프게 고개를 끄덕였다.

"그녀가 게임판 위 어디에 있는지를 보여드릴 수가 없군요. 게다가 그 모든 경로에서 아버지의 삶은 공허하게 이어집니다. 단 하나의 시간대만 빼고요."

　누군가 수풀을 헤치고 나오는 소리가 들렸다. 문득 몸을 돌린 커트의 품 안에 팻이 안겨들었다.

　"그게 여기로군요." 팀이 말했다.

전쟁 장난감
War Game

PHILIP K. DICK

지구 수입 표준국의 사무실, 키 큰 남자는 와이어 바스켓에서 오늘 아침의 메모를 모아 꺼내들고 책상 앞에 앉아서는, 죽 늘어놓고 읽을 채비를 했다. 그는 홍채 렌즈를 착용한 다음 담배에 불을 붙였다.

"안녕하시오." 와이즈먼이 엄지로 맨 처음 메모의 위편 테이프를 슥 훑자, 메모가 작은 목소리로 재잘거렸다. 그는 열린 창문을 통해 주차장을 바라보며 나른하게 목소리에 귀를 기울였다. "그러니까, 이보시오, 그 아래 당신들은 대체 뭐가 문제인 거요? 우리가 이렇게―." 메모를 보낸 사람, 즉 뉴욕 백화점 계열사의 판매부장은 잠시 말을 멈추고 기록을 뒤적이는 모양이었다. "가니메데 장난감들을 잔뜩 보냈는데. 가을 분기 계획이 끝나기 전까지 승인이 나야 크리스마스에 맞춰서 재고를 확보해놓을 수 있단 말이오." 판매부장은 투덜거리며 말을 맺었다. "전쟁 장난감은 올해에도 주요 상품이 될 테니, 대량 구매할 생각인데."

와이즈먼은 말하는 사람의 이름과 직책을 엄지로 훑었다.

"조 하우크. '애플리즈' 아동 부서." 메모의 목소리가 재잘댔다.

와이즈먼은 "아." 하고 혼잣말을 한 다음, 메모를 내려놓고 새 메모장을 꺼내 회신을 준비했다. 그러다 그는 문득 혼잣말을 중얼거렸다. "그래, 그래서 그 가니메데 장난감들은 뭐가 문제인 거지?"

검사 연구실에서 꽤나 오래 붙들고 있는 모양이었다. 적어도 2주는 됐으니까.

물론 요즘 가니메데 상품들은 특별히 주의를 기울여 심사한다. 작년부터 위성 연합에서는 평소 이상으로 도를 넘은 탐욕스러운 경제 정책을 펼치기 시작했고, 정보부서 쪽의 이야기에 따르면 이권을 놓고 가장 중요한 경쟁 상대, 즉 3개 내행성 동맹에 대해 군사적 행동을 취할지 여부를 고민하기 시작했다는 것이다. 그러나 지금까지 뚜렷하게 드러난 것은 아무것도 없었다. 수출 물품은 적절한 품질을 유지했고, 교활하게 숨긴 무기도, 주변으로 흘러나갈 유독 페인트도, 박테리아 캡슐도 적발되지 않았다.

그렇지만…….

가니메데인처럼 독창적인 종족은 일단 진입한 영역이면 어디서든 뛰어난 창의성을 발휘할 수 있었다. 반란 또한 여러 면에서 사업과 마찬가지였다. 상상력과 재치로 승부를 걸 수 있는 것이다.

와이즈먼은 자리에서 일어나 사무실을 나섰다. 그리고 검사 연구실이 있는 외부 건물로 걸음을 옮기기 시작했다.

반쯤 분해된 소비자 상품들에 둘러싸인 채로, 피나리오는 고개를 들고 그의 상사인 리온 와이즈먼이 연구실로 통하는 마지막 문을 닫는 모습을 바라보았다.

"내려와주셔서 기쁩니다." 이렇게 말하기는 했지만, 사실 피나리오는 일을 미루는 중이었다. 일정에서 적어도 닷새는 뒤처져 있었다. 따라서 상사가 직접 내려왔다는 건 앞으로 골치 아픈 상황이 벌어질 것이라는 뜻일 뿐이었다. "예방용 작업복을 착용하시는 게 좋을 겁니다. 위험을 무릅쓸 필요는 없으니까요." 그는 경쾌하게 말을 이었지만, 와이즈먼은 여전히 뚱한 표정을 짓고 있었다.

"저기 6달러짜리 내부 요새 공성용 특공대 세트 때문에 온 거야." 와이즈먼은 이렇게 말하며, 검사와 출하 작업을 기다리고 있는 아직 개봉하지 않은 다양한 상자들 쪽으로 걸음을 옮겼다.

"아, 가니메데의 장난감 군인 세트 말씀이시군요." 피나리오는 내심 안도하며 대답했다. 그쪽으로는 나름 거리낄 것이 없었다. 연구실의 모든 검사관이 샤이엔의 검역국에서 내린 '도시 주거 인구에 적대적인 미립자 관련 검역' 특수 조례를 확실히 숙지하고 있었다. 관료들이 하사하는 엉망진창인 법령의 표본이라 할 수 있는 내용이었다. 그는 언제든 합법적으로 조례의 각 항을 암송함으로서 위기를 회피할 수 있었다. "그건 제가 직접 맡았지요." 그는 와이즈먼과 나란히 걸음을 옮기며 말했다. "특수한 위험 가능성이 있는 물건이니까요."

"어디 한번 보자고." 와이즈먼이 말했다. "그 정도로 주의할 필요가 있는 물건이라 생각하나, 아니면 그저 '외계 환경'에 대한 피해망상이라 생각하나?"

피나리오가 말했다. "우려할 만한 이유는 충분합니다. 무엇보다 아이들이 사용할 물건이니까요."

몇 번 수신호를 보내자 벽 한쪽이 열리며 곁방이 모습을 드러냈다.

그 가운데에 놓인 물건이 와이즈먼을 멈칫하게 만들었다. 실물 크기의 5세 아이 모형이, 평범한 아이 옷을 입은 채로 장난감에 둘러싸인 채 앉아 있었다. 그 순간 인형은 이렇게 말하고 있었다. "그건 질렸어. 딴 거 해봐." 인형은 잠시 말을 멈추었다가 다시 같은 말을 반복했다. "그건 질렸어. 딴 거 해봐."

바닥에 놓인 장난감들은 그 지시에 맞추어 수행하고 있던 다양한 작업을 포기하고 처음부터 다시 작동을 시작했다.

"노동력을 절감해주지요." 피나리오가 설명했다. "구매자가 돈값을 뽑아내기 전까지 계속 같은 일을 반복해야 하는 쓰레기들이 잔뜩 있으니까요. 저걸 계속 작동시키려고 우리가 하루 종일 여기 붙어 있을 수는 없지 않습니까."

인형 바로 앞에는 가니메데 병사 한 무리와 그들이 습격하라고 만든 요새가 놓여 있었다. 병사들은 다양한 모습으로 은닉 상태를 유지하며 요새에 접근하는 중이었지만, 인형이 중얼거리자마자 움직임을 멈추고 전열을 재정비하기 시작했다.

"전부 녹화 중인가?" 와이즈먼이 물었다.

"아, 물론이죠." 피나리오가 말했다.

모형 병사들은 15센티미터 정도 키에, 가니메데 제작사들의 자랑거리인 파괴가 거의 불가능한 열가소성 플라스틱 중합체로 만든 물건이었다. 옷은 인조 재질로, 위성 연합과 근처 행성들의 여러 군복에서 구성 요소를 따온 모양이었다. 요새 자체는 불길한 검은색의 금속 비슷한 물질 덩어리로 어떤 유명한 요새의 모습과 흡사하게 생겼다. 상부에는 관측용 구멍이 뚫려 있고, 도개교는 끌어올려 보이지 않게 감추어버렸으며, 맨 꼭대기 포탑에는 화려한 깃발이 펄럭이고 있었다.

풍선이 터지는 듯한 높은 소리와 함께, 요새에서 공격자 측을 향해 포탄을 발사했다. 포탄은 병사들 한가운데 떨어져서는 무해한 연기와 소음을 발산하며 폭발했다.

"반격도 하는군." 와이즈먼이 말했다.

"하지만 결국 패배할 운명이지요." 피나리오가 말했다. "그래야 합니다. 심리학적으로 말하자면, 저 요새는 외부의 현실을 상징합니다. 열두 명의 병사들은 당연하게도 현실에 대응하려는 아이의 노력을 상징하지요. 요새를 습격하는 임무에 동참함으로써, 아이는 가혹한 세계에 대응하는 적절한 방식을 깨닫게 되는 것입니다. 아이는 결국 승리하게 되지만, 노력을 계속하며 인고의 시간을 보내야 그 승리를 쟁취할 수 있는 거지요." 그리고 그는 와이즈먼에게 설명서를 건네며 덧붙였다. "적어도 여기서 말하는 바에 따르면 그렇습니다."

와이즈먼은 설명서를 훑어보며 물었다. "그리고 공격 패턴은 매번 바뀐다는 거지?"

"지금 8일째 돌리는 중입니다. 아직까지 같은 패턴이 두 번 나온 적은 없습니다. 뭐, 애초에 참가하는 구성 요소의 수가 제법 되니까요."

병사들은 은닉 상태를 유지한 채로 천천히 요새에 접근하는 중이었다. 요새 벽에서는 여러 감시 장비들이 모습을 드러내 병사들을 추적하기 시작했다. 병사들은 시험 중인 다른 장난감들을 이용해 몸을 숨기고 있었다.

"지형의 무작위적인 배치를 응용할 줄 압니다." 피나리오가 설명했다. "물체를 지향하는 성질을 가지지요. 예를 들어 여기 검사 중인 인형의 집을 마주하면, 이 병사들은 생쥐처럼 그 위를 기어오릅니다. 뭐든 그 안으로 파고들죠." 자신의 논점을 증명하기 위해, 그는 천왕성에서 제작한 커다란 장난감 우주선을 집어 들었다. 우주선을 흔들자 병사두 명이 그 안에서 떨어져 나왔다.

"확률적으로 얼마나 자주 요새를 점거하나?" 와이즈먼이 물었다.

"지금까지는 아홉 번에 한 번꼴로 성공했습니다. 요새 뒤편에 난이도 조절 장치가 있어요. 그걸 조작하면 성공률을 올릴 수 있습니다."

그는 병사들의 진격로를 확인하기 시작했다. 와이즈먼도 동참했고, 두 사람은 함께 허리를 굽히고 요새를 살폈다.

"사실은 전력도 여기서 공급됩니다." 피나리오가 말했다. "교묘한 구조이죠. 게다가 병사들에게 내리는 명령도 요새에서 나옵니다. 신호 장치에서 고주파를 발산하여 지령을 내리는 거죠."

그는 요새 뒤편을 열어서 상사에게 장치 내부를 보여주었다. 장치 하나가 지령 하나를 담당한다. 공격 패턴을 구성할 때에는 장치를 전부 튕겨 올린 다음 진동시켜 무작위적인 순서로 배치되도록 한다. 이런 식으로 하면 무작위성을 유지할 수 있다. 그러나 신호의 개수는 유한하기 때문에, 패턴에도 유한한 수가 존재할 것이다.

"전부 시험해보는 중입니다." 피나리오가 말했다.

"그리고 속도를 올릴 방도는 없다?"

"시간이 좀 걸릴 뿐이에요. 1천 가지 패턴이 나온 다음에도, 그다음 패턴은—."

"직각으로 방향을 틀어 가장 가까운 인간을 쏘기 시작할지도 모른다는 거로군." 와이즈먼이 말을 맺었다.

피나리오는 진지하게 대답했다. "더 끔찍할 수도 있죠. 저 파워 팩에는 상당한 양의 에너지가 있습니다. 5년은 가도록 만들어졌죠. 하지만 그 모든 에너지가 동시에 한 가지 목적으로 투입된다면—."

"시험을 계속하게." 와이즈먼이 말했다.

그들은 서로 마주 본 다음 요새 쪽으로 시선을 돌렸다. 병사들은 이제 거의 요새 앞에 도달해 있었다. 갑자기 요새 한쪽 벽이 아래로 열리더니 총구가 등장했고, 병사들은 그대로 전멸해버렸다.

"저건 처음 보는데." 피나리오가 중얼거렸다.

한동안 아무것도 움직이지 않았다. 이내 장난감 사이에 앉은 연구실의 어린이 인형이 "그건 질렸어. 딴 거 해봐." 하고 말했다.

두 남자는 불안감에 몸을 떨면서 병사들이 자리에서 일어나 재집결하는 모습을 지켜보았다.

이틀 후, 땅딸막한 몸집에 화가 잔뜩 나서 눈이 튀어나올 정도인 와이즈먼의 상사가 그의 사무실에 왕림했다. "잘 듣게." 파울러가 말했다. "그 빌어먹을 장난감 검사를 끝내라고. 내일까지 시간을 줄 테니까." 그대로 할 말만 하고 나가는 상사를 와이즈먼이 저지했다.

"이건 상당히 중요한 문제입니다. 연구실로 내려오시면 직접 보여드리죠." 와이즈먼이 말했다.

그들은 계속 말다툼을 벌이며 연구실로 향했다. "자네는 여기 기업

들이 이런 물건들에 돈을 얼마나 투자하는지 짐작도 못하겠지!" 그는 연구실로 들어서는 순간에도 이렇게 투덜대고 있었다. "여기 있는 상품 한 개가 달에 있는 창고 하나 분량의 상품을 대표하는 거란 말이야. 허가를 받아서 당장이라도 들여올 수 있도록 말이지!"

피나리오의 모습은 어디에도 보이지 않았다. 그래서 와이즈먼은 자기 열쇠를 사용해 안으로 들어간 다음, 검사용 방을 여는 수신호를 보냈다.

실험실 사람들이 만든 인형은 여전히 장난감 무더기 사이에 앉아 있었다. 그 주변에는 수많은 장난감들이 둘러앉아 저마다 동작을 반복하고 있었다. 파울러는 소음에 얼굴을 찌푸렸다.

"바로 이게 그 물건입니다." 와이즈먼은 요새 옆에서 몸을 숙이며 이렇게 말했다. 병사 한 명이 포복한 채로 요새를 향해 기는 모습이 보였다. "보시다시피 열두 명의 병사가 있습니다. 수도 많고 사용할 수 있는 에너지도 많으며 명령 정보도 복잡하게 구성되어 있기 때문에—."

파울러는 그의 말을 끊었다. "열한 명밖에 안 보이는데."

"한 놈은 숨어 있겠죠." 와이즈먼이 말했다.

그들의 뒤편에서 목소리가 들렸다. "아뇨, 그 말씀이 맞습니다." 굳은 얼굴의 피나리오가 모습을 드러냈다. "수색 작업을 끝냈습니다. 한 명이 사라졌어요."

세 남자의 사이에 침묵이 흘렀다.

"요새에서 파괴해버린 거 아닌가." 마침내 와이즈먼이 입을 열었다.

피나리오가 대답했다. "질량 보존의 법칙에 어긋나는 일이죠. 만약 '파괴'된 것이 사실이라면, 그 잔해는 어디로 갔겠습니까?"

"에너지로 변환한 것일지도 모르지." 파울러는 요새와 남은 병사들을 살펴보며 이렇게 말했다.

"우리는 나름 기발한 방식으로 확인해봤습니다. 병사 한 명이 사라진 걸 확인한 다음에, 남은 병사 열한 명과 요새의 무게를 달아보았죠. 합산한 무게는 원래의 전체 무게와 완벽하게 일치하더군요. 처음의 열두 명에 요새를 합한 무게와 말입니다. 그러니 그 병사는 저 안 어딘가에 있는 겁니다." 그는 진격하는 병사들을 조준하고 있는 요새 쪽을 가리키며 이렇게 말했다.

요새를 살펴보는 와이즈먼은 문득 묘한 깨달음을 얻었다. 요새에 변화가 있었다. 어딘지는 모르지만 예전과는 다른 모습이었다.

"테이프를 돌려보지." 와이즈먼이 말했다.

"네?" 피나리오는 이렇게 되묻고는 이내 얼굴을 붉혔다. "아, 그렇군요." 그는 어린아이 모양의 인형으로 가서 전원을 끈 다음, 덮개를 열고 비디오 녹화 테이프 드럼을 꺼냈다. 그리고 떨리는 손으로 프로젝터 쪽으로 가져갔다.

그들은 자리에 앉아서 녹화한 내용이 빠르게 지나가는 것을 지켜보았다. 습격이 계속해서 반복되었고, 세 사람은 이내 눈앞이 흐려지기 시작했다. 병사들이 진격하고, 퇴각하고, 포탄 세례를 받고, 자리에서 일어서고, 다시 진격하고…….

"재생 중지." 와이즈먼이 갑자기 말했다.

마지막 부분이 반복 재생되었다.

병사 한 명이 요새 아랫단까지 꾸준히 진격했다. 그를 향해 발사된 미사일이 폭발하며 잠시 동안 그의 모습을 가렸다. 그러는 동안, 남은 열한 명의 병사들은 앞으로 달려 나가 격한 동작으로 벽을 기어오르려 시도했다. 벽의 한쪽이 미끄러지듯 열렸다.

거무칙칙한 요새 벽에 모습을 감춘 병사 한 명은 자신의 소총을 스크루드라이버처럼 사용해서 자신의 머리를, 한쪽 팔을, 양쪽 다리를 분해했다. 분해된 부속들은 그대로 요새의 작은 구멍 안으로 들어갔다. 팔 한 쪽과 라이플만 남자, 그 남은 부분도 더듬거리며 기어서 요새 안으로 들어가 사라졌다. 이내 구멍 자체도 소리 없이 사라져버렸다.

한참 시간이 흐른 후, 파울러는 거친 목소리로 이렇게 말했다. "부모 쪽에서는 아이들이 병사 하나를 잃어버렸거나 망가트렸다고 생각하겠지. 전체 세트는 천천히 줄어들 거야. 아이에게 모든 책임을 전가하면서."

피나리오가 말했다. "어떻게 하는 게 좋겠습니까?"

"계속 돌리게." 파울러는 이렇게 말하며, 와이즈먼 쪽으로 고개를 끄덕였다. "작동 주기를 끝마치게 만들어. 하지만 저것만 혼자 놔두지는 말게."

"이제부터는 방 안에 사람을 배치해놓겠습니다." 피나리오도 동의했다.

"가능하면 자네가 직접 머무르는 편이 낫겠지." 파울러가 말했다.

와이즈먼은 속으로 생각했다. 우리 모두가 함께 있는 편이 나을지도 몰라. 적어도 피나리오와 나, 두 명 정도는.

그 부속을 가지고 무얼 했을지 정말 궁금한데.

뭘 만든 걸까?

그 주가 끝날 때까지, 요새는 병사 네 명을 추가로 흡수했다.

그 모습을 모니터로 지켜보는 와이즈먼은 명확한 변화를 감지하지 못했다. 생각해보면 당연한 일이었다. 변화는 요새 내부에서, 그의 시야 밖에서 벌어지고 있을 것이 분명했으니까.

외부의 공격은 끝없이 반복되었다. 병사들은 기어 올라가고, 요새는 방어를 위해 발포를 계속했다. 그러는 동안 새로운 가니메데 산 상품들이 도착했다. 검사가 필요한 아이들의 장난감이 늘어나버렸다.

"이젠 또 뭐지?" 그는 혼잣말을 중얼거렸다.

첫 장난감은 비교적 단순한 물건이었다. 고대 미국 서부의 카우보이 복장이었다. 적어도 설명에 적힌 바는 그랬다. 그러나 그는 설명서에는 아주 잠시밖에 주의를 기울이지 않았다. 가니메데 놈들이 뭐라고 설명을 주절거려놓았는가는 알 바가 아니었다.

그는 상자를 열고 복장을 꺼냈다. 회색의, 만지는 행위에 따라 형태가 변하는 옷감이었다. 정말 끔찍한 솜씨 아닌가, 하고 그는 생각했다. 전체적인 모양만 카우보이 복장과 비슷할 뿐이었다. 재봉선은 엉망으로 비뚤배뚤했다. 그리고 손으로 들자 옷감은 그대로 축 늘어져버렸다. 옷 전체를 축 늘어지는 주머니 하나에 구겨 넣을 수 있을 정도였다.

"이해가 안 되는데. 이딴 게 팔릴 리가 있나." 그는 피나리오에게 말했다.

"일단 착용해보시죠. 그러면 알게 될 겁니다." 피나리오가 말했다.

와이즈먼은 힘겹게 옷 안으로 몸을 우겨 넣었다. "안전하긴 한 건가?" 그가 물었다.

"네. 저도 좀 전에 착용해봤습니다. 제법 얌전한 착상이기는 한데, 효과는 대단할 겁니다. 이걸 작동시키려면 망상을 시작하면 됩니다."

"어떤 종류의 망상?"

"뭐든지요."

복장 때문인지 와이즈먼의 머릿속에는 카우보이가 떠올랐다. 그래서 그는 어린 시절의 목장을, 검은 머리의 양들이 아래턱을 묘하게 움직이며 열심히 건초를 씹고 있는 풀밭과 그 옆을 따라 이어지는 자갈길을 상상하기 시작했다. 그는 드문드문 감시탑이 솟아 있는 철조망 울타리 앞에서 걸음을 멈추고 양을 구경하곤 했다. 갑자기 양이 줄지어 서서 고개를 들고, 그의 시야 밖에 있는 그늘진 언덕 사면 쪽을 바라보았다.

나무가, 하늘을 향해 뻗은 사이프러스 나무들이 보였다. 멀리서 말똥가리 한 마리가 격렬하게 날개를 퍼덕였다……. 마치 더 높이 날아오르기 위해 몸속에 공기를 가득 채우는 것만 같은 모습이었다. 말똥가리는 힘차게 활공을 시작해서는 여유롭게 날아올랐다. 와이즈먼은 말똥가리의 사냥감을 찾아 주변을 둘러보았다. 그러나 메마른 한여름의 풀밭에는 양떼 말고는 아무것도 보이지 않았다. 가끔 메뚜기가 보였다. 그리고 길 위에는 두꺼비가 한 마리 있었다. 성긴 흙 속으로 파고들어가서 머리 윗부분만 빼꼼 내놓고 있었다.

그는 몸을 숙이고, 두꺼비의 우둘투둘한 머리를 만지기 위한 용기를 끌어모았다. 그때 근처에서 남자의 목소리가 들렸다. "마음에 드십니까?"

"좋아요." 와이즈먼이 말했다. 그는 심호흡을 하며 마른 풀밭의 냄새를 한껏 빨아들였다. 허파가 가득 찼다. "저기, 두꺼비는 암수를 어떻게 구별하나요? 점이나 뭐 그런 게 있나요?"

"그건 왜 묻는 겁니까?" 그의 옆에, 살짝 시야에서 비켜서 있는 남자가 되물었다.

"여기 두꺼비가 한 마리 있거든요."

"기록을 위한 것입니다만." 남자가 말했다. "몇 가지 질문을 해도 될까요?"

"물론이죠." 와이즈먼이 말했다.

"나이가 어떻게 되십니까?"

쉬운 질문이었다. "열 살하고 넉 달 됐어요." 그는 자신감 넘치는 목소리로 대답했다.

"지금 이 순간, 정확하게 어디 계시죠?"

"시골에 나와 있어요. 게이로드 씨의 목장인데, 아빠가 시간이 되면 주말마다 저하고 엄마를 데려와주세요."

"몸을 돌려서 저를 보십시오. 혹시 저를 안다면 그렇다고 말씀해주세요."

그는 머뭇거리며 반쯤 파묻힌 두꺼비에서 눈을 떼었다. 길쭉한 얼굴에 약간 비뚤게 붙은 코를 가진 어른이 한 명 서 있었다. "부탄가스 배달해주는 아저씨죠. 가스 회사에서 나온 사람요." 그가 말했다. 주변을 둘러보니 그의 예상대로 입구 쪽에 트럭이 한 대 서 있었다. "아빠 말로는 부탄은 엄청 비싸지만, 다른 대체품이 없다고—."

남자는 그의 말을 끊었다. "그냥 호기심 때문에 묻는 건데, 그 회사의 이름이 뭡니까?"

"트럭에 써 있잖아요." 와이즈먼은 페인트로 큼지막하게 적힌 글자들을 읽었다. "피나리오 부탄 배급사, 페탈루마, 캘리포니아. 아저씨는 피나리오 씨고요."

"자신이 열 살이고 캘리포니아 주 페탈루마 근처의 목장에 서 있다고 확신할 수 있습니까?" 피나리오 씨가 물었다.

"물론이죠." 목장 너머로는 숲이 이어지는 구릉지가 보였다. 이제 그쪽을 탐험해보고 싶어졌다. 수다나 떨고 있을 생각은 없었다. "또 봐요. 하이킹을 하고 싶어졌어요." 그는 이렇게 말하며 걸음을 옮기기 시작했다.

그는 피나리오의 반대 방향으로, 자갈길을 따라 달려가기 시작했다. 메뚜기가 그의 앞길에서 뛰어오르는 모습이 보였다. 그는 숨을 몰아쉬며 빠르게, 더 빠르게 달렸다.

"리온! 그만둬요! 달리면 안 됩니다!" 뒤에서 피나리오 씨가 소리치는 것이 들렸다.

"저쪽 언덕에 볼일이 있다고요." 와이즈먼은 헐떡이며 계속 달려갔다. 갑자기 뭔가가 그를 정면으로 들이받았다. 그는 손을 들어 더듬으며 자리에서 일어나려 했다. 건조한 한낮의 공기 속에 무언가 반짝이고 있었다. 그는 두려움을 느끼며 뒤로 물러섰다. 형상이 나타났다. 평평한 벽이…….

"언덕까지 갈 수는 없을 겁니다." 뒤쪽에서 피나리오 씨의 목소리가 들렸다. "대충 한 곳에 머물러 계세요. 안 그러면 여기저기 부딪치게 될 테니까요."

와이즈먼의 손은 피로 축축했다. 넘어지면서 어딘가 베인 모양이었다. 그는 놀라서 피로 젖은 손을 내려다보았다…….

피나리오는 그가 카우보이 옷을 벗는 것을 도와주며 말했다. "장난감으로서는 최고로 부적절한 물건이라 할 수 있습니다. 잠시라도 입고 있으면 그 순간의 현실을 마주하지 못하게 될 테니까요. 지금 자신의 모습을 보세요."

와이즈먼은 힘겹게 일어서며 카우보이 옷을 살펴보았다. 피나리오가 억지로 옷을 벗긴 모양이었다.

"나쁘지는 않더군." 그는 떨리는 목소리로 말했다. "이미 존재하는 도피 경향을 자극하는 것이 분명해. 나는 항상 어린 시절로 도피하고 싶은 후천적 충동을 가지고 있었지. 우리가 시골에 살던 바로 그 당시로 말이야."

"현실의 요소들을 자신의 상상 속에 어떤 식으로 융합해 넣는지 확인하셨겠지요." 피나리오가 말했다. "그 환상을 최대한 오래 지속시키기 위해서 말입니다. 시간이 충분했다면 실험실 벽도 그 환상의 일부로 받아들이는 방법을 생각해냈을지도 모릅니다. 외양간의 한쪽 벽이라든가, 뭐 그런 식으로요."

와이즈먼도 인정했다. "그래……. 그때 벌써 낡은 착유장 건물을 보기 시작했어. 농부들이 판매용 우유를 가져오는 곳 말이야."

"결국 얼마 지나지 않아 그 환상에서 끄집어내기가 아주 힘들어졌을 겁니다." 피나리오가 말했다.

와이즈먼은 속으로 생각했다. 성인에게 그런 일을 할 수 있을 정도라면 아이에게는 어떤 효과가 있을지 상상조차 할 수가 없다고.

"여기 있는 이건 보드게임인데, 아주 괴상한 물건입니다. 지금 확인해보시겠습니까? 나중에 해도 되기는 하는데요." 피나리오가 말했다.

"난 괜찮아." 와이즈먼이 말했다. 그는 세 번째 장난감을 들고 내용물을 개봉하기 시작했다.

"옛날의 모노폴리 게임하고 비슷해 보이지요." 피나리오가 말했다. "'신드롬'이라고 부르는 모양입니다."

보드게임 안에는 놀이판 하나, 장난감 지폐, 주사위, 플레이어를 나타내는 말들이 들어 있었다. 주식 증권도 보였다.

"이런 종류의 다른 게임들과 같은 방식으로 주식을 얻게 됩니다." 피나리오는 설명서는 볼 필요도 없다는 듯 설명을 시작했다. "파울러 씨도 불러서 같이 한 판 해보지요. 이 게임에는 최소 3인이 필요합니다."

잠시 후 부서장이 그들과 합류했다. 세 남자는 신드롬 게임을 가운데 놓고 탁자에 둘러앉았다.

"모든 참가자는 같은 조건에서 게임을 시작합니다." 피나리오가 설명했다. "이런 부류의 게임들과 동일하지요. 그리고 게임을 하는 동안 여러 경제적 현상에서 얻은 주식의 가치에 맞춰서 참가자의 신분에 변화가 생깁니다."

사업체들은 밝은 색의 작은 플라스틱 모형으로 표시하도록 되어 있었다. 옛날 모노폴리 게임의 호텔이나 집들과 비슷한 모양새였다.

그들은 한동안 주사위를 던지고, 게임판 위에서 말을 움직이고, 부동산을 구입하고, 벌금을 내고, 벌금을 회수하고, 잠시 '오염 제거실'에 들어갔다 나왔다. 그러는 동안 뒤편에서는 일곱 명의 장난감 병정들이 계속해서 요새를 습격하고 있었다.

"이제 질렸어. 딴 거 해봐." 어린이 인형이 말했다.

병사들은 재결집했다. 다시 한 번 그들은 시작점을 출발해서 요새로 차츰 다가가기 시작했다.

짜증과 초조함이 뒤섞인 채로, 와이즈먼이 말했다. "저 빌어먹을 물건의 목적을 알려면 얼마나 더 오래 돌려야 하는 건지 모르겠군."

"알 길이 없죠." 피나리오는 방금 파울러가 획득한 보라색과 금색의 주식 증서를 곁눈질했다. "저게 필요한데. 명왕성에 있는 큼지막한 우라늄 광맥 아닙니까. 뭐하고 바꾸시겠어요?"

"꽤나 귀중한 물건을 원하는구먼." 파울러는 다른 주식 증서들을 확인해보며 중얼거렸다. "물론 거래할 수도 있기는 하지만."

와이즈먼은 속으로 중얼거렸다. 대체 어떻게 게임에 집중할 수가 있겠어. 저 빌어먹을 물건이 계속해서…… 뭔가에 접근해가고 있는데? 뭐든 저걸 만든 목적을 향해서 말이야. 임계 질량을 향해 다가가고 있다고…….

"잠깐만." 그는 조심스레 천천히 입을 열고는, 주식 증서를 탁자에 내려놓았다. "혹시 저 요새가 원자로일 가능성은 없나?"

"그건 무슨 소린가?" 파울러는 자기 패에만 주의를 기울이며 중얼거렸다.

와이즈먼은 큰 소리로 대꾸했다. "게임은 이제 관두시죠."

"흥미로운 착상이로군요." 피나리오도 자기 패를 내려놓으며 말했다. "한 조각씩 모아들여 원자폭탄을 만들고 있다는 거지요. 그러다 임계점에 도달하면ㅡ." 그는 말을 멈추었다. "아니, 그런 가능성은 이미 검토해봤습니다. 저 안에는 무거운 원소는 전혀 존재하지 않아요. 그저 수명이 5년인 축전지일 뿐이고, 그 외에는 전지와 연결되어서 지령 방송을 조절하는 작은 기계가 여럿 들어 있을 뿐입니다. 저걸로 원자로를 만들 수는 없어요."

"내 생각에는 여기서 빠져나가는 편이 좋을 것 같군." 와이즈먼이 말했다. 카우보이 옷을 경험한 덕분에, 가니메데산 장난감에 대한 경외심이 훨씬 강화된 상태였다. 만약 그 옷이 무해한 축에 들어간다면…….

파울러는 어깨너머를 살펴보고는 중얼거렸다. "병사가 여섯 놈밖에 안 남았는데."

와이즈먼과 피나리오 둘 다 즉시 자리에서 일어섰다. 파울러의 말이 옳았다. 이제 병사는 처음의 절반밖에 남지 않았다. 한 명이 추가로 요새에 도착해서 그 일부가 되어버린 것이다.

"군사 업체에서 폭발물 전문가를 이리 데려와서 확인하게 하자고. 이건 우리 부서에서 처리할 수 있는 일이 아니야." 와이즈먼은 이렇게 말하고는 상사인 파울러를 돌아보았다. "동의하지 않으십니까?"

파울러는 말했다. "우선 이 게임부터 끝내자고."

"왜요?"

"안전한지 확신을 가져야 하지 않겠나." 파울러가 말했다. 그러나 열의로 가득한 눈 속에 깃든 집착을 보니, 분명 게임을 마지막까지 하고 싶은 모양이었다. "명왕성 증권을 주면 그 대가로 뭘 내놓겠나? 제안을 받아보지."

파울러와 피나리오는 협상에 들어갔다. 게임은 이후 한 시간 동안 계속되었다. 마침내 파울러가 여러 분야의 주식을 확보하고 경영권을 휘두르게 되었다는 사실이 모두에게 명백해졌다. 그는 다섯 개의 광산, 두 개의 플라스틱 회사, 해조류 독점 기업, 그리고 일곱 개의 소매점 체인을 전부 확보하고 있었다. 이런 증권들을 모두 매수한 덕분에, 그는 부수입으로 현금의 대부분을 확보하게 되었다.

"저는 끝입니다." 피나리오가 말했다. 그에게 남은 것이라고는 아무런 권리도 행사할 수 없는 소액 증권 몇 개가 전부였다. "이거 사고 싶은 분 계십니까?"

와이즈먼은 얼마 안 되는 돈으로 피나리오의 주식에 입찰했다. 그는 주식을 받아 든 다음 게임을 계속했다. 이제는 파울러와 1:1 상황이었다.

"이 게임이 일반적인 다문화 경제 게임의 복제품이라는 사실은 분명하군요. 여기 등장하는 상사들은 분명 가니메데에 있는 회사니까요." 와이즈먼이 말했다.

순간 그의 눈빛에 흥분이 스쳤다. 주사위 눈이 잘 나온 덕분에, 얼마 안 되는 증권 목록에 주식을 더할 수 있는 기회가 생긴 것이다. "이 게임을 하는 아이들은 현실의 경제에 대해 건전한 관점을 가지게 될 겁니다. 어른들의 세계에 대비할 수 있게 되겠지요."

그러나 몇 분 후, 그의 말은 파울러의 회사가 완벽하게 지배하고 있는 칸에 도착했고, 벌금이 그의 남은 자원을 전부 쓸어가버렸다. 그는 증서 두 장을 포기해야 했다. 이제 끝이 다가오고 있었다.

요새를 향해 진군하는 병사들을 지켜보고 있던 피나리오가 말했다. "있잖습니까, 리온, 갈수록 당신 말에 동의하고 싶어지는데요. 이게 폭탄의 한쪽 끝일 수도 있습니다. 일종의 수신 기지국이죠. 여기서 회로가 완성되면 가니메데에서 보내는 강한 전력을 수신하는 거지요."

"그런 일이 가능한가?" 파울러는 게임 화폐를 액면가에 따라 배열하면서 물었다.

"뭘 할 수 있는지 어떻게 알겠습니까?" 피나리오는 주머니에 손을 찌른 채 돌아다니며 말했다. "게임은 다 끝나셨습니까?"

"이제 다 끝나 가." 와이즈먼이 말했다.

"제가 이런 말씀을 드리는 이유는, 이제 병사가 다섯밖에 남지 않았기 때문입니다. 속도가 빨라지고 있어요. 첫 번째 병사가 들어갈 때까지는 2주가 걸렸는데, 일곱 번째 병사는 한 시간 만에 사라졌습니다. 앞으로 두 시간 안에 남은 다섯 명이 전부 안으로 들어가도 놀랍지 않을 것 같은데요."

"다 끝났어." 파울러가 말했다. 마지막 남은 주식과 지폐가 그의 손에 들어간 참이었다.

와이즈먼은 파울러를 남기고 탁자에서 일어섰다. "내가 사설 군사 업체를 호출해서 요새를 확인해보게 하지. 하지만 이 게임 자체는 그냥 지구의 모노폴리를 베낀 것에 지나지 않는데."

"우리한테 이름이 다른 동일한 게임이 있다는 걸 모를 수도 있지." 파울러가 말했다.

신드롬 게임에는 허가 인장이 찍혔고, 수입업체에 연락이 갔다. 사무실로 돌아간 와이즈먼은 군사 업체를 호출해 원하는 바를 설명했다.

"폭발물 전문가가 즉시 그리 갈 겁니다. 그 친구가 도착할 때까지는 물체를 가만히 놔두십시오." 회선 반대편에서 느긋한 목소리가 대답했다.

왠지 쓸모없는 사람이 된 듯한 기분을 느끼며, 와이즈먼은 상대편 직원에게 감사를 표하고 전화를 끊었다. 결국 자기 손으로 요새와 병사 게임의 비밀을 풀어내는 데 실패하고 저쪽으로 공을 넘긴 셈이었던 것이다.

폭발물 전문가는 머리를 짧게 친 젊은 남성으로, 장비를 가지고 자리에 앉으며 그들을 향해 웃어 보였다. 평범한 커버올 작업복에 안전 장비는 단 한 조각도 붙어 있지 않았다.

요새를 살펴본 다음, 그는 이렇게 말했다. "가장 좋은 방법은 전극을 배터리에서 분리하는 것이겠지요. 아니면 주기가 완전히 끝날 때까지 기다린 다음에, 반응이 일어나기 전에 전극을 분리할 수도 있습니다. 그러니까 움직이는 요소가 모두 요새 안으로 들어갈 때까지 기다리자는 거지요. 마지막 하나까지 안에 들어간 다음에, 전극을 분리하고 저걸 해체해서 안에서 무슨 일이 벌어졌는지를 살펴보는 겁니다."

"그래도 안전합니까?" 와이즈먼이 물었다.

"그럴 것 같은데요." 폭발물 전문가가 대답했다. "내부에 방사선이 존재한다는 증거는 전혀 검출되지 않습니다." 그는 펜치 하나를 손에 든 채로, 요새 뒤편의 바닥에 자리를 잡고 앉았다.

이제 병사는 세 명밖에 남지 않았다.

"얼마 안 걸릴 겁니다." 젊은이는 경쾌하게 말했다.

15분 후, 세 명의 병사 중 한 명이 요새 기단부로 기어가서는 자신의 머리, 팔, 다리, 몸통을 분해한 다음 자신을 위해 열린 구멍을 통해 하나씩 안으로 기어들어가 버렸다.

"이걸로 두 놈 남았군." 파울러가 중얼거렸다.

10분 후, 남은 두 명의 병사 중 하나가 이전의 병사들과 같은 행동을 취했다.

네 명의 남자는 서로를 마주보았다. "거의 끝났군요." 피나리오가 목쉰 소리로 중얼거렸다.

마지막 남은 병사가 요새를 향해 전진하기 시작했다. 요새 내부의 화포는 계속해서 발포하고 있었지만, 병사는 끈질기게 전진을 계속했다.

"통계적으로 말하자면" 와이즈먼은 긴장을 낮추기 위해 의도적으로 큰 소리로 말하기 시작했다. "갈수록 간격이 길어져야 하는 거라고. 집중할 병사들이 갈수록 적어지니까 말이지. 처음에 빠르게 시작해서 갈수록 간격이 늘어나다가, 마지막 남은 병사는 적어도 한 달은 시간을 두고 들어갔어야 하는 건데—."

"죄송하지만 목소리 좀 낮춰주시죠." 젊은 폭발물 전문가는 나직하고 이성적인 목소리로 말했다.

열두 명의 병사 중 마지막 생존자가 요새 아랫단에 도착했다. 앞선 병사들과 마찬가지로, 그 또한 자신을 분해하기 시작했다.

"펜치 준비해요." 피나리오가 이를 악문 채 말했다.

병사의 부속들이 요새 안으로 기어들어갔다. 구멍이 닫히기 시작했다. 요새 내부에서 웅웅거리는 소리가 들리면서, 내부 활동이 증가하는 기색이 느껴졌다.

"바로 지금이야, 제길!" 파울러가 울부짖었다.

젊은 폭발물 전문가는 펜치를 내려서 축전지의 양극 쪽을 잘라 들어갔다. 다음 순간, 펜치에서 불꽃이 튀며 폭발물 전문가는 반사적으로 뛰어올랐다. 펜치가 손에서 날아가 바닥을 미끄러졌다. "원 세상에! 접지가 된 모양이군요." 그는 힘겹게 펜치를 찾아 바닥을 더듬거렸다.

"그 물건 덮개를 건드리고 있었잖아요." 피나리오가 흥분해서 소리쳤다. 그는 직접 펜치를 쥐고 몸을 숙이더니, 전극을 찾아 더듬거리기 시작했다. "손수건으로 이 근처를 감싸면 혹시—." 그는 이렇게 중얼거리며 펜치를 물리고는 손수건을 찾아 주머니를 뒤적였다. "이걸 감쌀 물건 가지고 계신 분 있나요? 감전되어 나가떨어지고 싶지는 않은데요. 이게 전압이 얼마나 강할지—."

"이리 주게." 와이즈먼은 이렇게 말하며 펜치를 빼앗았다. 그는 피나리오를 옆으로 밀쳐내고는 전극 주변으로 펜치를 가져다 댔다.

파울러는 차분하게 말했다. "너무 늦었어."

와이즈먼은 상사의 목소리를 거의 들을 수 없었다. 머릿속에 계속해서 한 가지 음성만이 들려왔다. 손을 들어 귀를 막아도 그 소리는 사라지지 않았다. 소리는 요새에서 직접 그의 두개골로, 뼈를 통해 머릿속으로 전달되는 것만 같았다. 그는 생각했다. 너무 시간을 끌었어. 이제 당해버린 거야. 사공이 너무 많아서 저쪽이 승리하도록 방치하고 말았어. 계속 말싸움만 하고…….

그의 마음속에서 목소리가 말했다. "축하합니다. 당신의 인내는 성공을 거두었습니다."

막대한 감정이, 일종의 성취감이 그의 마음속으로 스며들었다.

"성공을 거둘 가능성은 아주 미미했습니다. 당신이 아니었더라면 모두 실패했을 겁니다." 마음속의 목소리가 말을 이었다.

그는 모두 괜찮다는 사실을 깨달았다. 자신들이 틀렸던 것이다.

"지금 여기서 겪은 경험을 앞으로 평생 되풀이할 수 있을 겁니다. 항상 적대자들에 대해 승리를 거둘 수 있을 겁니다. 불굴의 인내심만 있으면, 모든 것을 이겨낼 수 있습니다. 애초에 우주란 그 정도로 견디기 힘든 장소는 아니니까요……."

그래, 그는 역설적인 사실을 깨달았다. 우주는 그 정도로 압도적인 존재가 아니다.

"모두 평범한 사람일 뿐입니다." 목소리가 상처를 어루만지듯 속삭였다. "따라서 당신이 홀로 다수에 맞서야 한다고 할지라도, 아무것도 두려워할 필요가 없습니다. 시간을 들여 기다리면서, 아무 걱정 하지 마십시오."

"걱정하지 않겠습니다." 그는 큰 소리로 대답했다.

웅웅 소리가 잦아들었다. 목소리가 사라졌다.

한참 동안 적막이 흐른 후, 파울러가 말했다. "다 끝났군."

"이해가 안 되는데요." 피나리오가 말했다.

"저게 목적이었던 거야." 와이즈먼이 말했다. "정신 치료용 장난감인 거지. 아이들이 자존감을 형성할 수 있도록 도와주는 거야. 병사들을 분해하는 행위는——." 그는 웃음을 지으며 말을 이었다. "자신과 세계의 단절을 종료하는 행위인 셈이지. 세계와 하나가 되는 거야. 그리고 그 과정에서 세계를 넘어서게 되는 거지."

"그렇다면 무해한 물건인 셈이로군요." 피나리오가 투덜거렸다. 그는 폭발물 전문가를 돌아보며 말했다. "별일 아닌데 여기까지 불러들여서 죄송합니다."

요새는 이제 성문을 활짝 열었다. 온전한 모습으로 돌아온 열두 명의 병사들이 정렬한 채로 앞으로 걸어나왔다. 하나의 주기가 끝난 것이다. 이제 공격을 다시 시작할 수 있다.

갑자기 와이즈먼이 입을 열었다. "이건 허가를 내지 않을 겁니다."

"네? 왜요?" 피나리오가 말했다.

"신뢰할 수가 없어. 실제 하는 일에 비해서 너무 복잡한 구성이라고." 와이즈먼이 말했다.

"설명해보게." 파울러가 요구했다.

"설명이고 뭐고 없습니다. 이렇게 고도로 복잡한 기구를 만들었는데, 실제로 하는 일이라고는 스스로를 분해했다가 다시 조립하는 것밖에 없지 않습니까. 뭔가 더 있는 것이 분명합니다. 우리는 그게 뭔지 아직 모르지만—."

"정신 치료용인 거 아닙니까." 피나리오가 끼어들었다.

파울러가 말했다. "자네 판단에 맡기겠네, 리온. 의심이 가는 구석이 있으면 허가를 내지 말게나. 너무 조심한다고 나쁠 건 없지."

"제가 틀렸을지도 모릅니다." 와이즈먼이 말했다. "하지만 계속 이런 생각이 들어요. 놈들이 이걸 만든 진짜 이유가 무엇일까? 아무래도 아직 제대로 밝혀내지 못했다는 생각이 듭니다."

"그리고 그 미국 카우보이 옷도 있죠." 피나리오가 끼어들었다. "그것도 허가를 내고 싶지 않으시겠군요."

"게임만 허가를 내지. 신드롬이었나, 뭐 어쨌든 그런 이름을 가진 물건 말이야." 와이즈먼은 이렇게 말하며, 몸을 숙여 서둘러 요새로 행군하는 병사들을 바라보았다. 다시 한 번 폭연이 터졌다…… 행군, 거짓 공격, 조심스러운 퇴각…….

"무슨 생각을 하시는 겁니까?" 피나리오는 눈살을 찌푸리며 그를 보고 물었다.

"어쩌면 위장 전술일지도 몰라." 와이즈먼이 말했다. "주의를 분산시키기 위해서 말이야. 다른 뭔가를 눈치채지 못하도록." 직관적인 생각이었지만, 정확하게 무엇일지는 짚어 말할 수 없었다. "거짓 미끼인 셈이지. 다른 작전을 진행하면서 말이야. 그래서 저렇게 복잡한 거야. 의심을 사도록. 그 목적을 위해 저걸 만든 거라고."

그는 어안이 벙벙한 채로 병사 앞에 발을 놓았다. 병사는 그의 신발을 엄폐물로 삼아서 요새의 시야에서 몸을 숨겼다.

"눈앞에 뭔가 있을 거라는 건가. 우리가 눈치채지 못한." 파울러가 말했다.

"그렇습니다." 와이즈먼은 언젠가 그 정체를 알아챌 수 있을지조차 확신할 수 없었다. "어쨌든 여기 우리가 확인할 수 있는 곳에 그대로 놔두기로 하죠."

그는 근처에 자리를 잡고 병사들을 관찰할 채비를 했다. 아주 오랜 시간 동안 기다릴 것을 대비해, 편안한 자세를 취하려 애쓰면서.

그날 저녁 여섯 시, 애플리즈 아동부서의 조 하우크는 그의 집 밖에 차를 대고는 계단에 올라섰다.

겨드랑이에는 큼지막하고 납작한 상자를, 그가 빼돌린 '시제품'을 끼고 있었다.

"애들아!" 그의 두 아이, 바비와 로라는 까르르거리며 집으로 들어서는 아버지를 맞이했다. "선물 가져오신 거예요, 아빠?" 아이들은 아버지를 둘러싸며 앞길을 막았다. 부엌에 있던 아내는 고개를 들면서 잡지를 탁자 위에 내려놓았다.

"새 게임을 하나 가져왔단다." 하우크가 말했다. 그는 아이들을 상냥하게 바라보며 포장을 풀었다. 새로 출시되는 게임 하나를 집으로 가져와서 안 될 이유는 없었다. 몇 주 동안이나 전화통에 들러붙어서 표준국의 규제를 통과할 수 있도록 온 힘을 기울였기 때문이다. 그렇게 노력했는데도 결국 신상품 세 가지 중에서 하나밖에 통과하지 못했다.

아이들이 게임을 들고 달려가버리자, 아내는 낮은 목소리로 그를 향해 말했다. "높으신 분들은 완전히 썩어빠졌네요." 그녀는 항상 회사 상품을 빼돌리는 행동을 용납하지 않았다.

"같은 게 수천 개는 있어. 창고 가득이라고. 하나 빠진 정도로는 아무도 눈치 못 챌 거야." 하우크가 말했다.

저녁식사를 하는 동안, 아이들은 게임에 동봉된 설명서의 모든 내용을 단어 하나 빼먹지 않고 계속해서 읽어내렸다. 다른 무엇에도 주의를 기울이지 않았다.

"식탁에서 읽으면 못 써." 하우크 부인이 주의를 주었다.

조 하우크는 의자에 기대 앉은 채 그날 벌어진 일을 계속 늘어놓았다. "그래서 그렇게 시간을 오래 끌어놓고, 결국 허가한 게 뭐야? 하잘 것 없는 게임 하나뿐이잖아. 그것만으로 이득을 보려면 지독하게 운이 좋아야 할걸. 진짜 돈벌이가 될 만한 장난감은 그 요새 강습 세트라고. 온갖 장치가 가득하잖아. 근데 그건 무기한 계류 상태라니까."

그는 담배를 피워 물고 느슨하게 앉아서, 안락한 분위기와 아내와 아이들의 존재를 느끼며 긴장을 풀었다.

딸이 말했다. "아빠, 같이 게임하실래요? 사람이 많을수록 재미있다고 적혀 있어요."

"물론 좋지." 조 하우크가 말했다.

아내가 식탁을 정리하는 동안, 그와 아이들은 게임판과 말과 주사위와 종이돈과 주식 증서를 펼쳐놓았다. 거의 즉시 그는 게임에 완전히 빠져들어버렸다. 어릴 적 보드게임을 하던 추억이 밀려들었고, 그는 교활함과 창의성을 발휘해 주식을 움켜쥐었다. 게임이 끝날 시점까지 그는 대부분의 사업체를 손에 쥘 수 있었다.

그는 만족스럽게 한숨을 쉬며 의자에 기대앉았다. "이 정도면 됐다." 그는 아이들에게 말했다. "아쉽게도 내가 한 발짝 앞서 있던 모양이로구나. 이런 게임은 처음 해본 게 아니거든." 게임판 위의 귀중한 주식을 손에 쥐었다는 사실이 그에게 강렬한 만족감을 선사해주었다. "이겨버려서 미안하구나, 얘들아."

딸이 말했다. "아빠 이긴 게 아니에요."

"아빠가 진 거라고요." 아들이 말했다.

"뭐라고?" 조 하우크가 소리쳤다.

"주식을 가장 많이 소유한 사람이 지는 거예요." 로라가 말했다.

그녀는 아버지에게 설명서를 보여줬다. "여기 보이죠? 게임에 이기려면 주식을 다 털어버려야 하는 거라고요. 아빠 게임에서 탈락한 거예요."

"무슨 말도 안 되는 소리야." 하우크는 실망해서 투덜거렸다. "그런 게임이 어디 있어. 아무 재미도 없을 텐데." 그의 만족감은 순식간에 증발해버렸다.

"그럼 이제 우리 둘이서 계속 게임을 해서 승자를 결정해야겠네." 바비가 말했다.

조 하우크는 게임판을 떠나면서 투덜거렸다. "이해가 안 돼. 아무것도 가지지 못한 사람이 승리하다니, 대체 그런 게임에서 얻을 게 뭐가 있겠어?"

그들 뒤편에서 아이들은 계속 게임을 즐겼다. 증서와 돈이 오갈수록 아이들은 점점 더 활기차게 떠들기 시작했다. 마침내 게임이 최종 단계에 돌입하자, 아이들은 거의 황홀경에 빠진 것처럼 몰입해 있었다.

"저 아이들은 모노폴리를 모르니까, 저런 말도 안 되는 게임도 이상해 보이지가 않는 거야." 하우크는 속으로 중얼거렸다.

어쨌든 중요한 사실은 아이들이 '신드롬' 게임을 즐긴다는 것이었다. 그렇다면 잘 팔릴 테고, 결국 중요한 점은 그것뿐이었다. 벌써 두 명의 아이들이 주식을 포기하는 일을 자연스럽게 학습하고 있었다. 손을 떨면서도 주식과 화폐를 게걸스럽게 내던지고 있었다.

로라는 고개를 들고 눈을 반짝이며 소리쳤다. "아빠가 가져오신 교육용 게임 중에서 이게 제일 재밌는 것 같아요!"

진흙발의 오르페우스
Orpheus with Clay Feet

PHILIP K. DICK

콩코드 병역 상담소의 사무실에서, 제스 슬레이드는 창밖 거리를 내려다보며 모든 것들이 자유를 향한 열망, 꽃과 잔디밭, 새로운 장소를 향한 가뿐한 산책을 가로막는 장애물일 뿐이라는 사실을 곱씹었다. 그리고 그는 한숨을 쉬었다.

"죄송합니다, 선생님." 책상 맞은편에 앉은 고객이 사과의 말을 중얼거렸다. "저 때문에 지루하신 모양이네요."

"전혀 그렇지 않습니다." 슬레이드는 자신의 힘겨운 책무를 새삼 깨달으며 이렇게 대답했다. "어디 봅시다……." 그는 월터 그로스베인이라는 이름의 고객이 제출한 서류를 뒤적였다. "그래서 그로스베인 씨, 병역 면제를 받을 확률이 가장 높은 방법이 과거 민간인 의사가 진단한 급성 미로염으로 인한 만성 귀 질환이라고 생각하신다는 거지요. 흠음." 슬레이드는 관련 서류를 훑어보며 말했다.

슬레이드의 업무는 회사를 방문하는 고객들이 병역 의무를 피할 방법을 찾아주는 것이었고, 솔직히 그리 즐거운 일이 아니었다. 괴물 무리와의 전쟁은 최근 들어 그리 제대로 수행되지 못하고 있었다. 프록시마 성계에서 상당수의 사상자가 발생했다는 보도가 들어왔고, 그 보도와 함께 콩코드 병역 상담소의 사업도 활황기에 들어섰다.

"그로스베인 씨." 슬레이드는 신중한 말투로 말했다. "제 사무실로 들어오실 때 보니 한쪽으로 몸이 기울었더군요."

"그랬나요?" 그로스베인은 깜짝 놀라 물었다.

"그렇습니다. 그 모습을 보고 저는 속으로 이렇게 생각했습니다. 이

분은 평형감각에 심각한 문제가 있는 모양이라고. 아시다시피 평형감각은 귀와 밀접한 연관이 있습니다, 그로스베인 씨. 진화적 관점에서 보면 청각이란 평형감각이 과도하게 발달한 결과물이거든요. 하위 수생동물이 몸을 구성하는 유체 안에서 평형추로 쓰기 위해 모래 알갱이를 삼키고, 그걸 이용해 상하 운동의 방향을 측정하려 한 것이 시작입니다."

그로스베인은 말했다. "이해가 되는 것 같습니다."

"그럼 증상을 말씀해보시죠." 제스 슬레이드가 말했다.

"저는…… 걸을 때 종종 이쪽저쪽으로 몸이 휘청거립니다."

"밤에는 어떻죠?"

그로스베인은 얼굴을 찌푸리더니, 이내 기쁜 얼굴로 대답했다. "저는, 그러니까, 밤에 어두워서 아무것도 안 보이게 되면 거의 방향을 알 수가 없더군요."

"좋습니다." 제스 슬레이드는 이렇게 말하고 고객의 병역 서류 B-30번 양식을 채우기 시작했다. "이거면 면제를 받을 수 있으실 겁니다."

고객은 행복하게 대답했다. "어떻게 감사를 드려야 할지 모르겠군요."

아니, 알고 있을 텐데. 제스 슬레이드는 속으로 이렇게 생각했다. 50달러로 우리에게 감사를 표할 거 아닙니까. 우리가 없었다면 당신은 머지않아 멀리 떨어진 행성의 참호 안에서 창백한 시체가 되어 뒹굴게 되었을 신세니까요.

그리고 먼 행성을 떠올린 제스 슬레이드는 다시 한 번 갈망에 사로잡혔다. 비좁은 사무실과 매일 금덩이를 물어다주는 상담 고객들로부터 벗어나야 한다는 절박한 갈망이 그를 사로잡았다.

분명 어딘가에는 다른 삶이 존재할 텐데. 슬레이드는 이렇게 생각했다. 이게 내가 누릴 수 있는 전부란 말인가?

창문으로 보이는 사무실 밖의 거리 저 멀리에, 밤낮을 가리지 않고 네온사인 간판 하나가 빛나고 있었다. 제스 슬레이드는 간판에 적힌 '뮤즈 엔터프라이즈'라는 상호가 무슨 의미인지를 알고 있었다. 그는 반드시 저곳에 가야 한다고 생각했다. 바로 오늘. 10시 30분 휴식시간이 되면. 점심시간까지도 기다리지 않을 것이다.

외투를 걸치는데 그의 상사인 나트 씨가 사무실로 들어오며 말했다. "이봐, 슬레이드, 괜찮은 건가? 자네 답답해서 정신이 나갈 것 같은 표정이야."

"음, 나트 씨, 아무래도 나가봐야겠습니다." 슬레이드는 상사에게 말했다. "도망치는 겁니다. 지금까지 만오천 명의 사람들에게 군대에서 빠져나오는 법을 가르치면서 보냈어요. 이젠 제 차렙니다."

나트는 그의 등을 두드려주었다. "좋은 생각이야, 슬레이드. 자네 과로했어. 휴가를 쓰게. 낯선 문명을 찾아서 타임머신 여행을 떠나보라고. 그럼 힘이 날 거야."

"고맙습니다, 나트 씨. 그럴 생각이었어요." 슬레이드는 이렇게 말하고, 최대한 빠르게 발을 옮겨 사무실을 떠나 건물을 나온 다음 뮤즈 엔터프라이즈의 빛나는 네온사인 쪽으로 향했다.

금발에 짙은 녹색 눈동자, 그리고 미적 요소보다는 그 역학적 구조, 즉 허공에서 형태를 유지할 수 있다는 점이 더 감탄스러운 몸매를 하고 있는 여성이 접수대에 앉아 그를 향해 미소를 지으며 말했다. "맨빌 씨가 곧 상담해주실 겁니다, 슬레이드 씨. 부디 앉아서 기다려주세요. 그쪽 탁자 위에 19세기의 진품《하퍼스 위클리》*가 있습니다. 20세기의《매드》**도 있어요. 호가스의 풍자화에 비견할 수 있는 위대한 고전

---

* Harper's Weekly. 1857년부터 1913년까지 뉴욕에서 발행된 미국의 정치 잡지.
** Mad. 1952년부터 발간된 미국의 풍자만화 잡지.

작품이죠."

슬레이드 씨는 뻣뻣하게 자리에 앉아 잡지를 읽으려 시도해보았다. 《하퍼스 위클리》를 뒤적이다 보니, 파나마 운하의 건설이 불가능하며 프랑스 설계사들이 이미 작업을 포기했다는 내용의 기사가 그의 눈을 사로잡았다. (너무도 논리적이고 설득력 있는 전개였다.) 그러나 잠시 후 사라지지 않는 안개처럼 권태와 초조한 기분이 돌아왔다. 그는 자리에서 일어나 다시 접수대 쪽으로 다가갔다.

"맨빌 씨는 아직 안 오셨습니까?" 그는 초조함을 억누르지 못하고 이렇게 물었다.

그의 뒤에서 남성의 목소리가 들렸다. "당신, 거기 접수대에 당신 말이오."

슬레이드는 몸을 돌렸다. 큰 키에 짙은 머리색, 강렬한 표정에 타오르는 눈을 가진 남자가 그를 바라보고 있었다.

"당신, **잘못된 시대**에 있는 모양이로군." 그가 말했다.

슬레이드는 마른침을 삼켰다.

짙은 머리색의 남자는 그를 향해 성큼성큼 걸어오며 말했다. "나는 맨빌이오, 선생." 그는 손을 내밀었고, 두 남자는 악수를 나누었다. "떠나야 할 것 같군. 무슨 말인지 알겠소? 가능한 한 빨리 벗어나야 한다는 말이오."

"하지만 여기 회사의 서비스를 받으러 온 건데요." 슬레이드가 중얼거렸다.

맨빌이 눈빛을 번득였다. "바로 그거요. 과거로 떠나야 한다는 말이지. 성함이 어떻게 되시오?" 그는 알겠다는 듯 손을 저었다. "잠깐, 알 것 같군. 콩코드 사의 제스 슬레이드 아니시오. 이 거리 위쪽에 있는 회사에 다니지."

"맞습니다." 슬레이드는 감탄한 듯 중얼거렸다.

"좋소, 그럼 사업 이야기로 들어갑시다." 맨빌이 말했다. "사무실로 들어오시오." 그는 접수대의 훌륭한 신체 구조를 가진 여성을 향해 이렇게 말했다. "아무도 방해하지 못하도록 하게, 프림 양."

"네, 멜빌 씨." 프림 양이 말했다. "제가 알아서 할 테니 걱정하지 마세요."

"자네 실력은 익히 알고 있네, 프림 양." 맨빌은 슬레이드를 이끌고 내부 장식이 훌륭한 안쪽 사무실로 들어갔다. 낡은 지도와 판화들이 벽을 장식하고 있었다. 그리고 가구는…… 슬레이드는 침을 꿀꺽 삼켰다. 쇠못 대신 나무못을 사용한 초기 미국 양식의 가구들이었다. 뉴잉글랜드 지방의 단풍나무 목재로 만든, 한 재산 할 만한 물건들이었다.

"혹시 여기에……." 그는 입을 열었다.

"그래, 거기 총재정부* 시대의 의자에 마음껏 앉아도 된다오." 맨빌이 말했다. "하지만 조심하시오. 앞으로 몸을 기울이면 연결부가 엉덩이 아래에서 튀어나와버리거든. 저런 물건에는 항상 고무 받침을 달아놓아야 하는데." 이런 사소한 대화에는 넌더리가 난다는 듯, 그는 퉁명스럽게 말을 이었다. "슬레이드 씨, 내 딱 잘라 말하리다. 당신은 뛰어난 지능의 소유자가 분명하니 에둘러 말할 필요는 없을 거요."

"네, 부디 그렇게 해주십시오." 슬레이드는 대답했다.

"우리 회사는 특수한 부류의 시간여행 상품을 취급한다오. 그래서 '뮤즈'라는 이름을 쓰는 거지. 뮤즈가 무슨 뜻인지 알고 있으시오, 선생?"

"음." 슬레이드는 당황했지만 대답하려 애썼다. "어디 보자……. 뮤즈는 일종의 생명체로, 특정한 역할을 담당하는데—."

"영감을 주는 역할을 하지." 맨빌은 참지 못하고 그의 말을 잘랐다.

---

* 1795년 11월 2일부터 1799년 11월 9일까지 존속한 부르주아 계층 중심의 프랑스 정부. 나폴레옹 보나파르트의 쿠데타로 통령정부가 등장하면서 막을 내렸다.

"슬레이드, 당신은…… 솔직히 말하자면, 별로 창의적인 사람은 아니오. 그래서 항상 지루하고 충족되지 못한 기분이 드는 거지. 혹시 그림을 그리시오? 작곡을 하거나? 망가진 정원 의자와 우주선 동체 잔해를 이용해서 주물 조형물을 만드시오? 그러지 않을 거요. 아무것도 안 하지. 당신은 완벽하게 수동적인 사람이오. 내 말이 맞소?"

슬레이드는 고개를 끄덕였다. "훌륭한 추측이십니다, 맨빌 씨."

"추측이 아니오." 맨빌은 성가신 표정으로 대꾸했다. "내 말이 이해가 안 되는 모양인데, 슬레이드. 애초에 창조적인 정신을 가지고 태어나지 못한 이상, 당신은 뭘 해도 창조적인 사람이 되지 못할 거요. 당신은 너무 평범한 사람이니까. 여기서 구태여 당신에게 손가락 그림이나 바구니 짜기 따위를 시키지는 않을 거요. 내가 예술이 해답이라 믿는 융 스타일의 심리분석가도 아니고." 그는 의자 등받이에 몸을 기대며 손가락으로 슬레이드를 가리켰다. "잘 들으시오, 슬레이드. 우리는 당신을 도울 수 있소. 하지만 우선 당신 쪽에서 노력을 보여야 하오. 창조적인 사람이 아닌 이상, 당신이 생각할 수 있는 최상이자 우리가 도움을 줄 수 있는 일은, 창조적인 사람에게 영감을 제공하는 것이오. 무슨 말인지 알겠소?"

슬레이드는 잠시 머뭇거리다 말했다. "알 것 같습니다, 맨빌 씨. 알겠어요."

"좋소." 맨빌은 고개를 끄덕이며 대답했다. "그럼 이제 당신은 모차르트나 베토벤 같은 유명한 음악가나, 알베르트 아인슈타인 같은 과학자, 제이컵 엡스타인 경과 같은 조각가나…… 다른 수많은 작가, 음악가, 시인 들 중 하나에게 영감을 주는 역할을 맡는 거요. 예를 들자면 지중해를 여행 중인 에드워드 기번 경에게 접근해서, 가벼운 대화를 나누다가 이런 말을 하는 거요……. 흐음, 사방에 가득한 고대 제국의 유적을 좀 보시죠. 로마와 같은 강대한 제국이 어떻게 이런 식으로 쇠락하고 멸망하게 되었는지 모르겠군요? 유적만 남기고 쇠망해서……
쇠퇴하고……."

"세상에." 슬레이드는 떨리는 목소리로 말했다. "알겠습니다, 맨빌
씨. 이제 알겠어요. '쇠퇴'나 '멸망' 같은 단어를 기번에게 계속 말하다
보면, 제 덕분에 로마의 역사를 다룬 위대한 저작,『로마제국 쇠망사』
를 쓰게 된다는 것 아닙니까. 그러면……." 자신의 목소리가 떨리는 것
이 느껴졌다. "제가 그걸 도운 거지요."

"'도왔다'고?" 맨빌이 말했다. "슬레이드, 그건 한심할 정도의 과소평
가요. 당신이 없었으면 그 책은 세상의 빛을 보지 못했을 테니까. 슬레
이드, 바로 당신이 에드워드 경의 뮤즈가 되는 거요." 그는 의자에 몸을
묻고는 1915년경의 우프만 시가를 꺼내 불을 붙였다.

슬레이드는 입을 열었다. "아무래도 잘 좀 생각해봐야겠습니다. 제
대로 된 사람에게 영감을 제공하고 싶으니까요. 아니 그러니까, 모두
영감을 받을 만한 위인들이긴 하지만, 제 말은―."

"당신의 정신이 요구하는 바로 그 사람을 찾고 싶다는 말이겠지." 맨
빌은 동의하며 향기가 진한 푸른 연기를 뿜어냈다. "우리 홍보물을 가
져가시오." 그는 크고 번쩍이는 3D 입체 소책자를 슬레이드에게 건네
며 말했다. "이걸 집에 가져가서 잘 읽어보고, 준비가 끝나면 돌아오시
오."

슬레이드는 말했다. "당신은 제 구세주입니다, 맨빌 씨."

"그리고 진정 좀 하고." 맨빌이 말했다. "세상이 끝나지는 않을 테니
까……. 우리 뮤즈 사의 사람들은 직접 봐서 알고 있으니 염려 마시오."
그는 웃음을 지어 보였고, 슬레이드도 간신히 웃음으로 대답할 수 있
었다.

이틀 후, 제스 슬레이드는 뮤즈 엔터프라이즈로 돌아왔다. "맨빌 씨,

제가 누구에게 영감을 주고 싶은지 알 것 같습니다." 그는 숨을 깊이 들이쉬었다. "계속 생각해봤는데, 제게 가장 의미 있는 임무는 빈으로 돌아가서 루트비히 판 베토벤에게 합창교향곡의 영감을 제공하는 거라고 생각합니다. 그 4악장에서 바리톤이 '범범 데다 데다 범범' 하고 노래하는 곳 있지 않습니까, '엘리시움의 딸들' 부분요." 그는 얼굴을 붉혔다. "저는 음악가는 아니지만, 평생 동안 베토벤의 9번 교향곡을 좋아했고 그중에서도—."

"그건 이미 끝났소." 맨빌이 말했다.

"네?" 슬레이드는 이해가 안 된다는 표정이었다.

"다른 사람이 해버렸다는 말이오, 슬레이드 씨." 맨빌은 1910년경의 뚜껑서랍이 달린 커다란 오크 책상 앞에 앉아 짜증 섞인 표정으로 슬레이드를 바라보았다. 그는 금속 고리가 달린 검은색 서류철을 꺼내 서류를 뒤적였다. "2년 전에 아이다호 주 몬트필리어의 루비 웰치 부인이 비엔나로 돌아가서 베토벤에게 9번 교향곡의 합창 부분의 영감을 제공했소." 맨빌은 큰 소리를 내며 서류철을 덮고 슬레이드를 바라보았다. "그래서? 다음 선택지는 뭐요?"

슬레이드는 더듬거리며 대답했다. "저, 저는…… 생각해봐야겠습니다. 시간을 주세요."

맨빌은 손목시계를 흘끔 보고는 딱 잘라 말했다. "두 시간 주리다. 오늘 오후 3시까지가 되겠군. 좋은 하루 되시오, 슬레이드." 그가 자리에서 일어서자, 슬레이드도 반사적으로 따라서 엉덩이를 들었다.

한 시간 후, 콩코드 병역 상담소의 비좁은 사무실에 앉아 있는 제스 슬레이드의 뇌리에, 누구에게 어떤 영감을 주어야 할지 번득이는 깨달음이 스쳤다. 그는 즉시 외투를 챙겨 입고, 동정하는 표정의 나트 씨에게 실례하겠다고 말한 후, 서둘러 거리 저편의 뮤즈 엔터프라이즈로 향했다.

"그래, 슬레이드 씨." 맨빌은 문을 열고 들어오는 그를 보며 말했다. "제법 빨리 돌아오셨군. 사무실로 들어오시오." 그는 앞서 성큼성큼 걸음을 옮겼다. "좋소, 그럼 들어봅시다." 그는 슬레이드가 사무실로 들어오자 뒤에서 문을 닫았다.

제스 슬레이드는 바짝 마른 입술을 핥은 다음 목청을 가다듬고 말문을 열었다. "맨빌 씨, 제가 과거로 가서 영감을 주고 싶은 사람은— 음, 설명해보겠습니다. 1930년에서 1970년에 걸친 과학 소설의 위대한 황금기를 알고 계십니까?"

"그럼, 물론이오." 맨빌은 한심하다는 듯 코웃음을 치며 그의 말을 들었다.

"저는 대학에서 영문학 석사 학위를 따느라고 20세기 과학 소설을 제법 많이 읽었습니다. 당대의 거물 작가들 중에는 뚜렷하게 눈에 띄는 거장이 세 명 있었지요. 한 명은 미래사의 달인인 로버트 하인라인입니다. 다른 한 명은 파운데이션 서사시를 쓴 아이작 아시모프이지요. 그리고 마지막 한 명은…… 그는 달뜬 심호흡을 하고는 말을 이었다. "제 논문 주제였습니다. 잭 도울랜드이지요. 세 명의 거장 중에서 가장 위대하다고 여겨지는 사람입니다. 그가 서술하는 미래의 역사는 1957년에 잡지에 수록된 단편과 단행본 장편소설의 형태로 동시에 모습을 드러냈습니다. 1963년 즈음이 되자 도울랜드는 당대에서도—"

맨빌은 "흐으음." 이라고 말하며 검은 서류철을 꺼내 뒤적이기 시작했다. "20세기 과학소설이라…… 당신에게는 다행스럽게도 이건 제법 특수한 관심사인 모양이오. 어디 봅시다."

"누가 벌써 가져가지 않았으면 좋겠는데요." 슬레이드는 나직하게 중얼거렸다.

"캘리포니아 베이커빌의 리오 파크스라는 고객이 있는데, 이 사람은 과거로 돌아가서 A. E. 반 보그트*에게 로맨스와 서부극을 포기하고 과학소설을 써보라고 영감을 준 모양이오." 맨빌은 서류를 계속 뒤적이며 말을 이었다. "그리고 작년에 캔자스 주 캔자스시티의 줄리 옥슨블럿 양이라는 우리 뮤즈 엔터프라이즈의 고객이, 로버트 하인라인의 미래사 이야기에 영감을 주고 싶다는 요청을 해왔소……. 슬레이드 씨, 당신이 원하는 사람이 하인라인이었던가?"

"아닙니다." 슬레이드는 말했다. "세 명의 거장 중 제일 위대한 잭 도울랜드입니다. 하인라인도 위대한 작가지만, 이건 제가 심혈을 기울여 연구한 분야입니다, 맨빌 씨. 도울랜드가 더 위대해요."

"그래, 아직 아무도 선점하지 않은 모양이오." 맨빌은 이렇게 결론을 내리고 검은 서류철을 덮었다. 그는 책상 서랍에서 양식 하나를 꺼냈다. "이걸 작성해주시오, 슬레이드 씨. 그런 다음에 작업에 들어가봅시다. 잭 도울랜드가 미래사 연작의 작업을 시작한 장소와 연도를 알고 있소?"

"물론입니다." 슬레이드가 말했다. "당시 네바다 주의 40번 국도가 지나는 작은 마을에 살고 있었지요. 퍼플블로섬이라는 이름의 마을인데, 주유소 셋, 카페 하나, 술집 하나, 잡화점 하나밖에 없는 마을이었습니다. 도울랜드는 분위기를 느끼려고 그 마을로 이사를 갔지요. 서부극 장르의 TV 단편 대본을 쓰고 싶었거든요. 그러면 돈을 꽤 벌 수 있을 거라고 생각한 모양입니다."

"그 사람에 대해 정말 잘 아시는군." 맨빌은 감탄하며 이렇게 말했다.

슬레이드는 말을 이었다. "도울랜드는 퍼플블로섬에 거주하는 동안 여러 편의 TV 서부극 대본을 썼지만, 왠지 전부 마음에 들지 않았던 모양입니다. 그는 그래도 계속 그곳에 머물면서 아동 소설이나 당대의

---

* 20세기 중반, SF의 황금기를 대표하는 캐나다 작가. 『The Voyage of the Space Beagle』이 대표작이다.

고급 잡지에 투고할 십 대의 혼전성교에 대한 사설 등 다양한 집필을 시도했지요……. 그러다 1956년에 뜬금없이 과학소설 쪽으로 방향을 돌려 그 즉시 당대 최고의 중단편 소설을 쏟아내기 시작한 겁니다. 맨 빌 씨, 이게 당대의 평가였고, 그의 단편을 읽어본 저 또한 이 평가에 동의합니다. 「벽 위에 선 아버지」라는 제목인데, 아직도 여러 단편선 집에 수록되는 작품이죠. 불멸의 지위를 얻은 작품입니다. 그리고 그 작품이 수록된 《판타지 앤드 사이언스 픽션》은, 1957년 8월호를 통해 도울랜드의 서사시를 세상에 최초로 알린 잡지로 영원토록 기억될 겁 니다."

맨빌 씨는 고개를 끄덕이며 대구했다. "그래서 그게 당신이 영감을 주고 싶은 불멸의 대작인 셈이로군. 그 단편과 이후의 모든 단편들이 말이오."

"바로 그겁니다, 선생님." 슬레이드가 말했다.

"양식을 마저 작성하시오. 나머지는 우리가 알아서 하리다." 맨빌은 슬레이드를 보며 미소를 지었고, 슬레이드는 자부심 넘치는 웃음으로 대답했다.

땅딸막한 체구에 군대식으로 머리를 깎고, 이목구비가 뚜렷한 시간 여행선 조종사 젊은이는 슬레이드를 향해 경쾌하게 말을 건넸다. "좋 습니다, 선생. 준비 다 됐습니까? 마음 단단히 먹고 오십쇼."

슬레이드는 뮤즈 엔터프라이즈가 제공한 20세기 양복을 마지막으 로 다시 한 번 점검했다. 자신의 부담임을 나중에야 확인하게 된, 제법 높은 액수의 서비스 중 하나였다. 폭이 좁은 넥타이, 접단 없는 바지, 아이비리그 줄무늬 셔츠…… 슬레이드는 그 시대에 대한 자신의 지식 에 비추어볼 때 자신의 복장이 완벽하다고 결론을 내렸다. 끝이 뾰족 한 이탈리아 구두에 화려한 원색의 긴 양말에 이르기까지. 이 정도면 홀륭한 1956년의 미국 시민으로 보일 것이다. 심지어 네바다 주 퍼플블로섬과 같은 곳에서도.

"그럼 잘 들으십쇼." 조종사는 슬레이드의 복부에 안전벨트를 둘러주며 말했다. "몇 가지 잊지 말아야 할 사항이 있습니다. 우선 2040년으로 돌아오려면 반드시 저를 통해야 합니다. 걸어서 돌아올 수는 없으니까요. 그리고 언제나 과거를 바꾸지 않도록 주의하십쇼. 그러니까, 그 사람, 잭 도울랜드라는 친구에게 영감을 주는 단순한 일에만 집중하고, 그 이상은 아무것도 하지 말란 소립니다."

"물론이죠." 슬레이드는 그의 경고에 당황하여 대답했다.

"과거로 돌아가면 미쳐 날뛰는 고객들이 너무 많거든요. 얼마나 많은지 알면 놀랄 겁니다. 자신이 힘을 얻었다고 생각하고 온갖 변화를 만들려고 드는 거지요. 전쟁이나 기아나 빈곤 따위를 없앤다든가, 뭐 그런 거 있잖습니까. 역사를 바꾸려 드는 겁니다."

"나는 그런 일은 안 할 겁니다." 슬레이드가 말했다. "그런 터무니없이 큰 추상적인 대의 따위에는 아무 관심도 없어요." 그에게는 잭 도울랜드에게 영감을 주는 일만으로도 충분히 대단했다. 그래도 그런 유혹을 느끼는 사람들을 이해할 수는 있었다. 자신의 직장에서 온갖 부류의 사람들을 보아왔기 때문이었다.

조종사는 시간여행선의 승강구를 닫고, 슬레이드의 몸이 제대로 고정되어 있는지를 확인한 후, 조종석의 자기 자리에 앉았다. 조종사가 스위치를 돌리고, 슬레이드는 이내 단조로운 일상을 벗어나기 위한 휴갓길에 올랐다. 1956년에 가서 그의 일생에서 창조적인 작업에 가장 가까운 임무를 수행하는 휴가였다.

네바다의 명물인 작열하는 한낮의 햇살이 그의 시야를 뒤덮었다. 슬레이드는 눈을 찡그리며 불안한 표정으로 퍼플블로섬 마을을 찾아 주변을 두리번거렸다. 보이는 것이라고는 바위와 모래로 가득한 광활한 사막과, 조슈아 나무 사이로 뻗은 좁은 도로 하나뿐이었다.

"오른쪽입니다." 시간여행선 조종사가 한쪽을 가리키며 말했다. "도보로 10분이면 도착할 겁니다. 계약 내용은 숙지하셨겠죠. 지금 꺼내서 읽어보시는 게 좋을지도 모르겠군요."

슬레이드는 1950년대풍 외투의 가슴 주머니에서 뮤즈 엔터프라이즈의 길쭉한 노란색 계약서를 꺼냈다. "36시간을 준다고 되어 있군요. 바로 이 자리에서 나를 회수해갈 거고, 이곳에 도착하는 게 제 의무라고요. 제 시간에 도착하지 못해서 원래 시간대로 돌아가지 못하더라도 회사 책임은 아니라는 거군요."

"바로 그겁니다." 조종사는 이렇게 말하고 다시 시간여행선으로 들어갔다. "행운을 빌어드리죠, 슬레이드 씨. 아니, 잭 도울랜드의 뮤즈라고 불러야 할까요." 그는 활짝 웃음을 지었다. 비웃음과 친절한 공감이 반씩 섞인 웃음이었다. 그리고 그는 여행선으로 들어가 승강구를 닫았다.

작은 마을 퍼플블로섬에서 400미터 정도 떨어진 네바다 사막 가운데에, 제스 슬레이드는 홀로 남았다.

땀을 뻘뻘 흘리고, 손수건으로 목덜미를 훔치며, 그는 걸음을 옮기기 시작했다.

마을에 집이라고는 일곱 채밖에 없었기 때문에, 잭 도울랜드의 집을 찾는 일은 그리 어렵지 않았다. 슬레이드는 삐걱거리는 목조 현관의 계단을 올라가며, 쓰레기통이며 빨랫줄이며 쓰다 버린 양변기 따위가 널린 앞뜰을 둘러보았다…… 진입로에는 무너져가는 골동품 자동차가 한 대 주차되어 있었다. 1956년 기준으로 봐도 이미 골동품에 속하는 차였다.

그는 초인종을 울리고 넥타이를 바로잡으며, 다시 한 번 속으로 자신이 할 대사를 되뇌어보았다. 이 시점까지 잭 도울랜드는 과학 소설을 쓴 적이 없다는 사실을 반드시 기억해야 했다. 아니, 사실 기억해야 할 단 하나의 사실이나 다름없었다. 지금이야말로 도울랜드의 인생이 바뀌는 위대한 전환점인 것이다. 이 초인종 소리가 운명인 것이다. 물론 도울랜드는 그 사실을 모른다. 지금 그는 무엇을 하고 있을까? 집필 중일까? 리노 신문의 만화를 읽고 있을까? 자고 있을까?

발소리가 들렸다. 슬레이드는 긴장해서 자세를 바로잡았다.

문이 열렸다. 얇은 면바지를 입은 젊은 여성이, 머리를 뒤로 모아 리본으로 묶은 채 차분한 눈빛으로 슬레이드를 훑어보았다. 슬레이드의 시선이 작고 예쁜 그녀의 발에 머물렀다. 슬리퍼를 신고 있었다. 부드러운 피부에는 윤기가 흘렀다. 이렇게 피부를 많이 드러낸 여인을 본 적이 없는 슬레이드는 열정이 실린 눈빛으로 그녀를 바라보았다. 양쪽 발목을 모두 드러내고 있다니.

"무슨 일이시죠?" 여자는 경쾌하지만 살짝 지친 목소리로 물었다. 그는 여인이 청소를 하던 중이라는 사실을 깨달았다. 거실에 탱크형 GE 진공청소기가 보였던 것이다…… 역사가들의 추측이 틀렸다는 증거였다. 지금까지의 상식과는 달리, 탱크형 진공청소기는 1950년에 완전히 사라져버린 것이 아니었던 것이다.

만반의 준비를 갖추고 찾아온 슬레이드는 부드럽게 물었다. "도울랜드 부인이십니까?" 여성은 고개를 끄덕였다. 작은 아이가 나와서 어머니 뒤에 숨은 채 그를 바라보았다. "저는 남편분의 팬입니다. 그분의 걸작을─." 순간 그는 자신의 실수를 깨달았다. "에헴." 그는 목청을 가다듬은 다음, 이 시대의 서적에서 종종 찾아볼 수 있는 20세기식 표현을 곁들여 말을 바꿨다. "쯧쯧. 그게 아니라 이런 뜻입니다, 부인. 저는 부인의 남편분인 잭의 작품을 잘 알고 있습니다. 그 사람을 평소의 생태 환경에서 관찰하기 위해 황량한 사막을 가로질러 차를 몰고 온 겁니다."그는 기대로 가득한 미소를 지어 보였다.

"잭의 작품을 아신다고요?"그녀는 놀란 모양이었지만, 어쨌든 분명기쁜 것 같았다.

"텔레비전에서 봤지요. 아주 훌륭한 대본을 쓰셨더군요." 슬레이드는 이렇게 말하며 고개를 끄덕였다.

"영국분 맞으시죠? 저기, 좀 들어오시겠어요?"도울랜드 부인은 이렇게 말하며 문을 활짝 열었다. "잭은 지금 다락방에서 작업중이라서요……. 애들 소리가 거슬리나 봐요. 하지만 잠시 멈추고 내려와줄 거예요. 이렇게 멀리까지 차를 몰아 오셨는데. 선생님 성함이—."

"슬레이드입니다. 가구가 아주 훌륭하네요." 슬레이드가 말했다.

"고맙습니다." 그녀는 이렇게 말하며 어둡고 서늘한 부엌으로 그를이끌었다. 부엌에는 우유곽, 멜먹 접시, 설탕 단지, 커피 잔 두어 개와다른 놀라운 물건들이 놓인 원형 플라스틱 탁자가 있었다. "잭!" 그녀는 층계 아랫단에 서서 소리쳤다. "당신 팬분이 오셨어! 만나보고 싶으시대!"

멀리 위에서 문 열리는 소리가 들렸다. 발소리가 이어졌고, 곧이어뻣뻣하게 긴장한 채 서 있는 슬레이드의 눈앞에 잭 도울랜드가 모습을드러냈다. 젊고 잘생긴 외모, 살짝 숱이 적어지는 갈색머리, 스웨터와슬랙스를 입은 호리호리한 남자가, 지적인 얼굴을 잔뜩 찌푸리고 있었다. "난 일하는 중이라고. 집에서 일한다고 해도 다른 사람들처럼 근무중이란 말이야." 그는 퉁명스럽게 말하고는, 슬레이드 쪽으로 시선을돌렸다. "뭘 원하는 거요? 내 작품의 '팬'이라니 무슨 소리요? 무슨 작품을 말하는 거지? 젠장, 마지막으로 작품을 판 지 두 달이 넘었는데.정신이 나가버리기 직전이란 말이오."

슬레이드가 입을 열었다. "잭 도울랜드, 그건 당신이 아직 딱 들어맞는 장르를 찾지 못했기 때문입니다." 목소리가 떨리는 것이 느껴졌다. 바로 그 순간이 온 것이다.

"맥주 한잔하시겠어요, 슬레이드 씨?" 도울랜드 부인이 물었다.

"고맙습니다, 아가씨." 슬레이드가 말했다. "잭 도울랜드, 나는 당신에게 영감을 주기 위해 이곳에 왔습니다."

"어디서 온 거요?" 도울랜드가 미심쩍은 목소리로 물었다. "그리고 넥타이는 왜 그렇게 괴상하게 매고 있는 거고?"

"어떤 면에서 괴상하다는 겁니까?" 슬레이드는 초조감을 느끼며 되물었다.

"매듭이 목젖 근처가 아니라 아래쪽 끝에 있잖소." 도울랜드는 그의 주변을 천천히 돌면서 날카로운 눈으로 훑어보기 시작했다. "그리고 머리는 왜 밀어버린 거요? 대머리가 될 정도로 나이를 먹은 것 같지는 않은데."

"우리 시대의 습속입니다." 슬레이드는 힘없이 대꾸했다. "삭발이 필요하거든요. 적어도 뉴욕에서는요."

"삭발이라니 얼어 죽을." 도울랜드가 말했다. "당신 대체 뭐야. 정신이 나간 작자인가? 여긴 왜 왔지?"

"당신을 찬양하러 온 겁니다." 슬레이드가 말했다. 분노가 끓어오르기 시작했다. 모멸감이라는 새로운 감정이 그의 내면에 천천히 쌓였다. 자신이 푸대접을 받고 있다는 사실은 이제 명백했다.

"잭 도울랜드." 그는 살짝 더듬거리며 말을 이었다. "나는 당신 작품에 대해 당신보다 더 많이 알고 있습니다. 당신을 위한 장르가 텔레비전 서부극이 아니라 과학 소설이라는 것을 알고 있단 말입니다. 내 말을 듣는 게 좋을 겁니다. 나는 당신의 뮤즈이니까요." 그는 잠시 입을 다물고 있다가, 이윽고 힘겹게 숨을 헐떡이기 시작했다.

도울랜드는 그를 물끄러미 바라보다가, 이윽고 고개를 뒤로 젖히고 크게 웃음을 터트렸다.

도울랜드 부인도 미소를 지으며 말했다. "어머나, 잭에게 뮤즈가 있다는 사실은 알았지만 여자분일 거라고만 생각했어요. 뮤즈는 모두 여성이 아니던가요?"

"아닙니다." 슬레이드는 분노를 숨기지 않고 대꾸했다. "A. E. 반 보그트에게 영감을 준 캘리포니아 주 베이커빌의 레온 파크스도 남자였으니까요." 그는 플라스틱 탁자에 주저앉았다. 이제 다리가 떨려서 도저히 몸을 지탱할 수가 없었다. "내 말 잘 들어요, 잭 도울랜드—."

"나 원 세상에." 도울랜드가 말했다. "잭이나 도울랜드 중 하나만 사용해 부르라고. 둘 다 쓰지 말고. 당신 말투가 뭔가 이상하단 말이야. 사탕(마약)이라도 빨고 왔나?" 그는 들으라는 듯 소리내어 킁킁대는 시늉을 했다.

"아뇨, 사탕은 됐습니다. 맥주면 됩니다." 슬레이드는 그의 말을 이해하지 못한 채 이렇게 대답했다.

도울랜드가 말했다. "됐으니 단도직입적으로 할 말만 하자고. 작업을 재개해야 하니까. 집에서 일하고는 있지만 나는 지금 근무 중이란 말이야."

슬레이드는 찬사를 바칠 때가 되었다고 생각했다. 그는 목청을 가다듬은 다음, 세심하게 준비한 문장을 입에 올렸다. "이렇게 부르도록 허락해준다면 말입니다만, 잭, 나는 당신이 과학 소설을 시도해보지 않은 이유를 모르겠습니다. 제 생각에는—."

"내가 이유를 말해주지." 잭 도울랜드가 그의 말을 자르고 끼어들었다. 그는 바지주머니에 손을 찌른 채 거실을 오락가락하고 있었다. "수소폭탄 전쟁이 일어날 테니까. 우리 미래는 암울하니까. 누가 그딴 걸 쓰고 싶겠어? 빌어먹을." 그는 머리를 흔들었다. "게다가 그런 걸 읽는 놈들은 또 어떻고? 여드름 가득한 사춘기 애새끼나 사회 부적응자뿐이지. 게다가 그 장르는 쓰레기라고. 쓸 만한 과학 소설 단편을 하나만 꼽아봐. 단 하나만이라도. 유타에 살 때 누가 버스에 두고 내린 잡지를 훑어본 적이 있었지. 완전 쓰레기였어! 돈을 아무리 많이 주더라도 그딴 쓰레기는 쓰지 않을 거야. 게다가 보아하니 애초에 돈을 많이 주지도 않는 모양이더군. 단어 하나에 0.5센트 정도 하던가. 그걸로 누가 먹고 살 수 있겠어?" 그는 역겨움이 떠오른 얼굴로 계단 쪽으로 걸음을 옮겼다. "다시 일하러 가야겠네."

"잠깐 기다려요." 슬레이드는 절망을 느끼며 말했다. 모든 것이 잘못되고 있었다. "내 말 좀 들어봐요, 잭 도울랜드."

"다시 그 웃기는 말투를 쓰는군." 도울랜드가 말했다. 그러나 그는 기다려보겠다는 듯 걸음을 멈췄다. "그래, 뭐지?" 그가 물었다.

슬레이드가 말했다. "도울랜드 씨, 저는 미래에서 왔습니다." 맨빌 씨가 엄중하게 경고한 대로, 절대 입 밖에 내서는 안 되는 소리였다. 그러나 이 순간을 빠져나갈 마지막 탈출구, 잭 도울랜드의 걸음을 멈출 수 있는 마지막 수단은 이것밖에 남지 않은 것 같았다.

"뭐라고?" 도울랜드가 목소리를 높여 물었다. "그게 무슨 소리야?"

"저는 시간여행자입니다." 슬레이드는 힘없이 대답하고는 입을 다물었다.

도울랜드가 발길을 돌려 다가오는 것이 느껴졌다.

시간여행선에 도착하자 땅딸막한 조종사가 여행선 옆 땅바닥에 앉아서 신문을 읽고 있는 모습이 보였다. 조종사는 고개를 들고 그를 바라보더니, 미소를 지으며 말했다. "무사히 돌아오셨군요, 슬레이드 씨. 들어오십쇼, 얼른 떠납시다." 그는 승강구를 열고 슬레이드를 안으로 이끌었다.

"어서 돌려보내줘요. 그냥 돌려보내달란 말입니다." 슬레이드가 말했다.

"왜 그러시죠? 영감을 주는 작업이 즐겁지 않았습니까?"

"그냥 내 시간으로 돌아가고 싶습니다." 슬레이드가 말했다.

"좋습니다." 조종사는 한쪽 눈썹을 올리며 말했다. 그는 슬레이드를 자리에 단단히 고정시킨 다음 옆자리에 앉았다.

뮤즈 엔터프라이즈에 도착하자 맨빌 씨가 그들을 기다리고 있었다. "슬레이드, 안으로 들어오시오." 어두운 얼굴이었다. "몇 가지 할 말이 있소."

맨빌의 사무실에서 단둘만 남자, 슬레이드는 입을 열었다. "그 사람이 저기압이었던 겁니다, 맨빌 씨. 내 탓이 아니에요." 그는 공허하고 무력한 기분으로 머리를 감싸 쥐었다.

"당신—." 맨빌은 믿을 수 없다는 듯 그를 내려다보았다. "당신, 전혀 영감을 주지 못했지 않소! 지금까지 이런 일은 한 번도 없었는데!"

"돌아가봐야 할지도 모르겠군요." 슬레이드가 말했다.

"어떻게 이런 일이." 맨빌이 말했다. "당신은 단순히 영감을 주는 데 실패한 정도가 아니오. 그가 아예 과학 소설에 등을 돌리게 만들었단 말이오."

"그걸 어떻게 아신 겁니까?" 슬레이드가 말했다. 사실 이 일을 자신만의 비밀로 간직하고 무덤까지 가져갈 수 있기를 바라고 있었던 것이다.

맨빌은 야멸차게 대답했다. "그저 20세기 문학을 다루는 관련 자료를 훑어보고 있었을 뿐이오. 당신이 떠나고 30분이 지나자 잭 도울랜드를 다룬 문헌이 전부 사라져버렸소. 브리태니커 백과사전에 실린 반쪽 분량의 그의 전기문까지 말이오."

슬레이드는 아무 말도 못하고 그저 바닥만 내려다보고 있었다.

"그래서 조사를 해보았지." 맨빌이 말했다. "캘리포니아 대학에 있는 컴퓨터를 이용해서 잭 도울랜드를 인용한 모든 문헌을 검색해보았소."

"남은 게 있던가요?" 슬레이드가 중얼거렸다.

"있더군. 한두 개 정도, 당대를 전면적으로 빠짐없이 다루는 기술적인 서술 속에 아주 적은 분량이 남아 있었소. 당신 덕분에 잭 도울랜드는 이제 대중에게 완벽하게 알려지지 않은 존재가 되었소. 심지어는 당대의 독자에게도 말이오." 그는 분노로 숨을 헐떡이며 슬레이드를 향해 손가락을 흔들어 보였다. "당신 때문에, 잭 도울랜드는 인류의 미래사에 대한 서사시를 결코 쓰지 않게 된 거요. 당신의 소위 '영감' 덕분에, 계속 TV 서부극 대본을 쓰게 되었소. 그리고 완벽하게 무명인 채로 46세에 삶을 마감했소."

"과학 소설을 전혀 쓰지 않았다고요?" 슬레이드는 믿을 수 없다는 듯 물었다. 자신의 솜씨가 그 정도로 형편없었던 것일까? 믿을 수가 없었다. 물론 도울랜드는 슬레이드의 모든 제안을 야멸차게 거부하기는 했다. 물론 자신의 의견을 전부 피력해 보이자 어딘가 묘한 태도로 다락방으로 돌아가기는 했다. 하지만―.

"그건 아니오." 맨빌이 말했다. "잭 도울랜드가 쓴 과학 소설이 딱 한 편 있소. 딱히 특별할 것도 없는, 전혀 알려지지 않은 소품이지." 그는 책상 서랍으로 손을 뻗어 누렇게 변색된 잡지를 꺼내 슬레이드에게 던져주었다. "「진흙발의 오르페우스」라는 제목의 단편인데, 필립 K. 딕이라는 필명으로 발표했더군. 당대에도, 지금도 아무도 읽지 않는 소설이지. 줄거리를 말해보자면, 도울랜드를 찾아온 방문자에 대한 내용이오." 그는 말을 멈추고 타오르는 눈으로 슬레이드를 바라보았다. "미래에서 찾아온 선의를 품은 머저리가, 다가올 미래 세계에 대한 신화를 쓰라고, 광적인 영감을 주려고 애쓰는 이야기지. 자, 슬레이드, 뭔가 할 말이 남았소?"

슬레이드는 힘겹게 입을 열었다. "내 방문을 이야기의 기반으로 삼은 모양이로군요. 분명해요."

"그리고 이게 과학 소설을 통한 처음이자 마지막 돈벌이가 되었소. 여기 쏟은 시간과 노력을 감안해보면 실망스러울 정도로 적은 금액이지. 당신과 나도 이 단편 속에 등장하더군. 젠장, 슬레이드, 당신 정말 모든 것을 털어놓은 모양이더군."

"그랬습니다. 설득하려면 어쩔 수가 없었어요." 슬레이드가 말했다.

"별로 설득이 된 것 같지는 않소. 당신이 정신이 나갔다고 생각한 모양이니까. 이걸 썼을 때는 분명 착잡한 마음이었을 거요. 한 가지만 물어보지. 당신이 도착했을 때 그 사람 작업중이었소?"

"그랬습니다." 슬레이드가 대답했다. "하지만 도울랜드 부인 말로는—."

"도울랜드에게는 부인이 없었소! 결혼을 하지 않았으니까! 그건 분명 도울랜드가 정사를 나누던 이웃집 부인이었을 거요. 격노한 것도 당연하지. 누군지는 몰라도 밀회 중에 쳐들어간 셈이니 말이오. 그 여자도 단편 속에 등장하더군. 그는 모든 것을 포기하고 네바다 주 퍼플블로섬의 집을 처분한 다음 캔자스의 도지시티로 이사했소."

침묵이 흘렀다.

"음." 마침내 슬레이드가 입을 열었다. "한 번만 더 기회를 주실 수 있습니까? 다른 사람에게요? 파울 에를리히를 찾아가서 마법의 탄환에 대한 영감을 주어서, 매독 치료제를 발견하게 한다든가—."

"내 말 잘 들으시오." 맨빌이 말했다. "나도 생각해놓은 바가 있소. 당신이 과거로 돌아가는 일에는 찬성하지만, 에를리히 박사나 베토벤이나 도울랜드 같은, 사회에 도움이 된 인물들에게 영감을 주도록 하지는 않을 거요."

슬레이드는 두려움에 몸을 떨며 고개를 들었다.

맨빌은 입을 악문 채 말했다. "당신에게는 과거로 돌아가서 아돌프 히틀러나 카를 마르크스나 산로메 클링어와 같은 작자들에게서 영감을 빼앗는 일을 맡길 거요—."

"그러니까 선생님 말씀은, 제가 끔찍하게 영향력이 없기 때문에⋯⋯."
슬레이드는 중얼거렸다.

"바로 그거요. 우선 히틀러가 바이에른 지방에서 권력을 획득하려다 실패한 후 수감되어 있던 시대로 돌아가는 거요. 그 작자가 루돌프 헤스에게『나의 투쟁』을 구술시킨 당시로 말이오. 이미 상급자들과 면담해서 전부 주선해놓았소. 동료 수감자 신분으로 히틀러에게 접근하라는 거요. 무슨 말인지 알겠소? 그리고 아돌프 히틀러에게 가서, 잭 도울랜드한테 한 것처럼 책을 쓰라고 권유하는 거요. 이 경우에는 전 세계에 적용할 그의 정치 계획을 자서전의 형태로 기술해보라고 하면 되겠지. 그리고 모두 잘 풀린다면—."

"이해가 됩니다." 슬레이드는 다시 바닥을 내려다보며 중얼거렸다. "신이 영감을 내려준 것만 같은 훌륭한 계획이라고 말하고 싶지만, 이제 저는 그 표현을 쓸 자격이 없는 것 같군요."

"내 생각이 아니오." 맨빌이 말했다. "도울랜드의 그 끔찍한 단편,「진흙발의 오르페우스」에서 얻은 착상이오." 그는 낡은 잡지를 뒤적여 원하던 부분을 찾아냈다. "이걸 읽어보시오, 슬레이드. 여길 보면 당신이 나를 만난 다음, 나치당에 대해 조사를 해서 아돌프 히틀러의 영감을 빼앗아 자서전을 쓰지 못하게 하고, 가능하다면 제2차 세계 대전을 방지하려 한다는 내용이 적혀 있소. 그리고 당신이 히틀러의 영감을 빼앗는 일에 실패한다면, 다음에는 스탈린을 시도해볼 테고, 스탈린을 실패한다면—."

"알겠습니다." 슬레이드가 힘없이 웅얼거렸다. "이해했어요. 저한테 그런 시시콜콜한 것까지 설명할 필요는 없지 않습니까."

"그리고 당신은 동의할 거요." 맨빌이 말했다. "「진흙발의 오르페우스」에서 동의하기 때문이지. 모두 이미 정해진 일이오."

슬레이드는 고개를 끄덕였다. "뭐든 하겠습니다. 속죄하고 싶으니까요."

맨빌은 그를 보고 말했다. "이 한심한 친구. 대체 어떻게 그렇게 형편없는 짓을 저지른 거요?"

"운이 안 좋은 날이었을 뿐입니다." 슬레이드가 말했다. "다음번에는 좀 더 잘할 수 있을 겁니다." 히틀러를 상대로 말이지, 하고 그는 생각했다. 어쩌면 히틀러의 영감을 끝내주게 빼앗을 수 있을지도 모른다. 역사를 통틀어 가장 훌륭하게 영감을 앗아갈 수 있을지도 모른다.

"당신을 뮤즈 중화제라고 불러야겠군." 맨빌이 말했다.

"좋은 생각입니다." 슬레이드가 말했다.

맨빌은 지친 듯 대꾸했다. "칭찬해야 할 사람은 내가 아니오. 잭 도울랜드를 칭찬하시오. 그 작자의 단편 속에 있던 내용이니까. 마지막 순간까지 전부 담겨 있었소."

"그럼 그 단편은 그렇게 끝나는 겁니까?" 슬레이드가 물었다.

"아니오." 맨빌이 말했다. "내가 당신에게 청구서를 건네면서 끝나지. 당신이 아돌프 히틀러에게서 영감을 빼앗도록 과거로 돌려보내는 데 드는 비용을 청구하면서 말이오. 선불로 500달러요." 그는 손을 내밀었다. "당신이 돌아오지 못할 경우를 대비해서 미리 요구하는 거요."

모든 것을 체념한 제스 슬레이드는 비참한 기분으로 20세기풍 외투 주머니 속 지갑으로 손을 뻗었다. 최대한 천천히.

무한자 The Infinites
—《플래닛 스토리즈》, 1953년 5월호.

진화라는 소재를 이용한 초기작으로, 1952년 초에 집필한 것으로 생각된다. 종에 내재된 진화의 방향성이나 지적 설계론, 진화의 한계나 초월체 등 당대에 자주 사용되었던 소재들이 등장하지만, 이를 사회 현상으로 연결시켜 설명했다는 점에서 1960-1970년대의 사회 비판적 SF의 요소를 가지는, 시대를 앞선 작품으로 여겨진다.

보존 기계 The Preserving Machine
—《판타지 앤드 사이언스 픽션》, 1953년 6월호.

「갈색 구두의 짧고 행복한 생애」와 동시에 집필한 작품으로, 동일한 등장인물을 이용해 연재물을 시도한 흔적이 눈에 띈다. 그러나 앤서니 바우처와 주고받은 편지에서 확인할 수 있듯이 두 작품 모두 여러 번의 반려와 그에 따른 개작을 거쳤고, 결국 바우처의 잡지인《판타지 앤드 사이언스 픽션》에는 상당한 간격을 두고 수록된다. 바우처는 1952년 5월에 거의 완전히 개작한 원고를 받아들였고, 이 작품은 1년 후 바우처의 잡지 지면에 모습을 드러낸다.
초기작에서 종종 찾아볼 수 있는 진화를 소재로 한 작품이며, '갈색 구두'에 비해 비교적 진지한 분위기다. 첫 단편집인 『A Handful of Darkness』를 비롯하여 여러 단편집에 수록되었다.

희생양 Expendable ("기다리는 자 He Who Waits")
—《판타지 앤드 사이언스 픽션》, 1953년 7월호.

"하나 더 있군요. 선생님의 뉴욕 사무소에서 「왼쪽 신발, 나의 발」에 대한 해외 판권의 대금을 수표로 전달받았습니다. 기쁘고 놀랐고 감사드립니다. 하지만 「희생양」이라는 새 제목에는 의문이 드는데요. 이게 무슨 뜻입니까? 제 단편과 무슨 연관이 있지요? 누가 붙인 겁니까? 그리고 그 작품이 수록된 해외 서적을 손에 넣으려면 어떻게 해야 합니까? 이런 경험은 처음이라 제가 미국 밖의 형식에서는 어떤 식으로 보일지 확인해보고 싶습니다. (헤르 필립 K. 딕이라든가) 어디서 해외 서적을 구할 수 있을지 일러주시면 정말 감사하겠습니다."
(1953, 앤서니 바우처에게 보낸 편지에서)

"초기에는 앤서니 바우처에게 넘길 판타지 단편을 쓰는 일을 즐겼다. 그중에서는 이 작품이 제일 마음에 든다. 파리가 내 머리 옆을 붕붕거리며 날아가며 나를 비웃고 있다고 느꼈을 때 (분명 피해망상이라 할 수 있을 것이다!) 이 작품의 착상이 떠올랐다." (1976)

위쪽 편지에서는 자신의 작품을 헷갈리는 전형적인 필립 K. 딕의 모습을 확인할 수 있다. 「왼쪽 신발, 나의 발(갈색 구두의 짧고 행복한 생애)」은 같은 잡지인 《판타지 앤드 사이언스 픽션》에 수록된 작품으로, 「희생양」보다 한 달 후에 원고를 받아들였다. 필립 K. 딕의 극초기 작품 중 하나로, 1951년 연말 무렵에 탈고한 것으로 보인다.

포기를 모르는 개구리 The Indefatigable Frog

—《판타스틱 스토리 매거진》, 1953년 7월호.

제논의 역설을 다룬 유쾌한 단편으로, 훗날 딕의 주요 활동 무대가 되는 잡지 《판타스틱 스토리》의 데뷔작이다. 과학 이론이나 실험을 다루는 방식에서 비슷한 시기에 집필한 '라비린스 박사' 시리즈의 흔적을 엿볼 수 있다.

갈색 구두의 짧고 행복한 생애 The Short Happy Life of the Brown Oxford ("왼쪽 신발, 나의 발 Left Shoe, My Foot")

—《판타지 앤드 사이언스 픽션》, 1954년 1월호.

"친애하는 편집자분들께

아직 저번 단편을 검토중이신데 새 작품을 보내는 무례를 용서해주시기 바랍니다. 두 편이 연관되어 있기 때문에, 함께 보고 싶으실 거라고 확신하기 때문입니다.

「보존 기계」는 길고, 관조적이고, 철학적입니다. 반면 「왼쪽 신발, 나의 발」은 짧고, 서술 중심이며, 강렬합니다. 사실 일종의 연재물처럼 비슷한 작품을 더 써볼 생각을 하고 있습니다. 같은 주제에, 같은 인물에, 기타 등등으로요. 하지만 한쪽 또는 양쪽 모두 별로라고 생각하실 수도 있으실 것 같습니다. 그런 경우라면 연재물도 포기해야겠지요.

둘 중에서는 '왼쪽 신발'이 더 마음에 듭니다. 이게 살아남고 '기계'가 탈락한다 해도 놀랍지는 않을 것 같습니다……" (1952,《판타지 앤드 사이언스 픽션》의 편집자들에게 보낸 편지에서)

이 작품을 더 마음에 들어 한 딕에게는 애석한 일이지만, 초기 대표작으로 수많은 단편선에 수록된 「보존 기계」에 비하면 이 작품은 비교적 잘 알려지지 않았다. 「보존 기계」와 거의 동시에 집필한 작품으로 생각되며, 바우처는 「보존 기계」의 개작 원고를 받아들인 지 일주일 후에 이 작품 또한 사들였다. 반면 실제로 지면에 수록된 것은 「보존 기계」로부터 반년이 지난 후였다.

라비린스 박사가 등장하는 두 번째이자 마지막 작품이다.

참견꾼 Meddler
—《퓨처》, 1954년 10월호.

"아름다움 속에 추함이 깃든다. 이 비교적 어설픈 단편 속에서, 모든 것이 겉보기와는 다르다는 내 작품의 전반을 꿰뚫는 주제의 맹아를 볼 수 있을 것이다. 이 단편은 내게는 새로운 시도라고 할 수 있을 것이다. 나는 드러나 보이는 형상과 숨은 형상이 동일한 것이 아니라는 사실을 막 깨닫기 시작하고 있었다. 헤라클레이토스가 54번 격언에서 말했듯이, '숨어 있는 구조가 눈에 드러나 보이는 구조를 지배한다.' 훗날 이 격언에서 보다 복잡한 플라톤의 이원론이 탄생해서, 현상의 세계와 눈에 보이지 않지만 진실이 존재하는 배후의 세계를 나누게 되었다. 이때 나는 훗날 명확하게 인지하게 된 사실을 흐릿하게나마 눈치채기 시작했다. 헤라클레이토스는 123번 격언에서 '모든 물질은 본질적으로 자신을 숨기는 성향을 가지고 있다'고 말했다. 이 격언에 모든 진실이 담겨 있다."
(1978)

1952년 7월에 대행사에 도착했다. '나비'와 '시간여행'이라는 주제가 레이 브래드버리의 단편 「우렛소리A Sound of Thunder」*를 연상시킨다. 고전적인 주제와 소재이기는 하지만, 과거가 아닌 미래에 재앙의 근원이 존재하며, 덕분에 모든 수수께끼가 완벽히 풀리지는 않는다.

---

* 세계문학 단편선 18 『레이 브래드버리』(현대문학, 2015.)에 수록.

다른 시간대에서 물건을 가져오는 장치인 '국자'는 일주일 후에 대행사에 도착한 다른 단편, 「페이첵」*에서 사용한 중심 소재와 동일한 장치다. 물론 PKD의 다른 소재들과 마찬가지로, 이 '국자' 또한 이후로는 모습을 보이지 않는다.

유모 Nanny
─《스타틀링 스토리스》, 1955년 봄호.

1952년 8월 26일 대행사에 도착했으며, 동시에 집필한 다른 작품들보다 늦은 시기에 출판되었다. 「포스터, 너는 죽었어!」**와 비슷한 주제를 다루지만, 냉전에 대한 맹목적인 두려움이 영역 다툼을 벌이는 로봇 유모로 치환되어 있다는 점이 독특하다.

쿠키 할머니 The Cookie Lady
─《판타지 픽션》, 1953년 6월호.

1952년 8월에 대행사에 도착했다.
의외일지도 모르지만, PKD의 단편 중에 고전적인 공포 소설의 범주에 들어갈 만한 작품은 그리 많지 않다. 이 작품은 그런 예외적인 단편 중 하나로, 소년의 생명력을 흡수하는 뱀파이어를 '탐식'이라는 악덕과 연관지어 상당히 흥미로운 방식으로 그려낸다.
알프레드 히치콕의 『Master's Choice』 공포 단편선집에 수록되기도 했다.

---

* 필립 K. 딕 단편집 『마이너리티 리포트』에 수록
** 필립 K. 딕 단편집 『마이너리티 리포트』에 수록

존의 세계 Jon's World ("존 Jon")
―『타임 투 컴』, 어거스트 덜레스 편집, 뉴욕, 1954.

「두 번째 변종」의 2주 후인 1952년 10월 21일에 대행사에 도착했지만, 잡지가 아니라 어거스트 덜레스의 단편선집 『Time To Come』에 수록되었으며, 자세한 경로는 알려져 있지 않다. 이 작품은 이후 단편 전집이 발간될 때까지 다른 지면에 수록되지 못했는데, 대표작 중 하나이며 영화화가 된 작품인 「두 번째 변종」의 후속작이라는 점을 생각하면 자못 놀라운 일이다.

화성인은 구름을 타고 Martians Come In Clouds ("벌레 외계인 The Buggies")
―《판타스틱 유니버스》, 1954년 6월호~7월호.

1952년 11월에 대행사에 도착했다. 외계인에 대한 제노포비아는 극초기부터 딕이 상당히 애용해온 소재다. 우주를 유영해 지구로 찾아오는 화성인들의 모습과 그를 대하는 일반 지구인들의 태도는 작가의 두 번째 장편, 『존스가 만든 세계The World Jones Made』에 등장하는 외계인인 'Drifter'를 떠오르게 한다.

그녀가 원한 세계 The World She Wanted
―《사이언스 픽션 쿼터리》, 1953년 5월호.

원고는 1952년 11월 24일에 대행사에 도착했다. 같은 1953년에 출간된 제롬 빅스비의 단편 「It's a Good Life」와 비슷한 소재를 사용하지만, 직접적으로 초자연적인 힘을 휘두르는 빅스비의 주인공 '앤서니'에 비해, 이 작품의 주인공들은 절대자임에도 불구하고 보다 모호하고 부드러운 방식으로 영향력을 행사한다. 덕분에 빅스비의 단편은 외부의 부조리한 절대자에 대한 두려움을 표출하는 반면, PKD의 단편은 존재 자체의 모호성이라는 내면의 공포를 지향한다. 훗날 작자가 다루게 되는 주요한 주제가 모호하고 부드러운 단편으로 등장한 사례 중 하나라 할 수 있을 것이다. 본문 중에 언급되는 '가능한 최고의 세계best of all possible worlds' 개념은 물론 잘 알려진 대로 라이프니츠의 것이다. 그러나 이 개념이 변형되어 '개인을 위한 최고의 세계'가 되면서 이는 허버트 스펜서의 최대 행복론에 근접하게 된다. 주인공이 대뜸 허버트 스펜서의 이름부터 언급한 것이 나름의 복선일 수도 있을 것이다.

머리띠 제작자 The Hood Maker ("면역 Immunity")
—《이매지네이션》, 1955년 6월호.

1953년 1월 대행사에 도착했다. 이후 딕이 주로 사용한 소재 중 하나인 정신감응자, 즉 텔레패스telepath 또는 teep이 처음 등장한 작품이다. 다른 작품에 등장하는 정신감응자들과 마찬가지로, 이 단편 속의 능력자들 또한 군체 의식과 집단지성을 소유하고 있다. 자기네 종족이 현생인류에 비해 우월하다고 여기면서도, 그 능력에 면역을 가진 자들이 나오면 광적으로 박멸하려 하는 이중적인 모습 또한 여러 작품에서 찾아볼 수 있다. 돌연변이 능력자들의 파국 또한 진부하지만 상당히 그다운 방식으로 서술되어 있다.

기념품 Souvenir
—《이매지네이션》, 1955년 6월호.

1953년 3월에 대행사에 도착했다. 제노포비아와 문화 다양성, 분쟁과 통제를 다루는 매력적이지만 섬뜩한 단편이다.

참전 용사 War Veteran
— 《이프》, 1955년 3월호.

1954년 2월에 대행사에 도착한 유일한 단편소설로, 1만 7000단어에 달하는 제법 긴 작품이다. 이후 딕은 첫 장편 『태양계 복권 Solar Lottery』의 작업에 매진하면서 무려 두 달 동안이나 단편 원고를 보내지 않는다.

팬들 사이에서 가장 훌륭한 단편 중 하나로 평가받는 작품으로, 흥미롭고 매력적인 구성 요소가 골고루 섞여 있다. 훗날 그가 높이 평가한 《이프》지에 표제작으로 수록되었다.

재능의 행성 A World of Talent ("오른쪽으로 두 걸음 Two Steps Right")
— 《갤럭시》, 1954년 10월호.

1954년 6월에 대행사에 도착했다. 존 W. 캠벨이 50년대 초반에 제창한 '긍정적인 초능력자의 존재는 과학 소설의 필수적인 요소다'라는 도그마에 대한 대항의 성격을 가진다고 여겨지는 작품이다. 「황금 사나이 The Golden Man」*를 비롯한 다른 단편에서도 비슷한 주제를 다룬 바 있지만, 이 작품에서는 단순히 인간의 천적으로서 초능력자를 서술할 뿐 아니라 초능력자의 천적인 반초능력자가 처음으로 모습을 드러낸다.

등장인물 중 하나인 퍼트리샤 콘리와 비슷한 이름의 인물이 『유빅UBIK』에서도 '반초능력자'로 등장한다는 점 또한 흥미롭다. 『유빅』의 퍼트리샤의 능력과 이 작품의 반전을 고려해보면, 작가가 일부러 염두에 두고 되살린 인물이라는 점은 거의 확실하다고 생각된다.

---

* 필립 K. 딕 단편집 『마이너리티 리포트』에 수록

전쟁 장난감 War Game ("눈속임 Diversion")
— 《갤럭시》, 1959년 12월호.

1958년 10월에 대행사에 도착했으며, 「마이너리티 리포트」* 이후 4년 만에 처음 발표한 단편 소설이다. 다만 1957년 바우처에게 보낸 서신에서 그는 "1955년 5월부터 잡지용 단편 집필을 완전히 중단했다"고 털어놓았으며, 1958년에 대행사에 보낸 다른 두 편의 단편 원고가 1955년에 집필 또는 개작한 것으로 추측되기 때문에, 이 작품 또한 1955년 이전에 집필한 작품일 가능성이 있다.

진흙발의 오르페우스 Orpheus with Clay Feet
— 1964년에 《Escapade》에서 잭 도울랜드라는 필명으로 발표.

1963년 4월 16일, 잭 도울랜드의 「어설픈 오르페우스」라는 제목의 단편이 스콧 메러디스 대행사에 도착했다. 대행사 측에서는 작품을 끝까지 읽은 다음에야 작자가 필립 K. 딕이라는 사실을 깨달았다고 한다. 《Escapade》에도 잭 도울랜드라는 필명으로 수록되었는데, 이는 딕의 첫 남성지 진출이었다. 잭 도울랜드의 미래사 대표작으로 언급되는 「벽 위에 선 아버지 The Father on the Wall」은 『높은 성의 사내 The Man in the High Castle』를 말하는 것으로 보인다.

---

* 필립 K. 딕 단편집 『마이너리티 리포트』에 수록

◑ 옮긴이의 말

이번 단편집에 수록된 작품은 대부분 영화나 드라마 등의 다른 매체로 제작되지 않았으며, 따라서 대중적 인지도가 비교적 낮은 편이다. 영미 합작으로 제작되어 2017년 9월부터 방영을 시작한 드라마 시리즈 〈Philip K. Dick's Electric Dreams〉에 포함된 「머리띠 제작자 The Hood Maker」 정도가 예외가 될 것이다. 그러나 재미나 완성도에 있어서는 지명도 높은 작품들에 견주어도 부족하지 않은 편이며, 다른 창작자에 의한 재해석이 이루어지지 않았기 때문에 필립 K. 딕(이하 PKD)의 단편이 가지는 매력을 보다 선명하게 드러내준다는 장점이 있다.

자신의 생애를 서술하는 일에 있어, 그는 상당히 신뢰할 수 없는 목격자였다. 각종 매체와의 인터뷰, 친구들에게 들려준 이야기, 자신의 비공식 '전기 작가'인 그렉 릭먼과 나눈 장시간의 대화에 이르기까지, PKD가 자신에 대해 풀어놓은 이야기는 곳곳에서 상충하며 모순투성이이다. 그리고 이는 자신의 여성 편력과 전 부인들, 출판업계의 사람들과의 관계, 국가 권력과의 충돌 부분에 이르면 더욱 심해진다. 덕분에 이제는 거의 전설이 되어 떠도는 그에 관한 일화는 선별해서 받아들일 필요가 있다. 작가 본인이 거짓을 퍼트리고 다녔으니까. 이를테면 그의 멘토이자 작가로서의 길을 열어 준 사람인 《판타지 앤드 사이언스 픽션》의 편집장 앤서니 바우처와의 관계가 그런 일화 중 하나인데, PKD 본인이 '작가 회합에서 만나 의기투합했다'고 말한 것과는 달리, 전기 작가는 버클리에서 열린 바우처의 작문 강좌에 다니던 두 번째 부인 클리오가 남편의 습작을 가져가 평가를 요청한 것이 두 사람의 인연의 시작이었다고 밝히고 있다.

본인의 말마따나, "소설을 쓰는 작가는 뱀의 혓바닥을 놀려 말하기 때문에" "작가가 입에 올리는 말은 항상 진위를 따로 확인해보는 것이 좋을 것이다." 어쩌면 PKD가 암페타민을 비롯한 다량의 향정신성 약물을 상습적으로 복용했으며, 그로 인한 두 번의 자살미수 경력을 가지고 있다는 점 또한 염두에 두어야 할지도 모르겠다. 또는 인간이라면 누구나 가지고 있는 자기변호와 합리화 성향이, 풍부한 상상력을 지닌 그의 경우에 보다 효율적으로 발휘된 것일지도 모른다.

하지만 작가 본인이 자신에 대해 어떤 거짓말을 하고 돌아다녀도, 결국 뛰어난 작가라면 자신의 본모습을 작품 속에 투영하기 마련이다. 이번 단편집에서는 그런 PKD의 다양한 일면을 보여줄 수 있는 작품을 선정하려 노력했다. 물론 작가의 모습을 온전히 그리기 위해서는 후기의 장편 소설, 특히 『안드로이드는 전기양의 꿈을 꾸는가』나 『발리스』 연작 쪽이 훨씬 도움이 되겠지만, 'PKD스러움'이 정착되기 이전의 초기 단편을 통해 언뜻 스쳐지나가는 강박증이나 공포의 편린을 찾아보는 것 또한 즐거운 경험이 되리라 생각한다.

보다 솔직한 단편 중 많은 수가 그의 후기 작품군에 속하며, 그 대부분이 이미 예전에 단편집 『도매가로 기억을 팝니다』를 통해 소개되었기 때문에 중복 선정할 수 없었다는 점이 다소 아쉽기는 하다. 그러나 내면의 갈등이 초월자를 통한 구원 또는 절망을 향해 침잠해가는 후기 작품들과는 달리, 딕의 초기 단편은 주변 세계와의 관계를 통해 자신의 절망을 사회에 투영하며, 그를 통해 1960-1970년대에 모습을 드러낸 사회파 SF의 효시가 되었다는 점에서 나름의 의의가 있다고 생각한다. 가볍지만 경쾌하지 않고, 거칠지만 조악하지 않은 PKD의 단편소설이 독자에게 즐거운 독서 경험을 선사해줄 수 있기를 기대해본다.

조호근

진흙발의 오르페우스

초판 1쇄 펴낸날 2017년 10월 20일
초판 2쇄 펴낸날 2017년 12월 16일

지은이 필립 K. 딕
옮긴이 조호근
펴낸이 김영정

펴낸곳 폴라북스
등록번호 제22-3044호
주소 137-905 서울시 서초구 신반포로 321(잠원동)
전화 02-2017-0280
팩스 02-516-5433
홈페이지 www.hdmh.co.kr

ISBN 979-11-88547-02-9 03840